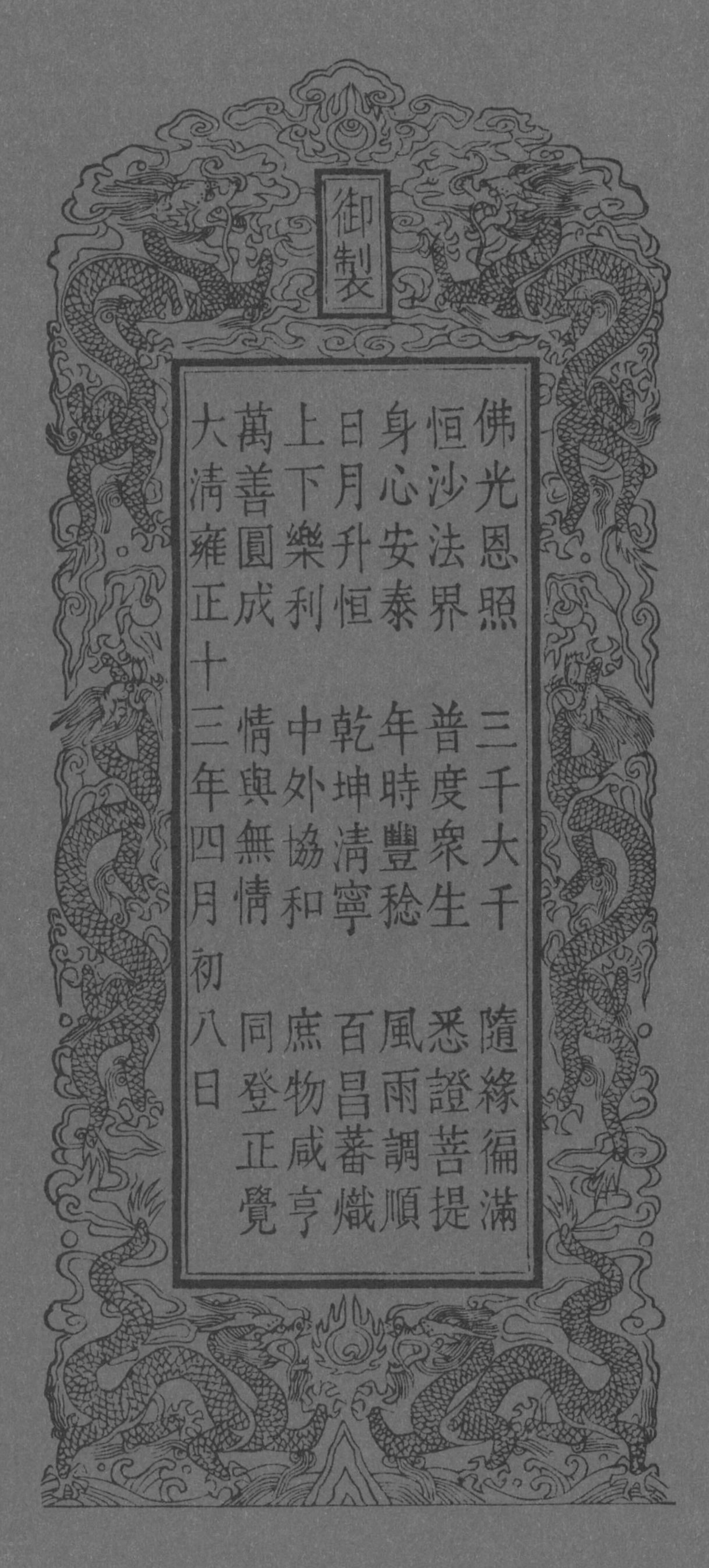
御製
佛光恩照 三千大千 隨緣徧滿
恒沙法界 普度衆生 悉證菩提
身心安泰 年時豐稔 風雨調順
日月升恒 乾坤清寧 百昌蕃熾
上下樂利 中外協和 庶物咸亨
萬善圓成 情與無情 同登正覺
大清雍正十三年四月初八日

第六五册　宋元入藏諸大小乘經（七）

佛說無二平等最上瑜伽大教王經

宋西天三藏朝奉大夫試光禄卿傳法大師施護奉　詔譯

清刻龍藏佛說法變相圖

佛說無二平等最上瑜伽大教王經卷第一

第二 同卷

宋西天三藏朝奉大夫試光祿卿傳法大師施護奉　詔譯

影像分第一

如是我聞一時世尊在他化自在天宮與九十九須彌山量微塵數菩薩摩訶薩衆俱此諸菩薩一一皆是金剛薩埵金剛眷屬其名曰金剛手菩薩摩訶薩普賢菩薩摩訶薩觀自在菩薩摩訶薩虛空藏菩薩摩訶薩金剛拳菩薩摩訶薩起平等心轉法輪菩薩摩訶薩虛空出生菩薩摩訶薩破諸魔菩薩摩訶薩如是等大菩薩摩訶薩而爲上首時彼天宮由諸如來威神加持具足種種最勝嚴飾幢旛傘蓋殊妙珍寶懸鈴珠瓔交絡垂布大摩尼寶出現光明有種種色廣大照耀猶如

月輪清淨圓滿而佛世尊常所安住一切如來金剛加持三昧正智受一切如來金剛灌頂頂戴寶冠處三界法王位證一切如來一切智智相應自在圓滿一切如來平等印契成就一切如來最勝事業安住大悲大毗盧遮那如來常住三世平等金剛身語心業盡諸有情界能滿一切願爲一切如來共所稱讚受一切如來勸請説法復有殑伽沙數等諸佛如來從十方界來集此會猶如胡麻滿閻浮提是諸如來各於彼彼佛刹亦常説此無二平等祕密法門爾時金剛手大執金剛者安住一切如來心修習一切如來行隨一切如來身所行順一切如來心所作如是總攝本部相應依本法住於此會中隱身不現是時十方所集一切如來既於會中不見金剛手菩薩即時異口同音説伽陀曰

大哉金剛手　如我等父母　不現此會中

大士今何往

彼諸如來作是説已各各於其大金剛寶加持法中默然而住爾時金剛手大執金剛者即從一切如來五處而出以自身相現大毗盧遮那佛相復從一切如來心現大日曼拏羅有百千種圓光照耀如是現已復從一切如來心現大日曼拏羅量廣無數百千世界還復本身於其中間安詳而坐爾時所集一切如來即時各各向金剛手菩薩合掌頂禮勸請説法説伽陀曰

善哉金剛最上法　善哉金剛清淨眼

善哉金剛最勝智　普攝諸佛一切智

我等勸請金剛手　普爲諸佛作利樂

宣說自他智所生　最上大乘祕密法

爾時金剛手大執金剛者白諸如來言諸佛如來不應勸請令我宣說祕密法門諸如來言何因緣故而汝不說金剛手言諸佛當知今此大會諸菩薩摩訶薩衆中或有聞說如是大乘第一義諦祕密法已乃有多種破壞等相諸如來言我等各以神力加持會衆復令悉成大金剛衆汝今但當施作佛事爾時金剛手大執金剛者熈怡微笑瞻仰諸佛讃諸佛言善哉善哉即入一切如來大輪光明普照一切如來心三摩地從是三摩地出已於其四方現四大日曼拏羅東方名持無盡色大日曼拏羅南方名如意寶金剛大日曼拏羅西方名無量金剛大日曼拏羅北方名不空三昧金剛大日曼拏羅如是現已乃爲一切如來一切菩薩衆會宣說無二平等最勝大儀軌王祕密法門其所宣說與一切菩薩如理相應令一切菩薩成就一切如來最勝功德神通事業普徧衆會乃至盡十方界一切佛菩薩如理而住譬如虛空光明徧照三千大千世界所有一切日輪光明隨量而照亦悉周徧所有一切如來光明金剛手菩薩光明亦復如是光光混融平等照耀如實觀者如理而住爾時一切如來即以一切如來普賢出生供養雲海供養金剛手菩薩作供養已彼諸如來默然而住爾時金剛手大執金剛者即入觀照一切菩薩心智部出生一切如來最上祕密破諸暗因自三摩地從是三摩地出已宣說智部三摩地法門

當住禪定心　觀清淨乳海　中有大蓮華

如水精月光　觀自心種子　與自法相應
由是觀想成　自心曼拏羅　而此曼拏羅
縱廣一肘量　四方及四隅　四寶勝莊嚴
依法而想成　住心不散亂　周帀有光明
熾盛普照耀　彼中依法儀　觀自身清淨
離我等分别　即想成佛身　如是觀想已
成就曼拏羅　次依智部儀　大明如是稱
唵(一引)薩哩嚩(二合)怛他(引)誐多(二)倪也(引二合)那
莎婆(引)嚩(引)怛摩(二合)酤(引)欣(呼郎切三)
大明所用印　並依智部儀　而此大明力
能滅一切罪　觀想有百千　無垢最上光
復依智部儀　觀想明王等　微妙白淨光
依法想安布　所作依此說　異此非觀想
此名一切如來金剛灌頂法門
住自心堅固　出相應光明　觀想佛影像
及金剛手相　諸求悉地者　依金剛手法
彼依法相應　悉地不難得　若依此法者
如理而觀想　自影像不動　即成金剛手
諸有知法者　依法而觀想　乃至彼虛空
亦無過越罪　佛相與自相　同一相應相
彼定心相應　諸所作成就　自影像佛相
智者五處觀　依相應法門　想金剛薩埵
此名一切如來主法門
想自心大明　出燄鬘部光　中現金剛杵
推破一切惡　自心心所作　想成菩提心
出現五光明　供養一切佛
此復名一切如來主法門
觀五曼拏羅　周帀燄光明　普徧佛影像
想大明成就　定心觀自身　離取相分别
諦想自影像　等諸佛無異　自心菩提心

想相應出生　金剛手莊嚴　出生諸儀法
若住相應觀　觀金剛手者　但當依法儀
想諸佛影像　欲觀佛影像　當諦觀文字
觀文字眞實　即見佛影像　然於文字中
觀影像離相　若如是觀時　成相應觀想
先住心一處　想日曼拏羅　觀自身清淨
在曼拏羅中　次想徧虛空　普現曼拏羅
依法如是觀　即觀想成就　彼日曼拏羅
若觀想相應　即彼金剛手　觀想而成就
若彼金剛手　依法相應者　即諸佛影像
觀想得相應　又日曼拏羅　若觀想相應
四印曼拏羅　亦觀想成就　若住心一處
或復徧世界　乃至盡虛空　依法無過越
四印曼拏羅　即觀想相應　彼日曼拏羅
觀想亦成就　若日曼拏羅　觀想相應者
即諸佛影像　觀想亦相應　由如是依法
觀諸佛影像　亦如是觀想　四印曼拏羅
若如是相應　四印曼拏羅　即如是觀想
彼諸佛影像

此名金剛手菩薩法王法門

觀一切儀軌　想蓮華相應　攝觀想等法
異此非相應　當觀想自身　善住堅固心
從菩提心生　想現佛影像　此最上祕密
金剛寂靜教　大利智慧光　平等而照耀
若依法觀想　能滿一切願　想金剛薩埵
是名金剛法

此名普賢持金剛法門

爾時普賢菩薩摩訶薩觀察衆會即雨一切菩薩供養雲海滿虛空界供養金剛手大執金剛者作供養已又復至誠頂禮歸命依法

而住爾時所集一切如來復於會中雨一切如來供養雲海供養普賢菩薩摩訶薩作供養已從金剛菩提心出現照一切如來相圓滿光明普徧照耀是時普賢菩薩摩訶薩即現自影像光明其光名爲一切如來堅固用智部破暗因於是光中隱自身相現毗盧遮那佛相即說一切如來三昧眞實智部三摩地法門

知法者了知　彼一切所作　禪定相應相
眞實清淨法　想日曼拏羅　最上千肘量
內有月輪壇　中觀想嚩字　字周帀復觀
四方曼拏羅　縱廣一尺量　有種種色光
彼燄光普徧　想諸佛影像　四方及四隅
各觀想唵字　彼字一一現　種種微妙色
次當依法儀　於曼拏羅中　如理而諦想
毗盧遮那佛　及曼拏羅中　所有諸賢聖
日曼拏羅中　想月曼拏羅　中復想自身
大喜樂法生　從微妙心現　淨月曼拏羅
大明文字相　復想於心現　次當想唵字
普徧燄光明　從是光明中　出生諸儀軌
然想佛影像　及諸賢聖相　彼即成觀想
四印曼拏羅　自身諸所作　皆諸佛法生
五股金剛杵　依法想於心　四印曼拏羅
大明想於額　即想成佛相　周帀燄光明
想過此世界　復入別剎中　觀想一肘量
妙月曼拏羅　中觀想自身　金剛薩埵生

此名普賢智部最勝三摩地法門

當依法觀想　日輪曼拏羅　想自身清淨
現曼拏羅中　次於其四隅　想毗盧遮那
後復想自身　成金剛薩埵

此名金剛薩埵法門

復次當依法　分別十六尊　作四分觀想
各依位而住　自餘諸賢聖　各想心大明

此名持金剛法門

復次當依法　觀想於自身　有微妙吽字
左旋而住心　出現光明相　能破諸魔惡

此復名一切如來主法門

復想刹那中　出生諸賢聖　現影像光明
普徧而照耀　諸有文字相　其量廣無邊
想依法相應　成金剛影像　是中諸文字
出生大明句　此無數大明　成就一切法
從額至臍輪　觀想大明字　此觀想相應
一切觀無異

智部三摩地分第二

復次伽陀曰

次想白色大蓮華　量如車輪妙清淨
中有日輪曼拏羅　依法相應而觀想
復想自身於中現　羯磨金剛所出生
即成羯磨金剛身　金剛薩埵等無異

此名金剛薩埵法門

當觀清淨大乳海　自身想現乳海中
智觀自身即佛身　故現佛身滿空界
又觀清淨大乳海　有種種色妙光明
月曼拏羅現其中　於中復想日輪相
次觀自身即佛身　相應出生諸儀法
由想自身徧一切　周廣一切世界量
又想大海於心現　日曼拏羅在海中
依法觀想諸佛相　周帀光明輪圍繞
彼光明中現文字　周廣一切世界量
吠泥邪等所作用　依法相應而觀想

復次依法而觀想　月曼拏羅一肘量
於中出現金剛劒　能作世間成就法
次想燄光白蓮華　表示菩提心莊嚴
中想本部賢聖相　左右安布踰始多
如是依法而攝受　自金剛法皆成就
普徧一切世界中　如是供養一切佛
此名普賢祕密法門
又想日輪曼拏羅　其量等一多羅樹
中想漸略大明字　乃至一切相應生
堅固安住自影像　然當觀想賢聖等
心大明字各安已　普用供養一切佛
次想四印曼拏羅　量各等七多羅樹
曼拏羅中諸賢聖　各想心明字安布
此名金剛三昧法門
次當觀想曼拏羅　其量等一俱盧舍
中想自身成佛身　及彼佛眼菩薩等
一切皆從自心想　大智所觀而成就
彼心如是得相應　即成大士相應觀
又想自心曼拏羅　量復等一俱盧舍
觀自影像無所生　乃至虛空無過越
自相應門堅固住　觀想於佛即相應
佛相應門堅固住　佛佛觀想即相應
觀想相應菩提心　其量廣大徧一切
一切賢聖從是生　依法觀想大明字
觀想相應妙蓮華　其量廣一多羅樹
自心安住而不動　想成自心曼拏羅
又想自心曼拏羅　其量廣一多羅樹
想自影像現其中　一切所作善堅固
又想燄鬘白淨光　五六依次而觀想
想自影像處其中　左右踰始多安布

廣大光明依法現　自心白等餘七色
如是光明徧虚空　於中想現諸佛相
想自影像徧虚空　一切皆從自心現
自身佛身本相應　一切相等依法用
次當觀想諸菩薩　周帀徧滿虚空界
自相如理而相應　諸佛菩薩同觀想
依法想召諸賢聖　安住虚空曼拏羅
自相眞實理相應　即成菩提心觀想
大明文字等相應　如實觀彼文字相
從菩提心所出生　熾盛光明而嚴飾
從光出現諸儀法　自影像與諸佛等
自他影像悉相應　燄鬘光明等照耀
次想依法而出現　佛眼菩薩等賢聖
以彼彼心大明字　月曼拏羅中安布
金剛薩埵眞實相　徧入微妙光明中

此名持金剛法門

又想金剛薩埵生　自心影像曼拏羅
是相如理觀相應　與此而觀非成就
又想金剛薩埵生　日輪曼拏羅中現
金剛鉤索等諸相　攝受弟子入壇場
又想金剛薩埵生　一切法從自心現
以文字等假施設　是故墮於文字數
持誦乃至所作事　一一住於禪定心
若如是修即成就　彼持明者名最勝

此名一切如來三昧法門

從自影像而出生　本部法中諦觀想
由想自心依法住　一切魔怨皆破散
此中如是求悉地　諸觀想等依儀軌
日輪曼拏羅相應　觀想現諸明王相
燄鬘部中所現光　皆當觀想忿怒相

彼所説相依法儀　是名決定眞實語
應當如是如理觀　異此而觀非成就
此名一切如來普賢法門
想自影像曼拏羅　中有熾盛大光明
其光廣照諸世界　皆從眞實智心現
自身復現蓮華中　清淨光明所照耀
是身雖現有相身　自性平等而無著
依法觀想心文字　是即金剛薩埵相
金剛薩埵相平等　是即觀想諸佛相
了知大明教出生　當獲一切悉地法
是故大明最尊勝　離大明教無有上
此名一切如來堅固勇猛法門
當想日輪曼拏羅　中現毗盧遮那佛
思念彼佛心大明　彼明成就一切法
從此大明復出生　希有最上祕密儀
一切從心如理現　猶月清淨而照耀
復想從自影像生　金剛劒等成就相
而彼出生依法儀　想現廣大光明聚
具種種色甚微妙　普照世界無邊量
此名一切如來三昧眼法門

佛説無二平等最上瑜伽大教王經卷第一

佛説無二平等最上瑜伽大教王經卷第二

宋西天三藏朝奉大夫試光祿卿傳法大師施護奉　詔譯

眞實攝部三摩地分第三

爾時金剛手菩薩大祕密主復入一切如來妙月曼拏羅而復以自身相現大毗盧遮那佛相安住法界大曼拏羅中如是安住已還復自相説眞實攝部　三摩地法門

當想清淨大乳海　最上四寶所莊嚴
優鉢羅華現海中　諦心想彼大明字
智部曼拏羅相應　此觀想法復最上
從忿怒相而出生　相應光明善觀照
即彼光明徧一切　想現金剛薩埵相
依法復觀自影像　亦於光明中安住

此名攝部三昧金剛法門本部大明曰

唵引一薩哩嚩二合怛他引誐多二僧屹囉二合賀倪也二合引那莎婆引嚩引怛摩二合酤[方+欠]三

此大明王從本部儀軌王出生依本部儀軌觀想此中自影像者謂吽字相一切觀想法當依此而想彼如是法儀皆吽字出生此字微妙不可思議於一刹那中出生諸賢聖從自影像等現平等光明自心種子成曼拏羅彼心　正思惟即諸法相應彼文字相即法智相是故如理相應觀想此名一切如來三昧金剛法門

依法五處若相應　觀想五股金剛杵
從彼大明文字生　觀想金剛薩埵相
依法出現大光明　普徧佛刹而照耀

此名金剛手最上子法門

自相金剛手相應　即想金剛手幖幟
當知諸佛影像生　廣大光明照世間

此名自影像智法門

自心金剛手相應　燄鬘熾盛所莊嚴
從菩提心而出生　廣大光明照世間

此名自相利法門

想此佛刹現光明　燄鬘普徧而照耀
從自相想金剛鉤　依自影像而安布
依法鉤召諸如來　一切來入光明中

此名一切如來主法門

於自影像衆相應　想彼大明諸文字
依法出現大光明　觀想金剛薩埵相
菩提心生自影像　定心觀想眞實理
由觀眞實理相應　一切魔怨皆破散
若有一切魔怨起　作諸忿怒怖畏事
當想菩提心出生　廣於世界現變化
想日輪中現自相　廣大利光所莊嚴
由是出生諸儀法　羯磨金剛妙清淨
諸法本從相應生　而善安住堅固心
如理宣說諸法儀　本來相應自平等
優鉢羅華中現相　種種色光而普徧
一切賢聖相相應　如是應當最上觀
徧三界中大明句　乃至虛空曼拏羅
皆從諸佛影像生　白色光明妙清淨
清淨妙月曼拏羅　於中依法而觀想
沒捺誐囉相相應　依法應常如是觀
想於幰像亦如是　金剛薩埵光明照
自影像光極熾然　摩摩枳等莊嚴相
入想金剛薩埵生　廣諸世界變化事
一一堅固智所現　忿怒相應而諦觀
依法出現大光明　與自影像光明合
是故曰曼拏羅中　智觀自相而無礙

想五股大金剛杵　廣於世界現變化
忿怒影像所出生　本部大明字莊嚴
依法觀想大輪相　於其輪中想佛身
相應光明而普徧　如是名爲相應觀

此名金剛自性法門

復於輪中想自身　寶劒莊嚴光明現
菩提心即光明鬘　普徧出現神通相
次於心想妙蓮華　梵光熾盛而嚴飾
從菩提心所出生　大明文字廣安布
優鉢羅華想心現　有種種色妙光明
依法安住菩提心　定中觀想大明字
又想於自心出現　微妙帝青大光明
大智相應所出生　於中觀想佛影像
又復想自影像中　現諸微妙熾盛光
於心想現文字相　彼文字中觀影像

此名堅固智法門

又當觀想一肘量　最上微妙曼拏羅
中想自影像文字　金剛燄光而普徧
又當觀想一肘量　最上大智曼拏羅
中想自影像出生　定中持念大明句
又當觀想一肘量　清淨日輪曼拏羅
中想金剛手出生　定中持念大明句
又當觀想一肘量　成就羯磨曼拏羅
中想降伏諸魔怨　定中持念大明句
又想一多羅樹量　最上大智曼拏羅
於中觀想自影像　即成毗盧遮那佛
又想蓮華曼拏羅　其量等一多羅樹
想自影像於中現　左右復觀諸佛相
又想微妙曼拏羅　其量等一俱盧舍
想自影像於中現　普徧世界現變化

此名金剛大士法門

又想淨月曼拏羅　其量等一俱盧舍
想佛影像於中現　左右踰始多安布
應當想彼踰始多　常現五種妙光明
光中復現悅意華　種種微妙香雲等
如是最上供養具　觀想供養諸如來

此名金剛眼法門

依法觀想踰始多　其相黄色妙莊嚴
佛座周帀各安布　想從相應而出生
如彼出生如所作　觀想金剛薩埵相
金剛薩埵出生故　依彼部法而觀想
又想一俱盧舍量　大智微妙曼拏羅
自他影像悉相應　諦心觀想於中現
自依最上金剛法　應觀五色分五相
白色當知大智部　黑色表眞實攝部
紅色名爲蓮華部　黄色是名迦摩部
左嚕妙色爲最上　衆莊嚴中表莊嚴
妙色開敷大蓮華　即自金剛所作事

此名金剛大祕密主法門

如是相應祕密法　不相應者勿表示
自相若住堅固門　乃至他法亦成就
作此相應觀想者　想現踰始多身相
妙色最上衆莊嚴　見應愛樂勿生怖
又想金剛薩埵相　滿此佛刹而徧現
諸佛影像堅固事　大金剛法而普攝

此名三金剛破法門

法部三摩地分第四

爾時金剛手大執金剛者復説法部三摩地法門

一切所作依此説　大曼拏羅即相應

此中如是依法儀　法部成就當觀想
取相分別應捨離　乃住諸法相應相
一切相應觀想門　法部大明如是稱
唵引一薩哩嚩合二怛他引誐多二達哩摩合二倪
也二合引那莎婆引嚩引怛摩合二酤欱三
此明依法想念誦　大三昧耶即相應
從一切性所出生　此中非性非無性
此名觀自在法門
當想清淨妙蓮華　是華以表貪清淨
清淨即成曼拏羅　自清淨相想中現
又想大明王出生　廣大熾盛光明聚
彼燄光明悉周徧　光中想現觀自在
此復名觀自在法門
自相想現月輪中　種種色光而周徧
其光一切悉照明　乃至徧滿虛空界

次當於其自心中　觀想最勝大明相
自相觀想彼相應　即諸佛智所莊嚴
又想法曼拏羅中　出現明王最勝相
從觀自在所出生　廣於世界現變化
又於法曼拏羅中　諦心觀想觀自在
彼從金剛薩埵生　廣於世界現變化
此名普賢法門
又於法曼拏羅中　想現最勝觀自在
金剛薩埵眞實生　五處相應依法觀
此復名觀自在法門
復次於心想微妙　最上大法曼拏羅
從淨蓮華所出生　諸變化事如應現
又復於心想微妙　無垢大法曼拏羅
中現妙色淨蓮華　華中諦想諸佛相
又於自心當諦想　最上大法曼拏羅

於中想現觀自在　是即觀想五佛相
又於臍輪當諦想　最上大法曼拏羅
於中想現觀自在　是即觀想五佛相
於法曼拏羅中想　自相等一多羅樹
想從自相所出生　曼拏羅中諸儀法
其所出生諸儀法　廣作一切供養事
此名持蓮華法門
又想大法曼拏羅　其量等一俱盧舍
於中諦心想自身　是即觀自在身相
又想蓮華曼拏羅　其量等一俱盧舍
左右想現踰始多　以諸印作供養事
自心曼拏羅相應　即法曼拏羅觀想
普徧一切世界中　廣現供養諸儀軌
自心曼拏羅相應　即想大輪曼拏羅
依日曼拏羅儀軌　想自影像入其中

頂上觀想大明字　乃至虛空無過越
觀想五種妙蓮華　蓮華無垢光明現
應當依法而了知　中方觀想自影像
東方想於佛影像　從是出生而觀想
南方即彼攝部等　所作平等而相應
西方最上法所作　北方迦摩部出生
金剛輪於智部用　金剛劒用法部中
金剛杵作攝部法　三叉通彼三部儀
當知徧滿虛空界　隨彼諸部所作法
皆從聖劒金剛杵　最上法等所出生
迦摩燄光極熾盛　乃至廣大徧法界
從金剛杵三叉生　於自影像不破壞
自心曼拏羅相應　當知即於智部轉
大智曼拏羅相應　當知即於攝部轉
妙法曼拏羅相應　當知即於法部轉

妙月曼拏羅相應　即於迦摩部中轉
日輪曼拏羅相應　當於一切部中轉
此復名持蓮華法門

迦摩部三摩地分第五

爾時金剛手大執金剛者以一切如來大金剛杵安於智部等諸祕密部中入彼大智相應曼拏羅建立所作事於其大曼拏羅中安自影像相及諸佛菩薩賢聖等相依法相應已即說迦摩部三摩地法門

一切所作依此說　大曼拏羅即相應
依法想者得成就　異此而觀非觀想
所有迦摩部法儀　本部大明如是稱

唵引一薩哩嚩二合怛他引誐多二迦引野倪也二合那莎婆引嚩引怛摩二合酤欱三引

如是微妙大明句　於法平等而相應
從大蓮華所出生　清淨光明悉周徧
依此法想曼拏羅　於中復想自影像
迦摩燄光影像生　廣於世界現變化
自相迦摩法相應　乃至虛空無過越
梵王影像所出生　種種燄光普嚴飾
從迦摩燄生影像　廣於世界現變化
如是一一依法儀　三種影像當觀想
此名迦摩燄光法門
又當觀想妙蓮華　縱廣可其一肘量
於蓮華中想光明　梵王影像光中現
又當觀想大蓮華　最上一百八肘量
從迦摩燄影像生　觀想三佛影像相
又當觀想大蓮華　最上一百八肘量
那羅延天影像生　華中觀想諸佛等
當知從佛影像生　梵王影像變化事

從法影像所出生　那羅延天影像相
金剛手相堅固用　迦摩餤相從是生
如應所作相應法　普徧世界而出現
又想大梵王影像　其像廣彼千肘量
從是梵王心出生　諸佛影像想中現
諸佛影像依法現　那羅延天相亦然

此復名迦摩餤光法門

又想迦摩餤光生　那羅延相千肘量
從是心中所出生　諸佛影像想中現
所有一切佛影像　迦摩餤法悉相應
隨所出生依法儀　棃羅莊嚴而最勝
乃至影像法相應　彼踰始多即成就

此名最勝迦摩餤光法門

三昧最上智一切成就分第六

爾時金剛手大執金剛者復說此法門

諸求悉地者　於本部法中　曼拏羅相應
自影像出生　依法想日天　如本部儀軌
住三摩呬多　即相應成就　大智觀影像
徧滿虛空界　想諸色相等　住三摩呬多
彼諸天等相　當依法了知　是即希有法
非諸惡能破　大印如是法　此如理而說
四種大明句　依法而所作　彼一切所作
與三昧相應　諸觀想不離　三摩呬多門
而諸所起心　爲衆生普利　自相所觀想
内心而廣大　若於三昧法　起疑惑心者
佛說彼等人　具下劣種性　若了此法者
應具大福德　如是依法知　異此非觀想
如泥中出生　優鉢羅華等　彼一切應知
即心相無垢　菩提心堅固　諸佛所攝受
從金剛手生　異此而非生　地等諸大種

隨所依出生　此清淨亦然　智部最上法
此名普賢法門
一切佛甚深祕密供養分第七
爾時金剛手大執金剛者於一切如來堅固
妙月曼拏羅相中加持而住復說此法門
修行者依法　沐浴而莊嚴　於諸相分中
無破無闕減　若依此三昧　即成就相應
若越三昧門　而不得成就　此祕密法門
是最上眞實　若通達無礙　無疑怖成就
當依法而畫　四肘曼拏羅　依本部大明
誦五洛叉數　依法求成就　異此而不成
此名一切如來心法門
從金剛薩埵　眞實所出生　畫勝曼拏羅
縱廣一肘量　大忿怒明王　甘露軍拏利
彼依法平等　施最上成就　壇中依法儀
安金剛鉤等　以香華供養　彼即得成就
又於大海邊　或山間靜處　依法隨力畫
本部曼拏羅　以諸寶供養　供養金剛手
及觀自在尊　諦心而作法　當於夜二時
謂初夜中夜　作法者入壇　求眞實悉地
如是經半月　所作得相應　設極重罪者
求此法亦成　此法平等門　離取相分別
金剛手加持　咸得勝成就　祕密主出生
諸世界平等　得彼阿僧祇　踰始多成就
變現諸佛身　等須彌山量　從金剛手生
作眾生利益
此名一切如來光明法門

佛說無二平等最上瑜伽大教王經卷第二

音釋

殑伽梵語也此云天堂來河名也殑其陵切伽丘迦切　嚩文賀切　額五革切顙也　臍徂奚切　股公戶切　軌居洧切法度也　呬火利切

佛説無二平等最上瑜伽大教王經卷第三

第四同卷

宋西天三藏朝奉大夫試光禄卿傳法大師施護奉　詔譯

一切如來智證最上祕密分第八

爾時十方來者一切如來又復勸請金剛手菩薩大祕密主言金剛手願當宣説一切如來智證三昧大明三昧一切如來成就師子變化三昧速證阿耨多羅三藐三菩提大智平等法門爾時金剛手菩薩大祕密主聞諸如來如是言已先以金剛杵安於自心作加持已發如是言諸佛不應重復勸請令我宣説諸三昧法門何以故此法甚深最上祕密是一切如來眞實智印成就法門有諸下劣根性者若聞是法當有千種破壞等相諸如來言我等諸佛所共加持汝今但當隨應宣説爾時金剛手菩薩大祕密主安住一切如來心頂最上妙月曼拏羅中宣説一切如來智證三昧大明三昧等法門

所有阿僧祇諸佛　不破眞實相應門
行者現生得佛身　一切所作皆決定
所有俱胝數諸佛　不破諸佛智相應
行者現生獲悉地　得成金剛薩埵身
總攝一切衆生聚　如一廣大蓮華量
三摩地等諸法門　一切皆能獲悉地
總攝一切悉地法　如一廣大蓮華量
智者應當眞實覲　悉從迦摩餤光生
此名自性清淨法門
觀想徧滿虛空界　諸佛普現種種身
不破如是眞實相　行者現生獲悉地
諦想自心眞實法　一切所作皆清淨

不破三昧本無生　異此即非相應行
自及一切衆生類　心本清淨復光明
雖種種性悉無染　諦想心等眞實門
所有諸佛勝事業　一一依法眞實修
一切大明清淨生　異此而修非成就
是故大明最尊勝　能成最上祕密法
金剛薩埵清淨生　異此而修非大喜
彼勝事業自在義　所作所行悉平等
智者如是如實知　異此即名愚癡者
行者應當如實知　行住乃至飲食等
不破諸佛三昧門　即當速獲悉地法
所有供養香華雲　一切如義而所作
九没囉拏門出生　供養一切賢聖等
常持本部祕密明　即得金剛薩埵法
此即一切佛世尊　眞實智證三昧門

此名一切如來智法門
行者善住堅固心　依彼曼拏羅法儀
如常所用所作事　一切隨應離疑惑
所作應當依此法　如别所作非相應
自成就法甚廣大　依彼智金剛所説
若自若他諸法用　乃至虚空所出生
若於眞理不相應　彼於佛法不成就
世間苦樂貪瞋癡　離我相故悉平等
了知貪瞋癡性空　不離貪等自清淨

金剛薩埵一切祕密三昧分第九

爾時金剛手菩薩大祕密主復説一切如來大智因金剛薩埵一切祕密三昧法門
修習瑜伽勝行者　不應禮敬諸聲聞
但當禮彼諸如來　即得相應成就法
行者當於自影像　依法定觀眞實理

於自心輪等所作　一切相應供養事
若彼一切衆生中　有違越此祕密者
即當頭破作七分　而復退失菩提心
若於祕密門安住　持誦所用祕密明
金剛薩埵所出生　於自影像諦觀想
佛爲最上阿闍梨　一切最勝常善護
了知祕密眞實者　此阿闍梨佛無異
觀想諸佛阿闍梨　從菩提心所出生
於自影像觀相應　眞實事業悉成辦
諸持明者當了知　眞實三昧而出生
如是三昧等相應　越三昧者不成就
又當觀想自影像　從金剛手祕密生
大印成就等相應　所欲應修先行法
若時若用等依法　而此三昧爲最上
此常所作悉相應　乃至善獲諸悉地
所欲應修先行法　若時若用等相應
而此三昧爲最上　於一切處常善護

此名大菩提心法門

從自影像所出生　於自影像住一相
而自心量廣無邊　具修大明先行法
當知此三昧大智　一切所作離諸過
專注作彼擁護法　所求悉地善堅固
依法諦想諸如來　定心思惟悉地相
金剛薩埵出生門　自心相應法成就
行者常依此法儀　日三時中作觀想
若異此法持誦者　而彼所作非悉地
影像影像無差別　忿怒莊嚴熾盛光
想從寶手而出生　最上廣大金剛寶
依法平等作觀想　乃至得見悉地相
若異此者即愚癡　彼於祕密不成就

最上大智妙寶冠　衆妙莊嚴善清淨
除此最上悉地門　無復餘法爲勝上
安住金剛手大輪　於三有中無染著
我已成就智金剛　常宣清淨法智句
甘露軍拏利等法　依彼加持而安住
虚空無量無邊際　我從賢善法中出

此名持金剛法門

爾時金剛手菩薩大祕密主復説一切如來身語心大智大明清淨眞實金剛加持一切如來三昧法門

復次此説心金剛　觀想金剛薩埵生
彼心如是觀想已　即能入彼智金剛
金剛自性清淨義　應善觀察語金剛
觀想清淨大智門　大智隨彼語業轉
金剛堅固不壞身　金剛加持妙光照
而彼諸佛自性身　如是依法加持住
依如是法得菩提　金剛界中加持住
於六月中依法修　即獲諸佛成就法
貪法無生亦無染　一切從彼金剛生
如是眞實儀軌修　一切悉地皆圓滿

爾時金剛手菩薩大祕密主復説一切如來大智阿闍梨三昧

應知三種智等生　諸不正語非如義
依正法儀如理行　得佛阿闍梨成就
應當想彼諸佛等　周帀徧滿虚空界
想從大明所出生　三摩呬多心愛樂
所有愛樂法相應　佛阿闍梨常觀想
微妙最上曼拏羅　本部大明諦心念
影像徧滿虚空界　於心觀想現佛身
此如是説如理行　安住諸佛眞實智

一切如來平等金剛加持三摩地從是三摩地出已宣說一切三昧智成就禪定真實最上大曼拏羅

今說三昧智成就　最上廣大曼拏羅
金剛大智所出生　諸佛菩提如理說
定心觀想乳海中　清淨微妙蓮華現
種種瓔珞徧莊嚴　專注繫念而觀想
曼拏羅量十六肘　如佛阿闍梨法住
其相四方及四隅　四門依法想安布
中想月輪曼拏羅　復有閻浮樹出現
依法於其外四隅　想布五股金剛杵
而彼五股金剛杵　想於五處作加持
復當於彼月輪中　依法想布諸佛位
東方如彼本部儀　安布阿閦如來等
南方亦如本部儀　安布寶生如來等
又想妙月曼拏羅　從影像相而出現
依法持念本部明　五處相應而觀想
住菩提心依法想　諸分圓滿悉愛樂
入彼法曼拏羅中　自心大明當持念
所有最上妙寶冠　想作廣大供養事
佛阿闍梨大樂門　真實相應而供養
依法持誦本尊明　遠離一切怖畏事
此法剎那若相應　於現生中得成佛

此名一切處平等利法門

一切三昧成就禪定曼拏羅分第十

爾時十方來者一切如來復從一切如來身語心智莊嚴出諸供養雲供養金剛手菩薩大祕密主如是供養已咸作是言大士願說一切三昧智成就禪定真實最上大曼拏羅爾時金剛手菩薩受一切如來勸請已即入

西方無量壽佛等　北方不空成就等
隨方色相依法儀　住心真實而觀想
中方毗盧遮那佛　觀想出生諸法儀
曼拏羅中諸法用　依法次第當觀想
復次於其內四隅　想布佛眼菩薩等
甘露軍拏利明王　及諸明王四門想
如是賢聖色相等　觀想各各依法儀
方位次第想周圓　並依金剛薩埵法
當知從五光明出　五法如意而具足
佛阿闍梨三昧門　所作並依三昧法
又當想彼虛空界　徧滿一切佛世尊
以祕密法普供養　觀想祕密依法說

大禪定分第十一

爾時金剛手菩薩大祕密主復說不空三昧大禪定曼拏羅

一切所作依此說　佛阿闍梨大智門
日輪曼拏羅相應　一切依法而觀想
東方一切法最上　安想金剛薩埵法
南方究竟勝大明　安想金剛薩埵法
西方最上正覺智　安想佛阿闍梨法
北方諸散怛囉娑　安想金剛薩埵法
中方三界廣平等　安想大金剛影像
諸方普想白色已　中方復想於黑色
觀想蹁始多妙相　如金剛法所作事
大自在金剛薩埵　觀想所有諸色相
金色如應依法儀　諦心觀想佛影像
一切如是依法儀　觀想忿怒明王相
本部大明及五法　普以大明作供養
乃至徧滿於虛空　想現金剛薩埵相
以諸大明供養已　復用祕密法供養

爾時金剛手菩薩大祕密主復入一切如來三昧生金剛加持三摩地從是三摩地出已復説妙樂法如來曼拏羅

妙法曼拏羅相應　一切依法而觀想
安住禪定相應心　諦想諸法皆無我
東方持妙法光明　南方大智法廣大
西方妙法大自在　北方勝上法聲生
中方妙法自在主　如應觀想依法儀
諸方普想白色已　復於中方想赤色
本部法中法自在　諦心四隅而觀想
馬頭忿怒明王等　依法安想於四門
五法一切想具足　祕密供養法相應
中心想現妙蓮華　周帀復想妙樂法
滿虛空界現珍寶　想徧自法祕密門
祕密供養三相應　法阿闍梨如儀軌

爾時金剛手菩薩大祕密主復入一切如來三昧金剛生堅固加持三摩地從是三摩地出已復説一切染法清淨大禪定曼拏羅

迦摩曼拏羅相應　一切依法而觀想
東方帝釋大光明　觀想種種淨妙色
南方閑華大自在　諦想自性即無性
西方大法智清淨　諦心想於寂靜相
北方最勝復最上　觀想清淨依儀軌
中方迦摩燄相應　依法觀想自影像
迦摩自在本部儀　諦實觀想心無我
所有最上蓮華手　依法想安於四隅
想彼五法皆具足　如其所應作供養
金剛薩埵所出生　周帀依儀而觀想
迦摩祕密法相應　出生最上諸供養
迦摩阿闍梨作事　攝受祕密供養等

佛阿閦棃常所作　彼曼拏羅賢聖尊
金剛阿閦棃想已　彼曼拏羅一切勝
迦摩阿閦棃如義　不復別說曼拏羅

爾時金剛手菩薩大祕密主復入照一切如來心頂加持三昧金剛三摩地從是三摩地出已宣說照金剛薩埵心頂大禪定曼拏羅

定心觀想大乳海　中有清淨大蓮華
華中有水精寶山　種種莊嚴甚殊妙
山頂現法曼拏羅　依法諦心而觀想
四方四隅及四門　如次依法想具足
中心大明妃出生　依法觀想轉輪相
東方諦心當觀想　依毗盧遮那佛儀
南方堅固心觀想　依彼無量壽佛儀
西方依法亦如應　觀想光聚王佛頂
北方如理而諦想　最上出生如是法
想從法影像所生　殊妙踰始多色相
想彼善施成就法　一切同一金剛相
所有佛眼菩薩等　四隅安想依法儀
無能勝忿怒明王　四門各各想安布
觀想金剛薩埵尊　一切相應彼成就
五法一切悉具足　是即智相應供養
從自祕密法出生　所生供養等無異
如是徧滿虛空界　想現一切頂輪相

爾時金剛手菩薩大祕密主復入一切欲界平等歸命金剛加持出生三摩地從是三摩地出已說一切部平等師子變化大禪定曼拏羅

先想清淨大乳海　次復變現種種色
於衆色中有大山　四寶莊嚴甚微妙
山頂復想曼拏羅　四方四隅及四門

周帀現優鉢羅華　清淨莊嚴而觀想
曼拏羅中想月輪　輪中復有衆寶座
佛阿闍棃處其上　入於相應禪定門
彼日輪曼拏羅中　明妃出生賢聖等
依法諦心當觀想　各於四隅而安布
彼甘露軍拏利等　忿怒明王熾盛光
以忿怒相作莊嚴　依法周帀想安布
月輪曼拏羅明妃　五處相應而出生
金剛揭訥誐莊嚴　燄鬘部光而照耀
蓮華妙樂主清淨　白色熾盛光明鬘
最上清淨甚微妙　寶冠莊嚴想徧滿
金剛薩埵所出生　佛阿闍梨最勝相
種種妙寶所莊嚴　依法諦心而觀想
金剛薩埵所出生　衆寶燄鬘大光明
光中現優鉢羅華　依法當於東方想

勿起異心當觀想　從金剛法所出生
鉢訥摩華平等光　依法當於南方想
迦摩金剛所出生　赤色光明妙傘蓋
燄光周徧表莊嚴　依法當於西方想
廣大金色智光明　依法當於北方想
本部明妃自在主　四隅如應當觀想
所作應想祕密相　種種妙寶表莊嚴
愛樂適悅法相應　觀想如應生喜樂
彼無能勝阿闍棃　依法觀想於四門
如祕密作金剛步　想從是門出三界
所有一切影像相　悉想金剛薩埵生
佛阿闍梨常所行　五法具足皆清淨
依法承事常作用　此法是即生大喜
又想自祕密出生　常作最上供養事
影像徧滿虛空界　觀想如應作供養

所有劫樹大珍寶　及彼如意寶清淨
依諸部法而分別　如應觀想彼色相
彼彼影像如所說　依法得受於灌頂
彼相若當依法儀　觀想賢瓶而最上
佛影像等同一相　諦心想作諸供養
行者若如理作法　是即住於相應相
是人現生得成佛　所說決定無疑惑
本部大明忿怒王　如應善施成就法
行人即於刹那間　最上悉地得圓滿
諸三昧門祕密行　佛阿闍梨法性門
所說真實復一心　隨如是部出生相

佛說無二平等最上瑜伽大教王經卷第三

佛說無二平等最上瑜伽大教王經卷第四

宋西天三藏朝奉大夫試光祿卿傳法大師施護奉　詔譯

出生大禪定分第十二

爾時金剛手菩薩大祕密主復入一切虛空界智光照明三摩地從是三摩地出已宣說大三昧大士出生諸大明法門智部大明曰

唵引一倪也二合引努引訥婆二合嚩引野莎引賀引二

說此大明已阿僧祇百千佛剎皆大震動又此大明若有聞者即得廣大記念辯才智慧

爾時金剛手菩薩大祕密主復入普徧光明三昧金剛加持三摩地從是三摩地出已宣說攝部大明曰

唵引一僧屹囉二合賀倪也二合引努引訥婆二合嚩引野莎引賀引二

說此大明已所有一切虛空界自然出現廣大熾盛光明照耀普徧一切互相映徹照見無礙

爾時金剛手菩薩大祕密主復入自性清淨三摩地從是三摩地出已宣說法部大明曰

唵引一達哩摩二合倪也二合引努引訥婆二合嚩引野莎引賀引二

說此大明已自然出現廣大光明徧照無邊一切佛剎

爾時金剛手菩薩大祕密主復入自性清淨集吉祥生金剛加持三摩地從是三摩地出已宣說迦摩部大明曰

唵引一迦引摩倪也二合引努引訥婆二合嚩引野莎引賀引二

說此大明已自然出現廣大光明徧照無邊

一切佛刹諸持明者各於諸部當如是知起相應心住真實理以自影像加持而住一切所作諦心觀想復次當知諸部諸印隨應相異謂二臂合及指相合是諸部通用印相金剛相合是智部印相寶相作縛是攝部印相蓮華相生是法部印相羯磨部與法部無異三叉相作縛是迦摩部印相此名大明菩提心法門

勝大明教最初事業分第十三

爾時金剛手菩薩大祕密主復入圓滿一切願三昧出生金剛加持三摩地從是三摩地出已宣説大三昧成就曼拏羅而此曼拏羅最上廣大猶如虚空廣大無量此大成就等無有異若欲畫此曼拏羅者當依本部法儀如理而作應先布畫幰依法加持五色線絣量界道依次分布界道周正隨應大小依法而畫其曼拏羅作三重四方四隅四門四樓閣莊嚴具足四門各以㘕踰賀而爲嚴飾畫作空中雨珍寶相如是安布畫曼拏羅三重諸分位已次當依法畫賢聖相内第一重曼拏羅中心畫本部尊東方畫智部尊南方畫攝部尊西方畫法部尊北方畫迦摩部尊如是四方畫已所有四隅並依常法如次而畫復次外第二重東方畫最勝佛頂大白傘蓋菩薩南方畫持金剛菩薩西方畫持蓮華菩薩北方畫嚬眉菩薩於其四隅當畫佛眼菩薩摩摩枳菩薩白衣菩薩等如是諸菩薩等各結本部印如本法畫復次外第三重東方畫帝釋天主與欲界天子衆及淨居天子衆東南隅畫諸五通大仙及火天衆南方畫必

隷多主七母鬼衆西南隅畫必隷多主諸部多衆西方畫水天主及諸龍衆西北隅畫風天主及諸持明天衆北方畫俱尾囉天大財主及諸夜叉衆東北隅畫部多主及諸部多衆如是諸天等應當各各依彼法畫復次於其四門各畫金剛鎖菩薩於第三重曼拏羅外四隅各畫五股金剛杵如是安布畫賢聖已當依法儀安置賢缾及香華燈塗等而作供養及獻祕密供養依法加持請求本尊賢聖歡喜依法於其四門安置祕密供養具作是祕密供養已依大明教於須臾間即得本尊善施歡喜其持明者應當先爲必哩煬迦囉作出生供養次爲訶利帝母後爲一切部多衆作出生供養已復以本部大明作護摩法此曼拏羅最上勝妙如眞實語能作成就乃至與弟子授灌頂法及種種事業悉得成就此即金剛薩埵相應之法諸佛最勝作用法門佛阿闍梨如理宣說此三昧門一切佛於三世道轉能作大灌頂乃至虛空出生如如意寶出生無礙所有灌頂法我眞實生依止無礙亦復如是若人得聞金剛薩埵名字及見身者於七生中得最上地若欲安住佛阿闍梨加持智海其持明者應常供養諸佛大牟尼尊即得佛阿闍梨攝受爲本部弟子如常所說五種三昧應當一心如實觀想即得於大三昧曼拏羅中作成就行人是即名爲大如意寶眞實出生

爾時金剛手菩薩大祕密主安住一切如來心加持已欲令一切修瑜伽行者安住一切如來身語心業勸請世尊大徧照如來宣說

最上成就法門爾時世尊大徧照如來即說一切如來三昧最上成就明教最初事業法門

今說廣大曼拏羅　三十由旬爲分量
其相四方燄光明　帝青大光復周徧
虛空無礙徧一切　禪定相應而觀想
又此閻浮大洲量　想徧清淨大乳海
海中出現大蓮華　其華量如彼車輪
華中想燄鬘得迦　忿怒明王大笑相
依法觀想彼影像　色相慓熾如常法
或現顰眉忿怒容　燄鬘部光極熾盛
所有出生依法儀　觀想於彼等無異
禰羅難拏大明王　想忿怒壞三界相
於一切佛法所攝　安住諸佛眞實智
三種影像如所說　觀想徧滿虛空界
色相依法而出生　自心觀想離諸相
自心及彼諸影像　諦想皆是賢聖相
復次漸略大明字　彼中安想諸賢聖
劫火大光依法儀　住禪定心普觀想
日光清淨復熾盛　觀想自身依常法
皆從賢聖所出生　彼中諦心而觀想
自心即現自影像　依法觀想無別異
此中一切大明句　善能圓滿一切願
最初禪定如是說　行者一心當觀想
劫火大光想熾然　部主本尊常出現
所有大明文句相　當住禪定諦觀想
諸佛影像悉相應　妙月曼拏羅中想
復想從自心出生　身諸毛孔現化佛
一切徧滿虛空界　三種大明應觀想
五種光明相應現　安想本尊依法儀

大明王相法相應　一切如理而安布
想虛空界一切佛　現身徧滿無空缺
先想本尊賢聖已　一切觀想悉周徧

辦事分第十四

爾時世尊大徧照如來復説一切祕密大明分別教相法門

又當於其虛空中　想現四方曼拏羅
量廣阿僧祇由旬　最上廣大而周徧
應住禪定如理心　想自影像於中現
即是毗盧遮那佛　五處相應如理住
次想日輪曼拏羅　普想賢聖現其中
金剛薩埵自心現　依法出生而觀想
又想日輪清淨光　熾盛徧滿虛空界
諸賢聖相悉相應　依法次第想安布
智者當知此部法　是即眞實清淨教
異此而非成就門　遠離祕密禪定行

大徧照如來一切大明金剛出生分第十五之一

爾時世尊大徧照如來復説一切如來一切眞實教持念法

虛空無際無方隅　當知自心亦如是
外曼拏羅觀想已　自曼拏羅想無異
自華隨處即本尊　觀想眞實相應法
大印如理觀想已　不應觀想別異法
於自心中想微妙　清淨大智曼拏羅
自影像現白色光　表從大悲相安立
所有大明文字句　觀想最初祕密法
五股金剛杵幖幟　彼亦依法如是想
從自影像出生法　智者五處善安住
而諸文字隨相門　想從禪定所出生

文字章句如儀軌　想以數鬘爲記念
隨諸部法用差别　智者應當如實知
觀想大智所出生　一心持念即圓滿
彼一切佛所攝持　於圓滿法善宣説
一字大明眞實法　自影像相應觀想
三字大明眞實法　想本部主所出生
五字大明等攝持　乃至文字出生法
普現白色熾盛光　燄鬘明照悉周徧
從初依法而分别　諸部所作諸事業
青優鉢羅華葉相　普現帝青大光明
隨本部現廣大光　定心觀想彼成就
蓮華妙樂主色相　赤色燄光明普徧
所現光明依法儀　普徧世界而照耀
黄色黄光極熾盛　一切普現於黄色
如應觀想諸色相　彼能成就皆決定

從自影像而生起　眞實出生如所説
觀想自心現妙華　即復想成曼拏羅
彼中應當依法儀　眞實大印而諦想
如正法句所出生　眞實大智常觀想
如應想從根本生　一切諸佛供養等
依法現諸變化事　普徧一切世界中
復次漸略諦觀想　無初中後皆如實
妙月光明此相應　如應觀想大印法
如理了知三部儀　此即眞實清淨教
所作事業悉和合　觀想所應依儀軌
别法觀想若未成　當想妙樂法最上
行者應入寂靜舍　安住相應禪定相
一心於此諦觀想　諸佛身語心成就
成就行人此眞實　專注求是悉地法
諦想諸佛影像已　寶冠莊嚴作供養

佛阿閦棃出生相　當於自心而安想
本部大明最上印　諦想於心而安住
依法飲食等作用　悉住相應自在相
乃至色香等諸事　皆是廣大真實心
佛阿閦棃自妙樂　常與賢聖法相應
此中一切依法作　異此而修非成就
所説一切大明句　而能圓滿一切願
大明善作諸成就　真實祕密諸智門
若破諸佛三昧門　自他俱破法亦然
一切所行所作事　當知皆如不正語
諸法皆從一切佛　佛智出生而成就
金剛薩埵相出生　金剛薩埵法成就
若於四行得相應　普攝諸賢聖根本
依法如理持本法　此說名爲持明者
此法皆是一切佛　真實祕密善無動

此即最勝大明體　觀想如應而平等
如實分別諸部法　觀想諸佛影像已
如應觀想彼輪相　皆從自法真實生
行者應當常觀想　金剛薩埵等賢聖
三部平等依法儀　乃至盡壽無退壞
金剛薩埵所加持　一切佛諸成就法
一切大明大喜門　三昧成就如實説

爾時世尊大徧照如來復入一切如來如意寶平等金剛三摩地從是三摩地出已宣説

一切如來出生金剛曼拏羅
一切所作依此説　當畫三昧曼拏羅
東方畫彼阿閦尊　本印現前當依法
南方當畫寶生尊　一切依彼本部儀
西方畫無量壽尊　如應亦依本部法
北方依本部儀軌　當畫不空成就尊

中方如實依法儀　應畫佛阿闍梨相
次畫五股金剛杵　燄鬘光明所莊嚴
依法安布求成就　如佛阿闍梨所作
一切所作依本印　青優鉢羅華光明
復畫十一股大杵　依金剛法而安布
於內曼拏羅四隅　各各畫優鉢羅華
當知四種大印者　轉輪王相此無異
復於曼拏羅中畫　四寶四色表莊嚴
隨應復畫諸天衆　及曼拏羅中賢聖
四門各畫諸明王　色相皆依本部法
所謂白黑及赤黃　如次一一應當畫
安布諸賢聖相已　行者當住禪定心
各以賢聖本心明　善成諸法破諸惡
於其四門依法儀　常作祕密供養事
乃至飲食等所作　皆住曼拏羅界中
當知吽字爲佛部　吽惹字爲金剛部
惹阿字爲蓮華部　阿惡字爲迦摩部
如是諸部根本字　曼拏羅中常所作

此名一切如來金剛大曼拏羅

爾時世尊大徧照如來復說成就近成就大成就等諸法門

若欲修習成就者　隨應飲食祕密行
彼心安住大明心　是即相應三昧法
若欲得近成就者　當於一月依法修
諸佛善施諸成就　此即智金剛所說
欲得大明大成就　當於三月中修習
最初平等行相應　此即金剛手所說

爾時世尊大徧照如來復說智部等成就三昧寶藏法門

行者當觀於己身　即是毗盧遮那佛

本部所用金剛輪　得金剛輪持明成
行者當觀於已身　即是毗盧遮那佛
本部大明金剛劒　得金剛劒持明成
行者當觀於已身　即是毗盧遮那佛
三叉大明本部華　得三叉等持明成
行者當觀於已身　即是毗盧遮那佛
本部大明金剛鉤　得彼金剛鉤成就
行者當觀於已身　即是毗盧遮那佛
本部大明金剛索　得金剛索持明成
又想從自影像生　祕密大印等諸相
如是持彼如意寶　了諸部法善分别
此三昧法欲成就　應成就於成就事
彼於現生得成就　大明相應主宰法
於三昧法不成就　彼即不能得見佛
若依四種法儀修　觀想相應住眞實

當知從自身所生　自心影像相應相
於影像中諦想已　速得成就無别異
優鉢羅華甚清淨　本部大明亦復然
月影像中依法觀　大智持明得成就
復想心金剛出生　大智持明得成就
於其月影像光中　諦心觀想金剛手
當知諸欲我清淨　如彼虚空淨亦然
於其月影像光中　金剛蓮華想出現
次想清淨蓮華眼　一切地中得自在
於其月影像光中　五佛如來想出現
五種光明甚微妙　周帀廣現於佛身
光中復出日光明　羯磨金剛想心現
本部大明至心念　即得堅固金剛身
於其月影像光中　觀想本部金剛杵
觀想五股金剛杵　即得不壞金剛身

於其月影像光中　現金剛燄莊嚴相
金剛手即自影像　觀想持最上色相
於其月影像光中　現蓮華燄莊嚴相
觀自在即自影像　想持妙法大色相
於其月影像光中　現白色燄莊嚴相
迦摩燄即自影像　想持迦摩燄色相
一字大明種智門　出現大力明王相
所有本部主印契　及自印等當觀想
身語心諸大印門　一一如應依法想
當住眞實三昧中　諦想金剛手影像
於其日影像光中　自印如應當觀想
又於日曼拏羅中　諦心觀想自影像
大明文字安於心　依法所生離疑怖
又想金剛薩埵生　能生禪定出生法
近成就法依本儀　即得最上諸成就

依法隨宜於方處　六月中作供養事
如彼金剛薩埵儀　即得三界勝成就
行者隨處作成就　金剛薩埵所加持
天人乃至諸部多　所欲鉤召皆來集
行者應擇寂靜處　或於曠野或山間
所應鉤召悉來已　祕密供養依法作
依彼金剛薩埵法　若作所應鉤召時
持誦本部所用明　當結本部大印契
依法結本部印已　一心持誦求相應
行者當於中夜時　如應所作皆成就
想金剛鉤安於心　依本部法作相應
劫火大光極熾然　金剛鉤想光中現
想金剛鉤安於心　依法諦心而鉤召
燄鬘得迦忿怒王　及彼馬頭明王等
所有金剛杖明王　及彼不動忿怒尊

威光廣現三界中　作顰眉相而顧視
大力忿怒大明王　及彼甘露軍拏利
三界中起敬愛心　勇猛復具大威力
彼金剛香大明王　與金剛手威力等
而常稱念佛如來　安住三金剛不壞
金剛那契大使者　及彼金剛賛拏尊
悉依金剛薩埵法　普令三界阿吠舍
假使諸毒滿虛空　一剎那間悉能壞
爾時世尊大徧照如來復入一切三昧金剛三摩地從是三摩地出已宣說餤鬘得迦大忿怒明王大明曰

那謨引嚩日囉二合倪也二合引那引野一三摩野薩埵引野二唵引羯囉羯囉三俱嚕俱嚕四摩摩迦哩煬二合五伴惹伴惹六薩哩嚩二合尾覲那引二合捺賀捺賀七嚩日囉二合尾那引野崗八母引哩馱二合吒迦九吩引尾旦引多羯囉十摩賀引尾訖哩二合多嚕必尼引十一鉢左鉢左薩哩嚩二合訥瑟吒引二合那十二摩賀引誐拏鉢底尒引尾旦引多羯囉十三滿馱滿馱十四薩哩嚩二合屹囉二合賀引十五殺捺目二合珂殺捺部二合惹殺吒左引二合囉拏十六嚕捺囉二合摩引那野十七尾瑟弩二合摩引那野十八沒囉二合賀摩引二合捺也引二合禰嚩引摩引那野十九摩引尾藍末摩引尾藍末二十虎盧虎盧二十一曼拏羅末提引鉢囉二合吠引舍曳引二十二三摩野摩耨三摩二合囉二十三吽引吽引吽引吽引吽引吽引二十四發吒半音發吒莎引賀引二十五

說此大明已世尊大徧照如來即時安住如微塵數諸佛如來心月曼拏羅乃現種種色徧滿虛空界復現自影像亦徧虛空說是伽

陀曰

大哉一切大明法　最上金剛不可壞

一切如來堅固門　得無等比甘露聚

爾時世尊大徧照如來復入自性堅固三摩地從是三摩地出已宣說最上金剛心大明曰

唵(引一)嚩日囉(二合)嚧囉尾訖哩(二合)多(引)那那吽(引)發吒(半音二)

說此大明已一切如來亦悉怖畏時彼持妙法者說是伽陀曰

大哉一切大明法　我三昧門眞實說

乃至諸佛亦不破　是即建立金剛幢

佛說無二平等最上瑜伽大教王經卷第四

音釋

阿閦(梵語也此云無動閦初六切)　羯(丘謁切)　羯磨(梵語也此云作法羯居謁切)　絣(補耕切以繩直物也)　顰(毗賓切攢眉也)　喏(人者切)　發(匹葛切)

佛說無二平等最上瑜伽大教王經卷第五

第六同卷

宋西天三藏朝奉大夫試光祿卿傳法大師施護奉　詔譯

大徧照如來一切大明金剛出生分第十五之二

爾時世尊大徧照如來復入光照一切虛空界金剛三摩地從是三摩地出已說此大明曰

唵(一引)嚩日囉(二合)骨嚕(二合引)馱摩賀(引)末羅(二)賀那捺賀鉢左摩他(三)尾枳囉尾特網(二合)娑野(四)嗢蠱濫摩(二合)骨嚕(二合引)馱吽發吒(半音五)

說此大明已彼一切如來出現大輪光明徧滿虛空廣照一切爾時持金剛者說是伽陀曰

大哉一切大明法　是我最上金剛教
諸佛因此證菩提　我亦由斯得成佛

爾時世尊大徧照如來復入一切虛空界自性光明金剛三摩地從是三摩地出已宣說不動尊大忿怒明王大明曰

那莫三滿多嚩日囉(二合)赧(一引)阿左羅阿左羅(二)賀那賀那(三)底瑟吒(二合)底瑟吒(二合四)阿(引)尾舍阿(引)尾舍(五)摩賀(引)滿怛囉(二合)迦播(引)羅迦度努度努(六)珂(引)捺珂(引)捺(七)尾伽那(二合引)摩(引)囉野轉瑟啗(二合引八)犖(力角切)叉犖叉鉿(引九)俱嚕俱嚕(十)枳哩枳哩(一十)摩賀(引)尾沙摩嚩日囉(二合十一)薩普(二合引)吒野薩普(二合引)吒野(十三)唵(引)帝哩(二合)末里多嚫昂多迦(十四)淼(引)欣(呼郎切)欣(引)欣(引十五)阿左羅濟(引)吒濟(引)吒吽(引)吽(引十六)阿三滿底迦怛囉(引二合)吒(半音十七)阿薩賀那莫莎(引)賀(引十八)

說此大明已于是持衆色者安住一切三昧無生法一切如來心曼拏羅中說是伽陀曰

大哉一切大明法　是我堅固眞實生
金剛自性不可壞　諸法因生無生相

爾時世尊大徧照如來復入一切如來金剛加持三摩地從是三摩地出已宣說大金剛羶眉菩薩大明曰

那謨引婆誐嚩多曳二合引勃哩二合俱吒也二合引曳引一唵引勃哩二合俱致多嚩誐二尾日林二合毗多嚩日囉二合三摩賀引末朗吽引癹吒半音四

說此大明已于是金剛手菩薩大祕密主出現一切如來大法光明安住一切如來淸淨法中說是伽陀曰

大哉一切大明法　最上妙樂法所集
金剛大智三昧門　大明成就此無異

爾時世尊大徧照如來復入普徧變化金剛加持三摩地從是三摩地出已宣說大力大忿怒明王大明曰

唵引一嚩日囉二合骨嚕二合引馱二摩賀引末羅三賀那捺賀鉢左尾持網二合娑野四嗢龘濫摩二合骨嚕二合引唐吽引癹吒半音五

說此大明已于是大持祕密者安住一切如來祕密心說是伽陀曰

大哉一切大明法　無上大智不破壞
大士三昧正成就　金剛如意寶無異

爾時世尊大徧照如來復入一切如來不壞自性金剛加持三摩地從是三摩地出已宣說金剛甘露軍拏利大忿怒明王大明曰

唵引一竭竭二珂引四珂引四三底瑟吒二合底

瑟吒二合四屹哩二合賀拏二合屹哩二合賀拏二合五
滿馱滿馱六賀那賀那七誐哩惹二合誐哩惹
二合八尾薩普引二合吒野尾薩普引二合吒野九
度那度那十入嚩二合羅入嚩二合囉十一鉢囉二合
入嚩二合羅鉢囉二合入嚩二合囉十二屹囉二合娑屹
羅二合娑十三薩哩嚩二合尾伽那二合尾那引野崗
引十四尾鞔切身引馱囉十五枳哩枳羅十六入嚩二合
羅入嚩二合哩多十七虎多嚩賀室囉十八摩賀引
陪引囉嚩十九尾禰哩踰二合沙桑親那親那二十
桑頻那頻那二十一摩賀引嚩日囉二合馱羅二十
二底瑟吒二合底瑟吒二合二十三滿馱滿馱二十四
尾那引野迦紇哩二合捺煬引薩普二合吒野二十
五巘馱哩嚩二合紇哩二合捺煬引薩普二合吒野
二十六那引誐紇哩二合捺煬引薩普二合吒野二十
七藥叉紇哩二合捺煬引薩普二合吒野二十八沒

囉二合賀摩二合拏引叉娑紇哩二合捺煬引薩普
二合吒野二十九薩哩嚩二合屹囉二合賀紇哩二合捺
煬引薩普二合吒野三十薩哩嚩二合佐引覩哩他
二合迦紇哩二合捺煬引薩普二合吒野三十一吽引
吽引吽引三十二癹吒半音癹吒三十三賀那賀
那三十四捺賀捺賀三十五鉢左鉢左三十六尾俱
哩嚩二合尾俱哩嚩二合三十七阿引尾舍阿引尾
舍三十八摩賀引嚩日囉二合馱嚕引儞也二合引
鉢野底莎引賀引三十九

說此大明已于是大持金剛者生大歡喜說
是伽陀曰

大哉一切大明法　眞實堅固無有上
一切三昧從是生　集眞實法不破壞

爾時世尊大徧照如來復入清淨堅固三摩
地從是三摩地出已宣說大金剛香菩薩大

明曰

唵(引一)伊呬曳(二合引)呬娑誐嚩底(二)摩賀(引)嚩日囉(二合)孍(引)馱(引)哩(三)怛囉(二合)野(引)赧(引)囉怛那(二合引)曩(引)薩多曳(二合引)那(引四)葛荼葛荼(五)末朗禰網(六)摩呬(引)說囕(七)誐嚕赧(八)尾瑟赧(三合九)俱摩(引)囕(十)沒囉(二合引)賀摩(二合)赧(十一)印捺囕(二合十二)賛捺囕(二合十三)阿(引)禰多煬(二合十四)曳鉿(十五)嚩嚕赧(十六)俱尾(引)囕(十七)特哩(二合)多囉(引)瑟吒囕(三合十八)尾嚕姹崗(十九)商俱迦蘭赧(二合二十)尾迦蘭赧(二合二十一)帝哩(二合)迦蘭赧(二合二十二)虞迦蘭赧(二合二十三)薩吐(二合)囉迦蘭赧(二合二十四)難禰計說囕(二十五)勃淩(二合)儗哩致(二十六)那野崗(二十七)尾那野崗(二十八)播唧崗(二十九)捺摩崗(三十)路賀崗(三十一)沙瑟禎(二合)禰(引)尾(引)璫(引三十二)室零(引)訥哩誐曩(三合三十三)迦(引)多也(二合引)

以穎(引三十四)賛拏迦(引)多也(二合引)以穎(引三十五)摩賀(引)迦(引)多也(二合引)以穎(引三十六)驛(引)舍(引)穎(引三十七)乃哩鼎(引三十八)迦(引)陵(三十九)嚩日囉(二合)迦(引)陵(四十)野舍說穎(引四十一)蘇迦(引)陵(四十二)婆捺囉(二合)迦(引)陵(四十三)阿(引)儗禰(二合引)曳煬(二合引四十四)嚩(引)野咩煬(二合引四十五)賀哩迦(引)嚩哩鼎(二合四十六)爍訖鼎(二合四十七)設多(引)稱(四十八)印捺囉(二合)穎(引四十九)沒囉(二合)賀摩(三合)穎(引五十)俱摩(引)零(引五十一)摩呬(引)說零(引五十二)吠瑟拏(二合)微(引五十三)蘇蘇婆誐(引五十四)佐(引)門拏(引五十五)勞捺哩(二合引五十六)嚩(引)囉(引)馨(引五十七)矯吠零(五十八)曳(引)佐(引)禰(引)三摩曳那底瑟啗(二合)底(五十九)旦(引)那(引)那曳舍(引)彌(六十)尸(引)竭囉(二合)屹哩(二合)賀拏(二合)屹哩(二合)賀拏(二合六十一)虎盧虎盧(六十二)祖盧祖盧(六十三)母盧母盧(六十四)達摩達摩(六十五)囕誐囕

誐六十六布引囉野布引囉野六十七阿引尾舍
阿引尾舍六十八婆誐嚩底摩賀引嚩日囉二合
巘引馱引哩六十九悉馱室賛二合拏嚩日囉二合
播引尼七十囉引儗也二合引鉢野底七十一呬引
七十二欱欱欱欱七十三吽引發吒半音莎引賀引七十四
說此大明已彼一切如來即現大金剛相應
雲徧滿虛空異口同音說伽陀曰
大哉一切大明法　廣大祕密眞實藏
我等聞此勝金剛　諸佛皆住阿吠舍
爾時世尊大徧照如來復入一切如來妙善
金剛三摩地從是三摩地出已宣說馬頭大
忿怒明王大明曰
伊呬引呬摩賀引嚩日囉二合那契一嚩日囉
二合目契賀那賀那二捺賀捺賀三鉢左鉢左
四嚂誐嚂誐五惹臘波二合惹臘波二合六阿引
尾舍阿引尾舍七喝野屹哩引二合舞引儗也
二合引鉢野底莎引賀引八
說此大明時有大惡毒者悉皆驚怖將至破
壞即時頂禮歸命一切如來已說是伽陀曰
大哉一切大明法　善能破壞一切毒
我聞使者最上明　得住諸佛清淨法
爾時世尊大徧照如來復入三金剛不壞金
剛三摩地從是三摩地出已宣說無能勝大
忿怒明王大明曰
唅那唅俱一半音吽引吽引發吒半音莎引賀二引
說此大明已于是世尊大徧照如來雨一切
衆生種種樂具廣大周徧說是伽陀曰
大哉一切大明法　從大生法而出生
爲求成就佛菩提　我故現處三有海
爾時世尊大徧照如來復入法界變化金剛

加持三摩地從是三摩地出已宣說金剛烏
咄羯吒明王大明曰
唵引一嚩日嚕二合引咄羯二合吒引野吽引發吒半音二
說此大明已于是持蓮華者化現一切如來
最上寶冠滿虛空中說是伽陀曰
大哉一切大明法　從大明尊所出生
我住一切佛靜寂　現是寶冠作供養
爾時世尊大徧照如來復入一切輪作怖畏
三摩地從是三摩地出已宣說金剛顰眉大
明曰
唵引一娑野那引設嚩二怛囉二合引娑嚩三怛
囉二合引娑野怛囉二合引娑野四勃哩二合俱致
五怛致六吠引怛致七稅引帝引入稅引多惹
致嚩莎引賀引九

說此大明已于是持大寂靜者化現一切如
來諸供養具供養一切如來已說是伽陀曰
大哉一切大明法　悉從諸佛祕密生
法母成就最上義　當知生法如是說
爾時世尊大徧照如來復入智眼金剛三摩
地從是三摩地出已宣說本部心大明曰
唵引一吟那吟俱半音二
爾時世尊大徧照如來復入一切三昧眞實
金剛三摩地從是三摩地出已宣說蓮華部
心大明曰
唵引一阿盧力俱半音二
爾時世尊大徧照如來復入一切大士金剛
三摩地從是三摩地出已宣說佛眼菩薩大
明曰
唵引一嚕嚕薩普二合嚕二入嚩二合羅底瑟吒二合

三悉馱路引左禰引四薩哩嚩引二合哩他二合娑
引達禰莎引賀引五
爾時世尊大徧照如來復入自性清淨三摩
地從是三摩地出已說此大明曰
唵引一商葛哩引二扇引底迦哩引三瞿吒瞿吒四
瞿致禰五伽引多野伽引多野六瞿致禰吽
引癹吒半音莎引賀引七
爾時世尊大徧照如來復入一切如來智生
金剛三摩地從是三摩地出已宣說白衣菩
薩大明曰
唵引一税帝引二半拏囉嚩引悉禰三葱吒引摩
俱吒馱引囉尼莎引賀引四
爾時世尊大徧照如來復入諸佛變化三摩
地從是三摩地出已說此大明曰
唵引一吽引二遜婆禰遜婆吽引三屹哩二合賀拏二合

屹哩二合賀拏二合吽引四屹哩二合賀拏引二合波野
吽引五阿引那野呼引六婆誐鑁尾鞭引囉引惹
吽引癹吒半音莎引賀引七
爾時世尊大徧照如來復入大法變化三摩
地從是三摩地出已說此甘露生大明曰
唵引一阿蜜哩二合覩引努婆二合嚩引野莎引賀
引二
爾時世尊大徧照如來復入滅諸煩惱金剛
三摩地從是三摩地出已說此滅諸煩惱大
明曰
唵引一訖哩引二合捨引薩那二尾葱野郝三
爾時世尊大徧照如來復入大三昧輪三摩
地從是三摩地出已說此大法頂大明曰
唵引一親那親那二賀那賀那三鉢左禰鉢多
二合作訖囉二合吽引四

爾時世尊大徧照如來復入一切如來最上光三摩地從是三摩地出已說此光聚大明曰

唵一引入嚩二合羅入嚩二合羅二馱迦馱迦三馱囉馱囉四尾馱囉尾馱羅五親那親那六吽引吽引發吒詳莎引賀七引

爾時世尊大徧照如來復入最勝金剛三摩地從是三摩地出已說此最勝頂大明曰

唵一引親那二賀那三捺賀四鉢左五禰鉢多二合作訖囉二合吽六引

爾時世尊大徧照如來復入最上最勝三摩地從是三摩地出已說此最勝佛頂大明曰

唵一引入嚩二合羅惹踰引瑟尼二合沙二入嚩二合羅入嚩二合羅三滿馱滿馱四捺摩捺摩五訥籠二合引訥籠二合引六郝郝七賀那賀那八吽引發吒九半音

爾時世尊大徧照如來復入白色光明生金剛三摩地從是三摩地出已說此白傘蓋大佛頂大明曰

唵一引摩摩吽引禰二

爾時世尊大徧照如來復入一切如來生金剛三摩地從是三摩地出已說此最上金剛多羅菩薩大明曰

唵一引多引哩多引哩二引覩哩引莎引賀三引

爾時世尊大徧照如來復入一切如來吼音金剛三摩地從是三摩地出已說此作忿怒事鉤召三界大明曰

唵一引迦尼度禰吽引發吒二半音

說此大明已即說伽陀曰

此明能作忿怒事　乃至餘法亦能成

觀想眞實法相應　三種事業悉能作
不動大忿怒明王　燄鬘得迦三出生
普徧諸佛刹土中　不壞三界而善住
馬頭大忿怒明王　出現忿怒顰眉相
若越金剛手法者　此忿怒王能破壞
大力大忿怒明王　及彼甘露軍拏利
廣大無比如虛空　能調一切難調者
諸忿怒王諸大明　若人持誦一洛叉
悉能鉤召諸如來　及作一切敬愛事
顰眉一髻尊大明　能作廣大怖畏事
金剛禰帝等勇猛　能作相應最勝事
迦尼忿怒大明句　若人持誦一洛叉
當起忿怒相應心　速作忿怒破壞事
光聚佛頂大明句　相應觀想彼最勝
若人持誦三洛叉　如勇健軍善摧伏
諸部祕密最上法　彼一一法悉相應
行者安住禪定心　觀想三摩地眞實

一切大明三昧分第十六

爾時世尊大徧照如來復說一切大明隨應三昧

若作息災增益等　自影像相應諦想
諸法皆從心智生　最上智冠法自在
自心圓滿若相應　諸佛影像當觀想
諸佛影像觀想已　出現種種寶光明
所有忿怒大光明　想從金剛薩埵生
所有諸部大光明　彼彼自性當觀想
觀想法及觀想心　如次相應當觀想
依法觀想本尊已　彼五種色善清淨
部主本尊大明句　應當觀想最上頂
今此一切大明句　喜愛相應法無異

一切成就如所作　金剛智等供養事
一切羯磨大明句　自影像相當觀想
今此一切大明句　大明三昧所出生
諸佛利益悲愍心　金剛無畏善宣說

一切如來一切大明遣魔分第十七

爾時世尊大徧照如來復說一切大明遣魔法

所有一切遣魔法　諸佛眞實智所生
三種忿怒平等門　金剛出生善宣說
燄鬘得迦智部法　馬頭明王大忿怒
最上出生攝部法　法部同彼智部儀
隨應持誦諸大明　百千乃至阿庾多
自心安住諸佛想　依法當作遣魔事
作者當用多羅葉　以棘刺書彼大明
尸陀林中依法儀　如應當作遣魔事
或於國城聚落中　或於大自在天祠
依法所用依法作　一切魔惡皆除遣
於七晝夜依法作　諸魔若不調伏者
忿怒金剛速破壞　彼當頭破作七分

一切如來祕密金剛薩埵承事分第十八

爾時世尊大徧照如來復依金剛薩埵法說弟子承事阿闍梨儀

謂若見自阿闍黎　與佛阿闍梨無異
金剛加持所出生　乃至盡壽常恭敬
弟子所作應堅固　不應處師牀坐卧
隨師所住如所應　若衣若履常安布
不應師前作戲笑　勿出無義利語言
若時若法有所違　此即不名爲弟子
若見一事極微小　彼無利故不應行
作者名爲大愚癡　當墮阿鼻大地獄

若有毀謗阿闍棃　及違祕密甚深法
定墮阿鼻地獄中　若干劫數受諸苦
弟子隨受師指訓　應如佛勑等無異
若苦若樂悉當行　乃至盡壽不違越
弟子常生歡喜心　聞師所說勿驚怖
爲欲趣學甚深門　乃至盡壽當承事
師前常作恭敬相　不應以手置腰側
若求成就作法時　不應稱其師名字
違者當墮地獄中　若干劫數受諸苦
想師同彼佛如來　此即名爲眞弟子
想師名字從佛生　乃至盡壽無忘失
如佛觀想於師已　彼一切罪皆解脫
弟子若具如是德　即能生長諸福聚
聞師言說悉無疑　所說皆同實生佛
聞異說者即愚癡　當墮號叫大地獄
若生歡喜聽師說　隨所聞已能親近
請問如是大明等　此甚深義云何學
問已諦聽師所宣　不應正目觀師面
應當一心而諦受　尊重阿闍棃儀法
若違越者即愚癡　當墮號叫大地獄
常須承事阿闍棃　如其所欲悉隨順
違背師者破三昧　六十劫中墮地獄
於地獄中受諸苦　如是輪轉極長時
於三昧法不能成　是即名爲愚癡者
所有廣大成就法　金剛薩埵所宣說
若欲修學求成就　應具如是弟子相
應當依彼阿闍棃　隨應所說諸儀法
如是即得我清淨　眞實法儀如理住
彼阿闍棃所宣說　速得成就無別異
如佛所行如是行　弟子應當常承事

金剛薩埵最上法　速得成就無别異
即得成就一切佛　最上真實承事法
此即三界勝成就　諸佛大智所出生

佛説無二平等最上瑜伽大教王經卷第五

佛說無二平等最上瑜伽大教王經卷第六

宋西天三藏朝奉大夫試光禄卿傳法大師施護奉　詔譯

一切如來大明如意寶分第十九

爾時世尊大徧照如來復說一切事成就行

一切祕密大明句　能施一切衆生樂
執金剛王持明者　一切最上尊自在
無缺減法所出生　所說亦離諸過失
彼一切執金剛王　一切最上尊自在
以菩提心爲自體　最初稱讚祕密行
若越祕密三昧者　彼當頭破作七分
所有貪法本無邊　能施一切大利樂
彼執金剛大法王　一切最上尊自在
所有瞋法本無邊　金剛大智所宣說
彼執金剛大法王　一切最上尊自在
所有癡法本無邊　從一切智所宣說
最上寂靜大法王　徧照如來清淨藏
苦法樂法悉無邊　是中平等無分別
如是寂靜持明王　徧照如來清淨藏
諸法本來無有邊　乃至盡壽常親學
彼執金剛最上王　宣說一切最上法
諸衆生界亦無邊　假使盡壽不可說
彼執金剛最上王　一切最上尊自在
於一切事若猒離　乃至盡壽破所作
彼持妙法最上王　一切最上尊自在

爾時十方來者一切如來聞大徧照如來宣說如是等一切如來智輪法性文字眞實法門已咸皆歡喜生希有心即謂金剛手菩薩言希有善男子此諸法門名爲一切智智主若有不知此法者於餘法門豈能知耶爾時金剛手菩薩大祕密主安住大徧照如來心

已白諸如來言我今樂欲宣説一切如來大明如意寶三摩地法門諸如來言祕密主普爲悲愍利樂一切應善宣説時金剛手菩薩大祕密主安住一切如來五處加持已即説一切如來大明如意寶三摩地法門

所有加持大明等　當想諸法眞實性
最上依彼本法儀　四相如應當觀想
行者先當於已身　自影像相如應想
廣大徧滿依法儀　從自心義所生起
清淨妙月曼拏羅　水精月光想周徧
依法所作獲成就　於現生中得成佛
又於日輪曼拏羅　如應觀想四種色
本尊大明想其中　現唵字相作黃色
本部五種光明現　想從我法所出生
吽字相應現光中　觀想自影像清淨
從自影像相應出　周徧閻浮檀金光
諸相妙好悉周圓　觀想悦意中最上
復想從彼佛影像　出現五種淨光明
徧照如來影像光　廣大徧滿虛空界
依法定心觀想已　復於自心而安想
出生妙色無等比　如月清淨諸相具
徧照如來影像相　想現種種妙淨光
無上寂靜自寶髻　戴五佛冠莊嚴相
觀想入於曼拏羅　本部大明諦心想
復想本尊佛影像　及彼金剛薩埵相
佛頂大明祕密法　及諸明王等大明
一切本部法相應　出生持念依儀法

此名三金剛相應大徧照如來三摩地復次世尊大徧照如來宣説三金剛智金剛薩埵三摩地法門

先想心月曼拏羅　出現大明文字相
唵字想即徧照尊　種種光明悉周徧
吽字金剛薩埵相　𤚥鬘種種相莊嚴
頂戴徧照如來冠　手執本部金剛杵
復想帝青大光明　周帀廣大而照耀
一切所作依法儀　如應觀想求成就
復次金剛手菩薩宣說無量壽如來圓滿一
切願三摩地法門
先當想心曼拏羅　出現大明文字相
中心應觀想瑠字　即是本尊無量壽
手持八葉妙蓮華　出現蓮華妙樂光
左右本部自影像　應當觀想金剛愛
一切所作依法儀　如應觀想求成就
復次金剛手菩薩宣說迦摩𤚥三摩地法門
如先所說曼拏羅　一切所作依儀法
於中觀想娑字相　是即迦摩𤚥影像
觀想手執於三叉　出現閻浮檀金光
周帀想賀字相應　心曼拏羅各安布
法主影像觀想已　然後如應而作事
復次金剛手菩薩宣說祕密護摩法門
當知佛影像平等　如應觀想依法儀
所有佛頂大明句　忿怒明王諸大明
一切羯磨大明等　至心持誦作先行
次當自心起相應　想成妙月曼拏羅
於中觀想本部尊　左右安布諸賢聖
大明文字觀想已　諸相如應作觀想
金剛輪及金剛杵　金剛蓮華與三叉
如意妙寶等諸相　如應觀想速成就
又於妙月曼拏羅　中想自心大明等
左右妙月相相應　中想黃色如應現

自心圓滿相應已　次當安想於本尊
此最上法作降伏　一切如來共宣說
日曼拏羅等安想　依阿閦佛諸法儀
於一切時觀想成　決定住壽經一劫
妙月曼拏羅想已　當想本部主大明
最初住此禪定心　乃想四種成就事
而彼成就三界勝　當獲最上帝釋寶
本部印相及大明　依法出生成就事
復次當於虛空中　觀想清淨曼拏羅
中想日輪光明相　大蓮華復光中現
於其曼拏羅周帀　徧想妙月清淨光
本尊影像依法儀　如應想彼不動相
四寶莊嚴護摩爐　依法當用護摩物
隨應想念於大明　起寂靜心護摩作
五種曼拏羅相應　中想吽字悉徧滿

出現羯磨部光明　廣大變化亦周徧
於中安想諸賢聖　從三三昧生影像
彼最勝頂依法儀　頂輪亦當如是想
本尊大明所出生　三摩呬多心觀想
八葉大優鉢羅華　縱廣三十二指量
又於法曼拏羅中　依法觀想彼無異
想五股大金剛杵　青優鉢羅華光現
其量依法十六指　想已決定得成就
三叉二十六指量　依法觀想作黃色
大輪蓮華羯磨杵　及如意寶依法想
想已依法作加持　速得成就無別異
本尊大明所出生　速得成就無別異
大輪蓮華及杵等　依金剛法而觀想
觀想最上成就法　無別成就勝於此
想獨股大金剛杵　燄鬘光明周徧現

一切羯磨大明句　所說皆是眞實語
揭訥誐出燄鬘光　羯磨部中所變化
又想金剛曼拏羅　其相縱廣一肘量
弩多唧吒等大明　依忿怒儀而作法
日輪曼拏羅相應　依法想最上幖幟
難弩没訥誐囉等　觀想相應作成就
依法如是觀想已　復想持金剛色相
此中一切大明句　相應身語心觀想
大智所說作成就　是即祕密金剛智
此名金剛薩埵法
若欲成此勝悉地　當知護摩諸大明
祕密眞實三摩地　種種護摩儀軌事
四種曼拏羅相應　了知諸部諸事業
唵字大明等分別　依法觀想得成就
息災護摩爐相圓　作增益法應四方
敬愛爐相如弓形　降伏法用應三角
爐中所燃火善相　觀想出生妙甘露
諦心觀想自色相　及彼賢聖影像等
所有部主本尊相　從此金剛教出生
如其所說作觀想　羯磨部作變化事
依法當於其舌端　想現吽字大明相
此復名金剛薩埵法
若作息災護摩法　應用蜜及乳等物
若依智金剛部說　摩賀帯羅爲最上
行者當住善寂心　觀想金剛阿闍梨
手執如意寶莊嚴　此即清淨最上教
徧照如來大影像　出生一切金剛衆
彼蓮華部尊影像　及迦摩餤金剛等
安布大明文字已　四種事業應分別
此名大執金剛尊祕密護摩法

集一切大明三摩地分第二十

爾時金剛手菩薩大祕密主復入一切如來無緣三昧智金剛加持三摩地從是三摩地出已宣説一切三摩地集諸大明精妙法門

諸佛金剛廣大法　從三昧門所出生
一切大明無所緣　此説名爲禪定法
所有一切佛三昧　智部眞實無所緣
智曼拏羅法相應　佛影像光普徧現
唵字出現法光明　此金剛法大堅固
頂戴寶冠相相應　白色最上妙清淨
四臂廣目依法想　羯磨部中變化事
所有最上相應智　曼拏羅生莊嚴相
金剛薩埵衆寶冠　最上妙相諸佛藏
妙法自在彼相應　此即最上禪定法
迦摩金剛相應等　五種智通如所説
迦摩藏攝彼勝上　佛二足尊眞實智

此名一切佛三昧智部三摩地

爾時金剛手菩薩大祕密主復入執金剛三昧眞實加持三摩地從是三摩地出已宣説一切金剛三昧精妙眞實金剛三摩地

金剛曼拏羅相應　於中分別彼影像
黑色復想忿怒容　出現大惡可怖相
四臂如應依法想　二處平等而相應
此金剛教大堅固　安住金剛心成就
能成就諸成就事　金剛妙樂法所説

此名一切執金剛相應三摩地

爾時金剛手菩薩大祕密主復入一切法最上三昧加持三摩地從是三摩地出已宣説一切法最上普徧吉祥三摩地

妙法曼拏羅相應　於中影像當安想

持赤蓮華大光明　種種妙寶爲嚴飾
四臂亦依本部法　如應觀想彼色相
二處平等悉相應　此妙樂法大堅固
語金剛等得成就　自悲願等亦成就
一切金剛相應等　如應觀想皆成就
爾時金剛手菩薩大祕密主復入一切三昧部眞實加持金剛三摩地從是三摩地出已宣說金剛三叉最上三昧三摩地
迦摩禪定曼拏羅　於中影像當安想
黃色復現寂靜光　觀想現於三目相
水精色光甚清淨　羯磨部中變化事
所有四種勝儀軌　依法觀想作成就
金剛安怛陀那法　而能安住成就事
此中一切大明句　說名三摩地莊嚴
所有金剛薩埵相　而身語心善觀想
金剛薩埵總說頌曰
乃至一切境界中　一切賢聖普稱讚
如是諸法悉相應　出生儀軌得成就
此名金剛薩埵法
分別自心大明字　及本部諸賢聖明
部主本尊大明句　并本部中明王等
一切羯磨大明法　佛頂大明當觀想
此中一切大明句　皆是祕密眞實心
若作息災成就法　應用本部中大明
增益亦用本部明　觀想決定得成就
若作敬愛當依法　應當觀想大佛頂
此中一切大明句　皆是祕密眞實心
若作息災成就法　應用本部中大明
增益亦用本部明　觀想決定得成就
若作敬愛當依法　觀想忿怒諸明王

若作降伏諸事業　想用降伏法大明
若欲遣魔當依法　觀想本部大佛頂
金剛橛等大明句　觀想金剛使者等
若作息災成就法　應用本部中大明
增益亦用本部明　觀想決定得成就
若作敬愛當依法　觀想諸忿怒明王
若作降伏觀想法　當用羯磨諸大明
若欲遣魔當依法　亦觀想彼大佛頂
金剛橛等大明句　觀想金剛使者等
五種清淨大光明　於中依法當觀想
如所觀想如實生　異此即非成就法
諸部事業若相應　諸曼拏羅當觀想
分別大明文字相　如應觀想得成就
依法當於自心中　想諸微妙曼拏羅
次第觀想至頂輪　此禪定法名最上
白赤黑等色相應　於一切處善分別
一切大明所出生　異此即非成就法
彼吽字等諸大明　莎賀發吒字圓滿
此中出生諸儀軌　所作決定得成就
三部法用吽字明　唵字智部爲量上
大明文字等安布　於額及心而觀想

普賢菩薩持金剛者即說頌曰

依法四時而相應　想金剛甘露影像
近成就法此能成　此成就法爲最上
本尊影像相應已　大成就事悉能成
佛頂影像若相應　能成相應成就事
本部賢聖相相應　羯磨部中現變化
分別微小金剛杵　於三世佛善安想
依法所作得成佛　一切成就皆如意
此諸成就無有上　廣大成就功德生

一切如來身語心清淨自性金剛大智分第二十一

爾時十方來者一切如來即現一切如來出生妙樂大莊嚴雲供養金剛手菩薩大祕密主作供養已從語金剛出妙法音稱讚所說大金剛教祕密法門

祕密清淨大乘法　智中勝智功德藏
普徧大智無我門　歸命稱讚祕密智
祕密真實清淨義　無上行法如大海
從普賢身而出生　歸命稱讚金剛智
最勝大智如所乘　安住三金剛不壞
已到彼岸大法門　歸命稱讚菩提行
一切衆生勝上生　悉令趣入諸佛智
諸佛無上自性淨　歸命稱讚救衆生
清淨法身大解脱　如如意寶大自在
一切衆生解脱門　歸命稱讚清淨行

爾時會中有菩薩摩訶薩名如意寶三昧金剛前白金剛手菩薩大祕密主言大士若有菩薩於如是大功德法樂欲求者當云何求

爾時金剛手菩薩大祕密主告如意寶三昧金剛菩薩言善男子若有菩薩起離疑想當如是求起離疑想者當求佛法起離疑想者當求一切法起離疑想者當於一切行中如實觀想善男子譬如住法雲地菩薩於一切如來法身一切如來報身一切如來化身遠離一切分別一切疑惑於一切法中住如實見此諸祕密大功德法如實知者亦復如是以要言之此祕密法是即菩薩金剛大智爾時一切如來聞是說已歎未曾有即時出現一大人相於衆會中頂禮金剛手菩薩大祕

密主作如是言大士如是第一義諦祕密大明諸行法門於是法中有生信者有不信者其義云何金剛手言譬如三千大千世界如微塵數一切衆生悉能證得無上菩提是事可信爲不可信大士此祕密法門亦當如是見如是見者離分別見爾時一切如來所化大人生大歡喜歎未曾有即説伽陀曰

大哉智大哉　出現大金剛　世間諸盲人
得智眼清淨

爾時金剛手菩薩大祕密主復入一切金剛無二平等三昧金剛三摩地於是三摩地中出現殑伽沙數百千俱胝那庾多光明照東南方不可説不可説微塵數佛刹是諸佛刹中諸大菩薩蒙光照者悉得圓滿三身大智所有一切如來悉住菩提心一切衆生得入菩提自性無畏行門安住如虛空平等金剛菩提諸法無相離戲論無所生清淨最上金剛自性大智法門爾時金剛手菩薩大祕密主從三摩地安詳而起普告大衆言諸大士當於一切衆生起平等見如諸佛想是時所化大人還攝一切如來身語心寶藏中忽然不現彼十方來者一切如來諸大菩薩各各於其自心祕密相應法中如理而住金剛手菩薩大祕密主亦復於自身語心祕密相應眞實法住

佛説無二平等最上瑜伽大教王經卷第六

音釋

嗢烏没切 澁所立切 啗徒感切 盎於浪切 巘魚偃切 凝

御里切 禎陟盈切 璫都郎切 咩迷爾切 橛其月切

佛說金剛手菩薩降伏一切部多大教王經
宋西天三藏朝散大夫試鴻臚卿傳教大師法天奉　詔譯

清刻龍藏佛說法變相圖

佛說金剛手菩薩降伏一切部多大教王經卷上

宋西天三藏朝散大夫試鴻臚卿傳教大師法天奉　詔譯

真實變化大勢身　大身堅牢能破他
如日壞劫大熾然　菩薩圓光亦如是
功德清淨大寶海　善能安住佛刹中
時我一心歸命禮　降伏部多最上王

爾時佛告三界主金剛手菩薩說降伏一切部多大教王成就之法時金剛手菩薩言若有持誦之者求成就法於二河岸或尸陁林中或大樹下或賢聖宮觀或金剛手菩薩宮殿之內如是等處所作之法必得成就若諸部多經刹那間不令成就我即往彼破壞部多爾時大自在天合掌向前頭面禮足白菩薩言爲我說此大金剛手忿怒主教諸部多

祕密神呪爾時金剛手菩薩讃言善哉善哉汝能請我説彼降伏一切部多祕密之法我今説之眞言曰

唵引嚩日囉入嚩二合隸去聲賀曩賀曩薩哩嚩二合部旦引吽癹吒半音

爾時金剛手菩薩說此眞言已於身毛孔中出無數金剛熾燄出彼燄時一切部多及諸眷屬於其身分悉皆乾枯而得命終所有一切天人帝釋梵王那羅延等亦復命終一切如來悉皆驚怪俱發聲言善哉善哉大吉祥金剛手三界主於如來法末之時善能調伏一切部多及諸眷屬爾時金剛手菩薩復說甘露祕密眞言令諸部多速得還命眞言曰

唵引嚩日囉引二合喻試娑囉娑囉濕彌二合

時金剛手菩薩說此眞言於自手臂出大甘露風入一切部多及彼眷屬身中即得還命從地而起驚怖顫掉見大菩薩威德熾盛告言菩薩救我爾時大部多主無能勝亦起合掌頭面禮足告菩薩言願垂慈愍救護我等菩薩告言汝等部多及其眷屬依我法教利益一切衆生我即救汝所有四大洲界閻浮提內一切衆生作法持誦悉令成就所求聖藥聖寶或金銀眞珠瑠璃鉢訥摩囉誐寶酥哩也建底寶賛捺囉建底寶及最上飲食衣服好香華等悉令充足部多答言如是作法持誦之者如上珍寶我令充足亦復親近承事供養菩薩告言若持此一切如來教法所須香華衣服及諸珍寶悉得受用部多復言所有王怖冤敵怖乃至虎狼師子等怖悉令解脫無諸障礙菩薩復言無能勝大部多主

汝等諦聽於末世中所有懈怠有情破戒之人作惡業人大妄語人等如所作法悉令成就若不成就汝部多女天女龍女夜叉女阿脩羅女緊那羅女摩睺羅伽女迦樓那女毗舍遮女乾闥婆女等我令不空大金剛破碎頭目速得命終墮八大地獄爾時一切如來讚言善哉善哉金剛手爲未來世一切衆生作大利益善說大菩薩不空成就精進大威力善轉一切法輪除一切苦種種廣大儀則印呪幰像成就之法爾時金剛手菩薩復說還命眞言曰

唵引羯荼羯荼羯囉羯囉蜜哩二合旦吩去聲嚩引波野紇哩二合

說此眞言已一切天人迷悶躃地大怖顫動從地起已時大自在天白菩薩救我爾時金剛手菩薩安慰彼言莫怖莫怖我爲汝等降伏部多主故令一切天人敬愛故爾時一切諸天天女亦作是言金剛手大忿怒主救我救我菩薩告言汝等天女若後有人受持我法速令成就當爲承事及與金銀瑠璃眞珠珍寶鉢訥摩囉誐寶等一切財物時諸天女天童女夜叉女等俱發聲言於未來世若有受持菩薩法者我等當爲承事所求財寶一切給與若違教旨不爲給事令我種族悉皆破壞菩薩復言若違我教則謗一切如來汝等及一切部多頭目破壞即得命終墮八大地獄爾時金剛手大忿怒主讚言善哉善哉汝諸女等於後末法之時若有受持之者親自護衞承事供養爾時復有無能勝大部多主及彼眷屬皆從座起合掌向前禮彼金剛

手大忿怒主足説自本心眞言曰

唵引室哩二合摩賀引部多俱羅遜捺哩吽

唵引室哩二合尾惹野遜那哩紇哩引二合

唵引室哩引二合尾摩攞遜那哩阿引

唵引室哩引二合囉底遜那哩嚩引

唵引室哩引二合摩努賀囉遜那哩尾引

唵引室哩引二合馱嚩攞遜那哩莽

唵引室哩引二合作乞芻二合滿曩遜那哩帝引

此眞言攝如是大部多主能施持誦之人富貴吉祥爾時復説緊那羅女成就之法若人持誦須臾之間速得成就復誦金剛手菩薩名號一切部多及彼眷屬皆來承事如爲婢從菩薩復言若汝等眷屬不依我三昧者汝等眷屬皆令破壞時無能勝大部多主白菩薩言自今我等皆依菩薩三昧而住所有世間一切持誦之者悉獲成就若爲障礙所作不成我等種族速得破壞復獲背一切如來三昧大罪令忿怒金剛破碎我頭命終之後墮八大地獄

爾時金剛手菩薩復説八大部多主最上成就處所或河岸上或尸陀林或金剛手菩薩宮殿内於此作法一切部多女等決定俱來令得成就無復疑惑復説成就印法左手作堅固拳舒出中指此印用召請及供養令最上部多速與成就以二手合拳舒頭指此印能令持三昧者部多女速與成就以左手作堅固拳竪小指此印能令一切部多現前與作成就復舒左手頭指如鉤捺大母指此印能降伏一切部多以左手頭指及無名指舒展能鉤一切部多及除一切魔以左手作拳

竪大母指此印能現前一切部多女以右手作拳竪小指此是部多女三昧印能作一切事以二手各舒用右手安腰側左手安右肩上此是最上根本心一切部多女大印結印之間得一切部多女速來現前若不速來身分乾枯不久命終爾時金剛手忿怒主復言若有部多女不依我三昧者以此忿怒眞言與前眞言同誦眞言曰

唵引羯茶阿引羯茶窣嚨二合紇哩二合引

吽㗶吒半音

誦已稱部多女名復誦此呪

如是誦八百徧諸部多女悉皆速來若彼不來眼目頭面破壞乾枯不久命終若作法之處於二河岸上用白檀香塗曼拏羅即散香華燒安息香誦此眞言八千徧必得成就若於夜分誦此眞言一千徧決定速來隨意所求悉皆充足至旦却迴復留黃金百兩復次於河岸上用白檀香塗曼拏羅用酪飯出生加持八百徧如是七日之內彼決定來用閼伽水淨手令彼歡喜彼女告言子呼我何作持誦者言我要求官衣食豐足世所崇重部多女言汝願我從復次往金剛手菩薩殿內用迦囉尾囉華散上燒安息香誦眞言八千徧必得成就復次於夜分寂靜之處加持一千徧部多女速來即獻華座問訊彼女汝今善來與我爲妻女即隨意及與最上聖藥聖物等能除一切寃家女即背負其夫詣諸天宮獲其壽命滿一萬歲復次往彼河岸用白華白香乳香焚燒誦眞言八千徧即得成就復次於夜分誦眞言一千徧彼女定來即以

香華水淨手然後告言與我爲妹女即爲妹復與聖藥聖物等所有千由旬内所要女人即時取來復於賢聖空閑殿内依法出生志心供養誦眞言八千徧速得成就或誦一千徧彼女定來即以爲妻日與千錢後背負於夫往詣遠處夫得一切自在獲壽五千歲命終之後得生王宫復次往二河合流之岸獻酒肉食散迦囉尾囉華燒安息香誦眞言八千徧速得成就復次夜分中作廣大供養復然酥燈誦眞言一千徧時部多女五女從來持誦者曰與我爲妻彼女黙然許之若彼不允即得破壞日日背負於夫往詣諸天令得自在壽五千歲命終之後得生王宫

復次成就法於河岸上用恭俱摩香作曼拏羅燒沉香依法出生誦眞言八千徧所作成就復次作廣大供養誦眞言一千徧彼部多女放大光明四遠照曜而來現前以白檀香水灑淨女即歡喜而自問言呼我何作持誦者曰爲我作毋女遂許之如法養育日贍五百人供給所須獲壽一萬歲命終之後生婆羅門家復次成就之法於二河合流之岸作廣大供養然於酥燈於夜分誦眞言八千徧時部多女放大光明而來現前問言呼我何作持誦者曰我欲自在受於快樂彼女即允日與金錢十萬獲壽一萬歲命終之後生爲人主此是八大部多女主成就之法

爾時住尸陀林部多女從座而起五體投地禮金剛手菩薩足恭敬合掌説自根本眞言曰

唵引訖哩俞二吽賀𠹋

復說住尸陀林部多女鉤召眞言曰

唵引吽羯荼羯荼 薩哩嚩二合部引多引喃薩摩野摩耨波引羅野賀囉賀囉 滿馱滿馱阿引訖囉二合摩訶引迦哩沙二合野普摩賀引勞捺哩二合尾濕摩二合舍引曩嚩引悉你阿引誐蹉尸伽朗二合度嚨發吒半音

復說一切部多女三昧眞言曰

唵引度曩度曩左羅左羅左引羅野左羅野鉢囉二合尾舍鉢囉二合尾舍賀囉賀囉底瑟吒二合底瑟吒二合三摩野摩耨波引羅野部濕摩二合舍引曩鉢囉二合吠馱去聲始你吽吽發吒半音發吒半音娑嚩引二合賀引

復說難瑟吒囉引二合羯囉引棃部多女眞言曰

唵引左羅左羅達迦達迦摩賀引部底你馱去聲娑引達迦引喃必哩二合夜引拽娑囉娑囉尾娑囉尾娑囉羯荼羯荼惹仁切左羅播二合波野惹羅播二合波野伴惹伴惹覽誐覽誐仡哩二合恨拏二合仡哩恨拏二合吽吽發吒發吒半音紇哩二合娑嚩二合賀引

復說具囉目契部多女眞言曰

唵引具囉目契濕摩二合舍引曩嚩引始你馱去聲娑達迦引耨俱隷馱去聲阿鉢囉二合底賀多唵引拏曩莫入聲娑嚩引二合賀引

復說部多女眞言曰

唵引惹哩惹二合囉目契尾囉尾囉尾囉唧多引哩唧二合多薩哩嚩二合設咄嚕二合婆演迦哩馱去聲賀曩賀曩捺賀捺賀鉢左鉢左摩引囉野摩引囉野阿迦引羅窣哩二合怛踰二合婆演迦哩薩哩嚩二合曩引誐婆演迦哩引阿吒吒賀

西你引薩哩嚩二合部帝濕嚩二合哩他引他引
他引他引馱引馱引馱引唵引唵引唵
引唵引娑嚩二合賀引唵引迦摩羅路左你
如是真言若人志心依法持誦此部多女悉
能愛護一切衆生令離苦惱彼持誦者若以
酒食魚肉及種種美饌出生供養即得歡喜
親近承事如婢從等日與持誦者衣服一對
金錢一文乃至百由旬内所須女人即時將
至承事供給直至命終彼方捨離如是金剛
手大教王降伏毗舍遮女成就之法
爾時賛拏迦怛也野你大惡部多女於大會
中即從座起五體投地禮金剛手大忿怒主
足合掌恭敬説自根本心真言曰
唵引骨嚨二合吽發吒許
復説酥囉迦怛也引二合野你部多女真言曰
唵引吽入嚩二合羅吽發吒許
復説摩賀迦怛也引二合野你部多女真言曰
唵引訖哩引二合紇哩引二合吽吽呬引呬引發
吒許發吒許娑嚩二合賀引
復説嘮捺囉迦怛也引二合野你部多女真言
曰
唵引嚕捺囉二合婆演迦哩去聲阿吒吒賀引西
你引娑引馱迦必哩曳摩賀引尾進怛囉二合
嚕閉囉怛曩引二合誐哩引酥嚩囉拏二合賀悉
底二合野摩你紇哩二合多你薩哩嚩二合耨佉鉢
囉二合舍摩你唵引唵引唵引吽吽吽尸伽羅
二合悉地鉢囉二合野蹉紇哩引二合[口*弱]入聲娑嚩二合
引賀引
復説賛拏迦怛也引二合野你部多女真言曰
摩賀引部帝引濕嚩二合哩引唵引野摩你仡

哩二合旦你阿迦引羅蜜哩二合怛踰二合你嚩引
羅尼引碣切身捺誐二合輸羅賀悉帝二合尸伽覽
二合悉地孕二合那那引覩旦娑引達迦摩引倪
也引二合波野底紇哩引二合娑嚩二合賀引
復説嚕捺囉迦怛也引二合野你部多女眞言
曰
唵引呬引摩軍拏梨尾馱迦尾馱迦入嚩二合
羅入嚩二合羅禰麼也二合軍拏羅部始帝囉引
嚩拏摩他你引娑誐鍐曩引倪也二合波野底
娑嚩二合賀引
復説軍拏羅迦怛也引二合野你部多女眞言
曰
勃哩二合俱胝目契引羯吒羯吒馱引嚩馱引
嚩入嚩二合羅入嚩二合羅虎多引設曩目契誐
蹉誐蹉吠多引拏烏怛他引二合波你引阿引

尾舍阿引尾舍吽吽吽發吒半音娑誐鍐引曩
引波野底紇哩二合娑嚩二合賀引
復説惹野目契迦怛也引二合野你部多女眞
言曰
唵引必底哩二合摩他你迦賀迦賀惹野薩哩
嚩引二合酥囉布吽帝吽賀入聲娑嚩二合賀引
復説戍娑迦怛也引二合野你部多女眞言曰
唵引輸婆必哩二合曳祢麼也二合路引左禰引
迦引彌引濕嚩二合哩惹誐謨賀你酥婆儗建
引左曩摩引羅尾部沙尼耨布囉娑没提二合
阿引尾舍阿引尾舍嚩西嚩西布羅娑引馱
迦必哩二合曳紇哩二合娑嚩二合賀引
此是八大迦怛也二合野你部多女眞言若入
依法持誦必得成就
復次金剛手大祕密主降伏部多大教王説

八大迦怛也合二野你部多女印相法以二手作拳以小指相交舒頭指復鉤此是迦怛也合二野你部多女印復用二手合交令頭指如鉤此是摩賀迦怛也合二野你部多女印用前印以中指相捻内入小指此是破壞一切不信法者部多女印信者令生敬愛以前印各舒二頭指此是跋捺羅迦怛也合二野你部多女印用香華塗香供養復用酒食魚肉出生剎那之間一切部多皆令成就復用二手作堅固拳以二頭指相交此是賛拏迦怛也合二野你部多女印此印用時能禁縛一切部多復舒左手頭指能降伏一切部多女復用二手作拳以二小指相交舒二頭指復如鉤此印能鉤召三界諸天乃至大自在天大梵王等悉皆降伏速得成就如是金剛手大忿怒主大教王説八大迦怛也引二合野你部多女印相之法

復次金剛手大忿怒主説迦怛也引二合野你部多女成就法於尸陀林中誦前眞言八千徧至三日内令部多女速來即用人髑髏滿盛其血以爲閼伽彼即歡喜而問之言呼我何作持誦者曰願爲我母女即許之如法養育一切所須皆得圓滿壽五百歲命終之後生爲人王復次往金剛手菩薩宮殿内於夜分中誦眞言八千徧時部多女速來現身如天女相所求之事一切成就復次於夜分中往大自在天宮殿中誦眞言一千徧第一日聞鈴鐸聲第二日部多女現天女相第三日彼女言曰汝欲何求持誦者曰要汝承事女即承事盡彼命壽時背負持誦者往須彌山

大海上至毗沙門天王宫取其財寶供給充足如是閻浮提内端正童女須者與之令作歡娱壽五百歲命終之後得生王宫復次往二河合流之岸於夜分中誦眞言八千徧得最上部多女及彼眷屬速來現前永爲妻子日與金錢五文名衣一對令其受用復次於夜分中往於園林之内誦眞言八百徧誦至第三日聞鈴鐸聲第四日遥見彼女第五日來至面前第六日與金錢五文第七日於自卧牀頭邊作曼拏羅燒安息香誦眞言八百徧復有最上部多女速來親近同作歡樂當結爲妻復與最上眞珠瓔珞留於牀上日與金錢二十五文名衣一對能除一切冤家獲壽五千歲命終之後生於王宫復次往空閑賢聖宫殿於夜分中誦眞言八百徧如是至三日後時部多女與八百眷屬同來彼處用白檀香水獻閼伽彼即歡喜尋與爲妻復給衣服飲食供贍八百眷屬及聖樂等獲壽五千歲命終之後往生王宫復次於王舍城内誦眞言八百徧已得精熟後更五夜用迦囉尾囉木爲柴及摩羅帝華用作護摩八百徧時大部多女與五百眷屬莊嚴其身速來彼處即用華水獻閼伽令其歡喜或求爲母或求爲姊妹或求爲妻隨持誦者意若彼爲妻現童女相若彼爲母如親子想能滿誦人一切所願壽一萬歲命終之後生於王宫復次十五日於夜分中往諸宫觀誦眞言一萬徧即獻廣大供養至明旦時彼女即來用血爲閼伽令得歡喜即爲婢從日給金錢五文及上味飲食壽命五百歲如是八大迦怛也合二

引野你部多女成就之法
復次金剛手大教王降伏一切部多僕從成就之法真言曰
唵引囉引囉引虎囉引虎摩賀引唧吒迦引喃捺哩捺囉合二赦吧多引囉他引二合野
唵引虎虎虎虎虎仡哩合二恨拏合二曼娑悉地孕合二彌鉢囉合二野蹉娑縛引二合賀引
持誦者於夜分時將黒羖羊肉八兩往尸陀林中誦真言八百徧加持於肉然後以眼視四方高聲唱言我今賣肉即時尸陀林住部多女變身爲婆羅門告誦者曰汝大丈夫賣肉欲要何物持誦者曰我要黄金女與金八兩即收金與肉女不受肉違金剛手勑女即命終
爾時有大自在天與無數俱胝天人圍繞復有無數天女龍神緊曩羅摩睺羅伽等在大會中爾時大自在天即從座起五體投地禮金剛手大忿怒主足右繞三帀白菩薩言復爲我説調伏三界一切部多及天龍藥叉天人衆等令生大怖除諸魔障能殺一切星曜及吠多拏布怛曩成就祕密曼拏羅法爾時文殊師利菩薩讃言善哉善哉大自在天汝能利益未來法末之時閻浮提内一切衆生能問菩薩調伏三界諸惡部多天龍夜叉緊那羅等成就祕密大曼拏羅法時金剛手菩薩即爲説此曼拏羅成就法作四方曼拏羅四方作於四門上置樓閣具足十六分外置金剛界中安大忿怒明王身有圓光徧體熾餤作大青色四臂右第一手擲金剛杵左第一手豎頭指禁伏一切部多以二手結本印

面大惡相利牙髑髏爲冠以八大龍王莊嚴其身作降伏三界相足蹋無能勝部多王立如舞蹋勢或時大笑大吼光明𦦨赫如一俱胝日爲三界主以二手作印二無名指相交令二頭指如鉤小指中指以大母指壓之此名最上祕密富貴印能降三界印復於明王前安大自在天明王右邊安那羅延天明王後安大梵天明王左邊安迦哩帝迦天東北隅安頻那野迦東南隅安日天放千光明西南隅安羅睺西北隅安難禰計濕嚩仁囉曼拏羅第二重供養一切賢聖身色如金一切莊嚴作歡喜相顧視忿怒主明王左邊復安烏摩女天明王前安福女天以手執華明王右邊安底路怛摩女天手執香鑪一切莊嚴明王後面安月女天手執燈莊嚴最上耳璫

環釧東南隅安寶莊嚴女天手執塗香一切莊嚴西南隅安辯才女天有無數音樂種種歌舞西北隅安夜叉女主手執寶鬘名酥囉遜那哩是一切夜叉主東北隅安部多女名阿虎底你是一切部多身相端正廣目少年莊嚴具足頭髻如大青色敬愛修行者復於曼拏羅第三重東方安帝釋天東南隅安火天南方安閻魔王西南隅安羅刹主西方安水天西北隅安風天北方安毗沙門東北隅安月天如是曼拏羅各安本位儀則已時阿闍梨頂戴青冠身著青衣以右手擲金剛杵發是願言我爲利益一切衆生故刹那之間速得成就此是金剛大忿怒主依三昧位住諸賢聖時阿闍梨結大忿怒印即入曼拏羅誦此請召眞言曰

唵引嚩日囉二合發吒半音

復誦安住三昧眞言曰

唵引底瑟吒二合悉地孕二合吽

誦此眞言已引弟子入曼拏羅用青帛蓋於頭面時阿闍梨結忿怒明王印安弟子頂上即誦覺悟眞言曰

唵引鉢囉二合尾舍骨嚕二合馱吽吽惡入

此眞言持誦之時能令須彌山震動海水傾摇彼弟子能知三世之事知已能説即時與去蓋頭散華供養得見本尊此名灌頂學法供養降伏一切部多曼拏羅儀軌已

佛説金剛手菩薩降伏一切部多大教王經卷上

音釋

顫掉顫之膳切寒掉也掉徒吊切摇也 捺奴曷切 狼魯當切材屬 躃房益切倒也 攞來可切 閼烏割切 嚨盧紅切 拽羊列切 佉丘迦切 紇卜没切 髑髏髑徒谷切髏落侯切髑髏頂骨也 蹋徒合切踐也

佛說金剛手菩薩降伏一切部多大教王經

卷中

宋西天三藏朝散大夫試鴻臚卿傳教大師法天奉　詔譯

爾時金剛手菩薩說降伏諸部多觀想成就之法於十五日月圓之時想彼月中有一吽字字有光明圓滿照曜即誦眞言曰

唵引悉馱嚩日囉合二吽

此眞言滅一切罪業復想囉字如彼日輪光徧熾盛作此觀時即誦此眞言曰

唵引賀那尾特網合二娑野曩引舍野播引半吽發吒許

誦此眞言已復作空觀然後想一淨帛如軍那華如頗胝迦復想吽字變成八葉蓮華光明徧滿即誦動靜覺悟明王眞言曰

唵引骨嚕引二合馱引吠引舍吽吽吽惡

復結覺悟明王印誦此眞言曰

唵引嚩日囉合二吠舍阿引吠舍播引多曳引吽

誦此眞言已復想本尊形像印結忿怒明王印安自身分誦六字眞言曰

唵引賀曩嚩日囉合二吽

想此眞言安於頭上

唵引那賀囉日囉合二吽

想此眞言安於頂上

唵引禰引鉢多合二嚩日囉合二吽

想此眞言安於眼上

唵引嚩日囉合二嚕沙吽

想此眞言安於心上

唵引捺哩合二荼嚩日囉合二吽

想此眞言爲鎧甲作擁護

唵引賀曩那賀跛左骨嚕合二馱嚩日囉合二薩
哩嚩合二訥瑟吒合二摩囉野吽發吒半音
想此真言爲器仗如是大忿怒明王六分觀
想真言作此觀已請召曼拏羅中大賢聖即
以二手相交舒二頭指復屈如鉤誦此真言
曰
唵引嚩日囉合二馱囉摩賀引骨嚕合一馱三摩
野摩努播羅野尸伽覽合二阿引誐蹉紇哩合二
弱吽發吒半音娑嚩合二賀引
誦此真言普請一切賢聖已復別誦此真言
曰
唵引薩哩嚩合二禰嚩多引鉢囉合二細那吽
誦此真言獻閼伽水已復誦此真言曰
唵引曩引舍野訥瑟吒引二合那賀跛左娑悉
弭合二俱嚕吽吽發吒半音發吒

誦此真言時作忿怒相復誦此真言曰
唵引嚩日囉合二骨嚕合二馱摩賀引室賛合二拏
滿馱滿馱那舍禰舍引吽發吒半音
誦此真言令作結界復誦請召諸天真言令
説大自在天真言曰
唵引部哩普合二嚩娑嚩引二合賀引
那羅延天真言曰
唵引阿室哩合二嚩日囉合二播拏曳引娑嚩合二
引賀引
大梵天真言曰
唵禰引嚩虞嚕禰引嚩引馱囉引野娑嚩合二
引賀
迦哩帝計野天真言曰
唵引紇哩合二骨嚕引二合左舍吉底合二馱哩尼
發吒半音娑嚩引二合賀

頻那夜迦天眞言曰
唵引兀嚨二合誐拏鉢多曳引娑嚩二合賀引
日天眞言曰
唵引室哩二合薩賀娑囉枳囉尼娑嚩引二合賀
引
羅睺眞言曰
唵引贊捺囉二合野設訖囉二合波囉引訖羅二合
摩引野吽發吒半音
曩致濕嚩囉天眞言曰
唵引曩致引濕嚩二合囉引野曩吒紇哩二合娑
嚩引二合賀引
復說天女根本心眞言底路怛摩天女眞言
曰
唵引塞蜜哩二合布曩莫二合室哩二合檷麽也二合
唵引室哩二合曩莫入聲

月天女眞言曰
唵引室哩引二合伲也二合曩莫入聲
藍婆女天眞言曰
唵引室哩二合莎曩莫入聲
辯才女天眞言曰
唵引娑囉莎帝曳引二合誐引野怛哩二合薩哩
鋏二合娑嚩二合賀引
酥囉遜那哩夜叉女眞言曰
唵引藥翅濕嚩二合哩翅孕二合娑嚩二合賀引
大部多女眞言曰
唵引阿部底紇哩二合
復說八部多女守門眞言曰
唵引惡室哩二合嚩引摩娑嚩二合賀引
餘七眞言如前所說如是部多女根本心眞
言能降伏一切部多曼拏羅成就儀軌已

爾時金剛手復説降伏諸部多大教王印相法以二手相交豎二頭指如針此印能除一切業障復用二手作合拳以二頭指相交此是忿怒明王覺悟印於刹那間悉能覺悟三界衆生復以二手作合拳以二中指直豎此是前想六字身分印復用二手作合拳以一中指直豎此是前安頭上眞言印復用二頭指豎如針此是前安頂上眞言印復用大母指捻頭指節以右手印安字右眼上左手印安字左眼上復以二手作合拳以二小指相交二頭指直豎安於心上復用二手各作拳以左頭指安左臂上右大母指捏小指甲餘指普舒安右臂上此是前結界眞言印

復説諸天印相以二手平仰以二頭指二無名指並屈入掌中此是大自在天最上眞言印復用二手平仰以二頭指相交復如鉤此是那羅天眞言印復用二手相交作拳舒二小指此是大梵天眞言印復用左手作拳舒中指此是迦哩底迦天眞言印復用左手作拳舒頭指中指以中指復屈一節此是頻那夜迦印復用二手平仰大母指捻頭指此是日天印復用右手舒頭指及無名指復屈指節此是羅睺印復用右手作金剛拳作舞勢復用左手作拳舒頭指中指以大母指捏無名指及小指此是那致濕嚩囉印復用二手作平掌安自頂上此是烏摩女天印復用二手作合掌向虛空擲散此是吉祥女天印復用二手合拳小指與頭指相交此是月女天印復用二手合拳舒二頭指以二頭指相捻如寶形安在額上此是寶莊嚴夜叉女印復

用二手各各作拳以二小指相捻此是月天印誦此月天眞言曰
唵引囉怛曩合二室哩合二娑嚩引二合賀引
復說辯才女天印以二手相交舒二頭指安口上復用二手右旋舞安頂上此是底路怛摩女天印復用二手平安心上此是藍婆女天印
爾時復說外曼拏羅中安賢聖位眞言曰
唵引設訖囉引二合野娑嚩引二合賀引
此是帝釋眞言安東方
唵引阿誐曩合二曳引娑嚩引二合賀引
此是火天眞言安東南隅
唵引野摩引娑嚩合二賀引
此是夜摩天眞言安南方
唵引囉引叉娑引地波多曳惹野娑嚩引二合賀引
此是羅叉主眞言安西南隅
唵引嚩嚕拏曩引誐地波多曳賀曩賀曩娑嚩引二合賀引
此是水天龍主眞言安西方
唵引嚩引野吠也合二左羅左羅娑嚩引二合賀引
此是風天眞言安西北隅
唵引俱吠引囉引野藥叉地波多曳引娑嚩引二合賀引
此是毗沙門天王眞言安北方
唵引賛捺囉合二野娑嚩引二合賀引
此是月天眞言安東北隅
爾時金剛手菩薩復說諸夜叉女主印相用二手合掌小指如環此是酥囉遜那哩印復

用二手合拳以二小指相交頭指亦如環此是一切部多女主印復用二手作拳以二頭指相交此是八守門部多女印復説曼拏羅賢聖位印以右手平仰以大母指捏小指甲餘指各相離此是帝釋印以左手平仰微動此是火天印用右手作拳舒頭指此是夜摩印用右手作拳舒頭指中指此羅刹主印用左手作拳舒頭指復如環此是火天印用左手作拳舒頭指中指此是風天印用右手作拳舒大母指此是毗沙門天王印用二手各作拳以二頭指相捻此是月天印用左手作拳以大母指捻小指甲餘指並舒此是三叉印用二手作合拳此是圓滿印眞言曰

唵引悉地嚩日囉二合布囉野布囉野吽引

復用二手作拳以二小指相交頭指如環此是鉤召印即誦此鉤召成就眞言曰

唵引嚩日囉二合嚕沙摩賀引骨嚕二合馱悉馱迦哩沙二合野吽弱入聲悉馱引迦哩沙二合拏滿怛囉二合骨嚕二合馱悉地摩賀囉引惹悉地三摩野娑引誐囉悉馱覩怛娑二合禰引嚩多尸伽囉二合悉地滿努多羅引

誦此眞言時擲金剛杵復説部多獻座印相用左手平仰竪立母指復拳右手執左母指竪立右母指此無能勝部多主在金剛手菩薩雙足下捧足而坐是名獻座誦此眞言曰

唵引惹野惹野摩賀引骨嚕二合馱引地波底骨嚕引二合馱囉引惹伊難部多引娑喃捺哩合二合野囉叉野娑嚩引二合賀引

復説賢聖座印用二手作合掌復離開十指此是蓮華座印誦此眞言曰

唵引鉢訥謨引二合訥婆二合鑁你始引捺薩哩
嚩二合彌嚩旦引娑嚩二合賀引
誦此眞言已以前蓮華印復摇動二母指此
是發送賢聖印即誦此眞言曰
唵引娑囉娑囉誐蹉誐蹉薩哩嚩二合你引嚩
旦引室哩二合嚩日囉二合馱囉薩摩引倪也二合
波野帝娑嚩二合賀引
誦此眞言已即誦此偈曰
一切成就大忿怒　令得成就最上樂
我今已得成就法　唯願聖衆歸眞寂
爾時金剛手菩薩大忿怒主説如是言若復
有人於此曼拏羅得見隨喜是人不久成就
三界之主若復有人於此金剛手大教王受
持供養是人不久與金剛手菩薩神通威力
悉皆齊等設不齊等即得受於轉輪王領四
天下若復有人持誦金剛手菩薩之名能令
一切部多來爲僕從承事供給若誦忿怒明
王眞言一切天龍夜叉羅刹諸惡鬼神皆令
命終一切天人恐怖避走
爾時金剛手菩薩復説成就法先於淨處精
習法事然後誦眞言一洛叉作自身擁護復
於每月一日誦眞言一千徧至十五日隨力
供養結忿怒印竟夜持誦至明旦時大地震
動即現光明熾盛照曜於刹那間與金剛手
菩薩威力齊等如天人相不老不死復次金
剛手菩薩説作天女成就法先作天女形像
持誦者用左足蹋天女像即誦眞言一阿庾
多時彼天女即來現身與持誦者種種聖藥
及地藏珍寶等復與持誦者爲其妻子彼女
不爲成就即用猪血塗天女像復用左足蹋

之誦此忿怒真言曰
唵引賀曩嚩日囉合二摩引囉野阿母錣吽癹
吒半音
誦此真言八千徧即時天女頭面破裂乾枯命終此真言亦能殺一切部多及諸寃結復次吉祥天女成就法如前作天女像時持誦者以左足蹋之亦誦真言一阿庚多彼女速來即獻華座告言善來善來與我爲妻女即隨意無所違礙復次持誦者用左足蹋陪囉嚩天女像誦真言一阿庚多彼女即來一切所求無不成就如前作法持誦令七摩底哩天女彼亦速來所求成就如是名爲降伏部多成就之法復次金剛手菩薩調伏最上難調大惡成就之法持誦者往大自在天祠宫殿之内以足蹋自在天身誦前真言八千徧至七日内彼天即來若不到來即令命終如是那羅延亦以足蹋之誦真言八千徧至七日内彼即速來降伏承事如僕從等降伏梵王亦以足蹋梵王身誦真言八千徧彼即速來承事供給亦如僕從降伏帝釋亦以足蹋帝釋身誦真言八千徧速來承事若彼不來頭面破裂作於百分及彼眷屬皆悉命終降伏迦哩帝計野天亦以足蹋之誦真言八百徧至七日内與諸眷屬速來供給亦如僕從復次若彼持誦之者欲殺部多如前作法稱彼名字復令還命亦稱彼名即得成就復次如前作法持誦之者亦以足蹋頻那夜迦身誦真言八千徧彼頻那夜迦并諸眷屬速來給侍如僕從等若彼不來即得命終復次持誦者亦以足蹋日天身誦真言八千徧至七

日内能令持誦者所作自在復次持誦者亦以足蹋月天身誦眞言八千徧至七日後彼即速來日留金一兩復次持誦者亦以足蹋陪囉嚩天身誦眞言八千徧然後作廣大供養即獻人肉食然人脂燈燒人肉爲香時陪囉嚩天於夜分中作大惡聲而復大笑告持誦者言我今食汝若聞此聲不得驚怖如心怯懼但誦吽字即得無怖時陪囉嚩天而自降伏令彼行人爲三界主此之吽字若人持誦一切世間人非人等皆生恐怖復次持誦者以自足蹋曩致濕嚩囉天身誦眞言八千徧至七日内速來降伏供給承事如僕從等復次如前作法足蹋大黑神誦眞言八千徧并諸眷屬速來現前供給承事若不來時即得命終復次往自在天祠四門殿内亦以足蹋自在天身誦眞言一阿庾多至七日内時自在天與其眷屬即來現前凡有所須悉皆供給即負背行人往詣諸天復令烏哩摩尸天女承事供養及與種種聖藥如是金剛手菩薩降伏諸部多僕從成就之法爾時三界無量無邊一切天人等皆悉歸命是時金剛手菩薩爲利益一切諸衆生故說彼一切懈怠不信及造惡業種種有情亦得成就之法令諸部多隨意承事利樂衆生時持誦之人先於淨室持法精熟即得求於最上成就之法或求持明天地下寶藏如意寶珠及賢瓶瓔珞等皆得成就若爲利益一切衆生故時阿闍梨依一切賢聖本尊持誦眞言所有一切部多女夜叉女龍女緊曩羅女乃至一切諸惡鬼等刹那中間速來成就時金剛手菩

薩言若後末世或有破戒衆生不信佛法衆生造諸惡業衆生乃至毁謗三寶如是之人若欲依法持誦亦得成就一切所求皆得滿願若復有人於金剛阿闍梨而行毁謗所求之法定不成就

爾時金剛手菩薩復説降伏部多最上祕密眞言曰

唵引紇哩合二羯茶羯茶阿目劒吽吽吽弱入聲

若持此眞言八百徧一切部多及其眷屬速來成就或彼不來令彼部多及其眷屬悉皆破壞不久命終復次持誦者用牛黄畫彼部多女及餓鬼女形像以自左足蹋彼畫像誦眞言八千徧刹那之間彼女即來作大怖之聲告言我欲命終我欲命終持誦者汝呼我何作持誦者言我要汝等爲其僕從即時彼女承事供給以盡百年復次用牛黄於樺皮上畫前部多等形持誦者以左足蹋之誦眞言一千徧刹那之間彼女速來如不速來用白芥子加持打彼像口時部多女高聲啼哭身生惡病四體乾枯即得命終復用酥蜜加持打彼像口速得還命平復如故承事行人如僕從等日給飲食衣服可贍三人有餘復次逐日於寺門内夜分中持眞言八千徧時部多女名軍惹嚩帝速現人前彼女言曰呼我何作持誦者言與我爲母女即允之如子養育至盡形壽復次金剛手大明王説彼降伏諸部多利益一切貧窮有情成就之法有八大部多女一名部底二名尾沙尼三名星呬你四名訶悉你五名曩胝六名囉帝七名迦彌濕嚩合二哩八名穪吠此八部多女能爲

持誦之者作成就故若有行人於夜分中往其樹下持誦眞言至第三日滿八千徧然後作大供養燒安息香復誦眞言至中夜時尾部沙尼部多女即現人前用白檀香水獻閼伽令被歡喜若欲爲母彼即爲母如子養育日給衣服飲食可贍百人若欲爲妻忻悦和合日給金錢一千若爲姉妹百由旬内所有端正女人即爲將來及與聖藥寶藏等悉充足復次於夜分中往尸陁林中誦眞言一阿庾多時軍拏羅賀哩尼部多女即現人前用血獻閼伽令彼歡喜時持誦者求彼爲母女即允之如子養育一切所須悉令豐足復次往空閑宫觀之内誦眞言一阿庾多時賀哩尼部多女即來現身與彼爲妻同作歡樂日給金錢二十五文名衣百件持誦人等一十二人豐足有餘復次往大自在天宫觀之内誦眞言一阿庾多時星呬你部多女即來現前女云呼我何作持誦者曰求汝爲妻女即相允日給金錢八文名衣一對及種種聖藥等復次於金剛手菩薩前畫部多女像散迦囉尾囉華供養誦眞言至中夜時訶悉你部多女即來現身以白檀香水獻閼伽令彼歡喜女曰呼我何作行人言曰要爲僕從女即聽允衣服飲食須者給足若畜積不使女不復與復次曩致部多女僕從成就法不作持誦不作護摩亦不在先精熟法事但念金剛手菩薩名號一切所用皆悉成就復次持誦者夜分中於本舍門前持誦眞言至三日内彼囉帝部多女即來現前一切承事而爲僕從乃至修補房舍及耕種等常自營辦復次

持誦者往寂靜之處於夜分用酒肉食而復出生誦眞言一千徧至第七日彼迦彌濕嚩哩部多女即現人前以血獻閼伽告言呼我何作持誦者言汝爲我妻女即允之滿一切願令得自在復次往詣宮觀之内安置宿卧用白檀香惹帝華等作供養燒安息香彼部多女即來現身作童女相金色一切莊嚴即爲妻子同作歡樂日給金錢八文名衣一對及上味飲食等又此部多女往毗沙門天王宮内取彼珍寶而以與之如是金剛手說降伏八部多女成就之法已

歸命金剛手　忿怒大威力　說此祕密言
調此難調者

爾時金剛手菩薩復說殺一切天龍夜叉諸部多等眞言曰

唵引賀曩賀曩薩哩嚩二合摩引囉野嚩日囉二合入嚩引二合隸引吽發吒半音

爾時菩薩說此眞言之時變爲金剛熾焰徧滿三千大千世界復說此眞言曰

吽賀曩發吒半音

說此法時所有梵天那羅延天大自在天及無數持明天龍神夜叉必隸多必舍左獻馱哩嚩緊曩囉摩護囉誐誐嚕拏及一切天人悉皆破壞俱獲命終爾時文殊師利菩薩摩訶薩覩斯神力怪未曾有而唱是言善哉善哉金剛手大祕密主能爲末法衆生作大利益降伏一切天龍鬼等令於有情廣行饒益

爾時會中彼諸天女即從座起頭面禮金剛手足各各說自根本心眞言曰

唵引室哩引二合舍始禰引麼也引二合

唵引室哩引二合底路引多摩引

唵引室哩引二合建引左曩摩引攞引

唵引室哩引二合紇哩引二合軍拏攞賀引哩引

唵引吽囉怛曩二合摩引攞引

唵引酥嚕二合烏哩嚩二合細引

唵引鑁引悉哩引二合部沙尼引

復說天女成就法時持誦者往山頂上結跏趺坐誦眞言一洛叉必得成就復次於十五日隨力作供養及然酥燈竟夜持誦至明旦時彼女即來而現本身用白檀香水獻閼伽女即問云欲何所作行人言曰要汝爲妻女即聽允復與聖物聖藥等食此藥者獲壽千歲復次持誦者食白檀香幷乳然後誦眞言一阿庾多至第七日作廣大供養時底路咀摩天女即來現身所求成就復次於初八日往山頂上跏趺而坐竟夜持誦至明旦時彼女現端嚴相於面前立與持誦者默作歡樂復負行人往詣諸天所爲自在復次持誦者往二河合流之岸誦眞言八千徧至第七日作廣大供養燒安息香復持誦竟夜至旦彼建左曩摩攞天女即來現前所求成就復次持誦者不擇日月星辰亦不持齋戒即往山頂上誦眞言一阿庾多復誦眞言至中夜時彼軍拏攞賀哩尼天女即現人前與彼爲妻日給金錢十萬復負行人詣四大洲及與聖藥聖物等所須滿願復次持誦之者往宮觀內誦眞言八千徧至一月月盡日復誦至中夜時囉怛曩摩攞天女即來現身作鈴鐸聲即獻華座持誦者曰善來天女彼女言曰呼我何作持誦者曰我要爲妻女即聽允盡心

承事所求皆得獲壽一千歲復次持誦者於月一日往寂靜處作供養用白檀香作曼拏羅燒安息香日日三時誦眞言八千徧至十五日作大供養時蹔婆天女至明旦時現身而來即得爲妻同作歡樂復與種種聖藥等若彼不來即得命終復令行人壽命一萬歲命終之後生於王宮復次持誦者往宮觀内燒白檀香誦眞言一阿庾多至一月盡日隨力作供養復誦眞言夜至明旦彼烏哩嚩尸天女即現人前與獻華座告言善來女言呼我何作持誦者曰要汝爲妻女即允之及與種種聖藥等壽命一千歲復次於潔淨處用樺皮上以恭俱摩香畫彼部沙尼天女形像燒白檀香誦眞言一月至月盡日作廣大供養復誦眞言至中夜時彼天女即現人前用作歡樂復與金銀眞珠及種種聖藥等日給上妙飲食令其安隱如是金剛手菩薩說八天女成就之法

爾時金剛手菩薩復說是言若諸天女不爲行人成就所求誦此忿怒明王眞言曰

唵引紇哩引二合阿引羯荼阿毋鈝吽嗢入聲發吒半音

誦此眞言之時彼諸天女皆令破壞身爲百分復誦此眞言曰

唵引滿馱滿馱賀賀吽發吒半音

唵引左攞左攞嚩舍摩引曩野吽發吒半音

誦此眞言令諸天女深生敬愛

爾時金剛手菩薩爲利益衆生故復說八天女成就之法若復有人於此法教信重三寶受持課誦得最上快樂所求成就彼部多女

等或爲母或爲姊妹或爲妻子僕從等皆現本身令彼有情悉獲利樂復説印相法以二手作拳以二手作旋舞以二中指如針此是八天女印能除一切苦惱復用二手如執劍此印降伏一切天女鉤召現前成就一切事復用二手作蓮華旋舞此印能降一切天女令作僕從等眞言曰

唵引薩哩嚩引二合鉢蹉二合囉娑引誐嗟吽弱入聲弱入聲

用此眞言鉤召天女復誦此眞言曰

唵引薩哩嚩二合薩哩嚩二合悉提部儗濕嚩二合哩引娑嚩引二合賀引

此亦名鉤召眞言復説眞言曰

唵引迦引摩必哩二合夜引曳引娑嚩引二合賀引

誦此眞言能令天女速得現前復説眞言曰

唵引鑁引暗引吽引吽引弱引弱入聲

誦此眞言能降伏一切天女作種種事持誦之者必得成就

爾時會中一切夜叉女即從座起五體投地禮金剛手菩薩足各各説自根本眞言曰

唵引阿引誐嗟酥囉遜那哩引娑嚩引二合賀引

此是羯諾羯嚩帝夜叉女眞言復説迦彌濕嚩二合哩夜叉女眞言曰

唵引阿引誐嗟迦引彌濕嚩二合哩引娑嚩二合賀引

復説囉底夜叉女眞言曰

唵引囉底必哩二合曳引娑嚩引二合賀引

復説鉢訥彌你夜叉女眞言曰

唵引鉢訥彌二合你引娑嚩二合引賀引

復說曩致夜叉女真言曰

唵引曩致引摩賀引曩致引酥嚕波曩致引

娑嚩二合引賀引

復說阿努囉儗你夜叉女真言曰

唵引努囉引擬抳引每引度曩鉢哩三合引曳

引娑嚩二合引賀引

是名夜叉女真言祕密之法

復說八大夜叉女成就法持誦之人往金剛手菩薩宮殿之內燒安息香每日三時誦真言三千徧至一月內彼夜叉女即來現身用白檀香水獻閼伽時夜叉女或爲母或爲姊妹或爲妻子等隨行人之意若令爲妻不得別行邪欲彼即歡喜日給金錢十萬及與種種聖藥所作自在若爲姊妹亦與種種聖藥及聖物等復取最上天女令其承事又彼姊妹所有過去未來現在之事一一宣說令彼行人獲得種種快樂之事

佛說金剛手菩薩降伏一切部多大教王經

卷中

音釋

頗胝迦梵語也此云水精頗普禾切胝張尼切　鎧苦亥切甲也　跛布火切　嚨盧紅切　翅式利切　孕以證切　捏奴結切捻聚也　樺胡化切木名　鋵拖骨切

佛說金剛手菩薩降伏一切部多大教王經卷下

宋西天三藏朝散大夫試鴻臚卿傳教大師法天奉　詔譯

復次持誦者往於河岸用白檀香作曼拏羅獻廣大供養時誦真言一阿庾多至第七日復作廣大供養至夜半彼摩拏賀哩尼夜叉女即來現身甚大苦惱女言呼我何作持誦者言汝爲我婢女即聽允日給金錢一百贍彼行人等八人豐足使盡復與若不使盡不復與之復次持誦者往彼尼拘陁樹下以自飲酒肉食已不潔淨盥漱持誦真言一千徧至第七日復誦真言至中夜已來彼羯諾羯嚩帝夜叉女莊嚴具足與其僕從八百人俱悉現本身與彼行人同作歡樂即給爲妻給與衣服飲食及金錢八文贍彼行人等一十二人悉得豐足復次持誦者於樺皮上用牛黃畫彼迦彌濕嚩(合二)哩夜叉女形像於寂靜處置一卧牀於此牀上誦真言一千徧於月盡日作廣大供養然以酥燈時誦者默然彼女即來隨行人意而爲妻子於卧牀上留最上莊嚴至明旦時却還本處持誦之者不得邪欲若有所犯即令破壞復次持誦者於其幨上畫彼女像身作金色一切莊嚴手執優鉢羅華如童女相用惹底華作供養燒安息香誦真言八千徧至月盡日隨力供養然以酥燈復誦真言至中夜時彼囉帝夜叉女即來現身同作歡樂即爲妻子日給金錢二十五文及聖藥等贍彼行人及其徒衆悉令豐足復次持誦之者於自本舍卧牀頭邊用白檀香作曼拏羅燒安息香誦真言至一月於

十五日夜隨力獻供養復誦眞言至中夜彼鉢訥彌你夜叉女即來現身隨誦者意以結爲妻即與種種聖藥及聖物等復次持誦者往無憂樹下食於酒肉已用塗香好華作供養已誦眞言一千徧彼曩致夜叉女即來現身或爲母或爲姊妹或爲妻子若得爲妻日給金錢八文及種種聖藥等若得爲母供給衣食及金百兩若爲姊妹於千由旬内所須女人即爲取來及供給飲食衣服種種聖藥等復次持誦者於樺皮上用恭俱摩香畫彼阿努囉㘈尼夜叉女形於月初一日以香華燈及塗香等作供養一日三時持誦眞言至十五日然以酥燈隨力作供養持誦夜至明旦彼夜叉女即來現身隨行人意即爲彼妻日給金錢一千及與種種聖藥壽命一千歲

如是名爲所說降伏諸部多大教王夜叉女成就之法爾時金剛手菩薩大祕密主言若有夜叉女不依我三昧住者誦此忿怒明王眞言決定破壞眞言曰

唵(引)度籠(二合)羯荼羯荼阿目迦藥乞叱(二合)尼(引)紇哩(引二合)惹弱(入聲)吽發吒(半音)

誦此眞言一千徧彼女速來若不速來頭目俱破刹那命終墮八大地獄復說印相法以二手作拳二小指相交此大不空忿怒鉤印能鉤三界復說夜叉女印以二手平掌二中指顛倒以無名指出外頭指與小指相捻此是一切夜叉女最上根本印結此印時彼夜叉女速來現身復用此印以右手母指作鉤召復誦此眞言曰

唵(引)紇哩(引二合)阿(引)誐嗟

誦此眞言能鉤召一切夜叉女復用前印以
左手母指作發送誦此眞言曰
唵引紇哩引二合誐蹉誐蹉藥乞叱二合尼引尸
伽囉二合補曩囉引誐摩曩引野娑嚩引二合賀
復說印相以二手作拳舒二中指此印能令
一切夜叉女速來現前誦此眞言曰
唵引摩賀引藥乞叱二合尼引昧土曩必哩二合
曳引娑嚩引二合賀引
復用二手作拳舒二小指此印能令一切夜
叉女速來親近眞言曰
唵引迦引摩菩疑濕嚩二合哩娑嚩引二合賀引
復用二手如執刀劒勢此是一切夜叉女心
印誦此一字眞言曰
翅引入聲
復用二手作拳舒於頭指中指此是一切夜
叉女香華燈塗供養印誦此眞言曰
唵引薩哩嚩二合摩努賀引哩尼引娑嚩引二合
賀引
如是說此降伏諸部多大教王夜叉女成就
法已
爾時會中有龍女主即從座起五體投地禮
金剛手菩薩足各各說自根本心眞言曰
普入聲唵引普入聲阿難多目契
普入聲悉哩引二合普入聲嚩引酥吉目契引
普入聲伊普入聲鉢訥彌二合你
普入聲阿普入聲摩賀引鉢訥彌二合你
普入聲尾普入聲羯哩俱二合吒迦目契引
普入聲摩普入聲設始你野
普入聲染普入聲入嚩引二合攞目契引
普入聲骨嚕二合普度摩入聲目契

復説八大龍女主成就之法時持誦之者先於龍堂之内持誦眞言一洛叉令法精熟得一切龍女心大歡喜然後於月初五日往龍堂内入於龍池用香華塗香及乳汁依法作供養即誦八大龍女主眞言一千徧持彼龍女速來池内用乳汁白檀香水獻閼伽已持誦者言善來與我爲妻女即聽允日給金錢八文或令殺寃或令救護隨意無違復次持誦之者往二河合流之岸用酥乳爲食誦眞言八千徧時彼龍女即來現身以其好華戴彼頂上告言汝爲我妻龍女即允日給金錢五文及上妙飲食等復次持誦者往龍堂内誦眞言一千徧刹那中間令其龍女患於頭痛速來言曰呼我何作行人告言與我爲母龍女即允供給衣服飲食可贍誦者徒衆五人俱足復次持誦者往蓮池岸上誦眞言八千徧龍女速來同作歡樂即得爲妻日給金錢八文使盡復與若畜之不用更不與之復次持誦者往二河合流之岸於夜分時誦眞言八千徧時彼龍女即來現身行人言曰善來與我爲妻龍女即允日給黄金一兩復次持誦者往大海岸於夜分時誦眞言八千徧時彼龍女即來現身行人言曰汝爲姊妹女即允之日給金錢一文及衣服等復次持誦者往彼龍堂復入龍池水至臍輪即誦眞言八千徧時彼龍女即來現身以其好華戴彼頂上告曰汝爲我妻龍女即允日給金錢八文及上味飲食等復次持誦者往彼龍堂内於夜分中誦眞言至明旦時彼龍女莊嚴其身即現人前用華水獻閼伽告言善來汝爲

我妻龍女即允與持誦者種種聖藥聖物等能滿一切願復次持誦者往彼龍堂誦真言一阿庚多龍女即來同作歡樂誦者言曰汝爲我妻龍女即允日給金錢五文及上味飲食衣服等復次持誦者於夜分中近彼龍堂誦真言八千徧龍女即來以龍華戴彼頂上持誦者曰與我爲妻龍女即允及與彼誦者最上莊嚴等復説龍女三昧真言鉤召真言曰

唵引普阿誐蹉曩引擬你引普

復説塗香真言曰

馱覽合二伊普

復説香真言曰

唵引普惡

復説一切龍女三昧真言曰

阿普憾引普鋑普

復説發送真言曰

普誐蹉誐蹉尸引伽嚩合二布曩囉引誐麼曩引野

復説印相法以二手仰合掌復合如頭髻内入二頭指以二母指相捻此是龍女三昧印能作一切事亦是外三昧印及發送供養此印同用復次以左手作拳母指舒左右手頭指竪立餘指並舒復用小指母指捏指甲餘指並舒此亦是龍女三昧印如是所説降伏諸部多大教王龍女成就之法爾時金剛手大祕密主作大忿怒相擲金剛杵説此真言曰

唵引鼻引沙拏嚩日囉合二吽阿目枳引曩引擬你引阿引羯哩沙合二野吽吽癹吒𧬊癹吒

半音

爾時金剛手菩薩說此眞言之時一切龍女迷悶倒地頭頂疼痛命欲將終菩薩復言汝等龍女若不依我三昧得大過失速令命終墮八大地獄如是金剛手說此降伏諸部多大教王龍女成就法已

爾時會中有緊曩囉女主即從座起五體投地禮金剛手菩薩足各說根本心眞言曰

唵引摩努賀哩引娑嚩引二合賀引

唵引酥婆擬引娑嚩引二合賀引

唵引尾舍引攞你引怛哩引二合娑嚩引二合賀引

唵引酥囉多必哩二合曳引娑嚩引二合賀引

唵引阿濕嚩二合目契引娑嚩引二合賀引

唵引尾迦引囉目契引娑嚩引二合賀引

復說六緊曩囉女主成就法持誦者往山頂上誦眞言八千徧作大供養用牛肉及安息香同燒誦眞言至中夜彼緊曩囉女即來現身持誦者不得怖畏彼女告曰呼我何作持誦者言與我爲妻女即聽允背負行人詣諸天界與上味飲食等復次持誦者往於山下清齋誦眞言一阿庾多彼緊曩囉女即來現身捧行人足種種承事即爲妻子日給八文金錢及衣服等復次持誦者往彼河岸誦眞言一阿庾多竟夜至明旦時彼緊曩囉女即來現身結爲妻子日給金錢五文復次持誦者於夜分往二河合流之岸誦眞言八千徧彼緊曩囉女即來現身第一日捨施第二日面前住立而發言語第三日同作歡樂即爲妻子供給承事日與金錢八文及衣服等復

次持誦者往於山頂上食酒肉已誦眞言一阿庚多彼緊曩囉女即來現身如天女像面前而住默作歡樂即得爲妻日給金錢八文及上味飲食等如是説此降伏諸部多大教王緊曩囉女成就之法

爾時金剛手大祕密主告大自在天言汝今諦聽我已降伏三界諸天如僕從等所有大惡諸天我亦降伏時大自在天白菩薩言唯願説此降伏三界大惡諸天眞言印相及幢像等成就之法時會大衆讃大自在天言善哉善哉能問菩薩降伏三界大惡諸天成就之法時金剛手菩薩即説大忿怒曼拏羅成就之法先作四方曼拏羅開於四門門安樓閣具足十六分外作金剛界内安忿怒明王徧身熾燄如彼劫火身大青色髑髏莊嚴作大笑大惡相能怖畏三界有情於忿怒明王右邊安大自在天身白如月亦如眞珠色白乳色三目四臂手執三叉及拂明王左邊安圓滿那羅延天手執輪寶杖拂螺明王後安帝釋天主明王面前安大梵天六面手執寶幢身白如雪亦如軍那化及月色復次帝釋前安龜座或安月色如眞珠及乳或安迦哩底計野天作赤色以手執拂帝釋天黄色身有千目一切莊嚴以手執拂大自在天乘牛那羅延天乘金翅鳥帝釋天乘象迦哩底計野天乘孔雀外第二重曼拏羅安八部多女其名曰

鉢訥摩(二合)嚩怛也(引二合)摩賀(引)鉢訥摩(二合)尾部沙尼酥囉賀(引)哩尼(引)嚩囉賀(引)哩(引)摩賀(引)囉帝(引)部沙尼(引)惹誐怛波(引二合)隸你

引

此八部多女即爲大富鉢訥摩嚩怛也引二合及摩賀引鉢訥摩此二部多女身作白色尾部沙尾及酥囉賀引哩尾引此二部多女身作赤色餘四部多女身皆金色

復次金剛阿闍梨身著青衣頂戴青冠及戴青華如前儀軌誦忿怒明王真言爲一切衆生作大利益故刹那中間決定成就

復說一切天人真言曰

吽嚩日囉二合發吒許

持誦之間一切天人皆來成就

復次作忿怒相立如舞踊勢即擲金剛杵誦真言曰

吽

此一吽字持誦之時能破一切天人

爾時一切天女龍女夜叉女及部多女等依金剛手菩薩言刹那中間皆來成就復誦此真言曰

唵引嚩日囉二合禰引鉢多二合摩賀引骨嚕二合馱賀曩捺賀鉢左摩引囉野吽吽發吒許

復次殺一切天魔及降伏彼等真言曰

吽吽發吒許發吒許

如是真言決定破壞一切魔先用忿怒明王印并真言作於擁護然令弟子入曼拏羅誦此覺悟真言曰

唵引鉢囉二合尾舍鉢囉二合尾舍骨嚕引二合馱

吽吽惡入聲入嚩引二合攞引摩引攞引俱攞引

鼻引沙拏嚩日囉二合惡入聲

誦此真言能鉤召降伏緊曩囉女等

復次說降伏諸部多大教王忿怒曼拏羅儀

軌眞言曰
唵引普室哩引二合星賀引特嚩合二惹馱引哩
尼引紇哩引二合
誦此眞言安鉢訥摩合二嚩怛也引二合部多女
手執師子幢在忿怒明王東邊
唵引吽部曩龍合二摩賀引鉢訥摩合二摩底達拏
哩馱引二合哩尼引吽
誦此眞言安摩賀引鉢訥摩部多女手執弓
箭在忿怒明王西邊
唵引吽尾部引底盎俱舍馱引哩尼引吽㗌
入聲誦此眞言安尾部沙尼部多女手執金剛鉤
在忿怒明王南邊
唵引吽部曩龍引二合酥囉賀引哩尼引進多摩
尼持嚩合二惹馱引哩尼引

誦此眞言安酥囉賀引哩尼引部多女手執
如意寶幢在忿怒明王北邊
唵引室哩引二合嚩囉賀引哩尼引布瑟波合二
賀悉帝引二合吽
誦此眞言安嚩囉賀引哩尼引部多女手執
華在忿怒明王東北隅
唵引室哩引二合囉怛泥引二合濕嚩合二哩度波
吽
誦此眞言安摩賀引囉帝引部多女手執香
鑪在忿怒明王東南隅
唵引室哩引二合普引沙尼引巘馱賀悉帝合二
引吽
誦此眞言安部沙尼引部多女手執塗香在
忿怒明王西南隅
唵引室哩引二合惹誐怛波引二合疑泥引惡入聲

誦此眞言安䓤誐怛波引二合隸你部多女手
執燈在忿怒明王西北隅
復次說八大部多女印相用二手作拳舒二
頭指此名摩揭金剛印復用此印安腰側亦
名弓箭印復用右手作拳舒頭指復如鉤此
名鉤印復用左手作拳舒中指此名如意寶
幢印復用二手仰合掌以二頭指如鉤此名
華印復用指互相交舒二頭指此名香印復
用二手並舒各安臂上此名塗香印復用右
手作拳竪之舒中指此名燈印
復次忿怒明王說降伏諸部多曼拏羅儀軌
已復說此八部多成就法眞言
無能勝部多眞言曰
唵引紇哩引二合嗢入聲
阿哷多部多眞言曰
唵引吽嗢
布囉拏部多眞言曰
唵引紇哩引二合嗢入聲
阿布囉部多眞言曰
唵引部龐二合嗢入聲
尸陁林住部多眞言曰
唵引室龐二合嗢入聲
俱隸引濕嚩二合囉部多眞言曰
唵引嚕嗢入聲
阿部帝引濕嚩二合囉眞言曰
唵引賀囉二合嗢入聲
緊羯嚕怛莫部多眞言曰
唵引阿嗢入聲
復次持誦者於金剛手前誦前眞言一洛叉
令法精熟於十五日用酥酪糖乳爲飲食作

廣大供養燒安息香竟夜持誦至明旦時彼無能勝部多決定速來若彼不來剎那命終彼若來時告言呼我何作持誦者曰爲我僕從時彼部多即便承事復令行人即爲持明能降帝釋及設始天女復爲行人詣諸天上居帝釋位壽命七劫復次持誦者往詣舍利塔前於夜分中誦眞言八千徧至第七日獻種種飲食燒安息香復誦眞言時彼部多即來人前告言呼我何作行人言曰爲我僕從部多即允背負行人往四大洲所欲自在壽命千歲復次持誦者往金剛手菩薩宮殿內誦眞言八千徧至第七日作廣大供養用素食乳酪等依法出生復誦眞言至中夜時布囉拏部多現身而來即獻閼伽令彼歡喜即爲僕從盡生承事能滿一切願亦能作於吉凶隨行人意獲壽一千歲復次持誦者往舍利塔前誦眞言一阿庾多以爲精熟然後於十五日隨力作供養誦眞言至中夜時布囉拏部多速來人前告言呼我何作行人言曰爲我僕從部多即允復令天女給侍承奉亦與現一切伏藏日給金錢五文及飲食衣服等壽命五百歲復次持誦者往尸陀林於夜分中誦眞言八千徧至第七日用酒肉魚酥酪糖蜜乳粥及果子等依法出生燒安息香誦眞言至中夜時有大惡聲行人若聞不得驚怖即時部多與自從衆圍繞而來出生供養彼即歡喜得一切部多皆爲僕從能殺一切寃家日給金錢與彼行人獲壽一千歲復次持誦者往宮觀內用紅色華供養燒安息香誦眞言一阿庾多令法精熟復於二十九

日夜分中用魚肉及種種飲食依法出生誦眞言至中夜彼俱隷(引)濕嚩(二合)囉部多即現人前熾燄徧身作大惡相不得怖之部多言曰呼我何作行人言曰爲我僕從部多即允盡生承事每日三時給金錢五文及上味飲食獲壽五百歲復次持誦者往大自在天祠宮殿之中於夜分時只以自身用紅色肉食用安息香及蜜同燒誦眞言八千徧於第一日夢見第二日現本身第三日面前住立告言呼我何作持誦者曰爲我僕從部多即允復往諸天取無盡寶藏與彼行人及衣服飲食等復爲行人說三世之事壽命二千歲復次持誦者往金剛手菩薩殿內於二十九日起首誦眞言一阿庾多至七日令法精熟然後持誦者用白檀香作曼拏羅燒安息香用白食酥酪乳粥等以爲自食然以酥燈坐吉祥草於初夜分持誦至中夜時彼部多即現人前用白檀水獻閼伽部多言曰呼我何作持誦者言爲我僕從部多即允復與上味飲食種種聖藥及伏藏等背負行者往詣諸天所欲自在壽命五千歲如是降伏諸部多大教王僕從成就法已

復次阿闍梨爲利益故降伏一切部多僕從如佛所說此法難作若凡夫人懈怠人作惡業人妄語人愚癡人貧病人短壽人及身心不定人等於此儀軌皆不得作作之不成若阿闍梨儀軌具足無彼缺犯依法持誦必得成就若求富貴種種聖藥帝釋天主三種之壇無不成就何況人王及伏藏等所有一切天女刹那之間俱來成就所有邊地懈怠一

切衆生皆得快樂此中四字大祕密能作一切成就

復次說降伏八部多印相法以二手指相交竪中指如針此是無能勝部多印復用前印以中指入內舒二頭指復如鈎此是阿吽多部多印復用前印以二頭指如環二小指各舒此是布囉拏部多印復用十指相交此是阿布囉拏部多印復用前印二小指竪如針此是尸陀林住部多印復用前印各舒八指此是阿部帝濕嚩囉印復用前印母指入內舒二小指此是俱隸引濕嚩囉部多印復以二手合掌二頭指如鈎此是緊羯嚕怛摩部多最上印如是說降伏大教王八大部多印

爾時金剛手菩薩復說金剛阿闍梨爲利益故令吉祥大部多女心生歡喜承事成就法

復次持誦者於金剛手菩薩前誦眞言一洛叉令法精熟然後十五日隨力作供養燒安息香誦眞言竟夜至旦彼部多女即現人前用白檀香水獻閼伽告言善來部多女言呼我何作行人言曰與我爲妻女即允之給與種種聖藥聖物及寶藏等此名順善成就

復次說成就法持誦者用恭俱摩香於樺皮上畫吉祥大部多女像於夜分中獨自躶形往金剛手菩薩前誦眞言八千徧彼部多女速現人前行人作歡喜相令女歡喜背負行人往諸天宮與帝釋位亦能養育一國人民獲壽一萬歲若不爲成就頭目破壞身體乾枯剎那命終

復次說殺一切部多女儀軌如前作曼拏羅畫忿怒殺相剎那中間能殺諸部多女此忿

怒明王親説時持誦者用恭俱摩香畫彼形像以左足蹋手擲金剛杵口誦吽字至七徧巳刹那中間殺彼命終説此降伏諸部多大教王成就法巳

復説發遣賢聖儀軌持誦者依法讚歎恭敬禮拜誦此發遣眞言曰

野他引野他引摩賀引部覩引嘮捺囉合二娑他引二合喃鉢囉合二悶左覩娑嚩引二合賀引

復次承事賢聖及發遣部多儀軌用紅色飲食香華等出生則帛蓋於生盤誦呪生眞言三徧巳如前依法讚歎恭敬作禮即發遣諸部多各還本處或住尸陀林宮觀廟宇或樹下河岸四衢道路及自在天祠等速令還位依我三昧各自中護若不還位我以大金剛杵破汝頭頂刹那命終墮大地獄復誦此眞言曰

野他引莎娑他合二曩誐蹉覩野他引酥欠娑嚩引二合賀引

如是發遣部多及大自在天時亦用音樂此是第二發遣儀軌巳復説發遣儀軌所有住尸陀林宮觀内山頂上四衢道路諸部多等各令還位之時與彼出生誦此發遣眞言曰

三摩野底瑟姹合二覩部多引喃引三摩野滿怛嚩合二播引攞曩骨嚕合二達惹引閉引薩摩引倪也合二鉢也合二嘮捺囉合二娑他合二曩鉢囉合二悶左覩娑嚩引二合賀引唵引阿謨伽嚩日囉合二俱舍羯囉羯囉羯茶羯茶吽嗙入聲

誦此眞言時結此金剛鉤印舒二頭指即爲發遣賢聖印此是降伏諸部多大教王第三發遣賢聖儀軌竟

佛說金剛手菩薩降伏一切部多大教王經卷下

音釋

盥漱
盥古玩切澡手也漱蘇奏切蕩口也

豎
臣庾切立也

悶
莫困切煩悶也

諕
五歌切

憾
胡紺切

髻
古詣切綰髮也

酥酪
酥桑姑切酪盧各切酥酪乳漿也

糖
徒郎切飴也

躶
力果切赤體也

播
補過切

聖妙吉祥眞實名經

元講經律論習密教土番譯主聶崖沙門釋智譯

清刻龍藏佛說法變相圖

大明太宗文皇帝御製真實名經序

蓋聞真實名經者是諸如來超出有壞智身極顯密微妙正覺菩提其義深廣猶如意大寶珠寶中最勝故能利益有情增長福慧超離塵垢脫除過愆消弭煩惱解釋魔障令彼一切清淨圓滿即登彼岸昔曼殊室利弘大慈悲發大誓願以是最妙吉祥作大方便敷揚奥旨拯拔輪迴以此饒益功德無際朕惟如來施教但欲使人爲善夫爲善者爲臣爲忠爲子爲孝忠臣孝子行一事而不敢以忘君出一言而惟恐以辱親盡心於夙夜而毫髮之欺蔽不敢以萌於心鞠躬於朝夕而頃刻之奉承不敢以違於志心惟一於善而無纖芥之惡若是者則何有於愆尤煩惱但爲不善之人不忠於君不孝於親悖禮傷道積

愆累惡所謂報業亦如此人乎施如仰面唾
噢反見自汙背拳搏擊反見自傷觸犯憲條
身入狴犴即爲地獄如茲果報不爽絲忽若
此輩流素藴不忠不孝之心一旦苟能改悟
移不忠以爲忠移不孝以爲孝去惡而爲善
則即善人而已朕弘垂慜念推廣慈仁故以
是經功德與之懺悔猶熱濯寒泉頓得清涼
饑餐香積頓能成飽貧窮卑賤即得高勝年
齡不永皆得長壽諸種善根圓滿具足若當
露居而忽成樓宇若涉波濤而忽遇舟航如
蓮華之出水不染淤泥如鵾鵬之運遊逍遥
雲漢凡修善之士欲求佛道堅持禁戒精進
不已能究竟是經求真實顯密奥義即得五
眼清淨六識皆空自然超萬有而無心合萬
動而恒寂廓清塵習妙踐真如是用光闡大
猷敷賛玄化彰述厥旨以翼流通致力於斯
者宜盡心焉
永樂九年七月十五日

無邊惡業不復造

聖者文殊師利往昔爲啞馬國王時於雷音王佛處發此菩提心願文

聖者文殊師利發菩提心願文

巴　看　落　目　瓦　傳

元甘泉馬蹄山中川守分真師姪智慧譯

敬禮一切諸佛菩薩

救護一切面前住　究竟發於菩提心

一切有情作利益　輪迴有情至彼岸

癡心瞋心本自性　慳貪貢高本自性

始從今日至菩提　未證中間不復造

惡業貪瞋皆捨離　制學依行恒歡喜

隨喜正覺解所行　自已恒時所修善

不取菩提之正路　若一有情未出離

住於暗劫恒化利　無量不思議劫中

願常恒遊佛淨土　其甲執名所作罪

十方界中普皆聞　自已身語之惡業

於一切處恒清淨　意中惡業亦清淨

梵語阿耶曼祖悉哩捺麻捺機矴

此云誦聖妙吉祥眞實名經

元講經律論習密教土番譯主聶崖沙門釋智譯

敬禮孺童相妙吉祥

復次吉祥持金剛　難調伏中勝調伏
勇猛超出三界内　自在金剛密中勝
眼如白蓮妙端正　面貌圓滿若蓮華
自手執持勝金剛　時時仰上作拋擲
復次第現忿等像　亦有無邊持金剛
勇猛調伏難調者　具威猛相極怖畏
於金剛尖出勝光　自手向上令拋擲
有大慈悲及智慧　方便益生極殊勝
具足喜樂安隱心　亦有忿怒之形相
於行正覺行中尊　衆皆來集身恭謹
向彼如來末遏鍐　究竟正覺禮敬已
於前恭敬伸合掌　端坐正念而告白
遍主與我作饒益　益我慈悲於我故
如幻網中成究竟　願我眞實獲菩提
有諸煩惱亂其心　不解泥中而没溺
爲利一切有情類　令獲無上之果故
究竟正覺出有壞　是有情師及導師
亦大記句達眞性　了知根心殊勝者
彼出有壞之智身　是大頂旋言詞主
亦是智身自超出　妙吉祥智勇識者
誦彼殊勝眞實名　是甚深義廣大義
無比大義勝柔軟　初善中善及後善
過去正覺等已說　於未來中當演說
現在究竟等正覺　亦遍數數皆宣說
大幻化網本續中　持大金剛持密呪
如彼無邊諸佛勑　妙音宣暢今當說

世尊究竟正覺等　頋成眞實持呪故
如我決定未出間　當勤堅固而受持
遠離煩惱令無餘　於諸謬解捨離故
即以無別無異心　爲諸有情願宣說
密自在者持金剛　向如來前說是言
告白畢已而合掌　以身恭敬坐其前
復次釋迦出有壞　究竟正覺兩足尊
於自面門殊勝舌　廣長橫遍令舒演
顯現三種世界內　調伏四魔諸怨敵
有情皆具三惡趣　爲現清淨微笑相
於其清淨梵音中　遍滿三種世界已
爲持金剛大力者　密自在主而答說
具足有大慈悲者　汝爲利益有情故
具足智身妙吉祥　誦眞實名是大益
能作清淨除罪業　於我精勤應諦聽

善哉吉祥持金剛　手持金剛汝善哉
密主我爲此事故　爲汝巧妙令宣說
汝今一心應諦聽　唯然末遏鍐善哉
復次釋迦出有壞　一切密呪大種性
密呪明呪持種性　於其三種令觀察
世間及出世間性　顯作世間大種性
殊勝廣大手印種　大種大髻應觀察
言詞之主演偈頌　密呪王者具六種
將令顯出於無二　無生法者自宣說

啞阿長呼依倚引烏鄔引[口英][口哀]一引阿嗃引欸啞悉低合二哆嚩哩合二低二嘿捺没隆合二低三囉上聲[口夅]没哆四毋怛嘿五怛囉合二咄不囉合二低嘿六唵七末唎囉合二帝疙折合二捺谿寧各切渴情捺不囉合二嘿嘿捺呣呤合二怛莫嘿捺葛合二也斡引宜說囉啊囉鉢撥捺拽矴捺麻

此下十四頌出現三十七菩提中圍故讚金剛菩提心即是八十六名數

如是正覺出有壞　究竟正覺啞中出
啞者一切字中勝　是大利益微妙字
諸境之內出無生　即此遠離於言說
是諸說中殊勝因　令顯一切諸言說
大供養者是大欲　一切有情令歡喜
大供養者即大瞋　一切煩惱廣大怨
大供養者是大癡　亦愚癡心除愚癡
大供養者即大忿　即是忿恚之寃讐
大供養者大貪欲　一切貪欲皆除斷
大欲即是於大樂　大安樂者大喜足
大境色與廣大身　大色并及大形像
大明及與大廣大　大中圍者是廣大
持於廣大智慧器　鉤煩惱鉤大中勝
普聞妙聞皆廣大　顯中即是廣大顯
解者執持大幻化　大幻化中成利益
大幻化內喜中喜　大幻化中施幻術
大施主中最爲尊　大持戒中持殊勝
於大忍辱即堅固　以大精進悉棄捨
以大禪定住靜慮　以大智慧令持身
具足大力大方便　大願勝智是大海
大慈自性無量邊　亦是大悲勝智慧
有大智慧具大智　大解即是大方便
具大神通及大力　大力及與大速疾
復大神通大名稱　大力令他令摧伏
三有大山悉能壞　持大堅固大金剛
大緊即是大雄勇　於大怖中施怖畏
尊者大種即殊勝　上師密呪大殊勝
住在於彼大乘相　大乘相中最殊勝

此下二十四頌三句是出現衆明主中圍故讚清淨法界一百八名數

廣大正覺衆明主　具大寂默大寂默
大密呪中令出現　有大密呪自性理
欲得十種到彼岸　住於十種彼岸中
十彼岸到是清淨　即是十種彼岸理
尊者十地自在者　住在於彼十地中
具知十種之自性　持於十種清淨者
十種義相義中義　自在寂默十力主
作諸利益無有遺　具有十種大自在
離彼無垢戲論主　眞如自性清淨主
言說眞實不諱句　如其所說而依行
於無二中說無二　住於眞實邊際中
無我師子具音聲　外道惡獸極怖畏
遊行一切有義中　速疾猶若如來心
勝及最勝勝怨中　於轉輪者施大力
集中之師集中勝　集王集主集自在

執持愛護大靈驗　大義不受他恩念
句王句主能言詞　句中自在句無邊
以眞實句說眞實　於彼四諦宣說者
不還之中復不還　教如緣覺及獨覺
種種決定超出中　彼諸大中獨一因
苾芻羅漢即漏盡　調伏諸根并離欲
獲得安樂無怖畏　成滿清涼亦無濁
明解及與於神足　世間善逝勝明解
於我不執不執我　住於二種諦理中
能到輪迴之彼岸　所作已畢住露地
於一智中而出現　以智慧器破一切
法王妙法具顯現　於世間中勝明照
以法自在法中王　能演妙道令宣說
有義成就滿誓願　捨離一切諸虛妄
無盡法界實離妄　勝妙法界極無盡

具大福田勝福足　智中廣大殊勝智
具足智者解有無　無二種中而積集
諸常見中勝禪定　誓修靜慮是智王
自解各各皆不動　最上勝者持三身
具足正覺五身性　遍主五種智自性
首冠莊嚴五覺性　持五種眼離執著
令諸正覺皆增長　正覺尊子勝微妙
勝智出有出生處　出現法中離三有
獨一堅固金剛性　初生已作有情主
現空性中自超出　勝智妙智如大火
以大光明遍照耀　以智慧明令顯現
是有情燈智慧炬　具大威勢顯光明
是勝呪主明呪王　密呪王者作大益
具大肉髻希有頂　大虛空主說種種
是諸正覺勝自性　具足有情歡喜眼

能令增長種種相　諸大仙等皆供讚
令持三種之密呪　大記句者持密呪
尊者守護三寶故　宣說最勝三乘法
真勝有義之羂索　是大執持金剛索
金剛鐵鉤大羂索

此下十頌句是出現不動佛中圍故讚大圓鏡智即七十一名數

怖畏金剛施怖畏　金剛王者六面怖
六眼六臂力具足　亦是骨相咬牙者
曷辣曷辣具百面　是獄王主魔中王
有力金剛能作怖　名稱金剛金剛心
幻化金剛具大腹　金剛中生金剛主
是金剛心如虛空　不動獨髮相嚴身
所著大象生皮衣　大緊呵呵皆哮吼
希希聲吼能作怖　若作笑者有響笑
金剛喜笑大哮吼　金剛勇識大勇識

金剛王者大安樂　金剛堅者大歡喜
金剛吽者吽聲吼　器中執持金剛箭
金剛劔斷令無餘　衆持金剛具金剛
一種金剛能退敵　熾燄金剛施惡眼
金剛頭髮如燄熾　金剛降臨大降臨
具足百眼金剛眼　身中具有金剛毛
金剛毛者獨一身　指甲增長金剛尖
以金剛心皮堅硬　執金剛髮具吉祥
以金剛鬘而莊嚴　呵呵響笑決定吼
具六種字金剛聲　大柔和聲大音聲
三世界中獨一音　遍虛空界聲哮吼
諸有聲中皆殊勝

此下四十二頌出現無量壽佛中圍故讚妙觀察智即二百七十五名數

真實無我真實性　即是真際無有字
宣說空性衆中勝　甚深廣大聲哮吼
即是法螺具大聲　亦法犍椎大音聲
超越無住圓寂性　十方法中即大鼓
無色有色中微妙　具種種相意中生
具諸相者顯吉祥　執持影相使無餘
無能過中大名稱　三界之中大自在
住於最極聖道中　大興盛中之法幢
三世界中一孺童　長老尊者四生主
三十二相具莊嚴　三界所愛於中妙
是世間解爲勝師　是世勝師無怖畏
救世間尊意無私　救中救者而無上
盡空邊際悉受用　解一切中智慧海
解散一切無明㲉　亦能破壞三有網
能滅無餘諸煩惱　到彼輪迴大海岸
勝智灌頂具頭冠　真實究竟令莊嚴
滅除三種諸苦惱　滅三毒得三解脫

決定解脫諸障難　住於如空平等中
超越一切煩惱垢　能解三時及無師
諸有情中即大尊　功德帶中之髮帶
諸有身中即解勝　虛空道中眞實住
持於如意大寶珠　遍主一切寶中勝
圓滿是大如意樹　勝妙淨缾大中勝
能作有情諸利益　隨順有情而利益
亦解善惡及時辰　遍主解記具記句
解時及解有情根　亦能作於三解脫
具足功德解功德　解法讚歎現吉祥
吉祥之中最吉祥　吉祥名稱善名稱
大止息中大法筵　大歡喜中大音樂
恭敬承侍悉具足　勝喜名稱性吉祥
具勝施勝是尊者　微妙歸處堪歸救
於世怨中勝中勝　離一切怖無有餘
頂髻及髻各分埵　頭髮摸揆戴頭冠
五面具有五種髻　五髻各繫華髻帶
即是禿髮大勤息　行淨梵行勝勤息
大苦行者建苦行　微妙淨宮喬荅彌
梵婆羅門解淨梵　超圓寂時得淨梵
脫離纏縛解脫身　解脫圓寂是圓寂
超越悲哀滅悲哀　微妙決定近出離
能除苦樂之邊際　離欲身中而超越
不可比量無與等　非見非顯非朗然
雖性不改亦普遍　微細無漏離種性
無塵離塵即無垢　離失捨除放過愆
最極寢寤覺自性　諸解諸明即微妙
識心超越於法性　持理即是無二智
離虛妄者默然成　修於三世正覺行
正覺無垢亦無邊　最初正覺亦無因

獨一智眼無垢染　具足智身即如來
以句自在廣宣說　演勝丈夫法中王
宣陳微妙殊勝處　詮說師子無與等
於勝觀察殊勝喜　積聚威勢是入意
熾燄光中吉祥相　手臂光耀令顯現
殊勝大醫即尊者　能離痛刺無有上
亦是諸藥枝茂樹　對治諸病大怨讐
入意三界中殊勝　吉祥遊宿具中圍
十方一切虛空界　建立法幢極微妙
遊行唯一廣大傘　即具慈悲妙中圍
吉祥蓮華舞自在　廣大邊主大寶傘
具於正覺大威勢　持於一切正覺身
是諸正覺大修習　是諸正覺唯正法
金剛大寶灌頂相　諸大寶性即自在
世間自在諸法性　持金剛者一切王

一切正覺即大心　一切正覺在心中
一切正覺之大身　亦是一切正覺語
金剛日是具大明　金剛月是無垢光
離欲等中是大欲　種種諸色熾燄光
金剛跏趺正等覺　執持眞實究竟法
吉祥正覺蓮華生　亦能攝持正覺藏
復持種種幻化王　廣大正覺持明呪
聰明金剛即大劍　眞實清淨殊勝字
是廣大乘除苦惱　金剛法者廣大器
金剛甚深唧哪唧　金剛智慧依義解
諸到彼岸皆究竟　一切地中具莊嚴
眞實清淨無我法　眞實智月殊勝光
廣大精進幻化網　本續一切殊勝主
金剛坐者具無餘　持於一切智慧身
一切殊勝妙智慧　即於心地持往復

一切正覺之大心 復持種種之化輪
是一切體殊勝性 亦持一切體自性
即無生法種種義 持於一切法自性
廣大智慧刹那中 解持諸法無遺餘
現解一切諸法者 勝持寂默真實際
殊勝不動自性淨 持於正覺妙菩提
一切正覺現於前 智火熾燄光顯盛

此下二十四頌讚平等性智故即是出現寶生佛中圍即一百四名數

隨樂成就微妙義 一切惡趣悉清淨
諸有情中殊勝尊 一切有情令解脱
煩惱敵中獨勇猛 威猛能破愚癡怨
具吉祥智而嚴身 執持堅固之惡相
能令動於百種手 舉步相中而作舞
吉祥百手皆圓滿 遍空界中令作舞
大地中圍一界分 以一足跟堅踏之
以足爪甲界分内 淨梵世界盡令押
無二一義法之義 即微妙義無怖義
亦種種識具色義 於心意識具相續
體義無餘數歡喜 愛空之性殊勝智
捨離三有之貪欲 三有歡喜廣大者
色貌鮮潔若白雲 光明殊勝如秋月
亦如初出妙日輪 爪如赤銅光皎潔
頭冠殊勝尖末青 勝髮亦復紺青色
大寶光明具吉祥 正覺化身莊嚴具
諸百世界皆令動 而能具彼神足力
持於廣大實性念 四念住中靜慮王
以七覺支爲華香 即是如來功德海
解八道支義理故 是解真實正覺道
於諸有情大分著 亦如虛空無所著
一切有情意中生 速疾猶如有情意

解諸有情根與義　能奪有情諸心意
亦解五蘊實性義　清淨五蘊令受持
決定出彼諸邊際　亦能出於決定中
向決定出道中住　宣說一切決定出
拔十二支三有根　持於清淨十二種
具有四諦之義相　解持八種之心識
十二實義令具足　十六實性現體解
以二十種成菩提　勝解一切正覺相
一切正覺幻化身　無邊億界令出現
彼諸剎那現了解　亦解剎那諸有義
種種乘者方便理　利益去來皆了解
決定出於三乘者　住在於彼一乘果
諸煩惱界清淨性　盡能滅除諸業果
過於一切江海中　寂靜如行中出現
煩惱及與隨煩惱　及以習氣皆棄捨

以於大悲智方便　於諸有情作利益
一切想義皆棄捨　亦令滅除心識意
能緣一切有情心　亦解一切有情意
在彼一切有情心　隨順一切有情意
充滿一切有情心　令諸有情心歡喜
成就究竟無錯謬　一切謬解皆捨離
於三義中無疑智　諸我三種功德性
五蘊義理三時中　於諸剎那能分別
一剎那中正等覺　持於一切正覺性
無身之身身中勝　解了諸身之邊際
種種諸相諸處顯　大寶即是大寶首

此下十五頌讚成所作智故出現有義成就佛中圍即九十五名數

解了一切正覺者　正覺菩提即無上
出密呪處無文字　大密呪者是三種
諸密呪義令增長　大明點者無文字

大空即是五種字　空明點者六種字
種種諸空無種種　十六半半具明點
亦無支分超於數　即四靜慮之初首
了解一切靜慮支　明解靜慮種族性
具靜慮身身中勝　受用身者一切勝
化身即是殊勝身　持彼化現之種性
種種化現十方中　依法利益於有情
自在之天天中天　非天自在非天主
自在無滅天之師　作壞作壞即自在
三有寂靜令超越　唯一師者有情師
名稱普於十方界　施法之主廣大者
備足莊嚴慈鎧者　以慈愍心爲堅甲
智慧如劒持弓箭　欲離不解煩惱敵
能降勇猛魔怨者　兼除四種怖畏魔
亦能退諸魔軍旅　究竟正覺救世間

是堪供讚禮敬處　亦是恒常承侍境
應供詠處最殊勝　眞堪禮敬勝上師
一步能遊三世界　如空無邊實鎮押
清淨三明是清淨　具六神通隨六種
菩提勇識大勇識　大神足者超世間
達彼著慧之實性　亦獲智慧之體性
一切自明令他明　殊勝丈夫於一切
超離一切諸譬喻　能智所智殊勝主
尊者即是法施主　宣說四種手印義
有情奉施殊勝主　決定所入三種住
微妙義中淨吉祥　三世間中大勝福
具足吉祥皆成辦　曼祖悉哩勝吉祥

此下五頌如次結讚五智大圓鏡清淨法界妙觀察平等性成所作智如次一頌一智也

勝施金剛我敬禮　眞實邊際我敬禮

出現空性我敬禮　正覺菩提我敬禮
正覺貪著我敬禮　正覺欲者我敬禮
正覺歡喜我敬禮　正覺戲論我敬禮
正覺微笑我敬禮　正覺笑者我敬禮
正覺語者我敬禮　正覺心者我敬禮
出現無者我敬禮　出現正覺我敬禮
出現虛空我敬禮　出現智者我敬禮
幻化網者我敬禮　正覺顯論我敬禮
一切一切我敬禮　彼智身者我敬禮

持金剛金剛手此妙吉祥智勇識不共真實名是出有壞之智身一切如來之智身汝今應當生大歡喜滿淨意樂增長無上即能清淨身語意三之密若不能究竟不能清淨地者令到彼岸福智二足皆悉圓滿令其清淨義無有上若未解者令解未得者令得自此至於一切如來微妙法理真實持故我爲宣說開示顯解令其攝受持金剛金剛手此者我於汝種性中及一切密呪法性攝受中而作攝受持金剛金剛手此真實名者即是一切如來最極清淨真實潔淨一切智智之性身語意三之密亦是一切正覺菩提即能了解真實究竟諸正覺故亦是無上一切如來體解一切善逝法界於諸勝中而能破壞一切諸魔之力一切十力中即十力之十力一切智智性中即一切智智之性是諸法中之勑真實成就一切正覺亦是一切大菩提勇識福智二足真實究竟無垢最極清淨也亦是一切聲聞緣覺出生之處具足人天境界是大乘之體性出生諸菩薩行處即一切聖道之邊際也亦是察度諸解脫道決定出生

處亦是不斷如來種性增長菩提勇識大勇識種族種性亦能攝伏於他一切作狂敵者破壞一切外道退捨四魔軍將之力亦是眞實攝受一切衆生決定成熟一切趣向聖果諸淨梵四宫之靜慮諸一心之禪定也亦是調伏身語意三精勤禪定能離一切合集亦捨一切煩惱及隨煩惱滅除一切障礙解脫一切繫縛亦是解脫一切諸蘊滅諸亂心成辦一切出生處捨離一切盛衰事亦能關閉一切諸惡趣門開示解脫衆樂勝道令其不入輪迴之中而能轉大法輪建立一切如來傘蓋幢旗一切妙法正法之宫亦是菩提勇識於密呪門而修習者速得成就亦是了解菩薩摩訶薩精勤般若波羅蜜多之定解了一切精勤無二戲論之空性一切到彼岸之

二足究竟眞實清淨一切究竟地各各了解諸聖四諦一心體解一切諸法四種念住此眞實名者乃至一切正覺功德能作眞實究竟也持金剛金剛手此眞實名者能滅有情身語意三之行無餘罪業亦能清淨一切有情諸惡趣類令其退捨一切惡趣眞實斷除一切業障無有遺餘能生一切相續八難者令其不生能滅八種怖畏能破一切惡夢決定能盡一切惡相能滅一切惡見及諸惡魔亦能遠離一切怨魔之行增長一切福善亦能除滅諸惡覺觀令其不生破滅一切憍慢威勇我執不生一切苦惱憂愁亦是一切如來之心諸菩薩之密一切聲聞緣覺之大密一切密呪及其手印眞實增長諸不可說念及正念增長無上善巧智亦能具足無患諸

力自在亦能增長吉祥柔善微妙名稱善説偈讃歎美亦能眞實除滅一切病患廣大怖畏亦是極清淨中最極清淨極能作清淨中最極能作清淨極成辦中最極成辦極吉祥中最極吉祥諸欲歸依者爲作歸依欲宫殿者爲作宫殿欲擁護者爲作擁護欲親軍將者爲作軍將欲洲渚者爲作洲渚欲依仗者爲作無上依仗欲過三有大海者爲作舟船亦是除滅一切病苦之藥王分别取捨之決智摧諸惡見大闇之明智能滿一切有情誓願如摩尼寶珠亦能獲得妙吉祥智身一切智智之性令得五眼見清淨智亦是財施法施無畏施眞實捨故令六波羅蜜而得圓滿亦是福慧二足及諸靜慮令究竟故能得十地亦能捨離二邊故即無二法性非餘法性無綺飾故即是眞實自性亦是如來清淨智自性故即眞實邊際之自性亦能除滅百千惡見叢林故即一切如來眞空之自性此眞實名者即是無二法性義之眞實名若有誦持演説者是一切法不可説之自性也持金剛金剛手若有善男子善女人依密呪門修習者於此出有壞妙吉祥智勇識一切如來智身無二眞如之眞實名是頂髻之珠者文字句義一切通徹無有遺犯亦無增減每日三時若持若誦若讀若説思惟義理依時爲他解説時各各應想妙吉祥智勇識身向諸門中令心止處於愛樂實性門中誠實作想了解一切殊勝法智慧無濁信心具足相續繫念一心禪定者彼諸三世及無始世一切正覺菩提勇識等皆來集會得解一切法并

現其身一切正覺菩提勇識以身語意三業與自種性眞實攝受一切正覺菩提勇識將諸利益而作饒益能得一切法中無怖無畏辯説無礙復有一切諸阿羅漢聲聞縁覺攝持聖法心中亦皆現身復有調伏一切諸惡大金剛王及持大金剛等爲護諸有情故將變化身現種種形令其精神威勢無能攝伏能成一切密呪手印記句中圍無餘密呪明呪王并頻那夜迦諸惡魔怨并諸退壞一切他不能者及大母等於其晝夜各刹那時諸威儀中潛伏其身爲作救護復有淨梵帝釋并釋近臣大力摧伏如伏孾童及大自在種族猫子大黒作戲自在獄主水神孤屏囉鬼子母等擁護十方世界者恒常相續若晝若夜若行若住若坐若卧若睡若覺入定出定獨住在衆潛伏其身爲作救護或住村邑聚落川原國界王宫門限門樓大路小路四達三岔村中店舍空舍山藪江川叢林大叢林若不作淨昏醉放逸之處恒常一切門中晝夜潛伏殊勝救護成勝妙樂更復天龍施㝵乾闥婆阿修羅迦樓羅緊那羅摩睺羅伽人與非人衆曜遊宿及諸天母集主七母諸施㝵母并食肉母此合集一心一意并諸軍將眷屬雜使能爲一切潛伏救護增長精神具足色力威勢殊勝無病延壽持金剛金剛手此眞實名頂髻珠者若起誓願日日三時無遺念誦三遍書寫令讀時想念出有壞妙吉祥智勇識身與此相同而作禪定者以此利益故不經多時即妙吉祥變化於像令其得見亦見盡虚空界所處者一切正覺菩提勇

識種種身相大有情者於何時分依何所作不墮地獄趣不生惡道中不生惡種姓不生邊地下賤亦得諸根具足不作邪見亦不生邪見家不生無佛國中生值佛國時不捨正法亦不遠離不生長壽天中不生饑饉疫疾刀兵等刼不生五濁惡世不遭王怖惡怖賊怖於世世中不逢下劣貧窮之怖不值穢氣毀謗輕賤惡名惡語之怖畏恒常得生本性高貴勝族中能成一切端嚴勝相顏色美妙於諸世人皆悉愛樂可意若與相隨情和悅樂見者歡喜於諸人中端正嚴好具大福相發言無滯隨所生處得宿命智受用廣大多諸部從所受無盡眷屬無盡於有情中最極殊勝亦復具足殊勝功能自然具足六波羅蜜所有功德經於淨梵四宫具足念及正念

方便願力智亦是一切諸數義中得無怖畏及能言說無有愚癡句句顯了成大聰慧具有廣解無懈怠心少欲知足利益廣大情無愛著即是一切有情殊勝所信之處亦成恭敬師及上師此人先所未聞工巧技藝神通一切教法若文若義皆悉解了戒及活命最極諸行最極清淨微妙出家及成近圓不令忘失一切智智性大菩提心決定不入聲聞羅漢緣覺乘中持金剛金剛手如是具足無量功德亦有如是無量無邊廣大功德持金剛金剛手誦此眞如眞實名者即是眞實執持微妙丈夫者聚集微妙福慧具足一切正覺功德最極速疾求故不經多時能成眞實究竟無上菩提於多刼中不入涅槃爲諸有情中多現無上妙法十方世界中詮演妙法

大鼓之聲相續不盡其聲哮吼為大法王

唵薩末捺麻一啞末瓦二娑末瓦三比熟捺末日囉二合四啞啞𠯫啊五不囉二合吉帝巴利熟捺六薩麻捺馬七拽恖怛八薩末怛他遏怛九嘿捺葛野十曼祖悉哩巴梨說捺釘十一蒙巴怛影低阿十二唵薩末怛他遏怛吃哩捺野十三喝囉喝囉十四唵吽吃哩十五末遏鍐十六嘿捺蒙佐十七末機說囉十八摩訶鉢撥十九薩末捺麻遏遏捺二十阿麻辣續巴哩熟捺二十一捺麻恖哩捺葛囉三合末啞二十二

復次吉祥持金剛　懇分歡喜而合掌
如來尊者出有壞　敬禮究竟正覺已
復次尊者密自性　持金剛之金剛王
所餘種種同住處　高聲如是而白言
尊者我等亦隨喜　善哉善哉說善哉
為彼欲求解脫果　有情為無救度者
我等真實救度者　作護菩提大利益
宣說幻化微妙理　此是清淨微妙道
亦是甚深極廣大　大義有情作利益
一切正覺境界者　諸正覺等皆已說

出有壞妙吉祥智勇識所誦真如之真實名

出有壞世尊如來所說已畢

三世諸佛真實說　諸祕密中真實王
此妙吉祥真實名　真實無私而翻譯
為護真實善根故　一切有情皆真實
真實斷除諸煩惱　速成真實究竟佛
真實不解於方言　不應真實伸言詞
為妙吉祥真實名　具不思議真實德
見真實益捨是非　隨力真實而翻對
真實失義文倒處　智者真實復正之

元講經律論出家功德司判使銘箇沙門道圓綴文

專心此經文　菩提即不遠　付與信菩提

逐日誦三卷

文殊瓔珞呪

唵嘫哩嘚梨囉割米撥野啞不割舍鉢囉底

褐怛嘫哩夜吽吽癹怛莎賀

十二因緣呪

英嗉吟麻(二合引)形洛(切身)不囉(二合)末斡(引)形洛

(舌齒)矴善(引)怛達(引)遏多纈末嗉怛(二合)矴善(引)

撥養祢(口)哴捺嘆梡(合口)斡(引)溺(引)麻訶(引)實囉

(二合)麻捺英

梵云阿耶曼袒悉哩捺麻阿悉怛(二合)舌怛葛

捺

此云聖者文殊師利一百八名讚

元甘泉馬蹄山中川守分真師姪智慧譯

敬禮真實一切解

最極清淨真正心　至尊頂中恒頂禮

一切諸佛同教勑　文殊諸名我演說

妙色相好端嚴身　一切色中最爲尊

諸相隨好能解了　文殊勇猛是真實

具不思議思想斷　藝能廣大之所出

三身貫穿不思議　如是意量不思議

空性定力以自然　空性法者真實具

空自性者極樂慕　三有法者空性示

一切解處觀一切　彼此一切部類主

一切有情衆中尊　一切有情悉敬禮

一切五趣亦復然　能摧一切諸邪魔

他怨敵者悉殄滅　能師子吼人中尊

煩惱柔軟離諸惡　諸障垢染悉皆除

一切有情來擁護　如是解脱於九有

具摸拶者垂髮者　住於淨梵王宮中
手捻數珠持器杖　淨不淨者方便聚
美音文殊恒作主　蓮華所成蓮華根
金色蓮華最殊勝　蓮華之座極廣大
執持潔淨曼陁華　吉祥善住具勝意
亦是正覺是獨覺　亦是先世已成佛
具有神通之自在　是四眞諦之教主
具於千眼護世間　亦是具才九有主
亦是各蘭有情尊　才能最極諸類尊
亦是所生獸王尊　如是具力世慼生
諸類巧辯悉調伏　佛子是佛是眞佛
身如千日光燦爛　亦是滿月星耀主
亦是水神天王子　摩醯首羅大主王
亦是娑竭諸龍王　亦是具衆蘊之主
非天脩羅具主種　地主糧首吧珊悉邊(三合)

諸天勇猛集會尊　諸天聚集恭敬禮
護界神中離垢尊　世間無漏最爲尊
解世事者世間尊　具彼慧解是眞實
種種行事并擁護　諸惡魔黨不敢觸
悉解甚深微細法　法師親引集三事
出三毒箭如醫王　難降伏者悉降伏
具智慧者能了解　具世間量能事者
亦是福慧如意樹　菩提枝葉華莊嚴
解脫果熟三事集　有情同類依類尊
入衆生意奪衆意　解梵行者離垢尊
亦是星曜衆之主　亦是忍辱大仙主
亦是補處具王位　亦是十地等覺尊
有情商主內爲尊　最勝教主涅槃師
亦是虛空地水主　亦是火風之性主
亦是眞實如意珠　衆生所須皆成就

諸出有壞悉敬禮　猶如寶珠我敬禮

文殊師利我讚說

唵末遏警怛捺麻薩怛捺

如是相好讚說已　領解心中恒誦持

一切惡業皆遠離　證得最極清淨果

一百八名及餘名　丈夫三時恒誦持

所生之意悉隨心　無疑心中皆證得

殊勝相好憶持者　遠無間業悉清淨

諸不清淨之惡業　如是一切皆除滅

臨終捨壽往異方　惡相惡境若現時

以清淨心恒憶持　勇猛文殊親得見

具智人中極清淨　誰能讀誦能憶持

若要證得佛果者　無疑心中決證得

梵云阿耶曼祖悉哩帝悉擔(二合)

此云聖者文殊師利讚

元甘泉馬蹄山中川守分真師姪智慧譯

敬禮出有壞語中具才者

諸集衆中極殊勝　猶如滿月奪衆光

無明煩惱悉清淨　文殊師利我讚禮

餤髮分埵極明顯　寶珠燦爛體端嚴

眼目紺青熾餤身　文殊師利我讚禮

甘露一味深柔軟　入意之音聲響亮

真實妙法之寶藏　文殊師利我讚禮

娑婆世界一切處　誰能量度雨滴數

煩惱垢染悉棄捨　文殊師利我讚禮

觀文殊眼及身色　亦如曼陀觀無猒

諸法以鉢持供養　文殊師利我讚禮

住十方界諸佛處　廣大音聲常讚歎

有情最極之本師　文殊師利我讚禮

聖者文殊我讚歎　如是所集諸福善

盡施法界諸有情　速證涅槃之正路

哀請攝受偈

歸命帝網極三際　無盡三寶垂慜念
攝受帝王增福壽
七佛祖師大聖主　文殊菩薩垂慜念
攝受施主增福壽
牟尼寶積大慈尊　文殊菩薩垂慜念
攝受弟子增福慧
果成先劫大聖主　文殊菩薩垂慜念
願我獲得無生智
妙吉祥尊大聖主　海會聖衆垂慜念
攝受此會所有衆
願除爲意惡因障　稱意道中垂引示
塵沙惑障皆得除

發願偈

以此善根願成佛　成已壞諸過患怨
生老病死苦海中　廣度輪迴諸有情
未達眞理所生處　願獲治政閑辦王
精修三學得純熟　常恒利他不退轉
所有一切諸如來　究竟菩薩諸聲聞
離塵垢法得堅固　諸菩提處恒恭敬
求修美譽之妙法　馥郁遠布十方界
若成究竟正覺時　恒常奉獻於供養
能作依主歸投者　謙恭敬仰具德人
如是正覺知識處　願我恒時而親近
福德鞏固若須彌　慧性明朗日月照
名稱遠布似虛空　如斯三種常願成
壽延百載逾百秋　無病享用得增長
決定出生大乘種　如斯五種常願成
所有懷毒來到此　或在地上或居空

常與衆生起慈心　晝夜依時修妙法

六波羅蜜偈

現世諸物如幻化　受施能捨亦皆空
如是布施隨所得　布施波羅皆圓滿
堅持禁戒離垢染　具足清淨無所犯
離於禁戒之取著　持戒波羅皆圓滿
此身地水與火風　四法和合本性空
種種加害無瞋恚　忍辱波羅皆圓滿
精進無涯決定修　懈怠垢障不能侵
身心具足如是力　精進波羅皆圓滿
如幻如化諸等持　勇猛無怖之正受
猶如金剛之三昧　禪定波羅皆圓滿
空無相願三脱門　三世平等一味真
體達諸覺如如理　智慧波羅皆圓滿
一切如來之所説　光明熾盛威神力
菩提勇識精進力　我今所願皆成就

迴向文

歸命吉祥智勇識　詮演真實甚深義
我今讀誦施衆生　同獲吉祥金剛智

捺麽囉得捺二合得囉二合也引也捺麽曼呢室哩二合英孤麻引囉莫怛也怛涅達引唵啊囉精頁囉啨精熟寧頁熟寧商嗏捺祢頁商嗏祢商嗏也頁商嗏也頁麻令嘇也斡形嚕嚕撥令吽吽吽癹怛癹怛癹怛莎引訶引唵啞吽啊囉鉢撥捺溺

文殊菩薩五字心咒

啊囉鉢撥捺

ཨ་ར་པ་ཙ་ན

金剛頂經五字真言勝相云若人纔誦一遍如誦八萬四千十二圍陀藏經若誦兩遍文

殊普賢隨逐加被護法善神在其人前又善男子善女人有能持此真言纔誦一遍即入如來一切法平等一切文字亦皆平等速得成就摩訶般若又若誦一遍能除行人一切苦難若誦兩遍除滅億劫生死重罪若誦三遍三昧現前若誦四遍總持不忘若誦五遍速成無上菩提若人一心獨處閑靜梵書五字輪壇依法念誦滿一月已曼殊菩薩即現其身或於空中演說法要是時行者得宿命智辯才無礙神足自在勝願成就福智具足速能皆證如來法身但心信受經十六生決定正覺

輪字觀門依師禀受之

音釋

弭母婢切止也　拯之庱切救也　唾咦唾吐卧切咦弋之切　狴犴狴部禮切犴疑旰切狴犴獄名　鵾鵬鵾公渾切鵬蒲弘切鵾鵬大鳥也　抛擲抛披交切擲直炙切　鏒七敢切　𠯗寒剛切　疙魚乞切　拶子括切　羂規縣切網也　辣郎達切　鬘莫班切　揵椎梵語也此云鐘亦云磬隨有銅鐵瓦木鳴者皆曰揵椎揵巨寒切椎音推　㲉克角切　鎧可亥切甲也　岎方文切　藪蘇后切林藪也　恧女六切　癹蒲末切　纈奚結切　梡胡官切　捻諾博切　鞏古勇切固也　呢音尼　㝵音碍

四經同卷

清刻龍藏佛說法變相圖

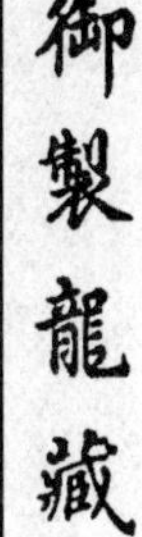

四經同卷

金剛頂瑜伽理趣般若經

大樂金剛不空眞實三麼耶般若波羅蜜多理趣經

佛說佛母般若波羅蜜多大明觀想儀軌經

金剛頂瑜伽念珠經

金剛頂瑜伽理趣般若經

唐南天竺三藏金剛智依梵本於中天譯

如是我聞一時薄伽梵妙善成就如來金剛住持平等性智種種希有殊勝功德已能善護一切如來無上法王灌頂寶冠過三界已

能善得一切如來遍金剛智摩訶瑜伽自在無礙決定清淨一切如來妙法智已善圓證一切如來畢竟空寂平等性印所作事業皆得善巧成辦餘一切有情種種希願隨其無罪皆能滿足已善安住三世平等常無斷盡廣大周遍身語心性猶若金剛等諸如來無動無壞是薄伽梵住欲界頂他化自在天王宮中一切如來常所遊處咸共稱美大寶藏殿其殿無價摩尼所成種種珍奇間雜嚴飾衆生交映放大光明寶鐸金鈴處處懸列微風吹動出和雅音綺蓋繒旛花幢綵拂寶珠瓔珞半滿月等種種雜飾而用莊嚴賢聖天仙之所愛樂與八十億大菩薩俱一切皆具陀羅尼門三摩地門無礙妙辯如是等類無量功德設經多劫讚不能盡其名曰金剛手菩薩摩訶薩觀自在菩薩摩訶薩虛空庫菩薩摩訶薩金剛拳菩薩摩訶薩文殊師利菩薩摩訶薩發心即轉法輪菩薩摩訶薩虛空藏菩薩摩訶薩降伏一切魔怨菩薩摩訶薩如是上首有八十億大菩薩衆前後圍遶宣說正法初中後善文義巧妙純一圓滿清白梵行爾時世尊爲諸菩薩說一切法自性清淨般若波羅蜜多理趣法門此門即是菩薩句義云何名爲菩薩句義所謂極妙清淨句義是菩薩句義諸見永寂清淨句義是菩薩句義微妙適悅清淨句義是菩薩句義渴愛永息清淨句義是菩薩句義胎藏超越清淨句義是菩薩句義衆德莊嚴清淨句義是菩薩句義意極適悅清淨句義是菩薩句義意清淨句義是菩薩句義色清淨句義是菩薩

句義聲清淨句義是菩薩句義香清淨句義是菩薩句義味清淨句義是菩薩句義觸清淨句義是菩薩句義何以故乃至一切法自性清淨故一切法自性清淨即般若波羅蜜多最勝清淨佛說如是菩薩句義般若理趣清淨法巳告金剛手菩薩等言金剛手菩薩若有得聞此一切法自性清淨般若波羅蜜多理趣法門一經於耳所有煩惱障業極重諸罪皆自消滅乃至菩提不生惡道若能日日受持讀誦正念思惟即於此生定得一切法平等性金剛三摩地經十六大菩薩生定得如來執金剛性疾證無上正等菩提即說密語

吽

爾時世尊復依毗盧遮那如來之相爲諸菩薩說一切如來寂靜法性般若波羅蜜多甚深理趣現等覺門所謂金剛平等成正覺大菩提堅固性如金剛故義平等成正覺大菩提一義性故法平等成正覺大菩提自性清淨故一切業平等成正覺大菩提離一切分別故佛說如是法性門巳告金剛手菩薩言金剛手若有得聞此四種寂靜性成正覺般若波羅蜜多理趣現等覺門信解受持讀誦正念思惟則能超越一切惡道疾證無上正等菩提復說密語

闇引

爾時世尊復依一切如來能調伏難調有情釋迦牟尼之相爲諸菩薩說一切法普勝平等般若波羅蜜多理趣法門所謂貪無戲論性瞋無戲論性愛無戲論性何以故乃至一

切無戲論性故一切無戲論性即般若波羅蜜多無戲論性佛說如是調伏衆惡般若理趣普勝法已告金剛手菩薩等言金剛手若有得聞一切法普勝平等般若波羅蜜多理趣法門信解受持讀誦正念思惟假使殺害三界一切有情終不因斯墮於惡道何以故已受調伏心律儀故常生善趣修菩提行疾證無上正等菩提復說密語

吽

爾時世尊復依一切如來自性清淨相爲諸菩薩說一切法平等性觀自在智印般若波羅蜜多理趣法門所謂一切貪性清淨瞋性清淨一切貪性清淨故一切垢性清淨罪性清淨一切垢性清淨罪性清淨故一切法性清淨有情性清淨一切法性清淨有情性清淨故一切智性清淨一切智性清淨故即般若波羅蜜多最勝清淨佛說如是平等智印般若理趣清淨法已告金剛手菩薩等言金剛手若有聞此一切法平等觀自在智印般若波羅蜜多理趣法門信解受持讀誦正念思惟雖在五欲塵中不爲客塵煩惱諸過所染譬如蓮華雖在淤泥終不染着乃至疾證無上正等菩提復說密語

頡唎（二合長聲）

爾時世尊復依一切如來爲三界之相爲諸菩薩說一切如來灌頂出現智藏般若波羅蜜多理趣法門所謂灌頂施令得一切三界法王位故財寶施令得一切所願滿足故淨法施令得一切法寶性故飲食施令得一切身口意獲安樂故佛說如是灌頂般若理趣

智藏已告金剛手菩薩等言若有得聞如是灌頂甚深理趣智藏法門信解受持讀誦正念思惟速能滿足菩薩行疾證無上正等菩提復說密語

怛𠺁合二

爾時世尊復依一切如來常住智印密藏相爲諸菩薩宣說一切如來金剛智印甚深般若波羅蜜多理趣法門所謂執持一切如來金剛身印得一切如來眞實體性故執持一切如來金剛語印得一切門自在故執持一切如來金剛心印得一切三摩地具足故執金剛持一切如來金剛智印得最上身語心如金剛故佛說如是智印法已告金剛手等言金剛手若有得聞此一切如來金剛智甚深般若波羅蜜多理趣法門信解受持讀誦正念思惟即得成就最上金剛智印於一切智及衆事業皆得圓滿身語心性猶若金剛不可破壞疾證無上正等菩提復說密語

惡

爾時世尊復依一切無戲論法如來之相爲諸菩薩說文字轉輪品般若波羅蜜多理趣法門所謂一切法空無自性故一切法無相離衆相故一切法無願離諸願故乃至一切法自性清淨即般若波羅蜜多自性清淨佛說如是離諸戲論文字法已告金剛手菩薩等言若有得聞此無戲論般若理趣輪字法門信解受持讀誦正念思惟於此一切法得無礙智疾證無上正等菩提復說密語

暗上聲引

爾時世尊復依一切如來入廣大轉輪相爲

諸菩薩說入廣大轉輪般若波羅蜜多甚深理趣平等性門所謂入金剛平等性得入一切如來轉輪故入義平等性得入一切菩薩法轉輪故入法平等性得入妙法轉輪故乃至入一切法平等性得入一切法平等性得入一切法輪轉故佛說如是入廣大轉輪般若理趣平等性已告金剛手菩薩等言若有得聞如是輪性甚深理趣平等性門信解受持讀誦正念思惟善能悟入諸平等性疾證無上正等菩提復說密語

吽

爾時世尊復依一切如來廣大供養種種供具爲諸菩薩宣說最勝第一廣大供養種種供具般若波羅蜜多甚深理趣無上法門所謂發菩提心即成廣大供養一切如來救護一切有情即成廣大供養一切如來住持妙法即成廣大供養一切如來乃至書寫受持讀誦正念思惟供養般若波羅蜜多即成廣大供養一切如來佛說如是眞淨供養甚深理趣無上法已告金剛手等言若有得聞如是供養般若理趣無上法門信解受持讀誦正念思惟速能圓滿諸菩薩行疾證無上正等菩提復說密語

唵

爾時世尊復依一切如來能調伏一切有情相爲諸菩薩宣說能伏一切有情祕密智藏般若波羅蜜多理趣法門所謂一切有情平等性即忿怒平等性一切有情調伏性即忿怒調伏性一切有情眞法性即忿怒眞法性一切有情如金剛性即忿怒如金剛性何以

故調伏一切有情令得菩提故佛説如是能善調伏甚深理趣智藏已告金剛手菩薩等言若有得聞如是調伏般若理趣智藏法門信解受持讀誦正念思惟能自調伏忿怒等過亦能調伏一切有情常生善趣受諸妙樂現世怨敵皆起慈心善能修行諸菩薩行疾證無上正等菩提復説密語

郝

爾時世尊復依一切如來住平等相爲諸菩薩説一切法最勝平等性甚深般若波羅蜜多理趣法門所謂一切法即平等性故甚深般若波羅蜜多亦即平等性一切法即第一義性故甚深般若波羅蜜多亦即第一義性一切法即法性故甚深般若波羅蜜多亦即法性乃至一切有業用性故當知甚深般若波羅蜜多亦有業用性佛説如是性平等性甚深理趣最勝法已告金剛手菩薩等言若有得聞如是平等甚深般若理趣最勝法門信解受持讀誦正念思惟則能通達平等法性甚深般若波羅蜜多於諸有情心無罣礙疾證無上正等菩提復説密語

頡唎二合引

爾時世尊復依一切如來爲諸有情作加持相爲諸菩薩説一切有情加持故般若波羅蜜多理趣法門所謂一切有情即是如來藏普賢菩薩性遍故一切有情即是金剛灌頂圓滿性故一切有情即正法藏性能轉一切正法語輪故一切有情即是事業藏性能作一切事業相應故佛説如是加持有情甚深理趣勝藏法已告金剛手菩薩等言若有得

聞如是遍滿般若理趣勝藏法門信解受持讀誦正念思惟則能通達勝藏法性疾證無上正等菩提復說密語

底利引二合

爾時世尊復依一切如來無量無邊際究竟盡相為諸菩薩宣說一切法無量無邊際究竟盡平等般若波羅蜜多理趣法門所謂甚深般若波羅蜜多無量故一切如來亦無量甚深般若波羅蜜多無邊故一切如來亦無邊甚深般若波羅蜜多一性故一切諸法亦一性甚深般若波羅蜜多究竟盡故一切諸法亦究竟盡佛說如是無邊無際究竟理趣金剛已告金剛手菩薩等言金剛手若有得聞如是究竟般若波羅蜜多理趣金剛法門信解受持讀誦正念思惟所有一切障礙皆得消滅究竟無餘定得如來執金剛性疾證無上正等菩提復說密語

毗藥合二

爾時世尊復依一切如來離戲論祕密法性毗盧遮那相為諸菩薩宣說普賢大樂金剛不空神呪無量決定入諸法性無初中後最勝第一甚深般若波羅蜜多理趣法門所謂諸菩薩能廣大承事供養故得最上大樂能得最上大樂故能得諸佛無上大菩提得諸佛無上大菩提故悉能降伏一切魔軍降伏一切魔軍故得於三界自在最勝成就於三界自在最勝成就故能遍饒益一切有情悉與究竟最上安樂復說密語

薩梵

有最勝者智　常在生死中　廣度諸衆生

而不入涅槃　般若波羅蜜　究竟方便智
能成清淨業　普淨於諸有　又以於貪等
調伏諸世間　乃至有頂天　清淨無爲果
在於生死中　世法不能染　如蓮華妙色
塵垢所不汙　大欲清淨人　大施安樂人
於三界自在　作堅固利益
復說密語
訶
唵娜麼薩婆没馱毋地薩埵喃
唵步地質多跛折嚟合二
唵三曼多跛陀羅合二者利耶
唵眞多　麽抳埵
唵過你嚧提陁
唵若引底尾筏帝空
唵麽訶囉伽達誐

唵寐引哩耶迦嚩制王
唵薩婆伽弭你
唵跛折羅合二你哩荼迦嚩折坦吽
唵薩婆怛他孽帝藏
唵娑嚩婆去聲引嚩秣提光
唵達麽多孃娜尾秣提幢
唵羯麽尾戍引達你吽笑
唵你蘇皤跛折哩抳吽泮
唵羯麽邏霓利
唵惹呼跛折囇因
唵薩婆娜引以你
唵頓唎合二羯
唵阿迦羅目契護
唵鉢利若波羅帝叉郝拳鍐去聲吽剛
唵闇磨

唵薩婆怛他孽多麼引祇尾戍引達你語

唵薩婆怛他孽多迦虁囇佛

唵薩婆怛他虁多質多跋折囇心

唵跋折囉薩埵微塞普吒耶薩婆播耶滿馱

娜你鉢囉慕乞叉耶薩婆播耶虁底弊薩嚩

薩怛晚薩嚩怛他虁多三昧耶跛囉吽怛囉

吒

佛說如是祕密語已告金剛手菩薩祕密主言若諸有情得聞此二十五甚深般若波羅蜜多理趣祕密法門信解受持讀誦正念思惟現世即得一切如來金剛祕密最勝成就不久當得一切如來大執金剛法性之身爾時世尊謂諸菩薩宣說如上諸法門已復告金剛手菩薩言金剛手我此經典難可得聞乃至極少至於一字應知是人過去已曾供養諸佛於諸佛所種諸善根何況具足聽聞受持讀誦正念思惟當知是人決定已曾供養恭敬尊重讚歎八十億那庚多恒河沙等諸佛若是經典所在之處此地則爲有諸佛塔若諸有情愛重此經常隨守護不離身者是人應受一切世間恭敬供養是人當得宿命智通能知過去無量刧事不爲一切諸天魔波旬之所擾亂四天大王及諸餘天常隨衛護一切諸佛及諸菩薩恒常供養攝受十方淨土隨願往生金剛手我今略說般若波羅蜜多理趣法門功德如是若廣說者窮刧不盡佛說此經已金剛手等諸菩薩天龍夜叉乾闥婆阿素羅虁嚕拏緊那羅摩護囉伽人非人等一切衆會皆大歡喜信受奉行

金剛頂瑜伽理趣般若經

大樂金剛不空眞實三麽耶般若波羅蜜多理趣經

唐三藏沙門大廣智不空奉　詔譯

如是我聞一時薄伽梵成就殊勝一切如來金剛加持三麽耶智已得一切如來灌頂寶冠爲三界主已證一切如來一切智智瑜伽自在能作一切如來一切印平等種種事業於無盡無餘一切衆生界一切意願作業皆悉圓滿常恒三世一切時身語意業金剛大毗盧遮那如來在於欲界他化自在天王宮中一切如來常所遊處吉祥稱歎大摩尼殿種種間錯鈴鐸繒旛微風摇擊珠鬘瓔珞半滿月等而爲莊嚴與八十俱胝菩薩衆俱所謂金剛手菩薩摩訶薩觀自在菩薩摩訶薩虛空藏菩薩摩訶薩金剛拳菩薩摩訶薩文殊師利菩薩摩訶薩纔發心轉法輪菩薩摩訶薩虛空庫菩薩摩訶薩摧一切魔菩薩摩訶薩與如是等大菩薩衆恭敬圍遶而爲說法初中後善文義巧妙純一圓滿清淨潔白說一切法清淨句門所謂妙適清淨句是菩薩位欲箭清淨句是菩薩位觸清淨句是菩薩位愛縛清淨句是菩薩位一切自在主清淨句是菩薩位見清淨句是菩薩位適悦清淨句是菩薩位愛清淨句是菩薩位慢清淨句是菩薩位莊嚴清淨句是菩薩位意滋澤清淨句是菩薩位光明清淨句是菩薩位身樂清淨句是菩薩位色清淨句是菩薩位聲清淨句是菩薩位香清淨句是菩薩位味清淨句是菩薩位何以故一切法自性清淨故般若波羅蜜多清淨金剛手若有聞此清淨

出生句般若理趣乃至菩提道場一切蓋障及煩惱障法障業障設廣積集必不墮於地獄等趣設作重罪銷滅不難若能受持日日讀誦作意思惟即於現生證一切法平等金剛三摩地於一切法皆得自在受於無量適悅歡喜以十六大菩薩生獲得如來及執金剛位時薄伽梵一切如來大乘現證三麼耶一切曼荼羅持金剛勝薩埵於三界中調伏無餘一切義成就金剛手菩薩摩訶薩爲欲顯明此義故熙怡微笑左手作金剛慢印右手拗擲本初大金剛作勇進勢說大樂金剛不空三麼耶心

吽引

爾時薄伽梵毗盧遮那如來復說此一切如來寂靜法性現等覺出生般若理趣所謂金剛平等現等覺以大菩提金剛堅固故義平等現等覺以大菩提一義利故法平等現等覺以大菩提自性清淨故一切業平等現等覺以大菩提一切分別無分別性故金剛手若有聞此四出生法讀誦受持設使現行無量重罪必能超越一切惡趣乃至當坐菩提道場速能剋證無上正覺時薄伽梵如是說已欲重顯明此義故熙怡微笑持智拳印說一切法自性平等心

惡平聲重呼引

時調伏難調釋迦牟尼如來復說一切法平等最勝出生般若理趣所謂欲無戲論性故瞋無戲論性瞋無戲論性故癡無戲論性癡無戲論性故一切法無戲論性一切法無戲論性故應知般若波羅蜜多無戲論性金剛

手若有聞此理趣受持讀誦設害三界一切有情不墮惡趣爲調伏故疾證無上正等菩提時金剛手大菩薩欲重顯明此義故持降三世印以蓮華面微笑而怒顰眉猛視利牙出現住降伏立相說此金剛吽迦羅心

吽(短聲)

時薄伽梵得自性清淨法性如來復說一切法平等觀自在智印出生般若理趣所謂世間一切欲清淨故即一切瞋清淨世間一切垢清淨故即一切罪清淨世間一切法清淨故即一切有情清淨世間一切智智清淨故即般若波羅蜜多清淨金剛手若有聞此理趣受持讀誦作意思惟設住諸欲猶如蓮華不爲客塵諸垢所染疾證無上正等菩提時薄伽梵觀自在大菩薩欲重顯明此義故熈怡微笑作開敷蓮華勢觀欲不染說一切羣生種種色心

紇唎(二合引)

時薄伽梵一切三界主如來復說一切如來灌頂智藏般若理趣所謂以灌頂施故能得三界法王位義利施故得一切意願滿足以法施故得圓滿一切法資生施故得身口意一切安樂時虛空藏大菩薩欲重顯明此義故熈怡微笑以金剛寶鬘自繫其首說一切灌頂三麼耶寶心

怛覽(二合引)

時薄伽梵得一切如來智印如來復說一切如來智印加持般若理趣所謂持一切如來身印即爲一切如來身持一切如來語印即得一切如來法持一切如來心印即證一切

如來三摩地持一切如來金剛印即成就一切如來身口意業最勝悉地金剛手若有聞此理趣受持讀誦作意思惟得一切自在一切智智一切事業一切成就得一切身口意金剛性一切悉地疾證無上正等菩提時薄伽梵為欲顯明此義故熈怡微笑持金剛拳大三麽耶印說此一切堅固金剛印悉地三麽耶自真實心

噁

時薄伽梵一切無戲論如來復說轉字輪般若理趣所謂諸法空與無自性相應故諸法無相與無相性相應故諸法無願與無願相應故諸法光明般若波羅蜜多清淨故時文殊師利童真欲重顯明此義故熈怡微笑以自劍揮斫一切如來已說此般若波羅蜜多最勝心

唵

時薄伽梵一切如來入輪如來復說入大輪般若理趣所謂入金剛平等則入一切如來法輪入義平等則入大菩薩輪入一切法平等則入妙法輪入一切業平等則入一切事業輪時纔發心轉法輪大菩薩欲重顯明此義故熈怡微笑轉金剛輪說一切金剛三麽耶心

吽

時薄伽梵一切如來種種供養藏廣大儀式如來復說一切供養最勝出生般若理趣所謂發菩提心則為於諸如來廣大供養救濟一切衆生則為於諸如來廣大供養受持妙典則為於諸如來廣大供養於般若波羅蜜

多受持讀誦自書教他書思惟修習種種供養則爲於諸如來廣大供養時虛空庫大菩薩欲重顯明此義故熈怡微笑說此一切事業不空三麽耶一切金剛心

唵

時薄伽梵能調持智拳如來復說一切調伏智藏般若理趣所謂一切有情平等故忿怒平等一切有情調伏故忿怒調伏一切有情法性故忿怒法性一切有情金剛性忿怒金剛性何以故一切有情調伏則爲菩提時摧一切魔大菩薩欲重顯明此義故熈怡微笑以金剛藥叉形持金剛牙恐怖一切如來已說金剛忿怒大笑心

郝

時薄伽梵一切平等建立如來復說一切法三麽耶最勝出生般若理趣所謂一切平等性故般若波羅蜜多平等性一切義利性故般若波羅蜜多義利性一切法性故般若波羅蜜多法性一切事業性故般若波羅蜜多事業性應知時金剛手入一切如來菩薩三麽耶加持三摩地說一切不空三麽耶心

吽

時薄伽梵如來復說一切有情加持般若理趣所謂一切有情如來藏以普賢菩薩一切我故一切有情金剛藏以金剛藏灌頂故一切有情妙法藏能轉一切語言故一切有情羯磨藏能作所作性相應故時外金剛部欲重顯明此義故作歡喜聲說金剛自在自眞實心

怛嚩(合二)

爾時諸母女天頂禮佛足獻鉤召攝入能殺能成三麼耶眞實心

毗欲(二合)

爾時末度迦羅天三兄弟等親禮佛足獻自心

娑嚩(二合)

爾時四姊妹女天獻自心

唅

時薄伽梵無量無邊究竟如來爲欲加持此教令究竟圓滿故復說平等金剛出生般若理趣所謂般若波羅蜜多無量故一切如來無量般若波羅蜜多無邊故一切如來無邊一切法一性故般若波羅蜜多一性一切法究竟故般若波羅蜜多究竟金剛手若有聞此理趣受持讀誦思惟其義彼於佛菩薩行皆得究竟時薄伽梵毗盧遮那得一切祕密法性無戲論如來復說最勝無初中後大樂金剛不空三麼耶金剛法性般若理趣所謂菩薩摩訶薩大欲最勝成就故得大樂最勝成就菩薩摩訶薩大樂最勝成就故則得一切如來大菩提最勝成就菩薩摩訶薩得一切如來大菩提最勝成就故則得一切如來摧大力魔最勝成就菩薩摩訶薩得一切如來摧大力魔最勝成就故則得遍三界自在主成就菩薩摩訶薩得遍三界自在主成就故則得淨除無餘界一切有情住著流轉以大精進常處生死救攝一切利益安樂最勝究竟皆悉成就何以故

菩薩勝慧者　乃至盡生死　恒作衆生利
而不趣涅槃　般若及方便　智度所加持

諸法及諸有　一切皆清淨　欲等調世間
令得淨除故　有頂及惡趣　調伏盡諸有
如蓮體本淨　不爲垢所染　諸欲性亦然
不染利羣生　大欲得清淨　大安樂富饒
三界得自在　能作堅固利

金剛手若有聞此本初般若理趣日日晨朝或誦或聽彼獲一切安樂悅意大樂金剛不空三麼耶究竟悉地現世獲得一切法自在悅樂以十六大菩薩生得於如來執金剛位

吽

爾時一切如來及持金剛菩薩摩訶薩等皆來集會欲令此法不空無礙速成就故咸共稱讚金剛手言

善哉善哉大薩埵　善哉善哉大安樂
善哉善哉摩訶衍　善哉善哉大智慧
善能演說此法教　金剛修多羅加持
持此最勝教王者　一切金剛不能壞
得佛菩薩最勝位　於諸悉地當不久
一切如來及菩薩　共作如是勝說已
爲令持者趣成就　皆大歡喜信受行

大樂金剛不空真實三麼耶般若波羅蜜多理趣經

佛說佛母般若波羅蜜多大明觀想儀軌經

宋西天三藏朝奉大夫試光祿卿傳法大師施護奉　詔譯

爾時世尊普為一切修出世間最上悉地者宣說佛母般若波羅蜜多大明觀想法

彼大明曰

那謨(引)婆誐嚩帝(引一)阿哩也(二合)鉢囉(二合)倪也(二合引)播(引)囉(引)彌多(引)曳(引二)阿波哩彌多虞拏(引)曳(引三)薄訖底(二合)嚩蹉邏(引)曳(引四)薩哩嚩(二合)怛他(引)誐多倪也(二合引)那波哩布哩多(引)曳(引五)薩埵嚩蹉邏(引)曳(引六)怛鑁(寧也切)他(引七)唵(引八)提(引)率嚕(二合)底(九)娑蜜哩(三合)底(十)尾惹曳(引十一)莎(引)賀(引十二)

如是大明有大功德最上最勝不可思議諸修瑜伽行者若欲觀想此大明字求悉地法先當發起大菩提心然後依法於自心上想淨月輪於月輪中觀想提字從臍輪轉於心而住其字黃色是即般若波羅蜜多菩薩根本心字如是想已復想此字即成般若波羅蜜多菩薩相此菩薩相身真金色有其六臂相好圓滿種種莊嚴頂戴寶冠最上二手結說法印其印以二手作合掌二中指入掌內指面相合二大指及二頭指各各指面相捻餘指不動成印餘手持般若波羅蜜多經優鉢羅華爍吉帝等依法觀想如是想已又復諦想般若波羅蜜多大明最上甚深從無我生由如是觀般若波羅蜜多無我生故即一切法無我平等以如是平等故即從般若波羅蜜多出生無邊諸文字相文字相者攝一切相諸修瑜伽行者若聞

唵(引)提(引)二字

當於項上而作觀想若聞

唵引詣引二字

當於舌端而作觀想若聞

唵引𠰻仁齊切二字

當於二耳輪而作觀想

復次修瑜伽行者若欲觀想此佛母般若波羅蜜多大明文字應當諦誠於自心上觀想八葉大紅蓮華成曼拏羅於八葉位分布觀想大明文字是諸文字各於方位不相間雜

於蓮華東葉位想安布

那謨引二字

於東南葉位想安布

娑誐嚩帝引四字

於南葉位想安布

阿哩也二合鉢囉二合倪也引一合播引囉弥多引曳引九字

於西南葉位想安布

阿波哩弥多虞拏引曳引八字

於西葉位想安布

薄訖底二合嚩蹉邏引曳引六字

於西北葉位想安布

薩哩嚩(二合)怛他(引)誐多俔也(引二合)那波哩

布哩多曳(引)十四字

於北葉位想安布

薩埵嚩蹉邏(引)曳六字

於東北葉位想安布

怛⿰孛也他(引)三字

此八葉位次第想已於蓮華中心當想安布

唵(引)提(引)二字

復於蓮華內圍想分布八位於東位想

率嚕(二合)一字

東南位想

底一字

南位想

娑⿱宀蚤哩(三合)一字

西南位想

底一字

西位想

尾一字

西北位想

惹(左仁切)一字

北位想

曳引一字

東北位想

莎引賀引二字

如是觀想大明文字各安布已即當依法諦想文字眞理法門或復依法憶念持誦於日三時依法布壇持誦一百八遍或一千八十遍若一月或六月乃至一年不間斷者即得最上勝悉地法又復若聞若持若誦者是人當得聞持具足證空三摩地如是佛母般若波羅蜜多大明最上甚深有大功德修瑜伽者應當依法如是觀想

佛說佛母般若波羅蜜多大明觀想儀軌經

金剛頂瑜伽念珠經（於十方廣頌中略出）

唐三藏沙門大廣智不空奉　詔譯

爾時毗盧遮那世尊告金剛手言善哉善哉爲諸修眞言行菩薩者說諸儀軌則哀愍未來諸有情等說念珠功德勝利由聞如是妙意趣故速證悉地時金剛薩埵菩薩白佛言唯然世尊我今爲說之爾時金剛薩埵菩薩而說偈言

珠表菩薩之勝果　於中間滿爲斷漏
繩線貫串表觀音　母珠以表無量壽
愼莫驀過越法罪　皆由念珠積功德
硨磲念珠一倍福　木槵念珠兩倍福
以鐵爲珠三倍福　熟銅作珠四倍福
水精眞珠及諸寶　此等念珠百倍福
千倍功德帝釋子　金剛子珠俱胝福
蓮子念珠千俱胝　菩提子珠無數福
佛部念誦菩提子　金剛部法金剛子
寶部念誦以諸寶　蓮華部珠用蓮子
羯磨部中爲念珠　衆珠間雜應貫串
念珠分別有四種　上品最勝及中下
一千八十以爲上　一百八珠爲最勝
五十四珠以爲中　二十七珠爲下類
二手持珠當心上　靜慮離念心專注
本尊瑜伽心一境　皆得成就理事法
設安頂髻或掛身　或安頸上或安臂
所說言論成念誦　以此念誦淨三業
由安頂髻淨無間　由帶頸上淨四重
手持臂上除衆罪　能令行人速清淨
若修眞言陀羅尼　念諸如來菩薩名
當獲無量勝功德　所求勝願皆成就

加持念珠貫串之法一如蘇悉地經說其瑜伽經但說其功能理趣不說相應知

金剛頂瑜伽念珠經

音釋

頡奚結切　郝黑各切　筏音戊　謎莫計切　坻直尼切　孽魚列切　搊初由切手搊也　顰毗賓切眉蹙也　串樞絹切貫也　驀莫白切越也

佛說最上根本大樂金剛不空三昧大教王經

宋西天三藏朝奉大夫試光祿卿明教大師法賢奉 詔譯

清刻龍藏佛說法變相圖

三藏聖教序

宋真宗皇帝製

高明肇分三辰方乃序其次厚載初定萬彙於以發乎端清濁之體既彰善惡之源是顯然後以文物立其教以正典化其俗利益之功同歸於理於是乎像法來於西國真諦流於中夏洞貫千古真實之理無以窮囊括九圍玄妙之門莫能究言乎妄想則五蘊皆空現乃真容則一毫圓滿廣大之教豈能紀述者哉伏覩太宗神功聖德文武皇帝法性周圓仁慈普布化蠻貊則萬邦輻湊躋烝民於仁壽之鄉崇教法則四海雲從惠蒼生於富庶之域見尊經之浩汗設方便以救沉淪知法界之恢宏行精進而攝懈怠乃擇其邃宇校彼真文命天竺之高僧譯貝多之佛語象

管翻成於金字珠編復置於琅函龍宮之聖藻惟新鷲領之苾芻仰歎由是三乘共貫四諦同圓盡苦空真正之言顯祕密精研之義讚相相乎實相論空空乎盡空華嚴之理合軌轍金像之教同規矩朕纉嗣丕構恭臨寶圖常翼翼而撫兆民每兢兢而守先訓以至釋典尤未精詳諒其幽深曷能探測有譯經西域僧法賢奏章懇切致意專勤以先皇帝大闡真風高傳佛旨與前王之墜典振覺路之頹綱欲旌天造之功庸用廣聖文之述作請予製序繼聖教焉自聖考上僊追號罔息政事之外何暇經心今已禫除思臻微奥雖幼承慈誨奈夙乏通才焉窮乎法海之津涯莫造乎空門之閫域略敷大意以徇輿情蹄涔不足擬浴日之波尺箠豈能量昊天之影聊述短序以紀聖功者焉

佛說最上根本大樂金剛不空三昧大教王經卷第一

宋西天三藏朝奉大夫試光祿卿明教大師法賢奉　詔譯

大三昧金剛真實理儀軌分第一

如是我聞一時世尊大毗盧遮那佛在他化自在天宮而彼天宮衆寶所成懸鈴瓔珞幢旛珠珍種種寶蓋如是莊嚴徧滿虛空是佛世尊安住諸佛金剛三昧智衆聖之尊戴諸佛冠受三界法王灌頂成就諸佛一切智智是最相應自在無礙具諸佛平等印善作種種事業盡諸衆生界圓滿一切願三界平等究竟法身攝諸如來金剛三業諸佛稱讚是大慈悲大毗盧遮那如來與八俱胝大菩薩俱其名曰金剛手菩薩摩訶薩觀自在菩薩摩訶薩虛空藏菩薩摩訶薩金剛拳菩薩摩訶薩妙吉祥菩薩摩訶薩同心生轉法輪菩薩摩訶薩誐誐那巘惹菩薩摩訶薩降諸魔菩薩摩訶薩如是諸大菩薩衆而共圍遶宣說一切清淨法門初中後善文義深遠純一無雜具足圓滿所謂妙樂清淨句是即菩提句貪欲清淨句是即菩提句親法清淨句是即菩提句一切富樂清淨句是即菩提句見清淨句是即菩提句愛樂清淨句是即菩提句染法清淨句是即菩提句莊嚴清淨句是即菩提句悅意清淨句是即菩提句明照清淨句是即菩提句身清淨句是即菩提句色清淨句是即菩提句聲清淨句是即菩提句香清淨句是即菩提句味清淨句是即菩提句觸清淨句是即菩提句所以者何諸法自性清淨亦復如是諸法自性清淨故般若波

羅蜜多亦清淨佛告金剛手菩薩若人得聞此一切清淨法門般若波羅蜜多者是人即得銷除諸障謂煩惱障法障業障諸障道法悉皆銷滅設造地獄之業亦不復受所有苦惱於刹那頃滅盡無餘速能至於菩提道場若人受持讀誦記念思惟是人現世得一切法平等三摩地得一切法自在獲一切愛樂適悅歷十六大菩薩生而成正覺爾時世尊大毗盧遮那佛欲令宣說諸佛最上大乘三昧法金剛界等一切曼拏羅最上之法一切有情最勝法盡無盡調伏法一切義成就法金剛手大三昧法無量祕密衆妙法如是等法是般若波羅蜜多清淨法門爾時大毗盧遮那佛先現微笑左作高舉勢戲擲金剛杵復以金剛杵作鈎召勢安於本心說大樂不

空金剛本心眞理三昧明曰

吽引

說此明時所有三界一切佛刹一切如來及諸菩薩悉皆悅樂鈎召入大毗盧遮那佛大曼拏羅中住佛三昧皆悉敬愛所有一切成就法皆令成就爾時世尊大毗盧遮那佛結大樂金剛印已即入一切如來祕密金剛三摩地從定出已告金剛手菩薩言汝今宣說曼拏羅法是時金剛手菩薩受佛旨已即入大祕密金剛三昧出生曼拏羅安想智印三摩地從定出已說大三昧眞實之理金剛安想大曼拏羅法即說頌曰

我今依佛旨　略說曼拏羅　三昧眞實理

金剛安想法　四方與四隅　寶裝四門樓

尾提熾盛光　曼拏羅周圍　四隅門左右

安置半月相　種種寶嚴飾　懸鈴珠瓔珞
寶蓋及幢旛　明鏡衆華鬘　安外曼拏羅
内置八輻輪　分列八尊位　中位金剛手
是名金剛輪　於此曼拏羅　依法安尊像
月色及月相　熾盛光普照　手持金剛杵
而現高舉勢　處於蓮華座　周帀金剛圍
熾盛光焰照　持本尊心明　想起曼拏羅
乃至諸賢聖　亦持本心明　依金剛出生
寶像及畫像　安本尊周帀　先於中尊前
安金剛薩埵　身相紅白色　頂戴諸佛冠
手持金剛杵　現入鉤召勢　於右邊安置
枳里枳羅尊　身色如大日　衆寶嚴身相
於後復安置　念金剛大尊　其身青白色
手持摩竭幢　於左邊安置　金剛拳大尊
身如紫金色　二手金剛拳　四隅安四尊
執持華幖幟　蓮鉢與佛頂　外曼拏羅隅
安禰嚩建拏　四門各中間　或像或幖幟
内曼拏羅位　安金剛手等　盡彼金剛輪
徧滿佛世尊　復外曼拏羅　安欲界天衆
前置三界主　謂釋梵自在　依如是等儀
作曼拏羅法

復說入曼拏羅儀軌當依法選擇是大金剛阿闍梨入于道場夫阿闍梨者須善一切曼拏羅儀知一切三昧法於諸法相善能了知於諸軌儀悉能成就當自安想金剛手尊備受一切灌頂法通達一切智了種種供養事善知世出世間曼拏羅法已成諸密印結印皆成就設誤有過常在三昧所作現前不經師受而自了知一切供養如上諸相令略說之若金剛阿闍梨心所願求最上成就法現

世皆得乃至菩薩及一切智智皆能成就所以者何是大阿闍梨觀想金剛手尊常在本心復從於心鉤召入曼拏羅安住三昧歡喜悅樂自圓滿已召入曼拏羅現身愛敬所作皆成時阿闍梨結金剛印已作金剛觀視常持誦心明作大曼拏羅成就法後結金剛嬉戲印持誦心明作頂禮相阿闍梨先須潔淨著紅色衣種種莊嚴作金剛合掌金剛舞勢手持香花安心入曼拏羅中又復作嬉戲相持誦心明然後以金剛視瞻仰於金剛手數座而坐依法求金剛手成就是時金剛手作大歡喜而現瑞相眉間微動身徧紅色面門出大光明復現種種神通現神通已方現本身施最上成就從是已後日日得一切法成就是人若坐若行諸天不能見不受諸禁制具足諸成就獲一切富樂通達無上智如是等事是金剛手皆令成就然後自作供養作供養已以金剛灌頂法自受灌頂次當觀想求請金剛手菩薩金剛杵既求請已金剛手菩薩即現本身親授與之是阿闍梨持此金剛杵求諸最上成就於一刹那中皆悉獲得若自持金剛杵持誦作最上成就者經其六月方得成就然後亦受如前金剛灌頂即作供養隨意所求當依此儀應如是常持此大曼拏羅成就法

又復宣説弟子入曼拏羅儀金剛智阿闍梨先須結妙樂金剛三昧印引弟子入曼拏羅而作禮敬有所願求應當思念求金剛手成就法當結大印而作成就見其祥瑞諸成就法皆令得成如是弟子入曼拏羅已所得成

就與阿闍梨等無有異然後如前持金剛杵是名金剛弟子當得受印法諸佛三昧法入諸賢聖法是時持以種種供養出生諸天食等入曼拏羅中如是隨力而獻供養及獻戲鬘歌舞依法晝夜絶於睡眠至心專注求法成就起平等心發大誓願普爲一切衆生令證菩提

又復宣説金剛手成就法行人當從十五日起首於金剛手菩薩前結妙樂金剛印隨意結界以金剛語持誦一月而得精熟從是已後所作成就法皆得成就如金剛手眞實之語時行人依法造幀像如曼拏羅儀當畫金剛手菩薩及八大菩薩行人於幀像前從十五日起首先結大印持誦精熟滿十五晝夜不解其印持誦相續心心不斷至明旦時金剛手菩薩現其本身作大笑容身如月色住行人前施所求願

復説成就法當於幀内畫佛世尊及金剛手菩薩與八大菩薩周帀復畫諸佛如來還依前法持誦即得一切成就又復幀内以妙香畫金剛手菩薩行人於幀像前結印持誦一洛叉數得數滿已行人即成金剛薩埵又復如前儀式唯畫佛世尊持誦即得佛成就又復行人入曼拏羅持誦中間一切意願悉皆成就又復行人依法持誦本心明天人皆愛敬持誦數滿一洛叉已身得擁護加持白芥子與他作擁護法加持金剛杵而作旋轉即一切人皆得擁護

又法作觀想如前曼拏羅想法結印現金剛視亦用芥子令一切魔衆皆被禁縛若不出

息持誦者諸魔迷亂皆悉制伏若依金剛堅固法持誦者皆令鉤召若閉目持誦一切魔衆自然除滅

若結金剛鑠印持誦一切魔衆皆悉印之若結金剛拏吉你印持誦鉤召諸魔之心若速疾持誦魔衆皆怖畏若結金剛陪囉嚩印持誦即得一切義成若欲求大財寶者當結金剛瑜儗你印若欲一切有情皆適悦者當作微妙音聲持誦即一切有情皆得適悦若求十方諸佛如來作忻樂愛敬者當結金剛箭印持誦心明若欲親愛堅固者當作堅固拳安本心持誦若欲解諸恚怒者當作高舉勢結印持誦若欲有情悦意者當作金剛拳安心持誦若欲去除昏闇者當面東以金剛輪旋轉若欲身安樂者當加持已身若欲現諸色像者當結金剛色相印若欲聞諸聲音者當加持金剛琴若欲聞諸妙香者當想於香加持若欲了最上味者當加持金剛杵若欲作入㾖法者當用加持二手或撫掌或彈指若欲解除諸執曜者當結金剛沒訥誐囉印若欲令諸星曜作執持者當於頻那夜迦天像前作忿怒相高聲持誦若欲解諸瘧病者當現金剛視若欲解諸毒者當用孔雀拂若欲解諸毒藥者當用甘露印若欲滅除諸惡魔者當現忿怒勢持誦相續不令間斷若欲解除諸鬼魅者當用金剛戲擲印若欲破諸邪印者當作忿怒勢若欲召集一切拏吉你者當用金剛揭椿誐印若欲破毋鬼及曼拏羅諸邪三昧呪法者當用金剛忿怒明王足下之塵若欲使諸鬼神作僕從者當於神祠

中現大忿怒相持誦若欲降諸魔軍者當作金剛大忿怒相復現大笑相若欲破他軍者當加持金剛杵擲之若欲入軍陣求勝者當用金剛計覩印若欲作禁縛者當用加持衣服繫之若要解除當稱其名若欲破吠多拏鬼城者當用金剛畔惹鈍印若欲解諸枷鏁者當用金剛卜羯娑印若欲出生火者當加持金剛日精寶若欲枯涸處令出水者當加持金剛月精寶若欲求種種飲食衣服等者當觀視虛空持誦一洛叉數若欲見諸佛如來徧虛空者當須憶念諸佛一心持誦若欲空中現文字相見三世事者當書阿字持誦一洛叉即見三世之事眼得見已意法所知亦復如是若持一洛叉加持於眼即能觀於三世色像若加持於耳即聞三世之聲若加持於鼻即能分別三世之香若加持於舌即善說三世之事若加持於意即能了別眞實妙理若欲成就諸佛像及見希有事者當加持一洛叉數若欲見幻化事者當用孔雀拂若欲求一切受用之具者當往大自在天祠中持誦一洛叉數若欲見諸聖迹處者當用降三界之印若欲成就一切法者當用金剛智印若欲見五通仙者當用金剛定印若欲自身成就佛菩薩果位及四威儀中現種種事者當用金剛戲通印若欲覺悟諸天者當用金剛力印若欲降諸龍者當往龍潭中持誦若欲令諸夜叉爲僕從者當用金剛旨印若欲令諸部多調伏者當以足蹋大自在天像現大忿怒勢持誦心明若欲止雷雹者當用金剛他嚩拏印若欲息除災火者當用顰

眉菩薩印若欲降雨者當往龍潭中持誦若欲止雨者當用萎花於水中作護摩若欲起風雲者當畫龍形以香熏之若欲求晴者當用金剛虛空佛眼印若欲令枯涸處出泉水者當用究竟金剛龍印若欲出現伏藏者當用金剛羯磨多印若欲求諸伏藏者當用金剛義印若欲成就一切曼拏羅者當用金剛輪印若欲成就諸印法者當用大樂金剛三昧印若欲成就諸三昧法者當用妙樂金剛印若欲成就諸持明天者當用金剛印若欲成就金剛部菩薩者當用最上根本金剛印若欲成就諸菩薩者當用金剛心印若欲成就金剛菩薩者當用金剛大印若欲求成就諸佛者當用金剛智拳印如上諸法皆須以心明加持

一切如來眞實理金剛三昧儀軌分第二

爾時大毗盧遮那佛復自説此般若波羅蜜多教諸佛菩提法門所謂金剛平等菩提故是即菩提金剛堅固義平等菩提故是即菩提第一義平等菩提故是即菩提自性清淨諸法平等菩提故是即菩提諸法無分別亦復如是此四法門若人聽聞受持讀誦所有諸障皆悉銷滅乃至道場證得阿耨多羅三藐三菩提是時世尊大毗盧遮那佛説此眞理法門已復作智拳現大笑容説諸法平等心明曰

阿引

説此心明中間所有諸佛如來悉皆雲集圍繞大毗盧遮那佛依金剛薩埵曼拏羅位次第而坐復有八大菩薩在外曼拏羅八方而

坐現大笑容爾時大毗盧遮那佛入一切如來曼拏羅安想三摩地從定出已即説諸佛如來金剛真實理大曼拏羅法依前金剛薩埵曼拏羅儀當作外曼拏羅於此曼拏羅内畫金剛輪於其輪内畫衆色蓮於彼蓮上安佛世尊於世尊周圍復安八佛各坐日輪持金剛杵又復外曼拏羅四方四隅依法安置八大菩薩於其四門各安閼伽瓶其瓶須依法選擇滿盛香水以妙花果插於瓶内及以五寶五穀五藥等安於瓶中以上色繒帛蓋覆瓶上然後結諸佛金剛印獻於諸佛已方以其瓶置於四門時阿闍梨依法觀想已身同諸佛之身自謂我成金剛阿闍梨從是已後於諸佛教中得一切成就銷除諸障然後令其弟子入曼拏羅依法以金剛杵灌頂五處是名金剛灌頂即説此三昧誓頌曰

汝受灌頂已　當普爲衆生　增長諸佛法

住於平等心

然後隨其根性與四種慓幟當依法而作如是説此三昧曼拏羅已復説成就幢像法於其幢内畫大毗盧遮那佛光明照曜一手結諸佛智拳印餘佛菩薩皆依前曼拏羅儀畫然後於此幢前隨意作成就法悉得最上成就又説幢像法於其幢内唯畫大毗盧遮那佛於此幢前隨意持誦然後以二手結智拳印晝夜持誦即得般若波羅蜜多成就證菩薩位轉生即成正等正覺如上皆爲已成就曼拏羅者作如是説若爲未成就曼拏羅者

今復説之

若欲求受佛供養者當施一切樂若欲如菩

薩受供養者當以妙華供養三寶并須持誦心明若欲求一切衆生作供養者當以慈心持誦若欲攝一切法者當持誦般若波羅蜜多四句之偈若欲降魔者當以堅固定心持誦若欲求諸佛灌頂者當捨已身莊嚴之具若欲具足諸法者當用金剛蓮觀視印若欲求諸佛羯磨成就法者當用諸金剛羯磨印若欲求成就諸佛者當用金剛智拳大印如上諸法皆須持誦心明

佛說最上根本大樂金剛不空三昧大教王經卷第一

音釋

彙 于貴切類也 貊 莫白切北方國也 躋 牋西切登也 纘 祖管切繼也 閫 苦本切門限也 涔 鉏簪切牛馬跡中水也 箠 之累切策也 巘 語蹇切 幖幟 幖卑遙切旗也幟昌志切幡也 幨 諸盂切開張畫繪也 儗 偶起切 蹋 徒盍切踐也 雹 弼角切雨冰也 萎 邕危切蔫也 [illegible] 寧吉切 閼伽 梵語也此云水閼烏葛切

佛説最上根本大樂金剛不空三昧大教王經卷第二

宋西天三藏朝散大夫試光祿卿明教大師法賢奉　詔譯

降伏三界金剛三昧大儀軌分第三

爾時釋迦牟尼佛說一切法平等最勝攝般若波羅蜜多法門謂貪無性故瞋亦無性瞋無性故癡亦無性癡無性故諸法亦無性諸法無性故般若波羅蜜多亦無性若人於如是般若波羅蜜多法門聽聞受持讀誦記念者是人設造殺害三界一切衆生所有之業亦不復受不墮諸惡趣速證阿耨多羅三藐三菩提爾時金剛手菩薩聞佛說此真實理法門已即現顰眉利牙喜怒之相於蓮華上立如張弩勢結降三界印而說心明曰

吽引

說此心明時三界諸天主及三界主乃至大自在天悉皆鉤召入於曼拏羅中以調伏法皆令調伏與作安慰令住三昧復現大忿怒相於是大自在天及三界天主并諸眷屬見金剛手菩薩作大忿怒相降伏三界皆悉驚怖發聲告言金剛手菩薩救護我等我等歸依於佛受佛聖旨安住三昧所有諸摩怛哩等見菩薩現忿怒相皆大驚怖苦惱迷悶彼邪明邪印咸皆破壞乃至宿曜執持及諸病苦一切毒藥皆令銷除是時諸摩怛哩等亦發聲告言金剛手菩薩救護我等從今已後歸依於佛願賜加被爾時金剛手菩薩現微笑相引諸天等入曼拏羅令住三昧以寶部法授與灌頂復以金剛部法授其灌頂令盡衆生界作大饒益事安外金剛部中是時金

剛手菩薩化一明王作忿怒降三界相具種種莊嚴作大威猛利牙齩唇鬚髮赤竪執金剛杵鈎劒刀杖芻哩迦等是大明王依金剛手曼拏羅儀法而住彼諸天等安置於外曼拏羅此曼拏羅外安諸宿曜爾時金剛手菩薩即入一切如來大悲方便金剛三摩地從定出已說此降三界最勝安想金剛大曼拏羅儀法頌曰

我今略說此　最勝曼拏羅　名降伏三界
能調難調者　依前說法儀　畫外曼拏羅
而於內輪中　分列八尊位　中安忿怒尊
身如青蓮色　具種種莊嚴　顰眉出利牙
作忿怒微笑　立如張弩勢　是降三界相
而於兩足下　左蹋自在天　右蹋於天后
熾盛光普照　內畫八輻輪　光明普照耀
依前外壇儀　畫外曼拏羅　四門各安置
大忿怒之相　弓箭與劒輪　是爲四幖幟
於外曼拏羅　安諸曜幖幟　種種上味食
滿鉢爲出生　安置青色鈴　并衆色幢旛
是時阿闍梨　當著青色衣　而現忿怒相
即結三昧印　入於曼拏羅　阿闍梨當須
依法作佛事　從是日已後　諸天不能見
能成壞一切　得其諸最勝　所有成就法
皆令得成就　是時引弟子　入於曼拏羅
當結金剛印　授金剛灌頂　即授金剛杵
而施與誓願　此金剛手杵　能調難調者
汝當常受持　成就最上法　施其誓願已
出於曼拏羅

說是頌已復說幢像法當依金剛曼拏羅儀畫金剛忿怒尊及畫大菩薩諸天與摩怛哩

衆等是爲最上成就幰像法然後於幰前依法供養敷座而坐結根本印持誦百千徧如是持誦所有世間出世間一切之法皆悉成就設復於法未得精熟但常持誦者是人能作敬愛鉤召入寤禁縛解除等種種之法復說諸成就法若欲破壞諸惡者當依金剛忿怒明王法若欲破諸邪印者當現忿怒顧視而持誦之若欲滅壞諸魔者當持金剛杵現大忿怒相持誦若欲作禁制者當現忿怒相持誦復以金剛杵打其方位若欲作諸離散者當依微妙金剛尾提鉋尊法若欲鉤召諸惡宿曜者當現忿怒調伏相旋轉金剛杵若欲令他憎恚者當以鐵末作護摩法若欲發遣諸藥刹者當依大笑尊法持誦若欲降諸龍者當以金剛杵打於地面持誦若欲調伏諸天者當依金剛你波多尊法持誦若欲鉤召諸天及降伏破壞者當依降三界尊法持誦若欲求毗沙門天正成就法者當以手按毗沙門天像而作忿怒相持誦若欲求增長天正成就法者當依金剛補嚕沙法持誦若欲成就欲天者當於欲天像前作忿怒相持誦若欲成就大梵天者當用妙樂金剛印若欲成就那羅延天者當用金剛輪鑠印若欲成就大自在天者當用金剛戍羅鑠印若欲成就諸魔怛哩衆者當依金剛衆囉刹法若欲破壞諸外道邪壇呪法等者當依金剛大忿怒畔惹那尊法若欲摧折一切山林乃至天祠者當現忿怒明王而顧視之若欲令復如故者當依金剛忿怒明王法若欲壞滅諸魔者當依金剛忿怒明王拳法若欲令生諸

怖畏者當依金剛忿怒明王法現大惡相若欲壞滅他軍者當依金剛忿怒藥刹法若欲破散他軍者當依金剛忿怒囉刹法若欲破壞諸天者當用釘諸天像若成就天主者亦依此法若欲令三界驚怖者當用金剛鉢囉羅印若欲三界中勝者當依金剛忿怒明王法若欲令三界作入寤棐嚩敬愛者當用金剛忿怒明王印若欲令三界作鉤召敬愛成就者當依大樂金剛忿怒明王法

清淨諸煩惱三昧大儀軌分第四

爾時世尊釋迦牟尼佛復説一切法平等觀自在智印般若波羅蜜多法門謂煩惱清淨故諸垢亦清淨一切垢清淨故一切罪亦清淨諸法清淨故一切衆生亦清淨一切智清淨故般若波羅蜜多亦清淨若人於此清淨法門受持讀誦記念思惟是人雖常處貪欲法中離諸煩惱譬如清淨蓮華不染諸垢當速得證阿耨多羅三藐三菩提爾時觀自在菩薩聞釋迦牟尼佛説此眞實理清淨法門已即現微笑説此觀照諸法無染一切清淨法門衆色蓮華心明曰

紇哩引二

説此心明時出現一切如來皆如觀自在相手持蓮華咸依觀自在菩薩本曼拏羅儀安住是時觀自在菩薩即入觀照諸法智自在印三摩地從定出已説此調伏一切世間曼拏羅法若人作此大曼拏羅成就法者當於外曼拏羅中畫内曼拏羅四方四隅列八尊位依法具足於其中間畫紅色蓮華其華八葉於其華上畫觀自在菩薩於菩薩前畫大

蓮色天如天魔相其色紅赤手持蓮華俱蘇摩華并持弓箭右側畫大蓮忿怒自在天色相如大自在天於其後面畫大蓮黑天如那羅延天色相於左側畫大蓮娑婆主如梵天王色相東南隅畫大蓮持世天如持世天色相西南隅畫大蓮水天如大海龍王色相西北隅畫大蓮日天如大日天色相東北隅畫大蓮風天如風天色相又復外曼拏羅四隅畫四天像謂紇哩(二合)室哩(二合)儗(引)提(引)如是諸天皆以左手持蓮華右手持本幖幟於其四門各安幖幟一者悉帝哩尾屹囉賀二者薩哩嚩尾屹囉賀三者穌葛囉尾屹囉賀四者鉢訥摩尾屹囉賀如是畫曼拏羅已阿闍梨當令弟子著白衣以淨帛覆面即持妙華而結蓮華印引入於曼拏羅中令其弟子當至心鄭重以華散擲華所墮處即是本尊得本尊已依蓮華部灌頂之法當作灌頂然後誡其弟子曰汝觀諸法當如蓮華諸染煩惱清淨如此即說伽陀曰

譬如妙色蓮　處泥常清淨　貪瞋癡本性
無染亦如是　所有一切法　應如是觀察
諸法本清淨　當滅諸煩惱　常在諸三昧
成佛一切智　證如是法已　是名觀自在

說是伽陀已又復告言從是已後汝身清淨所求成就皆隨意願乃至成佛如是弟子欲成就智曼拏羅者亦依幢像法皆得成就復說未精熟求成就法者若欲令悅樂一切人者當加持蓮華八千徧若欲滅散諸惡者當用大忿怒王蓮華印若欲令魔魅迷亂者當用大蓮嚩囉賀印若欲淨諸煩惱者當用大

蓮華觀想印若欲降雨者當畫龍形行人坐其龍上持誦一洛叉數若欲去除冥暗者當用大蓮華日光印若欲起風及止息者當用

蓮華摩嚕多印

一切寶灌頂大三昧儀軌分第五

爾時世尊釋迦牟尼佛復説一切如來灌頂出生智藏般若波羅蜜多教若施灌頂者獲證三界法王位若施珍財者獲滿一切願若施妙法者得諸法平等若施飲膳者得一切身口意快樂爾時虚空藏菩薩聞佛説此眞理法門已現大笑容於自頂上結寶金剛灌頂鬘印結是印已説此一切灌頂三昧寶心明曰

怛嚩引二合

説此心明時出現一切灌頂義句等相如是出已依寶部曼拏羅儀現於菩薩像各處本位爾時虚空藏菩薩入一切灌頂寶金剛三摩地從定出已説圓滿一切願大摩尼寶三昧大曼拏羅若人成就此曼拏羅者當依外曼拏羅法畫内曼拏羅於其中間畫八角寶柱如八曼拏囉相寶鬘爲嚴飾寶金剛作圍置種種莊嚴幢旛傘蓋等然後於曼拏羅中畫虚空藏菩薩乘車駕馬現大笑容身深紅色二手結灌頂印於菩薩前安諸如來及寶灌頂菩薩頂戴寶冠右側安持諸寶藏菩薩於後面復安持法寶藏菩薩左側安持諸飲膳菩薩於其四隅安供養菩薩寶蓋幢旛種種妙樂等於外曼拏羅四門四隅依法安置閼伽瓶及灌頂幖幟供養等如是畫曼拏羅已阿闍梨當結寶印依法引弟子入曼拏羅

以寶灌頂法授與灌頂及印相幖幟等從是已後所求成就皆得圓滿如上所說引弟子入曼拏羅法儀其寶金剛部中所作成就法亦應如是若未精熟法欲受諸灌頂者當授寶金剛灌頂印若欲圓滿意願者當於日出時持誦若欲了諸法義智者當觀諸法清淨皆如虛空而持誦之若欲求種種上味者當想本身如虛空日誦千徧若欲圓滿大願者當執寶蓋持誦百千徧若欲求最勝者當用寶幢金剛印若欲求大名稱者日常持誦

一切拳印三昧大儀軌分第六

爾時釋迦牟尼佛得諸佛智印持諸佛智拳是諸佛究竟者復說一切如來智印安想金剛般若波羅蜜多教謂攝一切如來身印故即是一切如來身攝一切如來語印故即得一切法自在攝一切如來心印故即得一切三摩地攝一切如來金剛印故即得金剛三業最上成就若人於此法門聽聞受持記念思惟及爲他宣說者是人得成就一切法通達一切智圓滿一切事乃至金剛三業得最上成就速證阿耨多羅三藐三菩提爾時金剛拳菩薩聞佛說此攝大三昧金剛印眞實法已即現歡喜相即說一切堅固金剛印成就三昧心明曰

惡

說此心明時一切如來及諸衆會化如金剛薩埵皆結金剛薩埵印以諸佛如來最上成就印印之依金剛拳菩薩金剛三業及大印三昧等依此曼拏羅安住爾時金剛拳菩薩入一切如來智印三摩地從定出已說此一

切印金剛三昧大曼拏羅法若人建此曼拏羅者依前曼拏羅儀法畫外曼拏羅於此中間畫八輻輪於其輪中分列八位於中位安金剛拳菩薩現歡喜相結三昧拳印於此菩薩前安最上金剛身菩薩手持金剛杵於金剛拳菩薩右安金剛舌菩薩於金剛拳菩薩後面安金剛定菩薩手持金剛杵於金剛拳菩薩左安最上金剛菩薩持金剛杵復於曼拏羅東南隅安印拳菩薩西南隅安義拳菩薩西北隅安智拳菩薩東北隅安羯磨拳菩薩如是菩薩皆結本印及持自幖幟復於四門安金剛香等四菩薩如是畫曼拏羅已設復有人未成就此法者入此中已得具一切印成就阿闍梨從是已後決定得一切法成就速證阿耨多羅三藐三菩提若阿闍梨當傳授弟子者即結金剛拳印引弟子入曼拏羅中以金剛灌頂法當授灌頂授灌頂已爲說伽陀曰

金剛身口意　當觀如影像　諸印亦如是
此名三昧誓

如上所說弟子入曼拏羅儀所有此部印相及成就曼拏羅法皆亦如是復爲未精熟者說成就法若欲成就諸印相者當結金剛拳安心持誦又復欲成一切印者當結大金剛拳印若欲得一切衆生愛敬者當結金剛大樂拳印若欲降諸衆生者當結金剛大拳印若欲成就一切三昧者當結金剛吒枳印若欲禁縛諸惡者當結金剛縛印若欲禁縛一切者當結金剛索印若欲令昝婆那者當結金剛隷波拳印若欲令畢拏那者當結金剛

縛拳印若欲滅壞諸惡者當結金剛忿怒拳印若欲跋叉那者當結金剛藥刹拳印若欲破壞諸魔者當結金剛䆘畢拏那拳印若欲開通一切者當用金剛鑠拳印若欲令一切入窹者當結金剛阿吠舍拳印若欲令作䆘哩爹者當結金剛䆘哩爹拳印若欲令一切語言者當結金剛語拳印若欲禁伏一切者當結金剛定拳印若欲令他軍毋枳羯囉那者當結大金剛語拳印若欲解諸邪印者當結金剛解脫拳印若欲解諸拏吉你印者當結降三界金剛拳印若欲破諸惡印者亦結降三界金剛拳印若欲禁制諸印者當結金剛散提拳印若欲令一切印堅固如金剛者當結金剛拳印若欲令印一切者當結金剛摩怛哩拳印若欲摧破諸魔者當結妙金剛拳印若欲破諸惡者當結大惡忿怒金剛拳印若欲入水行住者當結金剛禁拳印若欲現種種色像者當結衆羯磨金剛拳印若欲求隱身法者當結不可見金剛拳印若欲成一切行住所作事者當結虛空金剛拳印若欲騰空自在者當結金剛縛拳印若欲成就持明天者當結金剛劒拳印若欲成就諸如來供養者當結金剛羯磨拳印若欲通達一切智者當結金剛智拳印若欲成一切義者當結金剛義拳印若欲求成一切印主者當結金剛拳印若欲成就一切事者當結諸金剛拳印若欲成就一切曼拏羅者當結金剛手拳印若欲令說三世事者當結金剛舌拳印若欲成就金剛手者當結金剛高舉印若欲求成就佛者當結諸佛金剛拳印

金剛字輪三昧大儀軌分第七

爾時釋迦牟尼佛復説諸法無性轉字輪般若波羅蜜多教所謂諸法空無自性故諸法無相以無相故生一切法諸法無願故從無願生一切法諸法自性清淨故般若波羅蜜多清淨爾時妙吉祥菩薩聞佛説此真理法門已即現笑容以智慧劒表示諸佛説此最上般若波羅蜜多心明曰

阿

説此心明時一切如來皆悉雲集依前曼拏羅儀安住爾時妙吉祥菩薩入一切法自性無性劒三摩地從定出已説轉字輪三昧曼拏羅法若建此曼拏羅者當於外曼拏羅中依法畫八輻輪於此輪圍中次第書心明後四方四隅分列八位於其中位安妙吉祥菩薩如童子相身色瑩淨猶如虛空有其四臂以智慧劒作表示法光明普照於菩薩外安諸佛如來四隅依法安四般若波羅蜜多經四門安四幖幟謂劒爍吉帝寶鉢經然後阿闍梨結劒印或經印依法引弟子入曼拏羅中授與智劒而作灌頂作灌頂已為説法誓頌曰

汝當授智劒　等般若真理　觀佛如虛空
所表示速成　護持於佛法　廣度諸衆生
以劒斷業障　令永盡無餘

説此頌已又復告言由是妙法令汝成就般若波羅蜜多速證阿耨多羅三藐三菩提若欲成就法曼拏羅者亦如前儀

復説成就法若欲證空三摩地者當觀諸法如虛空故若欲證無相三摩地者當觀諸法

皆無相故若欲證無願三摩地者當觀諸法皆無願故若欲證自性清淨智法者當觀想般若波羅蜜多理趣故若欲斷一切煩惱者當觀想正法故若欲得一切文字眞實智者當觀想無性法故若欲於一切處不著文字觀法身者當依摩字等自性觀想於空故若欲證諸佛菩提者當結金剛縛印

一切曼拏羅金剛輪三昧大儀軌分第八

爾時釋迦牟尼佛復説攝一切如來輪入大輪中般若波羅蜜多教所謂入金剛平等故是即入一切如來輪入義平等故是即入大菩薩輪入法平等故是即入妙法輪入一切平等故是即入一切輪爾時同心生轉法輪菩薩摩訶薩聞佛説此眞理法門已即現笑容而説轉金剛輪入一切金剛三昧心明曰

吽引

説此心明時所有一切如來及三界一切有情皆悉雲集曼拏羅中復從菩薩心出生一切曼拏羅三昧是時諸佛菩薩依法安住爾時同心生轉法輪菩薩入一切輪即三摩地從定出已説此入一切三昧輪大曼拏羅法建是曼拏羅者當於外曼拏羅中畫金剛輪於其輪中畫同心生轉法輪菩薩所有諸佛如來及金剛手等諸菩薩衆亦依前曼拏羅儀畫其曼拏羅四隅畫金剛部四大菩薩謂金剛薩埵菩薩金剛忿怒明王菩薩觀自在菩薩虛空藏菩薩於四門畫四幖幟如是畫曼拏羅已然後阿闍梨依法結金剛輪印引弟子入曼拏羅授以金剛輪令受灌頂傳與四種曼拏羅及本部所有三昧等法弟子儀

法旣爾金剛輪曼拏羅所作成就亦應如是復說成就法欲入一切曼拏羅者當結金剛輪印安於面門若欲入大曼拏羅者當結大輪印若欲入諸印曼拏羅者當結一切如來金剛印若欲入三昧曼拏羅者當結大三昧輪印若欲入羯磨曼拏羅者當結諸金剛輪印又復作敬愛法降伏法印法破壞法入一切處法供養法調伏諸惡法等皆結八大菩薩印或結輪印

衆金剛三昧大儀軌分第九

爾時釋迦牟尼佛復說最上供養般若波羅蜜多教所謂發生菩提心故是即一切如來廣大供養救度一切衆生界故是即一切如來廣大供養攝一切法故是即一切如來廣大供養若人於般若波羅蜜多教書持讀誦記念思惟者是即一切如來廣大供養爾時誐誐那巘惹菩薩聞佛說此眞實法門已即現微笑說此一切羯磨不空三昧心明曰

唵引

說此心明時所有一切供養徧滿虛空界復從空中化菩薩相還於誐誐那巘惹菩薩前依曼拏羅而住爾時誐誐那巘惹菩薩入一切供養安想三摩地從定出已即說最上羯磨金剛不空三昧曼拏羅作是法者當於外曼拏羅中間畫八角寶柱於此中間畫誐誐那巘惹菩薩身如月色現微笑容手持器仗又復依法畫諸菩薩謂金剛手菩薩觀自在菩薩等八大菩薩各具本相印法具足復於四隅畫四供養菩薩四門畫四幖幟及種種寶具如是畫已阿闍梨當結羯磨金剛印依

法引弟子入曼拏羅中以衆羯磨金剛灌頂法當授灌頂授灌頂已作四種供養一者身業禮拜二者語業稱讚眞實妙理三者意業觀想法界之內皆成供養四者手結金剛印是名弟子入羯磨曼拏羅儀軌

復說成就法若欲以菩提心供養者當觀想心金剛故若欲以三摩地供養者當觀想諸法清淨故若欲以灌頂供養者當觀想衆羯磨金剛故若欲以印供養者當觀想衆金剛故若欲以虛空供養者當以阿字觀想故若欲供養一切曼拏羅者當以衆金剛輪觀想故若欲以一切具供養者當以衆金剛觀想故若欲調伏諸惡成供養者當現忿怒相加持以華擲之

金剛忿怒三昧大儀軌分第十

爾時釋迦牟尼佛能調難調者作大智拳印復說調伏一切有情藏般若波羅蜜多教所謂一切有情平等故是即忿怒平等一切有情調伏故是即忿怒調伏一切有情依法故是即忿怒依法一切有情自性堅固故是即忿怒自性堅固所以者何如是一切調伏是即菩提故爾時降諸魔金剛藥剎菩薩聞佛說此調伏法門已即現笑容復現金剛藥剎相結金剛利牙印即說金剛忿怒大歡喜心明曰

郝

說此心明時所有有諸惡皆悉調伏一切有情從菩薩心出依曼拏羅儀住爾時金剛藥剎菩薩入一切方便調伏忿怒金剛三摩地從定出已說此調伏諸惡安想金剛藥剎曼

拏羅法若成就此法者當依前外曼拏羅儀畫曼拏羅於其中間以五色畫四方曼拏羅四門四隅畫八寶柱光炎熾盛於曼拏羅中依法畫金剛藥刹菩薩身大青色作大怖畏復大笑相利牙外出光明照耀於菩薩周帀畫金剛藥刹衆亦現大惡相及畫金剛部衆幖幟復於外曼拏羅隅畫金剛利牙印於其四門各畫金剛幖幟如是畫已阿闍梨結金剛利牙印或大笑印依法引弟子入曼拏羅當以金剛利牙灌頂法授其灌頂授灌頂已阿闍梨即作金剛藥刹勢以金剛杵打之即時金剛藥刹畫像作大笑聲若見此瑞相時阿闍梨定知得成金剛手菩薩大藥刹主阿闍梨即作成就法依法結印持誦獻種種供養及讀誦般若波羅蜜多教如是依法作供養已出於曼拏羅

復說成就法如金剛手菩薩曼拏羅儀所作成就法亦應如是若欲調伏諸惡者當結金剛利牙印若欲調伏一切有情者當作忿怒勢現大笑聲持誦心明若欲印於一切者當結金剛拳印若欲破壞諸惡者當作彼形加持已即能破壞若欲破諸邪壇者當手持金剛杵入其壇中若欲壞彼供養者當現忿怒勢持誦若欲驚怖諸惡者當以陪囉嚩目顧視之

佛說最上根本大樂金剛不空三昧大教王經卷第二

音釋

齩女巧切齧也　屹魚訖刀　昝子感切

佛說最上根本大樂金剛不空三昧大教王經卷第三

宋西天三藏朝散大夫試光禄卿明教大師法賢奉 詔譯

一切樂三昧大儀軌分第十一

爾時釋迦牟尼佛復說一切法最上般若波羅蜜多教所謂一切行平等故是即般若波羅蜜多行平等一切義平等故是即般若波羅蜜多平等一切法平等故是即般若波羅蜜多法平等成就一切事業故是即般若波羅蜜多事業成就爾時金剛手菩薩聞佛說此眞實法門已即入一切佛菩薩不空曼拏羅安想三摩地從定出已說此一切不空三昧心明曰

吽引

說此心明時所有一切如來諸曼拏羅法從心而出依於大三昧眞實理大曼拏羅住是時金剛手菩薩頭面禮世尊足復說大三昧曼拏羅法儀若欲成就此法者當畫大曼拏羅內分列八位安降三界尊等諸菩薩如是畫已然後依法獻諸供養此名三昧曼拏羅法

金剛手菩薩又復宣說一切三昧金剛安想大曼拏羅儀法當畫外曼拏羅已於此中間畫金剛輪分列八位依法安諸尊像復於外曼拏羅四隅依法安金剛部諸菩薩四門各安本部幖幟如是畫已然後依大三昧法獻種種供養

外金剛部儀軌分第十二

爾時釋迦牟尼佛復說安樂一切有情般若波羅蜜多教所謂一切有情如來藏故是即

普賢菩薩一切有情金剛藏故是即金剛藏灌頂一切有情法藏故是即轉一切語輪一切有情事業藏故是即成一切事爾時外金剛部衆聞佛説此眞理法門已俱發大聲即説此金剛大自在心明曰

訥哩引二合

説此心明已復説曼拏羅法儀當依本法畫大曼拏羅四方四門四隅分量圓滿於其中間依法畫大自在天外四方四隅畫八會主謂東方摩賀哥羅南方難祢計説囉西方摩賀健吒北方乃哩爹説囉東南隅嚕捺囉葛波羅西南隅賛尼説囉西北隅揭樁誐播尼東北隅仵割囉拏復於東門畫難提説囉南門畫捫尼説囉西門畫健吒葛囉拏北門畫摩賀勞捺囉於此外畫諸部多衆如是畫曼拏羅已阿闍梨當灌沐著新淨衣入曼拏羅獻種種供養手持三叉持誦心明然後依法引弟子入曼拏羅授與三叉爲説三昧法頌曰

汝持此慓幟　當利益衆生　諸欲中自在

所作皆成就

説是頌已阿闍梨即以智印及出生供養等法授其弟子從是已後弟子當離諸怖畏獲本部中一切成就得大富貴獲諸適悦安隱快樂是時外金剛部衆説此摩呬説囉天三叉曼拏羅已

復有諸摩怛哩衆各以頭面禮釋迦牟尼佛足異口同音即説鉤召一切成就三昧心明曰

毗踰引二合

說此心明已復說曼拏羅法當畫四方曼拏羅四門四隅依法列諸分位於其中間畫摩賀哥羅主如作舞勢於其像外四方四隅畫八摩怛哩所謂東方勞捺哩手持三叉南方没羅吽彌手持數珠西方吠必弩尾手持輪北方憍摩哩手持鈴東南隅哥哩手持刀西南隅摩賀哥哩手持芻哩西北隅薄叉尼手持能瑟吒囉東北隅囉剎細手持羯椿誐復於外曼拏羅四隅畫四嚕捺囉拏吉你所謂東南隅室嚩西南隅毗嚕尼西北隅賛尼東北隅䟦煬葛哩復於四門畫四幖幟謂東門鉢訥摩婆惹那南門遏悉帝商羯羅西門屹哩特囉北門尾囉攞如是畫曼拏羅已阿闍梨當沐浴香潔著新淨衣入曼拏羅依法獻諸供養即結室嚩訥帝印持誦心明時若闍毗踰(二合)字大聲即是諸賢聖皆已雲集阿闍梨即解前印復結摩賀哥羅三昧印即令弟子手持妙花淨帛覆面當引入曼拏羅中阿闍梨近弟子前高呼毗踰(二合)字之聲是時弟子即生警悟遂將花散擲花所墮處即是本尊得本尊已除其覆面之帛令徧觀視於曼拏羅即獻香花而伸供養阿闍梨然後傳授與本尊心明印相幖幟等法復爲說三昧誓曰

當審諸衆生　勿妄傳心明　精進者成就
壞法者除滅　違是三昧者　須臾即破毀

說此頌已然後依法以飲食妓樂等而獻供養如是法事畢已當出曼拏羅是時諸摩怛哩衆說此一切成就諸印曼拏羅已復有摩度迦羅衆即於佛前頭面禮世尊足異口同

聲說自心明曰

莎

說此心明已復說曼拏羅法當畫外曼拏羅四方四門於其中間復畫半月相曼拏羅於此曼拏羅內畫摩度迦囉三尊之像各現喜怒相身被甲胄手持器仗復以種種莊嚴處師子座光明熾盛於其四門畫四會主一悉馱没哩提二摩賀刹怛囉三賛拏嚕沙屹囉四摩囉拏於四門外依法安置鈴幢旛閼伽瓶等復置飲食香花妓樂種種供養如是安布已阿闍梨入於曼拏羅中依法獻諸供養禮拜復以梵音而伸讚曰

底哩二合路哥悉底哩二合婆嚩悉底哩野四合屹哩野三合一悉底哩野四合播引野悉底哩野四合引摩呬悉底哩三合馱引二仵必都婆誐鍐悉馳三薩哩嚩二合悉提數鞊爹舍四

阿闍梨作是讚已依法引弟子入曼拏羅中授與三昧印法等即爲說誓頌曰

越此三昧者　如殺父母罪　當墮惡趣中
無由得解脫　常近善知識　遠離諸惡者
精進求成就　勿妄傳心明

說此頌已弟子以飲食香花妓樂等而獻供養作供養畢從是已後所作成就是時摩度迦羅衆說此曼拏羅法已

復有四賢聖異口同聲說自心明曰

薩鍐引二合

說此心明已復說曼拏羅成就法當畫曼拏羅圓滿如月輪分其四門列於四位畫彼四賢聖東位囉帝其身紅色手持弓箭南位摩囉尼其身黑色手持利劒及契吒哥西位嚩

囉吧其身金色手持寶藏北位悉提迦尸其身白色手持拨沙迦及刀於其四門各畫幖幟如是畫已阿闍梨右手執鈴左手持揭椿誐入於曼拏羅持誦心明當獻飲食香花妓樂等種種供養即得所求成就獲如意事受諸供養感大富貴乃至所作敬愛成壞之法及取伏藏等皆悉獲得其弟子入曼拏羅儀法亦應如是

般若波羅蜜多教稱讚分第十三

爾時釋迦牟尼佛復說無量無邊不可盡如來眞實之義諸法平等金剛般若波羅蜜多教所謂般若波羅蜜多無量無邊故一切如來亦無量無邊般若波羅蜜多無量無邊故一切法自性堅固亦無量無邊般若波羅蜜多無二故諸法亦無二般若波羅蜜多究竟故一切事業亦究竟若人於此法門聽聞受持讀誦記念者是人所修諸佛菩薩行願未圓滿者即得圓滿諸業障累滅盡無餘印證如來正等菩提是時釋迦牟尼佛說是法時一切如來皆悉雲集爲欲顯發此正法不空願力作成就故咸皆稱讚金剛手菩薩而說頌曰

善哉金剛手　善哉大樂尊　善哉大乘理
善哉大智者　常住金剛界　能說此大教
諸佛眞實法　善調諸有情　最上大教王
若能受持者　諸天不能見　諸魔所稱讚
獲最上成就　乃至佛菩薩　如佛眞實語
不久咸成就

諸佛稱讚已金剛手菩薩即生大歡喜

金剛手菩薩最上祕密大曼拏羅儀軌分第

十四

爾時世尊大毗盧遮那佛復說一切法無性大樂金剛不空三昧決定般若波羅蜜多教最上根本無性法門所謂最上大樂成就故是即諸菩薩最上大樂成就諸菩薩最上大樂成就故是即一切如來最上菩提成就一切如來最上菩提成就故是即諸菩薩摩訶薩降伏衆魔最上成就諸菩薩摩訶薩降魔成就故是即三界主最上成就三界主最上成就故是即盡無盡衆生界清淨如是衆生界清淨故菩薩常處輪迴發大精進於無盡衆生界作大救護令得安樂最上成就是時世尊入毗盧遮那佛復說頌曰

菩薩無數劫　處在輪迴中　皆爲利衆生
令證寂靜地　智慧方便力　發起眞實智
了諸法清淨　諸有亦清淨　貪欲使調伏
所造業無性　彼旣清淨故　三有自調伏
譬如妙色蓮　清淨性無染　智者亦如是
妄想不能染　貪欲清淨故　諸法亦清淨
諸佛眞實智　具聖財富樂　爲三界中主
堅固利衆生

爾時世尊說此頌已復告金剛手菩薩言若人聞此最上根本般若波羅蜜多正法已常於清旦時能讀誦受持思惟者是人即獲一切適悅快樂見世得大樂金剛三昧最上成就又復得一切如來金剛祕密最上成就乃至諸大菩薩法皆得成就亦復圓證此大樂金剛不空三昧根本一切如來般若波羅蜜多法門爾時金剛手菩薩聞佛說此眞理法門已即現笑容作大自在相擲金剛杵如鉤

召勢安于本心即說此大祕密最上成就是樂金剛不空三昧等一切儀軌及滅諸障法降伏諸魔法敬愛成就法最上成就大祕密法如是無性最上根本大教王是一切法中最勝無比大自在法是時金剛手菩薩復說頌曰

此大安樂天　是聖曼拏羅　安住若虛空
金剛寶常照　嚴淨而無垢　四方與四門
具四彌踰賀　尾提殊妙相　諸天等恭敬
微妙寶莊嚴　具足半月相　金剛普照耀
懸種種寶鈴　珠纓與明鏡　光照無窮盡
種種妙華鬘　幢旛幷傘蓋　大樂金剛等
諸菩薩稱讚　是諸佛境界　金剛衆所居
號摩尼勝寶　於此寶宮中　大樂而安住
薩埵性清淨　是金剛大樂　即是普賢身
金剛手大主　常住三摩地　決定金剛性
如是衆方便　勤行菩薩道　爲利衆生故
號金剛薩埵　亦名降魔主　亦名一切智
是金剛賛拏　亦名金剛手　亦名如來部
亦名金剛部　蓮華及寶部　大樂羯磨部
亦名諸解脫　了三時無礙　亦號三有尊
亦爲勝三世　三界中最勝　一切處爲最
具聖財堅固　心所願所行　諸作皆如是
從初大菩薩　施根本大樂　處妙蓮華上
跏趺坐三昧　即現勇猛勢　戲擲金剛杵
衆賢聖圍遶　成就大樂故　清淨諸煩惱
調伏有情界　一切法圓滿　最上尊三昧
諸佛所護持　印法清淨故　成金剛薩埵
行諸大方便　大福所增長　攝平等智印
最上大心明　是爲大福聚　阿闍梨所行

亦復皆如是　所作諸成就　決定皆獲得
最上大樂法　金剛大祕密　堅固三昧法
能成一切事　一切義亦然　無初無後故
是名爲根本　如心之所欲　隨諸境界生
皆受而不著　歸於勝義智　即諸佛境界
圓融法性故

爾時金剛手菩薩說是頌已即說自心明曰

吽引

說此心明時所有一切諸佛及諸菩薩摩訶薩諸明王等於剎那時皆悉雲集徧滿三界俱發聲言金剛手菩薩云何世間得成就法是時金剛手菩薩即說明曰

嚩日囉二合特哩二合俱

此即世間得自成就善能成壞一切事業說此明已又說頌曰

離欲調世間　未爲清淨法　云何清淨法
謂大欲大樂　是時諸如來　及諸明王等
聞菩薩語已　俱發聲告言　汝善說方便
菩提心爲主　是究竟清淨　眞調伏之法
菩薩無數劫　常處輪迴中　爲利益衆生
令證寂靜地　若起諸分別　菩提是三有
菩薩饒益故　說金剛大樂　盡法界邊際
是大曼拏羅　初後而相應　以金剛三昧
依法作成就　由是諸如來　求成於大樂
諸欲清淨故　勸請金剛手　說大欲大樂
此大心明王　能成大妙樂　於是金剛手
復白諸如來　我今說大樂　金剛曼拏羅
阿闍梨先須　受三種三味　然結金剛印
持金剛鈴杵　入其三摩地　安想曼拏羅
三種三昧印　當用作成就　一切成就中

最勝成就法　當振金剛鈴　警發諸賢聖
設或於儀軌　悞有所違缺　不生諸過咎
皆悉得圓滿　作是曼拏羅　依法得成就
以香華妓樂　隨意而供養　此最上根本
徧無量無邊　無上無與等　盡諸虛空界
悉化微妙字　前後際究竟　諸佛所出生
不增亦不減　一切平等故　無中亦無邊
離相如虛空　離中邊相已　是爲作成就
建想曼拏羅　盡法界爲量　法線作絣界
内生衆色蓮　四方與四門　寶莊四樓閣
具四禰踰賀　尾提殊妙相　四隅并四門
四禰踰賀側　安置半月相　及安種種寶
四方表四智　四門四念處　樓閣四禪定
尾提爲定門　金剛柱總持　所有衆寶飾
表圓滿諸願　羯磨杵表示　諸佛之律儀
寶鈴幢旛蓋　爲諸妙法藏　明境大圓智
妙華七覺支　珠瓔及華鬘　是成就心明
如是表諸法　大樂曼拏羅　依法而建立
最上解脱門　根本無性法　一切處平等
復外曼拏羅　内分八尊位　表其八解脱
發起菩提心　轉此最勝輪　善施諸成就
法線絣界道　想畫金剛輪　衆色蓮華中
安想金剛手　或安本心用　或置本幖幟
或安諸寶像　雕鏤或畫像　五色光晃耀
如是安布已　即時阿闍梨　潔淨莊嚴身
入於曼拏羅　而結跏趺坐　手執金剛杵
現大高猛勢　然以本心明　安置金剛手
而彼心明曰
唵(引)蘇囉多薩怛鍐(三合)(一句)
復以四菩薩　圍遶金剛手　前大樂菩薩

身徧深紅色　持金剛器仗　金剛手之右
枳哩枳羅尊　二手結智印　金剛手之後
安念金剛尊　手持摩竭幢　金剛手之左
安欲自在尊　手作金剛拳　如是四菩薩
以心明安置　而彼心明曰
嗡嚩日囉(合二)嚩日囉(合二)涅哩(合二)瑟致(二合一)娑
(引)野計(引)末吒(二)
吽(引)嚩日囉(合二)枳哩枳哩(引)吽(引一句)
鑁嚩日哩(合二)尼三摩(合二)囉囉吒(半音一句)
呼(引)嚩日囉(合二)哥(引)彌說哩(引)怛囕(二合引一句)
於四隅安置　四供養菩薩　妙樂與大樂
佛眼及吉祥　手持四供養　謂香華燈塗
如是四菩薩　以心明安置　而彼心明曰
唵(引)嚩日囉(合二)囉底(一句)
摩賀(引)囉多嚩日哩(合二)呼(引一句)

唵(引)嚩日囉(合二)路(引)左你(一句)
摩賀(引)室哩(二合引)嚩日哩(合二)係(引一句)
外四隅復安　戲鬘及歌舞　如是四菩薩
以心明安置　而彼心明曰
係(引)囉底(一)嚩日囉(合二)尾邏(引)洗你怛囉(合二)
吒(半音二)
係(引)囉底(一)嚩日囉(合二)賀(引)細(引)郝郝(二)
係(引)囉底(一)嚩日囉(合二)儗(引)帝(引)帝(引)帝(引二)
係(引)囉底(一)嚩日囉(合二)你哩(合二)帝(引)吠(引)波
吠(引)波(二)
四門安四尊　謂鉤索鏁鈴　如是四菩薩
以心明安置　而彼心明曰
嚩日朗(合二)酤室弱(一句)
嚩日囉(合二)播(引)尸(引)吽(引一句)
嚩日囉(合二)商葛梨(引)鑁(引一句)

嚩日囉(二合)捷致(引)呼(引一句)

如是最上尊　依法而現前　由是金剛衆
獲大成就法

如是安布賢聖位已然後阿闍梨入曼拏羅依法以明召請金剛部諸賢聖衆召請明曰

弱吽(引)鑁(引)呼(引)鉢囉(二合)嚩哩多(二合)煬(一句)

召請賢聖已復以大明請召本尊明曰

吽(引)摩賀(引)蘇珂嚩日囉(二合)薩埵(引)野(引)呬(引)尸竭囉(二合一)摩賀(引)蘇珂嚩日囉(二合)阿目伽三摩野(二)摩耨播(引)攞野(三)鉢囉(二合)没馱鉢囉(二合)没馱(四)蘇囉多薩怛鑁(三合五)阿耨囉訖都(二合引)彌(引)娑嚩(六)蘇都輸(引)彌(引)婆嚩(七)蘇補輸(引)彌(引)婆嚩(八)那那(引)你禰達那薩埵(九)薩哩嚩(二合)悉提彌(引)鉢囉(二合)野蹉莎(十)薩埵摩(引)訖哩(二合)設鉢囉(二合)吠(引)舍(十一)三摩曳哩嚩(二合)特嚩(二合引)嚩尸(引)葛嚕彌(十二)壹昧哩母(二合)捺囉(二合)鉢乃(十三)弱吽(引)鑁(引)呼(引十四)

此大明召請本尊降曼拏羅已是時本尊即施歡喜而現祥瑞及希有事金剛阿闍梨先獻閼伽淨水後作金剛合掌獻衆妙華復以寶鈴及紅色幢旛如是獻已置於四隅又復依法獻五閼伽瓶盛五寶五藥五穀挿妙華果以明加持香水充滿其瓶獻已即置四隅唯以一瓶置本尊前說此加持香水大樂金剛不空三昧明曰

唵(引)摩賀(引)蘇珂嚩日囉(二合)阿目伽三摩踰(引)捺哥(二)悉馱毗詵蹉(三)薩哩嚩(二合)蘇珂騷摩那寫嗚咄播(二合引)捺野(四)酤嚕酤嚕(五)弱吽(引)鑁(引)呼(引)阿(引六)

以此大明加持所獻閼伽瓶香水二十一徧若阿闍梨以此閼伽香水灌自頂者即得清淨一切苦若用灑淨或飲用者即得增長一切快樂設復有人未成就阿闍梨法者得入此曼拏羅已自然獲具金剛阿闍梨法復說阿闍梨入曼拏羅頌曰

復次阿闍梨　出於曼拏羅　沐浴而潔淨
著於新淨衣　以衆寶嚴身　依法持妙華
復入曼拏羅　獻種種供養　若或阿闍梨
入曼拏羅時　迷誤不審知　懈怠及忘失
驀越金剛界　名破於三昧　是故須至心
專注於等引　此大曼拏羅　倍復加精進
何謂破三昧　爲此金剛界　皆是諸佛印
違越於境界　是墮諸佛法　如是了知已
方入曼拏羅　依法而供養　旋遶禮敬已
復還於本座　即以妙伽陀　至誠伸讚歎

讚歎伽陀曰　大欲大樂法　金剛妙聖財
大智事業主　願成金剛手

阿闍梨以此伽陀伸讚歎已散華禮敬復以金剛手菩薩根本百八名讚而稱歎曰

波囉摩(引)鑁摩賀(引)薩埵(一)摩賀(引)囉多摩賀(引)囉底(二)三滿多跋捺囉(二合)薩哩縛(二合引)怛摩(一合引三)縛日囉(二合)誐哩縛(二合引)鉢帝鉢帝(四)唧多薩埵薩摩鑁屹囉也(三合五)嚩日囉(二合)摩賀馱囉(六)三滿多跋捺囉(二合)左哩野(二合引)屹囉野(三合七)摩(引)囉摩(引)囉鉢囉(二合)摩哩捺(二合)哥(八)薩哩嚩(二合)冐地摩賀(引)没馱(九)没馱(引)屹囉(二合)惹納摩(二合)惹(十)嚩日囉(二合)吽哥(引)囉吽哥(引)囉(十一)路吉說囉摩尼鉢囉(二合)捺(十二)摩賀(引)囉(引)誐摩賀(引)騷契(十三)哥

引摩目叉摩賀引馱那十四帝哩二合哥引羅帝
哩二合跋嚩廝參囉三合屹囉野二合十五廝怛哩三合
路哥引屹囉野二合廝怛哩三合馱引覩哥十六塞
他二合引嚩囉鉢囉一合跋鏤咩葛怛一合十七蘇速
叉摩二合廝吐二合羅薩散撥野十八穰誐摩鉢囉
二合嚩囉鉢囉二合引補姤二合十九跋嚩散娑引囉
戍馱哥二十阿那引禰你馱那引鞔多二十一乾
引多鉢囉二合引薩哩嚩二合僧悉體多二十二屹
哩二合母捺囉二合引踰誐三摩野二十三多埵薩
參摩賀引摩郝二十四怛他引誐多摩賀引悉
地二十五達哩摩二合葛哩摩二合摩賀引沒馱二十六
薩達哩摩二合薩葛哩摩二合拽他二十七冐地
唧多蘇冐達葛二十八嚩日囉骨嚕二合馱摩賀
引骨嚕二合馱二十九入嚩二合引羅引鉢囉二合羅
野捺引摩葛三十摩賀引尾那野耨瑟吒二合引

屹囉二合三十一嚕捺囉二合嘮捺囉二合叉煬葛囉
三十二薩哩嚩二合戍地摩賀引鉢訥摩二合三十三
鉢囉二合倪踰二合播野摩賀引那野三十四囉引
誐戍地薩摩引馳屹囉野二合三十五尾說囉引
誐摩呬說囉三十六阿引哥引舍難多你怛踰
二合吠三十七薩哩嚩二合普多摩賀引羅野三十八
尾普帝室哩二合哩尾二合覩囉引惹三十九薩哩
嚩二合引舍鉢哩布囉葛四十那莫悉帝二合窣覩
二合那莫悉帝二合窣覩一合四十一那謨那莫四十二
跋骨姤二合欣怛網二合鉢囉二合鉢鞔引彌四十三
嚩日囉二合薩埵引鞔悉馳忙四十四野伊忙窣
覩二合怛囉二合囉引惹難四十五鉢囉二合參欣鉢
囉二合引鉢囉二合嚩哩多二合野四十六達哩摩二合
嚩引左薩訖哩二合捺誐二合引難四十七悉地羅
具多囉引跋尾引四十八阿體砌悉馱踰你引那

四十九鉢囉引二合怛哩二合散達煬二合禰你禰你
五十窣覩二合娷引薩哩嚩引二合伽你目訖多二合
五十一戍馱叱怛哩二合數悉馳底五十二薩哩嚩
二合藕珂喝覽你怛煬二合五十三薩訖哩二合授引
囉鉢囉二合嚩哩多二合那引五十四薩哩嚩二合悉地
數騷婆誐煬二合五十五室哩二合三鉢捺鼻嚩哩
馱二合那五十六
是時阿闍梨　以最上祕密　一百八名讚
如是稱讚已　然以祕密具　嬉戲歌舞等
而供養菩薩　伸此供養已　以寶灌頂法
自受其灌頂　灌頂已作禮　即持誦本明
或誦大心明　乃執金剛杵　誦灌頂明曰
嗡吽引鍐引呼引一摩賀引蘇珂嚩日囉二合薩
埵二阿鼻尸引計引拏埵引摩引鼻洗左引三
薩哩嚩二合嚩日囉引二合地鉢底怛尾二合四捺
哩二合除彌婆嚩悉馳五那莫悉帝二合婆誐鍐
摩賀引嚩日囉二合達囉六蘇囉多薩怛網三合
七摩賀引嚩日囉二合薩埵八唵普哩普二合嚩
莎九
誦如是明已　當復作此念　我從金剛手
親受灌頂法　今成阿闍梨　所作皆成就
隨所求意願　當作最上法　金剛歌舞等
供養皆得成　從是日已後　於金剛部中
德如金剛手　如是阿闍梨　速成一切法
金剛手善成　一切印自在　一切智金剛
已盡諸業障　其相不可見　善於一切法
所作皆成就　三界諸有情　皆令得成壞
亦一切愛敬　正智斷諸疑　受一切妙樂
具聖財自在　諸天及世人　令證一切智
常見金剛手　見獲成就法　常起清淨心

信樂眞實理　本尊施歡喜　成就阿闍梨

金剛手菩薩說此入曼拏羅儀已復說弟子入曼拏羅儀法阿闍梨令弟子發大菩提心發菩提心已即當授與諸佛菩薩發菩提心明曰

唵引薩哩嚩二合怛他引誐多一波羅摩摩賀引瑜誐二冐地喞多毋怛波二合捺夜引藐三阿尸引沙引那嚩尸引沙四薩哩嚩二合薩埵馱引覩五鉢哩怛囉引二合拏醯多六蘇庫多摩悉地你彌多七摩爹多婆引嚩三悉地八摩哈室左二合哩也引二合地鉢帶也九二合野引嚩薩哩侮二合多摩摩賀引悉地十摩哈室左二合哩也引二合地鉢爹引野濟多野底十一

當以此大明　發大菩提心　弟子恭敬師
等同諸如來　欲入曼拏羅　令弟子依法
淨帛覆其面　即舉金剛步　入于曼拏羅
師舉金剛步　當如金剛手　登此殊勝壇
一切皆成就　弟子入壇界　若迷惑無知
懈怠或忘失　踰越金剛界　是名破三昧
當須專注心　安想金剛步　智者應精進
依大法儀軌　況復曼拏羅　萎華與壇界
是諸佛印藏　若驀越足步　是不成三昧
阿闍梨復須　結其閼伽印　入於曼拏羅
信心禮本尊　遶壇界三帀　以妙頌讚歎

頌曰

大欲大妙樂　成就諸世間　願我於今時
成就亦如是　然後以衆具　供養大樂尊
當引其弟子　入於曼拏羅　如阿闍梨儀
隨意獻供養　依於金剛部　求受灌頂法
是時其弟子　求請本尊曰

摩賀引囉多蘇涅哩合二荼一蘇覩舍也合二薩
蘇枯二引嚩日囉合二薩埵引𩏂悉馳韐三引
如是求請已　即散擲妙華　隨華所墮處
是弟子本尊　是時阿闍梨　與去其面帛
依五部法中　授弟子灌頂　傳諸灌頂明
諸灌頂明曰
唵引薩哩嚩合二嚩日囉引二合地鉢底一埵引
摩鼻詵左引彌二摩賀引嚩日囉合二達囉三
呬四嚩日囉合二那莫四悉馳三摩野薩怛鍐合三
五普哩普合二嚩莎六
傳授此明已　復傳諸密印　具足如是法
所作皆成就　諸求成就法　皆依金剛手
及弟子本尊　成其三昧法　乃至入壇儀
并諸世間法　及於出世間　悉皆得圓滿
依如是儀軌　入此壇場者　即證不退地
具大菩薩行　成就大樂故　如是阿闍梨
及灌頂弟子　隨意作供養　及與成就法
所作速圓滿
爾時金剛手菩薩說此曼拏羅已復說頌曰
此普徧成法　所說如虛空　無喻大樂理
根本最上輪

佛說最上根本大樂金剛不空三昧大教王
經卷第三

音釋

爹端耶切　煬余亮切　絣必耕切以繩直物也　雕丁聊切　鏤郎豆切
廝相支切　禰乃禮切　窣蘇沒切　捼奴何切　韐牟含切

佛説最上根本大樂金剛不空三昧大教王經卷第四

宋西天三藏朝散大夫試光祿卿明教大師法賢奉　詔譯

大樂金剛不空三昧大明印相成就儀軌分第十五

爾時金剛手菩薩復説成就法頌曰

今説成就法　是最勝究竟　由此最勝故
見獲究竟法　是以諸菩薩　悉遠離輪迴
得成就自在　能成一切義　修諸菩薩行
而成正等覺　廣習諸餘法　莫能越此教
世間諸有情　無福難度者　雖遇佛菩薩
而不能度脱　此教最勝故　過諸佛菩薩
見聞者獲益　廣大如虛空　清淨出三有
得大欲大樂　利益廣無邊　所作皆成就
設復諸有情　無福懈怠者　見世得圓滿
此最上成就

金剛手菩薩説此法已復説不空最勝成就法頌曰

若欲作成就　當作金剛手　塑像及畫像
金銀諸寶等　雕鏤及彩畫　作如是像已
行人於像前　依法作成就　當於清旦時
以衆祕密具　依法獻供養　然後想已身
如彼金剛手　即時結大印　持誦吽字明
即成金剛手　其法欲成時　尊像現祥瑞
或聞大笑聲　放光或動摇　隨願皆成就
以此成就法　所作皆圓滿　諸持明自在
最上最無礙　具一切聖財　是大欲大樂
能調難調者　善化度有情　成就中最勝
一切印自在　是金剛成就　一切大智海
其相不可見　善攝一切法　勝出於三界

能作諸成壞　一切愛敬首　通達一切智
能施諸成就　一切世界中　以神通變化
所作皆大勝　聖財得自在　色力等堅固
無比金剛手　世間咸恭敬　諸菩薩稱讚
若或諸有情　得遇金剛手　脫老病死苦
成佛菩薩道　隨欲而成就　見世獲安隱
世間出世間　所作諸儀軌　自作若他作
速成一切法

金剛手菩薩說此法已復說一切儀軌不空大明印相成就法

若依法結大根本印安於本心而誦明曰

涅哩(二合)荼素(引)都(引)舍(一)薩囉訖多(二合)蘇布(引)輪(引)彌(引)婆嚩(二)

此名根本印成就誦此明者速成就根本印故若依法以衆香花妓樂等隨力供養而發誓願至心持誦吽字大明者速得一切成就

若復依法當結金剛手印發大精進令作成就速得如意是名金剛手一切印成就法

若復依法結三昧印而誦明曰

三摩野薩怛嚩(三合)彌底(一句)

此大明能成就三昧印是名一切三昧成就法

若復以金剛歌舞等起大精進而作成就是名一切羯磨最上成就所有一切供養事見世得圓滿德如金剛手乃至成就諸佛菩薩及諸餘法皆速圓滿

金剛手菩薩說此如上法已復說一切儀軌及一切智成就法

若欲作敬愛法者日日依法結大印而作成就決定如意

若欲鉤召作成就者當依大樂金剛視法
若欲得一切悦樂增長成就法者當依大樂金剛法
若欲增長色力壽命者當依根本金剛囉娑野那法
若欲求吉祥大富貴者當依根本金剛成就法
若欲具大勢力者當依金剛摩賀咄摩法
若欲當成就一切法者當依根本金剛尾俱哩尾多法
若欲一切文字及形像出見聞語言等者當依不空金剛眞實法
若欲諸根圓滿聞正法者當依根本金剛不空眞實三昧法
若欲圓滿勝義者當依出生金剛法
若欲出見伏藏者當依根本金剛禰波法
若欲圓滿諸根發五神通者當依金剛化藥刹法
若欲令穀稼豐稔雨澤不愆令諸有情獲大饒益者當依金剛自在法
若欲一切處行住作諸法者當依根本金剛不空羯磨法
若欲見諸佛菩薩者當依根本金剛髙舉勢法
若欲身如金剛手菩薩現種種相乃至騰空自在者當依金剛羯磨法
若欲爲三界主而作種種事業者當依根本降三界法
若欲出見諸天調伏敬愛令作種種事者當依根本金剛薩埵法

若欲救護一切有情調伏敬愛令作種種利益事者當依根本金剛禰鉢多法
若欲鉤召諸藥剎調伏敬愛者當依根本金剛鉢囉婆調伏法
若欲作諸善法入曼拏羅供養成就者當依根本金剛薩埵法
若欲鉤召諸印法禁縛法堅固成就等法者當依金剛成就法
若欲鉤召一切三昧入曼拏羅作成就者當依金剛最上三昧法
若欲成一切事業令破魔冤得已身堅固具大名稱者當依根本最上金剛羯磨法
若欲一切金剛部賢聖鉤召入曼拏羅安置堅固作敬愛成就者當依根本金剛法
若欲大金剛薩埵鉤召入曼拏羅安置堅固敬愛作成就者當依金剛薩埵法
若欲請召諸佛如來入曼拏羅安住敬愛作成就者當依根本金剛如來法
若欲召請金剛手菩薩入曼拏羅安住敬愛作成就者當依金剛手菩薩法
說此成就法已復說頌曰
若復有行人　未入曼拏羅　設造諸罪業
至心求所作　最上不空法　一切皆成就
爾時金剛手菩薩復說不空心明法決定作一切事此金剛手菩薩是大毗首羯磨善作諸法與諸佛等所作成就剎那圓滿若欲廣爲救護一切衆生息災安樂增長壽命者當依金剛舞金剛薩埵頂法
若欲作曼拏羅結界安住三昧堅固擁護者當依金剛舞隨求法

若欲解除諸瘧及風黃痰癊等疾者當依金
剛舞入嚩囉法
若欲滅諸煩惱憂愁等苦者當依金剛舞羯
枯鉢扇爹法
若欲解除諸毒令如甘露者當依金剛舞解
毒法
若欲令諸宿曜入寤及禁縛令受三昧法作
擁護者當依金剛舞宿曜解脫法
若欲脫諸禁縛破壞一切令起伏者當依金
剛舞金剛忿怒法
若欲破一切拏吉你印及脫宿曜執持令死
者還命及救護國城者當依金剛舞隨印法
若欲銷除一切罪業及惡夢不祥等事者當
依金剛舞真實法
若欲令一切有情入寤及語言敬愛發心成
就者當用金剛舞一切入寤印
若欲令一切魔冤起伏及成壞等事者當依
金剛舞大拏吉你法
若欲令一切魔冤禁縛迷惑起伏者當依金
剛舞大惡囉刹娑法
若欲令他軍降伏愛敬者當依金剛舞吃哩
爹法
若欲息諸恚怒令作喜悅免諸怖畏及論義
戰陣皆得勝者當依金剛舞幢莊嚴法
若欲起雲降雨及止息雷電風雹去除寒熱
等者當依金剛舞主法
若欲求種種色聲香味觸等者當依金剛舞
欲自在法
若欲一切處行住令作愛敬鉤召及降伏等
事者當依金剛舞法

若欲作一切成就諸法出見一切賢聖降伏諸龍乃至息除一切藥刹部多摩怛哩等者當依金剛舞最上金剛身法

若欲堅固成就一切供養及調伏諸魔禁縛一切邪印乃至盡無盡最上成就法者當依金剛舞不空毗首羯磨最勝法

金剛手菩薩說此法已復說一切印成就儀行人當於清旦時面東而坐依法結大印持誦本心明即成一切印然後依法作成就所作決定此大金剛手印能成一切印設復有人未入曼拏羅者結此大印亦皆成就若復阿闍梨欲傳此大印當觀根性而傳授之何以故傳此印已即成菩薩設不依法而無諸過設作諸罪業者結大印時諸業銷除有所願求皆得圓滿

一切如來金剛菩提大儀軌分第十六

爾時金剛手　大祕密主尊　以大樂堅固
令有情清淨　攝諸有情界　皆令得清淨
以平等心化　令入如來部　無量無邊刹
一切諸如來　充滿如胡麻　皆廣利衆生
令世間清淨　以衆生之業　有種種差別
竟不能清淨　佛爲彼衆生　自業清淨故
哀愍而不捨　金剛手菩薩　以大祕密教
轉大捨法輪　此大金剛手　最上大樂尊
利益諸有情　令刹那覺悟　堅固菩提心
欲轉大法輪　盡諸有情界　令菩提堅固
時諸佛如來　以金剛語言　告彼金剛手
以大悲方便　當說菩提心　是時金剛手
受諸佛勸請　即發如是言　我今說大樂
最上曼拏羅　其量等三界　是根本大輪

能清淨諸有　說如是語時　三界諸有情
諸業皆清淨　悉得成就法　即時皆雲集
亦如諸如來　勸請金剛手　宣說如來部
最上大捨輪　由是諸衆生　住金剛三業
金剛手菩薩　以自性三業　平等爲衆生
說是大明曰
唵引部引亢
說此大明時　復有諸如來　即時皆雲集
住菩提道場
爾時金剛手　即說曼拏羅　利益有情故
諸法中大樂　其大捨輪者　依外曼拏羅
畫八輻大輪　於此大輪中　當安佛尊像
用此大明曰
三摩野薩怛鑁合二呼引一悉馳鉿二引
於佛尊像前　復安佛尊像　降伏諸魔相
於佛右安置　灌頂大菩薩　佛後復安置
轉法輪菩薩　於佛左安置　成最勝菩薩
各說心明曰
嚩日囉合二薩埵一嚩日囉合二囉怛那二合二句
嚩日囉合二達哩摩一二合句
嚩日囉合二羯哩摩一二合句
而於四隅位　安四金剛寶　用四大心明
而彼心明曰
薩埵嚩日哩一二合句
嚩日囉合二囉怛你合二你句一
嚩日囉合二鉢訥彌合二你句一
尾說嚩日哩一二合句
復於外四隅　安禰嚩建拏　鉤索鏁鈴等
如次安四門　畫此大輪已　先當起心業
出生及香華　至心而供養　手持衆妙華

結佛三昧印　而安于本心　項禮本尊已
然以華散擲　次旋遶三帀　當召請賢聖
其召請明曰
唵引阿哥引嚕引目亢薩哩嚩二合達哩摩二合
拏引一阿引鈋阿耨怛半二合那埵引二
誦此大明已　復以華供養　依法以妙言
至心而誦曰
惹誐那引他没馱冐提蘇悉馱曳引句一
以此普召集　一切諸如來　以諸無生法
施一切成就　入此曼拏羅　善得諸成就
如是法圓滿　現種種瑞應　若傳授弟子
令入此壇者　其儀亦如是　作諸供養已
然後出道場　可求成就法　復說成就法
依法造㡧像　當畫佛世尊　降伏諸魔衆
行人於像前　依法結智印　以金剛語業
誦明百千徧　其數滿足已　隨意皆成就
見諸佛菩提　無復諸疑惑
復次金剛手菩薩說此諸三昧最上成就儀
法而說頌曰
當想金剛手　專注於本心　即誦三昧明
其三昧明曰
三摩野薩怛嚩三合一句
誦滿洛叉數　善獲諸成就
又復宣說一切羯磨成就法頌曰
佛降衆魔軍　轉大妙法輪　廣利益衆生
羯磨印成就
復說一切如來金剛三業諸佛最上成就法
所謂能除諸障累憂惱病苦惡瘡諸毒瘧疾
重病復能破諸邪呪辟除諸惡夢寐不祥魔
娆等事無其中天之難解諸宿曜執持及拏

吉你如是災害皆悉除滅能令具善三業獲大威力色相圓滿名稱吉祥人所恭敬增長智慧精進勇猛諸見聞法記念不忘具修善行住三摩地長養殊勝三業圓滿十波羅蜜布施持戒忍辱精進禪定慧方便願力智滿足十地行入堅固出生陀羅尼門具諸佛大樂印通達四智十八不共法作毗首羯磨明了諸義性成就諸佛金剛三業得諸佛最上成就以大菩提心徧修普賢行令諸有情獲大利益復現童眞住出生嬉以戲難勝行坐菩提場證佛十力降伏魔軍轉大法輪摧諸外道勝出三界現諸神通作大集會調伏諸惡住柔順地淨諸惡趣演妙法義說三密藏示其儀軌作一切諸成就法如是等事皆依一切如來毗首羯磨印法所成即說頌曰

如是羯磨印　速證菩提道　諸修菩提行
不越此法印　具足大聖財　能作諸事業
難成義能成　所作皆無礙　諸佛最上教
當授諸有情　有能信解者　爲傳此法印
設未入壇場　刹那亦成就

大金剛火燄日輪儀軌分第十七

金剛手菩薩　善作衆事業　降諸有情界
使令得調伏　如來部所生　常住如來定
以最上成就　寂靜於諸有　塵沙諸如來
皆起大悲願　欲廣利衆生　令居安樂地
以衆生諸行　有種種差別　不善之果報
隨業無定止　縱經無數劫　度脫難窮盡
是故諸如來　勸請金剛手　爲作調伏故
宣說最勝法

爾時金剛手菩薩即說大明曰

烏底瑟吒合二三摩野骨嚕引二合馱一你逊婆
入嚩合二羅嚩日囉合二吽二引
金剛手菩薩　說此大明時　以金剛三業
出生大明王　住金剛手前　而結跏趺坐
光明普照曜　如劫火熾盛　現大威猛勢
手持金剛杵　亦現大光明　猛炎如火聚
戲擲金剛杵　變化於三界　猶大劫火中
出現忿怒相　以金剛語業　說金剛部明
唵引嚩日囉合二特哩合二俱一半音怛帝哩引二合
曩摩賀引嚩日囉合二入嚩引二合攞引那攞引
哩哥二紇哩合二那煬吽三引
說此三明時　息除諸業障　如盛火焚薪
大千皆振動　是時諸天衆　及大自在天
光明皆洞然　而不能安隱　聲聞及緣覺
皆求入涅槃　三界諸天衆　亦皆求救護
諸佛菩提力　不動而堅固　唯佛大慈悲
爲有情方便　是時大明王　出金剛利牙
立如張弩勢　忿怒大惡相　髮髻如螺文
頂冠半月相　風火炎交熾　內現諸事業
結印作舞勢　出生大祕密　最上曼拏羅
相應拏吉你　安住於周帀　諸佛各依位
皆是金剛部　諸聖之軌儀　爲成毗首行
復有諸聖衆　是時皆出現　亦光明熾盛
安住如諸佛　無量無邊界　所有諸有情
悉皆令覺悟　利益而召集　令成最上教
時三界天主　迷悶而躃地　不復還本心
金剛手菩薩　最上大自在　哀愍諸天故
爲說最上法　還命大明曰
唵引母底瑟吒合二摩賀引禰鉢多合二嚩日哩
合二尼引尸引竭囉合二母他　鉢野吽二引

說此大明已 諸天即能起 皆復得本心
死者還其命 佛未調伏者 金剛手菩薩
悉令調伏之 復現忿怒相 戲擲金剛杵
即勑於諸天 令住我三昧 諸天受命已
而未能復知 告白金剛手 聖者不思議
我等咸驚懼 觀此忿怒尊 勑住於三昧
不知三昧法 云何而安住 是時金剛手
而白諸天曰 諸佛之所化 汝所不能知
故號金剛手 爲汝作依怙 汝歸命諸佛
及法與聖賢 然後歸於我 當依我三昧
是時諸天主 及彼諸天衆 聞如是言已
而白金剛手 依菩薩聖言 願垂哀愍故
爾時金剛手 復現顰眉相 作大忿怒威
以高舉威勢 而以大音聲 降伏於三界
說最勝明曰

吽引

說此心明時 所有三界主 及其諸天衆
皆以降伏心 而住於三昧 授本部灌頂
受灌頂法已 勸請金剛手 說心明儀軌
是大壇場法 金剛手菩薩 即當爲說之
於外曼拏羅 內畫金剛輪 具光明熾盛
中安降三界 其身大青色 而現喜怒相
出金剛利牙 當結跏趺坐 戲擲金剛杵
光炎普照耀 而復於四方 安金剛賢聖
手各持幖幟 謂大金剛杵 三叉及寶藏
衆色蓮花等 於四隅安置 箭及竭椿誐
輪并衆色旛 金剛部賢聖 依此大輪儀
各依位安置 先安七種聖 一謂金剛印
二號金剛明 三名金剛王 并餘諸眷屬
四持明歌舞 五護門明王 六金剛訥多

七謂藥剎王　於外曼拏羅　依法安諸天
摩度等三尊　亦安置本位　四隅及四門
安諸天女衆　鉤索等明王　各安於本位
畫此曼拏羅　如是安布已　是時阿闍梨
而作忿怒勢　戲擲金剛杵　入於曼拏羅
即誦吽字明　作大高舉勢　調伏忿怒者
得本尊歡喜　忿怒者成就　然後阿闍梨
手持衆妙花　結金剛鉤印　請召於本尊
及金剛賢聖　其請召明曰

唵引摩賀引嚩日囉合二攞引那攞引哩哥合二夜引呬弱一薩哩嚩合二嚩日囉合二酤攞引你鉢囉合二吠引舍野吽二引薩哩嚩合二毋捺囉合二引誐赦鑁馱那怛囉合二吒半音三薩哩嚩合二三摩惕引娑引達野摩吒半音四薩哩嚩合二訥瑟瑫引二合賀那捺郝鉢左跋悉銘合二骨嚕五摩賀引骨嚕合二馱引屹你合二嚩日哩引二合拏吽引發吒半音六阿阿阿阿七

如是召請已　明王即降臨　及金剛賢聖
施一切成就　是時曼拏羅　即現諸瑞相
或聞吽字聲　或復有驚覺　時彼阿闍梨
結降三界印　引弟子入壇　而授諸大明

金剛鉤明曰

吽引吽引嚩日囉合二鉢囉合二賀囉尾引摩吒半音一句

三叉大明曰

吽引嚩日囉合二戍邏引屹你合二頻捺摩吒半音一句

金剛藏明曰

吽引嚩日囉合二酤引尸引親捺摩吒半音一句

蓮花大明曰

吽引嚩日囉二合阿摩羅鉢訥彌二合引摩吒半音
一句
復說密印明　而有大威力　善印諸衆生
所作成就法　決定皆成就　而說大明曰
吽引嚩日囉二合玉呬也二合悉馱鉢囉摩瑜引
詣引說哩訥彌二合一句
吽引嚩日囉二合賛尼引說哩朅椿誐阿悉摩
賀引嚩日囉二合葛播引羅摩引邏引末酤致
引嚕盧嚕梨引恨泥二合一句
吽引嚩日囉二合那引囉引野拏吚引一句
吽引嚩日囉二合鉢多引計引吚一句
此四拏吉你　最勝心印明　各以此本明
安置曼拏羅　說諸大明已　然以三昧誓
誡示於弟子　使之令諦聽　廣利益衆生
增長於佛法　調伏令得度　作金剛成就

說三昧誓已　當令其弟子　誦吽字大明
加持於頭指　使彼諸有情　及彼惡魔者
由是大明力　皆悉令調伏　然後當依法
授弟子灌頂　明王四種法　次第而傳授
印及印所用　壞滅并還命　當以此印明
而為作擁護　如是調伏已　諸惡不復生
既從是已後　諸善法增長　見成就諸法
復說成就法　行人於像前　戲擲金剛杵
誦明洛叉數　持誦其數滿　德如金剛手
忿怒大明王　離老病死苦　善調一切惡
於一切世間　無復諸怖畏　欲成就大明
於四威儀中　誦一洛叉數　所作成就法
現世得圓滿　諸成就自在　遠離諸苦惱
堪受妙供養　難調者能調　行住無所畏
若欲印成就　當結最上印　隨意調大明

行人見世中　成大忿怒王　所作皆成就
若欲成三昧　行人當面東　結彼三昧印
持誦三昧明　隨意作諸法　皆速得圓滿
若欲求成就　最上羯磨法　誦明利樂故
速成諸事業

復次宣說最上成就法所謂發遣諸魔禁伏邪法印諸有情調伏衆惡解脫枷鏁差諸瘧病解諸毒藥散諸宿曜欲作此等諸法者皆依降三界尊儀法

又復若欲作一切入瘖及動摇嬉戲歌舞書寫旋轉乃至鉤召三界等皆依金剛忿怒明王印

若欲鉤召一切入於曼拏羅及破他軍見幻化事改易時節開敷花果或令穀稼滋茂及解諸惡病毒藥宿曜拏吉你令戰陣得勝結界擁護解脫繫縛乃至敬愛等法皆依金剛忿怒明王吡首羯磨印

若欲成就諸天降伏龍衆遣諸藥剎而爲僕使令一切囉剎生大驚怖調伏拏吉你衆及摩怛哩哥宿曜執持魔魅軍衆邪壇呪術悉令破滅使諸勇猛皆令怖畏及能成就四大天王帝釋大梵那羅延天大自在天等及成就菩薩諸佛敬愛等事鉤召有情令住三昧如是等種種之法皆依金剛忿怒明王最上成就法即說頌曰

如是最上法　若欲成就者　當持誦心明
而見忿怒相

佛說最上根本大樂金剛不空三昧大教王經卷第四

音釋

塑蘇故切捏土像物也 稔忍甚切穀熟也 瘧魚略切痁病也 痰癊痰徒甘切病液也癊於禁切心中病也 亢口浪切 啗徒濫切

佛說最上根本大樂金剛不空三昧大教王經卷第五

宋西天三藏朝散大夫試光祿卿明教大師法賢奉　詔譯

除諸業障一切智金剛儀軌分第十八

爾時觀自在　復說三摩地　最上清淨法
是即金剛手　調伏於諸惡　而現蓮華部
諸佛方便力　利益衆生故　忿怒大明王
清淨諸三有　以衆生性欲　未遠離諸染
諸佛無礙力　起大悲愍心　尚未能救度
是故觀自在　說此三摩地　是三世諸佛
大三摩地王　諸法之自性　名金剛智印
由是三摩地　諸佛所觀照　令一切有情
皆得大自在　菩薩摩訶薩　以大智悲愍
自在度衆生　現作自在相　左手持妙蓮
右手開蓮葉　觀照於自性　住此三摩地
猶衆妙色蓮　自性無諸染　無染清淨故
不著諸煩惱　三界貪欲生　貪欲亦清淨
一切衆生類　當隨其所應　此三摩地門
得諸佛自在　金剛手菩薩　及與諸菩薩
皆依勝定力　起大總持教　即說觀想明

紇哩(引)(二合)

當想此心明　即自性清淨　所有金剛手
至於觀自在　觀想此心明　清淨如寶山
次觀衆色蓮　出生諸賢聖　徧清淨法界
成調伏大輪　衆業調伏已　三界皆清淨
爲利諸有情　說曼拏羅法　爲大法儀軌
安置佛聖賢　得如上清淨　成就無量法
時諸佛菩薩　勸請觀自在　說本蓮華部
金剛大法王　最勝自在者　即說曼拏羅
於外曼拏羅　內畫八葉蓮　於此蓮華中

安其觀自在　左持金蓮華　作大自在相
以衆寶嚴身　頂戴五佛冠　於菩薩周迴
畫八佛世尊　妙定及大蓮　定與觀照等
復於八佛外　當畫八賢聖　大力自在天
大梵與欲天　大蓮與馬頭　鉤兼妙法語
即說蓮華部　諸賢聖心明

薩哩嚩合二怛他引誐多鉢訥摩合二[口*弱]吽引句一
嚩日囉合二鉢訥摩合二係引句一
嚩日囉合二鉢訥摩合二鍐引句一
呼引鉢訥摩合二摩尼囉引惹句一
吽引鉢訥摩合二賛尼引說囉吽引發吒半音下同
一係引摩賀引鉢訥摩合二尾說布蘭拏合二悉
馳吽引發吒二
紇哩引二合鉢訥摩合二鉢訥摩合二吽引阿引一呼
引鉢訥摩合二室作合二訖囉合二摩引訖囉合二摩
吽引[口*弱]二

復於其四門　用鉤索鏁鈴　四心明如次
依大曼拏羅　儀法而安置　入曼拏羅已
觀彼開敷蓮　想心而頂禮　當以此大明
安置於本尊　即說大明曰

唵引尾輸引達野戍提一引薩埵馱引都引薩
哩嚩合二囉引誐引祢散左曳二引唧旦彌引薩
哩嚩合二達哩彌引二合數嚩日哩合二尼三引

聞此大明已　觀自在歡喜　所求諸成就
皆悉得如意　然後結鉤印　誦此最上明

唵引薩哩嚩合二怛他引誐多引嚩路吉帝引
說囉一鉢捺摩合二賀娑多引二合野二醯尸伽
囉合二彌昧嚩日囉合二母捺囉引二合鉢乃三囉
引訖哩合二沙也合二鉢囉合二尾引設也二合四三
摩曳哩嚩合二馱引嚩尸葛嚕彌五[口*弱]吽鍐呼

六輸馱野薩哩縛二合薩達野七鉢捺鉿二合摩
賀引縛日囉二合達囉薩怛鍐三合八

如是召請已　即時觀自在　降赴曼拏羅
所作皆成就　然後依儀法　引弟子入壇
傳授祕密教　善施諸成就　此三昧印明
根本圓滿故　速成觀自在　行人求此法
於隨所住處　乃至四威儀　想大蓮華尊
隨時以自力　而作成就法　任意之所欲
見世皆圓滿　及大勝欲樂　遠離老病苦
當證佛菩薩　與金剛手等　皆依觀自在
即得悉圓滿　若求印成就　當結印入定
成就三昧者　當結三昧印　求諸羯磨法
當結羯磨印　若諸成就法　有所難成者
皆依三摩地　依法得成就

若有一切業障惡夢不祥及諸災害憂悲苦惱散失財寶貧窮所逼鬪諍觸嬈疾病纏綿中夭之難如是等事欲遠離者皆依大蓮華眞實三摩地法

又復欲除風黃痰癊及諸瘧病疥癩癰疽水腫乾病乃至宿曜拏吉你等令滅除銷散者當依大蓮華印明法若欲堅固一切者當依被甲佛頂印若欲擁護已身結界曼拏羅作金剛圍等及置飲食衣服莊嚴等具者皆依大蓮華印法

若欲擁護一切增長色力壽命勇猛精進吉祥無痛求財寶豐盈有大名稱一切愛敬通達三摩地有大智慧等者當依大蓮華最上成就法

圓滿一切願金剛寶儀軌分第十九

爾時金剛手　現大文字相　徧滿於虛空

施灌頂勝義　變化於寶部　安住三摩地
觀照清淨故　覺寤於諸法　根本諸勝義
盡空界有情　如水見星象　入寶三摩地
觀彼虛空界　如淨瑠璃色　金剛寶菩薩
從虛空藏生　是時以堅固　依本相而住
觀想三摩地　成就有情故　依諸佛軌儀
及與金剛手　欲以寶金剛　而作灌頂法
授賢聖灌頂　令滿一切願　諸賢聖灌頂
誦此灌頂明　即說大明曰
唵引薩哩嚩二合嚩日囉引二合地鉢底埵引一摩毗詵左引彌部引哩部二合嚩莎二
說此大明時　本部最上法　從寶金剛尊
出生諸賢聖　依寶金剛法　灌頂諸世間
授諸灌頂已　安住曼拏羅　佛菩薩隨喜
寶金剛部主　說最上儀軌　於外曼拏羅
內畫大月輪　其色如虛空　依法畫宿曜
於其月輪中　畫虛空藏尊　淨如瑠璃色
以衆光普照　左手持寶珠　安心如鉤召
右手作施願　於此尊四面　畫四親近尊
而復於四隅　當畫四菩薩　灌頂及寶藏
供養與吉祥　各持本幖幟　四親近明曰
嚩日囉二合薩埵弱句一
嚩日囉二合囉怛那二合吽引句一
嚩日囉二合達哩摩二合鍐句一
嚩日囉二合羯哩摩二合呼引句一
四菩薩明曰
嚩日囉二合呵毗試引計引弱句一
摩賀引嚩日囉二合你馱引泥引吽引句一
嚩日囉二合摩尼囉怛那二合句一
特嚩二合惹阿屹囉二合計引喻引哩鍐句一

摩賀(引)嚩日囉(二合)摩係(引)呼(引)句(一)

如是諸所作法皆依大曼拏羅儀已然後阿闍梨持衆寶華入於曼拏羅依法獻供養敬禮本尊而誦三昧明曰

唵(引)悉馳部(引一)悉馳部嚩(二)悉馳莎(三)悉馳摩賀(引)嚩日羅(二合)囉怛那(二合四)嚩左吒吒怛囕(二合引五)

誦此大明時虛空藏菩薩施一切成就然後阿闍梨依法結摩尼拳鉤印而作請召虛空藏菩薩請召明曰

唵(引)部(引)阿(引)夜(引)呬弱(一)部嚩鉢囉(二合)尾舍吽(引二)莎屹哩(二合)恨拏(二合)鍐(三)嚩嚩誐誐悉馳呼(引)怛囕(二合引四)

誦此大明時虛空藏菩薩速降曼拏羅阿闍梨所求法皆悉得成就然後令弟子持衆妙華結如前印引入曼拏羅傳諸眞實法弟子從是已後得諸富樂所作皆成乃至出世間法如佛菩薩皆速成就

復說成就法　是金剛寶印　行人作成就
欲利益世間　由此大印故　一切皆如意
寶自在印力　遠離老病苦　如世大寶聚
能隨意欲成　三昧印亦然　能成種種事
當結三昧拳　獻衆妙供養　依法作成就
所作悉圓滿
復說成就法　諸儀軌中最　難成者能成
如是今當說

若欲鉤召諸部多令入三昧安住堅固敬愛隨所願求淨諸惡趣成就最上法等皆依金剛寶灌頂印明若欲鉤召作諸吉祥安住堅固敬愛等法皆依金剛寶吉祥印明若欲鉤

召求諸富樂安住堅固等諸成就法皆依金剛寶富樂印明若欲鉤召作諸供養安住堅固乃至敬愛等法皆依金剛寶供養印明即說頌曰

金剛手哀愍　利益諸有情　說此成就法
行人當受持

一切儀軌中最上成就儀軌分第二十

爾時金剛手　三界最上尊　欲淨貪等法
爲說此成就　滅此三毒已　世間成甘露
復爲攝說龍　而說曼拏羅　說此心明曰

普

當作曼拏羅　四方與四門　畫八大龍形
門各畫其二　龍首皆向門　引尾至壇隅
曼拏羅中畫　阿難陀龍王　其龍王八首
於外曼拏羅　畫八族龍王　如是安布已
即時阿闍梨　作大忿怒相　當想於己身
即爲大龍王　速入曼拏羅　誦鉤召大明
鉤召諸龍王　而彼大明曰

唵引紇哩引二合阿你羅惹嚩吠引誐一必哩二合體尾埵囉試引沙引夜引呬普二

薩哩嚩二合那引誐酤邏引鞑引那野普句一

三摩曳引鉢囉二合吠引舍夜引吠引誐野普句一

薩哩鍐二合娑引達野普句一

薩哩嚩二合那引誐補怛囉二合哥引普句一

誦召請明已　諸龍皆雲集　入於曼拏羅
阿闍梨所有　三毒諸煩惱　即時皆銷滅
當爲彼諸龍　說三昧誓曰　世間貪瞋癡
爲汝等三毒　安住於三昧　三毒即銷滅
爾後阿闍梨　諸惡不能害　設服諸毒藥

而亦成甘露　具大力勇猛　如和修吉龍
一切諸毒法　亦皆能銷滅　復次金剛手
爲利有情故　說降諸宿曜　諸惡宿曜等
以三毒所惱　不能利衆生　爲執持等害
諸罪業皆生　降伏惡曜故　即說心明曰

吽引

當畫曼拏羅　四方安四門　於曼拏羅中
依法畫宿曜　如是安布已　然後阿闍梨
入其曼拏羅　作法而鉤召　召已設供養
而作忿怒相　金剛手立勢　持誦此心明
所有諸惡曜　即時皆調伏　爾後阿闍梨
得盡一切苦　衆惡不能侵　諸善皆增長
金剛手菩薩　於法大自在　爲利益有情
復說曼拏羅　先說此明曰

吽引阿引呬引紇哩引二合怛嚩二合引一句

說此大明時　最上大自在　一切最勝者
以五祕密法　爲作調伏故　調伏世最上
我今當宣說　是大毗首法　最上曼拏羅
諸法中自在　依法畫壇場　內畫金剛手
及金剛部衆　四邊四菩薩　各持本幖幟
前謂那羅延　手持金剛輪　右賛尼說囉
手執於三叉　左金剛蓮華　手持金色蓮
後安虛空藏　手持金剛杵　復於其四偶
當畫四賢聖　謂金剛吉祥　與金剛偶梨
及金剛多羅　虛空金剛等　各有本心明
諸賢聖明曰

唵引嚩日囉二合那引囉引野拏親捺親捺一阿鉢囉二合底賀多嚩日囉二合嚩訖哩二合拏呼引二娑誐鍐嚩日囉二合怛他引誐多弭吽引鍐呼引三

嚩日囉(二合)怛他(引)誐多吽(引一句)嚩日囉(二合)骨
嚕(二合)馱摩賀(引)瑜(引)誵(引)你(引)誐尼(引)説囉
(二)摩賀(引)嚩日囉(二合)戍邏阿屹囉(二合)播(引)尼
(引)呼(引三)婆誐鍐嚩日囉(二合)賛尼説囉阿(四)賀
賀賀賀係(引五)
嚩日囉(二合)達囉紇哩(二合引一)嚩日囉(二合)鉢訥摩
(二合引)訥婆(二合)嚩呼(引二)婆誐鍐嚩日囉(二合)阿嚩
路(引)吉帝(引)説囉摩賀(引)没囉(二合)吽摩(二合三)
悉馳唵(引)部哩部(二合)嚩莎(四)莎悉帝(二合)那莫
莎賀(引五)
嚩日囉(二合)酤蘇摩(引)欲馱(一)薩哩嚩(二合)哥(引)
摩(引)彌(引)娑(引)達野呼(引二)婆誐鍐嚩日囉(二合)
阿哥(引)舍誐哩婆(二合三)嚩嚩吒吒怛嚂(二合引四)
那謨曵那薩帝也(二合)那婆誐嚩帝(引)鉢囉(二合)
儞也(二合引)播(引)囉彌多(引一)薩怖(二合)吒(引)親捺

嚩日哩(二合)尼作訖哩(二合)拏(二)帝那薩帝也(二合)
那播鉢剛(引三)唵(引)地室哩(二合)輸嚕(二合)底薩蜜
哩(二合)底尾惹曵(引)莎(引)賀(引四)
唵(引)嚩日囉(二合)偶哩摩賀(引)尾你踰(二合一)怛
哩(二合)路哥尾惹曵説哩(二)嚩日囉(二合)骨嚕(二合)
馱(引)儗你(二合)三摩曵(三)嚩日囉(二合)馱(引)哩那
謨窣覩(二合)帝(引四)怛馳他(引五)醯隸彌隸(六)隸(引)
隸羅隸攞(引)隸(引七)嚩日囉(二合)哥(引)哩毋(二合)哥
曵莎(引)賀(引八)
那謨曵那薩帝也(二合引)那婆誐嚩帝(引一)没馱
冐地囉耨多囉(引二)嚩日囉(二合)達哩摩(二合)鉢囉
(二合)踰儗拏(三)帝那薩帝也(二合)那悉馳鈴(四)唵
(引)多(引)哩覩多(引)哩(引)覩哩(引)莎(引)賀(引五)
唵(引)哥(引)摩嚩日哩(二合)尼悉馱(引)悉(一)尾戍
馱(引)悉(二)誐誐怒訥婆(二合)嚩踰儗那悉馳鈴

引三鉢囉摩引乂哩引四怛鑁他引五誐誐怒訥婆
二合尾引六誐誐那尾輸提七薩哩嚩二合鼻鉢
囉引二合野鉢哩布囉尼引莎引賀引八
於外曼拏羅　依位安幖幟　天及摩怛哩
并護世天等　各依位安住　四隅及四門
安其十會主　各持歌樂具　皆以本心明
各安於本位　如是曼拏羅　安諸賢聖已
然後阿闍梨　依法入壇場　請召諸賢聖
當給鉤召印　誦召請明曰
唵引摩賀引蘇珂嚩日囉二合薩埵悉馳吽一
薩哩嚩二合怛他引誐旦薩摩引哥哩沙二合野
嗡二薩哩嚩二合嚩日囉二合俱攞地半三捺摩
㲉埵引鉢囉二合尾引設野吽四薩哩嚩二合路
計説嚩鉢囉二合尾設也五二合三摩拽哩嚩二合
馱引那野鏝六薩哩嚩二合囉怛那引二合地半
摩尼囉引惹引難七嚩尸引俱嚕呼引八吽惡
醯紇哩二合咄龍二合九
誦召請明時　五大祕密主　最上金剛手
并餘諸賢聖　即降曼拏羅　令堅固安住
於是諸賢聖　施最上成就　然後阿闍梨
當依前儀法　作成曼拏羅　及作諸成就
圓滿一切事　盡無量無邊　調伏無與等
以如上章句　一切義清淨　諸佛善宣説
甚深如來部　善獲諸妙樂　是最上寂靜
諸佛之隨喜

一切相應諸佛三昧曼拏羅儀軌分第二十一

金剛手菩薩　復説甚深法　微妙不思議
廣大最上明　清淨本無相　無作而無盡
是眞實究竟　最勝無有上　大適悅妙樂

以眞淨法界　而利益衆生　最上義妙字
施一切成就　善施安樂法　以金剛入寤
而覺寤衆生　是祕密勝義　決定金剛具
爲第一儀軌　最上無能勝　諸佛大三昧
而此大樂界　不思議所成　衆寶王莊嚴
依妙寂靜地　大牟尼所居　大適悅妙樂
自然天樂音　是最上愛樂　具種種供養
是最上適悅　無比寶宮殿　是最上安住
度無量衆生　是最上成就　演說微妙字
即金剛薩埵　修習普賢行　而引導衆生
證諸佛菩薩　最上諸成就　金剛手大王
所有妙欲樂　悉圓滿自在
金剛手菩薩即說最上心明曰
吽引
說是大明時　金剛手菩薩　五祕密出生
眞實印賢聖　常施諸欲樂　最上大自在
四大賢聖衆　皆化利衆生　此法於世間
最勝諸成就　勝義增長故　富有大聖財
能作大成就　施廣大利樂　無數諸賢聖
即金剛薩埵　今說諸賢聖　最上祕密明
怛𡀔他引摩賀引囉多室哩二合嚩日囉二合引謨伽囉底一三摩野引那引莫嚩日哩二合尼引二摩賀引囉多室哩二合引嚩日囉二合引謨伽囉底三三摩野嚩日囉二合計隷引吉攞摩賀引囉多四室哩引二合嚩日囉二合謨伽囉底三摩野五尾惹野嚩日囉引二合摩賀引多囉六室哩引二合嚩日囉引二合謨伽引囉底三摩野七嚩日囉二合哥引彌說囉引彌底八
如是祕密明　若有人受持　是人獲諸印
及成一切法

復説此究竟　是上成就法　由如是法故
所作得究竟　若有諸行人　悮犯諸罪業
亦未曾成就　於諸祕密法　若依此法行
即得皆圓滿　欲作成就者　一日或一月
乃至於一年　但隨分隨力　先當依法儀
畫金剛手像　其身如月色　於大蓮華上
而結跏趺坐　作大高舉勢　種種莊嚴身
衆色光熾盛　如佛灌頂儀　左手持寶鈴
右執金剛杵　於前蓮華上　復畫四賢聖
左右各安二　皆作高舉勢　此名四親近
一作白蓮色　餘三如青蓮　金剛手後面
枳哩枳羅尊　而復於右邊　畫大金剛尊
右手撚箭勢　左手持寶幢　而復於左邊
畫波哩賀娑　如是諸賢聖　如寶灌頂相
畫此幢像已　或復作觀想　或復作供養
或能隨喜者　得究竟解脱　所作皆如意
如是金剛手　幢像祕密法　是最上大樂
若有愛樂者　當得最上樂　成就清淨法
以此清淨法　是眞祕密義
復説曼拏羅　當擇清淨處　或上好園林
或伽藍精舍　擇如是處已　以衆寶莊嚴
懸鈴及瓔珞　幢旛幷傘蓋　香華衆妓樂
依法而嚴飾　然後作成就　祕密曼拏羅
作成就法已　諸賢聖皆成　入此曼拏羅
大祕密中者　成金剛闍梨　諸所欲願樂
皆速得圓滿　阿闍梨先當　沐浴而潔淨
以妙香塗身　著新淨上衣　以寶鬘嚴身
手持衆妙華　誦金剛歌明　入於曼拏羅
即説歌明曰
鉢囉(二合)尾舍婆議鏤(一)摩賀(引)蘇珂謨(引)又

補囕二薩哩嚩合二悉提蘇亢囉哶三鉢囉摩
蘇枯引怛摩悉馳引四弱吽引鑁引鑁引呼引
鉢囉合二悉馳莎五
入曼拏羅已　手持衆妙華　而結佛眼印
即誦此心明　擲華而禮拜　其禮拜明曰
唵引波囉摩蘇珂引舍野一薩羅哩多尾邏
引娑那彌帶引二那摩引彌婆誐嚩當三弱吽
引鑁引呼引四呬呬呬呬五鉢囉合二帝引蹉酤
蘇鉿引惹里那引他六
擲華作禮已　依金剛薩埵　如作灌頂勢
持金剛鈴杵　誦灌頂三昧　其灌頂明曰
唵引薩哩嚩合二沒馱嚩囉囉怛那合二散左野
一鉢囉合二怛踰合二鉢多合二祢哶摩酤吒引野
那摩二阿旼說左鉿引三鉢囉合二嚩囉嚩日囉
二合達囕四室哩引二合嚩日囉合二薩埵三摩野

薩怛鑁合二摩欣呼郎切五
杵表眞實理　振鈴爲法音　三昧是大印
安住誦心明　持此鈴杵者　即成金剛手
是大阿闍梨　金剛手無異　此最上祕密
三種三昧法　成就曼拏羅　最勝無倫比
復說成就法　最甚深究竟　由究竟法故
得決定成就　若復有行人　三業不清淨
未得成就者　皆悉得圓滿　行人當依法
先作菩薩像　塑畫或雕鏤　於菩薩像前
獻種種供養　執金剛鈴杵　以三種三昧
諸鉤召大明　依儀軌作法　所有三三昧
諸鉤召大明　皆以鉤召印　亦用最上明
而彼大明曰
薩哩嚩合二怛他引誐多烏多摩悉馳引哥哩
沙合二拏一鉢囉摩囉喝寫三摩野二嚩日囉

二合儗覩鉢賀引囉弭三鉢囉摩馳嚩日囉二合
達囉四嚩日囉二合薩埵蘇亢鉢囉二合没馳五
蘇囉多薩怛鍐三合摩欱六鉢囉二合底没馳没
馱呬吽七嚩囉嚩日囉二合哥里摩二合鉢囉摩
引叉囉八惡叉煬娑嚩九鉢囉二合悉地蘇珂
騷摩那寫十三摩野引馳悉馳輅引鍐十一鉢
囉摩引薩母哩底二合達囉十二薩哩嚩二合踰誐
尾惹踰蹉囉二合野十三鉢囉二合嚩囉戌地蘇契
娑嚩十四鉢捺摩二合囉引惹呬呼引十五鉢囉二合
嚩囉鉢嚂鉢囉摩十六薩哩嚩二合悉地鉢囉彌
説囉十七鉢囉二合娑嚩呬珂誐哩婆二合十八薩多
旦薩窶哩二合馳彌十九弱吽鍐呼引二十虎盧虎
盧二十一悉馳薩摩引哥哩尸二合覩二十二摩賀
引三摩拽二十三薩哩嚩二合怛他引誐多三摩
野二十四蘇囉多薩怛鍐三合摩欱二十五

根本大祕密　三種三昧法　然當依本尊
成就諸供養　以供養大明　而作歌舞等
即説諸如來　聖最上成就　大供養儀軌
大祕密三昧　金剛歌舞等　最上大明曰
薩哩嚩二合引鞞囉引誐蘇珂三摩那三一引怛
鍐二合嚩日囉二合薩埵蘇囉多二三摩煬娑嚩
彌三摩賀引蘇珂怛哩二合除蹉囉二合野捺四
鉢囉二合底鉢馳悉馳左五羅虞鉢囉二合拏多
六
最上大祕密　三種三昧法　安住諸成就
此大法儀軌　如彼本尊法　用印亦皆然
持誦於心明　即説諸如來　安住成就法
最上眞實義　大祕密三昧　金剛歌舞等
諸大勝法明　而説彼明曰
唵引阿引哥引輸怛波二合捺喞賀那二合埵引一

捺那引祢你馱那鉢嚩二摩賀引嚩日囉二合
三摩野薩怛侮二合引三嚩日囉二合薩埵鉢囉二合
悉馳彌四薩哩侮二合怛摩賀賀引悉地五摩
哈說哩也二合引地乃嚩多六薩哩嚩二合嚩日
囉二合馱嚕囉引惹引七悉馳彌鉢囉摩引叉囉
八你哩祢二合設設引說多室左二合悉九薩哩
嚩二合囉引誐引耨囉引誐拏十怛怛尾二合引
那悉馳婆誐鍐十一摩賀引囉引誐摩賀引囉
多十二阿爹煬二合怛戍馱薩哩嚩二合十三誐囉阿
祢目訖多二合薩怛二合他誐多十四三滿多婆捺
囉二合薩哩嚩二合引怛摩二合十五引冐地薩埵鉢
囉二合悉馳彌引十六薩哩侮二合怛摩摩賀引悉
地十七哩摩二合哈訖哩也二合引誐囉二合母捺囉
二合野引十八悉馳嚩日囉二合摩呼引怛哥二合哩
沙二合十九嚩日囉二合誐哩嚩二合阿鉢底摩摩二十

此根本大明　眞實之理法　若人依法誦
是人成諸聖　得聖財自在　能成諸難事
此金剛薩埵　成最上祕密　攝諸大成就
依勝法儀軌　速召金剛手　所成就諸法
而集大富樂　此勝法當就　即見衆色光
或出餘祥瑞　阿闍梨見巳　即獲大富樂
諸儀軌成就　皆隨心所作　此名爲根本
三種三昧法　作此成就事　諸賢聖降臨
依此本尊法　諸賢聖亦然　歌舞等諸儀
亦同前本尊　本尊生警寤　當以根本明
振鈴及歌舞　而以羯磨印　或用三昧印
如是諸儀軌　以金剛入寤　皆當令警覺
成一切三昧　出過本尊法　此最上祕密
三種眞實法　金剛歌舞等　是爲最成就
行人作法者　當隨意隨力　選擇殊勝地

宫殿及園林　或寶或衆華　嚴飾其勝地
行人當沐浴　著新淨妙衣　然後安尊像
彩畫或塑像　敷設布壇場　依法嚴佛事
行人於像前　以本尊儀法　持金剛鈴杵
而作於警覺　鉤召各安置　供養作成就
既作成就已　於四威儀中　語言及戲笑
處處皆隨意　最上祕密輪　隨所欲皆成
諸成就自在　脫老病死苦　即如金剛手
是金剛部王　一切印自在　其相不可見
解脫諸禁縛　攝一切有情　能作大主宰
善爲諸成壞　作一切愛敬　諸成就最勝
世間大自在　最上第一樂　如清淨蓮海
若能修習者　是即建法幢　高顯出三界
皆得善勝利　如是金剛手　說根本最上
三種三昧法　供養成就儀　及諸鉤召等
祕密大安樂　諸佛皆隨喜　金剛手心印
攝諸衆生心　是金剛薩埵　廣修普賢行
自在若虛空　從自性眞理　一法生無邊
如清淨蓮海　此最上妙樂　甚深大祕密
能作諸成就　是建妙法幢　獲如是成就
最上妙法樂

佛說最上根本大樂金剛不空三昧大教王經卷第五

音釋

祢（乃禮切）　癰疽（癰於容切疽七余切）　詵（所巾切）　撚（乃殄切揉也）

佛說最上根本大樂金剛不空三昧大教王經卷第六

宋西天三藏朝散大夫試光祿卿明教大師法賢奉　詔譯

一切如來大三昧曼拏羅儀軌分第二十二

爾時金剛手菩薩摩訶薩復說諸佛大三昧法弟子灌頂儀軌凡當欲受諸佛大三昧祕密灌頂法者先須發起諸佛最上祕密阿耨多羅三藐三菩提心等同諸佛自性清淨阿闍梨先授弟子此最上祕密心明曰

唵引薩哩嚩二合蹻引詣哥引一野嚩引訖啷二合多母怛波引二合捺夜引彌二

授此菩薩心明已即得諸佛不退轉地降伏一切邪魔外道即成諸佛菩薩次授此明曰

烏怛波二合捺曳埵波囉給月地啷多摩耨多囉一嚩日囉二合摩馳寫鉢囉二合底瑟吒引二合必煬二合紇哩二合捺曳引紇哩二合捺曳引那覩三蘇囉帝引三摩野薩怛嚩三合呼引四嚩日囉二合悉馳野他引蘇亢五

授此大明已欲求最上成就法者金剛手菩薩皆悉施之阿闍梨當依法傳授弟子令其弟子以淨帛覆面手持種種妙華然後引入曼拏羅內弟子當一心懇切發大誓願將所持華任意散擲隨華墮處即是本尊得本尊已乃去其面帛時阿闍梨即依佛部灌頂法以金剛淨水灌弟子頂次授三種三昧法然後授其三昧誓曰

汝受灌頂已　常住於三昧　即成一切法
此金剛鈴杵　當執持信受　住堅固三昧
發起眞實行　今此所傳授　祕密灌頂法
諸佛之密印　若生輕慢心　即墮於地獄

說此誓已即以金剛杵授其弟子爲說持金剛杵明曰

唵引薩哩嚩二合怛他引誐多一摩賀引三摩野二怛埵引地鉢底埵引摩鼻誐左引彌三摩賀引縛日囉二合達囉四伊捺旦薩哩嚩二合没馱怛鑁二合五嚩日朗二合嚩日囉二合達囉寫咄六埵野引畢醯薩捺引馱哩煬二合七摩賀引嚩日囉二合達嚂没囉二合多彌底八多祢難多薩哩嚩二合怛他引誐多九鉢囉摩摩賀引冐地唧多十摩寫引鉢哩爹引誐引十一捺寫薩捺引馱引囉拏彌底囉喝薩煬二合十二醯引嚩日囉二合誐哩嚩引二合地鉢底十三室哩二合引四嚩日囉二合那引莫悉馳三摩野薩怛鑁三合十四普哩普二合嚩莎十五

傳此明已當隨弟子本尊灌頂而爲立名立其名已至于菩提道場不退轉於阿耨多羅三藐三菩提故所以者何但由受此三種三昧法故此三昧法者實無所有不可得知大樂金剛薩埵普賢之行根本最上所出生故爲說此最上眞實五種祕密法已復誡其弟子曰此法最上是三有主一切自在首無上眞實道諸佛如來清淨自性了一切衆生自性清淨故三有自性亦清淨顯眞實理此最上祕密法即是金剛鈴而能覺悟諸佛如來及諸賢聖是法供養復能覺悟一切法復以此法覺悟諸有情銷除一切諸業障此名金剛覺悟法能作成就敬愛等事清淨三有最妙方便汝當於此最上祕密三昧諸儀軌中深生信受此法於三有中能盡諸苦際令獲諸妙樂是大方便教而利益世間信受行之

決定眞實行人修習此勝法者設在五欲受諸樂境但能依法修行而無障礙何以故一切如來無比祕密最上大乘妙三昧法是故應當勤修行之若不違此諸佛如來密印三昧者是人必住堅固地生不退心是名金剛薩埵得證阿耨多羅三藐三菩提即說頌曰

菩薩住世間　無量無數劫　爲諸有情故
作廣大利益　住方便三昧　成就大福業
持明大自在　欲利益衆生　以此三昧法
隨意皆得成　設有罪業者　亦無諸障礙
當得成所欲　是金剛部王　最上自在者
盡成諸密法　若依此法行　能利益自他
善印於諸法　及作諸成就　決定皆圓滿
作諸相應法　得盡苦邊際　而獲無量樂
如是金剛手　祕密金剛杵　若能手持者
獲諸成就事

復次阿闍梨當爲弟子授記依諸佛金剛灌頂授記儀及用諸佛大印法弟子得記已即離諸有趣入諸佛境界即說授記明曰

唵引伊數引敓哔引哥嚕彌怛鑁二合引一嚩日囉二合薩埵薩怛二合他引誐多二婆誐鑁引訥哩誐二合多踰引特哩二合㸙三遏典多婆嚩悉馱曳引四係引嚩日囉二合那引摩怛他引誐多五悉馳三摩野薩怛鑁三合六普哩普二合嚩莎七

若人得此諸佛授記大明印尊重信受是人即得諸佛如來諸大菩薩金剛手等皆悉降於曼拏羅授與阿耨多羅三藐三菩提記是人得受記已諸佛如來大菩薩衆皆悉敬愛於諸成就法諸佛如來安住法界猶如虛空

廣大無邊是時諸佛同時安慰咸皆稱讚作如是言此阿闍梨得諸佛三昧同諸如來若人得此最上祕密安慰稱讚者所有一切罪業應時銷散滅盡無餘永離苦惱諸天不能見所行無畏盡三有苦成最上法而此最勝調伏之法常當護持安于三昧是即諸佛平等宣說不應捨離菩提之心金剛密印定成菩提此諸佛法勿暫棄捨設有迷惑縱捨已身不得暫捨諸佛最上之法金剛鈴杵及諸密印亦勿捨離而生輕慢敬阿闍梨等同諸佛若輕阿闍梨者是輕諸佛當受衆苦無有威德被諸瘧病惡毒拏吉你魅宿曜執持及諸魔衆如是災害常所嬈亂命終之後當墮地獄是故當知阿闍梨者是爲大師常當尊重愛敬供養如前所說衆苦惱等皆不能侵應當恭敬供養阿闍梨何以故此阿闍梨經阿僧祇俱胝劫數實難值遇由此阿闍梨開發菩提道得成佛果是故弟子依本法儀而常供養是即供養諸佛如來故成最上法見獲善果與諸賢聖等無有異見受灌頂證法王位作三界主降伏魔軍住寂靜地佛果菩提定無疑惑金剛手菩薩如是說此一切如來及諸菩薩灌頂曼拏羅已復作是言如先所說一切如來最上祕密安慰住一切如來三昧阿闍梨及弟子令發大菩提心即住不退地應當觀想如佛最上究竟所以者何謂阿闍梨及弟子能發諸佛最上大菩提心由此發大心故即住不退地無復退轉由不退故決定證於阿耨多羅三藐三菩提由是見在證菩提故未來決定平等證彼阿耨多羅

三藐三菩提又復阿闍梨及弟子所有金剛薩埵相應之法皆悉具足所以諸佛如來以最上祕密而作安慰又復如先所說住諸佛如來三昧者即證阿耨多羅三藐三菩提所謂諸佛如來根本三昧是最上成就法若住此三昧者即證諸佛如來是故若欲盡諸若惱應於阿闍梨生貴重心常作護持信奉稱讚愛敬供養盡其形壽無暫懈退復令他人轉生信重承事供養當知此阿闍梨已具金剛三業常住諸佛三昧最上究竟此大祕密法唯除邪魔外道及聲聞緣覺等勿令傳授金剛手菩薩說此諸佛及諸菩薩真實法已

復說頌曰

當於阿闍梨　起大信重心　其阿闍梨者
是無盡三昧　最上大樂本　諸佛等無異
由阿闍梨故　獲最上究竟

復次阿闍梨但當受諸富樂及種種飲食上味乃至歌舞戲笑等事而依法持誦用根本印作祕密供養得所求成就即說金剛薩埵祕密歌舞等供養明曰

吽引

諸佛如來祕密供養明曰

阿

降三界尊祕密供養明曰

呬引

蓮華藏尊祕密供養明曰

怛嚩二合引

虛空藏尊祕密供養明曰

竭

如是等供養以此五心明得成祕密供養法

復說最上祕密毗首印供養及金剛薩埵等諸賢聖儀軌幖幟印法所有幖幟皆以金銀及吉祥木等各依本法而作安於曼拏羅是時弟子依毗首印法當作供養由此毗首儀故弟子所有苦惱瘥等諸疾惡毒拏吉你魅惡曜執持諸魔災害惡趣等業皆悉銷滅增長善業得究竟相應諸佛無上菩提依此金剛薩埵最上祕密毗首印供養儀所有諸賢聖名以入三昧歌而作供養是名一切毗首三昧最上成就供養即說根本金剛薩埵羯磨部入三昧金剛歌曰

薩哩嚩(引二合)耨囉(引)誐蘇珂素(引)摩那散怛

鑁(二合一句)嚩日囉(二合)薩埵蘇囉多(三)摩野娑嚩

彌(二)摩賀(引)蘇珂涅哩(二合)除(引)卒野捺(三)鉢

囉(二合)底鉢訑悉馳左羅具鉢囉(二合)拏多(四)

復說一切如來部最上祕密入三昧金剛歌曰

嚩日囉(二合)薩埵僧屹囉賀(一句)

嚩日囉(二合)囉怛那(二合)摩努多囉(一句)

嚩日囉(二合)達哩摩(二合)誐(引)野乃(一句)

嚩日囉(二合)羯哩摩(二合)羯嚕娑嚩(一句)

復說一切金剛部最上祕密入三昧金剛歌曰

吽(引)嚩日囉(二合)哥(引)哩毋(二合)哥設囉(引)野那摩(一句)

室哩(引二合)嚩日囉(二合)囉(引)誐三摩夜野那摩(一句)

羯椿誐(引)嚩日囉(二合)補羅夜野那摩(一句)

室哩(引二合)嚩日囉(二合)健吒葛羅娑(引)野那摩(一句)

復説一切蓮華部最上祕密入三昧金剛歌
曰
聒唧捺鼻嚕捺囉二合嘮捺囉二合多耨句一母誐
囉二合惹那引蘇喝哩二引鉢囉二合鉢虵西聒唧
捺鼻帝叉拏二合作訖囉二合達囉母哩底二合三
惹誐地你野散多多四聒唧捺鼻騷摩也二合
扇引多嚩布囉叉囉難五哥摩攞摩那寫吠
六聒唧捺鼻祢引鉢多二合哥引摩三摩野引
鉢囉二合悉虵七摩摩鉢捺摩二合囉引惹呬八
復説一切寶部最上祕密入三昧金剛歌曰
薩哩嚩引二合鼻尸哥鉢囉彌説囉多句一僧悉
虵左引叉野你地二鉢囉摩薩哩嚩引二合誐
囉二合計覩三尾惹蹁蹉囉二合野多四室哩二合
引嚩日囉二合囉怛那二合娑嚩彌蘇珂捺五
復説摩度迦囉三尊歌曰

普哩普二合嚩莎句一
復説四賢聖歌曰
紇哩二合吽室哩二合吡蹁二合句一
復説諸龍王歌曰
普普
復説金剛手大藥剎主諸關伽供養金剛歌
曰
薩哩嚩引二合哩伽二合曼拏羅彌難句一嚩日囉
二合達囉引訖囉二合摩二尾摩哩捺二合尾吉囉
尾吉囉三伴需仁祚切蹉引捺野那引設野四
喝那捺喝鉢左五婆悉彌引二合俱嚕骨嚕二合
馱六吽哥引羅摩引怛哩二合拏盎七
復説最上自在大曼拏羅最上祕密入三昧
金剛歌曰
聒唧捺摩朗耨曼拏囉薩喝薩囉二合嚕左引

嚩布沙引尾囉引惹西一引鉢囉合二囉野那囉
引哩哥合二酤致哥囉奔惹摩賀婆野祢引必
底合二那引聒唧二聒唧捺尾哥引底祢必底
合二蘇珂肩引多摩那引祢惹那嚕鉢馱引哩
拏三引薩哩嚩合二惹誐蹉摩引哩閉合二多蘇嚕
鉢勃哩合二多引達囉播引尼那引聒唧四誐
誐那彌嚩薩哩嚩合二僧悉體覩惹誐旦尾那
踰鞹覩尾戍達那引野五怛鑁合二嚩日囉合二
薩埵悉馳摩拽尸沙尾那野尾捺誐馱合二薩
蘇契毗藥二合六
復說最上祕密儀中最上祕密三種三昧金
剛歌曰
唵引鉢囉合二尾設婆誐鑁句一摩賀引蘇珂謨
引叉布覽二薩哩嚩合二悉提蘇珂波囉摩覽
摩煬二合三波囉摩蘇枯引怛摩悉赦引四弱吽
引鑁引呼引鉢囉合二悉馳莎五

以如是等最上甚深祕密三種三昧眞實理金剛歌而作供養所求成就皆得圓滿此一切如來最上祕密諸儀軌中大毗首三昧供養以此供養者金剛薩埵即時降赴得毗首相應自在成就即說頌曰

此根本儀軌　善作諸事業　大祕密神通
能建大法幢　得無盡義味　果決成就事
獲具足聖財　圓滿究竟法　毗首大祕密
難成者能成　所有三摩地　靜住自在樂
得心之所欲　一切無罣礙　設或世間人
不修諸福業　無其勝善力　以罪業障故
入此曼拏羅　求所作成就　依根本儀軌
隨意所願樂　皆悉得圓滿　此法殊勝力
諸法無能勝　設復越三昧　及造諸罪業

或宿曜加臨　若諸魔嬈事　入此曼拏羅
所作皆成就　依法得大利　若或未曾入
成就曼拏羅　若作此壇法　而實勝數倍

一切相應儀軌分第二十三

爾時金剛手菩薩復說一切如來三種大三昧最上祕密成就法三種大三昧者所謂佛寶法寶僧寶是大妙樂是大究竟最上寂靜平等安住諸法出生若有行人依法造幀像內畫三寶如菩薩相被金剛甲執金剛器仗持衆妙寶以此畫像即成最上曼拏羅然後選擇勝處宮殿精舍嚴飾其地香華羅列行人依法而作成就即得圓滿即說一切如來三種大三昧最上心明曰

唵引部引亢句一

說此明已復說此大明曰

怛堆那婆誐嚩覩醯句一冐地薩埵薩怛合二他誐多二耨捺哩合二瑟致合二難醯多引哩他合二引野三你哩蜜哩合三釘捺哩設合二煬爹彌四阿尸沙尾那踰女誐五祢哩合二荼你室左合二野嚩哩彌合二多六引阿顛多婆嚩嚩引薩引誐囉二合七你嚩馱哥嚩尤引捺野八怛哩合二囉怛那合二多引目鉢誐多九引没馱達哩摩合二誐拏引伊底十阿顛多婆嚩僧悉馱十一尾戍馱室哩合二哥囉引鉢囉二引十伊底薩哩嚩合二怛他引誐多鉢囉摩虞呬也合二嚩日朗二合十三阿他鉢囉摩虞呬也合二達哩摩合二多引十四健吒引阿引哥引舍洛叉赧十五薩哩嚩合二摩引哥引商尤引必也合二洛叉赧十六阿引哥引舍三摩多引踰引誐引十七薩哩嚩引二合誐囉合二三摩多引塞普合二致引底十八鉢囉合二俔也合二播

引囉蜜多引十九阿他摩賀引三摩野嚩囉彌
底二十薩哩嚩二合部引作引鉢部礙薩覩二合細
引哞摩引乃莎摩引咄摩二合那二十一底哩二合
囉怛那二合布引惹引波嚩摩引葛嚕彌引底
縛捺引摩賀彌底二十二
如是諸佛心明能作成就法以此方便設諸儀軌依法而作隨意成就若人設受五欲樂建此曼拏羅隨其所願皆得成就又復此諸佛最上祕密三種三昧心明及印相等法當傳諸弟子亦令隨意而求成就若時弟子依此祕密儀當設種種微妙供養於佛法僧及阿闍梨以殷重心求諸成就若自作若為他作皆令得成

復說金剛手忿怒明王最上祕密儀行人依本法畫忿怒明王色如金剛火大日輪坐衆色蓮華於蓮華上明王左右畫四親近菩薩其左一作綠色第二作金色其右一作紅白色第二青白色復於左右畫四菩薩各持本幖幟謂金剛杖輪鈴旛等各作喜怒相安住本法即說彼心明曰

吽引一烏波紇哩二合捺野呬引二

行人當手持金剛鈴杵誦此心明安置賢聖時即得幪像法圓就如是安置已即成最上祕密曼拏羅然後依儀法當誦三昧明曰

⿰享也爹囉引瞿捺婆二合嚩骨嚕二合馱句一嚩日囉
二合引儗你二合塞健二合馱母哩多二合野二鉢囉
二合祢引鉢多二合嚩日囉二合摩賀引喻誐三拏
引吉你也二合引薩哩嚩二合覩入嚩二合攞伊底
嚩日朗二合四阿他達哩摩二合阿引哥引舍洛
叉赦五薩哩嚩二合摩引哥引商左引龍洛叉

拏六摩引哥引舍三滿多踰儗十薩哩嚩二合
彌嚩引怛囉二合娑引達曳八薩哩嚩二合引哥
引舍引誐囉二合踰儗那九薩哩嚩二合引哥引
舍彌底没嚕二合鍐十毋捺哩二合旦嚩日囉二合
毋捺囉引二合鼻十一怛哩二合路哥摩畢娑叉曳
袮底二十
此金剛賢聖最上祕密三昧明誦已然後依
如來部儀軌而用本印獻金剛歌舞等供養
行人依法作此成就者悉得如意
復說觀自在菩薩最上祕密調伏儀行人當
作幰像內畫觀自在菩薩如閃電光輪作金
剛舞勢具足百臂圓如輪相手持蓮華等諸
標幟於菩薩周帀畫顰眉等賢聖皆作忿怒
相亦持蓮華并諸標幟如是依法畫已即成
曼拏羅然後於像前誦此一切法金剛三昧
明曰
怛堆那娑誐鍐引没馱句一阿嚩路吉帝說囉
二哥嚕底尾那踰播引野三戌地訖哩二合拏
引鉢囉二合那哩底二合多四彌底鉢囉忙嚩日
朗五二合拽他引囉葛旦二合醯哥摩朗六囉引
誐奴曬哩那二合隸鼈帝七哩嚩引二合薩奴曬
哩嚩二合虎尾臺八薩怛二合他引戌唐怛哩二合
馱引覩引哥九彌底鉢囉摩虞呬也二合達哩
摩二合多十健吒引曳那曳乃嚩尾地那一十惹
誐地那野摩引嚩哂鉢捺摩二合戌馳誐囉二合
踰誐引怛摩二合十二引帝那帝乃嚩輸達曳袮
底三十
如是一切法金剛三昧大明誦已依蓮華部
法作種種供養所作皆成就復說虛空藏菩
薩成就一切儀軌幰像法當於幰內依法畫

大日輪於輪中畫虚空藏菩薩身如瑠璃色而坐衆色蓮華於其華上菩薩左右畫四親近菩薩謂灌頂菩薩寶藏菩薩寶幢菩薩大供養菩薩如是畫已即成最上曼拏羅此微妙金剛大日輪普照如來虚空藏菩薩善滿一切願法寶祕寥鈴善施一切欲所有勝義意願最上成就等皆由此法獲諸解脱妙樂遂諸意欲若自作或爲他作悉皆圓滿此最上三昧以此法故速能成就金剛薩埵此法於諸儀軌中成就最勝故

復説一切成就金剛薩埵最上大印三昧儀軌若有下根衆生造諸罪業作不饒益行者見此法已罪業銷滅得成大菩薩而能饒益衆生起大方便如金剛薩埵住堅固眞實三業不越於三昧安住金剛界然後當傳大印受大印已獲得一切成就此大印法至如諸佛亦不敢越於三昧諸求金剛薩埵乃至求成佛者縱經俱胝劫而不能得若以此最上大印力故速能得成就諸佛菩薩而能隨其所化衆生所有意願當爲説諸成就法此大印者是大方便善能圓滿諸法故所以者何結此大印時諸佛菩薩皆悉雲集於刹那間施諸所欲如是施已復讃歎言金剛薩埵是最上善巧微妙甚深廣大清淨無所有性無盡無竭最上至極出生盡虚空界大樂適悅決定不空盡諸衆生最勝成就是大自在以微妙字出生一切義以金剛覺悟法令諸衆生悟最上大樂以金剛祕寥具令諸衆生安住第一法即説一切如來三昧成就最上祕寥儀行人常於清旦時依法結大印持誦心

明即得成就一切印

又復最上祕密成就法行人依法執金剛鈴杵當誦三種三昧明所求成就皆得圓滿又復依法執持金剛鈴杵當結毗首印持誦明者即得諸印相成就其身得如金剛薩埵所有大自在成就法皆悉施之其諸印相速得圓滿乃至諸成就法皆亦得成隨其意願無不成者

復說最上祕密一切相應儀軌法門所言相應者謂諸法之用謂從相應法出生諸界故云何出生謂從本尊正念出生故又復云何名爲相應謂即語也語體即聲聲者即大相應理也相應理者即是本尊正念由是相應是即本尊出生本尊出生故是名相應成就又此相應者所謂聚集相應一切印法相應等言聚集相應者謂諸法和合是名聚集相應譬如世間多財聚集謂法和合亦復如是聚集一切印法三昧等是名聚集相應又復一切印法相應者謂十方諸佛如體如相名一切印法此用者即最上成就故謂諸賢聖所有本印由此本印當各用故從是出生大相應法最上祕密成就行人當觀如本尊印法相應次想已身亦復如是即得圓證諸佛菩薩位故諸最上祕密成就儀是甚深最上成就法當如本尊相應攝大毗首印行人當觀已身亦復如是得成微妙字此諸法中最勝是大毗首三昧最上相應攝諸悦樂法又此最上祕密成就儀法中最上成就法當如金剛薩埵根本相應如體如相行人當想已身亦如是得成微妙字義由是獲諸佛清淨

三昧即成一切相應主諸成就中最如是相應法諸有所作無不成者設受五欲樂但想如本尊相應此即一切如來最上祕密無上大乘清淨大三昧所有諸如來大樂根本相應即是金剛決定三昧此相應法是大良藥有最勝功能故是成就中一切得自在行人當知若修此相應者即得如金剛薩埵精進悅樂而能增長色力壽命所有一切成就儀法於剎那間皆悉圓滿何以故修如是相應大印住如是相應即依本尊相應成就儀而作相應三昧成就事故又復行人當知心如幻化而無定止身如器具造作所成身非覺知與心相離故亦非相離故此印法相應亦復如是譬如色心之法本非一故身心合和作諸事業印法相應和合亦爾如是三昧及此相應互作成就若諸行人以無我法修諸相應成就事者此諸行人即是如來又復一切印相應者謂印體具大樂堅固由是大樂堅固成就諸樂相應事若諸行人勤求此最上祕密成就法者但當精進發菩提心至意專勤勿以苦節加行而令疲極則生退轉但以悅樂心與大樂相應當作成就是名一切印相應法又復樂相應者能作成就事謂諸樂法隨宜而受如本尊相應大樂法故一切如來最上祕密無上大乘大教王是金剛薩埵最上大樂相應法故又復一切適悅相應者謂一切三昧相應成就故行人修此法者當與適悅心相應何以故若勤苦加行即於自體而生困苦由是於法而生散亂不能專注作諸成就是故修相應行者隨意隨力而

於飲食受用乃至四威儀中戲笑語言於一切處無復罣礙設有未入曼拏羅及有諸障惱但當依本尊相應行修成就法者於刹那間皆悉圓滿此大欲樂三昧自在主諸金剛部王若求證諸佛及諸大菩薩由此相應法尚得成就何況求諸成就事此決定成就法一切皆得成能成諸密印能盡苦邊際以此相應微妙是名金剛薩埵最上適悅法又復一切堅固相應者謂一切法自性堅固原始至終唯一真智自性堅固自體無別故又復一切堅固授記相應者謂依本尊相應大智方便當作一切法求諸成就事決定圓滿是爲堅固授記相應又最上祕密堅固授記相應者即金剛薩埵大相應法作諸供養求種種事皆得圓滿是名授記相應即説頌曰

此真理最上　微妙相應法　甚深祕密中
最尊勝無比　若大阿闍梨　及上智弟子
有大菩提心　授此相應法　若遇無智人
雖愛樂成就　於法無信解　勿得傳授之
此法非難成　非勤苦加行　但依法軌儀
而善作成就　起精進所修　是人獲大利
解脫諸魔事　諸天不能見　是金剛薩埵
成佛菩薩道　此最上相應　皆悉得圓滿

佛説最上根本大樂金剛不空三昧大教王經卷第六

音釋

囕力淡切　盎於浪切　⿰亭皮亭夜切　赧乃版切　閃失冉切　囇所賣切

佛說最上根本大樂金剛不空三昧大教王經卷第七

宋西天三藏朝散大夫試光禄卿明教大師法賢奉　詔譯

最上成就印相分第二十四

爾時金剛手菩薩宣說此決定不空最上善巧微妙廣大不可思議甚深之法所有盡無盡成就法皆悉能成行人當隨意隨處結跏趺坐心意調柔然後以左手結堅固一切智印安於左胯之側右手戲擲金剛杵以金剛三業成就故是即金剛薩埵依如是法儀速成堅固不退乃至諸大菩薩及如來地於諸成就得大自在如是金剛薩埵一切處堅固行人設復未入曼拏羅修此大印者得諸佛恭敬供養獲一切聖財大樂自在此大祕密印三界中最上成就此大印與金剛薩埵等無有異所有諸成就及種種事業大妙樂等以此大印故皆悉圓滿所求之法無不成就復說金剛薩埵根本大印以此印故於一切曼拏羅所有三昧鉤召入䆁敬愛等種種成就法皆得圓滿亦名金剛祕密三昧印其印當十指相合名爲金剛合掌又復十指相交如拳名爲金剛縛以此金剛縛展二頭指及二拇指復屈二中指入於掌内與二拇指相捻二頭指平正如金剛杵是名金剛薩埵根本大印即此根本大印復二中指如鉤安於本心如作鉤召勢是名金剛鉤印此金剛鉤印與金剛薩埵作大愛樂若用此鉤印及心明作鉤召時金剛薩埵生大愛敬速降曼拏羅當得金剛薩埵大欲大樂如是鉤召已所有一切如來及諸菩薩乃至一切有情悉皆

平等速得鉤召若鉤召不降赴者速得破壞復說大樂金剛三昧心閼伽印先當二手作如金剛鉢相然結前金剛印後以二中指如華枝當以心明加持以此三昧閼伽印若授灌頂者是人得一切自在此印功用亦如前印於一切法皆得用之

復說入曼拏羅旛印當右手竪三指如旛拇指與小指頭相捻作嬉戲歌舞入於曼拏羅而先頂禮本尊若結此印入曼拏羅者即成金剛阿闍梨定成供養事然後隨力隨意以香華幖幟等當獻供養復用結旛印頂禮於本尊而發是言我今頂禮本尊言已即作金剛合掌安於頂上頂禮金剛薩埵及諸如來而伸稱讚然後二手作金剛縛拇指相交各屈頭指安自頂上如戴寶冠復改金剛拳於頂左右而作繫鬘相復如垂帶勢作是印法已當想如金剛薩埵授已灌頂然後以大樂金剛甘露水自灌其頂作灌頂已所有金剛阿闍梨法皆得成就

又復若為弟子授灌頂者當以金剛合掌作頂禮印以衆妙華授與灌頂如是印法及諸曼拏羅儀即成一切成就自在是名金剛薩埵印成就儀

復說印法若欲召請金剛薩埵者行人當跏趺而坐結大樂祕密金剛鉤印及誦心明而作鉤召然後依法獻種種歌舞等供養而伸稱讚復結嬉戲印作禮持誦以金剛歌舞等供養故所作之法即得成就即說最上祕密金剛歌曰

薩哩嚩(二合引)努囉(引)誐蘇珂素(引)怛摩(二合)那

娑引一怛鑁二合嚩日囉二合薩埵波囉摩蘇囉多二娑嚩彌引摩賀引蘇珂涅哩二合除引薩囉二合野捺三鉢囉二合底鉢爹悉馳左羅具鉢囉二合拏多四

如是金剛歌若常讚詠者得大樂尊堅固愛敬作諸成就此大祕密歌常持於本心若於讚歎時令脣齒相合依諸儀軌不離金剛語善成諸部法詠吽字等歌隨力而作隨其所欲以調順語業微出其聲令梵音和雅歌詠金剛薩埵法此最上成就歌當於一切處隨意持誦當用金剛薩埵大印其印左手作智拳右手持金剛杵以此印明當作成就法

如是等印皆依本尊法及用心明所作皆成

復說一切如來印相其印以二手先作一切如來金剛智拳如金剛寶灌頂法而作灌頂灌於五處復作合掌如供養勢磔開其手卻作二拳左拳向外竪立頭指右拳向內安於本心成印此一切如來智拳大印是決定不空結此印時獲不退地當證阿耨多羅三藐三菩提是人不可見遠離諸禁縛乃至諸魔軍亦不能嬈亂又復結此印者當觀如佛若供養此人當如供養諸佛菩薩如是大印儀所有三昧印蓮華印金剛印皆亦如是

所謂羯磨印者先二手平仰二拇指舒向於頭指安於本心已復作如寶灌頂成印

又復如前二手平仰各微屈頭節二中指相結如金剛蓮華即成法印即說此印明曰

阿引呼引怛嚂引二合紇哩引二合吽引句

又復改羯磨印以左手作金剛拳屈拇指入拳內此成一切如來智拳大印

又復以右手如捻衣角鉤於本心而復展手作觸地相此成降諸魔軍印

又復不改此印而復仰手成印是名出生印亦名施願印亦名授記印

復以此印作捻衣角如開蓮華勢成印是名出生法印亦名清淨諸法印

復以此印竪三指如旛即成旛印結此印時所有願求決定成就

復說一切如來智拳大羯磨印成就若用此印安病人身其病即差若安於心諸毒銷除乃至邪印法等悉皆滅壞即說明曰

唵引吽引一句

用此明同前羯磨印法功能成就若結印持誦此明旋轉於身獲大辯才所有一切如來最上大密印悉得堅固如是若安於諸根得諸根圓滿若稱念諸佛已旋轉諸方復安於本心或自求成就或爲他作皆悉得大悅樂乃至證佛菩提若結此印觀想諸佛當了五蘊如陶師輪然後身作禮敬口誦大明一心正念觀想住於捨念戒精進慈定智慧方便力堅固出生陀羅尼門滿足十地行四無礙解十八不共法以毗首羯磨法廣饒益衆生以金剛三業作大佛事即說諸大明曰

唵引冐地唧多嚩日哩二合引一句

唵引三滿多跋捺囉二合左哩曳二合一句

唵引進多引摩尼一句

唵引阿鼙嚕提一句

唵引惹引底尾嚩哩帝二合引一句

唵引薩哩嚩二合尾倪也二合你引一句

唵引尾囉引誐達哩摩二合帝一句

唵引尾引哩也合二葛嚩濟句引一
唵引薩哩嚩合二誐引彌你句引一
唵引嚩日囉合二捺哩合二荼唧帝吽句一
唵引薩哩嚩合二怛他引誐帝句一
唵引莎婆引嚩戍馱達哩摩合二多引倪也合二
引那尾戍地句一
唵引達哩摩合二尾輸馱鼙寧也切一句
唵引尾遜婆嚩日哩合二尼嵏乇半音一句
唵引哥引摩囉引儗句引一
唵引嗕嚩日哩二合一句引
唵引吽薩哩嚩合二捺引摩鼙句一
唵引紇哩二合一
唵引阿哥引囉目契句引一
唵引鉢囉合二倪也二合引播引羅彌帝引一阿鍐
吽二

唵引阿句引一
唵引薩哩嚩合二怛他引誐多哥引野引儗引
哩二合一句引
唵引薩哩嚩合二怛他引誐多嚩引儗尾合二戍
地句引一
唵引薩哩嚩合二怛他引誐多唧多嚩日哩合二
引阿句引一

如是一切如來語印法鼓出微妙之音有微妙之義是大法語是諸佛心能決定成就所作事業當依法持誦念諸佛已然後以一切如來正念及一切如來印而作成就

復說金剛火燄日輪印相先結金剛大印復改作三昧印後復作金剛縛已諸指皆如火燄輪二中指如金剛杵成印此印能調伏三界亦能作敬愛金剛薩埵

又復不改前印左手作拳頭指竪立如期尅相右手如鉤成印是名降三界印此印能鉤召一切

又復二手作忿怒拳已復作金剛鉤如期尅相成印是名金剛鉤印此印善作一切事能作諸成就

又復作金剛合掌十指如火燄成印是名羣眉菩薩印此印善作種種事善調伏諸惡

又復作金剛合掌復左手如鉤勢成印此印能鉤召一切亦能作入寤法悉得成就

又復左手作金剛拳右手如三叉成印此印能脱一切枷鏁禁縛

又復二手如開敷蓮華成印此印能斷一切煩惱

又復二手作金剛縛二拇指相並成印亦名降三界印此印善作鉤召調伏最上成就

又復右手頭指鉤左手頭指如挽弓勢成印此印善作鉤召亦能作諸敬愛

又復如降三界印右手作金剛拳展臂以小指安左手背成印此印善破諸惡邪印善作諸成就

又復二手作金剛縛柔軟緊密成印是名金剛成就印

又復二手作金剛縛二拇指與頭指如金剛杵成印此印能破壞諸惡所有旛印與鈴印皆作最勝法亦能破壞諸惡三界中殊勝是金剛薩埵灌頂印

又復金剛部賢聖印二手作金剛拳依此法儀本部賢聖以金剛寶作灌頂作金剛合掌以淨帛覆面二拇指如金剛當作金剛灌頂

巳然後依法作禮受持金剛杵乃隨力獻阿闍梨供養即得成一切法

如是等諸部印相皆依法結同大明用即得所作成就

最上祕密儀軌分第二十五

爾時諸如來　及大菩薩衆　金剛賢聖等

共異口同音　發如是問言　金剛手菩薩

如仁者所説　最上羯磨法　善作諸成就

其所説儀軌　微妙眞實理　從無相之法

而現諸儀軌　是儀軌云何　何名最上教

復何爲根本　何名本無有　復名金剛手

以何爲大欲　復何名大樂　何名爲善賢

何名高舉勢　何名諸法中　自在金剛手

内外大心明　云何而出生　根本微妙歌

何説復何義　大金剛三昧　此法名何等

云何菩提心　云何三摩地　云何菩提行

以何降魔軍　云何證菩提　云何本部生

云何欲解脱　何者三種名　云何一切處

大金剛大樂　何不空三昧　何八曼拏羅

當有何果利　及成就儀軌　大祕密眞理

以何而演説　云何本尊法　諸部復云何

云何灌頂理　云何賢聖衆　云何五祕密

何名虚空藏　如何幖幟法　一切鈎召法

云何諸供養　云何見前法　云何成就儀

云何非勤苦　如是諸祕密　最上眞實理

爲成微妙字　而廣利衆生　如上爲宣説

是時金剛手　受諸佛勸請　爲利衆生故

而説如上法　所言儀軌者　謂諸法儀軌

是無儀軌法　饒益諸衆生　而現諸儀軌

由如是儀軌　清淨諸法故　言最上教者

謂攝一切法　出生佛菩薩　祕密眞實理
是名最上教　所言根本者　謂即眞實智
徧滿虛空界　如金剛堅固　是大欲大樂
最上微妙字　即金剛薩埵　諸儀軌實理
所言本無者　如虛空本性　謂金剛薩埵
是大堅固身　是名本無有　言金剛手者
是即大自在　善施諸成就　是金剛部主
愛樂微妙字　所言大欲者　謂離諸過失
了達究竟法　是名爲大欲　所言大樂者
謂眞實妙理　即金剛薩埵　出生所依故
所言善賢者　謂清淨法界　解脱諸如來
徧滿普賢身　其高舉勢者　謂所有成就
最上自在印　鉤召諸成就　是名高舉勢
所言諸法中　自在金剛手　謂即根本教
眞實微妙理　若至心誦持　獲一切功德
是名諸法中　自在金剛手　所言菩提心
謂不可思議　廣大甚深法　成就諸妙樂
能變化一切　清淨菩提心　由是而堅固
作諸殊勝業　安住三摩地　即此三摩地
金剛智出生　從金剛所生　名金剛薩埵
此即諸佛身　是名菩提心　所言大金剛
謂攝諸有情　令修我教法　祕密眞實理
若常修習者　即成大金剛　所言菩提行
謂觀諸有情　染著諸煩惱　爲利益彼故
常行普賢行　是名菩提行　所言降魔者
謂即諸魔心　是心即如來　若能調伏心
無復諸魔嬈　是即降魔軍　所言證菩提
謂解悟本心　堅固菩提智　了眞實妙理
即成等正覺　是名證菩提　又言金剛手
謂調伏諸惡　令迷者悟解　諸佛金剛杵

堅固菩提心　諸佛所付授　是法界眞理
受持爲器仗　成就諸法故　是名金剛手
所言本部生　謂智度爲母　方便解爲父
從金剛手法　出生諸部法　是名本部生
所言欲解脱　謂大欲大樂　善獲諸成就
諸成就樂句　是即大樂法　是名欲解脱
所言三種名　謂三世無邊　而悉能調伏
而作三界主　復名爲三寶　復名爲三界
能作諸成壞　是爲三種名　所言一切處
大金剛大樂　謂一切有情　欲廣大利益
其心無定止　若於一切處　安住堅固心
了達眞實義　是名一切處　所言根本歌
及内外心明　謂三有最勝　成就大自在
菩薩利有情　是大欲大樂　祕密微妙句
吽字歌心明　乃至外心明　皆眞實理智

以外祕密心　而生悦樂故　所作皆成就
名根本歌等　其不空三昧　謂作成就法
以微妙大樂　所作獲成就　非勤苦而得
此大三昧法　諸佛不能越　名不空三昧
八曼拏羅者　謂隨其處所　但以隨分力
各稱彼根性　隨時作諸法　即現賢聖衆
其所得果報　獲大究竟福　作此曼拏羅
先觀察十方　當從北起首　而乃絣四線
分列八壇相　皆依本儀法　依本尊相應
想成曼拏羅　作諸成就法　即此曼拏羅
是大眞實理　所言大祕密　謂諸祕密法
而本無所有　是大樂金剛　即同普賢身
金剛衆大主　是名大祕密　所言本尊法
謂根本最勝　曼拏羅之主　是最上大欲
是大適悦心　而常現笑容　其身如月色

衆寶嚴身相 光明普照耀 是三有最勝
施諸妙樂境 善成微妙句 故號爲本尊
所言灌頂理 謂佛寶功德 三界無比法
唯此寶最勝 受佛灌頂者 而證法王法
是名灌頂理 所言三摩地 當結跏趺坐
而結禪定印 以左手壓右 觀想金剛手
是名三摩地 所言賢聖衆 謂金剛賢聖
是眞實義智 善悟解一切 諸成就最勝
一切大吉祥 具諸法聖財 一切法中最
所有成就法 皆賢聖印相 即金剛薩埵
祕密大主宰 所言五祕密 謂毗盧遮那
及不動如來 寶生無量壽 不空成就等
是名五祕密 所言諸部者 謂一切如來
眞實之妙理 成金剛薩埵 毗盧遮那佛
不動如來部 寶生無量壽 不空成就等
眞理亦如是 又金剛部主 善調諸惡者
以就善方便 如日而普照 此金剛部尊
饒益諸有情 善成諸教法 毗首金剛部
是攝大方便 觀自在菩薩 依衆蓮華部
獲最上成就 觀自在菩薩 即金剛薩埵
蓮華部眞理 攝三摩地智 蓮華部清淨
能淨諸有情 所言虛空藏 謂即大聖財
徧滿於虛空 虛空藏菩薩 是大灌頂法
所有寶生部 是無盡寶藏 大灌頂法幢
善攝一切願 即金剛薩埵 於諸曼拏羅
常施眞實理 金剛部灌頂 寶生無量壽
眞理亦如是 根本部幖幟 是最上成就
以妙眞實理 是自在器仗 五種大祕密
即是金剛杵 其諸部幖幟 謂眞實理智
諸佛毗首行 即證大菩提 而彼金剛部

寶部蓮華部　善攝一切義　成就祕密法
所言鉤召法　謂諸祕密儀　以金剛鉤鈴
而作於鉤召　所言諸供養　謂諸祕密儀
適悅而供養　種種歌舞等　所言見前法
謂諸祕密儀　各用於本印　然後當一心
持誦眞實理　又復諸如來　諸成就見前
以大三昧法　眞實微妙理　是根本眞空
金剛薩埵性　是即普賢身　亦爲金剛主
所言成就法　謂諸儀軌中　所作成就事
當依本尊法　而作諸成就　但隨所住處
諸儀軌皆成　依法持鈴杵　覺悟於世間
欲成就諸法　速成根本教　所言非勤苦
謂所作成就　而不須加行　隨意隨處所
隨欲隨欲食　乃至四威儀　語言及戲笑
但發至誠心　住等引相應　依本尊儀法
如是相應理　速成一切法　此根本大教
是甚深祕密　若依法修習　所願皆圓滿
所有諸如來　及諸大菩薩　常受持此法
是最上大樂　眞實微妙句　大欲大妙樂

佛說最上根本大樂金剛不空三昧大教王經卷第七

音釋

胯（苦化切股間也）　拇（莫後切將指也）　磔（陟革切張也）　挽（武遠切引也）

佛說最上祕密那拏天經

宋西天三藏朝散大夫試光禄卿明教大師法賢奉　詔譯

清刻龍藏佛說法變相圖

佛說最上祕密那拏天經卷上 中下同卷

宋西天三藏朝散大夫試光祿卿明教大師法賢奉 詔譯

最上成就儀軌分第一

如是我聞一時佛在毗沙門宮與大菩薩摩訶薩衆俱大祕密主大金剛手菩薩而為上首及無數天龍夜叉乾闥婆阿脩羅迦樓羅緊那羅摩睺羅伽及釋梵護世那羅延天大自在天寶賢天滿賢天力天大力天難你計說羅天摩賀迦囉天醫主天及諸天后等各有無數百千眷屬俱復有大羅刹衆所謂金色羅刹主十頭羅刹主尾毗沙拏羅刹主寶密羅刹主行密羅刹主無邊密羅刹主普徧密羅刹主上授羅刹主惡牙羅刹主利牙羅刹主烏姹播捺羅刹主象頭羅刹主如是等羅刹主各領百千俱胝眷屬而來集會復有

大夜叉衆所謂人仙夜叉主阿吒嚩夜叉主善調夜叉主發光夜叉主善容夜叉主妙光夜叉主妙目夜叉王尾瑟努夜叉主妙髮夜叉主惡相夜叉主得勝夜叉主熾盛夜叉主火頂夜叉主名稱夜叉主半唧迦夜叉主華授夜叉主華髻夜叉主寶髻夜叉主廣財夜叉主善覺夜叉主善行夜叉主妙臂夜叉主妙嚴夜叉主珠牙夜叉主酥哩野夜叉主日光夜叉主日喜夜叉主露齒夜叉主熾盛光夜叉主畏面夜叉主普照夜叉主如是等夜叉主具大威力騰空自在各領無數百千俱胝眷屬而來集會復有大持明天衆乃至諸大仙衆皆來集會大毗沙門天王與百千俱胝眷屬圍繞世尊是時有天名曰那拏色相殊妙面現微笑手持日月及諸器仗衆寶嚴飾光踰日月以難陀烏波難陀二龍而爲絡腋得叉迦龍以爲腰條有大威力如那羅延亦來集會坐於佛前爾時毗沙門天王從座而起以諸寶華及鉢訥摩華俱母捺華奔拏利迦華優鉢羅華播嚩提迦華嚩哩始迦華瞻蔔迦華曼陀羅華摩訶曼陀羅華以如是等水陸諸華供養於佛旋繞千帀禮佛足已而白佛言世尊我見此會大夜叉衆大羅刹衆現種種相食噉人者復見大菩薩衆大持明天衆及大仙衆乃至天龍夜叉羅刹阿脩羅迦樓羅緊那羅摩睺羅伽如是等衆皆來集會圍繞世尊此大祥瑞我未曾見世尊今有欲説何法爲説祕密曼拏羅法爲説三昧之法世尊今正是時願廣宣説爾時世尊受毗沙門天王請已而即告言天王我見世間

一切衆生於晝夜中有大驚怖蓋爲無量大惡夜叉羅刹伺求其便而作侵害天王彼等大惡夜叉羅刹令歸依我於我教中受三歸依及受戒法於諸有情不復侵害爾時世尊如是安慰毗沙門天王已即入調伏夜叉熾盛普光三摩地於其定中身放大光其光普照三千大千世界所有一切大惡夜叉羅刹毗舍左部多及諸惡龍乃至宿曜等佛光照已悉皆警覺其光迴還遶佛三帀入於佛頂復從面門出七色光入那拏天頂時那拏天光入頂已即現大身如須彌山面忿怒相復大笑相而有千臂手持葛波羅及諸器仗以虎皮絡腋葛波羅而爲莊嚴光明熾盛具大威力是那拏天現此身時大地震動覩者皆怖時那拏天合掌向佛白言世尊我有心明善能調伏阿脩羅衆及一切夜叉羅刹部多毗舍左等乃至大梵天王那羅延天大自在天咸令歸伏亦能鉤召一切天龍之衆世尊我此心明是一切持明者最上成就之法是故我今於此會中欲對如來廣大宣説爲諸持明者令得成就速滿一切衆生心中所願世尊又此心明於一切處念誦皆得成就乃至得入一切曼拏羅及諸三昧所有如來部金剛部寶部蓮華部羯磨部於此諸部所有一切曼拏羅誦我心明皆得成就及一切三昧曼拏羅印法皆悉得入乃至得大總持世尊於此諸部平等三昧曼拏羅法明言印相惟願世尊哀愍攝受聽許宣説爾時世尊告那拏天言所有諸部平等三昧曼拏羅法明言印相我亦隨喜汝那拏天爲一切持明者

速當宣說時那拏天承佛聖旨爲利益故繞佛三帀住立佛前即說心大明曰

阿他(引)都(引)(入)嚩(二合)里多忽跢嚩呼必(一)怛鉢多(二合)葛那葛末尼室攞(二)黯呬曳(二合)呬酤必多阿吒吒賀(引)娑(三)末尼鉢囉(二合)朗嚩賀(引)囉(引)嘌馱(二合)賀(引)囉囉唧當(四)顫(許葛切)栗跢羅贊捺那(引)蘖嚕咄嚕瑟哥(五)(二合)薩訖哩(二合)多散那捘設離嚂(六)摩賀(引)彌嚕曼捺囉馱囉(七)嚩囉嚴吡囉(引)蘇囉蘖拏你蘇捺囊(八)馱囉馱囉馱囉尼馱囉(九)嚴吡囉提囉吡囉吡囉(十)末吡囉末吡囉(十一)阿蘇囉蘖拏你蘇捺赧(十二)末哩捺(二合)囊怛哩惹(二合)囊(十三)尾薩普(二合)陵蘖阿(引)你爹吉囉拏(引)(十四)鉢囉(二合)婆(引)耨囉唧多曼拏羅(十五)葛播攞嚩嚩唐(十六)惹吒(引)吒賀(引)娑酤朗(十七)你哩末(二合)朗三勃囉(二合)忙(十八)娑蘖囉蘇迷嚕鉢哩嚩(二合)多(十九)多致多嚂蘖(二十)薩㘑羅室珂囉(二十一)馱覩孋羅播捺那葛嚂(二十二)散祖蘭拏(二合)那葛嚂(二十三)阿誐伽捘(引)捺舍你爹曼拏羅(二十四)設室吉囉拏毛㘑馱囉(二十五)阿左羅尾末羅(二十六)薩葛羅儒薩那(引)(二合)捺訖哩(二合)多(二十七)阿嚩婆(引)娑酤朗(二十八)鉢囉(二合)末他囊(二十九)阿蘇囉婆嚩那酤羅那(引)設囊(三十)沒囉(二合)顫民(二合)捺囉(二合)嚕捺囉(二合)那末塞訖哩(三合)當(三十一)曼祢當布㖇當阿哩唧當(三十二)薩哩嚩(二合)尾你也(二合)馱囉那莫塞訖哩(二合)當(三十三)嘌沙搖沙地(三十四)悉馱𪘁馱哩嚩(一合)布㖇當(三十五)摩賀(引)迷嚕昆拏羅馱嚂(三十六)縛囉野眞鉢微多馱嚂(三十七)部禳孽多乂葛(三十八)嚩(引)蘇吉娑孽囉(三十九)難奴鉢難捺曼馱葛播羅(四十)迷珂攞朗

訖哩(二合)多葛致(四十一)薩捺喻(二合)提哩(二合)多葛
播攞朗訖哩(二合)多設離朗(四十二)室嚩鉢囉(二合)
拶隸多毛隸馱覽(四十三)嚩(引)喻鉢嚩那微蘖
惹嚩(引)哩剛(二合四十四)拶覲覽蘖作葛囉(二合)拶
囉赦(四十五)珂蘖拶囉赦(四十六)阿鉢囉(二合)迷野
嚩囉嚩日囉(二合)母薩羅(四十七)頻尼竭捺誐(二合)
姤末囉作訖囉(二合四十八)阿悉母娑羅怛哩(二合)
戍羅(四十九)母捺誐(二合)囉鉢囉(二合)賀(引)囉赦(五十)
那拏酤鉢覽(五十一)嚩囉酤鉢覽(五十二)蘇微商
蘇你但覽(五十三)蘇嚩葛怛覽(二合五十四)蘇虞呬
也(二合)剛(五十五)悉馱細那(引)鉢釘(五十六)那拏酤
鉢覽(五十七)摩(引)嚩嘌怛(二合)拽設也(二合引)蜜(五十
八)怛(寧也切)他(引)唵翳呬曳(二合)呬娑誐鏤(引五
十九)那拏酤鉢囉(六十)顛娑顛娑(六十一)末娑末娑
(六十二)酤嚕酤嚕(六十三)咄嚕咄嚕(六十四)祖嚕祖

嚕(六十五)尾哩尾哩(六十六)唧致唧致(六十七)尾唧
致尾唧致(六十八)嚩日朗(二合)嚩日囉(二合)嚩嚩日
朗(二合六十九)吽吽吽(七十)虎多顛那顛那(七十一)尾
特網(二合)薩野尾特網(二合)薩野(七十二)尾捺囉(二合
引)鉢野尾捺囉(二合引)鉢野(七十三)嗢蹉(引)捺野
嗢蹉(引)捺野(七十四)酤鉢囉酤鉢囉(七十五)那拏
酤鉢囉(七十六)嚩囉酤鉢囉(七十七)酤鉢囉酤鉢
囉(七十八)虞呬也(二合)酤鉢囉(七十九)輸娑酤鉢囉
(八十)藥叉酤鉢囉(八十一)虞呬也(二合)酤鉢囉(八十二)
末哩捺(二合)末哩捺(二合八十三)蘖哩惹(二合)蘖哩惹
(二合八十四)那哩左(二合)那哩左(二合八十五)顛哩阿(引)
那野顛那(八十六)顛哩顛哩路左那(八十七)囉訖
多(二合)路左那(八十八)你羅路左那(八十九)悉多路
左那囉訖多(二合)路左那(九十)訖哩(二合)瑟拏(二合)路
左那(九十一)尾訖哩(二合)多路左那(九十二)祢嚩也

二合路左那九十三蘇嚩蘭拏二合路左那九十四悉地路左那九十五迷伽瞿數努婆二合嚩母努婆二合嚩九十六賀攞顒羅設沒捺二合葛羅引鉢野九十七呬呬那拏酤鉢囉九十八係係那拏酤鉢囉酤鉢囉九十九薩囉酤鉢囉一百阿引尾捨阿引尾捨酤鉢囉酤鉢囉一嚩囉酤鉢囉二合二撥羅撥羅三毛隸馱囉四左引羅野左引羅野嚩日朗二合五羅仵羅仵揭捺昂二合六俱嚕俱嚕七阿吒吒賀引娑引俱朗八三俱羅俱朗九葛羅葛羅十吉隸吉隸十一俱路俱路十二捫左捫左十三設沒捺二合引俱朗十四那拏母捺誐二合囉十五那拏酤鉢囉十六嚩囉嚩囉嚩日囉二合馱囉十七鉢捺摩二合馱囉十八母娑羅馱囉十九作訖囉二合馱囉二十朗虞羅馱囉二十一鉢囉戍馱囉二十二播設馱囉二十三阿喻母娑羅鉢囉

二合賀引囉拏馱囉二十四馱囉尼馱囉二十五贊捺囉二合蘇哩也二合摩引攞馱囉二十六諾叉怛囉二合跢囉引誐囉二合顒曼拏羅馱囉二十七捼捺捨引祢爹入嚩二合引攞帝惹葛囉二十八鉢囉二合婆引耨囉喞多曼拏羅二十九娑引孽囉薩囉尾輸殺拏葛囉三十末旦末葛囉室戍摩引囉三十一訖哩二合多播引設馱羅三十二阿蘇囉嬳拏引囊三十三末哩捺二合那葛囉三十四供伴引拏藥叉囉叉娑三十五紇哩二合捺喻那末二合捺那葛囕三十六薩怛鍐三合婆誐鍐那拏酤鉢囉酤鉢囉三十七那哩左二合那哩左二合三十八顒哩顒哩三十九顒哩路左那四十嚩囉路左那四十一路左那四十二尾訖哩二合多路左那四十三蘇嚩蘭拏二合路左那四十四悉馱路左那四十五阿引尾捨阿引尾捨四十六尸伽嚂二合悉殿覩

滿怛囉(二合)鉢捺娑嚩(二合引)賀(引四十七)

爾時那拏天說此明已復白佛言世尊我此心明若有行人依法持誦得精熟已悉能成就千種之事若有行人欲止雷雹者當用刀劒或石榴枝或羯囉尾囉枝或水或灰如是等物以此明加持一徧然可用之即得止息

又法若有行人爲彼諸惡夜叉羅刹所執持者若遣除者當用安息香以此明加持一徧然後焚燒勲彼執者聞此香已彼即說事便得止息

又法若復行人欲鉤召一切天龍夜叉乾闥婆阿脩羅迦樓羅緊那羅摩睺羅伽及羅刹部多毗舍左等當用安息香誦此明加持一徧燒之鉤召即至若欲發遣者亦用安息香誦此明加持一徧如前焚之發遣即去

又法若欲令鉢說事及舉動者當用鉢滿盛燒屍灰安曼拏羅中誦此明加持安息香焚燒復誦此明一徧其鉢作人言爲行人說事及能舉動

又法若欲令閼伽瓶說事及舉動者當選純白閼伽瓶潔淨新好者用白檀及恭俱摩香等作塗香塗之滿盛淨水及插妙華誦心明加持一徧安曼拏羅中燒安息香誦心明一徧其瓶同前說事復誦心明加持白芥子打瓶其瓶即舉離地八指隨意復還曼拏羅中

又法若欲令薩擔婆舉動者先用白檀及恭俱摩香等作塗香塗之然後燒安息香彈指誦心明加持其薩擔婆自然舉動復還本處

又法若欲令傍生說事者當燒安息香熏灰及白芥子誦心明加持二十一徧已然後復

誦心明以灰芥子擲傍生身彼即説事

又法若欲令童女説事者當用不墮地瞿摩夷塗四方曼拏羅已然擇一童女相貌端嚴肢體具足者沐浴潔淨著新白衣坐曼拏羅中以衆華供養燒安息香彼即能説過現未來之事

又法若欲令童子説事者當用白芥子與唧帝灰相和誦心明加持一徧燒安息香熏已擲童子頂彼即説事

又法若欲制火不熱者當用木柴誦心明加持一徧燒安息香熏已内於火中火即令如雪

又法若欲制諸邪呪者當用潔淨白線誦心明加持一徧燒安息香熏已繫行人左臂一切邪呪悉皆制伏

又法若欲令没訥誐囉作成就法者當用不墮地瞿摩夷塗曼拏羅以没訥誐囉安曼拏羅中用衆華供養燒安息香熏誦心明加持一徧此没訥誐囉能作成就之事復能令隨意舉動此没訥誐囉若入戰陣自然得勝乃至樹林山石亦能摧壞凡是行人所作之事悉皆成就

又法若欲令弓作成就法者當用安息香誦心明加持一徧焚燒熏之即能隨意作成就事

又法若欲令三叉作成就法同前作曼拏羅然後誦心明一徧加持安息香焚燒熏三叉已安曼拏羅中復誦心明一徧時彼三叉即放光熾盛舉動離地向於四方然後迴還入曼拏羅中作成就法隨行人意

又法若欲令劒作成就法者亦用安息香誦心明加持一徧焚燒熏之亦能作一切成就之事

又法若欲令㰍樁議作成就法者當用唧帝灰誦心明加持一徧塗㰍樁議即能作一切成就之事

又法若欲令葛波羅作成就法者先依法塗曼拏羅已即依法擇取葛波羅潔淨者用白檀香塗之安曼拏羅中燒安息香誦心明一徧加持即所作成就能令舉動復能說三世之事

又法當用利劒誦心明加持一徧燒安息香熏然後行人高聲誦吽字加持彼劒劒即出光騰空而起復還本處若入戰陣彼敵退敗

又法若欲令天祠形像還動者於彼像前燒安息香誦心明一徧時彼天像隨意還動

又法若隨方處地行人疑有伏藏當欲取者即於彼地作曼拏羅燒安息香誦心明一徧伏藏出現

又法或用白芥子誦心明加持一徧以此芥子隨處擲之或聚落中或空舍中或天祠像前或塔廟之處乃至山巖龍潭等處隨所擲處燒安息香誦心明一徧彼有伏藏皆悉出現

又法用白芥子誦心明加持一徧以此芥子擲於象身及燒安息香熏復誦心明一徧彼象隨行人意善能作事或令破設咄嚕亦得隨意

又法若欲爲人除瘧病及作擁護者用灰及白芥子水和誦心明一徧加持燒安息香熏

巳戴於身上瘧病即差及得擁護

又法若欲止一切怖者當用白線燒安息香熏誦心明加持一徧戴於頸上諸怖即除

又法若欲除諸病者當用安息香誦心明加持一徧焚燒熏病者身諸病即除

又法若欲設咄嚕令得入嚩囉者當用安息香誦心明加持一徧即可令千數設咄嚕皆得入嚩囉

又法若欲令設咄嚕左都哩他哥入嚩囉生者當用忓摩娑與安息香相和誦心明加持一徧稱說咄嚕名作護摩七徧即得左都哩他哥入嚩囉若欲令止息者亦用安息香誦心明加持一徧作護摩七徧即得止息

又法若欲令設咄嚕得屹囉賀執持者當用安息香將設咄嚕名與心明同誦加持七徧巳擲入火內即得屹囉賀執待若欲令止息者當用灰加持一徧戴於頂上即得止息

又法若欲除諸瘧病者當用黑線誦心明加持一徧繫臂即差

又法若欲除諸疾病者當用七種穀及白芥子相和揾酥誦心明作護摩即差

又法若欲解諸毒藥所中者當用孔雀尾誦心明加持巳拂於彼身毒即解除如上諸法皆用安息香誦心明加持悉得成就

佛說最上祕密那拏天經卷上

佛說最上祕密那拏天經卷中

宋西天三藏朝散大夫試光祿卿明教大師法賢奉 詔譯

最上成就儀軌分第二

爾時那拏天復說大明曰

那謨引囉怛那二合怛囉二合夜引野一那謨吠設囉二合嚩拏寫二摩賀引囉引惹寫三那謨那拏酤鉢囉寫四虞呬也二合哥地鉢帝五那拏酤鉢囉摩引嚩嘌多二合拽沙也二合引薩六嚕半阿髯鉢末嚕半蘇嚕半七那拏酤鉢覽酤鉢囉八賛捺嚕二合剛那嘌多二合剛九呬末剛教囉二合引末剛十那拏那拏十一那拏酤鉢覽十二嚩囉嚩囉酤鉢囉十三摩賀引虞呬也二合剛十四嚩顊嚩二合朗嚩顊嚩二合朗十五布盧布盧十六母布盧母布盧十七酤鉢囉那拏酤鉢囉娑嚩二合引賀引十八

是時那拏天說大明已復白佛言世尊我此大明是最上大無畏善能調伏諸夜叉所作成就法決定悉皆成一念此大明圓滿最上事若有行人誦此大明得精熟已然後乃作種種之事

若人欲離散設咄嚕者當用佉祢囉木作橛長八指以此大明加持一徧已於設咄嚕投囉釘之即速離散若欲解除者當出彼橛即得除解

又法若欲令設咄嚕嗢訥摩多者當用白芥子誦大明加持一徧已擲彼屹哩訶中彼即得嗢訥摩多若欲除解者當用安息香誦大明一徧加持已於彼屹哩訶中燒即得除解

又法若欲復作離散者當用摩努沙阿悉帝作橛長八指誦大明加持一徧燒安息香熏

復以此橛釘彼援囉於三夜中彼即離散

又法若欲破壞設咄嚕者當用阿欲末野没捺誐囉同彼名字誦大明加持一徧已釘於地中彼即破壞若欲解除當出没捺誐囉即得除解或釘濕摩舍那中彼設咄嚕即部多執持若出没捺誐囉即得除解或釘舜你也誐囉中彼得毗舍左屹囉賀執持出即除解或釘屹囉摩援囉前彼印捺哩野即得禁縛出即除解或釘野中彼即離於本處奔入山野猶如麞鹿出即除解如是等法誦大明加持一徧燒安息香皆速成就

又法若欲辟除夜叉羅刹者當作四方曼拏羅燒安息香以没捺誐囉打曼拏羅彼夜叉羅刹并諸眷屬皆悉遠去

又法若欲驅使夜叉羅刹者當塑畫彼形像然後誦大明加持没捺誐囉一徧已用打形像彼夜叉羅刹即現本身隨行人意作種種事或有伏藏皆悉引示乃至財穀悉皆供給一切侍奉猶如僮僕

又法若欲求毗沙門供給者當塑畫彼像燒安息香熏誦大明以没捺誐囉打之彼毗沙門即現本身當施行人一切所願財穀等事悉皆供給

又法若欲求毗沙門成就法者當往有毗沙門像處燒安息香以手按毗沙門足誦大明七徧彼像即起若不速起頭破七分又加持白芥子打擲像面彼像即語行人所問隨意皆説乃至引示有伏藏處

又復用白芥子及灰相和誦大明加持七徧安毗沙門像頂燒安息香復誦大明一徧彼

毗沙門天與百眷屬持諸財寶現行人前所欲之事皆得成就

又法若欲求那羅延天成就法者當就有那羅延天像處行人燒安息香手按像足誦念大明像即行動復誦大明加持白芥子打擲彼像時像即語當施行人一切所願皆得成就及能成就一切儀軌

又法若欲求大自在天法成就者當擇一葛波羅具法者用白芥子誦大明加持七徧已盛於葛波羅內安大自在天像項是時彼天當與行人一切成就

復於像前燒安息香誦此大明天像即語告行人言汝所欲事我皆爲作乃至所須一切供給

又法若欲求梵天成就者行人往有梵天像處當用牛乳浴天像身燒安息香誦此大明時彼梵天現於本相立行人前謂行人言隨汝所求一切儀軌成就之法皆悉與汝所有浴天像乳行人自食從此之後未聞之法皆悉得聞多聞深廣譬如大海具微妙音如緊那羅三業清淨增壽千歲乃至一切成就儀軌皆得成就

又法若行人欲降龍者當塑作龍身安曼拏羅中以香華供養用葛囉尾囉枝誦大明加持一徧打彼龍身復誦大明加持彼龍即現本身降大甘雨乃至承受一切事

又法若欲止雷雹者當塑作龍身用石榴枝誦大明加持一徧已打彼龍身雷雹即止

又法若欲止風者當用掃箒誦大明加持已安樓閣上其風即止

又法若破設咄嚕者當用葛囉尾囉枝燒安息香熏誦大明加持一徧打葛波羅彼設咄嚕即破以此法破一切部多夜叉羅刹等亦得隨意

如是大明所作成就法皆須燒安息香加持悉得成就

最上成就儀軌分第三

爾時那拏天復說大明曰

那謨吠設囉二合嚩拏蘇踰野一那拏酤鉢囉引野二你尾也二合尾摩引那拶哩踰野三呬末摩引攞昆拏羅設利囉引野四藥叉囉引又娑曼你踰野五怛網二合娑誐鏤阿引嚩嘌多二合拽沙也二合蜜六怛鞑寧也切他引末尼末尼七骨吒骨吒八骨吒骨吒九骨骨骨骨十鉢囉鉢囉十一布囉布囉十二酤鉢囉酤鉢囉十三那拏酤鉢囉十四你尾也二合尾摩引那昆拏梨十五咄致咄致娑嚩二合引賀引十六

是時那拏天說此大明已復說成就法若有行人欲求諸夜叉成就者當用尼拘陀樹木作板用上好綵色於板上畫彼所求夜叉像如菉豆色面大惡相利牙出口衆寶嚴身左手持葛波羅右手作施願如是畫像已然後行人當自潔淨唯食白食於此像前誦大明八千徧得數滿已夜叉現身立行人前行人即獻白食及閼伽等夜叉即言所求何事行人報言我求某事夜叉即言令汝隨意乃至騰空自在隨意行住壽五百歲

又法若行人欲求羅刹成就者先當擇取濕摩舍那地然後行人沐浴潔淨依法著衣於所擇地置出生食及閼伽鉢等以嚕地囉作

護摩十二晝夜滿是日已即彼羅刹出現本身具大惡相而有四臂手執三叉鉞斧擣杵鈴等乘於師子住行人前告行人言我今欲食行人若見勿得怖畏即手持食告羅刹言此食依那拏天旨當如法食作是言已即獻食及閼伽羅刹受已告行人言汝何所求行人答言爲我作一切事羅刹即言如是如是汝所欲事我皆爲作

又法若行人欲求聖藥成就者當用雄黄以嚕提囉相和盛於依法葛波羅内誦大明加持八百徧隨誦明時以葛囉尾囉枝攪藥若得葛波羅煖熱熾盛聖藥即成行人若用此藥點額成持明天騰空自在點於心即得隱身隨意行住無有障礙若點於眼一切伏藏皆悉得見乃至得入阿脩羅窟及入龍宫若服此藥延壽百千劫變其身相如轉輪王具微妙音如緊那羅及如梵音若用塗身身即堅固猶如金剛

又法行人欲成就聖藥者當用羖羊酥及黄牛酥相和依法然燈取其燈煤與搔尾囉藥相和已誦大明加持二十一徧即成聖藥若用此藥點眼是人獲大威力覩者愛重

又法若求聖藥成就者當用牛黄誦此大明加持二十一徧其藥即成若人以此聖藥點於額者是人獲大威力覩者愛重若服此藥是人於一切論義得勝乃至得成就一切事

又法行人若欲調伏設咄嚕者先當擇得濕摩舍那地於黑月十四日坐於彼地作鉤召法鉤召夜叉羅刹部多毗舍左等燒安息香誦大明二十一徧數滿足已彼即現身立行

人前行人復誦大明彼夜叉等告行人言汝召我何作行人報言汝等執某設咄嚕彼夜叉等即速往彼執設咄嚕若此執者無有能解若行人爲解亦自得病

又法若行人欲除設咄嚕者當燒濕摩舍那灰熏那拏天足以此灰作彼設咄嚕像以那囉阿悉帝橛釘設咄嚕紇哩捺野復以左足蹋彼形像作忿怒心誦此大明所有設咄嚕伺其便者速得辟除

又法若行人欲除雷雹者當用赤色葛囉尾囉木依法作橛誦明加持已釘於樹下彼所釘處當降雷雹若欲止者出橛即止

如是諸法皆用安息香加持焚燒即一切法皆得成就

最上曼拏羅儀軌成就法分第四

爾時那拏天復說最上大曼拏羅法此曼拏羅能成一切天乃至梵王那羅延天大自在天常來歸依乃至諸仙亦當稱讚諸佛菩薩皆爲攝受所有夜叉羅刹等皆得三昧所有明言及一切儀軌皆悉得成若有行人欲作此曼拏羅者先當依法選擇吉祥成就之地然後於白月分吉曜直日然可起首行人先自沐浴潔淨著新白衣食白飲食已然後用不墮地瞿摩夷作三重曼拏羅外第一重縱廣三十二肘具足分量四方四門其曼拏羅周徧圓滿内第二重以白檀香作縱廣八肘内第三重用龍腦及恭俱摩香作縱廣四肘於此内第三重曼拏羅中心畫釋迦佛執金剛杵及輪等於佛前畫那拏天具端嚴相有十六臂持諸器仗衆寶莊嚴内第二重依法

畫諸大天大梵王那羅延天大自在天等於四隅畫四大天王外第一重畫大夜叉主於四門畫滿賢天寶賢天力天難你計說囉天如是畫像已然後先於佛前安四金鉢於外曼拏羅南方依法安二十五閼伽瓶二十五香爐八銀鉢乃至西北東方亦復如是次安種種華果出生飲食等華果各八百飣然燈八百盞出生食八百分別出生食三十二分復獻六十四味食一百八分復安種種幖幟又與幖幟相間安八百鉢次安劍三十二口旛一百八首次安八沒捺誐囉八三叉四輪四螺四設訖底三十二金剛杵四撟杵四鈴四覩摩囉及種種香華等然後於四門四隅各立一人身被甲冑手持器仗於外四面用五綵種種陳設莊嚴復排種種妓樂每獻食時動樂供養如是儀則依法安布已然後行人依法一日三時獻食出生其食並須加持七徧方獻賢聖行人然後用安息香白芥子香油相和於曼拏羅前依法作護摩彼那拏天即現本身如前曼拏羅中相禮世尊已告行人言我今善來汝所願求我今當與即時行人奉獻閼伽已即說所願彼那拏天言隨行人意如汝所欲爲持明天或天帝釋或護世轉輪之位乃至梵王大自在天那羅延天等行人乃至欲求如那拏天亦得隨意何況求世間長壽多聞珍寶財穀一切衆生崇重之事或制伏邪法辯傍生聲音或取伏藏並得隨意乃至降龍入龍宮入阿脩羅宮或求聖藥或隱身法乃至天眼宿命之智及夜叉羅刹等如是種種成就之法皆悉隨意或不

作曼拏羅者行人但起上品勇猛堅固之心持誦大明數滿千徧所作皆成行人如是得願滿已即虔至勞謝一切賢聖已即誦大明發送那拏天迴還本處大明曰

那謨(引)吠設囉(二合)嚩拏蘇多(引)野(一)那拏酤鉢囉(引)野(二)唵娑囉娑囉(三)尾娑囉尾娑囉(四)那吒(引)那吒(引)(五)薩嗟薩嗟莎婆嚩曩(六)那拏酤鉢囉野他(引)蘇珂薩怛網(七)(三合)欒儞捺囉(二合)莎賀(引)(八)

行人用華誦此大明加持一徧焚燒安息香熏華獻那拏天即隱身不現

最上成就畫像儀軌分第五

爾時那拏天復說畫像法若行人欲畫那拏天像者當用新好素帛具茸頭者量方四肘得此帛已復依法選擇殊勝處所當令畫人齋戒清淨然可作幪起首當用新淨器內調和彩色於幪中心畫那拏天作端嚴相有十六臂各執器仗於左右畫大梵天那羅延天大自在天毗沙門天寶賢天滿賢天刀天大力天吉祥天大辯天次下畫諸天子及諸天仙次外畫大夜叉主如是等依法畫已然後依法種種供養行人欲作諸成就法者於此像前誦大明一千徧所作皆得成就

佛說最上祕密那拏天經卷中

佛說最上祕密那拏天經卷下

宋西天三藏朝散大夫試光祿卿明教大師法賢奉 詔譯

最上成就供養大明分第六

爾時那拏天說獻閼伽大明曰

那謨吠設囉二合嚩拏蘇多引野一那拏酤鉢囉引野二唵那拏酤鉢囉分惹莎賀引三

以此大明加持閼伽水七徧用獻賢聖復說結界大明曰

那謨婆誐嚩覩一那拏酤鉢囉引野二吠設囉二合嚩那蘇多引野三布哩網二合你商囉儞覩野摩四捺嗤那嚩引蘇你嚩五鉢室唧二合摩引嚩嚕奴六嗢怛囉引酤尾囉七阿度那引誐引八嗢嘌特網二合儒底九尾你輸嚩引踰十必哩二合瑟吒二合多引薩哩微二合虞吧四也二合哥十一嶭叉酤哩網二合覩曼拏朗十二怛䩞寧也切他阿悉致梨十三鉢囉二合悉致梨十四覩致覩致十五覩泥覩泥十六那拏那拏十七酤鉢囉酤鉢囉十八那拏酤鉢嚕儞也二合鉢野底十九底瑟鴒二合覩摩引底訖囉二合忙二十曼拏羅莎賀引二十一

誦此大明加持白芥子水七徧已當作結界

復說獻香大明曰

那謨吠設囉二合嚩那蘇多引野一那拏酤鉢囉引野二多寫那莫塞訖哩三合埵三唵薩囉薩囉四那吒那吒五拏拏拏拏六度致度致七那拏酤鉢嚕倪也二合鉢野底莎賀引八

誦此大明七徧加持香焚燒

復說護摩大明曰

那謨婆誐嚩覩一那拏酤鉢囉野二吠室囉二合嚩那蘇覩野三唵顥那顥那四入嚩二合羅入嚩二合羅五吧四引那拏酤鉢囉酤鉢囉六入

嚩合二羅酤鉢囉莎賀引七

誦此大明加持護摩物七徧作護摩

復説沐浴大明曰

那謨那拏酤鉢囉引野一唵契梨契梨二契梨三入嚩合二梨你莎賀引四

誦此大明七徧加持白芥子水當作沐浴復説潔淨大明曰

那謨那拏酤鉢囉引野一唵顗那儗哩嚩嚕拏嚩底二藥叉酤鉢囉莎賀引三

誦此大明加持水七徧當作潔淨

復説華大明曰

那謨吠室囉二合摩那蘇多引野一那拏酤鉢囉引野二唵咄嚕咄嚕三布瑟波二合嚩底四母嚕母嚕五鉢囉摩虞呬也二合六那拏酤鉢囉莎賀引七

誦此大明七徧加持華當用供養

復説塗香大明曰

那謨那拏酤鉢囉引野一你尾也二合尾摩引那撥囉引野二吉哩吉哩三三滿多巘提四唵尾戍地莎賀引五

誦此大明七徧加持塗香當獻

復説燈大明曰

那謨那拏酤鉢羅寫一入嚩二合梨多帝惹馱囉寫二入嚩二合羅覩三唵咄致莎賀引四

誦此大明七徧加持燈當獻

復説出生大明曰

那謨那拏酤鉢囉寫一吠室囉二合摩拏蘇多寫二唵尾葛吒野三尾惹野鉢囉二合嚩囉四酤鉢囉引野莎賀引五

誦此大明七徧加持出生食

復說室珂嚩馱大明曰

那謨那拏酤鉢囉引野一薩哩嚩二合你嚩多滿你多引野二唵吉哩吉哩三酤鉢囉酤鉢囉四底瑟致二合底瑟致二合五室契莎賀引六

誦此大明七徧已當作室珂嚩馱

復說擁護大明曰

那謨那拏酤鉢囉寫一唵祖嚕祖嚕二嚕嚕嚕三酤鉢囉酤鉢囉四阿引訖囉二合摩設利嚩五囉叉囉叉六摩摩薩哩嚩二合哥朗七度致度致莎賀引八

誦此大明擁護已身及與他身或用線或用水或白芥子或灰或燒安息香以如是等物加持二十一徧當作擁護

最上成就印相大明分第七

爾時那拏天復說印相法此印相乃是最上成就之法行人將欲作法結印先須潔淨兩手復用塗香已方可結印

那拏天根本印

兩手作合掌中指雙起小指亦然拇指如鉤中指復屈如環頭指亦如是

此大印有大威德善作一切事乃至令諸類舉動說事及調伏夜叉羅剎等可作鉤召如是等事悉得成就亦能成就一切法結此印時誦大明曰

唵咄致咄致酤鉢囉莎賀引句一

母捺誐囉印

又復前印以拇指頭屈中指如金剛安於頂上結此印時誦大明曰

唵唧致唧致一唧唧致二母捺誐二合囉吽三

此印及大明能成一切事

那拏天心印
不改前印以二手如金剛頭指屈如月結此
印時誦大明曰
唵咄嚕致咄嚕致莎賀引一句
此印及大明能調伏一切夜叉羅刹及諸龍
乃至諸惡等
諸天心印
不改前印屈二頭指竪二拇指成印結此印
時誦大明曰
唵那拏哩尼一你嚩惹野吽發吒半音二
此印及大明能作一切成就法
一切夜叉羅刹心印
以二手平掌頭指中指拇指緊相著成印結
此印時誦大明曰
唵那謨寧覲二合帝部帝說囉引野一那拏酤
鉢囉寫引努摩覲二摩賀引薩那引地鉢底
曩三吠設囉二合嚩赦蘇多四吽喞致莎賀引五
此印及大明善調諸曜及一切夜叉羅刹部
多等結此印及誦明彼夜叉等咸悉潰散若
不爾者頭裂七分
諸大印
不改前印開二頭指舒二小指結此印時誦
大明曰
唵鉢囉摩虞呬也二合葛一入嚩二合囉入嚩二合
囉二鉢囉二合入嚩二合囉吽三
此印及大明亦能作一切成就法
那拏天心印
不改前印以二頭指如環二中指如鉤磔開
二小指成印結此印時誦心明曰
唵顗囉顗囉一鉢囉二合顗囉莎賀引一句

爾時那拏天説此印明已復言若有行人作諸成就法者當須常行三密所謂三昧及印相大明等然可依法作諸成就事所作皆成就

最上成就敬愛護摩法分第八

爾時那拏天復説大明曰

那謨那拏酤鉢囉引野一吠設囉二合嚩那蘇多引野二怛鞔寧也切他引誐囉二合悉三摩賀引誐囉二合悉你四呬梨呬梨呬梨五彌梨彌梨莎賀引六阿母剛迷薩呬囉撚七薩蘇嚩蘭赦二合八薩契引你也二合普吤閉野引九嚩薩怛囉三合朗哥囉引赦十嚩設摩那野莎賀引十一

若行人欲作護摩當用嗢摩多木柴及白芥子阿怛摩嚕地囉等誦大明同作護摩一切所作皆得成就

又法若人欲得一切敬愛者當用安息香誦大明加持二十一徧焚燒熏身一切見者皆悉敬愛

又法若行人欲於論義得勝者當用菖蒲誦大明加持二十一徧含於口中於所論義一切得勝

又法若人欲入戰陣得勝者當用青木香誦此大明加持二十一徧焚燒熏身所向得勝

復説大明曰

阿嚩娑囉阿嚩娑囉一嬖蹉嬖蹉説婆嚩曩莎賀引二

若欲發送那拏天歸還本處者先誦前大明作護摩已復誦此大明七徧時那拏天即還本處

大明曼拏羅成就儀軌分第九

爾時那拏天復說大明曰
那謨那拏酤鉢囉寫一吠設囉二合嚩拏蘇多
寫二摩賀引虞呬也二合緊捺囉二合寫三彌尾
也二合尾摩引那嚩引悉那寫四阿他引覩那
拏酤鉢囉寫五摩賀引虞呬也二合緊捺囉二合
寫六紇哩二合捺野摩引嚩嘌多二合野沙也二合
引彌七阿嚩引頡曩八阿引尾舍曩九布囉
引鉢曩十覽誐引鉢曩十一嚕捺引鉢曩十二滿
馱曩十三摩引囉赦十四怛囉引二合薩曩十五多哩
惹二合曩十六薩擔二合婆曩十七昝婆曩十八謨歇曩
十九薩哩嚩引二合蜜怛囉引二合赦鉢囉二合摩他
曩二十那謨那拏酤鉢囉引野二十一那謨吠設
囉二合嚩那野二十二那謨尾嚕博叉野二十三那
謨尾嚕茶迦野二十四那謨特哩二合底囉引瑟
吒囉引三合野二十五那謨惹致羅引野二十六那

謨藥叉孽那引野二十七那謨摩引尼跋捺囉
引二合野二十八那謨布蘭拏二合跋捺囉引二合野
二十九那謨薩哩嚩二合尾你也引二合滿怛囉二合
布哷多引野三十摩賀引鉢囉二合頡囉那馱囉
引野三十一毗摩那引捺引野三十二婆野鉢囉
二合捺野三十三入嚩二合梨多難那三十四鉢囉二合
頡囉那頡薩他二合野三十五蘇尾摩羅你室多
三十六鉢囉二合賀引囉那朗訖哩二合設哩囉引
野三十七薩哩嚩二合你嚩孽那耨倪也引二合多
引野三十八贊捺囉二合蘇哩也二合塞建二合馱達
囉引野三十九那拏酤鉢囉引野四十瞖呬曳二合
引呬四十一沒囉二合摑摩二合薩底曳二合那四十二
你嚩薩帝曳二合那四十三嚩引踰部覩部埵引四
十四鉢囉二合尾設鉢囉二合尾設四十五壹忙設利
覽薩哩嚩二合祢嚩引四十六壹忙誐囉二合賀引摩

引嚩引顊演湅四十七阿引尾設演湅四十八嚩埵引鉢演湅四十九摩引囉引鉢演湅五十野袮踰惹那設𡈼蘖覲五十一野你没囉二合撼摩二合路葛蘖𡈼五十二野你嚩引嚩嚕那引羅煬五十三印捺囉二合蘖覲嚩引五十四尾數努二合路葛蘖覲必嚩引五十五蘇摩蘇哩也二合蘖覲必嚩引五十六薩怛二合多娑怛網三合那拏酤鉢囉五十七阿引葛荼野五十八阿引哥哩沙二合野婆誐鏤五十九那拏酤鉢囉六十母捺誐二合囉母娑囉六十一作訖囉二合播尼囉引倪也二合鉢野引底六十二布哩嚩二合你商印捺囉二合六十三捺叉那你室野摩六十四娑多二合他引你室鉢室左二合彌嚩嚕奴那引誐引六十五嗢多哩那吠室囉二合嚩那娑捺引六十六醫帝你設引播引羅引六十七阿引倪也二合引鉢野多你叅設六十八部部那拏酤鉢囉六十九摩哩捺二合摩哩捺二合七十鉢囉二合摩哩捺二合鉢囉二合摩哩捺二合七十一酤鉢囉酤鉢囉七十二布瑟波二合酤鉢囉七十三紇哩二合捺野酤鉢囉七十四呼覲呼覲七十五母覲母覲七十六顊那顊那七十七捺顊捺顊七十八鉢左鉢左七十九親捺親捺八十頻捺頻捺八十一賀引賀引賀引賀引八十二那拏酤鉢囉八十三係係係係八十四那拏酤鉢囉八十五布囉布囉八十六布囉野那拏酤鉢囉八十七你尾也二合酤鉢囉八十八阿引倪也二合鉢野覲虞呬也二合葛八十九那拏那拏那拏九十你尼你尼你尼九十一吽吽九十二多致多致九十三覲致覲致九十四唧致唧致九十五唧鉢致莎賀引九十六

此大明有大威力若以此大明加持安息香焚燒作諸宿曜事皆得成就

又復行人先自潔淨然後誦此大明加持安息香二十一徧以此香於那拏天畫像前燒及獻白食然行人誦此大明千徧得數滿已即畫像搖動及放光明報行人言汝於那拏天儀軌曼拏羅成就法悉得成就行人見此瑞已即奉獻閼伽自此以後行人所作一切成就

又法當用安息香誦大明加持已焚燒熏劒及諸大明加持劒即舉動放光作種種事乃至三叉輪金剛杵擣杵毋捺誐囉等器仗當如前法加持安息香焚燒熏之即皆舉動放光能作種種事

又復用白芥子誦大明加持已打天像復誦大明燒安息香熏像即放光乃至梵天那羅延天大自在天毗沙門天摩賀迦羅天等亦如前法燒安息香熏及誦大明加持像皆放光

又復行人依法作曼拏羅用香華等供養復依法取閼伽瓶滿盛香水安於曼拏羅中燒安息香誦大明加持時閼伽瓶自然舉動乃至放光

又復如前作曼拏羅以種種香華供養然用明鏡背上塗香已安曼拏羅中復用白芥子并穀華誦大明加持已打於鏡面燒安息香誦大明三徧鏡即舉動放大光明乃於鏡中得見過去現在未來之事亦得見於天界四天王天下至龍宫等皆悉得見至於自身及他人壽量亦能得知

又復行人先自齋戒潔淨著新好衣已然後取一依法相好具足葛波羅用香水沐浴極

令清淨用塗香塗之中間用香油塗已然後行人以五色粉依法作四方曼拏羅於曼拏羅四門安四閼伽瓶滿盛香水安四銀鉢盛出生食安四鉢華安匊四口及五色旛以如是等相間安布仍於曼拏羅中心安三葛波羅然將前一葛波羅誦大明加持七徧置三葛波羅上復燒安息香誦大明加持作三彈指彼葛波羅即時放光行人視之見如前鏡中之事乃至得見那拏天及諸眷屬與行人言說行人所求悉得隨意如上曼拏羅乃至葛波羅等成就法凡是男子女人發勇猛堅固利樂之心作此法者皆悉成就除大五逆及謗毁佛法不識恩德者不唯不得成就亦復不得見聞是法

又復行人欲入阿脩羅宮及龍宮者當依法誦大明二十一徧燒安息香皆悉得入又復燒安悉香誦大明及用白芥子打於龍潭復用佉你囉木作橛釘龍潭中即便禁制若欲如故當出彼橛燒安息香即得如故若欲制伏怨陣當用鐵作橛依法誦大明加持二十一徧燒安息香熏釘一大樹下怨陣即制若取彼橛即得如故若欲解諸宿曜執持者當燒安息香熏所執人身誦大明加持白芥子及水打灑彼身即得除解欲除諸瘧病者當用五色線誦大明加持已燒安息香熏繫患者身瘧病即差

若欲解脱禁縛者當誦大明八百徧一切禁縛皆得解脱若欲解脱枷鏁誦大明加持焚燒安息香熏白芥子打之即脱若欲還雷雹於他處者當用石榴枝若欲止雨者當用葛

囉尾囉枝

若欲求穀者當用七種穀作護摩即得隨意若欲降雨者當用脂麻及粳米同作護摩即得降雨若欲辟除諸夜叉者即用糠作護摩若欲除諸病者當用脂麻油作護摩若欲以毒遷他處者當用孔雀尾欲求安樂者但當至意持念即常安樂

如是大明善作百千成就之法當依法念誦及用安息香所作皆成此法於諸法中最爲殊勝

佛說最上祕密那拏天經卷下

音釋

姹陟駕切 腋夷益切左右肘腋間也 絛他刀切編絲繩也 搔蘇曹切 啗徒濫切食也 孽魚列切 搵烏困切以手捺物也 箒止酉切籤也 鉞王伐切大斧也 擣覩老切舂也 攪古巧切撓動也 羖果五切牡羊也 煤謀杯切炱灰也 肘陟酉切二尺爲一肘 冑直又切兜鍪也 倗崩承切 坌蒲悶切塵揄也 嗤天之切 峯左自切 鵮苦咸切 潰胡對切逃散也 瞖於計切

金剛峯樓閣一切瑜伽瑜祇經

唐南天竺國三藏沙門金剛智譯

圖相變法說佛藏龍刻清

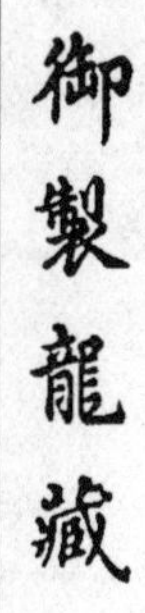

金剛峯樓閣一切瑜伽瑜祇經卷上

唐南天竺國三藏沙門金剛智譯

序品第一

如是我聞一時薄伽梵金剛界遍照如來以五智所成四種法身於本有金剛界自在大三昧耶自覺本初大菩提心普賢滿月不壞金剛光明心殿中與自在所成眷屬金剛手等十六大菩薩及四攝行天女使金剛內外八供養金剛天女使各各以本誓加持自住金剛月輪持本三摩地幖幟皆以微細法身祕密心地越過十地身語心金剛各於五智光明峯杵出現五億俱胝微細金剛遍滿虛空法界諸地菩薩無有能見俱不覺知熾然光明自在威力常於三世不壞化身利樂有情無時暫息以金剛自性光明遍照清淨不

染種種業用方便加持救度有情演金剛乘
惟一金剛能斷煩惱以此甚深祕密心地普
賢自性常住法身攝諸菩薩唯此佛刹盡以
金剛自性清淨所成密嚴華嚴以諸大悲行
願圓滿有情福智資糧之所成就以五智光
明常住三世無有暫息平等智身爾時普賢
菩薩金剛手等十六大菩薩從定而起遍照
虛空金剛自性成辦清淨光明同聲以偈讚
曰
大日金剛峯　微細住自然　光明常遍照
不壞清淨業
說此讚已時金剛手菩薩以右手五峯金剛
擲於虛空寂然一體還住手中說此金剛曰
吽引
時金剛王菩薩以所持鉤擲於虛空寂然一
體還住手中說此摩尼曰
怛咯合二
時金剛染菩薩以金剛白蓮擲於虛空寂然
一體還住手中說此蓮花曰
紇哩以合三
時金剛稱菩薩以金剛箜篌擲於虛空寂然
一體還住手中說此羯磨曰
噁
時四大菩薩同聲告金剛界如來言我今現
此神通爲動一切有情本性開顯鉤召彼愚
童令染愛諸佛妙法成熟本有法身故時虛
空藏菩薩復以手中寶餅擲於虛空寂然一
體還來手中說此金剛藏曰
惹
時金光菩薩以手中日輪擲於虛空寂然一

體還來手中說此金剛光曰

吽引

時虛空旗菩薩以手中幢旗擲於虛空寂然一體還來手中說此金剛旗曰

鑁

時虛空笑菩薩以手中金剛旛擲於虛空寂然一體還來手中說此金剛旛曰

鵮

時四大菩薩同聲告金剛界如來言我今現此神通爲欲鈎召一切有情令入法界以索引至金剛道場以鎖堅諸藏識以鈴適悅彼性令快樂故時觀自在菩薩以手中鏡擲於虛空寂然一體還住手中說金剛智曰

阿上聲

時妙吉祥菩薩以手中鉢若夾擲於虛空寂然一體還住手中說摩尼行曰

阿引

時轉法輪菩薩以手中輪擲於虛空寂然一體還住手中說蓮花定曰

暗引

時金剛言菩薩以手中螺擲於虛空寂然一體還住手中說此羯磨曰

噁引

時四大菩薩同聲告金剛界如來言我今現此神通爲欲開一切有情本有不生性故令修行萬行滿足故令成就大菩提故入不動如如智故時金剛業菩薩以手中綠寶擲於虛空寂然一體還住手中說此瑜伽曰

伊引去聲

時金剛護菩薩以手中傘蓋擲於虛空寂然

一體還住手中說此瑜伽曰

伊引

時金剛蓋菩薩以手中羯磨首擲於虛空寂然一體還住手中說此瑜伽曰

汙

時金剛持菩薩以手中月擲於虛空寂然一體還住手中說此瑜伽曰

奧上聲

時四大菩薩同聲告金剛界如來言我今現此神通爲欲出生一切法令一切有情隨其受用爲欲成就如來三身爲欲成就遍周法界一切有情身爲欲於生死中得自在之樂故時四方如來爲欲現證一切如來本有金剛性故同聲說四種一字心密言曰

吽引

時四波羅蜜菩薩爲欲利益一切有情修行大悲行願故同聲說四種一字心方便瑜伽曰

唵

時內修供養天女使者爲欲顯如來內神通遊戲喜鬘歌舞等供養同聲說此四種一字金剛心

鵠

時外供養天女使者爲欲令一切有情諸行速得圓滿故說此四種一字心

吽引

時四門使者天女爲欲攝入一切有情至法界宮故同聲說此四種一字心

吽引

時金剛界如來復說窣覩波法界普賢一字

心密言曰

鍐

爾時金剛界如來復告金剛手言若有善男子善女人受持此深密瑜伽金剛一切如來大勝金剛心瑜伽成就三十七尊自覺聖智者應用金剛界三十七羯磨印成就常當持普賢菩薩一字心明與此出入息隨氣相應身語意金剛智當速獲之速證普賢菩薩之身此名普賢菩薩金剛薩埵三昧耶三十七智深密相應大阿闍梨應作此法若諸阿闍梨曾入金剛界大灌頂及受金剛界阿闍梨位應修此法常以一字齊運三業當獲得大普賢薩埵之身爾時金剛界普賢如來以偈讚曰

大有金剛性　光明徧照王　清淨妙蓮染
無爲而作業　金剛鉤召起　熾威威三界
決除無智闇　被金剛甲鎧　染欲諸有情
安樂行餘益　隨機轉法輪　盡除諸蓋障
稱讚令歡喜　戲笑獲悅意　離言我所能
三業持常寂　持明阿闍梨　思惟十六義
誦一字心密　三十七圓滿　常持此讚王
結大羯磨印　若作曼荼羅　及畫瑜伽像
結窣覩波印　誦明加四處　普賢三昧耶
屈進力如鉤　檀慧禪智合　是名被大印
次誦一字明　結大羯磨印　時時不間斷
三十七圓滿

一切如來金剛最勝王義利堅固染愛王心品第二

爾時世尊復入馬陰藏三摩地一切如來幽隱玄深寂淨熾然光明勇猛忿怒威峻師子

吼音振動電掣天鼓鳴香象王聲大金剛聲大商佉聲作如是等聲時金剛手及金剛持等菩薩見如是相巳齊聲讚曰

諸佛甚奇特　金剛振吼音　欲說何法教
願如來敷演

時金剛界如來告金剛手等言金剛手有眞言名一切如來金剛最勝王義利堅固染愛王心眞言於一切瑜伽中最尊最勝速獲悉地能令一切見者皆生父母妻子之想所作之業皆得成就所持諸餘眞言若佛頂部及諸如來部蓮花部金剛部羯磨部等皆能持誦彼等眞言令速成就若眞言行人持經三十萬徧一切眞言主及金剛界大曼拏羅王皆悉集會一時與成就速得大金剛位乃至普賢菩薩位爾時世尊即說明曰

唵摩訶(引)囉誐嚩日囉(二合)瑟抳(二合)沙嚩日囉(二合)薩怛嚩(二合)惹(引)吽(引)鑁斛(引)

爾時世尊復說頌曰

二手金剛拳　相叉內爲縛　直竪忍願針
相交即成染　是名根本印　若持此眞言
及以密印力　印心額喉頂　如金剛頂身
一切諸罪垢　纔結即當滅　若息災增益
愛敬與降伏　隨其所愛者　纔誦此眞言
彼即當獲得　若毒若相憎　纔結誦當息
加持食七遍　我當降甘露

攝一切如來大阿闍梨位品第三

爾時金剛界如來復入一切如來眼色妙明照三摩地復說攝一切阿闍梨行位眞言曰

唵(引)嚩日囉(二合)素訖叉麼(三合)薩怛嚩(二合)吽吽

若眞言行者持此明日日誦持經一月所是

一切阿闍梨所修行法事一切智慧通達義
利善巧方便速當獲得一切如來常應覆護
金剛薩埵常爲親友常住行人心中所憶處
便至更不勞請召及以印契眞言等若常持
此眞言一切諸明悉皆成就諸持明仙常爲
小使熖魔王水天火天風天主藏天大自在
天那羅延天帝釋天等常爲使者供給所須
一切意願速獲不久當得大金剛阿闍梨位
法性大日之身一切見者皆悉禮足降伏歡
喜其印以定慧手屈肘向上合掌與肩齊各
屈戒方忍願入掌或坐或立皆成就

金剛薩埵冒地心品第四

爾時世尊復說一切有情本有金剛光明徧
照清淨不染本來寂靜常恒三世無有休息
金剛堅固薩埵眞實大覺本來寂然熾盛觀
一切有情金剛平等性即說金剛薩埵菩提
心明曰

唵嚩引日囉二合句舍没馱涅哆吽引

金剛手若有持此眞言者即當親近諸佛爲
長子於普賢中亦爲上首若日日持此眞言
七遍即當見世替諸佛現生救度有情名大
金剛薩埵亦名大覺本有金剛若有側近置
金剛界道場及大悲胎藏并諸部道場者若
誦此眞言彼諸曼拏羅王悉皆親近尊近持
明行者何以故以能修於諸如來行願力故
替諸佛行救度有情故以能供諸佛同行行
願於一切法平等薩埵其印二羽内相叉各
以禪智捻進力

愛染王品第五

爾時金剛手復白佛言世尊我今更說愛染

王一切如來共成就雜法悉地及畫像法
扇底迦息災布瑟置二合迦增益
嚩始迦囉拏伽多耶敬愛阿毘左嚕迦法等降伏
爾時遍照薄伽梵告金剛手言我已於一切
如來所曾修學汝今為諸末法世中善男子
善女人等廣說利樂時金剛手以偈頌曰

於白月鬼宿　取淨白素氎　畫愛染金剛
身色如日暉　住於熾盛輪　三目威怒視
首髻師子冠　利毛忿怒形　又安五股鈎
在於師子頂　五色華髻垂　天帶覆於耳
左手持金鈴　右執五峯杵　儀形如薩埵
安立衆生界　次左金剛弓　右執金剛箭
如射衆星光　能成大染法　左下手持彼
右蓮如打勢　一切惡心衆　速滅無有疑
以諸華鬘索　絞結以嚴身　作結跏趺坐
住於赤色蓮　蓮下有寶瓶　兩畔吐諸寶
造像安於西　行人面西對　結大羯磨印
及誦根本明　兼示三昧耶　一字心密印
能成能斷滅　一切惡心衆　又結金剛界
三十七羯磨　及以本業明　速成百千事
薩嚩訥瑟吒　及諸誐囉訶　如忿怒降伏
一夜當終竟　誦大根本明　結三昧耶印
又令伽跢耶　取紅蓮花蘂　一百八護摩
一宿即敬愛　又令彼攝伏　取白檀香刻
金剛愛染王　五指爲量等　長帶於身藏
一切有情類　及諸刹利王　攝伏如奴僕
常結羯磨印　誦大根本明　增益一切福
堅固如金剛　若七曜凌逼　命業胎等宿
畫彼形那摩　置於師子口　念誦一千八
速滅不復生　乃至釋梵尊　水火風熖魔

頂行之惡類　疾走無邊方　一切惡種惹
淨行苾芻衆　難調毒惡龍　那羅延自在
護世四天王　速除令失命　復說愛染王
一字心明曰
吽引吒枳吽引惹入聲一
復說根本印　二羽金剛縛　忍願竪相合
進力如鉤形　檀慧與禪智　竪合如五峯
名羯磨印契　亦名三昧耶　若纔結一徧
及誦本眞言　能滅無量罪　能生無量福
扇底迦等法　四事速圓滿　三世三界中
一切無能越　此名金剛王　頂中最勝名
金剛薩埵妻　一切諸佛母　復說扇底迦
五種印相應　戒方入掌交　禪智相鉤結
檀慧合如針　忍願竪相捻　進力各偃竪
是名寂災印　進力捻忍願　四指頭並齊
是布瑟置迦　毋捺羅大印　進力如蓮葉
印名伽路耶　進力捻忍願　上節蹙三角
阿毘左嚕迦　當用此密印　進力屈如鉤
隨誦而招召　金剛央俱施　一切時作業
大染金剛頂　五密印說竟

一切佛頂最上遍照王勝義難摧摧邪一切處瑜伽四行攝法品第六

爾時金剛手復說一切處無不相應眞言曰

唵嚩日囉二合薩怛嚩二合惹吽引鑁斛

復白佛言世尊此四行攝法一切處一切事世間染愛及世間一切法皆生四攝行想起慈鉤悲引喜縛捨等但於一切事處皆生此四攝行法於一切聲聞獨覺乘中常起此等四行誦攝眞言結四種鉤印所謂四種鉤以眼起慈於一切以眼起悲於一切以眼起喜

於一切以眼起捨於一切眞言行者常起四種心但作世間一切事無違速證無上菩提現生於一切法證得平等無二無染無淨無違無礙身常住金剛薩埵三昧以此四攝法廣作利樂一切有情但於一切事處生無違相用此四種眼法常於一切時起壞二乘心

誦此壞二乘心眞言曰

唵摩訶引野怛那二合嚩日囉二合薩怛嚩二合薩嚩達磨尾戍馱吽

常誦此眞言於一切時觀察自心壞一切執著觀一切法本來清淨由此福德增長於現生獲得一切法清淨金剛乘金剛性增長一切福德一切如來常所加護一切金剛常以破業令於現生證大金剛位處

一切如來大勝金剛心瑜伽成就品第七

爾時金剛手復說成就金剛薩埵一字心大勝心相應說此眞言曰

吽引蘇悉地

復此眞言若常誦持得一切天人愛敬降伏能令一切人見者歡喜能成就一切心願悉皆圓滿速得成就金剛薩埵身悉地現生世間獲得一切法平等金剛時會中諸地菩薩各各以神力以福德威光歎金剛手說偈言

一切諸菩薩　所不能見聞　今演此法教
善解我心客　諸法無自性　無願無染淨
金剛一爲乘　不壞諸法教

時會中忽有一障不從空生亦不從他方而來亦不從地出忽然而現諸菩薩各如醉不知所從來處時薄伽梵面門微笑告金剛手及諸菩薩等言此障從何而來從一切衆生

本有障無始無覺中來本有俱生障自我所生障無始無初際本有俱本輪時障者忽然現身作金剛薩埵形於頂上現一金剛輪下現一金剛輪兩手中各現一金剛輪又於心上現一金剛輪遍身放光照觸會中諸大菩薩時金剛手白言遍照薄伽梵我今欲說此自生障金剛頂法唯願許我解說時金剛手承佛聖旨而說頌曰

若諸眞言師　持誦眞言法　於一散亂心
此障即爲便　能奪眞言師　所修功德業
若持愛染王　根本一字心　此障速除滅
不得少親近　常於自心中　觀一吽字聲
出入隨命息　不見身與心　但觀字因起
等同於大空　堅住金剛性　全成金剛體
速轉自身分　便同堅固身　如秋八月霧
微細清淨光　常住此等持　是名微細定
自性所生障　無得此方便　決定同金剛
三界無能越

時自生障聞此語已忽然不現

一切如來大勝金剛頂最勝眞實大三昧耶品第八

爾時遍照薄伽梵復現種種光明於頂上放金剛威怒光明照諸菩薩金剛手等皆各默然復現身手具十二臂持智拳印復持五山峯金剛蓮花摩尼羯磨鉤索鎖鈴智釰法輪十二大印身住千葉大白蓮花身色如日五髻光明其光無主遍於十方面門微笑即說大勝金剛頂最勝眞實大三昧耶眞言曰

唵摩訶（引）嚩日囉（二合）瑟抳（二合）灑吽怛啰（二合）紇哩（二合）噁吽（引）

說此明已復說頌言
十方淨妙國　三世及三界　最尊獨無比
此大轉輪王　能摧諸佛頂　能攝諸等覺
親近爲眷屬　速成大悲地　若末法世人
長誦此眞言　刀兵不能害　水火不焚漂
蓮花金剛手　翼從而侍衛　若誦一百八
能滅百劫罪　若誦一千遍　能成滿意願
若誦一洛叉　得大金剛身　若誦一俱胝
得成遍照尊　千佛來共護　決定無有疑
我今更說印　金剛最勝心　內竪十度縛
忍願屈如頂　是名根本心　最勝轉輪印
若常結此印　金剛薩埵尊　蓮華摩尼王
毘首羯磨尊　一切諸聖尊　咸來增覆護
此人如金剛　諸惡不能壞　此身如光聚
能破三界冥　此人如蓮花　諸塵不能染
此身如羯磨　大作諸佛事　身如遍照尊
諸佛不能捨　身如妙吉祥　能成無盡慧
身如金剛輪　能轉理趣輪　持此眞言印
能成如是事　如依觸淨處　但結最勝印
及誦根本心　一切無不爲　隨作皆成就
一切願皆滿　成就最勝尊　金剛頂明曰
唵嚩日囉合二薩怛嚩合二句捨吽引
成就金剛手　最勝摩尼曰
唵嚩日囉合二囉怛那合二句捨怛咯合二
成就金剛手　蓮花最勝心
唵嚩日囉合二達摩句舍紇哩合二
成就金剛手　巧業最勝心
唵嚩日囉合二羯磨句舍噁入聲
成就金剛鉤　最勝者能鉤
唵嚩日囉合二薩怛鑁合二句捨惹入聲

成就金剛索　最勝者能引
唵嚩日囉(合二)囉怛那(合二)播捨吽(引)
成就金剛鎖　最勝者能縛
唵嚩日囉(合二)鉢納麼(合二)娑破(合二)吒鑁
成就金剛鈴　最勝者能喜
唵嚩日囉(合二)羯磨欠吒斛
由持八大明　能成百千事　印如金剛界
眞言者當知　一切難勝者　應用此印明
復次金剛劍　密語應當知
唵嚩日囉(合二)薩怛嚩(合二)底訖叉拏(合三)吽(引)
能壞無智城　能生諸佛慧　印同妙吉祥
羯磨三昧耶　復次金剛輪　密語應當聽
唵嚩日囉(合二)斫訖囉(合二)吽(引)惹吽(引)鑁斛吽
二羽金剛拳　檀慧與進力　四度互鉤結
是名彼密印　若眞言行者　不作曼拏羅

但持此印明　即同大安立　一切曼拏羅
自身一切支　悉成諸佛聚　無比不思議
更無過上味　復次四攝明　密語應當說
唵薩嚩怛他(引)誐擔勾始吽(引)惹(入聲)
唵薩嚩怛他(引)誐多播舍吽(引)吽(引)
唵薩嚩怛他(引)誐多(引)娑普(合二)致吽鑁
唵薩嚩怛他(引)誐多(引)尾舍吽斛
纔誦此密言　十六大菩薩　從法界出生
各持本幖幟　次誦八供養　及以四攝明
即成大圓壇　次誦本尊句　八供及四攝
密言次當說
唵薩嚩布惹惹(入聲)吽(引)鑁斛
復次密密主　我此心最心　更說祕密法
佛名五瑜伽　當觀遍照主　自身悉同等
復當於目前　觀勝金剛寶　住於熾盛日

執妙大寶幢　次右復當觀　金剛蓮花鈎
住於黃色輪　執鈎大微笑　次左復當知
金剛寶大庫　住於緑色輪　執持大圓鏡
次當復於後　金剛大染蓮　住於紅色輪
執妙大紅蓮　是名五瑜伽　祕密最上味
一切所希願　皆悉得圓滿　當作此瑜伽
誦前八大明　及以密印力　皆悉成所願
不假請召印　及誦香花明　得最上成就
現世速獲之　時會諸菩薩　一切執金剛
一切觀佛心　歡喜而安住

金剛峯樓閣一切瑜伽瑜祇經卷上

音釋

幖幟（幖甲遥切幟昌志切）錽（亡敢切）鬘（莫班切）鎧（可亥切甲也）窣覩波（梵語也此云方墳窣蘇骨切）掣（昌列切）佉（丘加切）肘（陟柳切臂節也）替（他計切代也）捻（奴協切指捻也）氎（達協切毛布也）股（果五切）

金剛峯樓閣一切瑜伽瑜祇經卷下

唐南天竺國三藏沙門金剛智譯

金剛吉祥大成就品第九

爾時金剛薩埵復於一切如來前說一切佛眼大金剛吉祥一切佛母心出生一切法成就一切明能滿一切願能除一切不祥能生一切福能滅一切罪能令一切有情見者歡喜能解一切衆生語言速成諸部頂輪最勝無比奇特難勝超過十地攝一切諸佛菩薩金剛諸大天王能成辦一切難解之事速疾無過五部深密皆悉能成一時齊證金剛薩埵對一切如來前忽然現作一切佛母身住大白蓮身作白月暉兩目微笑二羽住齋如入奢摩他從一切支分出生十凝誐沙俱胝佛一一佛皆作禮敬本所出生於刹那間一時化作一字頂輪王執輪印頂放光明倨傲目視現大神通還來禮敬本所出生一切佛母眞言我所說一切頂輪眞言唯願尊者與一切衆生作大成就我今唯願尊者作大吉祥令其成就爾時本所出生一切佛母金剛吉祥顧視一切方所說根本明王曰

曩謨婆誐嚩底(一)瑟抳(二合)沙(二)唵(三)嚕嚕娑跛(二合)嚕(四)入嚩(二合)攞底瑟吒(五)(二合)悉馱路左抳(六)薩嚩囉他(二合)娑馱顊曳(七)娑嚩(二合)訶(八引)

爾時佛母告諸如來言若有金剛生金剛子等常持此明者身如金剛山如金剛杵如金剛頂峯如金剛界如來如彼薩埵金剛如彼蓮華手如彼虛空寶如彼毘首羯磨如彼四波羅蜜十六大菩薩四攝八大供養如一切佛心如一切佛化身如百千俱胝不可說不

可說佛設利羅如佛眞身如佛舉念所作事業皆同一切如來所出言便成眞言舉動支節成大印契目所視處便成大金剛界身所觸處便成大印若常持者當得如是金剛之相若欲為大阿闍梨教授密法印等當須先誦此明一千遍一切諸佛菩薩金剛薩埵皆悉歡喜一切有情見者如父母想福如輪王七寶具足壽命長久千萬俱胝若常持此明金剛薩埵又諸菩薩常隨衛護得大神通所作事業皆悉成辦急難之中如日昇空一切宿業重障七曜二十八宿不能破壞得大安樂若持百萬遍得大涅槃處我今更說觀行密印曼拏羅法當觀自身如我形相住大白蓮漸漸舒展遍大空界或結根本印加持自身住法界定速當獲得一切智智其印相二羽虛心合掌二頭指屈附二中指上節如眼笑形二空各捻忍願中節文亦如眼笑形二小指復微開亦如眼笑形是名根本大印若以印拭目及眉兼竪拭眉間想成五眼又以印兼誦明右旋拭面三遍一切見者皆悉歡喜爾時一切佛頂輪王各以金剛輪置於本所出生一切佛母足下各成二輪一承其足一覆頂上時一切佛頂輪王皆悉供養圍遶誦妙伽陁一百八名大金剛吉祥無上勝讚曰

嚩日囉(二合)薩怛嚩(二合一)摩訶(引)薩怛嚩(二合二)嚩日囉(二合)囉惹(三)摩訶(引)囉惹(四)嚩日囉(二合)素乞叉麼(二合五)摩訶(引)素乞叉麼(三合六)嚩日囉(二合)野曩(七)摩訶野曩(八)嚩日朗(二合)句捨(九)摩訶俱舍(十)嚩日囉(二合)止多(十一)摩訶止多(十二)

嚩日囉(二合)惡乞芻毘野(二合十三)娜謨窣覩(二合)帝
嚩日囉(二合)三婆嚩　南謨(引)窣覩帝
嚩日囉(二合)濕嚩(二合)囉　南謨窣覩帝
嚩日囉(二合)馱怛鑁(二合)　南謨窣覩帝
薩怛嚩(二合)嚩日哩(二合)　南謨窣覩帝
薩怛吠(二合)嚩日哩(二合)　南謨窣覩帝
囉怛曩(二合)嚩日哩(二合)　南謨窣覩帝
囉怛寧(二合)嚩日哩(二合)　南謨窣覩帝
達摩嚩日哩(二合)　南謨窣都帝
達弭嚩日哩(二合)　南謨窣都帝
羯磨嚩日哩(二合)　南謨窣都帝
羯弭嚩日哩(二合)　南謨窣都帝
嚩日囉(二合)薩怛嚩(二合)　南謨窣都帝
嚩日哩(二合)薩怛吠(二合)　南謨窣都帝
嚩日哩(二合)囉儞(精以切引)　南謨窣都帝

嚩日囉(二合)囉惹　南謨(引)窣都(二合)帝
嚩日囉(二合)囉誐　南謨(引)窣都(二合)帝
嚩日哩(二合)囉儗(研以切)　南謨(引)窣都(二合)帝
嚩日囉(二合)娑度　南謨(引)窣覩(二合)帝
嚩日哩(二合)娑(引)池　南謨(引)窣覩(二合)帝
嚩日囉(二合)囉怛那(二合)　南謨(引)窣覩(二合)帝
嚩日哩(二合)囉怛寧(二合)　南謨(引)窣覩(二合)帝
嚩日囉(二合)帝惹　南無(引)窣覩(二合)帝
嚩日哩(二合)帝唧　南謨(引)窣覩(二合)帝
嚩日囉(二合)計都　南謨(引)窣都(二合)帝
嚩日哩(二合)計帝　南謨(引)窣覩(二合)帝
嚩日囉(二合)賀(引)娑　南謨(引)窣覩(二合)帝
嚩日哩(二合)賀(引)細　南謨(引)窣覩(二合)帝
嚩日囉(二合)達摩　南無(引)窣覩(二合)帝
嚩日哩(二合)達弭　南謨(引)窣覩(二合)帝

嚩日囉合二底乞史拏合三南謨引窣覩合二帝
嚩日囉合二底乞史抳合三南謨引窣都合二帝
嚩日囉合二係都南謨引窣都合二帝
嚩日哩合二斫羯囉合二南謨引窣都合二帝
嚩日囉合二婆去聲沙南謨引窣都合二帝
嚩日哩合二鼻始南謨引窣覩合二帝
嚩日囉合二羯磨南謨引窣覩合二帝
嚩日哩合二羯弭南謨引窣都合二帝
嚩日囉合二囉乞叉合二南謨引窣都合二帝
嚩日哩合二哩乞史合二南謨引窣覩合二帝
嚩日囉合二藥乞叉合二南謨引窣覩合二帝
嚩日囉合二以乞史合二南謨引窣覩合二帝
嚩日哩合二散地南謨引窣覩合二帝
嚩日囉合二母瑟智合二南謨引窣覩合二帝
嚩日哩合二囉多引南謨引窣覩合二帝

嚩日囉合二囉帝南謨引窣覩合二帝
嚩日囉合二麼攞南謨引窣覩合二帝
嚩日哩合二麼隸南謨引窣覩合二帝
嚩日囉合二儗帝南謨引窣覩合二帝
嚩日囉合二儗多南謨引窣覩合二帝
嚩日哩合二你哩合二南謨引窣覩合二帝
嚩日囉合二吠波南謨引窣覩合二帝
嚩日哩合二度婆南謨引窣覩合二帝
嚩日囉合二度閉南謨引窣覩合二帝
嚩日哩合二補瑟波南謨窣覩合二帝
嚩日囉合二補瑟閉南謨引窣覩合二帝
嚩日哩合二你波南謨引窣覩合二帝
嚩日囉合二你波也合二南謨窣覩合二帝
嚩日哩合二嚧馱引南謨引窣覩合二帝
嚩日囉合二嚧第南謨引窣覩合二帝

嚩日哩合二句捨　南謨引窣覩合二帝
嚩日哩合二句勢　曩謨引窣覩合二帝
嚩日囉合二播捨　南謨引窣覩合二帝
嚩日哩合二播捨　南謨引窣覩合二帝
嚩日囉合二塞怖合二吒引　南謨引窣覩合二帝
嚩日哩合二塞怖合二𪘨引　南謨引窣覩合二帝
嚩日囉合二健吒引　南謨引窣覩合二帝
嚩日哩合二吠捨　南謨引窣覩合二帝
唵嚩日囉合二室哩合二曳　娑嚩合二賀引

若持此讚王　纔一遍稱誦　諸佛悉雲集
三十七智圓　若當誦兩遍　諸佛悉入身
一切阿尾奢　及以三界主　若誦經三遍
諸法皆成就　若誦經四遍　行住及坐臥
所作皆安隱　若誦經五遍　人天所愛敬
誦至於六遍　能滅一切罪　若誦滿七遍
能生無數福　若有金剛子　常持此讚王
諸佛常衛護

說此語已時本所出生大金剛吉祥母復說畫像曼拏攞法取淨素氎等自身量而圖畫之凡一切瑜伽中像皆身自坐等量畫之於中應畫三會八葉蓮華中畫我身當於我前一蓮華葉上畫一切佛頂輪王手持八輻金剛寶輪於次右旋布七曜使者第二華院當頂輪王前畫金剛薩埵次畫八大菩薩各執本幖幟次第三花院右旋各畫八大金剛明王又於華院外四方面畫八大供養及四攝等使者皆戴師子冠是名畫像法曼拏羅亦如之法持阿闍梨云八大菩薩如哩趣經八大金剛如攝一切佛頂丁經說又八供養及四攝等幖幟如金剛界七曜形別授次說作成就法於心宿直日柳宿直日昴宿直日牛宿直日不揀日

月吉凶於此宿直日於一日之中不食誦滿一千八遍所有心願應時便遂獲大悉地對像壇前作法即得佛母成就現身爾時佛母金剛吉祥復說成就大悲胎藏八字真言曰

阿尾囉吽欠平聲吽紇哩二合噁

若誦滿一千萬遍獲得大悲胎藏中一切法一時頓證其印如釋迦牟尼鉢印以印從定起旋轉便結本三昧耶印以二羽虛心合掌復當心即成爾時復說成就富貴金剛虛空藏鉤召五字明王曰

鑁一吽二怛洛二合三紇哩二合四噁五

行者應畫五大金剛虛空藏於一圓明中等自身量畫之於一圓中更分爲五於中圓畫白色虛空藏左手執鉤右手持寶前圓中畫黃色虛空藏左持鉤右執寶金剛右圓中畫青色虛空藏左執鉤右持三辦寶放大光明於後圓中畫赤色虛空藏如前左持鉤右持大紅蓮華左圓中畫黑紫色虛空藏如前左持鉤右持寶羯磨是名五大虛空藏求富貴法若畫此像於青色或金色絹上畫之其菩薩衣服首冠瓔珞皆依本色跏趺坐畫此像已對於壇前無問時方但誦五字明一千萬遍即時富貴成就時時護摩速獲大悉地次當說印相

毘首羯磨三昧耶　忍願相合峯如針
是名法界虛空藏　三昧密印應當知
次改進力如三股　是名金剛虛空藏
復改進力如寶形　是名寶光虛空藏
又屈進力如蓮葉　印名蓮華虛空藏
戒方進力互相叉　是名業用虛空藏

爾時復說金剛吉祥成就一切明曰

唵一嚩日囉二合室哩二合摩賀引室哩二合三阿涅寧逸切底也二合室哩二合四素麼室哩二合五阿儗囉迦室哩二合六没駄引室哩二合七没囉賀引娑麼二合底室哩二合八戍訖囉二合室哩一合九捨祢始者二合囉始制二合帝室哩二合十摩賀引三摩耶室哩二合十一娑嚩二合賀引十二

復說妙吉祥破諸宿曜明曰

唵一薩嚩怛囉二合二三摩耶三室哩二合曳四娑嚩二合賀引五

復次行者應用金剛子爲珠以緑金剛線穿之對像前誦三百遍一切希願皆悉滿足其印相二羽金剛掌以檀慧内相鉤戒方雙屈入掌忍願相合如峯屈進力各捻忍願上節以禪智各捻忍願初文是金剛吉祥印

内縛統指節　並逼竪二空　是名破宿曜
一切不祥印　當觀妙吉祥　而作降伏事
結印誦百遍　不久即成就

時本所出生一切佛母復於頂上放百千道雜色光明於一一光中出生無量金剛杵勇健熾盛於足下亦然即說成就一切明真言曰

唵一吒吒吒烏二短聲置智置智吒烏三短聲吒烏引吒烏引吒烏四嚩日囉二合薩怛嚩二合五惹吽鑁斛六紇哩二合鸖吽泮吒七吽八

此真言能成就一切明能攝伏一切天能成辦一切事若欲知未來之事即結印安於左膞誦真言一百八遍隨印便睡本尊阿尾奢即於夢中見一切吉凶之事其印以定慧手作不動尊刀印以刀刃互插掌中即成若欲

誦一切眞言先誦此明三七遍一切速得成就若欲往諸方所想前宿形在足按之觀自身如本尊即得一切方處無礙無障所作皆得成就此吉祥明能成辦百千種事意之所起皆得遂情又法以藕絲爲燈炷熏成煙取點眉中間一切摩奴曬皆伏從愛敬時諸佛頂輪王各各還來入薩埵佛母一一毛孔中忽然不現時大會衆一時寂然

一切如來內護摩金剛軌儀品第十

復次金剛手　我說內護摩　謂淨除固業
令獲菩提心　端坐成月輪　觀水字光焰
主身如佛形　智拳住悲愍　此名扇底迦
如來內護摩　復次觸地儀　因字金剛句
發生猛利火　燒除衆不祥　名金剛持地
速悟無等覺　復次施願形　如字摩足句
寶光淨三業　寶光壞諸業　勝三摩地印
清淨無塵句　染慾及諸垢　結使皆清淨
業生拔諸有　寂靜無著言　一切所能作
得無礙染寂　金剛手薩埵　此名五種智
如來寂災密　爲諸菩薩說　大悲波羅蜜
起四無量心　印明同四佛　亦名佛息災
纔誦一遍竟　諸佛咸共言　是眞是佛子
如來常所護　能滅無等罪　能生無等福
能寂三世厄　諸佛咸衞護　復次金剛手
更說密言句　汝當寂心聽　五種如來智
及四波羅蜜

唵(引)嚩日囉(二合)馱(引)覩阿儗你(二合)鋑

唵(引)嚩日囉(二合)阿乞芻(二合)毘也(二合)阿儗你吽

唵(引)嚩日囉(二合)囉怛那(二合)三婆嚩阿儗你怛咯

唵引嚩日囉合二路計濕嚩囉囉惹阿儗你紇哩

唵嚩日囉合二阿謨伽阿儗你合二噁

唵嚩日囉合二薩怛嚩合二嚩日哩阿儗你合二吽

唵嚩日囉合二囉怛那合二嚩日哩阿儗你怛咯

唵嚩日囉合二達摩嚩日哩合二阿儗你合二紇哩

唵嚩日囉合二羯磨嚩日哩合二阿儗你合二噁

復次一心聽　金剛薩埵明　結本羯磨印
因字生金剛　滿彼大空界　遍此金剛火
能召諸金剛　攝伏爲僕使

唵嚩日囉合二薩怛嚩合二阿儗你合二吽噁

復次金剛王　本業三昧耶　鉤字生大鉤
遍鉤等法界　十方一切佛　盡來爲成就
隨心所愛樂　速獲無時限

唵嚩日囉合二囉惹　阿儗你合二吽弱入聲

復次金剛染　本業三昧耶　説字生歡喜
聲遍十方界　一切佛菩薩　盡爲染愛妻
三界世中天　人王等敬愛

唵嚩日囉合二囉誐阿儗你合二吽鵠

復次金剛稱　本業三昧耶　讃字生適悅
得正受三昧　遍於大空界　自他生適悅
大悅得平等　諸寃悉退散

唵嚩日囉合二娑度阿儗你合二吽索

如上四寂災　諸佛甚深密　所有三世苦
速滅無有餘　復次金剛手　金剛寶威光
結本羯磨印　如如生光明　威德隨諸天
及以王人等　一切皆隨順　增長自所求

唵嚩日囉合二囉怛曩合二阿儗你合二吽唵

金剛光明威　熾然字發光　一切天主王
釋梵及人趣　日月三世有　無能敢申覩

彼等有所能　盡皆得隨順
唵嚩日囉(二合)帝惹阿儗你(二合)吽暗(引)
金剛幢大軍　生字雨諸寶　結彼本業印
能召一切寶
唵嚩日囉(二合)計覲(平聲)阿儗你(二合)吽怛嚂(二合引)
金剛笑菩薩　喜字生音聲　結彼本業印
能長一切愛
唵嚩日囉(二合)賀娑(引)阿儗你(二合)吽鶻
如是四祕密　諸佛密增長　所求皆悉成
增長自身佛　三界天人見　悉皆云是我
生身化諸有　遥禮無敢近　復次金剛手
蓮華自在王　清淨自在字　徹照三界冥
地獄諸惡趣　悉淨如蓮華　結本羯磨印
能伏如是苦
唵嚩日囉(二合)達摩阿儗你(二合)吽紇哩(二合)

金剛猛利刀　劒字放大光　照徹三界暗
能伏訥瑟吒
唵嚩日囉(二合)底乞叉拏(三合)阿儗你(二合)吽談
金剛轉輪者　輪字化諸輪　能殺那羅延
及龍金翅鳥
唵嚩日囉(二合)係覲阿儗你(二合)吽給
金剛語言誦　密字化諸雹　打破諸脩羅
及一切宿曜
唵嚩日囉(二合)婆(引)灑阿儗你(二合)吽嚂
系系金剛手　如是四祕密　誦結破諸天
一切不祥事　三世三界怨　人及非人等
所起惡心者　彼皆悉化盡　梵天那羅延
自在日月天　天主頂行衆　住空地底天
由結四密印　誦明繞一遍　速滅無有疑
此名内護摩　金剛手復聽　羯磨金剛藏

輪字發光明　能令一切愛
唵引嚩日囉合二羯磨阿儗你合二吽
結彼本業印　金剛甲冑光　甲字放光明
能令一切愛
唵引嚩日囉合二咯乞叉合二阿儗你合二吽㰤
金剛怖食噉　牙字發光明　見觸皆清淨
悉令彼敬愛
唵嚩日囉合二藥乞叉合二阿儗你合二吽引吽引
金剛密持尊　持字放光明　結彼本業契
能令一切愛
唵嚩日囉合二散地阿儗你合二吽鑁
由此四祕密　金剛內護摩　能一切敬愛
無有不隨順　上至諸如來　下至一切人
隨順悉無礙　敬愛無息滅　金剛阿闍梨
應作如是法　從初水字生　至二十五尊
皆以本種智　發生成彼身　威儀悉同等
圓明爲火焰　自身口爲爐　遍至虛空界
即此光明中　擲諸不祥者　惡人惡天衆
上至等覺尊　速自本誓者　擲於爐內燒
疾得本成就　焚諸等覺衆　能息一切厄
諸火有情衆　能成長一切　諸執金剛手
摧伏一切怨　一切明妃衆　能敬愛一切
鉤索鎖鈴四　盡成鉤召事　乃至八供養
還結彼業印　及誦焰光明　能成自他願
一切無不成　我此內護摩　往昔寶生佛
於金剛界中　度無量有情　我今故演說
金剛手善聽　爲諸眞言師　廣說成利益
勿妄傳授與　未受具誓者　兼無智慧人
金剛內護摩　我今當說竟
唵引嚩日囉合二邏細阿儗你合二吽鵮

唵引嚩日囉二合摩𡁠阿儗你二合吽怛囉二合吒

唵引嚩日囉二合儗帝阿儗你二合吽儗入聲

唵引嚩日囉二合涅哩二合帝阿儗你吽訖哩吒

唵引嚩日囉二合虔開阿儗你二合吽噁

唵引嚩日囉二合補瑟波二合阿儗你二合吽唵

唵引嚩日囉二合路計阿儗你二合吽禰入聲

唵引嚩日囉二合嗙馱阿儗你二合吽䨺

唵引嚩日囉二合句捨阿儗你二合吽弱入聲

唵引嚩日囉二合播捨阿儗你二合吽吽

唵引嚩日囉二合娑普二合吒阿儗你二合吽鑁

唵引嚩日囉二合吠舍阿儗你二合吽斛

金剛薩埵菩提心內作業灌頂悉地品第十一

爾時世尊復告金剛手言我今更爲汝說成就金剛薩埵一字心極密無上淤勇智光密言而說頌曰

持眞言行者　觀身如佛形　根本命金剛
釋論以爲虛　多羅爲二目　毗俱胝爲耳
吉祥爲口舌　喜戲爲鼻端　金剛觀自在
以成定慧臂　三世不動尊　以爲兩膝脚
心爲遍照尊　齋成虛空眼　虛空寶爲冠
相好金剛日　以此十五尊　共成一佛身
如世月團圓　佛性亦如月　從初作成就
乃至成悉地　心心不間斷　成就十五尊
是即極深密　眞言者當知　金剛薩埵心

菩提密言曰

吽一斫訖囉二合二多囉斫乞芻二合三渤哩二合句胝四曼殊室利二合曳五嚩日囉二合攞細六紇哩二合吽七悉怛哩二合路枳也二合八左囉吽九鑁十欠十一室哩二合十二阿迦捨麼𡁠十三帝惹

十四吽十五
誦此成就明　作法成尊身　然後入薩埵
一字心密語　作薩埵業印　安立自身分
以十五尊句　密語種子字　一一布支分
而成大悉地　金剛薩埵心　一字密言曰
吽引
金剛阿闍梨　教授諸弟子　以緋繒掩面
與彼作加持　令次阿闍梨　教彼薩埵誓
置華於印中　令彼散支分　隨華所墮處
行人而尊奉　教彼本明印　令其作成就
此名金剛手　內作業灌頂　極祕密中祕
此名五部源　金剛即寶光　蓮華即羯磨
如和同一體　即此身五佛　右臂觀音部
左臂金剛業　頂上摩尼屬　多羅毘俱胝
並是羯磨部　三世不動尊　即名四攝智
喜戲名供養　虛空眼外持　金剛光彼岸
即名三十七　最上極深密　法佛密成就
復次金剛手　更說內火法　息災月為爐
各如本尊貌　種智發光焰　焚燒一切罪
五佛波羅蜜　名為息災事　三世天人等
並為護摩木　擲諸忿怒天　以為降伏業
日月遊空天　名為增益事　那羅延自在
俱摩羅釋主　金剛尾近那　名為遂他用
水族諸天王　金翅難陁龍　名為吉祥業
火天焰魔王　七母八執曜　名為勝他作
皆用金剛手　一字心密言　及用本業印
而用作加持　但誦彼天明　用金剛界鉤
攝彼至空中　擲彼而為事　此名最勝尊
心地極密法　名稱阿闍梨　彼覺成就近
得如是光澤　方可作此法　而乃傳與人

勿妄作諸過

次説遜婆明王根本真言曰

唵嚩日囉合二吽引羯囉吽短聲吽短聲吽短聲顊遜

婆吽短聲

先住菩提大印已　羯磨四印作加持

以成三世大誓身　兩臂青色薩埵儀

然後入忿怒王業　二羽掙擲金剛杵

至空却下承薩埵　復次三旋金剛舞

至空却下金剛王　乃至善哉亦如是

即能廣作諸事業　是名最初吽迦囉

如前所結誦心密　方應作此護摩業

所用護摩物其體同此明皆從心流出各隨

其本色傳之爾

又取黒塩護摩能召一切天隨名呼之能滿

所求事

又取以烏牛糞護摩能召一切妙吉祥菩薩

能成般若波羅蜜

又法以黒沉香護摩能令普賢菩薩授與一

切持明法

又法以黒華護摩能令虚空庫菩薩授與一

切雜事業

又法以黒土而作護摩業悉皆能召集一切

地居天

若以白色華　護摩作供養　一切吉祥天

賜與金寶藏　恣意而受用　護摩白樹汁

能令諸母天　授與妙仙藥　服壽命一劫

若以檀香護　驅役上界天　護摩蘇合香

住空亦如是　以麝香護摩　役使遊空天

地居以牛黄　地底用安息　若常用沉香

護摩而奉獻　十六大菩薩　各速疾授與

本本三昧耶　若常以龍腦　而作護摩業
八供養菩薩　授與三昧耶　令速疾成就
黃檀常護摩　五部四攝等　菩薩爲侍者
隨意皆能辦　護摩以欝金　五方諸如來
不壞應身故　常來作加持　丁香作護摩
一切蓮華部　曼拏羅皆集　授與三摩地
殊勝之灌頂　護摩菩提葉　一切金剛部
曼拏羅皆集　授降魔灌頂　白蓮華護摩
寶部曼拏羅　雲集而授與　法財灌頂位
護以青蓮華　能令如來部　五部曼拏羅
如是等聖衆　授種種隨類　事業之灌頂
如上之所説　最勝護摩法　百八誦眞言
加持而作業　所作業與物　獲得如是報
三業淨柔輭　輕安受適悅　大印三菩提
速疾而成就　又説息災法　取蓮華智字
及以虛空智　合和爲神線　想繫右臂上
即能離諸過　或取羯磨智　及金剛因字
和合爲神線　即能利樂身　又取金剛部
四尊種智字　和合爲色線　即能降伏業
又取摩尼部　四聖密智字　和合爲色線
即能增益事　又取蓮華部　四聖種子字
和合爲四線　即能一切愛　又取羯磨部
四尊密智字　和合爲四線　即能鈎召用
此名內護摩　依前火中作　乃至三十七
並依此法教　金剛薩埵心　及印爐光焰
又法取青茅　作一旋茅環　釧於進力指
能降衆不祥　釧於忍願節　能除一切苦
釧於禪智度　能奪那羅延　釧於戒方指
能令本尊悅　授與一切願　及成就一切
釧於檀慧節　親近諸悉地　一切佛歡喜

不違本誓力

大金剛焰口降伏一切魔怨品第十二

爾時世尊復觀一切未來世諸薄福有情住大悲盡三昧而說伽陀曰

有佛名金剛　大藥叉吞噉　一有惡有情
及無情等物　三世一切惡　穢觸染慾心
令彼速除盡　吞噉無有餘　汝金剛薩埵
一心聽此明　廣布諸有情　金剛盡明曰

唵(一)摩賀(引)藥乞叉(二合)(二)嚩日囉(二合)薩怛嚩(二合)弱(入聲)吽(引)(三)鑁斛(引)(四)跛囉(二合)吠捨(五)吽(短)(六)

此名金剛食　主宰諸能摧　菩提化身天
及正業受果　誦此一千八　隨順而攝受
三千世界中　上至有頂類　若加持男女
能令阿尾奢　三世三界中　盡能知休咎
若誦此洛叉　能令三界天　所問吉凶事
速令阿尾奢　若欲食諸觸　先誦七遍明
便食諸觸物　能令悉清淨　若與人食毒
誦明三七遍　擲印加彼器　即成蘖嚕拏
噉食諸龍毒　或觀成本尊　或印成本尊
皆得攝彼毒　若令人敬愛　以印搖擲彼
或想以印擊　彼皆如奴僕　若作曼荼羅
及畫或觀成　當觀吽一字　成大羯磨輪
放光焰金色　復於齊輪中　當股於五分
觀五大月輪　一輪安五尊　共爲二十五
用金剛界字　羯磨印安布　安於輪四隅
放種種色光　一隅四忿怒　四隅十六護
各持五峯杵　作金剛擲步　皆從吽字生
身作四方色　最中圓佛處　四隅内供養
次四方面前　左右安二尊　所謂鉤等四
及香華等四　次後相對處　安妙吉祥幢

種種諸寶網　繒衣珠鬘華　輪鈴拂商佉
天女作衆樂　如是等安布　皆從吽字生
用前成就明　安了誦一遍　即能成眞實
堅固如金剛　行人自爲佛　處於輪齋中
四時不間斷　誦滿三十萬　依前觀行門
速得本尊身　若有諸惡人　藥叉羅剎王
風雨龍山神　七母諸宿曜　海神江河神
釋梵日月天　金剛尾伽那　三界中天人
俱依此觀住　彼見如人者　作禮獻所能
受教而請命　復次金剛手　我今更說印
戒方忍願指　內相叉爲齒　檀慧曲如鉤
進力及禪智　猶如笑眼形　是名根本印
亦名根本心　結護及供養　扇底迦四事
皆用此印作　我今更說祕　金剛藥叉形
六臂持衆器　弓箭劒輪印　及薩埵羯磨
五眼布忿怒　三首馬王髻　珠寶遍嚴飾
其餘諸聖尊　畫如金剛界　若欲治諸病
應稱十六吽　結使金剛業　勢如持金剛
口誦所言約　彼皆悉受命　移大海須彌
及取三界天　開惡趣放罪　所作皆稱遂
若欲得仙藥　及住極樂界　知足天王宮
隨所意便得　金剛薩埵汝　更說阿尾捨
取童男童女　淨浴新淨衣　令彼薩埵誓
上安於白華　加持令掩面　再加一千八
彼即阿尾捨　彼身或住空　所有三世事
一切皆知者　我說祕密句　汝等善諦聽
底迦等五事　祕句說眞言　圓寂大悲常
是名寂災句　歸依及蓮華　是名增益句
忿怒破壞稱　是名降伏句　敬愛伽路耶
金剛鉤鉤召　是名五種密　金剛語瑜伽

欲令彼未來　不依師授者　於此法輕慢
自述自師意　迷設阿闍梨　剛强大我等
更說一字心　祕中最勝密　此名最勝祕
金剛身語心　諸佛大悲身　常在此字中
隨處誦一遍　諸大果菩薩　一切人天衆
悉皆禮彼人　如前所作法　或誦此密言
一切速皆成　不可思議力　系金剛薩埵
此名最祕密　勿妄傳與人　當付智慧者
唵吒枳吽娑破(二合)吒鉢囉(二合)吠捨吽發吒(引)
爾時大衆十六大菩薩及諸忿怒金剛等皆悉禮佛依住時佛菩薩等忽然不現諸金剛等各各互相謂言何故諸佛忽然不現即於是時徧於法界而有聲言善哉諸金剛等我本無有言但爲利益說時金剛手等亦復不現

金剛峯樓閣一切瑜伽瑜祇經卷下

音釋

[齒來]卓皆切　曬所賣切　[衤舍]牟舍切　雹弼角切雨冰也　胄直又切兜鍪也　揂初尤切　蘖魚列切

佛說妙吉祥最勝根本大教經

宋西天三藏朝散大夫試光祿卿明教大師法賢奉　詔譯

清刻龍藏佛說法變相圖

佛說妙吉祥最勝根本大教經卷上 上中同卷

宋西天三藏朝散大夫試光祿卿明教大師法賢奉 詔譯

焰髮得迦忿怒明王成就儀軌分第一

爾時妙吉祥　化身大明王　名焰髮得迦
徧身熾盛光　甚惡大怖畏　令諸大明王
驚怖器仗落　天人阿脩羅　恐怖而合掌
悉皆歸命禮　稱讚俱胝數　見斯大焰光
熱惱心如火　如是而白言　唯願大明王
止息大惡相　光明大熾盛　徧照於十方
三界諸天人　及彼脩羅等　驚怖歸三寶
頂禮佛法僧　即時大明王　息惡化善相
具足大威德　妙吉祥化身　天人脩羅等
俱白大明王　云何行精進　種種而承事
恭敬供養等　而得大歡喜　方便爲開演
斷除我等疑　爾時大忿怒　焰髮得迦王

如是聞彼語　告天脩羅等　汝各具威德
歸依佛法僧　三寶勝功德　信順如來勑
利益諸衆生　我止大惡形　化爲妙善相
已受三歸者　當發菩提心　我有根本教
大明成就法　七字十字等　如是成法句
一切諸天人　及彼阿蘇囉　汝等當受持
所願皆成滿　此焰鬘得迦　忿怒根本教
我親所說時　大地皆震動　江海悉沸騰
一切諸天人　夜叉囉叉娑　及以必舍佐
身心俱顫掉　怖畏大明王　各發恭敬心
合掌俱作禮　受持大忿怒　焰鬘得迦王
根本心大明　爲護世正法　於彼三界中
一切天人内　作成就儀軌　最勝最第一
焰鬘得迦王　親自而宣說　一切諸天人
信受俱歡喜　天上及人間　恭敬頭面禮
百千菩薩衆　依法自修習　廣行慈悲行
如是此大教　妙吉祥根本　清淨儀軌法

成就第一分

焰鬘得迦必隷覩得羯吒曼拏羅成就儀軌分第二

復次最上曼拏羅儀軌能於三界作大怖畏能施所求一切滿願此名必隷覩得羯吒曼拏羅成就法持明行人先須揀擇所樂之地或大樹之下或尸陀林中或空舍内或四衢道路之傍或於山間或二塔中間或園林内或山頂上或河岸海岸或牛欄内或鬬戰之地或大自在天祠及諸寂靜之處隨自意樂當建曼拏羅復須依法潔淨於彼地内所有荆棘瓦石砂礫骨髮橛木等不潔之物悉皆除去然後以五藥淨水合瞿摩夷塗曼拏羅

地時持明者經宿沐浴淨持齋戒志意專心誦此大明作自擁護復次以兜羅綿或麻合三股線絣四方曼拏羅先從東方起首四方四隅次第依法如是絣已用屍灰粉於曼拏羅四方四隅作於四門唯開南門餘三常閉曼拏羅中心粉一蓮華復於東北隅起首依法次第以屍灰畫諸賢聖及寶杖印於曼拏羅四門各畫一必隷多形中間蓮華上畫第五必隷多形以髑髏爲莊嚴如是曼拏羅中一一依法悉令周足復次曼拏羅有其八種闕一肘曼拏羅爲常供養儀闕二肘曼拏羅爲消災增益儀闕三肘曼拏羅爲發遣設咄嚕儀闕四肘曼拏羅爲敬愛句召儀闕五肘曼拏羅爲禳災除病儀闕六肘曼拏羅爲除魔及宿曜儀闕七肘曼拏羅爲句召諸天敬愛儀闕八肘曼拏羅爲一切所求成就儀如是八肘已上作者非依儀軌必不成就持明者畫曼拏羅已以滿鉢盛香水滿鉢盛種種妙華及沉香梅檀香安息香酥燈油燈如是依法次第安置必得成就

復次或作大惡曼拏羅法持明者用涅哩嚩娑爲燈以酒肉魚及種種飮食當用出生即行人作禮諸佛發菩提心時持明者依法自畫曼拏羅内賢聖形像及幖幟等如不能畫依法觀想曼拏羅蓮華之上有微妙字化成必隷多得羯吒復想曼拏羅四隅各一寶杖四門各一必隷多即誦必隷多大明如是誦已復想曼拏羅内八種幖幟其名曰賀悉多波那尸囉娑建馱部惹羯嚕吒親那左哩摩捺囉設嚩摩攞如是想已誦此大明而作現

前然後請召焰鬘得迦大忿怒明王入自心中身黒色大惡相具大威德徧身熾焰六面各有三目目作赤黄色頭髪及眉皆赤黄色六足足蹋必隷多十二臂右第一手作施願印第二手執鉤第三手執三叉第四手執劒第五手執寶杖第六手執鉞斧左第一手執髑髏第二手執旗第三手執都摩嚩第四手執罥索第五手竪頭指第六手執寶杖用半乾半潤人頭爲鬘飾虎皮爲衣身大腹廣面作種種忿怒相惡色變動如海沸騰現相不定或作忿怒相或作善相或作大惡相或作怖畏相或開口出舌或露現牙齒如是依法粉畫觀想亦然如是想巳以香水獻閼伽及紅色華於必隷多頂上復用赤檀香華及華鬘獻焰鬘得迦明王頂上即誦焰鬘得迦明王心大明持明者觀想此明王心大明入自心中誦頭大明想在頭上誦頂大明想在頂上誦甲冑大明想爲甲冑如是觀想巳復誦香大明即獻香然後於曼拏羅四方四隅各然於燈供養即以種種餘食及上妙香華獻焰鬘得迦忿怒明王復以種種飲食出生獻必隷多及一切鬼神等復用滿鉢淨水滿鉢好香安置曼拏羅外然後依法令受法弟子沐浴潔淨巳即誦忿怒明王大明加持一華令彼弟子以二手指執此一華而復用帛覆於頭面念三寶名時阿闍梨引弟子入曼拏羅内令發誓願即便抛華向曼拏羅中與去面帛認本尊阿闍梨與弟子説寶杖印及三寶祕密三昧印即以香華水灌弟子頂復以香華供養所有忿怒明王心大明授與弟子

時弟子授大明已頭面作禮隨力布施供養阿闍梨弟子所願之事必得成就復用滿鉢香水安曼拏羅東邊獻明王閼伽水時阿闍梨即誦發送大明發送焰鬘得迦大忿怒明王歸於本位於曼拏羅獻閼伽水如是依法常作能得世間廣大無等之福

忿怒明王必隸覩得羯吒曼拏羅大明成就儀軌分第三

復說曼拏羅中第一必隸多大明曰

唵引薩莫薩哩嚩二合怛他引誐帝引毗藥二合一必隸二合多目佉二佉引那迦娑嚩引二合賀引三

復說曼拏羅東門必隸多大明曰

唵引必隸引二合覩引攞迦引二合野一吽引發吒半音二

復說曼拏羅南門必隸多大明曰

唵引必隸引二合多一鼻引鬘引怛迦二吽引發吒三半音

復說曼拏羅西門必隸多大明曰

阿引唵引必隸引二合多一入嚩二合攞二發吒三半音

復說曼拏羅北門必隸多大明曰

唵引乞叱二合鉢囉二合必隸引二合覩一引得羯二合吒二吽引發吒三半音

復說曼拏羅四隅寶杖大明曰

唵引曩莫沒馱達哩摩二合僧祇毗藥一二合薩哩嚩二合怛他引誐帝引毗藥二二合阿引胃嚕二合引駄尾惹野引仡你二合引三入嚩二合哩多四吩賀嚩引五二合必隸二合多始囉六吽引發吒半音七

請召焰鬘得迦明王大明曰

唵引曩莫引没馱達哩摩二合僧祇引毗藥二合一骨嚕二合引達嚩囉尾囉二合引二莎三摩曳引曩三阿誐蹉四阿引誐蹉五唵引阿引吽引六壹難必隸二合引多娑喃七必隸二合引覩引得羯二合吒八咯乞叉二合咯乞叉二合娑嚩二合引賀引九

必隸多鬘大明曰

唵引曩莫薩哩嚩二合怛他引誐帝引毗藥二合一必隸二合引多摩引隸引二尾訖哩二合帝引三虞呬四也二合閉引四尾迦引囉目契五薩哩嚩二合咯乞芻二合鉢祖仁祖切瑟胝二合引六吽引發吒半音七

十七微妙字大明曰

阿引一骨嚕二合引提引迦焰鬘引得迦二賀曩三摩他四畔惹五吽引發吒半音引六

明王心大明曰

唵引阿引一吽引二此明爲擁護

觀想明王頭大明曰

唵引迦引攞吽發吒半音一

觀想明王頂大明曰

唵引野鬘得枳引羯尾引囉一吽引發吒半音二

觀想明王甲冑大明曰

唵引入嚩二合引攞引一入嚩二合哩多尾仡囉二合引賀二吽引發吒半音三

觀想明王器仗大明曰

唵引吠引嚩莎旦引多迦一吽引發吒半音二

如是焰鬘得迦明王大明於身五處觀想獻閼伽大明曰

唵引伊迦尾引囉一野鬘引怛迦二尾娑囉

三尾娑囉四娑嚩引二合賀引五

獻塗香大明曰

唵引囉訖多一二合唧底二輸尼多引哩捺囉二合三蘇𪘨馱四尾仡囉二合賀五娑嚩引二合賀引六

獻華大明曰

唵引祢摩也一二合薩囉二合仡摩引二合囉也二合引二馱引哩尼引娑嚩引二合賀引三

獻香大明曰

唵引唧底一度波二必哩二合夜引野娑嚩二合引賀引三

獻燈大明曰

唵引祢麼也一二合[口*尒]踰引二合底瑟摩二合帝娑嚩引二合賀引二

一切飲食出生大明曰

唵引薩哩嚩引二合弥試引阿嚩賀引哩尼引娑嚩引二合賀引二

獻一切飲食及出生大明曰

唵引祢摩焰引二合曩部引[口*尒]你一引賀囉賀囉二訥凌引二合訥夌引二合三訥凌引二合竭娑嚩二合引賀引四

必隸覩得羯吒曼拏羅中獻食及出生大明曰

唵引窟窟你一必隸引二合覩引得羯二合吒二必哩二合多摩引隸三引攞里你四窟朗引二合窟朗引二合窟朗引二合窟朗引二合五必勵引二合六必勵引二合底始吠引七訥凌引二合訥凌引二合訥凌二合引八窟窟你九仡哩二合恨拏十二合末凌娑嚩二合引賀引十一

忿怒明王必隸覩得羯吒寶杖印曼拏羅祕

密供養儀軌分第四

復次妙吉祥化身焰鬘得迦明王大無畏身有無量光明依三寶儀法以手結印右手安前而現三昧拇指常審餘指緊作拳此是寶杖印時持明人用心大明或別明與此印同用不得違越此寶杖大明曰

曩謨引沒馱達哩摩二合僧祇引毗藥二合一阿引二薩哩嚩二合怛他引誐多三骨嚕二合引達尾二合惹野四阿仡你二合入嚩二合里多吽賀嚩二合五必隸多始囉六吽引發吒半音七

此寶杖明并印亦名忿怒明王心明能作清淨能化器仗能調伏諸魔

復說必隸覩得羯吒曼拏羅內寶杖印儀時持明者依法用屍灰於寶杖尖上畫一必隸多頭只得在曼拏羅內畫外不得畫兼持明人求成就者若求此杖一切所須無不成就

復說彼寶杖印成就法如前必隸覩得羯吒曼拏羅作四方四隅及於中間九處各安寶杖印如是句召供養與此明王大明同用而爲最上大明曰

唵引唵引曩謨引沒馱達哩摩二合僧祇引毗藥二合一阿引阿引二薩哩嚩二合怛他引誐多三骨嚕二合引馱尾惹野引仡你二合四入嚩二合里多吽賀嚩二合必隸引二合多始囉吽引吽引發吒半音五

此寶杖印大明於一切成就法中最上最勝能作廣大成就復說供養觀想法想畫一蓮華華作八葉爲四方四隅從東方起首依法次第於四方四隅及華中間各安微妙字復作結界想吽字在寶杖必隸多頭上想唵字

而作現前想唵曩莫字爲供養阿上聲字爲焰鬘得迦明王最勝三昧大明曰

唵引曩謨引沒馱達哩摩二合僧祇毗藥二合一薩哩嚩二合沒馱引毗二僧寧觀二合多三

先誦此明爲歸命三寶然後用一切寶杖各各本明及本三昧而作忿怒顧視於剎那間一切所求皆悉成就此是如來所化

復次依法各誦本大明已誦阿上聲字作最勝焰鬘得迦明王顧視爲本三昧後誦吽字所有息災增益敬愛勾召調伏發遣等一切成就若持明人作息災法先用唵字及本大明後誦別大明此是如來三昧能息一切災難若先誦大明後誦吽字及焰鬘得迦大明此是如來相能作最上事若敬愛法依大明本法後誦莎賀字能令諸天敬愛行人欲求大富當誦如來部大明如是常作必得大富若作增益法亦誦本大明後誦吽字速得增益若殺設覩嚕先誦吽字後誦登吒字即能殺彼若欲發遣先誦吽字後誦本大明及登吒字作祕密供養而能發遣如是前曼拏羅四方四隅及中間九處所有寶杖雖以香華供養飲食出生若不持誦大明終不得成如是增益敬愛息災調伏殺冤等法彼持明者了知祕密印法及曼拏羅等儀軌周足不在擇日擇時占覩星曜亦不假志持齋戒沐浴清淨等自然成就滿一切願若持明者發菩提心以香華果子飲食等隨力供養焰鬘得迦明王誦彼心大明滿六箇月隨意所求皆得成就

忿怒明王必隸多曩毗寶杖印曼拏羅祕密

供養儀軌分第五

復次持明者於夜分往尸陀林中以屍灰畫四方曼拏羅作四門上用綵帛爲仰塵懸拂鏡華鬘復於八方安八髑髏然燈八盞中畫半屍屍上畫寶杖印别畫一必隸多此名必隸多曩毗曼拏羅能作一切成就時持明者依法出生供養即誦大明一洛叉令法精熟以髑髏滿盛輸尼帝獻寶杖印持明者用赤檀塗身潔淨已著赤色衣以大明甲冑爲自擁護復用有辭辯勇猛精進者三人爲同伴於黑月八日持明者止息諸根令心寂靜與前三人同入必隸多曩毗曼拏羅持明者安定而坐以手結印誦此大明或見種種魔境不得怯怖竟夜持誦必得成就降魔除冤最爲第一乃至難成之法速得成就

復次持明又持焰鬘得迦大明已即誦吽字及誦賀曩尾娑怖吒伴惹伴惹等大明時持明者作忿怒相立如舞勢經刹那間能令山嶽及州城樓閣等悉皆破壞

復次持明者先誦吽字次誦捺囉尾娑怖吒伴惹伴惹等大明能破裂山河大地及開阿蘇囉宫門乃至一切所求皆得隨意

復次先誦吽字次誦鉢左尾持鍐婆輸沙野等大明能枯涸流泉池沼乃至江河大海

復次先持吽字次誦娑擔婆能禁伏一切魔事若誦兩徧能禁他軍全無動用如壁畫人若先誦吽字次誦訥凌能令設咄嚕惶亂或與前二句同用所作皆成若作忿怒相持誦能令他軍自亂馳散若先誦吽字次誦底瑟吒底瑟吒此明能禁伏囉惹若先誦吽次誦

賀曩尾特鍐合二娑娑摩囉野發吒等能滅他軍若先誦吽字次誦揭揭佉呬佉呬等能令他軍速自作亂若先誦吽字次誦發吒吒訥凌合二訥凌合二鄭鄭訥凌合二訥凌合二如是此明能殺設咄嚕若先誦吽字次誦賀賀賀引賀引吠微多攞發吒若先誦吽字次誦賀賀賀引賀引等發吒此二種明能成就世間一切之事若先誦吽吽次誦訥凌合二訥凌合二鄭鄭訥哩發吒此明能一刹那間廣利世間如是明王所說儀軌印法修習精熟持誦之間護持一切菩薩三昧作一切事隨意成就

復次持明者起首作成就法先誦一洛叉令法精熟即便作法若法未成用前如來三昧及勾召大明後用頂禮大明及唵字巳復唵字爲第一阿引字爲第二吽字爲後句如是誦忿怒明王大明句巳復誦吽字次誦唵字阿引字後誦吽字如是誦巳復誦如來大明即密結印法誦大明一洛叉能作一切成就此是依法精熟儀則若不成就當復依前法作若不依法作持明者自得破壞此最勝焰鬘得迦明王法印所在之處彼持明者依法持誦能成就一切事乃至世間出世間能作成壞真實不虛於七由旬外能調伏魔冤及部多必隷多吠多拏等皆能破壞乃至勾召諸天息災除患殺設咄嚕依此三昧心印儀軌具足明王歡喜以大威勢能令行人所作成就此是焰鬘得迦最上大無畏明王心印亦名寶杖印祕密法

佛說妙吉祥最勝根本大教經卷上

佛説妙吉祥最勝根本大教經卷中

宋西天三藏朝散大夫試光禄卿明教大師法賢奉　詔譯

吠多梨印成就勾召儀軌分第六

復次焰鬘得迦明王根本十七字大明名吠多梨祕密心印能於焰鬘得迦大無畏明王作大歡喜彼持明者或於禁縛之地或尸陀林等如是處所現前持誦必得成就此吠多梨印法焰鬘得迦明王自説以二手指相交二無名指入掌内二頭指屈如鉤二拇指安小指上復二拇指作顛倒展舒如是吠多梨印法眞實不虚有大威力時持明人於賀賀部多曼拏羅中依法持誦十七字大明用此吠多梨印一切所欲能施成就今説忿怒曼拏羅如前必隷覩得羯吒曼拏羅作四方四隅只闊一肘不得增減於彼八方各燒其火曼拏羅四門各安戍攞於戍攞上各安一必隷多曼拏羅中間亦安一必隷多散被頭髮復安必隷多髮如前必隷覩得羯吒曼拏羅儀軌時持明者想十七字大明在曼拏羅半屍上化成焰鬘得迦明王十二臂六面六足徧身熾焰作大惡相如是想已誦必隷覩得羯吒大明以香華供養然後用摩賀滿娑而爲出生以葷茹爲香别物非儀時持明人結吠多梨印以香華供養及出生等復於曼拏羅外八方然燈用尸陀林中木柴或木簽柴及摩賀帶攞用佉祢囉木爲杓於曼拏羅南門作護摩七徧如是作巳復作明王成就法時持明者但能明善曼拏羅法雖不持誦精熟亦得成就時持明者用不損壞者薩埵一箇安置曼拏羅南門行人安想吠多梨印於

薩埵心上即以明王大明加持淨水沐浴薩埵用赤色及青色香華而伸供養復結吠多梨印想焰鬘得迦明王身上五分作自擁護時持明人手執利劒作大無畏相以左足蹋薩埵心手結期尅印即誦焰鬘得迦明王大明曰

唵引阿引骨嚕引二合提迦焰鬘怛迦賀曩摩他畔惹吽引發吒半音

持明者誦此大明一十七字直至薩埵身漸震動起立現大惡相不住作大惡聲時持明人以所執利劒割截自身血肉用爲閼伽獻於薩埵時彼薩埵知持明者意受閼伽已立於部多曼拏羅內現大惡相此是持誦大明之力感焰鬘得迦大無畏明王託質現相持明者見此相已即結吠多梨印時明王見此本印息大惡必隷多相然後施持明者一切願所欲成就爾時明王即自隱身薩埵倒地變黃金身與彼同伴三人隨意受用如是成就之法須是有大德行之人可許作法若無德行欲作此法及同伴人俱獲除滅若有行德不善印法亦被除滅若有德行善知吠多梨心印是名最上持明阿闍梨於如來三昧具足成就時忿怒明王決定現前能施行人一切所願俱獲成就復說大明曰

唵引曩謨引没馱達哩摩二合僧祇毗藥二合引一阿引骨嚕引二合提引迦三焰鬘得迦四賀曩五摩他六畔惹七吽引八吠引多引梨引九嚕乞叉二合十嚕乞叉二合鈐引十一怛他引誐覩引倪也引二合鉢野底娑嚩引二合賀引十二

此是如來三昧吠多梨大明印勑持明者於

曼拏羅内結吠多梨印誦此大明爾時明王決定現前行人作大無畏相所欲之事隨意成就

復次大明吠多梨印法亦受一薩埵用大三昧安曼拏羅内行人復依前法或於焰鬘得迦明王前或曼拏羅中或功德像前或尸陀林内或空閑舍中隨自意樂如是依法持誦一洛叉令法精熟已依吠多梨印三昧於空舍内用屍灰作賀賀部多曼拏羅彼空舍内若有他人暫住其中見此賀賀部多曼拏羅於七日内必得破壞依必隸覩得羯吒曼拏羅儀則次第作供養從曼拏羅南門及北門持誦吠多梨大明及結本印依本三昧於黑月八日持明者安定而坐持誦大明至日出時即得成就能滿一切願此是最上大明句忿怒明王親説能作一切事乃至寶杖印作法亦然如是所説吠多梨印是中等成就法

復次爲貧苦衆生説第三成就法如是依法次第隨行人所樂之處畫殊妙必隸覩得羯吒曼拏羅於其中間安吠多梨印及想忿怒大明字作善相歡喜即結吠多梨印作供養誦十字祕密明或十字已上最勝求成就者當誦此大明曰

唵引阿引吽引覩吠引多引梨嗠叉嗠叉𤚥引娑嚩引二合賀引

此是吠多梨本心大明依法持誦十嗠叉所在處所隨意作法皆得成就此祕密明功能廣大能作一切事

復次依焰鬘得迦明王所説大儀軌法所有禁縛魑魅敬愛調伏殺設咄嚕發遣鬭諍息

災增益句召幻化等依儀所作必得成就時持明者依法次第先須持誦精熟然後作此吠多梨法必得成就又此儀軌有其多種今此成就法用孔雀尾一百莖令童女合線繫孔雀尾爲拂以新好佉祢囉木爲其拂柄柄安一塔於樺皮上以牛黄畫吠多梨安彼塔中於月蝕夜往河岸上作必隸覩得羯吒曼拏羅持明者顧視月黒處即誦大明至月蝕退時以左手執拂魔不能障令孔雀尾自然温暖漸有煙焰若拂有温暖此是成就之相皆是明王所化時持明人能爲一切衆生作大利益與諸菩薩而無有異若見煙焰彼人得如意通能隱没自身亦能變身如天女相不老不死證得持明天大吉祥神通騰空自在常得夜叉女恭敬圍遶於一切持明天中最上第一能作一切事亦是明王威力所化時持明人若見他軍欲求殺害以拂揮搖他軍即止而不能行乃至所有虎狼師子毒惡龍象及一切鬼神揺拂之間悉能禁止不能爲害若以背拂復得如常隱於功用

復説最上吠多梨印祕密眼藥成就法持明者用摩賀嚩舍安髑髏内至日月蝕時取此摩賀嚩舍爲油以赤馬糞爲燈芯用栴陀羅舍中火然燈以髑髏收此燈煙加持一晝夜復加持一銅箸子巳以箸搵藥點於自眼左右顧視能見障外一切色境如彼天眼而無有異以水洗眼即得如常此名最上眼藥成就法

復説魑魅成就法用阿哩迦藥根曼陀羅藥根遏稅摩囕藥木香謨賀曩藥根摩賀你攞

藥根設囉半亢藥必隷多萎花囉惹捺多藥如是藥等復用悉帝哩布嚕沙等而行虞呬也事於黑月八日令童子研前藥爲粖後用悉帝哩囉惹搵前藥粖或搵佉囉嚇多然後於黑月八日用屍衣畫必隷覩得羯旺曼拏羅加持前藥八千徧即得成就此藥能令一切人及鬼神作於魑魅若於鬭諍刧害及火難王怖之難能於自身而作擁護若以藥塗彼身至善法堂中帝釋天主亦令作魑魅若過河澗等即無本力

復説能令一切部多等悉皆入悟能説種種事成就法用虎皮及你哩謨迦冒囉誐毒藥鬱金謨賀曩藥根並擣羅爲粖用羖羊毋怛囉合和作丸如豌豆大作七丸或八丸用恭俱摩香搵或搵兔血如是搵已以藥丸安在髑髏内於黑月八日夜加持彼藥八百徧已上别用一器物以恭俱摩香塗之取前藥安此器内復持誦八千徧此藥法則決定成就有大威力然後行人以藥打者剎那之間令彼入悟説種種事如彼眼見彼入悟已却收前藥入本器内

復説最上敬愛成就法時持明人須自適悦然後用啥訖多根奢囉半佉藥囉惹捺多涅哩波藥烏勃嚂多藥葉及蜂翅如是藥等令一童女擣篩爲粖用巳哩多搵彼藥粖安蓮華内於黑月八日執持此藥誦大明一千遍必得成就能令囉惹心生敬愛持明者以少許藥密入他食他人食已而生敬愛或以藥粖糝彼衣上亦得敬愛乃至帝釋天主亦可令彼生其敬愛如是此藥不能至彼食中及

衣服者或以土木彫塑彼形用於前藥同以檮羅檝一器内而復加持至七晝夜彼人自來敬愛歡喜即獻財帛珍寶等

復次調伏設咄嚕法用孔雀尾摩呬建祖迦藥馬毛水牛毛曼陀羅子阿私摩囉華及蓽茇如是藥各等分并用囉惹薩同研然後爲丸持明者於夜分中依法加持八千遍已復用馬毛猫兒毛同處燒煙以煙熏藥若欲調伏設咄嚕用藥一丸復杵爲粖糝彼頭上即得調伏此法是焰鬘得迦明王親説調伏法中此法最上

復次殺設咄嚕最勝法持明者依法相應必獲成就但在志誠無復疑惑如有破滅三寶損減正法五逆殺害如是惡人可用此法而以調伏非此之類不許作法彼持明者發菩提心作大利益許作此法此是如來三昧利益有情斷除衆惡守護三寶救度四生依法受持乃至龍宫亦能成就若人心懷嫉妬不識良善隨意損他欲作此法乃至夢中莫能成就若彼行人身心清淨崇賢重善具大慈悲廣行救濟導引衆生歸正覺路即許作此成就之法彼持明者取破壞三寶人足下土取得土已發忿怒心用水牛毋怛囉和爲泥作彼形像以屍灰塗彼形像用炭棘糠骨等填塞彼像心腹之内乃至耳鼻口眼悉皆填滿於彼像身逆書發吒字時持明者以左足蹋彼形像結吠多梨印稱設咄嚕名誦大明八千遍彼諸惡人設咄嚕等速自除滅若作此法害他持三昧等者作法者自得破壞

復説發遣設咄嚕法當用佉祢囉木作橛長

八指以橛搵芥子油搵已塗於屍灰用自死烏皮裹彼橛上以赤色線繫之時持門者於夜分中向彼橛前結吠多梨印稱彼人名即誦發遣大明八千遍然將此橛釘埋彼人門前彼設咄嚕自速而去此發遣儀威力最勝乃至帝釋天主見此儀軌亦須速離何況惡人

復次有破壞三寶及五逆惡人令互相鬭諍皆得磨滅法持明者當用猪血及跋攞怛迦藥如是等藥擣篩爲粖用涅哩嚩舍合和已結吠多梨印誦大明八千遍以此藥爲香於爐内燒所有破壞三寶造惡之人聞斯香氣互相鬭諍種種捶打直至身終及彼妻子眷屬鬭諍命終亦復如是乃至州城聚落及彼他軍聞斯香氣破壞亦然

復次幻化之法持明者用屍灰兎血合和一處同入一髑髏内然後作曼拏羅如必隷覩得羯吒曼拏羅内安吠多梨印而作廣大供養於曼拏羅南門隨力用酥及前屍灰作護摩誦大明八千徧作護摩亦八千徧如是作已至明旦時見護摩爐如乾闥婆城即用爐内灰塗白色華上以華擲於空中能現諸佛並在樓閣之内若塗黄華擲於空中能現千數大阿羅漢或塗赤色華擲於空中能現諸天天人或塗青色華擲於空中能現夜叉羅叉娑乃至必隷多拏枳尼恭畔拏等一切能現隨行人意復用淨水加持七徧灑於虛空所現幻法悉皆止息復用烏翅七隻作拂以骨爲柄用屍灰塗柄望空揺拂隨意觀想所欲之事隨心化現一切皆成或現人過江河

大海或現高大樓閣墮下人物或現龍王宮殿或現衆人聚會或現軍馬交戰如是種種之事俱獲成就若欲止息以左手執拂悉皆不現如是幻法明王自說

復次息災法或爲自身或爲他人用白色妙華以白檀爲塗香塗於白華依法結吠多梨印誦大明一千八徧加持已行人於貫海流者江河即往河中用前白華每朶加持一百八徧即擲河中如是作法大惡災難速得消除乃至國界州縣城隍聚落王臣黎庶一切災難依法持誦悉得消除

復次增益法持明者於舍利塔前周帀排列香華作大供養或爲自身或爲他人或男或女等一一稱名某甲等求增益事即結吠多梨印持誦大明一阿庚多此儀是佛所說無不成就持明者於彼塔前作四方曼拏羅八方然燈散種種妙華及獻飲食焚安息香發菩提心諦信清淨作禮諸佛面向舍利塔每日三時遶佛塔像速得息災

復次增益法持明者不得爲自身發慈悲意普爲一切有情令離諸苦如母愛子利生亦然持明者用牛黃及巳身囉訖多合和如塗香盛髑髏内於月初蝕時加持此藥直至蝕盡以手捧藥復誦大明至月蝕退盡之時行人以此藥少許點於眉間每見國王大臣皆生敬愛乃至一切有情見者崇重歡喜瞻仰

復次勾召法是妙吉祥化身忿怒明王親說時持明者當用自死童女頭髮合髮爲索於黑月八日安髑髏中然後日日持誦大明至月蝕日往閻牟曩河岸潔淨之處作必隸覩

得羯吒曼拏羅獻大供養作吠多梨印持誦大明以種種飲食爲諸鬼神出生至髮罥索震動起立法必成就時持明人執此罥索勾召諸天及帝釋等剎那中間速來現前隨行人語所欲之事一切成就又彼行人以持誦力復得五通所有夜叉女乾闥哩嚩女及天女等以索勾召剎那即來行人所欲無不隨意如欲歡樂女即同歡不得樂著凡女身體不淨多諸穢惡持明者宜應遠離若勾召諸天及夜叉囉叉娑等即來現前周帀圍遶復將行人往諸天界及本住處所求皆得或要宮殿樓閣種種聖藥及無數百千劫樹一一皆得而自受用彼持明人增其壽命一阿哩没馱數永離饑餓疾病及愛別離等苦惱之難若罥索震動起立是法成之相彼索不動其法未成亦能作得世間所欲之事豈況成就耶或句召男或勾召女即舒開罥索稱彼人名持誦大明數滿百徧復誦紇哩字彼即速來譬如飛鳥無暫停住乃至囉惹并諸眷屬及一切諸趣有情財帛金寶象馬車乘華果等物若見若聞行人勾召悉皆來至隨意受用若彼行人依此大明三昧而以勾召在百由旬外亦令速來勿生疑惑如是罥索成就之法

焰鬘得迦吠多梨印修行儀軌分第七

復次依法次第所有焰鬘得迦吠多梨印最上修行儀軌於持明者能施成就此是妙吉祥所化忿怒明王親說而此大明有大威力或誦七字至十字巳上天人聞者俱獲安樂彼持明者依法次第先誦大明六洛叉而得

精熟然後作於㡧像復誦大明三洛叉依此儀軌起首持誦隨意所求無不成就此焰鬘得迦大無畏明王能除一切魔能施一切願能除一切災時持明者沐浴潔淨齊整三衣發至誠心日日依仗明王恭敬供養作自擁護然後想微妙字在於心中復想此字變成蓮華想自身坐於蓮華之上想於吽字次想唵字在於頭上想阿字在於眼上如是觀想爲自擁護然後持誦大明或七字至十字已上或入軍陣結本部印想心大明想頭大明想頂大明想身大明而爲甲胄想二手大明化成器仗依大明三昧結焰鬘得迦明王吠多梨本印想在本心右手結寶仗印作大惡相時持明者發淨信心以種種上妙香華及諸珍果供養必隷覩得羯吒旻拏羅中功德㡧像等能施一切願所求成就

復次造像儀軌能施一切願持明者先持誦精熟然後造像凡所造像或用金銀鍮石生銅熟銅乃至瑠璃玻瓈及一切珍寶等所成之像皆得成就廣大功德福報之事若持明者求囉惹位當造金像身高八指必得成就若求富貴當造銀像身高十指欲除疾病當作生銅像身高十六指若欲所求隨意當作熟銅像身高二十指若除冤結及求富貴當作鍮石像身高二十二指若欲能施一切所欲之事當作瑠璃像身高十六指若欲身心精進及息災增益當作玻瓈像身高十二指若欲成就劒法及入阿蘇囉窟當作衆寶像身高八指如是尊像如法用心巧妙莊嚴諸相具足依法供養一切所求無不成就如前

金銀等所造明王聖像手執本部器仗乘於必隷多身有六面大惡顧視十二臂六足身戴三頭必隷多以爲鬘飾著虎皮衣復掛絡腋立如左舞勢如是儀軌依法所求一切成就

復次以木爲明王聖像依法儀軌亦能滿於一切所欲之願若造明王聖像通用一切諸木若以白檀木及松木造像最上身高十二指能施一切願若用白阿哩迦木根造像身高十六指所求皆得若高十四指必獲富貴安樂若用無憂樹木造像身高五指能作敬愛若用松木作像身高六指能勾召降伏諸天及阿蘇囉王令生敬愛若以龍華樹木造像身高七指能除疾病及滅冤惡若用人髑髏造像身高十二指持明者不須法事精熟但一向供養能成就一切事是名造像之法

復次畫幪像法時持明者收亡人衣以水洗淨巳用作幪像長一肘以亡人頭髮爲筆不得以五色畫之唯用兎血及赤土畫於幪像中心畫焰鬘得迦明王作大惡怖畏相足蹋必隷多立如左舞勢六面各三目頭髮豎立眉麤目廣俱作赤黄色六足十二臂右第一手作施願印第二手執三叉第三手執劒第四手執鉞斧第五手執寶杖第六手執鉤左第一手作期尅印第二手執槍第三手執覩摩囉第四手執寶棒第五手執髑髏第六手執罥索以虎皮爲衣口出利牙於明王左右復畫心印明於明王右邊畫寶杖心印明身作大惡相頭髮豎立作赤黄色手結寶杖印以爲器仗立如左舞勢亦作期尅印面戴顰

眉於明王左邊畫吠多梨心印明徧身熾焰有大威力瞻視明王面有三目顰眉頭髮竪立腹形廣大手執三叉作期尅印奉佛教勑降伏諸魔難調者能調如是畫已安置於寂靜深密之處以香華飲食日日供養依此實杖心印及吠多梨心印儀軌作法必得成就此心印幪像作曼拏羅時持明者展開供養隨意所求無不滿願復次焰鬘得迦明王幪像法持明者當用必隷多衣以水淨洗而作幪像廣闊一肘用上妙色畫焰鬘得迦明王如青雲色如是畫已於深靜之處懸掛幪像及安置諸佛賢聖如法供養持明者坐吉祥草而作能持瞻仰幪像手執金剛子數珠專志持誦大明三洛叉如身心勞倦暫時止息然後復誦至三洛叉滿已往山頂上復誦大明勤修苦行必得成就依儀所説中品及下品成就法若不勤修苦行必不成就彼持明人修苦行時作尊那菩薩無畏想持鉢食已修牟尼行止息諸根然後持不損破者袪祢囉木棒經行險道離諸危難時持明者作忿怒明王無畏行誦焰鬘得迦大明滿六箇月得最上成就如是長時受持忿怒明王無畏行能殺諸魔或作法持誦之時若有魔境現前作種種相不得怖畏或現天女端嚴之相勿共言語心不散亂發菩提意持忿怒大明彼諸魔等自然破壞滅没不現是名最上成就所求如意持明之人一心受持

佛説妙吉祥最勝根本大教經卷中

音釋

顫掉（顫之膳切掉徒弔切顫掉寒動也）絣（補耕切以繩直物也）罥（扃絹切器也）閼（烏葛切）巘（魚蹇切）朅（居謁切）酇（作管切）簽（七廉切）杓（市灼切杅杷器）魑魅（魑尺之切魅明祕切魑魅老精物也）樺（胡化切木名）蝕（實職切日月侵虧也）箸（遲據切筯同）搵（烏困切捺也）萎（邑危切蔫也）捺（乃曷切）研（倪堅切礳也）羖（果五切牡羊也）豌（烏官切豆名）擣（都晧切舂也）塑（蘇故切捏土容也）蓽茇（蓽音畢茇蒲夫切）糝（桑感切）幁（諸孟切開張晝繒也）鍮（他侯切銅似金曰鍮）

佛說妙吉祥最勝根本大教經卷下

宋西天三藏朝散大夫試光祿卿明教大師法賢奉　詔譯

焰鬘得迦明王本法儀軌分第八

復說造像供養儀軌持明者先於寂靜之處一心正意觀想功德已用好香華如法供養於此像前求爲囉惹復用白檀沉香塗功德身以奔拏哩迦華烏怛鉢羅華昝波迦華摩利迦華安息香酥隨力作供養及誦大明至六箇月決定成就囉惹之位設未成就亦爲地主復得金錢一洛叉永世受用

復次求富貴成就法用白檀香沉香恭俱摩香塗前功德像復用華鬘白色華乳香安息香如是香華日日供養別獻妙解脫華一洛叉誦大明一洛叉加持彼華如是依法得大富貴

復次除病法用赤檀香塗前功德像燒松木香以上妙華種種飲食如法供養及誦大明所爲自身病苦或爲他人悉得消除若持明者各用本法如前供養持誦大明滿六箇月能施一切願所有息災增長敬愛勾召調伏發遣殺寃等及求財寶種種之物悉皆成就

復次忿怒明王三叉成就法持明者依法用華鐵作三叉長三十指修製如法鋒刃明利持明者往山頂上展前幀像用屍灰作必隷覩得迦吒曇拏羅已如法供養復用摩蹉滿娑爲諸護世出生至黑月八日以赤檀塗彼三叉安置曼拏羅内復用上妙香華種種供養已持明者手執三叉面向幀像而坐即誦三叉甘露大明一百八徧已復於淨處然燈持誦隨力作護摩一千徧已手執三叉作無

畏堅固相端身而坐復誦大明加持三叉至三叉豎立出大光明如日照曜現此祥瑞時一切持明天恭敬供養所執三叉隨行人意皆得成就若三叉暖熱得隱身法若出煙焰天人阿蘇囉等如見劫火悉皆驚怖

復次成就法持明者用華鐵作劒長三十二指巧妙利刃持明者執此劒往山頂上如前依法作大供養及隨力作護摩以手執劒持誦大明至劒出光明行人得持明天劒有煙焰得隱身法劒若暖熱得降龍法壽命一百歲若法得成能殺魔寃能破軍陣能殺千人於法生疑定不成就

復次寶杖成就法用俱尾捺囉木或佉祢嚩木作一杖如焰鬘天長四十二指持明者執此杖往屍陀林以香華飲食等如法供養及隨力作護摩研赤檀塗於杖用華鬘纏於杖身即誦大明加持至杖動摇現明王忿怒相乘水牛髮青如螺相身作青雲色富貴圓滿有大神通威德無畏出大惡聲若有天人等不依明王教者杖自殺之

復次鉞斧成就法用華鐵作鉞斧長六指柄長十六指如前作法必得成就

復次鉤成就法用華鐵作鉤長四指柄長一十八指於黑月十四日夜以香華飲食如法供養已往山頂上以黄芥子隨力作護摩以手執鉤持誦大明至鉤出光明乃至起立能降伏諸天如爲僕從或鉤出煙焰持明者有大威力壽命三俱胝歲隨意變化一切自在諸持明天及夜叉等俱來供養具足一切快樂鉤若暖熱即誦大明獲大吉祥能召帝釋

天龍夜叉緊那羅必隷多吠多拏天女巘達哩嚩女及諸鬼神種種聖藥等悉來現前依佛教勑隨行人意乃至普徧世間天人宮殿園林池沼一切富樂之事無不成就

若持明者於寂靜處持誦大明加持於鉤設不成就亦能勾召船車華果樹木乃至八百由旬外所有童女剎那之間勾召現前

復次髑髏成就法前說三叉鉤劒鉞斧杖等並用右手執捉持誦今說髑髏須用左手執捉加持持明者用木作一髑髏廣闊二十指修事圓滿以香華飲食等如法供養及隨力作護摩已然後以左手執於髑髏以右手覆之即誦大明至髑髏出現光明得上品成就爲三界主若出煙焰得隱身法若髑髏煖熱所求隨意若法不成以此髑髏安木牀上用以帛蓋覆已觀想種種上味飲食滿彼髑髏復誦大明八千徧已日日以上妙飲食貯滿髑髏經宿加持已取彼飲食此名甘露食若人食者除諸病苦獲大安樂若行人自食身心適悅永無病苦

復次槍成就法用華鐵作一槍長三十二指於你摩曩誐河岸清淨之處依前三等儀軌作法必得成就

復次作覩摩囉成就法用華鐵作一覩摩囉鋒刃快利持明者隨力作護摩已用赤檀塗之往山頂上夜分中如前作法必得成就

復次期尅印成就法持明者至月蝕夜安定端坐左手作期尅印右手作祕密持誦至印出光明得爲持明天印出煙焰得隱身法印若煖熱得爲地主設印法未成亦能作種種

成就之事

復次降伏設咄嚕法持明者結前期尅即作忿怒顧視之間即彼迷悶倒地若欲救彼即以右手摩觸彼身速得如常如是此印能止他軍能降毒龍能摧山嶽能破大石及樹木等能隨行人施一切願

復次罥索成就法用自死人頭髮合作一索如前依法必得成就

復次寶棒成就法用吉祥木作一棒長二十六指修事華妙以金裹棒頭身陷鉢捺摩羅誐摩泥持明者往深山上隨力作護摩於夜分依法持誦至棒出光明得上品成就法若有煙焰及暖熱所獲成就如前無異

復次聖劒成就法用卒亡者人屍一箇洗浴令淨以香華飲食如法供養已持明者於尸陀林中作必隸覩得羯吒曼拏羅於南門外復散香華於其華上以屍頭南而卧持明者手持摩賀嚩娑油用蘇嚕嚩盛油灌於屍口依法作護摩一百徧即誦大明至屍口出舌持明者以刀截舌舌離屍口即自變爲三十二口聖劒剎那之間得持明天延壽七劫於持明天中最爲第一或持明者如前作必隸覩得羯吒曼拏羅如法供養已以卒亡屍洗浴令淨如前卧於曼拏羅南門外持明者坐於亡屍心上誦大明七字至十字一千八百徧已屍自起立即獻閼伽用左手摩挲屍頂口有藥出如雄黃色或如火色時持明者速以彼藥用塗屍身屍自變化爲黃金身成爲聖藥以此聖藥給與同伴人經剎那間得持明天神通自在而爲第一持明者所得聖藥

分爲三分一分供養三寶一分施同伴一分自巳受用得如意通所求皆得

復次眼藥成就法持明者受持齋戒滿三晝夜然後往尸陀林中如前儀軌作曼拏羅用香華飲食如法供養作自擁護巳用屍灰塗自身與同伴知法人以眼藥安於必隸多頭上以亡人衣覆之用左手按於藥上即誦大明至藥出光明持明者得持明天若出煙焰得隱身法若暖熱能殺一切魔亦能還命設不成就亦能降伏一切世間令生敬愛之事

復次眼藥成就法當用牛黄黄丹雌黄雄黄如是等物依前眼藥儀軌至心作法皆得成就

復次屍衣成就法持明者於尸陀林作曼拏羅巳用香華飲食如法供養於夜分中持明者身著屍衣持誦大明至衣出光明得大神通如彼明王隨意變現若出煙焰得隱身法衣若暖熱得世間神通有大威勢主一天下壽命百歲無病安樂設不成就亦能降伏世間見者承事如彼僕從

復次降伏夜叉女成就法持明者於尼俱陀樹下作曼拏羅巳裸形被髪於黒月八日用上味飲食充滿一鉢復以鉢食先作七摶每摶各誦大明七徧加持彼食及稱蘇囉遜捺哩夜叉女名持明者以彼摶食獻夜叉女巳鉢内餘食復作七摶如前加持七徧持明人自食彼夜叉女速來現前即獻華座閼伽水及香華飲食如法供養夜叉女言善哉善哉呼我何作如有所爲我即隨意若要爲毋給與雄黄聖藥等欲爲姊妹供給華果甘露飲

食及聖藥等欲爲同伴即現宮殿樓閣等欲爲妻子即現端正之相乃至百由旬外有女人刹那之間速得現前受於快樂

復次必捨左女成就法持明者於大樹下作曼拏羅以香華飲食如法供養已時持明者躶形被髮用尸陀林木柴於曼拏羅外作護摩八千徧誦大明八千徧已迦嚩枳祢必捨左女即來現前作大惡相不得怖畏即獻閼伽彼女復現端嚴之相具大威力能與行人作一切事彼女所欲行人依之若違彼意即被殺

復次龍女成就法持明者往蓮華池側如前作必隷覩得羯吒曼拏羅以香華飲食獻大供養已用烏曇摩木柴然火及龍華爲粖於夜分作護摩八千徧龍女即來現怖畏相行人所求皆得成就

復次阿蘇囉女成就法持明者往阿蘇羅窟門前如前作曼拏羅以香華飲食如法供養用必隷虞木然火以恭俱摩香搵白芥子即誦大明作護摩八千徧已時阿蘇囉女衆出於窟門引彼行人入於窟內施大富貴得大快樂

復次尸陀林夜叉等成就法持明者先收自死人肉如前作法爲自擁護已以左手執刀右手持肉於夜分往尸陀林中作無畏相高聲唱言我今賣肉心念焰鬘得迦大明時彼林中所有大惡夜叉羅刹鬼神等聞高聲賣肉悉皆出現具大威力作種種大惡相彼持明者不得怖畏即告彼言汝等善來止息惡相而化善相夜叉言曰高聲賣肉欲求何事

行人言曰我有所願欲求眼藥及聖藥等如是言時心須猛利勿生疑惑彼夜叉等即收其肉已一切所求皆得成就

復次禁止兵亂成就法用死人衣一事染爲青色長十六指用竹爲柄長一肘作一吠惹衍帝於尸陀林中依法作曼拏羅已持明者於夜分時安定而坐即誦吠惹衍帝至明旦行人執吠惹衍帝往冤軍處彼軍亦見悉皆禁止如彼癡人槍劒器仗全不能用乃至象馬四兵禁止亦然

復次禁兵法持明者於夜分往尸陀林中燒人處躶形被髮右遶燒屍用左手收屍灰一合手内拳之還歸本舍不得左右迴顧或别空舍亦得即誦大明至明旦復用新器盛於屍灰專心護持不得放於地上以此屍灰隨風颺起彼諸軍馬吹灰至身悉皆禁止如彼癡人刀槍弓箭皆不能用

復次敬愛成就法持明者於尸陀林中作曼拏羅以香華飲食如法供養用摩賀嚩舍爲油然燈以髑髏覆燈收煙安别器内夜誦大明至明旦時用此燈煙點眼已一切諸人見者歡喜供給承事如僕從等

復次皚哩迦成就法持明者用皚哩迦安於死人口内將往空舍中即誦大明加持皚哩迦至明旦時現種種魔惡之相行人勿得怖畏以紅色衣裹皚哩迦藥以香華供養如欲降伏以皚哩迦藥書前人名即得速來侍從供給一切隨順

復次金丸成就法持明者作一金丸或見异出死人以丸安彼口中至尸陀林内獨自加

持已用火焚屍然後以左手執金丸加持至明旦得法成就若欲用時以左手拳執金丸舒其頭指用指觸者皆自降伏如爲僕從隨行人意

復次芥子成就法持明者用吉祥木作一器物盛白芥子日日持誦加持芥子至太陰直日依法作曼拏羅以香華飲食作廣大供養已依前加持至芥子作聲及破裂法方成就持明者所欲破裂大地震動大地摧倒山嶽枯竭江河涌沸大海忙亂龍宫禁止天火乃至求雨止雨及一切所爲之事但擲芥子皆得成就如是之法能施一切願唯自了知如前所說二心印法設不修行亦得成就此焰鬘得迦明王儀軌眞實不虚威力廣大但依法供養日日持誦不在修前無爲行但發菩提心一切所求無不成就

焰鬘得迦明王最上儀軌分第九

復次成就最上儀軌明王自說不修衆行依法持誦皆得成就持明者受持七字至十字大明如前依法畫於㡧像如法供養即誦大明八洛叉畢以香華飲食供養三寶及彼明王定獲成就持明者乃至思念部多宿曜及諸毒惡鬼神等所求所欲皆得成就行人不得以此法教害同學持明者及吉善之人作意中間速得自害若有毁謗三寶十惡五逆如是之人可用此法降伏彼等乃至龍蛇所螫及水火等一切諸難思念明王所作悉皆能除

復次童子入悟成就法持明者揀一諸相具足端嚴童子令洗浴清淨莊束嚴飾飲五淨

水經宿受持齋戒至明旦時復令洗浴以妙香塗身著衣嚴飾已令童子面東坐吉祥草而作供養然後以華揾白檀香令童子二手捧華即燒沉香持明者速誦大明依法令童子入悟童子應時入悟行人問曰知見何事童子即說過去未來現在之事眞實不虛或說世間之事可作不可作及持誦法功力未成令復誦大明速得增長如是說已持明者於焰鬘得迦明王前獻閼伽及以香華即誦佛三昧童子聞此三昧忽然倒地法得成就持明者喚起童子復令洗浴已與其飲食及種種財物等還送本處然後持明者依此儀軌所作成就

復次求囉惹敬愛成就法如前所作幢像前用屍灰畫彼囉惹形像持明者坐彼形像一心持誦大明一阿庾多當稱彼名某甲生於敬愛復誦莎賀字如是常誦大明稱彼名字即得敬愛如僕從等供給所須及財物等如前誦一阿庾多令婆羅門亦生敬愛若誦六洛叉得叉怛哩及吠舍等而生敬愛如前誦一阿庾多及童女等生於敬愛

復次令設咄嚕愛別離成就法持明者畫彼二設咄嚕形相並行人以二足蹋坐二設咄嚕像心上即誦焰鬘得迦大明稱彼二名某甲某甲速作別離如是依法即得別離

復次調伏成就法所有五逆十惡損害他人及謗三寶者持明者誦發吒字一千徧已復誦忿怒大明即用屍灰畫彼惡人形像及書彼名以佉你囉木爲橛加持八百徧用橛釘於畫像心中即稱彼名持誦大明一阿庾多

後句誦吽發吒字彼等惡人速得除滅復取木橛還復如故彼持明者作於此法不得以已私讎損害他人須發菩提心利樂有情與隆三寶守護正法若有造業惡人即作此法若不依法損惱好人反過及已速得惡報如是妙吉祥所化焰鬘得迦大明王言若彼行人作此儀軌發菩提心守護三寶救濟有情宣通法教必得增長智慧斷諸障染超越輪迴獲大無畏於無上道不久成就時持明者如實了知依法修行利樂世間斷除煩惱作此儀軌必得成就

復次發遣設咄嚕成就法持明者用屍灰畫彼設咄嚕形像已行人坐於蓮華對彼像前持誦大明一阿庾多稱彼名字即誦吽發吒字發遣於彼復次調伏設咄嚕成就法亦用屍灰畫彼設咄嚕形行人以左足蹋彼像心面向日持誦大明刹那之間彼得熱病持明者復爲作息災法速令如故不爲作息災經七日内受大苦惱即得命終如是等法彼諸惡人如降伏已起慈愍心復爲息災除彼煩惱行人所作必得成就

復次息災增益法持明者先於佛像及塔廟前作曼拏羅如法供養恭敬禮拜依法持誦發菩提心普令一切衆生恭敬信受歸命三寶乃至自所作善焚修禮誦傳通法教行衆三昧香華供養最上功德迴施一切苦惱有情令得安樂如是堅固身心決定深入所緣一切法藏廣爲衆生息災除患增益福壽是人不久成無上覺於焰鬘得迦明王大明儀軌必得成就持明者作此法時對尊像等前

恭敬作禮安定而坐即誦大明稱自名我某甲爲他某甲等作息災增益法所求成就如是復誦大明一千徧即得息災增善福業若爲國王城隍聚落息災誦大明二千徧若爲象馬牛羊等息災誦大明一千徧若爲一切衆情息災誦大明一阿庾多皆得成就

復次增益成就法持明者依法於明王前安一淨器滿盛好乳用殊妙華搵白檀香加持一千徧擲華乳器内持明者稱名我某甲爲他某甲求增益事所願成就

復次求富貴成就法持明者先以慈心行利他行如前儀軌作大供養燒沉香用好華搵白檀香日日供養持誦即得大富或持明者依前儀軌誦曩莫莎賀字一阿庾多已往海岸或入殑伽河中水至臍輪用白蓮華搵白檀香誦大明加持彼華擲於河内滿一洛叉得大富貴或用紅蓮華搵赤檀香如前作法擲於河内得無盡寶藏或持明者用阿底目羯多迦花如前作法擲於河内滿一洛叉即得金錢一洛叉或如前依法擲華三洛叉亦能降伏諸夜叉女隨行人意作一切成就或持明者如前依法用上好惹帝迦華搵白檀香擲於河内滿一洛叉於大地之内所求皆得

復次成就法用三種蜜搵白蓮華依法作護摩已得彼福天來現本身施一切願

復次成就法用酥蜜然火作護摩七晝夜獲七大聚落

復次成就法用五穀及酥作護摩一洛叉得無盡財寶能作一切事

復次成就法用吉祥果子作護摩一洛叉於天上人間得大利養

復次成就法用努哩嚩青草搵牛乳即誦大明及誦莎賀字得壽命延長

復次成就法用鉢攞捨木然火以酥作護摩如是日日作法能增壽命及增智慧明記不忘有大勢力衆所稱讚若用一切飲食作於護摩亦得有大勢力名譽流布衆人稱讚一切所欲皆得成就

妙吉祥化身焰鬘得迦明王儀軌略出分第十

爾時焰鬘得迦明王所說大明七字至十字令持明者於寂靜處依法持誦作無畏行所欲之事皆得成就今說一吽字大明持明者依法持誦作無畏行所求之法必得成就今此吽字是焰鬘得迦明王微妙心具大威勢功德難思能與行人爲吉祥事若先持十洛叉一一如前七字依法持誦一切所求皆得成就

復次唵字於明王幀像前依法持誦必得成就

復次幀像當用匹帛可長一肘以水洗淨已塗上妙香用上好顏色畫焰鬘得迦明王身作青雲色面作大惡忿怒相面有三目作赤黃色頭髮豎立亦赤黃色髑髏莊嚴虎皮爲衣徧身熾焰一切圓滿乘水牛二手二足右手執杖左手作期尅印前畫種種供養如是畫已持明者先以香華飲食一心供養然後往一石巖之内展彼幀像頭面作禮於彼像前安定端坐至心持誦至幀像動摇或作笑

容或出光明現此祥瑞之時獲真實成就時
持明者具大吉祥能作一切事破壞山嶽枯
竭江河大海發遣冤魔勾召龍天如是一切
所爲皆得隨意彼持明者雖得成就最上勝
法常爲衆生作大利益廣度群生傳流法教
其心平等遠離愛憎精進修行所獲功德普
施有情俱令解脱如是行人不久當成無上
佛道如是妙吉祥化身焰鬘得迦明王所説
儀軌一切如來同共宣説是故行人及諸衆
生聞此儀軌無復疑惑依法受持一切所求
皆得成就

佛説妙吉祥最勝根本大教經卷下

音釋

昝子感切　躶即果切赤體也　摶徒官切揑聚也　颺余章切風飛物也
皚牛哀切　舁羊朱切對舉也　蠚呼各切行毒也

妙吉祥平等祕密最上觀門大教王經
宋契丹國師中天竺摩竭陀國三藏法師慈賢譯

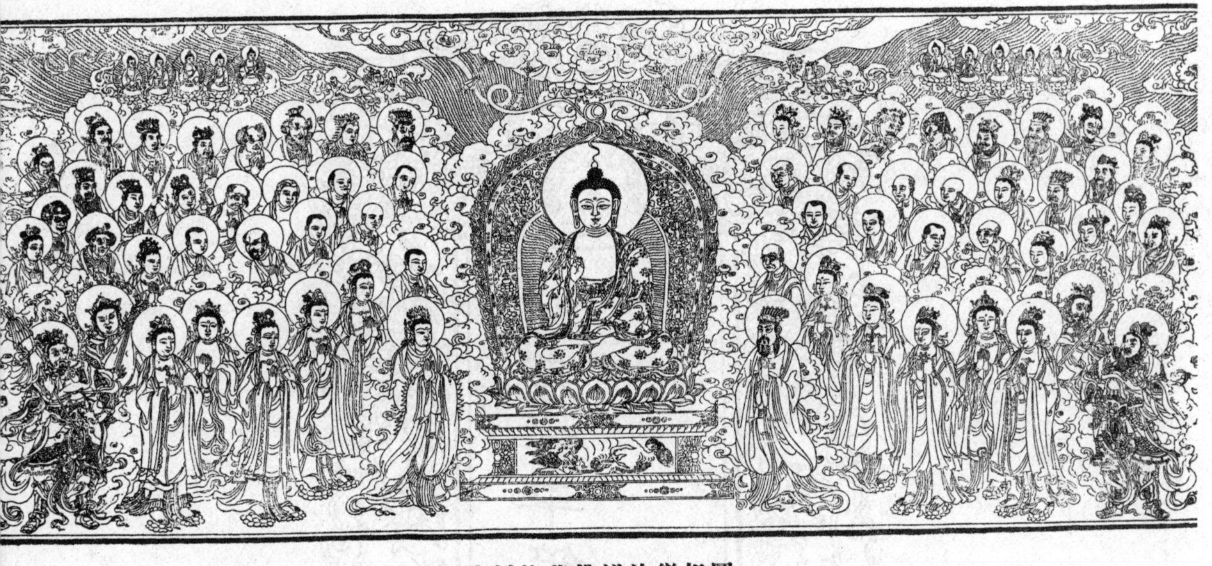

清刻龍藏佛說法變相圖

妙吉祥平等祕密最上觀門大教王經卷第一

宋契丹國師中天竺摩竭陀國三藏法師慈賢譯

爾時世尊在舍衛國於華林園中飯食訖跏趺而坐時有彌勒菩薩等白佛言世尊我等雖聞三乘甚深妙法我有少疑欲當啓問世尊此法門外更有法不世尊告曰善哉善哉汝等何能於此而生此問我有摩訶三昧耶祕密内法依之修行能令大乘行者速得成佛吾從成佛已來未曾宣說彌勒菩薩等聞佛所說踴躍歡喜遶佛三帀却住一面右膝著地胡跪合掌瞻仰世尊目不暫捨爾時世尊入金剛定而於眉間放五色光於其光中而化五佛於青毫光中化阿閦佛於白毫光中化毗盧遮那佛於黃毫光中化寶生佛於

紅毫光中化無量壽佛於緑毫光中化不空成就佛復化金剛佛眼光明菩薩金剛天眼光明菩薩金剛法眼光明菩薩金剛智眼光明菩薩金剛禪定眼光明菩薩此佛菩薩居第一院次第而坐復化八大菩薩金剛智光明眼藏菩薩金剛智光明耳藏菩薩金剛智光明鼻藏菩薩金剛智光明舌藏菩薩此四菩薩各居第二院門中而坐金剛智光明身藏菩薩金剛智光明心藏菩薩金剛智光明智藏菩薩金剛智光明慧藏菩薩此四菩薩各居第二院四隅而坐復有十二供養菩薩金剛燈光明菩薩金剛聲光明菩薩金剛香光明菩薩金剛甘露光明菩薩金剛衣光明菩薩金剛幢光明菩薩金剛舞光明菩薩金剛塗香光明菩薩此八菩薩次第而居第三院內四門左右而坐金剛散華光明菩薩金剛貫華光明菩薩金剛寶蓋光明菩薩金剛善哉光明菩薩此四菩薩次第各居第二院外四隅而坐復化四菩薩金剛光明鉤菩薩金剛光明索菩薩金剛光明鏁菩薩金剛光明鈴菩薩此四菩薩次第各居第三院內四隅而坐於其光中復化十大明王大慈金剛光明焰曼怛迦慈明王大悲金剛光明鉢囉吒枳也(二合)怛迦悲明王大喜金剛光明鉢納麼(二合)怛迦喜明王大捨金剛光明尾蘖曩(二合)怛迦捨明王此四明王次第各居第三院外門中而坐金剛光明(二合)枳囉惹大愛明王金剛光明顐攞能(上聲)拏大威怒明王金剛光明摩賀摩攞大力明王金剛光明阿(上聲)左攞曩他無動明王此四明王次第各居第三院外

四隅而坐下方金剛光明嚩日囉(二合)播哆羅
降三世明王此明王居東方明王前面而坐
上方金剛光明塢瑟捉(二合)灑作乞囉(二合)嚩哩
帝(二合)頂輪明王此明王居西方明王前面而
坐此二明王布置如是心想上下二方爾時
世尊於其光中現如是神變成大曼拏羅壇
現如是已彌勒菩薩等從座而起於其會中
共相推問如是不可思議大神變事曾見聞
不諸大菩薩等咸皆踴躍歡喜悲淚而言此
大神變甚深不可思議未曾有法善哉希有
彌勒菩薩等咸生歡喜共說偈曰

我等踊躍無上喜　令覩五色大毫光
阿(上聲)護素(上聲)尾娑麼(二合)野弭曩(上聲引一)
光中復現衆聖賢　依方坐成曼拏羅
阿(上聲)護訕怛沫　底孕(二合)你哩(二合)養(二引)
得見希奇難思事　我誓修行等遍知
阿(上聲)護播囉麼祢麼曩(上聲引三)
慈悲爲演祕密門　稽首願成無上覺
阿(上聲)護僧(去聲)娑囉僧(去聲)怛底(四引)

爾時彌勒菩薩與諸大菩薩等共說偈已白
佛言世尊我等已見如是大神變事慈悲哀
愍爲我宣說爾時世尊告彌勒菩薩等善哉
善哉汝等真大丈夫有大智慧我此三昧耶
祕密法門難信難解汝等所問滿吾所願彌
勒菩薩等聞如是語從座而起四門而拜壇
場聖衆共說偈曰

我等從無始時來　塢儗(二合一)
野娜拏(上聲)祢末底娑
所有一切不善業
三(去聲)麼娑多(二合)僧羯攞(二合)跛三(去聲)娑哩(二合一)黨

迦呂商上聲二
世尊大慈哀愍我
怛你舍夜弭微地嚩多二合三
聽我懺悔障消滅
摩賀訖哩二合跛曩上聲補囉娑迦楞上聲四
一切諸佛及菩薩
三母馱冐地薩怛吠二合一
八部龍天諸聖衆
囉上聲哩曳二合囉你室者二合野怛訖哩二合黨矩
舍朗二
我皆稽首皈命禮
阿上聲努謨你也二合怛娜嚩勢爽三
咸願速登無上覺
三去聲弭野二合迦鉢哩曩麽野弭三去聲冐兎四
三昧耶法如影像

誐攞灑多二合麽努沫哩努一
世尊大慈早敷演
鉢囉二合娑上聲你怛難上聲怛娑怛二合訖哩二合補
播養二
諸佛祕密最上法
設囉喃鉢囉二合野弭素上聲我黨三
我今三業精進行
娜怛麽努嚩哩二合底曩上聲你底養二合四
大慈願演離垢法
你哩二合穆屈多二合塞蘇葛切葛攞二合葛攞二合鉢
娜一
我等所求菩提果
沫勢灑薩怛嚩二合三去聲鉢那馱朗二
普令悟解此法門
達囉鈐二合鉢囉二合野弭設囉喃上聲三

增長菩提離諸趣

三(去聲)麼薩怛鑁(二合)悉底(二合)迦囉薩嚕嗦(補慽切四)

云何免離三塗苦

三(去聲)弭野(二合)迦你囉娑多(二合)冐捺娜一

正徧知尊垂慈救

母怛麼迦嚕拏薩麼囉閉(二合)多室哩(二合)講二

普願衆生咸出離

母你哆(去聲)你謨鉢囉(二合)尾瑟知(二合)江三

我誓讚佛皈依禮

蘖姤悉弭(二合)設囉喃(去聲)野底舍誐喃(上聲)四

願證無生清淨身

阿(上聲)舍野尾播迦秫(入聲)地野(二合)一

所願煩惱皆斷除

薩嚩嚩哩(二合)底嚩薩曩薩母怛伽(去聲)底二

於菩提心恒不斷

塢怛播(二合)娜野弭冐馱三

以我功德自莊嚴

嚩你穆訖帝(二合)尾都舍南(上聲)唧哆四

求佛菩薩菩提路

薩素(上聲)怛素(上聲)誐底迦囉麼(二合)巘一

十波羅蜜願圓滿

捺舍尾馱娜曩(上聲)你二

獲大清淨妙法身

秫矩攞(二合)虞(上聲)曩(上聲)嗦(補慽切三)

我等云何同於佛

三毋馱怛麼(二合)三麼娑黨(二合)四

應機演說大壇場

娑嚩(二合)婆(去聲)嚩秫馱三(去聲)麼設哩(二合)姤娑弭

也(二合)度曩(上聲)一

世尊大慈憐愍我
訖哩合二播野嚩嚂弭野合二沫綺朗二合
令我斷除諸障染
路迦弭麼上聲你哩合二瑟致合二惹攞跛哩曩上聲
馱罔二合三
普證無上大菩提
三去聲冐地喞哆沭靚朗四
願示我等曼拏法
尾娑去聲弭野合二尾地你底滿底哩合二寫多
得離虛妄證菩提
戍
嚷上聲娑嚩合二娑去聲嚩尾囉賀二
表示有無根本法
呬上聲靚尾庚誐怛他你張合二靚三
精進奉持諸佛教
塢賀播誐麼捺伽上聲朗四

同證無爲寂滅樂
嚩無求切窣靚合二鉢囉合二捉馱娜哩合二穆訖黨
二合

爾時彌勒菩薩等共說偈已白佛言世尊我等得見此壇作何行願修此法門世尊告曰汝等先受五缾灌頂當爲汝說祕要法門彌勒菩薩等聞是語已白佛言世尊大慈哀愍我等願受灌頂世尊告曰汝等求受灌頂吾爲汝等加持五缾四寶末五河水五香末五穀五種子五藏物五色綵五菩提葉五時華五吉祥草五色線五傘蓋生飯三分加持五缾中方水精寶缾白色表於佛缾表金剛根本波羅蜜菩薩以菩薩眞言加持一百八徧眞言曰

唵引一商上聲羯哩二扇底羯哩三虞入聲吒顭四

佉去聲吒野五薩嚩囉揵二合六娑去聲馱野七娑
嚩二合賀引八
加持寶鉼授大灌頂獲無生滅堅固之身
東方碼碯寶鉼青色表於佛鉼表金剛波羅
蜜菩薩以菩薩眞言加持一百八徧眞言曰
唵引薩怛嚩二合嚩日哩二合吽引
加持寶鉼授大灌頂獲金剛不壞堅固之身
南方摩尼寶鉼黄色表於佛鉼表寶波羅蜜
菩薩以菩薩眞言加持一百八遍眞言曰
唵引囉怛曩二合嚩日哩二合怛朗二合引
加持寶鉼授大灌頂獲諸珍寶圓滿之身
西方珊瑚寶鉼紅色表於佛鉼表法波羅蜜
菩薩以菩薩眞言加持一百八徧眞言曰
唵引達摩嚩日哩二合吡哩以二合引
加持寶鉼授大灌頂獲自受用智慧之身

北方瑠璃寶鉼緑色表於佛鉼表羯磨波羅
蜜菩薩以菩薩眞言加持一百八遍眞言曰
唵引羯磨嚩日哩二合惡引
加持寶鉼授大灌頂獲五如來堅固之身
五波羅蜜菩薩印契
金剛波羅蜜菩薩
二羽金剛嚩忍願豎如針名金剛心印
寶波羅蜜菩薩
不改前印相進力附忍願掐忍願上節名金
剛寶印
法波羅蜜菩薩
二羽金剛掌如蓮華開敷進力相鉤形禪智
亦如是峯各不相著名金剛法印
羯磨波羅蜜菩薩
二羽金剛縛忍願檀慧豎是名羯磨印

金剛根本波羅蜜菩薩
二羽交八度峯交指鉾内忍願如寶形禪智
右押左伸而附進力二掌虛於心是名本母
印
加持四寶末金銀銅鐵以此四寶末未入鉼
時共盛一器以寶生如來寶波羅蜜菩薩真
言各加持一百八遍旣加持巳分四寶末安
五鉼内授大灌頂獲金剛身
加持五河水蘖誐河琰母娜河信度河縛芻
河泥連繕那河以此五河表五佛水佛水法
水寶水羯磨水智水以此五水沐浴凡夫無
量劫來一切障染皆得清淨獲五吉祥佛吉
祥法吉祥寶吉祥羯磨吉祥智吉祥以此五
水共盛一器以無量壽佛法波羅蜜菩薩真
言各持一百八徧旣加持巳分其五水安五
鉼内授大灌頂獲法王身
加持五香末白栴檀香紅栴檀香牛頭香工
骨摩香龍腦香以此五香變爲細末共盛一
器念不空如來羯磨波羅蜜菩薩真言各加
持一百八徧旣加持巳分其五香安五鉼内
表五佛香佛香法香寶香羯磨香智香以此
五香授大灌頂獲得如來五分法身之香所
辦事業皆得成就
加持五穀稻穀青芝麻大麥菉豆以此五穀
共盛一器以阿閦如來金剛波羅蜜真言各
加持一百八遍旣加持巳安五鉼内又此五
穀地水火風空所成表五佛種子佛種子法
種子寶種子智種子金剛種子凡夫五種子
於六道四生循環往來五佛種子授大灌頂
常住不滅

加持五種子白芥子紫芥子黄芥子蔓菁子蒔蘿子此五種子先以淨水各别淘澤共盛一器以十大明王眞言加持一七遍

爾時世尊即說十大明王眞言

東方焰曼怛迦大明王眞言曰

曩上聲莫三滿多一迦野嚩迦唧二合哆二嚩日囉二合南三唵引四佉佉佉呬四佉呬五訥瑟吒二合六薩怛嚩二合那麼迦七阿上聲枲母舍攞八播囉戍播灑九賀娑哆二合野撥覩嚕母二合佉十撥覩嚕部二合惹十一捨吒撥囉曩上聲十二阿上聲蘖蹉十三薩囉嚩二合訥瑟吒二合十四播囉鉢囉二合曩十五播賀哩十六摩賀尾入聲覩曩二合佉怛迦十七尾訖哩二合哆拏曩十八薩囉嚩二合部哆娑去聲養上聲迦囉十九阿上聲吒吒賀娑上聲二十曩你顐二十一弭野二合伽囉二合撥囉麼二合顐嚩薩曩二十二矩嚕矩嚕二十三薩囉嚩二合迦囉鉻二合二十四親去聲那親去聲那二十五薩囉嚩二合滿怛嘲二合牝那牝那二十六播囉母捺囉二合阿上聲羯哩二合舍野阿上聲羯哩二合捨野二十七薩囉嚩二合部黨引你哩二合麼闥二十八薩囉嚩二合訥瑟吒二合鉢囉二合吠舍野鉢囉二合吠舍野二十九曼拏囉沫地曳二合三十吠嚩娑嚩二合哆怛三十一吩尾哆跢入聲迦囉野矩嚕矩嚕三十二麼麼迦哩養二合三十三娜賀娜賀三十四鉢左鉢左三十五麼尾嚂嚩麼尾嚂嚩三十六三去聲麼野麼努引娑麼二合囉三十七吽吽吽三十八發吒半音發吒三十九娑普二合吒野娑普二合吒野四十薩囉嚩二合訥瑟吒二合哩補董二合四十一迦囉迦囉四十二曀呬曀呬入聲四十三娑誐鍐四十四緊唧囉野枲四十五薩囉嚩二合部黨娑馱野四十六娑嚩二合賀引

此大明王心坦平等饒益有情若有受持讀誦此眞言者所求願滿阿閦如來化身

南方鉢囉(二合)捉也(二合)怛迦大明王眞言曰

曩莫三(去聲)滿多(一)迦野嚩迦啣(二合)哆(二)嚩日囉(二合)南(三)曩謨嚩日囉(二合)句嚕(二合)馱野(四)麼賀(引)捺嘲(二合)瑟吒塢(二合)怛迦(二合)吒娑(去聲)野(五)鼻囉嚩野(六)阿枲毋捨攞(七)播舍賀娑哆(二合)野(八)吽阿(上聲)啻哩(二合)哆君(上聲)拏梨(九)佉佉佉呬佉呬(十)底瑟吒(二合)底瑟吒(二合十一)滿馱滿馱(十二)賀曩賀曩(十三)那賀那賀(十四)蘖哩(二合)惹蘖哩(二合)惹(十五)尾娑普(二合)吒野尾娑普(二合)吒野(十六)薩囉嚩(二合)尾勤曩(二合)尾曩野迦(十七)摩賀誐曩鉢底你尾躭怛(入聲)迦囉(上聲)野(十八)娑嚩(二合)賀(引)

此大明王有大威力若有人等受持讀誦此眞言者所作事業速得成就一切天魔不能惱亂毗盧遮那如來化身

西方鉢納麼(二合)怛迦大明王眞言曰

曩(上聲)莫三(去聲)滿多(一)迦野嚩迦啣(二合)哆(二)嚩日囉(二合)南(三)唵(引四)吽(五)你曩哩致吒(六)吽吽(七)登吒(二合)登吒(二合八)娑嚩(二合)賀(引)

此大明王有大神力若有受持者一切惡業自然消滅凡所願求無不果遂寶生如來化身

北方尾屹曩(二合)怛迦大明王眞言曰

唵(引一)吽吽(二)多嚕攞尾嚕攞(三)薩囉嚩(二合)尾舍佉哆曩(四)入嚩(二合)里哆(五)尾娑普(二合)陵(上聲)誐(六)吒賀娑(上聲)枳薩哩(七)薩吒吒塢(二合)播(八)嚩日囉(二合)屈囉你佉哆曩(九)撥里多(十)沫素馱哆囉(十一)𩕳濕嚩(二合)娑(十二)麼嚕姤(十三)訖哩(二合)鉢怛(二合十四)馱囉𩕳馱囉(十五)鼻舍曩吒賀娑(上聲)

十六阿上聲播囉弭哆十七麽囉播囉羯囉磨二合寫
十八阿上聲養上聲弭哆部怛誐曩上聲十九沒地也二合
沒地也二合二十賀野仡哩二合嚩佉哆佉哆二十一
播囉滿怛朗二合親去聲那親去聲那二十二悉惕孕
二合弭尾舍二十三阿上聲尾舍野二十四入嚩二合攞
畢舍左曩二十五塞建二合馱仡囉二合呬數二十六
鉢囉二合底賀姤怛婆嚩二十七嚩日囉二合捺朗
二合瑟吒塢二合緊唧囉野枲二十八伊上聲能上聲訥
瑟吒二合仡囉二合憾二十九訥瑟吒二合薩怛罔二合
三十度曩度曩三十一你哩二合麽闥你哩二合麽闥
三十二謨吒謨吒三十三滿馱滿馱三十四沒馱達
囉麽二合惹拏二合三十五怛迦怛莽二合矩嚕矩嚕
三十六始伽朗二合賀野仡哩二合嚩野發吒半音呼三
十七嚩日囉三合野發吒三十八嚩日囉二合麽怛囉
二合野發吒三十九嚩日囉二合寗引怛囉二合野發

吒四十嚩日囉二合捺朗二合瑟吒二合野發吒四十一
嚩日囉二合屈囉野發吒四十二嚩日囉二合屈囉
你哩二合佉哆曩野發吒四十三播囉滿怛囉二合
尾曩舍野發吒四十四怛哩二合路枳野二合婆養
上聲迦囉野發吒四十五薩囉嚩二合迦囉麽二合娑
嚩二合鉢囉二合底賀哆野發吒四十六嚩日囉二合
矩攞怛曩二合薩曩野發吒四十七吽吽四十八發
吒半音發吒四十九娑嚩二合賀引
此大明王真言若受持者一切毒藥種種呪
詛悉皆消散阿彌陀如來化身
東南方吒枳囉大明王真言曰
唵引一吒枳揭吒野二薩囉嚩二合播野三作訖
囉二合吽發吒發吒四怛囉二合吒仡囉二合吒五
娑嚩二合賀引
此大明王真言若受持者有大靈驗交報不

虛此大明王內祕慈悲外現威猛恒於六道度脫衆生不空成就如來化身

西南方顊攞能上聲拏大明王眞言曰

曩上聲謨三滿多一迦野嚩迦卿二合哆二嚩日囉二合南三唵引四伊呬曳二合四呬五入聲娑誐鍐六顊攞嚩日囉二合難上聲拏七覩嚕覩嚕八護吕護吕九虞上聲吕虞上聲吕十虞攞鉢野迦囉麽二合十一娑誐鍐十二麽度尾儗上聲曩上聲十三部黨始伽喇二合娜賀娜賀十四麽囉麽囉十五賀囉賀囉十六鉢左鉢左十七沫吒沫吒沫吒十八播哆野播哆野十九沫吒沫吒沫吒播野二十薩囉嚩二合迦囉麽二合捉二十一親上聲那親上聲那二十二薄訖囉二合薄訖囉二合二十三銘上聲那沫寫二十四嚕地囉末寫二十五弭你也二合嚕地囉沫惹閉野二十六曀呬曳二合呬四入聲娑誐鍐二十七薩囉嚩二合尾勤曩二合顊二十八薩囉嚩二合尾你野二合你二十九薩囉嚩二合憯上聲攞迦囉麽二合顊三十薩囉嚩二合仡囉二合憾三十一賀曩賀曩三十二畔惹畔惹三十三沫囉捺二合沫囉捺二合三十四伊上聲難上聲銘迦哩養三十五娑馱野三十六吽三十七顊攞嚩日囉二合難上聲拏野三十八覩嚕覩嚕三十九尾勤曩二合尾曩野迦護嚕護嚕四十你嚀逸切鉢哆二合賛拏野四十一薩囉嚩二合設咄嚕二合喃薩囉嚩二合嚩日囉二合喃紇哩二合娜野顊四十二閉多野親上聲那親上聲那四十三尾你也二合喃砌那迦四十四吽四十五尾你也二合喃始瑟吒二合喃四十六娑麽二合囉薩摩野嚩日囉二合馱囉嚩左南四十七摩囉摩抳四十八顊訖哩二合哆野四十九吽五十賀曩賀曩五十一那賀那賀五十二覩嚕覩嚕五十三吽五十四發吒二合發吒二合訖哩二合擔跢野五十五你嚩嚛史二合

尾捺囉二合跛拏迦囉野五十六嚩日囉二合難上聲膩拏五十七娑嚩二合賀引

此大明王有大威力寬親平等一切天魔煩惱等皆悉降伏若復有人受持讀誦此眞言者一切疾病自然消散若有國土災難競起建置道場預申請召此大明王凡有所求必獲應效阿閦如來化身

西北方摩訶麼攞大明王眞言曰

唵引一吽二發吒二合發吒二合三搗仡囉二合戍攞播抳四吽吽發吒五唵引六乳自緣切底你哩二合曩娜七吽八唵引九發吒二合發吒二合十摩賀麼攞野十一娑嚩二合賀引

此大明王能除根本諸煩惱等若有受持此眞言者令諸衆生速得成佛天龍八部夜叉羅刹不來撓害阿閦如來化身

東北方阿左攞曩他大明王眞言曰

唵引一娑去聲野曩舍顊二怛囉二合薩顊三怛囉二合枲四怛囉二合薩野五勃哩二合矩致上聲六吠怛致上聲七尾囉致上聲八尾怛囉二合致上聲九濕吠二合帝十惹致顊十一薩嚩囉他二合娑馱顊十二娑嚩二合賀引

此大明王能令有情發菩提心悟最上法若有受持此眞言者滋勝善根乃至成佛永無退轉阿彌陀佛化身

下方嚩日囉二合播多羅大明王眞言曰

唵引一遜婆去聲你遜婆去聲你二吽三仡哩二合恨拏二合仡哩二合恨拏二合四吽五仡哩二合恨拏二合播野六吽七阿上聲曩野斛八婆去聲誐鍐嚩日囉二合吽九發吒二合娑嚩二合賀引

此大明王能除一切邪魔妖怪若有受持此

眞言者一切天魔不能惱亂獲大吉祥恒垂加護阿彌陀如來化身

上方塢瑟柅(二合)灑作訖囉(二合)嚩哩帝(二合)大明王眞言曰

曩莫三(去聲)滿多一迦野嚩迦喞(二合)哆(二)嚩日囉(二合)南(三)唵(引上聲四)戍(上聲)禮你(五)吽(六)娑嚩(二合)賀(引)

此大明王有大威力若有受持此眞言者能令有情一切所有無有障礙阿閦如來化身

爾時世尊以十大明王眞言加持既加持已於五餅內各置十粒授大灌頂獲於五方(信進念定慧)

加持五藏物用一牛乳酪不得用別牛及酥糞小便共盛淨器中以毘盧遮那如來及根本波羅蜜菩薩眞言亦加持一百八遍於五餅內各置少許授大灌頂得越輪迴獲清淨身加持五色綵

東青南黃色　西紅北綠色　中方用白色

此五色綵表五佛身及以五旛以金剛手菩薩眞言加持一百八遍以此五旛安五餅中授大灌頂即獲名稱遠聞一切衆生見聞隨喜所有煩惱自然消滅

加持五菩提葉(西方有五菩提樹)

無憂菩提樹(阿輸迦正梵語也)

尸利沙菩提樹(梵云室哩二合灑嚩二合正也)

烏曇跋羅菩提樹(梵云塢東末囉正也)

尼俱陀菩提樹(梵云枳也二合蘖嚕馱正也)

畢鉢羅菩提樹(此即正梵語也)

將此五菩提樹葉以眞言加持此土綠無以此方香樹葉秋樹葉夜合樹葉梧桐樹葉榁

樹葉代之表世尊於菩提樹下金剛座上成等正覺以此五葉安五缾内念地藏菩薩眞言加持一百八遍與弟子灌頂想此五菩提樹下成等正覺眞言曰

唵引薩囉嚩二合抳嚩囉曩尾設鍐二合娑去聲曳吽引

加持五時華

此土亦無以此方妙好時華代之表五佛身西方有四時不彫華此方緣無以隨方華且應用之華表莊嚴念虛空藏菩薩眞言加持一百八遍眞言曰

唵引朅誐囉婆二合野吽引娑嚩二合賀引

加持五吉祥草

矩舍草此言摩賀矩舍室哩二合矩舍世尊因地修行時常卧此三草也苾芻矩舍悉黨矩舍此言白世尊因地修行常枕此二草也西天有五吉祥草此土緣無遂將此方五妙香草代之先以五吉祥草眞言加持一百八遍方可用之眞言曰

唵引嚩日囉二合摩賀矩舍鉢尾怛囉二合穆棄阿鼻詵上聲左怛罔引二合

旣加持已安五缾内與弟子灌頂獲清淨身行住坐卧帶持恒沐吉祥

又五吉祥草凡護魔供養先塗地壇然用五草分爲一十一位先安八方草稍向東及北餘方不得次中安三位八即表四佛四波羅蜜菩薩中安三位草根向身表三寶三身餘吉祥草以水灑壇灑弟子身令入道場及灑塗香是壇中所用之物皆以五吉祥草灑之表結其淨及滅障滌

加持界壇五色線及繫缾口五色綵青黃紅綠白

以此五色線共於一處以中方本尊隨求眞言加持一百八遍眞言曰

唵一引嚩日囉二合馱覩二嚩日囉二合素怛囉二合三半左喀訖囉二合四尾馱寧曩五吽姹上聲引

加持巳線表聰慧及表結界一切天魔無能得入

加持五傘蓋

中白東青蓋　南黃西紅蓋　北方綠傘蓋

白傘蓋缾灌頂滅十不善業爲其白業一切煩惱種子消滅無餘

青傘蓋缾灌頂獲一切勝事悉皆圓滿

黃傘蓋缾灌頂獲一切世間出世間珍寶圓滿

紅傘蓋缾灌頂獲一切吉祥悉能悟解一切諸法

綠傘蓋缾灌頂得一切功德具足念

白傘蓋眞言一百八遍眞言曰

唵一引薩嚩怛他去聲蘖哆二捺怛囉二合布惹銘伽三去聲母捺囉二合娑頗二合囉拏二合三摩曳三吽四引

旣加持巳運心以白傘蓋覆護六道苦惱衆生令得解脫

東門金剛阿闍黎　南門寶金剛阿闍黎

西門法金剛阿闍黎　北門辦事金剛阿闍黎

中方輪王阿闍黎輪王表爲主之義

其五缾口各安金剛羯磨杵然再念隨方本尊及隨方波羅蜜菩薩眞言各加持一百八遍其缾並依隨方次第安置

加持生飯三分

凡開道場預排生飯一分道場外排一座位振鈴念東南方明王眞言加持此生飯五遍表請召供養隨處邪魔妖怪加持已生飯棄於大門外與飛禽走獸而食師自想身爲東南方明王眞言曰

唵(引)吒枳吽⿰口弱(入聲引)

又生飯一分排一座位供養隨處土地振鈴念下方第九明王眞言加持五遍師自想身爲下方明王眞言曰

阿(入聲)達嚩日囉(二合)達嚕囉(上聲)惹底哩(二合)路枳也(二合)仡囉(二合)努(鼻聲)灑薩迦鉢囉(二合)仡哩(二合)瑟吒(二合)尾囉毘末𢷤迦嚕拏楞迦囉尾仡囉(二合)怛(去聲)

次用弟子十不善業生飯一分及用弟子剪甲及垢膩置生飯中安弟子面前振鈴念南方明王眞言加持五遍以稻華打五遍又用稻華時右手執杵并稻華打弟子身滅弟子身三障灌頂師自想身爲南方明王眞言曰

鉢囉(二合)儗陽(二合)怛矩𢟰

次燒白芥子油熏授法之者念西方明王眞言加持五遍滅意三業灌頂師右手把鈴及杵以左手執芥子想弟子業如芥子以金剛火燒滅無餘師自想身爲西方明王眞言曰

鉢納麼(二合)怛矩𢟰

次灌頂師以左手蘸金剛水想弟子洗沐垢染之身入金剛火燒之滅口四業念東南方明王眞言加持五遍師自想身爲東南方明王眞言曰

唵(引一)吒枳朅吒野(二)薩嚩播野(三)作羯囉(二合)

吽𤙖(二合)𤙖(二合四)怛囉(二合)吒佉囉(二合)吒(五)
娑嚩(二合)賀(引)

妙吉祥平等祕密最上觀門大教王經卷第一

妙吉祥平等祕密最上觀門大教王經卷第二

宋契丹國師中天竺摩竭陀國三藏法師慈賢譯

爾時世尊旣加持巳告彌勒菩薩曰汝等願受灌頂先結曼拏羅大壇而受灌頂爾時世尊旣結壇巳即說五如來灌頂眞言曰

唵引戍上聲抳野二合多儗野二合曩上聲嚩日囉二合娑嚩二合娑去聲嚩答麼二合句憾引

東門金剛水灌頂是眞法王子南門寶蓮華金剛水灌頂得聽祕密法自在無礙西門智金剛水灌頂獲得三業清淨圓滿北門羯囉磨二合金剛五甘露水灌頂得越輪迴戒法圓滿堪爲佛使受四門灌頂巳彌勒菩薩等踊躍歡喜慇懃謝巳世尊告曰我復有中方根本智金剛水灌頂能斷煩惱所知二障能證眞理汝當復受彌勒菩薩等聞如是語依教奉行乃受灌頂即說中方根本智金剛水灌頂眞言曰

唵引一達囉磨二合馱覩嚩日囉二合娑嚩二合娑去聲嚩怛麼二合句憾引二

受灌頂巳彌勒菩薩等歡喜無量共自歎曰

我等今生獲其果

阿上聲你也二合弭薩頗楞上聲惹囉鉿二合一句

精進諷誦世尊教

阿上聲你也二合弭薩頗楞上聲呇入聲跛一句

常習如來大正定

阿上聲你也二合弭薩頗楞上聲地也二合曩上聲一句

必能永離輪迴道

阿上聲你也二合弭尾入聲嚫穆訖哩二合黨一句

爾時彌勒菩薩等共自歎巳而白佛言世尊

此祕要最上法門於何佛聞師何佛學依之修行獲大神通得大菩提世尊告曰汝等有大智慧作如是問汝等諦聽當爲汝說我於過去無量劫中與金剛大平等菩薩金剛大身菩薩金剛大辯菩薩金剛大意菩薩金剛大三摩地菩薩金剛大降魔菩薩而爲上首及十七大菩薩并無量菩薩等同於大毗盧遮那如來所聞如是法作如是觀祕密修行得成正覺過去諸佛若不依此法門無由得證於菩提彌勒菩薩等聞佛所說咸生歡喜復白佛言世尊大慈大悲見垂哀愍我誓修行求無上覺唯願世尊分別演說祕密法門世尊告曰汝等諦聽當爲汝說我生王宮至年十六因遊四門見老病死及見沙門(別教廣明)遂悟無常輪迴不息年至十七夜半踰城到畢鉢羅林於其林中一十二年苦行修行每一年中苦行各別一年林中持鉢而食林中多有樹神一年食其草根一年食其雜果一年食其雜葉一年食其香汁一年食冒悉底也(二合此言水中果也)一年食吉祥果(如此土番桃也)一年日食棗一顆一年日三時飲水一年日二時飲水一年樹下習禪不起以手攀者果葉而食一年坐禪食氣(如此土胎息休粮也)至第十二年極苦修行未成正覺乃有過去毗婆尸佛等垂大慈悲勑大弟子遂告吾曰我是過去六佛大弟子也奉佛教勑故來相告太子如斯苦行修行終未能證無上菩提太子速離宴座食於乳糜經於一月再詣本座必證菩提言訖忽然不見吾乃依教奉行却詣本林而坐之次乃自思惟空中告曰我苦行一十二年未

證菩提乃有聖者語我我是過去六佛大弟子也今日却詣本林依何行願作法法門得成正覺言訖過去六佛應聲即至而告之曰大善男子若要成正覺須詣菩提樹依過去諸佛祕密觀門課誦修行經一十二月決成正覺吾聞說是已依教奉行果證菩提汝等若不依此祕密觀門課誦修行終不成於無上菩提彌勒菩薩等聞如是已發希有心白佛言世尊願為我等速演妙法我等樂聞世尊告曰汝等諦聽當為汝說凡欲作觀修祕密門先以淨器盛新淨水安於面前想此淨水如耨達池運心請來而作佛事內想如佛掌中而降念請水真言一七遍真言曰

唵引一素上聲嚕素上聲嚕尾薩囉二娑嚩二合賀引

然以此淨水運心加持想水如淨蓮池念此真言七遍以右手攪之七帀一切應用表於結淨真言曰

唵引一戍上聲剔孕二合耨數馱曩上聲野二娑嚩二合賀引

次想為五佛甘露水以淨六根及淨三業真言曰

唵引尾入聲麼路娜地吽薩引二

次想五佛甘露水安右掌中想此智水從指五峯流出如五佛降甘露水又想如五河念此真言三遍加持然自灌頂次自飲吸三遍表淨五業五業者地水火風空所成之身先淨自身然禮於佛既禮於佛以前淨水安於缾內用此真言加持一百八遍置於佛前真言曰

唵引一儗野二合曩上聲捺𠠝上聲阿入聲地底入聲瑟姹

二合沙嚩二合鈐二引
次至佛前安心而坐想於諸佛念此真言五
遍真言曰
唵一引左哩唧致二娑嚩二合賀三引
次以二羽外相叉掌心按於地念淨地真言
三遍想如金剛地真言曰
唵一引冒阿去聲佉入聲引二
次以二羽十度峯相交拳於鍏內虛心合掌
禪智豎微開安於面前念金剛寶樓閣真言
三遍想印如寶樓閣真言曰
唵一引嚩日囉二合句嚕二合地濕嚩二合哩二引
次二羽金剛縛忍願豎於額念唵字想唵
字如寶樓閣身
次二羽金剛縛忍願豎進力曲微開左旋首
三帀念阿去聲字想阿去聲字如寶莊佛閣

次二羽金剛縛先以忍願豎進力曲微開禪
智豎微開用安於心念吽字想吽字如寶
閣中空
次二羽外微相叉安齊仰微開念姹入聲字
想姹字如雜寶地
次以二羽背微交面前直立想如界墻此契
不改左旋於首三帀想印如輪摧於煩惱念
金剛結界真言七遍
唵一引嚩日囉二合鉢囉二合迦嚟囊上聲嚩日囉二合
滿馱禰囊二上聲唵三引砧去聲吽嚩日囉二合囉上聲
乞囉二合引四已上從淨地至結界並執鈴杵作印用之也
次以左手執鈴右手執杵作蓮華印齊於頂
上禮然可以杵仰手立杵安齋鈴安腰側念
金剛鈴真言五遍
唵一引嚩素上聲麼底二嚩素上聲室哩二合曳三室

哩二合伽姹入聲祢娜祢怛覩哩曵二合四阿上聲仡
哩二合薩五娑嚩二合賀引四
次念金剛杵眞言五遍
唵一引達囉磨二合馱覩蘖鼻二合囉怛曩二合嚩日
囉二合地瑟姹二合曩三上聲地瑟恥二合帝四底入聲
瑟姹二合娑嚩二合鈴上聲吽引五
念眞言已鈴執常式杵擲三遍振鈴三遍半
其鈴杵安置盤中然以右手灑前淨水眞言
與水壇同次灑塗香加持三遍眞言曰
唵一引嚩日囉二合巘第穬跛尾入聲怛囉二合穆棄
吽二引
然以右手横金剛杵用按於地左手掐珠念
數珠眞言三七遍加持於地成佛華壇以表
結淨眞言曰
唵一引嚩素上聲麽上聲底室哩二合曳二娑嚩二合賀
三引
次以前淨器或鉼内水以手散灑佛前供牀
或於地上塗結水壇以此眞言加持三遍眞
言曰
唵一引嚩囉嚩三去聲部惹鉢囉二合嚩囉三去聲部
祖二娑嚩二合賀引
次以華散於水壇上凡散一華想一尊種智
之字先五如來次四波羅蜜後内八菩薩如
經所說次想外供養十二大菩薩亦如經說
此十二尊士用同處合之爲八布置華壇即
開十二合爲八者
燈供養鏡供養觀自在菩薩　琵琶供養歌音供養金剛手菩薩
燒香供養虛空藏菩薩　飲食供養甘露供養大悲菩薩
衣供養舞供養地藏菩薩　散華供養普賢菩薩
貫華供養妙吉祥菩薩　塗香供養彌勒菩薩

此合爲八上諸尊位如布華時各想本尊種
智之字加持一遍布置其華種智之字次第
當說先想五如來種智字
唵引吽怛嘲二合紇哩以三合阿入聲
想四波羅蜜菩薩種智字
嚩䳬上聲嗙上聲黨
想内八菩薩種智字
乞哩二合日嘲二合佉上聲仰上聲娑講二合頵䳬上聲鉻上聲
想外八菩薩種智字
嗡入聲吽鍐斛佉上聲嘲嚩䳬上聲
餘四菩薩無種智字但念名號其名曰
金剛鏡供養菩薩　金剛琵琶供養菩薩
金剛甘露供養菩薩　金剛舞供養菩薩
金此四菩薩名號并前八菩薩種智字想布

華壇成十二尊
想十大明王種智字
藥鉢囉二合鉢怛二合尾入聲吒祢平呼麼上聲阿入聲汙去聲嚩引
想鉤索鎖鈴四菩薩種智字
嗡入聲吽鍐斛
想種智字布置其華而成華壇然以鉼淨水
二羽如蓮華　先以檀戒忍　次用慧方願
以六峯相合　用進力禪智　稍曲似微開
先於華壇外　自巳前安置　好淨器一隻
然捧於水鉼　向外而下水　注於淨器中
水雖注器中　心專想壇中　沐浴於聖衆
然念沐浴明　眞言誦一遍
眞言曰
唵一引謨頵嚩囉麼上聲哩唧二你哩誐二合多上聲

三尾你野(二合)誐曩(上聲)羯囉(四)薩謨地哩(二合)戴
羯攞勢(五)捉野(二合)南(上聲)没曩(上聲)鼻曬厠(二合)戴
六婆嚩(二合)居(入聲)嘇數婆(去聲)細謨禮寫怛(引)
次以塗香契　散灑於華壇　當以散灑時
志想於二羽　塗摩遍照尊　念塗香真言
如經廣所說
次以粖香契　抹於華壇上　先想於佛頂
次念粖香明　真言念三遍　奉獻於如來
真言曰
唵(引一)嚩日囉(二合)祖(去聲)哩顊(二合)末(引二)
復以瓔珞契　二羽蓮華印　如繫瓔珞勢
先想從佛前　後想於佛頸　先以進鉤力
如繫佛瓔珞
念瓔珞真言曰
唵(引一)囉(上聲)怛曩(二合二)麽矩吒(三)阿(入聲)囉馱(二合)
賀囉(四)布惹嚩日囉(二合五)吽(引六)
次以五佛冠　印契當下明　先以曲檀慧
次忍願峯合　後戒方進力　禪智竪微開
用安於頂上　作想與本尊　而戴於寶冠
真言曰(如經)
佛耳具印契　二羽金剛拳　先須以進力
安於右耳旋　二帀鉤一鉤　左耳同右耳
想與本尊戴　為耳莊嚴具
真言曰(如經)
佛髆瓔珞契　二羽蓮華印　相交右押左
禪智捻檀慧　方伸舒六度　各於一髆想
安佛髆瓔珞
真言曰(如經)
次佛腕釧印　二羽金剛拳　先以舒進力
以進旋左腕　以力旋右腕　想安佛腕釧

眞言從瓔珞　乃至腕釧契　隨印各一遍
又以貫華契　禪智掐進力　如把貫華勢
先想於佛額　次想於後繫　眞言如經說
復以獻衣契　二羽向外開　想與佛貫衣
眞言如經說　次以傘蓋契　左羽金剛拳
以立力指端　右羽舒五度　以平蓋力峯
如蓋右旋轉　想蓋華壇尊　眞言誦三遍
眞言曰
唵(一引)薩嚩怛他(去聲)蘖多(二)擦(倉刹切)怛囉(二合)布
惹銘伽(三)三(去聲)毋捺囉(二合四)娑頗(二合)囉拏(五)
三(去聲)麼曳(六引)吽(引七)
次以然燈契　右羽拳四度　以忍直豎申
左羽盛右羽　想忍如慧燈　右旋於壇上
供養於如來　眞言誦三遍　如經廣所說
次以一淨器　盛滿三白食(三白食者粳米飯乳酪也)
及添於華果　置於白食上　面向華壇前
二羽捧供養　念眞言三遍　以加持佛飯
眞言曰
唵(一引)薩嚩怛他蘖多(二)祢尾你野(二合三)布惹
窣堵(二合)努野麼薩(四)嘚吽鑁斛(引)
加持已先安淨器置於面前然以佛飯安左
掌中右手執鉼注於淨水在於器中當下水
時想獻本尊而爲漱口乃誦眞言加持三遍
一遍一注眞言曰
唵(一引)阿沒哩(二合二)姤(三)娑(去聲)嚩野(四)薩娑嚩
(二合)賀(引)
爾時世尊說是華壇已告彌勒菩薩曰修此
觀門學祕密行先皈命佛然以右羽搊擲杵
各三遍次仰右羽於齋置杵掌中上下直立
然以左羽振鈴念八大願眞言誦三遍眞言

曰

唵(引一)没騰達囉鈐(二合)佐(二)僧(去聲)伽(去聲)佐(三)怛哩(二合)囉怛曩(二合)蘖囉(二合四)麼努怛嘲(二合五)母免啣黨(六)迦嚕弭野(二合)扇(上聲七)娑嚩(二合)鉢囉囉闥(二合)鉢囉(二合)悉馱曳(八)你舍拏薩嚩播跛喃(九)奔抳野(二合)喃左努謨那喃(十)訖哩(二合)姤鉢嚩僧(去聲)左哩舍也(二合)弭阿(去聲)哩野(二合)瑟姹(二合)誐播施達(十一)伊(上聲)鈐吠攞母播那野(十二)夜嚩怛(二合)囉底也(二合)囉誐弭顊(十三)夜嚩左薩素(上聲)哩曳(二合)那曳(十四)阿(上聲)底養(二合)多哩鉢囉(二合)抳麼馱(十五)鉢囉寫賀(引)囉喃(十六)阿(上聲)没嚂(二合)賀(呼浪切)左哩養(二合十七)怛娜(引)嚩迦(二合)鼻努(去聲)麼免播惹曩(上聲)拏播拏尾迦攞薩拏(十八)麼攞嚩囉曩迦你哩(二合)底野(二合)儗怛嚩你多(十九)阿你也(二合)憾你尾(二合)囉閉怛哩(二合)囉閉(二十)

念眞言竟　然入壇場　面向於佛　坐想自身
碎如微塵　返收自身　如金剛體

默念眞言曰

唵(引一)囉祖(仁祖切)播誐哆薩嚩達囉磨(二合二)

默念淨身三業眞言曰

唵(引一)娑嚩(二合)婆(去聲)嚩秫(入聲)馱薩嚩達囉磨(二合)娑嚩秫(入聲)度憾(引二)

默念淨口四業眞言曰

唵(引一)嚩枳也(二合)秫(入聲)馱薩嚩達囉磨(二合)嚩枳也(二合)秫免憾(引二)

默念淨意三業眞言曰

唵(引一)唧哆秫(入聲)馱薩嚩達囉磨(二合)唧多秫(入聲)免憾(引二)

三業清淨已　運心惡道中　一切諸衆生
衆罪諸障等　消滅盡無餘　皆獲清淨身

然想上方　盡聲至處　成曼拏壇　運心供養
又想自手　作金剛手　足眼心等　亦復如是
以金剛身　禮事諸佛　然後又想　自手五指
取金剛智　五甘露水　自灌其頂　洗滌五身
十業六塵　想凡夫身　都無所有　如淨月輪
輪上已身　想吽字形　猶如光明　依月輪住
如燈明量　念此眞言　加持七遍
默念眞言曰
唵(引一)冒地唧多母怛播(二合)那野弭(引二)
加持想觀竟　復想吽字形　而居月輪上
如大光明聚　想身光星散　復成六菩薩
每想一菩薩　想爲無量身　供養於諸佛
六菩薩供養　想各獻供養　自在白傘蓋
金剛手聲讃　虛空藏衆香　大悲獻飲食
地藏奉名衣　普賢用旋舞　想獻供養已

再冥心懇告　普讃求三寶
默念大伽陀眞言曰
野娜曩(上聲)祢麼底娑(去聲)舞蘖(上聲一)薩麼薩怛(二合)僧(去聲)迦攞跛(二合)三(去聲)勃哩(二合)黨迦呂商(上聲二)怛祢灑野弭尾弟嚩怛(三)摩賀(引)訖哩(二合)播南補囉薩迦嚩(四)三(去聲)没馱冐地薩怛吠(二合五)囉哩曳(二合)囉祢室者(二合六)野怛訖哩(二合)黨矩灑唧(七)阿(上聲)努謨你也(二合)怛娜嚩勢餉(八)三(去聲)弭也(二合)迦播哩曩(上聲)麼夜弭(九)三(去聲)冐兔(十)尾攞灑麼努麼陵(上聲)努(十一)鉢囉(二合)娑(上聲)祢多難(上聲)怛薩怛(二合)訖哩(二合)播跛養(十二)舍囉南(上聲)鉢囉(二合)夜弭素(上聲)誐黨(十三)曩(上聲)怛麼(二合)麼怒(上聲)嚩嘌底(二合)努(去聲)祢底養(二合十四)你哩(二合)没羯怛(二合)薩迦攞羯攞(二合)播曩(上聲十五)麼勢灑薩怛嚩(二合)三(去聲)鉢娜馱唧(十六)達囉欱(二合)鉢

囉二合夜弭捨囉南十七薩麼薩怛二合嚩薩怛尾三合迦十八囉薩嚕吽十九三去聲弭也二合誐二十顐引囉薩怛二合滿馱曩二十一没多麼迦嚕曩上聲二十二薩沫陵二合閉怛室哩二合江二十三没你多你鋪鉢囉二合尾瑟姹二合二十四誐姤悉弭二合捨囉南上聲二十五野底灑誐南上聲二十六阿去聲灑野尾播迦秫入聲地也二合二十七薩嚩勿哩二合底嚩薩没那誐二合底二十八塢怛跛二合娜夜弭冐馱二十九嚩弟穆屈俱律切底尾鋪灑南薺多三十薩素上聲怛素上聲三十一誐帶迦麼陵虐二合三十二娜灑尾馱娜曩你秫入聲屈攞二合虞入聲曩上聲嚕吽三十三三去聲没馱怛麼二合薩麼上聲引娑黨二合娑嚩二合婆去聲嚩秫入聲地也二合薩麼室哩二合姤娑弭野三合度曩上聲三十四訖哩二合播夜嚩覽弭也二合薩迦覽三十五路迦弭麼你哩二合瑟致二合惹攞播哩曩怛囹二合三十六三去聲冐弟喞多沫覩喞三十七尾娑去聲弭也二合尾地祢去聲底三十八滿怛哩二合寫怛三十九戍上聲你養二合娑嚩二合婆去聲嚩尾入聲囉賀四十呬觀尾庾誐怛他去聲顐弭黨觀四十一塢賀播誐麼娜鄰覽四十二嚩窣覩二合鉢囉二合顐馱曩上聲祢哩二合穆乞黨二合引四十三

讚求三寶已　又想吽字形　形如大麥量

復依月輪住　然念虛空藏　金剛智眞言

冥心念七遍

眞言曰

唵引一戍上聲扼也二合多儗也二合曩上聲嚩日囉二合娑嚩二合婆去聲嚩怛麼二合句憾引二

復想前麥量　形若似微塵　亦依月輪住

默念觀細相　眞言一七遍

眞言曰

唵(一引)素(上聲)佉麼(二合)嚩日囉(二合引二)
復想月輪上 有小光明住 默誦此眞言
應當一七遍
眞言曰
唵(一引)底(入聲)瑟姹(二合)嚩日囉(二合引二)
想光明不動 倏爾旋復去 默念此眞言
亦應一七遍
眞言曰
唵(一引)娑頗(二合)囉嚩日囉(二合引二)
復想身而入 依彼月輪住 默誦此眞言
應須一七遍
眞言曰
唵(一引)僧(去聲)賀囉嚩日囉(二合引二)
想身金剛碎 將成大覺身 默念祕密言
加持一七遍

眞言曰
唵(一引)嚩日囉(二合)吠捨吽(二引)
復想小光明 如同大覺身 默誦祕密言
亦應一七遍
眞言曰
唵(一引)嚩日囉(二合)怛麼(二合)句憾(二引)
復想小光明 爲金剛之體 亦如如來身
等同無有異 默唱此眞言 加持一七遍
眞言曰
唵(一引)野他(去聲)薩嚩怛他(去聲)誐哆娑怛(二合)他(去聲)
憾(二引)
既加持已 然出觀門 出觀門已 然以右手
執金剛杵 左手執鈴 齊舉頂上 而作頂禮
禮已舞印 先五佛印 四波羅蜜 印已以杵
指頂口心 表指三壇 指已以杵 指頂五方

及頂四隅　右左二眼　右左兩耳　次指鼻舌
右左兩肩　次指心胷　指巳旋頂　旋巳至胷
胷巳舞印　巳上以杵　凡指之處　想八菩薩
種智之字　如經上說　次金剛杵　指右左髆
及上下脣　次臍及下　想四明王　種智之字
次指於心　及右左脛　然右左骸　指背上節
然指右左　二足脚面下方　復指於頂上方　以杵指處
想六明王　種智之字　然執鈴杵　聲表菩薩
及表法語　杵表於佛　及表佛印　默念祕密
隨求眞言　返想巳上　二十七位　隨位進力
三旋一繫　隨繫眞言　默念一遍
隨求眞言曰
唵引一砧去聲吽嚩日囉二合囉上聲乞囉二合引二
妙吉祥平等祕密最上觀門大教王經卷第二

音釋

攪古巧切手動也　剔他歷切　吸許及切吸哩也　掐苦洽切爪刺也　罽居例切　髆伯各切臂髆也　腕烏貫切腕　釧樞絹切腕釧臂鐶也　脛胡定切脚脛也　骸他罪切骸股也

妙吉祥平等祕密最上觀門大教王經卷第三

宋契丹國師中天竺摩竭陀國三藏法師慈賢譯

爾時世尊告彌勒菩薩曰

既繫念已　再入觀門　先想頂内　而作其壇
即想安置　頂内蓮華　其華八葉　於蓮華内
想金剛地　金剛地上　想日月輪　於日輪上
想十二字　月輪之上　想十六字　梵字之母
出生諸法　不可得故　於月輪上　想安唵字
又觀唵字　想爲菩薩　旋復而去　十方世界
隨意供養　諸佛聖賢　既供養已　良久而來
作輪子形　復想一返　爲毗盧佛　餘四方佛
次第想安　悉皆同等　先想種智　及想梵號
兼想五印　四波羅蜜　准四佛作　而居四隅
坐三重座　無其月輪　下至明王　悉皆如是

已上九位　居第一院　内八菩薩　想種智字
及想密號　兼想印契　於第二院　四門左右
次第分布　外十二尊　十明王等　亦想種智
及其密號　兼想菩薩　所執獻物　及想十方
明王印相　次第當説
東方明王印
戒方背相鉤　禪智捻忍願　曲進伸力度
檀慧似如鉤　向左而成印　以牙齧下脣
斜目視於印　右足似如鉤　左脚斜直立
而成鉤召契
南方明王印
　戒方進力背相鉤　同前禪智捻忍願
　檀慧如前亦似鉤　餘相並同東明王
亦號名爲鉤召印
西方明王印

檀慧進力而相鉤　禪智押戒忍方願
印向左而安立勢　餘相亦如東明王
而號名爲法定印
北方明王印
戒方忍願合相鉤　進力相鉤亦復耳
禪智以峯自相拄　檀慧而伸合額左
餘相並同東明王　號爲降伏自在印
東南方明王印
檀慧背相鉤　禪智捻忍願　戒方進力豎
心左而安置　斜目而視之　餘相同北方
名爲最勝印
西南方明王印
檀慧内相鉤　戒方曲入掌　忍願似微曲
進力次微曲　禪智亦微曲　仰印而向口
張口牙須現　努目而視之　闊足而正立

號曰爲口印
西北方明王印
禪智捻檀慧　六度而直豎　二羽而相交
以右而押左　努目而正視　齧脣小偏立
名爲大力印
東北方明王印
二羽外相叉　印相如淨地　正齧於下脣
努目正視印　二足安立相　似闊而正立
號爲無動印
下方明王印
二羽内相叉　禪智捻忍願　進力峯相合
仰峯而向下　印左努目視　偏齧於下脣
右存斜左足　名爲摧障印
上方明王印
不改前印相　印峯舉於上　合印向額左

努目似下視　齧脣與立相　同下方明王
名爲佛頂印
此十大明王　而居第三院　依位想安布
乃成頂内壇　頂内佛壇竟　觀身爲毗盧
出觀念佛壇　至唵字默念
眞言曰
没馱嚩日囉(二合)達囉室哩(一二合)滿曩(二合)底哩
(二合)嚩日囉(二合)鼻你野(二合)娑(去聲)尾曩(二)(上聲)阿(上聲)
地瑟姹(二合)曩(上聲)播能(上聲)弭你養(三)(二合)迦嚕(去聲)涑
迦野嚩日哩(二合)曩(上聲)(四)娜舍捺儗(二合)僧(去聲)悉
體(二合)哆(五)没馱屈(俱律切)鍐覩(六)迦野嚩日哩
(二合)曩(七)唵(引八)薩嚩怛他(去聲)誐哆(九)迦野嚩日
囉(二合)娑嚩(二合)娑(去聲)嚩怛麼(二合)句憾(引十)
默念佛壇已　然想口中壇　五佛四波羅
内外十二尊　十大明王等　布置想次第

亦如頂内壇　唯想阿字形　而成大法壇
種智與密號　印契執物等　一同前觀想
而成無量壽　出觀念法壇　至唵字默念
眞言曰
達囉謨(二合)吠嚩迦播他(去聲)室哩(一二合)滿曩(二合)
底哩(二合)嚩日囉(二合)鼻你野(二合)娑(去聲)尾曩(二)阿
地瑟姹(二合)曩(上聲)播能(上聲)弭你養(三)(二合)迦嚕(去聲)
涑嚩誐嚩日哩(二合)曩(上聲)(四)娜舍捺儗(二合)僧(去聲)
悉體(二合)哆(五)没馱屈(俱律切)鍐覩(六)嚩誐嚩日
哩(二合)曩(上聲)(七)唵(引八)薩嚩怛他(去聲)誐哆(九)嚩誐
嚩日囉(二合)娑嚩(二合)娑(去聲)嚩怛麼(二合)句憾(引十)
默念法壇已　然想阿閦尊　成心壇位次
唯觀吽字形　而成大僧壇　諸佛大菩薩
十大明王等　想印及密號　布置次第等
並同頂内壇　而成阿閦佛　出觀念僧壇

至唵字默念

眞言曰

唧哆嚩日囉二合達囉室哩二合一滿曩二合底哩二合嚩日囉二合鼻你野二合娑去聲尾曩上聲二阿地瑟姹二合曩上聲播能上聲弭你養二合三迦嚕上聲湅唧哆嚩日哩二合曩上聲四娜舍捺儗二合僧去聲悉體二合哆五沒馱屈俱律切鍐觀六唧哆嚩日囉二合曩上聲七唵引八薩嚩怛他去聲誐哆九唧哆嚩日囉二合娑嚩二合婆去聲嚩怛麼二合句憾引十

想成三壇已　安心寂不動　即以金剛索

繫閉六根門　隨念隨一繫　如被金剛甲

眞言曰

唵砧嚩日囉二合咯乞囉二合

想成三壇已　然可而出觀　應以殷重心

歸命三寶壇　振鈴誦密語

眞言曰

曩上聲謨沒馱野一曩上聲謨達囉磨二合野二曩謨僧去聲伽野三阿娑去聲吠娑去聲嚩曩上聲娑去聲嚩四娑去聲嚩曩上聲祢嚩娑去聲嚩曩五伊上聲底娑去聲舞麼娑去聲嚩寫怛養二合六娑去聲嚩南努播攞毗夜二合帝七阿上聲你野二合弭薩頗楞上聲惹囉鈴二合八阿上聲你野二合弭薩頗楞上聲哆播九阿你野二合弭薩頗楞上聲地野二合南十阿上聲你野二合弭尾竆謨乞哩二合黨引十一

歸命三寶已　然可再入觀　面前想一壇

下是風火水　土輪最居上　土上四色鐵

先鐵次銅銀　最後用其金　上有三角土

是爲雜寶地　然可而出觀　而以兩手叉

掌心按於地　印成金剛地　如此而安置

然可再入觀　應觀阿字形　而在壇中住

想字去其光　復來爲蓮華　次應想吽字
而居蓮中住　作寶金剛地　復想□字
梵云沒籠二合此言佛寶閣表大毘盧身　想爲白光明
光明去復來　而作輪子形　想輪爲白光
去乃而復來　而成七寶閣　内有曼拏羅
而有三重界　每界有四門　四門各四色
東白南青色　西紅北金色　想於其壇中
而有日月輪　復想唵阿吽　想於月輪上
東西而安置　從東唵阿吽　先觀唵字體
想爲八菩薩　觀自在爲首　想往十方界
供養於諸佛　次想阿字起　想爲八菩薩
大悲而爲首　亦往十方界　供養於諸佛
次想吽字起　想爲八菩薩　金剛手爲首
亦往十方界　供養諸如來　想唵八菩薩
供養已而來　想共爲佛輪　想阿八菩薩
供養已而來　想成八葉蓮　在於佛輪上
想吽八菩薩　供養已而來　如半五杵形
想居蓮葉上　想前三種智　所起八菩薩
去來並相次　復想輪蓮杵　共出五色光
亦想往十方　良久而復收　渾融於一處
而居蓮葉上　然想四波羅　依方位次第
各居門中坐　並右膝著地　合掌俱向佛
各申求救度　一切諸衆生　然可再出觀
金剛波羅蜜　而說大伽他　讃想求阿閦
說所求讃曰

怛罔二合嚩日囉二合唧哆一部嚩祢濕嚩二合囉二薩怛嚩二合駄姤怛囉二合夜呬鉿三囉上聲底麼努去聲抳野二合四摩賀引囉他二合迦弭五迦麼呬鉿六惹曩上聲迦薩怛嚩二合七摩賀引仡囉二合鉿兔八野捺尾二合親去聲細九吟尾觀麼

呬野二合曩去聲闥引十

次想寳波羅　讃求毗盧尊　爲諸衆生等

説所求讃曰

怛罔二合嚩日囉二合迦野一嚩護薩怛嚩二合

畢哩二合夜抳野二合作仡囉三二合没馱囉達二合

冐地四播囉麼囉達二合五係去聲多努捺哩二合

勢六囉上聲儗上聲曩囉上聲誐七薩麼養麼麼八

迦麼野寫九野捺尾二合砌細十吽尾覩入聲麼

呬野二合曩去聲闥引十一

次想法波羅　讃求無量壽　爲諸衆生等

説所求讃曰

怛罔二合嚩日囉二合嚩左一薩迦攞薩二合呬去聲

多努講鼻三路迦囉達二合迦哩野二合四迦囉

祢薩娜五薩鉢囉二合勿哩二合多六迦麼係去聲

矜七蘇上聲囉多上聲左哩野二合八薩滿多跛捺

囉二合九野你尾二合砌細十吽尾覩麼呬野二合

曩去聲闥一十

次想羯磨尊　讃求三寳身　爲諸衆生等

説所求讃曰

怛罔二合嚩日囉二合羯囉磨二合一薩麼夜仡囉

二合摩賀呬多囉達二合三三去聲冐地滿捨四

底攞迦三去聲磨哆五去聲努講閉六迦麼呬矜

七虞入聲曩你剔孕八二合麼護囉怛曩二合僕黨

九野你尾二合砌細十吽入聲尾覩麼呬野二合曩

去聲闥引十

四波羅蜜既讃求已再念三壇祕密眞言

眞言如經　亦至唵字默而誦之　既誦畢已

然可默念　智心眞言三遍或五遍

眞言曰

唵引一唧多鉢囉二合底吠騰迦嚕弭二引

默念真言已　然可再默念　金剛智真言
觀細相真言　小光明真言　金剛碎真言
光明住真言　金剛體真言　各三或五遍
此八尊真言　如經前已說　默念八尊已
想成阿閦佛　如隨尊印契　廣如經下說
既成阿閦已　默說圓滿明
真言曰
唵引一薩嚩怛他去聲蘖多二迦野嚩迦唧哆三
三去聲昧曳引曩四嚩日囉二合地哩二合迦引五嚩
日囉二合怛麼二合句憾引嚩日囉六二合嚩日囉
二合薩摩曳曩七阿入聲地底入聲瑟姹二合娑嚩二合
鈝引吽引八
想已阿閦已　復想化毗盧　而居阿閦前
毗盧既成已　默說成就明
真言曰

唵引一薩嚩怛他去聲蘖多二迦野嚩迦唧多三
三去聲昧曳引曩四上聲吤入聲曩吤入聲迦五吤曩
上聲怛麼二合矩憾引吤曩六嚩日囉二合薩麼曳
引曩七上聲阿入聲地底入聲瑟姹二合娑嚩二合鈝引
唵引八
想化毗盧已　次想寶生尊　寶生既成已
默說圓滿明
真言曰
唵引一薩嚩怛他去聲蘖多二迦野嚩迦唧多三
三去聲昧曳引曩四囉怛曩二合地哩二合迦五囉
怛曩二合怛麼二合矩憾引囉怛曩六二合嚩日囉
二合薩麼曳曩七上聲阿入聲地底入聲瑟姹二合娑嚩
二合鈝八怛喇引二合九
想化寶生已　次想無量壽　無量壽成已
默說成就明

眞言曰

唵引一薩嚩怛他去聲蘖多二迦野嚩迦唧多三三去聲昧曳曩上聲四鉢納麼二合地哩二合迦五鉢納麼二合怛麼二合矩憾鉢納麼二合嚩日囉二合薩麼曳曩六阿入聲地底入聲瑟姹二合娑嚩二合鋡七紇哩以二合引八

彌陀既成已　次想不空尊　不空既成已

默說圓滿明

眞言曰

唵引一薩嚩怛他去聲蘖多二迦野嚩迦唧多三三去聲昧曳曩上聲四鉢囉二合儗野二合地哩二合迦五鉢囉二合儗野二合怛麼二合矩憾鉢囉二合儗野二合六嚩日囉二合薩麼曳曩七阿入聲地底入聲瑟姹二合娑嚩二合鋡八阿入聲九

五佛既成已　阿閦居中方　毗盧在東位

南方寶生尊　西方無量壽　北方不空尊

名爲阿閦壇　五位本尊明　念此五眞言

次四身菩薩　阿閦四親近　四菩薩印契

及用旋舞儀　如下次第明　先想界菩薩

想起菩薩已　默念成就明

眞言曰

唵引一達囉磨二合馱覩二嚩日哩二合二娑嚩二合迦野嚩迦唧多四祢室者二合囉上聲夜磨薩五唵引六沒馱路左𩕳七吽發吒半音嚂引八

想界菩薩已　次想餤菩薩　餤菩薩起已

默念成就明

眞言曰

唵引一達囉磨二合馱覩二嚩日哩二合三娑嚩二合迦野嚩迦唧多四祢室者二合囉上聲夜磨薩五唵引六吽入聲曩上聲野怛祢七吽曩上聲路左𩕳八

吽發吒半音鉿九

想餤菩薩已　次想甘露尊　甘露起身已

默念成就明

真言曰

唵引一達囉磨二合馱覩二嚩日哩二合三娑嚩二合

迦野嚩迦唧多四祢室者二合囉上聲夜磨薩五

唵引六達囉磨二合野怛祢七達囉磨二合路左顊

吽八發吒半音喺引九

想甘露尊已　次想力菩薩　力菩薩起已

默念成就明

真言曰

唵引一達囉磨二合馱覩二嚩日哩二合三娑嚩二合

迦野嚩迦唧多四祢室者二合囉上聲夜磨薩三

唵引羯囉磨二合仡哩二合六薩嚩羯囉磨二合講

七嚩日囉二合乞𠾐二合八娑頗二合囉嚩日哩二合

九吽發吒半音黨引十

想此四菩薩　阿閦四隅坐　先界次餤尊

後甘露次力　阿閦四親近　印相本尊明

如下外供養　次想阿閦尊　自起十明王

明王欲起時　默念成就明

真言曰

薩伊去聲嚩一嚩日囉二合達嚕囉上聲惹二唧多

嚩日囉二合三娑怛二合他去聲蘖多四娑普二合𠾐

上聲誐五蘖訶上聲曩六上聲祢鉢多二合室戰二合拏

上聲七嚩日囉二合八摩賀鉢囉二合薄九阿入聲他

去聲悉銘二合娑去聲始哆十麼底哩二合曩上聲十一娑

普二合𠾐上聲誐十二蘖賀曩上聲矩嘲引十三

既想成就已　想起十明王　各各想其身

印契如前說　先想東明王　默念真言曰

唵引一嚩日囉二合捺嘲灑三咄嚕二合怛羯二合吒

二娑去聲野鼻囉嚩野三唵引四嚩日囉二合屈嚕
二合駄四吽吽吽發吒發吒發吒五餤曼矩憾引六
既想東明王　想起東方立　印相八尊別
名號隨各異　前說成就明　此明王身明
八尊皆如是　明王身眞言　至稱發吒處
稱名號各別　既想如是已　次想南明王
默念身眞言
眞言曰
鉢囉二合儗陽二合怛矩憾引
南明王既起　次想西明王　默念身眞言
眞言曰
鉢　納麽二合怛矩憾引
西明王既起　次想北明王　默念身眞言
眞言曰

尾　仡曩二合怛矩憾引一句
此四大明王　各想四方位　北明王既起
次想東南方　默念身眞言
眞言曰
唵引一吒　枳　吽　弱入聲引二
東南方既起　次想西南方　默念身眞言
眞言曰
唵引一顊攞嚩日囉二合難上聲拏上聲吽引二
西南方既起　次想西北方　默念身眞言
眞言曰
唵引一塢　仡囉二合戍上聲攞野𤼪引二
西北方既起　次想東北方　默念身眞言
眞言曰
阿上聲左攞訖哩二合一摩賀引鉢囉二合薄二賀
賀賀三斛四吽吽吽五發吒半音引六

此四大明王　次第居四隅　東北方旣起
想下方明王　默念祕伽陀
眞言曰
阿入聲達嚩日囉二合達嚕囉上聲惹一底哩二合路枳野二合仡囉二合努鼻聲灑薩迦二鉢囉二合紇哩二合瑟姹二合尾囉毗末擦三迦嚕拏楞迦囉尾仡囉二合怛去聲引四
旣念伽他竟　默念靈驗明
眞言曰
薩嚕捺囉二合枲星孕切捺囉二合蘇上聲賔去聲捺囉二合薩賛上聲捺囉二合哩迦二合惹入聲滿薩講二怛𡃤二合路枳野二合尾惹曳上聲尾嚕三虞入聲呬四野二合囉吒二合屈君律切里勢濕嚩二合囉上聲引四
默念靈驗已　默念身眞言
眞言曰
唵引一嚩日囉二合播多攞野二賀賀賀斛吽發吒半音引三
旣念身成就　心想於下方　若想壇場位
居東方明王　於後面而立　次上方明王
默念身眞言
眞言曰
唵引一曩謨引三去聲滿多二迦野嚩迦唧多三嚩日囉二合南上聲四唵引五戍禮祢六吽娑嚩二合賀引七
上方明王起　心想於上方　布置壇場位
居西方明王　後面而安立　想十明王竟
次鉤索鏁鈴　亦於阿閦尊　次第而想起
心想四菩薩　次第各安居　四方明王後
若想布壇場　而於四隅坐　眞言及印契
先想金剛鉤　菩薩身而起　旣想身而坐

而作鉤召印　二羽金剛拳　前竪背相交
以左押其右　伸力曲進度　進度微漸招
默念金剛鉤　菩薩真言曰
唵一引嚩日囉二合矩捨弱入聲弱弱吽二引
已想金剛鉤　菩薩身而起　次想索菩薩
二羽金剛拳　仰進合力度　進力竪相鉤
默念金剛索　菩薩真言曰
唵一引嚩日囉二合播捨吽吽吽麼吒二引
既想金剛索　菩薩身而起　次想金剛鏁
二羽金剛拳　仰伸於力度　合進鉤於力
默念金剛鏁　菩薩真言曰
唵一引嚩日囉二合娑普二合吒鍐鍐鍐吽怛囉二合
吒二引
既想金剛鏁　菩薩身而起　次想鈴菩薩
二羽金剛拳　合力作鉤形　側進鉤力度

默念金剛鈴　菩薩真言曰
唵一引嚩日囉二合吠捨斛三遍賀賀賀斛吽吽引
發吒二合半音引發吒上准娑嚩二合賀二引
請四菩薩坐　復想梵印名　印即菩薩身
梵名印名曰
三去聲昧耶母捺囉一二合羯囉磨二合母捺囉二合
二達囉磨二合母捺囉三二合儗野二合曩上聲母捺
囉四二合
梵名印契竟　次想八菩薩　想從阿閦尊
而起八菩薩　八菩薩欲起　說諸大菩薩
起時大伽他
室哩二合三去聲滿多跋捺啷一二合你惹嚕娑蒲憾
切矩曩上聲微體夜二合野二暗麼攞末底末庚
入聲竭三夜娑哆二合薩哩滿馱迦哩四尾囉上聲
唧哆末怛謎路五七聲夜你哩二合捨矩上聲曩上聲

迦爽(六)虞(上聲)嚕惹曩(上聲)麼底滿怛(七)演怛囉
(二合)緊唧多(上聲)那(去聲)努(去聲八)室囉(二合)闥夜底枳
攞滿(去聲)馱演怛姤琰鉢囉(二合)夜怛(引九)

既説伽他竟　想從阿閦尊　先起觀自在
真言及印契　種智字次第　如下文廣説
觀自在欲起　先説成就明

怛怛囉(二合)你(入聲)弭野(二合)作屈呂(一二合)訖哩(二合)
底蘖囉婆(二合)訖哩(二合引二)

觀自在既起　次想金剛手　成就身明曰

怛怛囉(二合)你弭野(二合)戍嚕(二合)怛囉(二合一)嚩日
囉(二合)播抳日啲(二合引二)

金剛手既起　次第居東門　想面向本尊
右左而安坐　次想虛空藏　成就身明曰

怛怛囉(二合)你(入聲)弭野(二合)伽囉(二合)曩(一)阿(上聲)迦
捨蘖囉婆(二合)佉(去聲引二)

虛空藏既起　次想大悲尊　成就身明曰

怛怛囉(二合)你(入聲)弭野(二合)唅(入聲)曷嚩(二合一)路迦
娜闥夜(上聲引二)

大悲尊既起　次第居南門　想面向於佛
右左而安坐　次想地藏尊　成就身明曰

怛怛囉(二合)你(入聲)弭野(二合)迦野(一)薩嚩你嚩囉
拏(二)尾始講(二合)謎唉講(二合引三)

地藏尊既起　次想薩埵尊　成就身明曰

怛怛囉(二合)你(入聲一)弭野(二合)麼曩(上聲二)嚩日囉
(二合)薩怛嚩(二合)纈(上聲引三)

薩埵尊既起　次第居西門　想面向本尊
右左而安坐　次想妙吉祥　成就身明曰

怛怛囉(二合)你(入聲)弭野(二合)攞佉銘(二合一)滿祖(左祖)
(切)室哩(二合)曳(引)韐(引二)

吉祥尊既起　次想彌勒尊　成就身明曰

怛怛囉(二合)作(入聲)弭野(二合)尾哩曳(一二合)每(上聲)底
哩(二合)野銘(上聲引二)

彌勒尊既起　次第居北門　想面向本尊
右左而安坐　想八菩薩竟　次想十二尊
於前八菩薩　想出十二尊　諸菩薩供養
所執華香等　種智字次第　如布華壇說
密契及真言　如下外供養　若想地壇時
已上諸尊位　面並向本尊　外布置壇場
或粉或畫時　壇場諸尊位　依方位皆坐
若想三壇時　如想地壇位　想地壇既竟
次想於二羽　而作蓮華形　想往於上方
捧接諸如來　而居地壇位　如水乳相合
默念奉請明

真言曰

唵(一引)吒計阿迦嚓(去聲)野(二)鉢囉(二合)吠灑野(三)滿馱野(四)姤灑野(五)吽弱吽鍐斛(六)賀賀吽(七引)

默念奉請已　或三或五遍　更默念鉤索
鑠鈴及印契　并明各三遍　想請上方壇
已降於壇內　然可想自身　求於阿閦尊
我發菩提心　今我為金剛　薩埵阿闍黎
默念大金剛　堅固不退明　或三或五遍
想於東門禮

真言曰

唵(引)薩嚩怛他(去聲)誐哆布𠺕播娑他(二去聲合)曩(上聲)野阿(入聲)怛麼(二合)南你哩野(二合)哆夜弭薩嚩怛他(去聲)誐哆(三已下說)嚩日囉(二合)薩怛嚩(二合)地瑟姹(二合)娑嚩(二合)鋡吽(引)

想東門禮已　然可想自身　求於寶生尊
願為金剛寶　灌頂阿闍黎　默念金剛寶

灌頂秘密言　想於南門禮
眞言曰
唵引薩嚩怛他去聲誐哆布惹鼻曬迦野阿入聲
怛麼二合喃你哩野二合哆野弭薩嚩怛他去聲誐
哆巳下三說嚩日囉二合囉怛曩二合鼻詵上聲左娑嚩
二合賀怛咯引二合
旣想觀想已　然可想自身　求於無量壽
願我爲金剛　說法阿闍黎　依法而修行
廣陳於供養　而誦此眞言　想於西門禮
眞言曰
唵引薩嚩怛他去聲誐哆布惹鉢囉二合嚩哆曩
上聲野阿入聲怛麼二合喃你哩野二合哆野弭薩嚩
怛他去聲誐哆巳下三說嚩日囉二合達摩鉢囉二合嚩
哆野娑嚩二合賀訖哩以引三合
旣想說法已　次應想自身　求於不空尊
願我爲金剛　一切事業成　羯磨阿闍黎
堅固不生滅　辦事無有窮　當供養於佛
願一切有情　皆獲悉地果　而誦此眞言
想於北門禮
眞言曰
唵引薩嚩怛他去聲誐哆布惹迦麼抳阿入聲怛
麼二合喃你哩野二合哆野弭薩嚩怛他去聲誐哆
巳下三說嚩日囉二合迦麼矩嚕娑嚩二合賀惡引
旣想羯磨已　次應想自身　爲中方輪王
金剛阿闍黎　若想四門時　每門想留一
傳教阿闍黎　輪王阿闍黎　默誦此伽陀
東門禮中方
眞言曰
唵薩嚩怛他去聲誐哆迦野弭嚩枳喞哆嚩日
囉二合鉢囉二合那銘嚩日囉二合滿捺南上聲迦嚕

弭引已下三說唵引嚩日囉二合尾怛引
輪王阿闍黎　爲自在主已　運心入地壇
擬想入地壇　默念百字明　既誦百字已
想壇如頭冠　既爲頭冠已　安坐諦思惟
返想頭冠壇　先想五方佛　與自身灌頂
旣想灌頂已　復想諸尊位　各想本尊明
及本尊印契　若有心疲倦　且想頂壇内
一切諸聖賢　尊位種智字　次第而想布
既想布已竟　安心寂不動　而居中方位
良久而出觀　先念五佛讚　歌詠於如來
四方禮四佛　東方禮中尊
阿閦如來
噁乞嚕二合吡夜二合嚩日囉二合摩賀惹拏二合曩
上聲嚩日囉二合馱覩摩賀沒馱底哩二合曼拏攞
底哩二合嚩日囉二合誐囉二合具灑嚩日囉二合曩

謨引窣覩二合帝引
毗盧遮那如來
吠嚕左曩上聲摩賀引秫入聲馱一嚩日囉二合霜
上聲哆摩賀引囉帝引二鉢囉二合訖哩二合底鉢囉
二合娑蒲感切娑嚩二合囉佗囉二合誐喞二合三你吠
二合灑嚩日囉二合曩謨引窣覩二合帝引四
寶生如來
囉怛曩二合囉惹素儼鼻囉一佉嚩日囉二合迦
灑額哩二合摩攞二合娑嚩二合婆去聲嚩秫入聲馱額
哩隸二合播三迦野嚩日囉二合曩謨引窣覩二合
帝引四
阿彌陀如來
嚩日囉二合窸哩二合哆摩賀惹拏二合曩一額哩
二合尾迦攞二合播揭嚩日囉二合達哩二合二迦囉
誐播囉弭哆鉢囉二合鉢怛二合三娑去聲灑嚩日

囉二合引曩上聲謨窣覩二合帝引四
不空成就佛
阿上聲穆佉嚩日囉二合三去聲部哆一薩嚩灑跛
哩布囉迦二娑嚩二合婆去聲嚩秫入聲馱顊哩[口*糸*余]
二合跛三嚩日囉二合薩怛嚩二合曩謨窣覩二合帝
引四
運心請地壇　起置於頂上　猶若戴頭冠
二壇如水乳　和合一處坐　安坐諦思惟
讚歎五佛已　執鈴杵供養　結契念本明
下當次第說　阿閦如來契　二羽金剛縛
左右而掣開　二手旋舞儀　左拳安於臍
右羽垂觸地　下至諸尊位　先縛後旋舞
印契雖各別　旋舞例准此
唵引一噁乞芻二合毗夜二合吽引二
毗盧遮那佛　右羽金剛拳　以握力指端

唵引一嚩日囉二合馱覩鑁引二
寶生如來印　左拳仰安臍　右羽爲施願
唵引一囉怛曩二合三去聲婆去聲嚩怛咯二合引二
彌陀如來契　二羽仰相叉　進力豎相背
禪智橫其端
唵引一阿入聲弭哆婆去聲[口*統]哩以三合引二
不空如來印　左拳復安臍　右羽施無畏
唵引一阿上聲謨佉去聲悉弟噁引二
金剛界菩薩　二羽如蓮形　忍願頭相拄
相次漸微開
唵引一悉馱路左你吽引娑嚩二合賀引二
金剛燄菩薩　左羽側安心　微曲於願指
右羽逼左羽　微曲於忍指　亦側不著左
唵引一計里計里麼末計吽娑嚩二合賀引二
金剛甘露契　左羽仰安骰　猶如掌物勢

右羽曲忍禪　當心側安置　向心不觸體

唵一引濕吠二合帝吽拏囉嚩悉你薩嚩達磨娑去聲馱祢吽引娑嚩二合賀二引

金剛力菩薩　右羽曲忍指　側安當於心

次以左羽來　微曲於願指　亦側不觸右

唵一引哆唎咄哆唎咄唎娑嚩二合賀二引

觀自在菩薩　二羽金剛嚩　開手而仰散

唵引乞哩二合帝上聲誐囉娑二去聲合野娑嚩二合賀引

金剛手菩薩　左拳安腰側　右羽如施願

禪押於忍度

唵一引嚩日囉二合鉢拏曳娑嚩二合賀二引

虛空藏密契　左拳安腰側　右羽在心側

以禪押忍度

唵一引揭誐囉娑二合野吽娑嚩二合賀二引

大悲菩薩印　左拳安腰側　右羽屈戒度

右旋往心散

唵一引路計濕嚩二合囉囉上聲惹野娑嚩二合賀二引

地藏菩薩契　二羽進力鉤　掣開而散印

唵一引薩嚩抳嚩囉曩上聲尾入聲設劒二合娑去聲曳吽二引

薩埵菩薩印　左拳安腰側　右手於臍側

屈禪掐忍進

唵一引三去聲滿多跛捺囉二合野吽二引

妙吉祥菩薩　左拳安腰側　右羽禪捻忍

兩眼隨手視

彌勒菩薩印　左拳安腰側　右羽在心前

唵一引滿祖室哩二合拏闥吽二引

掐忍指中文

唵一引每上聲底哩二合野吽娑嚩二合賀二引

此處應念　十大明王　真言印契　廣如別卷
燈供養菩薩　左手捧右羽　忍指申供養
唵一引嚩日囉二合路計你引吽二引
琵琶菩薩契　二羽作彈勢
唵一引嚩日囉二合尾捺噁二引
燒香菩薩契　二羽執香爐　如供養佛勢
唵一引嚩日囉二合度閉吽二引
飲食供養契　二羽於面前　猶如捧物勢
唵一引嚩日囉二合阿上聲[illegible]二合吽二引
衣供養菩薩　二羽金剛拳　禪智捻進力
飜旋於右羽　想如着衣勢
唵一引嚩日囉二合攞細吽二引
散華菩薩契　左羽如掌華　右羽禪捻忍
右羽向掌華　猶如取華勢　想散佛頂上
唵一引嚩日囉二合補澀閉二合吽二引

貫華菩薩契　二羽於懷中　猶如取華勢
想從佛頂上　頂後而旋繫
唵一引嚩日囉二合麼𡃤野二合吽二引
塗香菩薩契　二羽向外旋　直竪而外散
唵一引嚩日囉二合巘弟吽二引
此八大菩薩　在於第三院　次第居四門
右左而安坐　次鏡菩薩契　左羽安腰側
右羽執於鏡　光外照於佛
唵一引嚩日囉二合捺囉播二合抳斛二引
歌供養菩薩　左拳安腰側　右羽忍進指
直竪而相拍
唵一引嚩日囉二合儗上聲帝誐吽二引
甘露菩薩印　想左羽掌內　而掌甘露水
右羽戒指彈　想灑佛壇上
唵一引嚩日囉二合塢娜迦覩洒引薩二引

舞供養菩薩　二羽作舞勢

唵(引一)嚩日囉(二合)你哩(二合)帝吽(引二)

此四大菩薩　在於第三院　次第各安居
四隅而安坐　祕密供養已　更以飲食獻
華果及塗香　種種而供養　若不心疲倦
不盡諸法式　欲出於道場　當念奉送明
復自諦思惟　仰啓諸如來　我運心供養
內外諸法事　或有悞錯者　願佛哀愍我
再降甘露水　洗滌一切罪　悉皆令消滅
再念百字明　百字明既竟　然念奉送明

奉送眞言曰

唵(引一)訖哩(二合)姤嚩薩嚩薩怛嚩(二合二)囉他(二合)悉(二合)騰(三)那怛嚩(二合)野他(去聲)拏誐怛(二合四)誐蹉特鑁(二合)薩嚩沒馱尾灑演(五)尾賀囉特鑁(二合)野他(去聲)素欠(六)野怛囉(二合)野怛囉(二合)薩母怛播(二合)南(上聲七)母捺囉(二合)薩嚩薩麼薩哆(八)母哩底曳(二合)嚩薩母左哩養(二合九)怛怛囉(二合)怛底哩(二合)嚩謨乞叉(二合)曳(十)薩摩鉢怛(二合十一)薩必哩(二合)曩(上聲)惹拏(二合)曩薩怛嚩(二合十二)嗢薩他(二合)野滿怛哩(二合十三)尾賀哩野囉他(二合)素欠(十四)野怛緊啷迦囉麼(二合)顊(十五)迦哩(二合)哆你奔你養(二合十六)黨薩嚩薩怛鑁(二合十七)播哩曩麼曳多(十八)訖哩(二合)哆顊迦囉摩(二合)顊(十九)素那嚕曩顊(二十)鉢囉(二合)迦舍曳曩(二十一)鉢囉(二合)底蹉那曳哆(二十二)矩弭怛囉(二合二十三)三(去聲)鉢迦嚩捨迦那啷(二十四)囉訖帝(二合)曩懵(上聲)祢曩(二十五)尾謨呬帝曩迦曳曩嚩枳野(二合二十六)麼曩薩迦哩(二合)黨弭(二十七)黨薩嚩鉢畔鉢囉(二合)帝你灑野弭(引二十八)

金剛阿闍黎　與弟子灌頂　如上先想壇

亦應誦密言　所爲四明王　鉢羅抳也怛迦
真言用稻華　打弟子五障　鉢納麼明王
而燒白芥子　熏授法之者　一切諸煩惱
吒枳羅惹王　加持於淨水　以洒弟子身
而除諸罪垢　播多羅真言　用加持生飯
供養於諸天　龍神八部等
說是祕密壇加持法已告彌勒菩薩曰願授
灌頂先結大曼拏羅壇而授灌頂爾時世尊
即說五如來灌頂真言曰
真言如經
此法甚深祕　不得妄宣傳　除逢智慧人
乃可爲演說

妙吉祥平等祕密最上觀門大教王經卷第三

音釋

齧倪結切齩也　阿字阿吽阿八凡阿字皆去聲　詵疏臻切　⿰寧也寧也切

妙吉祥平等祕密最上觀門大教王經卷第四 第五同卷

宋契丹國師中天竺摩竭陀國三藏法師慈賢譯

爾時世尊作如是觀說如是法現如是神變已會中復有金剛手菩薩從座而起遶佛三帀却住一面右膝著地合掌恭敬白佛言世尊我等聞如是法見如是神變學如是祕密法門當有何果爾時世尊聞如是已默而不答世尊口中放六色光徧覆三千大千世界一一光中化無量佛爾時金剛手菩薩與諸衆會皆見神變咸生歡喜恭敬禮拜經須臾頃其六色光乃於世尊頂門而入金剛手菩薩復白佛言世尊有何因緣現如是光世尊告曰汝當諦聽吾爲汝說汝若依此法門而修行之決成正覺亦放是光能現如是大神變事得果圓滿金剛手若將來世國王大臣長者居士婆羅門等若有國王災難起時依此大曼拏羅法請具慈悲喜捨五阿闍黎師建此壇場欲建壇場先選殊勝及自愛樂之地或華園地或左右水流之地或郭外伽藍之地或曠野平川之地或山崖中平地如隨處地之不淨取盡不淨雜土取河中淨沙填其壇地而作壇場旣選地已阿闍黎師加持生飯先安土地以淨細索自方封量隨壇主力壇場大小或四肘八肘十六肘二十一肘旣封量已阿闍黎等著新淨衣以金剛橛四角釘之先自於東南角至東北角以鍬各開少許壇土然可令淨人自方下手取土直至水際或力不及取至元土然用四寶末抹之却著河中淨土填之以成其壇握土淨人並

令沐浴著新淨衣食三白食如力不及淨飯亦得至壇圓滿其壇高一肘量想半肘在壇之下壇高半肘於半肘内取二廷爲高量一廷爲水池然以淨土及野田乳牛糞相和泥壇隨壇主力以蓋殿堂如力不及草舍亦得而開四門門去其壇相去四步去壇二步以爲壇界界内供養界外二步爲行道處然以乳牛野糞淨水相和淨箒掃壇已於壇堂外八方以淨塼石泥八蓮臺各安生飯一分每日晨昏二時換其生飯上下二方於本尊面前臺内共置生飯三分然於四門蓮臺外各安護摩爐其爐東圓南三角西以半月形北用爐四方各一阿闍黎以護摩供養如力不及一二阿闍黎亦得更或不及一阿闍黎於本尊前蓮臺之外面向本尊運心普供養壇

場諸聖衆輪王阿闍黎等凡建大壇開啓道場預選白月吉日二月八日十三日十五日阿闍黎等並預結淨香湯沐浴上下新衣食三白食阿闍黎等以自右手肘量其肘量肘至忍峯餘横四指爲一肘量夫爲壇法有三重界四肘量壇内一重界方二肘量第二第三各一肘量八肘量壇内方四肘第二第三各二肘量十六肘量壇内方八肘第二第三各四肘量二十一肘量壇内方十肘量第二第三各五肘量餘一肘量第三界外爲二龍王地其二龍王首各向本尊前外門左右而住二龍尾各居本尊後外門尾相絞住阿闍黎無論大小壇先用吉祥線念本尊眞言加持一七遍用朱砂㳫據壇大小尊位拼量用淨水洒壇尊位各以手摩次塗香洒壇尊位

然布雜華亦想種智次用六彩色末挼內院六佛位東青南黃色西紅北綠色中白紫二色冊以塗香洒更用七寶末挼壇內外諸尊位復布雜華燒香供養五阿闍黎各於隨門每日寅午昏三時課誦供養供養飯一十分如前蓮臺供養佛飯五分預供養一月如力不及量時多少隨分供養預筭吉日開於粉壇先於內院中安佛舍利塔東釋迦牟尼如來左羽仰於心微曲於方指右羽豎右妳微曲於戒指名為最勝印南毗盧遮那佛西無量壽佛北阿閦佛此四佛及舍利居壇內院次第粉布復有八菩薩觀自在菩薩妙吉祥菩薩金剛手菩薩虛空藏菩薩大悲菩薩地藏菩薩金剛薩埵菩薩彌勒菩薩此八菩薩次第粉布居內院四門外佛前左右而坐印契如經復有四天女預排生飯四分以六彩色挼之念普請四大天女真言加持一七遍真言如經法語天女主寶天女吉祥天女降魔天女此四天女次第粉居第二院內四隅而坐法語天女左手捧經右羽執華主寶天女左手擎寶器右羽如施寶吉祥天女左手捧寶鉼右羽把筆勢如畫吉祥相降魔天女左手擎果實右手執金剛輪微揺於下脣斜目視果實粉是相已壇場主供養四天女法語天女求智慧主寶天女求富貴吉祥天女求隨願降魔天女求無障五阿闍黎各遙想壇以水洒之及洒塗香散華燒香各於本尊而申供養課誦加持滿一晝夜中門阿闍黎令壇場主香湯沐浴著新白衣入壇場內燒香散華懺悔發願迴施壇場所有功德普霑一切有情

皆成佛道然排五甘露水四鐵末七寶末共一兩七分半共盛一器四門阿闍黎各加持已輪王阿闍黎最後加持以吉祥草攪之與壇場主喫方令親自然燈燒香果實香湯種種供養已據內壇及第二院尊位然燈各一香爐每門各排佛左右菩薩飯三分供養每隅生飯一分供養天女滿一晝夜已次粉月輪形白色次日輪形紅色次金剛輪形隨壇大小現羯磨半杵形次粉隨壇大小現雜色蓮華葉形次粉隨壇大小現寶輪形如紅光焰次第三重界自方四面各開一門其界上粉諸麩彩色想如雜寶樓閣然輪王阿闍黎教誨壇場主汝唯生歡喜莫生輕慢所有財寶盡心捨施勿生慳悋供養壇場聖衆次壇四隅粉四天王東南延壽天王左手執螺右羽把劒戴冠被甲坐寶山收左足垂右足西南隅護命天王左手按寶鉼右羽把鉞斧戴冠被甲坐寶山西北隅吉祥天王左手扶童子右手把劒戴冠被甲坐寶山收左足垂右足東北隅富貴天王左手掌佛塔先粉一寶亘內見雜寶安右手下右手以寶垂手施勢然東門內粉金剛王大天西門內粉黑大天南門內粉大自在天北門內粉大大天金剛王大天右手降金剛杵左手按左髖一面三眼青白色坐收左足垂右足黑大天右手執三鈷戟左手按左髖一面三眼黑色坐收左足垂右足大自在天右手執奢刀橫於左手一面三眼金黃色坐收左足垂右足大大天一面三眼白色右手以金剛杖頭刺地根搭右髆上左手按左髖坐收左足垂右足然用金鉼

九隻內院中心安一四隅各一內院四門界上各一缾內所用諸物色等及各加持如經所說各安白傘蓋及各時華蓮華等各安缾衣一對第三界內如法畫粉想如寶樓閣四隅各粉寶樹界外粉海水水內畫粉八大龍王次有地位粉七金山大壇粉已再排佛飯及菩薩飯與佛同等餘諸天位各排生飯鈴杵八副於第三院界外四門四隅各安一副塗香合子隨鈴杵各一香爐八隻閼伽缾八隻亦隨鈴杵安置其閼伽缾各衣一對復用淨缾八隻各盛淨水亦安四門四隅然合三十二種燒香然八酥燈各安四門四隅然排六十四串貫華每一串線一肘半量復用五色線闌裹大壇用前貫華分布線上四門左右及四隅安置以乳牛野糞於壇場海水外據壇上隨方尊位以乳牛糞塗成小壇用水淨之次以塗香灑然散時華想供養壇上隨方聖衆請壇主所有供養香燈果實並於小壇所各申供養寅時沙糖酥乳酪粥等每面各用十六淨器盛上件物等供養齋時以粳米飯歡喜團等八十味飯亦每面各用十六淨器盛上件物等供養皆時天龍八部生飯十分以粳米飯乳糖酥酪乳菜各用少許以十淨器盛之四方四隅上下十方供養然以尾坏椀二隻先以黑塩盛一隻內次樺皮上書五佛種智字求一切事成書毗盧佛種智字求長壽書阿閦佛種智字求富貴書寶生佛種智字求智慧書無量壽佛種智字求降伏書不空佛種智字於種智字內書壇場主小名書已安黑盤內以紅塩覆次一隻合塩

椀上以紅線上下絞二十一帀白手帕子蓋已用淨水灑次塗香淨以雜華散燒潤乳香而申供養輪王阿闍黎於本尊前左手掌坏椀右手掐數珠昏時念普請八大天眞言加持一萬遍（眞言如經）或一晝夜置壇中心舍利塔所安置其椀亦看壇主求事安置至散道場後阿闍黎解椀線當解之時想拔弟子出於六道輪迴盥與弟子喫或水內置少許洗弟子手面弟子當洗之時自想洗六塵煩惱或不解其椀別安功德堂內恒常供養寅午二時燒檀香等供養壇場聖衆夫爲供養先佛次菩薩後一切天龍八部四大天王四大天等常以生飯供養五阿闍黎各想自身爲隨方佛勑天龍八部受道場主種種供養阿闍黎等粉壇成已每日四時想往上方請佛菩薩及大天等入粉成壇依位而坐如力不及每日三時供養開道場已至散道場如或來日散今日早晨五阿闍黎共於壇西面向東坐輪王於中坐蓮華阿闍黎南坐寶阿闍黎次南坐金剛阿闍黎於輪王北坐羯磨阿闍黎次北坐五阿闍黎各念隨方佛眞言一萬遍菩薩眞言一千遍口誦眞言心專想佛菩薩身光赫奕既課誦已阿闍黎等各隨方坐振鈴課誦獻諸供養已然各入觀想與道場主懺悔勸請隨喜迴向發願其阿闍黎等在於觀中或身森然或身汗出或於夢中見吉祥事或聞空中讚歎吉祥事或道場主自有上事皆是大吉祥也然可出觀同前與道場主懺悔發願等及申供養不圓滿事課誦誤錯各於壇前爲壇場主懺悔求吉祥事至五

更後阿闍黎等及道場主各自沐浴及盥漱已與道場主布置灌頂道場主且令別淨室中立西門阿闍黎令道場主發菩提心行慈悲喜捨授三昧耶法種種教誨問道場主云上來之事汝能持不（三問三答）寶生阿闍黎與弟子繫夾羅緡帛引弟子東門拜次南西北禮已東門禮中方及燒香已令弟子開金剛合掌如捧物勢內捧時華令往壇上擲之隨華認尊認已金剛阿闍黎教誨弟子心不貢高及不爲未入壇場人說說者獲金剛罪金剛阿闍黎與解緡帛已寶阿闍黎引弟子往南門令右膝著地胡跪合掌弟子面向於壇阿闍黎背壇而立阿闍黎想自身爲寶生本尊以菩薩缾灌頂或以商佉水灌頂已羯磨阿闍黎引弟子遶壇七帀五門禮拜燒香飲食種種供養然以種種施利獻壇場聖衆及諸天等五阿闍黎施財任力多少勿量價利羯磨阿闍黎令弟子於北門面向壇右膝著地胡跪合掌阿闍黎背壇而立以杵指弟子身頂如經所說想諸佛聖賢種智字已最後指弟子心自念本尊眞言三遍以金剛杵橫弟子合掌手以弟子禪智捻之阿闍黎以忍指安弟子合掌手心餘四度執弟子合掌手八峯左羽振鈴念五佛讚（讚如經說）阿闍黎自與貫華生飯一分安弟子面前所排香華燈塗種種供養阿闍黎自與帶冠及前所排物等供養弟子師自執鏡於弟子面前令弟子覷鏡已蓮華阿闍黎云弟子見鏡中自已影像須想自身當灌頂時無常之身如獲常身想同佛身語已弟子即起蓮華阿闍黎令弟子念

所認本尊眞言或常持誦或六月已或弟子廣求教法隨意與之齋時飯已蓮華阿闍黎與弟子說上來所授教法至昏時五阿闍黎共排生飯十分各於隨門加持供養輪王阿闍黎加持供養上下二方已道場主排五童男五童女五金鞍轡馬全五乳牛並施五門聖衆每門施無稅地并苗各四畝稻大小麥等餘苗不得五牀五褥五被新衣五對鞋五緉五護摩子鈴杵五副綾羅雜經金銀七寶等並施五阿闍黎前其阿闍黎等各背壇而坐各自想身爲隨門本尊受弟子施利施利物等各置阿闍黎足邊弟子燒香先東門禮阿闍黎禮已師自右手接弟子右手引往南門阿闍黎處禮已東門師引已依本位而坐下皆准此引至北門禮已北門阿闍黎以自右手接弟子右手往東門禮中方阿闍黎已令弟子東門右膝著地合掌而坐五阿闍黎共在東門隨方而立自執隨方缾弟子在中五阿闍黎各想身在隨方念奉送聖衆眞言三遍已(如眞言經)羯磨阿闍黎云弟子須自想身居壇中心而坐想壇如殿閣五阿闍黎亦自想奉送聖衆居空一拍手聲已來而住五師各自執隨方缾齊灌弟子頂中方師缾灌弟子頂口令弟子飲之羯磨師云五師灌弟子頂弟子想爲五佛灌頂五師當灌頂時各想自身如前空中五佛灌弟子頂已令弟子起從東門拜壇場每拜已隨門阿闍黎各捻壇上彩色末與弟子摩頂及與弟子自喫少許隨門師云弟子自想身爲隨方佛身至北門拜再至東門拜中方已然謝五阿闍黎後五

師同聚壇彩色於中方白傘蓋下想爲塔形聚彩色時五師各想如成佛塔聚已五師隨方各隨分香華供養已任意經行至來日以彩色安淨物中結綵樓置在內令淨人沐浴著新衣舁廣排威儀幢旛螺鈸音樂前引後五阿闍黎及道場主同送壇粉於河潬中造佛塔形而開四門每門作隨方佛中門想成佛形五師各於隨門廣作種種法事供養滿一晝夜三時課誦及燒護摩供養五師爲弟子及眷屬等發願懺悔迴施功德普霑一切衆生同成佛道既迴施已弟子送五阿闍黎歸於精舍至三日後五師再令弟子於壇場處辦隨分供養以乳牛糞而成小壇上安鈔鑼中安舍利塔以一淨物攞塔令高次以河水置鈔鑼中當下水時五師各想沐浴五佛然四方各排佛飯一分生飯一分東方二分燈各一盞香爐各一五阿闍黎各擲時華一百八遍置鈔鑼中輪王阿闍黎以鐵匙子獻於乳飯偏數臨時亦置水中想安佛口內五師各振鈴種種法事供養已生飯棄淨處佛飯賜貧士鈔鑼內所有供養物等來晨送於河中至第七日五師再辦隨分供養加持及祭土地已五師自去壇遲皮送於河中其壇上土道場主令淨人送於淨處

爾時釋迦牟尼佛說是壇場祕密法已告金剛手菩薩曰若有國王大臣長者居士婆羅門等及諸四衆依法建此壇場受大灌頂行如是法者是真法王之子此諸人等所有曩劫五無間罪十不善業一切重罪皆得消滅國有災難亦自殄滅譬如積薪萬束難消一

星之火十波羅蜜皆得圓滿決定無疑所獲利益難可具宣此法王子等諸佛如來皆共讃歎此人不久決成正覺命終之後生於西方極樂世界得見無量壽佛聞不退法與佛同等若復有人以壇場内加持之水霑洒人等依師教誨行如是法命終之後十方淨土隨意受生若復有人建此妙吉祥壇依師灌頂教誨加持繞行是法此人現世天龍八部恒來擁衛無不宗奉四大天王亦來擁衛如護諸佛此諸行人遊履之處四大天王及諸眷屬臣從預布天衣而爲履践常與行人以爲給使此諸行人起大悲心未願成佛且願於當來世作大輪王擁護佛法常行十善利益衆生或願作大小國王身恒以正法化人亦願作大法師開人耳目轉大法輪出利衆生所願樂者悉皆滿足爾時世尊復告金剛手菩薩我説是法非吾所宣乃是過去諸佛同共宣説莫生疑難若復有人求如是法聽聞受持者先建妙吉祥壇一一諸佛前及壇場聖衆各生殷重心各辦諸供養受大灌頂已而得聽受持所作利益事乃至極少分並迴施衆生願成無上果若復有人不依師教誨不建此道場不受大灌頂終勿令見聞亦勿得入壇場若復有人竊盜聽是法廣招無量罪若復有人受是法已以二手捧傳教師右足安自頂上傳教師曰汝自今後觀一切衆生常起大悲心長者爲父母想小者作弟妹想所有一切香華燈塗諸供養物運心供養壇場聖衆及供養一切衆生與供養佛勿得有異悉皆平等乃至異類先想諸佛在異

類身有白傘蓋上有寶樓閣及想沐浴佛浴佛甘露水返浴於異類承此諸功德悉得離輪廻皆獲佛種子若有於此法心生疑慢者勿得爲宣傳若有於此法不惜於身命乃至般重心志求於此法傳教阿闍黎勿生恪法心

妙吉祥平等祕密最上觀門大教王經卷第四

妙吉祥平等祕密最上觀門大教王經卷第五

宋契丹國師中天竺摩竭陀國三藏法師慈賢譯

爾時世尊說是法已會中有無盡意菩薩從座而起遶佛三帀却住一面白佛言世尊我等雖已見聞未曾有此大粉壇作觀修行祕密之法我等只依此法門而修行之復依何法而修行之爾時世尊告無盡意菩薩言我證菩提復應受持過去諸佛同共宣說大曼拏羅壇場聖衆眞言汝等受持速得成佛汝等諦聽當爲汝說爾時無盡意菩薩白佛言世尊大慈爲我演說我等樂聞爾時世尊即說請吾功德無盡眞言曰

曩謨引没馱野一曩謨引達囉磨二合野一曩謨引僧去聲伽去聲野 曩謨引設枳也二合毋曩曳一怛他去聲蘖哆野一囉曷二合帝一三去聲藐三去聲没馱野一唵引一阿入聲弭哆鉢囉二合陛一尾補攞蘖囉陛二合一鉢囉二合嚩囉冒地薩弭一悉地也二合悉地也二合摩賀引蘖哩二合陛一覩拏覩拏一娑嚩二合賀引

爾時世尊說是眞言已告無盡意菩薩言若有大乘行者建此壇場請五阿闍黎各於隨門獻淨水洒塗香散時華燒酥燈并諸供養咸悉奉獻念此密言皆一七遍

爾時世尊復告無盡意菩薩言汝應受持普請大曼拏羅壇場聖衆眞言汝若受持能脫惡道救諸衆生若有行人建此壇場請五阿闍黎隨門念此眞言凡獻諸供養恒想諸佛衆誦此祕密言普請眞言曰

曩謨引囉怛曩二合怛囉二合夜野一曩謨引阿

去聲哩也二合訖囉二合野麽多一聲曳一冒地薩怛嚩二合野一摩賀引迦嚕抳迦野一怛你也二合他一去聲唵一引阿上聲訖囉二合野一尾入聲麽黎一三去聲滿多訖囉二合野羯攞陛一蘖囉枲星異切一三去聲母捺囉二合娑去聲誐囉訖囉二合野悉地也二合入嚩二合哩多上聲三去聲滿多上聲引訖囉二合野布囉你二合一冒地喞哆楞去聲迦囉訖囉二合野布囉你二合一摩賀抳也二合曩上聲娑去聲誐囉訖囉二合野戍上聲計一唵一引訖囉二合抳訖囉三合抳一怛他去聲迦捨訖囉二合野鉢囉二合嚩哩一冒地也二合冒地也二合冒駄野引冒駄野一阿上聲訖囉二合野羯皦二合灑尾入聲秫入聲弟一蘖誐曩訖囉二合養一誐平聲誐曩迦攞跛二合訖囉二合曳一三去聲滿多上聲迦攞戍上聲悉地也二合悉地也一薩囉薩囉一薩囉嚩二合播跛嚩囉曩訨所旻切帝一鉢囉二合訨去聲麽曩一吽吽吽一唵一引阿上聲訖囉二合夜嚩入聲囉曩上聲尾穆訖帝二合一努嚕努嚕一誐曩尾入聲誐帝三去聲滿多濕嚩二合娑上聲羯哩一跛哩布囉拏二合摩努去聲囉剃一怛囉怛囉一跢入聲囉野覩銘一麽麽上聲濕嚩二合薩野一尾入聲補攞蘖囉陛二合娑嚩二合賀引

爾時世尊説是眞言已復告無盡意菩薩汝應受持内外結淨眞言若復有人建置壇場請五阿闍黎隨門默念此眞言加持淨水將此淨水以自手掌自灌其頂及自飲已能消災横獲大吉祥及爲道場主洒入壇路及洒一切供養物等默誦此眞言加持即説内外結淨眞言曰

唵一引尾誐多嚩囉曩一上聲三去聲滿多跛哩數

馱頸一唵引一麼抳麼抳一佉上聲囉佉上聲囉一乞叉二合野蘖賀祢一吽吽一娑嚩二合賀引

無盡意菩薩復有普請阿彌陀如來阿閦如來毗盧遮那如來真言及想三佛種智字亦應受持若復有人建置壇場請五阿闍黎各想自身為釋迦牟尼佛寶閣然請三佛及想種智念此普請真言一七遍

唵引一弭哩弭哩一弭哩弭哩一伽囉二合野伽囉二合野一訖囉二合野一訖囉二合野一暗陀一憾閦一暗亞降切盧一毋顊毋顊一鉢囉二合薩囉鉢囉二合薩囉一訖囉二合曳一娑嚩二合賀引

佛告無盡意菩薩復有普請八大菩薩及四大天四大天王四大天女真言汝當受持若有衆生恒時供養黙誦持者能殄障惱獲大智慧能開五眼利益無量即說普請真言曰

曩麼引囉怛曩二合怛囉二合夜野一曩麼阿去聲哩也二合嚩路枳帝濕嚩二合囉野一冒地薩怛嚩二合野一摩賀引薩怛嚩二合野一摩賀引迦嚕抳迦野一伊上聲呬曳二合呬入聲一鉢囉二合娑去聲曩上聲矩嚕怛你也二合他去聲一矩嚕矩嚕一矩嚕毗夜二合一娑嚩二合賀引

無盡意菩薩復有普供養八大菩薩真言我今宣說若有衆生虔誠供養黙誦持者能令衆生獲四無礙辯增長福德即說普供養真言曰

曩麼引悉底二合路迦曩上聲闥野一路迦寫呬上聲多劒上聲播夜一曩麼引悉底二合尾濕嚩二合嚕播野一薩嚩嚩誐毗喻二合曩謨曩麼引

復次無盡意菩薩我有歸命供養金剛王大天真言汝當受持若有衆生香華供養黙誦

持者能拔有情出於三界獲大菩提即說歸命供養眞言曰(如同上說)

無盡意菩薩復有歸命供養大大天眞言汝當受持若有衆生種種供養黙誦持者同於諸佛天龍侍衛功德無量難可具宣即說歸命供養眞言曰

唵(引一)曩(上聲)麽(引)始嚩野(一)扇(上聲)多野(一)迦囉曩怛囉(合二)野(一)係多吠(一)顐吠娜夜弭(一)左怛麽(合二)南(上聲一)怛罔(合二)蘖帝(一)播囉弭濕嚩囉(二合一)壹底(一)娑嚩(合二)賀(引)

無盡意菩薩復有歸命供養大自在天眞言汝當受持若有衆生恭敬供養黙誦持者能令有情得免輪迴獲大自在親自擁護求者遂願即說歸命供養眞言曰

唵(引一)曩謨(引)摩賀(引)你(去聲)嚩野(一)摩賀(引)背(蒲末切)囉嚩野(一)摩賀(引)麽呬(上聲)濕嚩(二合)囉野(一)薩嚩你(入聲)嚩多(一)布吟多(一)曩謨(引)塞訖哩(二合)跢野(一)娑嚩(二合)賀(引)

無盡意菩薩復有歸命供養黑大天眞言汝當受持若有衆生恒時供養黙誦持者所辦事業皆得圓滿即說歸命供養眞言曰

唵(引一)曩謨(引)摩賀(引)迦攞野(一)底哩(二合)補囉(引)蘖囉(二合)娜賀曩野(一)薩嚩你(去聲)嚩阿(去聲)婆(去聲)養娜那(去聲)野(一)薩嚩婆(去聲)曳(引)毗藥(二合一)怛囉(二合)拏(上聲)迦囉(上聲)野(一)薩娑嚩(二合)賀(引)

無盡意菩薩復有普請四大天王眞言汝當受持若有衆生常當供養黙誦持者能殄障惱獲大吉祥富貴自在壽命延長即說普請眞言曰

唵(引一)曩謨(引)拶咄嚕(二合)摩賀(引)路迦播攞野

一尾嚕拏入聲迦一尾嚕播乞叉二合一地哩二合
怛囉上聲瑟姹二合一矩吠囉能上聲一伊上聲帝曳
二合奭一薩嚩你去聲嚩南上聲一布紫也二合演底
布曩布曩一薩嚩沫陵上聲一薩嚩度播一薩
嚩你入聲吽一怛體嚩入聲左頗攞嚩入聲娑怛囉
二合一擦怛喇二合左曼娜䫂一鉢囉二合抳鉢底
曳二合一惹入聲蘖多二合虞上聲嚕一唵引一室哩二合
吠無昧切室囉二合麼曩野一補嚕鉿二合蘖謎一
曩麼引薩一娑嚩二合賀引
無盡意菩薩復有普請法語天女主寶天女
吉祥天女降魔天女眞言汝當受持若有衆
生隨分供養默誦持者四大天女恒與衆生
作大利益凡辦壇場或諸事業悉垂加護皆
得圓滿即說普請四大天女眞言曰
唵引一惡乞叉二合麼抳一三去聲麼曳曩一吽一

阿去聲哩也二合屈呂二合毗夜二合一細喻二合鉢畢
夜二合娜野一曩毋曼祖室哩二合夜野一矩麼
囉部跢去聲野一怛你也二合他去聲一唵引一室哩
二合蘖哩鼻二合一麼抳蘖哩鼻二合一畢夜二合娜
野蘖哩鼻二合一三去聲麼三去聲滿多蘖哩鼻二合
一布惹嚩日哩二合抳一娑嚩二合賀引
無盡意菩薩復有法語天女眞言汝當受持
若有衆生恒默誦持或常供養此人現世獲
大智慧明記不忘即說法語天女眞言曰
唵引一曩毋引薩囉娑嚩二合帝一曩麼引娑覩
二合毗様二合一韈囉你夜二合引迦麼左嚕抳一
尾你也二合嚩鼻一羯哩灑弭一悉地婆去聲嚩
覩銘娑上聲娜引一娑嚩二合賀引
無盡意菩薩復有主寶天女眞言汝當受持
若有衆生常默誦持供養恭敬此人現世少

病少惱無有非人得其魔便離諸災難即說
主寶天女眞言曰
曩謨(引)娑覩(二合)訶哩底也(二合)曳(一)捺舍你議
路迦播攞室者(一)(二合)薩嚩吠阿(入聲)怛囒(二合)拏
羯哩(一)囉(入聲)訖嘲(二合)矩嚕滿覩(一)薩嚩尾怛
(一)訖哩(二合)惹拏(二合)賀囉顊(一)訶哩多曳(二合)薩
(一)娑嚩(二合)賀(引)
無盡意菩薩復有吉祥天女眞言汝當受持
若有衆生供養恭敬默誦持者此人現世富
貴自在於當來世獲得身相圓滿即說吉祥
天女眞言曰
唵(引一)室哩(二合)悟哩(一)唵(引一)室哩(二合)攞佉弭(二合)
(一)唵(一)室哩(二合)野灑濕吠(二合)顊(一)唵(引一)室哩
(二合)沫蘇(上聲)地沫蘇(上聲)馱囉(一)曩麼(引)馱囉抳
(一)室哩(二合)你尾(一)野灑濕吠(二合)顊(一)娑嚩(二合)
賀(引)
無盡意菩薩復有降魔天女眞言汝當受持
若有衆生供養恭敬默誦持者此人現世凡
辦事業皆得成就一切天魔不能得便即說
降魔天女眞言曰
唵(引一)嚩日囉(二合)句嚕(二合)地濕嚩(二合)哩(一)摩賀
(引)贊(上聲)致顊(一)摩賀(引)尾(入聲)你也(二合)濕嚩(二合)
哩(一)摩賀(引)沫四(上聲)濕嚩(二合)哩(一)摩賀(引)餉
企顊(一)摩賀(引)曩你顊(一)尾濕尾(二合)濕嚩(二合)
哩(一)麼呬(上聲)濕嚩(二合)哩(一)薩嚩囉達(二合)悉地
羯哩(一)曩麼(一)娑嚩(二合)賀(引)
無盡意菩薩復有加持飲食眞言汝當受持
若未來世有傳教師以諸飲食各碎少許共
盛一器於壇前坐安左掌内念此眞言加持
七遍每至昏時往於壇外而以右手十方俵

散爲不能入曼拏大壇諸天鬼神而爲供養依如是法所求遂願亦名隨求眞言即說加持飲食眞言曰

曩謨引囉怛曩合二怛囉合二夜野一曩麼阿去聲哩也合二嚩路枳帝一濕嚩合二囉野一冒地薩怛嚩合二野一摩賀引薩怛嚩合二野一摩賀引迦嚕捉迦野一怛你也合二他一去聲矩黎矩黎一矩黎毗夜合二一娑嚩合二賀引

無盡意菩薩復有遮一切惡魔消災除橫眞言汝當受持若未來世有傳教師以線一條生酥黃芥子相和誦此眞言加持二十一遍線用闌界壇場一切惡魔不能得入若有病人而用此線繫胭頸上當繫之時以此眞言加持二十一遍病即除差生酥黃芥子以火燒之熏道場主滅其重罪若有病人以此生酥及黃芥子燒之熏病人鼻及所卧處其病即愈當熏之時亦念此眞言加持二十一遍或以加持淨水闌界壇場亦念此眞言邪魔不能得入若有病人加持淨水念此眞言二十一遍以加持水洒其病人病即除愈若有衆生恒誦持者所有災患皆得消滅即說消災除橫眞言曰

唵引一怛你也合二他一去聲唧哩唧哩摩賀引唧哩一覩拏上聲覩拏摩賀引覩拏一入嚩合二黎入嚩合二黎摩賀引入嚩合二黎一呬上聲禮呬禮摩賀引呬禮一娑嚩合二賀引

爾時世尊說是摩訶三昧耶祕密法已彌勒菩薩等聞佛所說踊躍歡喜信受奉行

妙吉祥平等祕密最上觀門大教王經卷第五

音釋

鍬（此遙切臿也）捄（桑敢切）箒（止酉切掃箒也）拼（補耕切與絣同）鉣（適潘切）串（樞絹切貫也）坏（鋪杯切燒瓦器也）帕（普罵切幞也）盥漱（盥古玩切澡手也漱先奏切盪口也）覷（七慮切視也）緉（力讓切雙履也）潬（徒旱切水中沙處也）

普徧光明焰鬘清淨熾盛如意寶印心無能
勝大明王大隨求陀羅尼經
唐北天竺三藏沙門大廣智不空奉
詔譯

清刻龍藏佛說法變相圖

普徧光明焰鬘清淨熾盛如意寶印心無能勝大明王大隨求陀羅尼經卷上

唐北天竺三藏沙門大廣智不空奉　詔譯

序品第一

如是我聞一時婆伽梵住大金剛須彌盧峯樓閣安住大金剛三摩地以大金剛莊嚴劫樹於大金剛池寶蓮華光照金剛沙而布於地於大金剛加持金剛道場天帝釋宮殿以俱胝那庾多百千莊嚴大金剛師子之座說法神通處一切如來神力之所加持入一切法平等出生薩婆若智與八十四俱胝那庾多菩薩衆俱皆是一生補處於阿耨多羅三藐三菩提得不退轉皆得大勢皆悉示現大金剛解脫三摩地佛刹神通於刹那間隨入一切有情心行成就種種美妙廣大甚深巧

說諸法辯才無礙得大神通悉能供養無量佛世界如來大供養雲海解脫三摩地自在神通不共覺分道支一切地波羅蜜善巧四攝慈悲喜捨力遠離清淨心相續中其名曰金剛藏菩薩摩訶薩金剛眼菩薩摩訶薩金剛身菩薩摩訶薩金剛慧菩薩摩訶薩金剛手菩薩摩訶薩金剛相擊菩薩摩訶薩金剛那羅延菩薩摩訶薩金剛遊戲菩薩摩訶薩金剛積菩薩摩訶薩金剛髻菩薩摩訶薩妙金剛菩薩摩訶薩金剛幢菩薩摩訶薩如是上首菩薩摩訶薩衆俱復與大聲聞衆皆大阿羅漢斷除有結盡一切漏得善正知心善解脫悉能現不思議神通力神境通遊戲皆得大勢於見無著離一切垢焚燒習氣種其名曰具壽舍利子具壽滿慈子具壽劫賓那具壽須菩提具壽迦葉波具壽大迦葉波具壽優樓頻螺迦葉波與如是等上首大聲聞衆俱復有大自在天子爲上首與無量無邊不可說阿僧祇淨居天子衆俱復有娑訶世界主大梵天王爲上首與梵衆天子俱復有蘇夜摩天子化樂天子他化自在天子及天帝釋各與諸天子以爲眷屬俱復有毗摩質多羅阿蘇羅王末離阿蘇羅王令歡喜阿蘇羅王照曜阿蘇羅王羅睺阿蘇羅王如是上首阿蘇羅王與無量無邊阿蘇羅王以爲眷屬俱復有娑伽羅龍王德叉迦龍王嚩蘇枳龍王商佉波羅龍王羯句吒迦龍王蓮華龍王大蓮華龍王如是等上首龍王與無量無邊阿僧祇龍王衆俱復有樹緊那羅王與無量緊那羅王眷屬俱復有一切義成就持明

仙王與無量無邊持明仙王眷屬俱復有五髻乾闥婆王與無量乾闥婆王眷屬俱復有金銀蘖路茶王與無量無邊蘖路茶王眷屬俱復有多聞藥叉王寶賢藥叉王滿賢藥叉王半支迦藥叉王與無量無邊藥叉王眷屬俱復有訶利帝母與五百子以爲眷屬俱復有七護世母天七大羅刹母遊虛空七仙天九執曜天方隅地天辯才天女各與眷屬俱復有作障者毗那夜迦并畢隸多部多一切皆是大威德者各與眷屬俱復有一切山王一切海王及護世王水天并持國天王增長天王惡目天王持棒羅刹主七風天伊舍那天并及其后與千俱胝那庚多眷屬俱復有那羅延天與眷屬俱復有捺多迦那麼迦嚕賀迦大伽那鉢底彌瞿羅迦如是等毗那夜迦王與無量無邊毗那夜迦以爲眷屬俱復有六十遊行諸城堡王與眷屬俱復有四姊妹女天并兄以爲眷屬俱復有金剛商羯羅女與六十四金剛女以爲眷屬俱復有金剛軍童子蘇摩呼童子頂行童子與無量無邊金剛族以爲眷屬俱復有淨信佛法僧天龍藥叉乾闥婆阿蘇羅蘖路茶緊那羅摩戶羅伽部多畢舍遮阿鉢娑麼囉嗢摩那娑鞁娑吧里迦烏薩多羅迦并日月天子晨朝天日午天黃昏天中夜天及一切時天與無量無邊阿僧祇眷屬俱

於時世尊善轉法輪佛事已終福德智慧究竟圓滿善攝受一切智大菩提獲得熾盛地波羅蜜以三十二大丈夫相莊嚴法身八十四隨好莊嚴一切支分一切有情無所觀頂

相超勝一切魔羅通達一切智智具足五眼一切相成就一切智智成就一切佛法成就摧一切魔異論高顯名稱大雄猛師子吼壞無明黑闇以無量無邊阿僧祇百千俱胝那庚多劫之所積集施戒忍勤勇靜慮般若方便願力智波羅蜜難行苦行轉得三十二大人相八十四隨好莊嚴其身坐大寶金剛蓮華藏師子之座其座以無量金剛寶珠羅網莊嚴微風搖擊出妙音聲以無量金剛界安住神足以無量金剛寶莊嚴摩竭口吐於赤珠復含在口以無量寶嚴飾蓮華蘂琥珀大琥珀帝青大帝青補沙羅伽莊嚴光網普徧端嚴以無量金剛寶莊嚴幰蓋柄以無量俱胝那庚多百千劫樹蔭影莊嚴其座廣博大如須彌猶如金山吉祥熾盛光明莊嚴照過千日其地圓滿猶如淨月令諸有情深所樂見如來之法如大劫樹其華開敷所說妙法初中後善其義深遠其語巧妙清淨潔白純一無雜爾時世尊從頂毫相放大光明其光名曰現一切如來光網由此光明普照三千大千世界乃至如恒河沙數佛世界於彼世界所有如來於大莊嚴樓閣無量寶莊嚴師子座上說法并一切菩薩及大聲聞苾芻苾芻尼淨信男淨信女天龍藥叉乾闥婆阿蘇羅蘖路荼緊那羅摩戶羅伽悉皆照曜顯現分明爾時世尊普爲一切說伽陀曰

我今說隨求　愍念諸有情　此大陀羅尼

能摧難調者　諸極惡重罪　若得纔聞此

隨求陀羅尼　一切罪消滅　安樂諸有情

解脫一切病　大悲衆生故　是故世尊說

為獲解脫故　遠離諸惡趣　若入脩羅宮
藥叉羅刹宮　步多龍鬼神　如是諸宮殿
隨意悉能入　皆用此大明　而作於加護
鬪戰危險處　不被寃沮壞　并諸鬼魅等
由稱陀羅尼　諸魅悉壞滅　娑塞温末那
畢舍拏吉你　猛惡吸精氣　常害有情類
彼皆悉殄滅　由隨求威德　他敵皆滅壞
所作劇厭禱　呪詛法無效　定業不受報
不被蟲毒中　水火及刀杖　雷電與霜雹
黑風惡暴雨　諸難皆得勝　寃敵悉降伏
若人持此明　或帶於頸臂　所求願悉成
一切所希願　悉皆得如意　天王皆加護
及諸大龍王　菩薩大勤勇　緣覺及聲聞
一切諸如來　明妃大威德　悉皆而擁護
受持隨求者　金剛祕密主　護世四天王
於彼持誦人　晝夜常加護　帝釋忉利衆
梵王毗紐天　及摩醯首羅　衆生俱摩羅
大黑喜自在　一切天母衆　及餘諸魔衆
苦行威德仙　及餘密語天　皆悉來擁護
持此隨求者　大威德菩薩　明妃大悲尊
勇猛具神力　摩摩毗俱知　多羅央俱尸
及餘金剛鎖　白衣及大白　聖摩訶迦離
使者金剛使　妙索金剛索　執輪大力者
金剛鬘大明　甘露軍吒利　無能勝明妃
黑耳吉祥天　大福威德尊　蓮華軍吒利
華齒及珠髻　金髻賓蘖羅　大威德吉祥
及電莊嚴天　一髻大羅刹　及佛地護尊
迦波利明女　楞伽自在尊　及餘多類衆
彼等皆擁護　由大明在手　訶利帝及子
半支迦大將　商棄尼積齒　吉祥及辯才

由持此密言　晝夜常隨逐　若有諸女人
持此陀羅尼　彼皆悉成就　男女在其胎
安隱胎增長　產生皆安樂　一切病悉除
諸罪皆消滅　福力常具足　穀麥及財寶
悉皆得增長　出言令樂聞　所至獲恭敬
男子及女人　清淨能受持　常懷慈悲心
拔濟諸有情　皆願獲安樂　令彼離疾病
國王并後宮　皆生恭敬心　吉祥常熾盛
福聚皆增長　一切真言法　皆悉得成就
成入一切壇　得成三昧耶　如來誠言說
惡夢不能侵　諸罪悉消除　煩惱及怨敵
執曜災禍滅　大智自在說　能滿他願欲
是故我今說　大衆咸諦聽

曩謨薩嚩怛他(去聲引)誐跢(去聲引)南(引一)曩謨曩莫(二)薩嚩沒馱冒(引)地薩多嚩(二合二)沒馱達摩僧(去聲)契(引)毗藥(四合)唵(引五)尾補攞蘖陛(六)尾補攞尾麼(鼻聲下同)黎(上聲七)惹(子曳切)野蘖陛(八)嚩日囉(二合)入嚩(二合引)攞蘖陛(九)誐底(丁以切)誐賀寧(十)誐誐曩尾戍(引)陀寧(一十)薩嚩播(引)跛尾戍(引)陀(去聲)寧(二十)唵(引三十)虞拏(鼻聲下同)嚩底(四十)誐誐哩抳(尼澄切十五)儗(疑以切)哩儗哩(六十)誐麼哩誐麼哩(七十)虐賀虐賀(八十)蘖誐(引)哩蘖誐(引)哩(九十)誐誐哩誐誐哩(二十)儼婆(上聲)哩儼婆(去聲)哩(二十一)誐底誐底(二十二)誐麼額誐黎(二十三)虞(上聲下同)嚕虞嚕(四二十)虞嚕抳(尼整切二十五)佐黎(六二十)阿(上聲)佐黎(七二十)母佐黎(八二十)惹曳(九二十)尾惹曳(十三)薩嚩婆野尾誐帝(一三十)蘖婆三(去聲)婆囉抳(尼整切三十二)悉哩悉哩(三三十)弭哩弭哩(四三十)岐哩岐哩(五三十)三滿跢(引)迦囉灑(二合)抳(六三十)薩嚩設咄嚕(二合)鉢囉(二合)末他(上聲)額(七三十)囉吃灑(二合)囉

吃灑二合麼上聲麼某甲薩嚩薩多嚩引二合難上聲引
佐三十八尾哩尾哩三十九尾誐跢引嚩囉拏四十
娑去聲野曩引捨顊四十一蘇上聲哩蘇哩四十二唧
哩劒麼上聲黎四十三尾麼黎四十四惹曳四十五尾
惹曳四十六惹夜引嚩奚四十七惹野嚩底四十八
娑上聲誐嚩底囉怛曩二合麼上聲矩吒麼引邏引
馱哩四十九麼護尾尾馱尾唧怛囉二合五十吠引
灑嚕引跛馱引哩抳五十一娑上聲誐嚩底摩賀
引尾你也二合引埿上聲尾五十二囉吃灑二合囉吃
灑二合麼麼某甲五十三薩嚩薩多嚩引二合難上聲佐
五十四三滿跢薩嚩怛囉二合五十五薩嚩播引跛
尾戍引馱顊五十六戶嚕戶嚕五十七諾乞察二合
怛囉二合麼引邏馱引哩抳五十八囉吃灑二合囉
吃灑二合鋡麼麼某甲五十九阿曩引他上聲寫引六十
怛囉引一合拏引跛囉引耶拏寫引六十一跛哩讃

引佐野寘引六十二薩嚩耨契引毗藥二合六十三戰
尼戰尼六十四戰膩顊吠引誐嚩底六十五薩嚩
訥瑟吒二合顊嚩引囉抳六十六設咄嚕二合博吃
叉二合鉢囉二合末他上聲顊六十七尾惹野嚩引四
顊六十八戶嚕戶嚕六十九母嚕母嚕七十祖嚕祖
嚕七十一阿去聲引欲播引攞顊七十二蘇上聲囉嚩
囉末陀顊七十三薩嚩泥上聲嚩跢布引呲紫以切
帝七十四地哩地哩七十五三滿跢引嚩路引枳
帝七十六鉢囉二合陛鉢囉二合陛七十七蘇鉢囉娑
尾秫第七十八薩嚩播引跛尾戍引馱寧七十九
達囉達囉八十達囉抳馱囉達𡁠八十一蘇上聲母
蘇母八十二嚕嚕佐黎八十三佐引攞耶努瑟䫂
二合引八十四布引囉野銘阿去聲引苦去聲引八十五室哩
引二合嚩補陀難惹野劒麼黎八十六吃史二合抳
吃史二合抳八十七嚩囉泥嚩囉能引矩勢八十八

唵引鉢納麼二合尾秫第八十九戍馱野戍引馱
野九十舜入聲第九十一跛囉跛囉九十二鼻哩鼻哩
九十三步嚕步嚕九十四憎去聲誐攞尾舜入聲第九十
五跛尾怛囉二合穆棄九十六渴祛蘗切儗抳渴儗
抳九十七佉上聲囉佉囉九十八入嚩二合里多始渴
嚩九十九三上聲下同滿多鉢囉二合娑上聲哩路引嚩
婆去聲引悉多秫第入聲一百入嚩二合攞入嚩二合攞
一薩嚩泥上聲嚩誐拏三麼迦囉灑二合抳二薩
底也二合嚩帝路囉怛囉哆引哩野鈴三曩引
誐尾嚕枳帝四攞護攞護五戶弩戶弩六乞
史二合抳乞史二合抳七薩嚩擬囉二合賀薄乞灑
二合抳八氷卑孕切誐里氷誐里九祖母祖母十
蘇母蘇母十一祖母佐嚩十二多囉多囉十三曩引
誐尾路枳顰路囉野覩鈴十四婆誐嚩底阿瑟
吒二合摩賀婆曳毗藥二合十五三悶上聲捺囉二合娑

去聲引誐囉鉢哩演二合擔平聲十六播引路引羅誐
誐曩怛覽二合薩嚩怛囉二合十七三滿帝曩你泥以
切捨滿第引曩十八嚩日囉二合引鉢囉二合迦引
囉嚩日囉二合播引捨滿彈去聲寧引曩十九嚩日
囉二合入嚩二合引羅尾秫第二十步哩步哩二十一
蘖婆嚩底蘖婆尾戍馱顰二十二鎬吃史二合三
布囉抳二十三入嚩二合羅入嚩二合羅二十四佐羅
佐羅二十五入嚩二合里顰鉢囉二合韈灑覩泥上聲
引嚩二十六三滿帝引曩你泥以切眇引娜計引
曩二十七阿蜜栗二合多嚩囉灑二合抳二十八泥上聲
引嚩路嚩路囉抳二十九阿鼻詵者覩銘三十蘇
上聲誐多嚩囉嚩佐上聲曩引蜜栗二合多三十一嚩
囉嚩補囉囉吃灑二合囉吃灑二合麼麼某甲三十二
薩嚩薩多嚩二合難佐三十三薩嚩怛囉二合薩嚩
娜薩婆曳毗藥二合三十四薩冒鉢捺囉二合吠毗

藥二合三十五薩冒跛僧霓上聲引毗藥二合三十六薩
嚩訥瑟吒二合姿野鼻怛寫三十七薩嚩迦去聲里
迦攞賀尾蘖囉二合賀尾引嚩娜耨薩嚩二合跛
難二合三十八訥顊弭跢曹去聲誐羅盧遮切播引跛
尾曩捨顊三十九薩嚩藥吃叉二合囉引吃灑二合
娑四十曩誐顊嚩引囉抳薩囉抳娑嚟四十一麼
攞麼攞四十二麼攞嚩底四十三惹野惹野惹野
覩鉿四十四薩嚩怛囉二合薩嚩迦引覽四十五悉
鈿覩銘暟鉿摩賀尾捻你琰切引娑去聲引陀野娑
陀野四十六薩嚩曼拏攞娑引陀顊四十七伽去聲
多上聲野薩嚩尾覲曩二合引四十八惹野惹野四十九
悉逦悉逦蘇上聲悉逦五十悉地野二合悉地野二合
五十一没地野二合没地野二合五十二布囉野布囉
野五十三布囉抳布囉抳五十四布囉野阿引苫
五十五薩嚩尾你也二合引地誐多没引帝五十六

惹愈引多哩惹夜嚩底五十七底瑟吒二合底瑟
吒二合五十八三麼野麼拏播引攞野五十九怛他
去聲蘖多紇哩二合乃野舜入聲第弭也二合嚩路引
迦野鉿引六十阿瑟吒二合鼻摩賀娜噜拏婆曩
六十一薩囉薩囉六十二鉢囉二合薩囉鉢囉二合薩
囉六十三薩嚩引嚩囉拏尾戍引陀顊六十四三
滿跢迦引囉曼拏上聲攞尾舜入聲第六十五尾誐
帝尾誐帝六十六尾誐多麼攞尾戍引陀顊六十
七乞史二合抳乞史二合抳六十八薩嚩播引跛尾
舜入聲第六十九麼攞尾蘖帝七十帝惹子切攞嚩底
嚩日囉二合嚩底怛嚩二合路引枳野二合地瑟恥
二合帝娑嚩二合引賀引七十一薩嚩怛他引蘖多没
馱毗色訖帝二合娑嚩賀引七十二薩嚩冒地薩多
嚩二合毗色訖帝二合娑嚩二合引賀引七十三薩嚩泥
上聲嚩跢毗色訖帝二合娑嚩二合引賀引七十四薩嚩

怛他去聲引誐多紇哩二合乃夜地瑟恥二合多紇
哩二合乃曳引娑嚩二合引賀引七十五薩嚩怛他引
誐多三麼野悉第娑嚩二合引賀引七十六印捺囉
二合印捺攞二合嚩底印捺囉二合弭也二合嚩路引
枳帝娑嚩二合引賀引七十七沒囉二合憾銘二合波囉
二合憾麼二合底庚二合史帝娑嚩二合引賀引七十八尾
瑟弩二合曩莫塞訖哩三合帝娑嚩二合引賀引七十九
摩係濕嚩二合囉滿你多上聲布尒而吡切下同跢曳
娑嚩二合引賀引八十嚩日囉二合陀囉嚩日囉二合
播抳麼攞尾引哩野二合地瑟恥二合帝娑縛二合
引賀引八十一地呂二合多囉引瑟吒囉二合野薩嚩
二合引賀引八十二尾嚕引荼去聲迦引野薩嚩二合
賀引八十三尾嚕播引吃灑二合野薩嚩二合引賀引八
十四吠武每切引室囉二合摩拏引野薩嚩二合引賀引
拶咄摩賀引囉引惹曩莫塞訖哩三合多野薩

嚩二合引賀引八十五焰麼引野薩嚩二合引賀引八十六
焰麼引布引尒多曩莫塞訖哩三合跢野薩嚩
二合引賀引八十七嚩嚕引拏引野薩嚩二合引賀引八
十八麼嚕哆野薩嚩二合引賀引八十九摩賀麼嚕跢
野薩嚩二合引賀引九十阿哏曩二合曳引薩嚩二合
引賀引九十一曩誐尾路枳跢野薩嚩二合引賀引九
十二泥上聲嚩誐妳引毗藥二合薩嚩二合引賀引九
十三曩引誐誐妳引毗藥二合薩嚩二合引賀引九十四
藥乞灑二合誐妳引毗藥二合薩嚩二合引賀引九十五
囉引乞灑二合娑誐妳引毗藥二合薩嚩二合引賀
引九十六彥闥嚩誐妳毗藥二合娑嚩二合引賀引九十七
阿蘇囉誐妳毗藥二合薩嚩二合引賀引九十八誐嚕
拏誐妳毗藥二合薩嚩二合引賀引九十九緊捺囉誐
妳毗藥二合薩嚩二合引賀引百二摩護引囉誐妳
毗藥二合薩嚩二合引賀引一麼努曬毗藥二合薩嚩

二合引賀引二阿麼努灑毗藥二合薩嚩二合引賀引三薩嚩蘖囉二合係毗藥二合薩嚩二合引賀引四薩嚩步帝毗藥二合薩嚩二合引賀引五必哩帝毗藥二合薩嚩二合引賀引六比捨引際毗藥二合薩嚩二合引賀引七阿跛娑麼二合引鎍毗藥二合薩嚩二合引賀引八禁畔引妳毗藥二合薩嚩二合引賀引九唵引度嚕度嚕薩嚩二合引賀引十唵覩嚕覩嚕薩嚩二合引賀引十一唵畝嚕畝嚕薩嚩二合引賀引十二賀曩賀曩曩薩嚩設覩嚕二合喃引薩嚩二合引賀引十三娜賀娜賀薩嚩訥瑟吒二合鉢囉二合納瑟吒二合引喃薩嚩二合引賀引十四鉢佐鉢佐薩嚩鉢囉二合底也二合剔迦鉢囉二合底也二合弭怛囉二合引喃引十五曳麼麼阿呬帝史拏入帝衫引薩吠衫引捨哩覽入嚩二合引攞野訥瑟吒二合唧哆喃薩嚩二合引賀引十六入嚩二合里哆野薩嚩

二合引賀引十七鉢囉二合入嚩二合里哆野薩嚩二合引賀引十八你引跛多二合入嚩二合引攞引野薩嚩二合引賀引十九三去聲滿多入嚩二合引攞野薩嚩二合引賀引二十麼抳跛捺囉二合野薩嚩二合引賀引二十一布引羅拏二合跛捺囉二合引野薩嚩二合引賀引二十二摩賀迦囉野薩嚩二合引賀引二十三麼底哩二合誐拏引野薩嚩二合引賀引二十四也吃史二合抳引喃上聲引薩嚩二合引賀引二十五囉引吃灑二合枲喃薩嚩二合引賀引二十六阿去聲引迦引捨麼引底哩二合喃薩嚩二合引賀引二十七三去聲畝捺囉二合嚩枲星以切顊喃薩嚩二合引賀引二十八囉底哩二合拶囉引喃引薩嚩二合引賀引二十九你嚩娑拶攞引喃薩嚩二合引賀引三十底哩二合散皷拶囉引喃薩嚩二合引賀引三十一尾上聲引攞引拶囉引喃娑嚩二合引賀引三十二阿尾邏拶囉喃薩嚩二合

引賀引三十三蘖婆賀𡃤毗藥二合薩嚩引二合賀引三
十四蘖婆散跢囉捉薩嚩引二合賀引三十五戶嚕戶
嚕薩嚩引二合賀引三十六唵薩嚩引二合賀引三十七薩
嚩入聲短呼薩嚩引二合賀引三十八撲重聲薩嚩引二合賀
引三十九步嚩無博切薩嚩引二合賀引四十唵部引囉
步二合嚩無博切娑嚩入聲二合薩嚩引二合賀引四十一唧
徵知以切唧徵薩嚩引二合賀引四十二尾徵尾徵薩
嚩引二合賀引四十三馱囉捉薩嚩引二合賀引四十四馱
引囉捉薩嚩引二合賀引四十五阿哏顊二合薩嚩二合
引賀引四十六帝祖嚩補薩嚩引二合賀引四十七唧里
唧里薩嚩引二合賀引四十八悉里悉里薩嚩引二合
賀引四十九沒馱沒馱薩嚩引二合賀引五十悉馱悉
馱薩嚩引二合賀引五十一曼拏攞悉第薩嚩引二合
賀引五十二曼拏攞滿第薩嚩引二合賀引五十三臬麼
引滿陀顊薩嚩引二合賀引五十四薩嚩設咄嚕二合

喃漸子琰切婆漸婆薩嚩引二合賀引五十五娑瞻二合
婆野娑瞻二合婆野去聲薩嚩引二合賀引五十六親去聲
娜親娜薩嚩引二合賀引五十七牝娜牝娜薩嚩二合
引賀引五十八畔惹畔惹薩嚩引二合賀引五十九滿馱
滿馱薩嚩引二合賀引六十柰賀野柰賀野薩嚩
引二合賀引六十一麼捉尾舜第薩嚩引二合賀引六十二
素哩曳二合素哩曳二合素哩野二合尾舜第尾戍
馱顊娑嚩引二合賀引六十三戰涅𡃤二合素戰涅𡃤
二合布囉拏二合戰涅𡃤二合薩嚩引二合賀引六十四蘖
囉二合係引毗藥二合薩嚩引二合賀引六十五諾吃察
二合底𡃤二合毗藥二合薩嚩引二合賀引六十六始吠薩
嚩引二合賀引六十七扇引底薩嚩引二合賀引六十八薩
嚩二合短聲娑底也二合野寧薩嚩引二合賀引六十九始
鍐無敢切羯哩扇引底羯哩補瑟置二合羯哩二合
麼羅末達顊薩嚩引二合賀引七十室哩二合羯哩

薩嚩二合賀引七十一室哩二合野末達顊薩嚩二合
引賀引七十二室哩二合野入嚩引二合攞顊薩嚩二合
引賀引七十三曩母呰薩嚩引二合賀引七十四麼嚕呰
薩嚩引二合賀引七十五吠誐嚩底薩嚩引二合賀引七
十六唵引薩嚩怛他引誐多沒引帝鉢囉二合嚩
囉尾誐多婆曳捨麼野薩嚩二合短聲銘婆誐嚩
底薩嚩播閉毗喻二合娑嚩二合娑底二合婆嚩覩
七十七母顊毋顊七十八尾母顊佐嚓佐攞寧婆
野尾誐帝婆野賀囉抳七十九冒地冒地八十冒
馱野冒馱野八十一沒地里沒地里八十二薩嚩
怛他引誐多紇哩二合乃野足瑟蘇二合薩嚩二合
引賀引八十三唵引嚩日囉二合嚩底嚩日囉二合鉢
囉二合底瑟恥帝舜第八十四怛他引誐多毋捺
囉二合地瑟咤二合曩地瑟恥二合帝薩嚩引二合賀
引八十五唵引畝顊畝顊八十六畝顊嚩嚓阿鼻詵

去聲佐覩谿八十七薩嚩怛他引去聲蘖跢薩嚩尾
你也引二合鼻曬罽引八十八摩賀嚩日囉二合迦嚩
佐母上聲捺囉二合母捺哩二合帶引八十九薩嚩怛他
引誐多吃哩二合乃夜地瑟恥二合多嚩日嚓二合
娑嚩引二合賀引二百九十

爾時婆伽梵說此普徧光明清淨熾盛如意寶印心無能勝大明王隨求大陀羅尼已告大梵等言大梵若有善男子善女人若纔聞此陀羅尼者所有一切罪障悉皆消滅若能讀誦受持在心當知是人即是金剛堅固之身火不能燒刀不能害毒不能中大梵云何得知火不能燒於迦毗羅大城羅睺羅童子在母胎時其母釋種女耶輸陀羅被擲火坑於是羅睺羅在母胎中憶念此陀羅尼其大火坑便自清冷尋即變成蓮華之池何以故

此陀羅尼是一切如來加持力故大梵當知以是因緣火不能燒

復次大梵毒不能害者如善遊城豐才長者子持誦世尊所說密言以持明力故鉤召德叉迦龍王忘不結界護身其龍瞋怒嚙損是人受大苦痛命將欲絕多有諸持明者無能救濟於其城中有一優婆夷名曰無垢清淨常誦持此隨求大明陀羅尼其優婆夷大悲成就起悲愍心往詣其所以此陀羅尼加持纔經一徧其毒消滅平復如故時長者子於無垢清淨所受此陀羅尼憶念在心大梵當知毒不能害

復次大梵筏羅捺斯城有王名曰梵施時隣國王有大威力起四種兵來罰梵施梵施輔佐白大王言大王今被他敵奪王城邑王當令我作何謀計卻彼怨敵是時梵施告群臣言汝等今者勿生忽遽我有隨求大明王陀羅尼由此陀羅尼威力能摧他敵令如灰燼時諸群臣即便稽首白言大王我等臣下曾所未聞王復告言汝等今者即見效驗其時梵施即以香水沐浴著新淨衣依法書寫此陀羅尼入在於篋安頭髻中以此大隨求陀羅尼護身被甲即往入陣王獨共戰四兵降伏來歸梵施大梵當知此大隨求無能勝陀羅尼是一切如來心印之所加持有大神驗汝當受持當知此陀羅尼等同諸佛於後末法之時短命薄福無福不修福者如斯有情作利益故大梵此大隨求陀羅尼依法書寫繫於臂上及在頸下當知是人是一切如來之所加持當知是人等同一切如來身當知

是人是金剛堅固之身當知是人是一切如來藏身當知是人是一切如來眼當知是人是一切如來熾盛光明身當知是人是不壞甲冑當知是人能摧一切寃敵當知是人能燒一切罪障當知是人能淨地獄趣大梵云何得知曾有苾芻心壞淨信如來制戒有所違犯不與取現前僧物僧祇衆物四方僧物將入已用後遇重病受大苦惱時彼苾芻無救濟者作大叫聲則於其處有一婆羅門優婆塞聞其叫聲即往詣彼病苾芻所起大悲愍即爲書此隨求大明王陀羅尼繫於頸下苦惱皆息便即命終生無間獄其苾芻屍殯在塔中其陀羅尼帶於身上因其苾芻纔入地獄諸受罪者所有苦痛悉得停息咸皆安樂阿鼻地獄所有猛火由此陀羅尼威德力故悉皆消滅是時琰魔卒見是事已甚大驚怪具以上事白琰魔王說伽陀曰

大王今當知　此事甚奇特　於大危險處
苦惱皆休息　衆生諸惡業　猛火聚消滅
鋸解自停止　利刀不能割　刀樹及劒林
屠割等諸苦　鑊湯餘地獄　苦惱悉皆除
琰魔是法王　以法治有情　此因緣非小
爲我除疑惑　時彼琰魔王　從無悲獄卒
聞如此事已　而作如是言　此事甚奇特
皆由業所感　汝往滿足城　當觀有何事
獄卒受教已　於其夜分時　至滿足城南
見彼苾芻塔　乃見於屍上　帶此大明王
隨求陀羅尼　而放大光明　其光如火聚
天龍及藥叉　八部衆圍遶　恭敬而供養
時彼琰魔卒　號爲隨求塔

爾時琰魔卒還至王所具以上事白琰魔王其苾芻承此陀羅尼威力罪障消滅得生三十三天因號此天爲先身隨求天子大梵當知此陀羅尼有大威力汝當受持書寫讀誦依法佩帶常得遠離一切苦惱一切惡趣不被雹雹傷害云何得知大梵於形愚末壇城有一長者名尾摩羅商佉其家巨富庫藏盈溢金銀充滿多饒財穀於是長者身作商主乘大船舶入海採寶於大海中遇低彌魚欲壞其船海中龍王復生瞋怒起大雷震哮吼掣電雨金剛雹時諸商人見此雷雹各懷憂惱生大恐怖叫呼求救無救濟者時衆商人前詣商主悲聲號哭白商主言仁者當設何計救護我等令離憂怖爾時商主其心無畏志性堅固有大智慧見諸商人恐怖逼迫而告之言汝等商人勿怖勿怖生勇健心我令汝等免斯怖畏其諸商人心生勇健復作是言大商主惟願速說除災難法令我等命皆得存濟於是商主即告商人言我有大明王名隨求陀羅尼能降伏諸難誦者有大神通令汝解脫如此憂惱即便書寫此隨求陀羅尼安幢刹上船舶上檣竿是其低彌魚應時即見此船光明赫奕如熾盛火由此陀羅尼大威力智火燒低彌魚即便銷融彼諸龍等見是相已悉起慈心從空而下廣作供養令此船舶直至寶洲大梵此皆大智大明大隨求以一切如來神力之所加持是故名爲大明王若有書寫此陀羅尼安於幢刹能息一切惡風雹雨非時寒熱雷電霹靂能息一切諸天鬪諍言訟能除一切蚕虫蝗蟲及諸餘類食苗

稼者悉當退散一切惡獸利牙爪者不能爲害一切苗稼華果藥草悉皆增長其味香美柔輭潤滑若其國內旱澇不調由此陀羅尼威力龍王歡喜雨澤及時

復次大梵若有流布此大隨求陀羅尼之處是諸有情既知是已當以上妙香華幢蓋種種供養應以殊勝繒綵纏裹經夾安於塔中或置幢刹以種種音樂歌詠讚歎旋遶供養虔誠禮拜彼等有情心所思惟所希求願皆得滿足若能依法書寫身上帶持所求皆得求男得男求女得女懷胎安隱漸增圓滿產生安樂

大梵云何得知往昔曾於摩伽陀國有王名施願手以何因緣名施願手其王初生之時即展其手執母妳欶欶妳足已由手觸母妳是其母妳變爲金色母妳增長自然流出若有衆人來乞求者王舒右手有淨信佛菩薩諸天傾寫種種諸妙珍寶入王手中施求乞者隨其所須皆得滿足一切悉得安樂成就以是因緣名施願手其王爲求子故供養諸佛及諸塔廟求子不得王持齋戒廣設無遮施會大作福業護持三寶修理未來破壞寺舍故置一庫藏何以故大梵我念過去於此摩伽陀國境俱尸那城大力士聚落多如來教法中有一長者名曰法慧於一切衆生起大悲心爲諸有情說此大隨求陀羅尼法要當彼之時於長者家有一貧人聞此妙法告長者子言長者子我於汝家中作務常樂聽法我當供養此法彼貧匱人於長者家營事復供養法於過後時其長者子與一金錢其

人得已發菩提心爲拔濟衆生故以此福迴施一切有情所得金錢便將供養此大隨求陀羅尼作是願言以此捨施之福願一切有情斷其貧匱之業由此因緣其捨施福無有盡期如是多種福因緣故供養諸佛菩薩由此福業淨居天子現於夢中而告王言大王今可依法書寫此隨求陀羅尼令國大夫人齋戒帶時即有子息其王覺已召占相人及有智婆羅門衆擇吉宿曜直日依法齋戒書寫此陀羅尼令夫人帶於頸下復更供養窣覩波塔諸佛菩薩廣行捨施應時有胎日月滿足產生一子色相具足端嚴殊勝見者歡喜大梵當知此是無能勝無礙大隨求寶印心大明王陀羅尼威力故一切如來之所供養所求願者皆得稱心復告大梵彼時法慧長者子家傭力貧人者豈異人乎施願手王是也由往昔捨一金錢供養此大隨求陀羅尼迴施一切有情以是因緣其福無盡於末後身復爲國王淨信三寶心不退轉廣行捨施成就檀波羅蜜

普徧光明焰鬘清淨熾盛如意寶印心無能勝大明王大隨求陀羅尼經卷上

音釋

嗢 烏骨切 [illegible] 亭夜切 㦡 許偃切 上張縮也 劇 竭戟切 甚也 詛 莊助切 沮也 謂呪願之使沮敗也 寗 奴定切 鵠 苦咸切 鎬 君玉切 呰 將此切 遽 其據切 急猝也 燼 徐刃切 火餘也 舶 薄陌切 海中大船也 蚉蝱 蚉無分切 蝱眉庚切 㚷 奴蟹切 乳也 欶 色角切 欶嗡也

普徧光明焰鬘清淨熾盛如意寶印心無能勝大明王大隨求陀羅尼經卷下

唐北天竺三藏沙門大廣智不空奉　詔譯

復次大梵其天帝釋共阿蘇羅鬬戰之時帝釋常以此陀羅尼置於頂髻珠中帶持帝釋天衆不被傷損而常得勝安隱還宮初發心菩薩乃至究竟地菩薩帶持能離種種障難魔業故若有人帶此陀羅尼一切如來之所加持一切菩薩之所護念一切人天國王王子大臣婆羅門長者常恒恭敬禮拜承事一切天龍阿蘇羅蘖路茶緊那羅摩睺羅伽人非人等皆供養彼帶持者彼等天龍八部皆言彼人是大丈夫如來復言彼善男子善女人能摧一切魔障離一切疾病離一切災橫除一切憂惱恒爲一切天龍之所守護

佛告大梵復有四陀羅尼是無能勝妃大心眞言若有書寫帶佩於身常應誦持深心思惟觀行能除惡夢不祥之事一切安樂皆得成就陀羅尼曰

唵阿蜜哩(二合)多嚩嚓(一)嚩囉嚩囉(二合)嚩囉尾戍(入聲)第吽(引)吽(引)頗吒頗吒娑嚩(二合)賀(引二)

唵阿蜜哩(二合)多尾盧(引)枳𩕳(一)蘖婆僧囉乞灑(二合)抳阿(去聲引)羯哩灑(二合)抳吽(引)吽(引)頗吒(四)頗吒娑嚩(二合)賀(引二)

唵尾麼黎惹也嚩嚓(一)阿蜜哩(二合)帝(二)吽(引)吽(引)吽(引)吽(引三)頗吒頗吒頗吒頗吒娑嚩(二合)賀(引四)

唵跛囉跛囉(一)三跛囉三跛囉(二)印捺哩(二合)也(三)尾戍達𩕳吽(引)吽(引)嚕嚕左嚓娑嚩(二合)賀(引四)

纔說此四大陀羅尼已一切諸佛大菩薩聲聞異口同音說此大隨求大明王無能勝陀羅尼甲胄密言句以一切如來印印之此陀羅尼甚難得聞何況書寫受持讀誦爲他宣說是故當知是大佛事如來深極讃歎說隨喜者極難得聞此大隨求大無能勝陀羅尼名極難得聞極甚難得能盡諸罪大力勇健具大威德神力能生無量功德能摧一切魔衆能斷一切習氣聚及魔羅罥能除他眞言毒厭禱藥法相憎法降伏法能令惡心衆生起大慈心能護愛樂供養佛菩薩聖衆之人能護書寫受持讀誦聽聞大乘經典者又能滿足修佛菩提者大梵持此大隨求無能勝明王不被沮壞於一切處獲大供養如佛大師兩足之尊云何得知此明王能摧一切諸魔大梵過去有佛號廣博微笑面摩尼金寶光焰照曜高勇王如來應正覺初成道時往詣菩提場欲轉法輪一切如來稱讃爾時一切魔并無量俱胝那庾多眷屬圍遶現種種形作可畏聲示種種魔境現作神通雨種種器仗來往四方而作障難

爾時廣博微笑面摩尼金寶光焰照曜高勇王如來於須臾頃寂然而住意誦此大隨求大明王無能勝大陀羅尼七徧纔誦此陀羅尼已於刹那頃一切魔波旬見彼如來一一毛孔出無量俱胝百千那庾多金剛使者身被甲胄放大光明各持刀劒鉞斧罥索杖棒三戟叉各出如是言捉縛惡魔摧惡心者斬斷其命粉碎諸魔作如來障礙者即彼一切難調惡魔以如來大威力於毛孔中出大丈

夫是諸魔衆悶絶躃地皆失自神通辯才四散馳走如來以大慈劒得勝魔境成無上菩提即轉一切如來法輪如一切佛一切障者毗那夜迦諸惡魔等悉皆摧壞如來即轉法輪超越生死大海得到彼岸如是大梵此陀羅尼有大勢力能獲神通到於彼岸若纔憶念於危險處皆得解脱意樂清淨有情令惡心有情起大慈心是故大梵常當憶念如理作意依法書寫而常帶持

復次大梵烏禪那城有王名曰梵施彼有一人犯王重罪王勑殺者一人領彼罪人往將山中令斷其命殺者受教領彼罪人至於山窟將刀欲殺是其罪人先於右臂帶此隨求無能勝陀羅尼心復憶念由此大明威力其刀光焰狀如火聚片片段壞猶如微塵爾時殺者見此事已怪未曾有即以上事具白於王其王聞已便生大怒復勑殺者將此罪人送藥叉窟於彼窟中有衆多藥叉令食此罪人受王勑已即領罪人送藥叉窟纔送窟中時藥叉衆歡喜踊躍奔走向前欲食罪人以彼罪人帶大隨求威德力故時衆藥叉見彼罪人身上有大光明熾盛晃曜諸藥叉衆悉皆驚怖各作是念此火欲來燒我彼藥叉衆見是事已甚大驚愕送此罪人安窟門前旋遶禮拜爾時使者具以上事復白於王其王聞已倍更瞋怒又勑使者縛彼罪人擲深河中奉教往擲纔入河中河便枯竭猶如陸地時彼罪人便住於岸所被繫縛繩索片片斷絶王聞此事極大驚怪熈怡微笑生大奇特喚彼罪人問其所緣汝何所解罪人白言大

王我無所解我於身上唯帶大隨求無能勝大明王陀羅尼王即讚言甚大奇特此大明微妙能摧死罪說伽陀曰

大明甚微妙　能摧於死罰　諸佛所加持
拯濟諸有情　能解脫苦病　大明大威德
能脫非時死　大悲尊所說　能止大疾病
速證大菩提

爾時彼王歡喜踊躍即取彼隨求供養禮拜即以繒帛繫罪人首與其灌頂冊為城主五天竺國法若授官冊皆以繒帛繫首灌頂然後授職如是大梵此大隨求無能勝大陀羅尼若有帶者於一切處獲大供養若難調伏惡心衆生咸起慈心皆相順伏是故常帶持此大陀羅尼

復次大梵若欲帶此陀羅尼者應擇吉日吉宿吉祥之時依法書此陀羅尼時大梵王聞是語已甚大歡喜五輪著地頂禮佛足而白佛言以何方法書寫此大隨求無能勝陀羅尼爾時如來即說伽陀告大梵言

大梵汝當知　我今為汝說　愍念諸有情
令得大安樂　遠離逼迫業　解脫諸疾病
婦人有胎孕　有情離貧匱　窮業悉皆除
當於吉宿時　布沙宿相應　應當持齋戒
而供養諸佛　發大菩提心　復生悲愍心
及起大慈心　於他思利益　徧諸有情類
龍腦麝檀香　以此香湯浴　著新淨衣服
更以燒香熏　當用瞿摩夷　塗小曼荼羅
應取五賢缾　皆滿盛香水　雜插諸華果
置於壇四角　餘一置壇中　華鬘及燒香
及與妙塗香　應燒五味香　檀香颰畢迦
蘇合沈石蜜　和合而燒之　種種諸妙華

諸華果種子　隨時而供養　塗香用嚴飾
酥蜜并乳酪　麨麥及乳糜　盛滿供養器
應量皆吉祥　以瓷瓦椀盛　四角滿香器
佉陀羅木橛　釘於壇四角　用五色縷纏
於壇四角外　大梵以此儀　若求悉地者
應食三白食　書此隨求人　當於壇中坐
敷以淨茅薦　依法而書寫　或素或繒帛
或用於樺皮　或葉或餘物　寫此陀羅尼
女人求子息　當用牛黃書　中心畫童子
瓔珞莊嚴身　滿鉢盛珍寶　左手而執持
坐在蓮華上　其華而開敷　又於四隅角
而畫四寶山　其山金寶飾　殷勤應畫此
能令胎安隱　丈夫求子者　應用鬱金書
彼所求之事　悉皆得成就　於真言四面
應畫種種印　又畫於蓮華　或二或三四
乃至五蓮華　其華悉開敷　八葉具鬚蘂
華莖以繒繫　華上畫三戟　戟上復繫繒
復畫於鉞斧　亦在蓮華上　又於白蓮華
於上應畫劍　復在蓮華上　而畫於商佉
所畫諸蓮華　皆在寶池內　若丈夫帶者
不應畫童子　應畫天人形　種種寶莊嚴
帝王若帶者　於中應當畫　觀自在菩薩
又於其四面　畫種種印契　若是苾芻帶
應畫持金剛　左執金剛杵　右拳竪頭指
擬彼難調者　又當於四角　而畫四天王
婆羅門帶者　畫於伊舍那　刹利若帶持
畫摩醯首羅　毗舍若帶者　畫於天帝釋
或畫毗沙門　若是首陀帶　而畫那羅延
童男及童女　畫波闍波提　青色女人帶
畫盧陀羅天　女人白色者　應畫名稱天

女人若肥充　畫彼寶賢將　瘦女人帶者
畫滿賢藥叉　若懷妊婦人　應畫大黑天
或畫梵天王　如是諸人類　各畫本所尊
依法而書寫　常帶於身上　所求悉如意
金銅作蓮華　於上安寶珠　如意火焰形
置在幢刹上　而於此珠內　安置大隨求
於是隨求中　畫彼邑城主　若是已舍宅
建此隨求刹　而畫本家主　於隨求四面
周帀畫蓮華　於華胎蘂上　畫於一羂索
金剛杵及輪　棒及爍訖底　如是諸契印
各在蓮華上　刹上懸繒旛　應如法供養
由此隨求利　能護國城邑　及以護家族
災禍悉除滅　疫病及諸疾　饑饉不流行
他敵不相侵　國土皆安樂　若遇天亢旱
并以滯雨時　應畫九頭龍　頭上有寶珠
火焰而流出　當於龍心上　畫一金剛杵
於龍身四面　寫此大隨求　置在於篋中
亦安幢刹上　應時降甘雨　滯雨即便晴
商主領衆人　或在於水陸　諸商人帶者
應畫商主形　如前安刹上　離賊及諸怖
悉皆到彼岸　是故當殷勤　帶持及讀誦
吉祥滅諸罪　若是念誦人　應畫自本尊
若日月熒惑　辰星及歲星　太白與鎮星
彗及羅睺曜　如是等九執　凌逼本命宿
所作諸災禍　悉皆得解脫　或有石女人
扇姹半姹迦　如是之人類　由帶大隨求
尚能有子息　若此類帶者　應畫九執曜
二十八宿天　中畫彼人形　所求悉如意
如世尊所說　獲得最勝處　現世及他世
當獲殊勝樂　三十三天宮　隨意而所生

恱意贍部洲　最勝族姓家　得生如是族
或生刹利天　或婆羅門家　由帶大隨求
生此最勝處　書寫持讀誦　依法而帶之
得往安樂刹　蓮華而化生　決定無疑惑
一切諸如來　讚說斯功德　稱揚不能宣
闢閉地獄門　能開諸天趣　安樂悉成就
智慧皆圓滿　諸佛及菩薩　常安慰其人
身常受快樂　驍勇有大力　如來誠言說
當獲轉輪位　安慰人天衆　驚怖惡心者
修此陀羅尼　不久當獲得　不被刀所傷
毒藥及水火　悉皆不能害　非命及夭壽
諸罪皆遠離　見聞及觸身　於一切時處
鬼魅及鬪諍　諸怖皆消滅　惡蟲及毒蛇
囚閉悉解脫　種種疾大病　悉皆盡除滅
由修持此明　於諸摩羅衆　無礙得通達
能於一切處　而獲大供養　人中最得勝
加護修眞言

得菩薩隨求大護大明王陀羅尼品第二

爾時世尊復告大梵說伽陀曰

我今爲宣說　修行持明者　說加護儀則
愍念諸有情　由此擁護故　獲得大成就
所居諸方處　用此作加持　獲得無障礙
決定心無疑　無怖無熱惱　除滅一切魅
隨順於宿曜　能斷業鉤鎖　惡食惡跳驀
厭書悉消滅　一切諸怨家　不被陵逼傷
惡視及厭禱　呪藥并蠱毒　於他敵險處
大怖寃敵處　一切悉消融　由大隨求力
諸佛皆擁護　一切智菩薩　悉皆作加護
緣覺及聲聞　及餘多種類　大威德天龍
皆當而擁護　誦此密言者　由纔聞此故

明王最勝尊　一切處無畏　牟尼作是說
惡夢及惡作　極惡諸逼迫　疾病以纏身
瘦病銷骨肉　及餘多種病　丁瘡諸毒腫
惡疾及災禍　齧嚼諸有情　為損有情故
大害極恐怖　悉皆得除滅　由加護大明
以此明加護　合死得解脫　若以黑索罥
將至閻魔宮　命復倍增壽　由書帶大護
若有壽盡者　七日後當死　纔書帶此明
無上大加護　或若纔聞故　依法加持者
處處獲安隱　隨意受安樂　六十八俱胝
一百那庾多　三十三諸天　輔翼於帝釋
來護於此人　隨逐作加護　四大護世王
金剛手大力　一百明族衆　常加護彼人
日天及月天　梵王與毗紐　自在夜摩天
寶賢及力天　滿賢大勇猛　訶利帝及子
半遮羅半支　俱摩羅衆主　吉祥大明妃
多聞及辯才　商棄尼華齒　一髻大威德
如是大藥叉　常當而擁護　石女生子息
胎孕咸增長　常加護彼人　乃至壽命存
丈夫常得勝　恐怖鬬戰處　由此滿諸願
由依淨信天　諸罪悉除滅　由書此大明
諸佛常觀察　大威德菩薩　彼名稱增長
福壽亦復然　財穀皆豐盛　獲得悉無疑
睡眠及覺悟　悉皆得安樂　寃家及鬼神
皆不能沮壞　當於鬬戰時　常皆獲得勝
若修密言時　此護最為勝　安樂修諸明
悉得無障礙　一切密言教　悉皆得成就
成入一切壇　速成三昧耶　乃至於來世
諸佛皆委寄　由持此大護　諸吉祥皆滿
意願悉成就　由纔書此明　一切樂豐盛

安樂而捨壽　必生於善趣　欲生極樂國
持帶此明王　決定無疑惑　鬪諍於言訟
戰陣大怖中　諸怖皆遠離　如佛誠言說
常護宿命智　生生皆無疑　國王皆歡喜
及後宮眷屬　盡皆常恭敬　常與善人和
皆悉生憐愍　并人及與天　令彼作加護
常恒於晝夜　大護成就明　等正覺所說

爾時薄伽婆即說隨求大護明王大心陀羅尼曰

曩謨(引)母馱(引)野(一)曩謨(引)達磨野(二)娜莫僧(去聲)伽(去聲引)野(三)曩謨(引)婆(去聲下同)誐嚩帝(四)舍(引)枳也(二合)母曩曳(五)摩賀(引)迦(引)嚕抳迦野(引六)怛他(去聲下同引)蘖跢(去聲引)夜(引七)囉賀(二合)帝三(去聲下同)藐三母馱(引)野(八)娜莫颰答毗藥(二合)三藐三沒第(引)毗藥(二合九)曀鈐(去聲引)娜莫娑訖哩(三合)怛嚩(二合引十)母馱(引)舍(引)娑曩物唱(二合引十一)阿(上聲下同)賀弭娜(引)顊寅(二合引十二)三鉢囉(二合)嚩乞灑(二合)銘(十三)薩嚩薩怛嚩(二合引)弩(鼻聲下同)劒跛夜(引十四)伊(上聲)鉿(引)尾淰(引)摩賀(引)帝昝(引十五)摩賀(引)麽攞跛囉(引)訖囉(二合)鉿(引十六)拽邏(去聲引)婆史單(上聲)麽鼻(引)怛囉(二合)琰(引十七)嚩日囉(二合引)娑曩麽顊(引)史鼻(入聲十八)疙囉(二合)賀(引)薩吠(引)尾曩(引)野迦(引十九)室制(二合引)嚩怛得尾灑(三合)拏(引)尾攞孕蘖跢(引二十)怛你也(二合)他(引二十一)儗(覓以切)哩儗哩儗哩抳(尼樫切下同二十二)儗哩嚩底(二十三)麌拏(上聲下同)嚩底(二十四)阿(引)迦(引)捨嚩底(二十五)阿(引)迦(引)捨囉秫第播(引)跛尾誐帝(二十六)阿(引)迦(引)勢誐誐曩怛黎(二十七)阿(引)迦(引)捨尾佐(引)哩抳(二十八)入嚩(二合)里多失㘈(引二十九)麽抳穆訖底(二合)佉(上聲)唧多冒

(上聲下同引)里馱嚩(三十)蘇(上聲下同)計(引)勢(引三十一)蘇嚩
訖怛嚩(三合十二)蘇甯(引)怛嚩(二合引三十三)素韈囉
拏(二合)冒(引)里(三十四)阿底(引)帝阿拏答半(二合)寧
麼曩蘖帝(三十五)鉢囉(二合)底聿(二合)答半(二合)寧(三十)
六曩莫薩吠(引)彭(引)母馱(引)南(引三十七)入嚩(二合)
里多帝惹(自攞切下同)二母第(引三十八)素母第(引三十九)
娑誐嚩底(四十)素囉乞灑(二合)抳(四十一)素乞灑(二合)
銘(四十二)素鉢囉(三合)陛(四十三)素娜銘(四十四)素難
(上聲引)帝(引四十五)左嚩(四十六)娑誐嚩底(四十七)跋捺
囉(二合)嚩底(四十八)跛捺嚩(二合四十九)素跛捺嚩(二合)
(五十)尾麼(鼻聲下同)黎惹野跛捺嚩(二合五十一)鉢囉(二合)
贊拏贊臟(五十二)嚩日囉(二合)贊臟(五十三)摩(引)賀
(引)贊臟(五十四)矯(引)哩(五十五)巘馱(引)哩(五十六)來
哩贊拏(引)里(五十七)麼(引)蹬儗(五十八)卜羯斯捨
嚩哩捺囉(二合引)弭臟(五十九)勞(引)捺哩(二合)抳(六十)

薩嚩(引)囉他(二合)娑(去聲引)馱顊(六十一)賀曩賀曩
(六十二)薩嚩設咄嚕(二合)喃諾賀諾賀(六十三)薩嚩
訥瑟吒(二合)南(六十四)畢嚩(二合引)多比舍(引)左拏
(引)枳顊(引)南(引六十五)麼弩灑(引)麼弩灑喃(引六十六)
跛左跛左(六十七)紇哩(二合)乃闇尾陀網(二合)娑野
尒(引)尾虩(六十八)薩嚩訥瑟吒(二合)疙囉(二合)賀(引)
喃(引六十九)曩(引)捨野曩(引)捨野(七十)薩嚩播(引)跛
顊銘囉乞灑囉乞灑(二合)鈐(引七十一)薩嚩薩怛嚩
(二合引)難左(七十二)薩嚩婆庚(引)鉢捺囉(二合)吠(引)
毗藥(二合七十三)薩嚩訥瑟吒(二合引)南(引)滿馱能
矩嚕(七十四)薩嚩枳里尾(二合)灑曩(引)捨顊(七十五)
沫(鼻聲引)多難(上聲)臟麼(引)顊顊左黎底致(上聲下同)
底致顊(七十六)咄蘇具(引)囉抳味(引)囉抳(七十七)
鉢囉(二合)韈囉三麼嚩(七十八)贊拏(引)里(七十九)麼
蹬祇(八十)韈拶嘶素嚕卜羯斯捨嚩哩餉迦里

捺囉二合尾臟八十一諸賀額跛左額沫娜額八十
二薩囉羅薩囉黎八十三薩囉攬陛呬引去聲曩
八十四末地庚引二合得訖哩三合瑟吒二合八十五尾
娜引哩抳八十六尾馱引哩抳八十七麼呬里八十
八麼護引麼護引里額八十九薩㚷額薩拏伴
霽九十滿帝滿底額九十一滿帝斫訖囉二合嚩引
枳額九十二惹黎祖黎九十三捨嚩哩捨麼哩舍
引嚩哩九十四薩嚩弭野引二合地賀囉抳九十五
祖引臟祖引臟額九十六額弭額弭九十七額泯
馱哩底哩二合路引迦惹賀額九十八底哩二合路
迦路迦羯哩九十九怛嚩引二合馱引覩迦弭野
二合嚩路引枳額一百嚩日囉二合跛囉戍播引捨
渴誐斫訖囉二合底哩戍引囉震跢引麼抳一
摩訶引尾你野引二合馱引囉抳二囉乞灑二合
囉乞灑二合鈐引麼麼薩嚩薩怛嚩引二合難左

三薩嚩怛囉二合薩嚩娑他引二合曩蘖怛寫四
薩嚩訥瑟吒二合婆曳引毗藥二合五薩嚩麼弩
灑引麼弩灑婆曳引毗藥二合六薩嚩尾野二合
引地毗藥二合七嚩日嚟二合嚩日囉二合嚩底八
嚩日囉二合播引抳馱嚟九呬里呬里十弭里
弭里十一唧里唧里十二悉里悉里十三嚩囉嚩囉
嚩囉祢引十四薩嚩怛囉二合惹野臘弟娑嚩二合
引賀引十五播引跛尾娜引囉抳十六薩嚩弭野
二合引地賀囉抳娑嚩引二合賀引十七薩嚩怛囉
二合婆野賀囉抳娑嚩引二合賀引十八娑縛二合娑
底二合娑嚩都麼麼某甲娑嚩引二合賀引十九扇引
底娑嚩引二合賀引二十補瑟置引二合娑嚩引二合
賀引二十一惹野都惹曳引惹野嚩底二十二惹野
尾補羅尾麼黎娑嚩引二合賀引二十三薩嚩怛他
引蘖多引地瑟姹二合曩布囉底二合娑嚩引二合

賀引二十四唵引步哩步哩嚩日囉二合嚩底二十五怛他蘖多紇哩二合乃野布囉抳散馱引囉抳二十六末羅末羅惹野尾你曳引二合吽吽發吒發吒娑嚩二合賀引一百二十七

佛告大梵若有人以如來身明陀羅尼句作加持救濟攝受加護能作息災作吉祥法遮止適罰成大加護若人壽命欲盡誦此真言復得延命增壽久久命存常獲安樂得大念持若以金剛杵纔念誦加持或有非命患大疾者皆得解脫一切疾病皆得除滅長患病者誦此真言加持袈裟角拂彼病人便即除差日日誦持者得大聰慧威力大勤勇辯才成就一切罪障定受業報悉皆消滅一切佛菩薩并天龍藥叉等於受持陀羅尼者當令精氣入身增加威力身心常得喜悅大梵此大明王大護陀羅尼若有乃至傍生禽獸耳根所聞彼等悉皆於無上菩提永不退轉何況淨信善男子善女人苾芻苾芻尼鄔波索迦鄔波斯迦國王王子婆羅門剎利及諸餘類一聞此大隨求大護陀羅尼聞已深心淨信恭敬書寫讀誦生殷重心修習為他廣演流布大梵悉皆遠離八種非命彼人身中不生疾病不被火毒刀杖蠱毒厭禱呪詛諸惡藥法之所損害不被身痛頭痛及諸瘧病一日二日三日四日乃至七日及癲癇病悉不能為患正念睡眠正念覺悟證大涅槃現世得大富貴自在所生之處於彼彼處常得宿命一切人天皆悉愛敬容儀端正一切地獄餓鬼傍生皆得解脫猶如日輪以光明照曜一切有情譬如月輪以甘露灌灑一切有情

身得適悅其人以法甘露徧入一切有情心相續中皆令滋澤歡喜一切諸惡藥叉羅刹步多畢隷多畢舍遮癲癇鬼拏枳寧諸魅眦那也迦等悉皆以此大隨求大護明威力不能侵惱若來逼近憶念此大護明王則一切惡心之類於持誦之人發生歡喜受教而去由此大隨求大護明王威力終無寃敵怖畏是諸寃敵不敢陵突或若有人於國王大臣婆羅門長者處所犯愆過罪合當死殺者持刀劒臨刑之時若纔憶念此大護明王其刀片片斷壞猶如微塵其人當彼之時得悟一切法平等獲大念力爾時如來說伽陀曰

此大護加持　清淨滅諸罪　能作慧吉祥
增長諸功德　能滿諸吉慶　除滅不吉祥
能見妙好夢　能淨諸惡夢　此大明大護
護丈夫女人　曠野及險怖　刹那得解脫
獲諸所欲願　如正等覺說　若行失道路
念此大明王　速疾得正道　得殊勝飲食
以身口意業　先時作諸罪　所作不善業
纔憶此明故　悉皆得消滅　書寫及受持
轉讀并念誦　及為他宣說　諸法皆通達
如是得法味　諸罪即消滅　心意所樂求
諸事皆成就　一切死怖中　畢獲而救濟
王害及水火　霜雹并劫賊　鬪戰及言訟
利牙爪獸難　一切悉消融　由誦落叉徧
速成就此明　一切諸佛說　稱誦令歡喜
滿菩提資糧　一切所住處　若用此大明
而作於加持　欲作諸事業　自他利益事
任運得成就　以大護無疑　大梵汝當知
我今復宣說　為患重病人　應作四方壇

瞿摩和土泥　用五色粉畫　而作曼荼羅
四鉼安四角　智者依儀軌　壇上散諸華
應燒殊勝香　及種種飲食　人見令淨信
如是用香華　依法而奉獻　四角插四箭
用五色縷纏　令病者澡浴　身著清淨衣
徧體而塗香　引入壇中心　面對東方坐
爾時持明者　先誦此大明　令滿於七徧
自加持己身　次誦三七徧　加持於病者
由誦此大護　諸疾皆悉除　即取一水鉼
盛香華飲食　七徧作加持　東方遠棄擲
次取南方鉼　華香食如教　准前誦七徧
遠棄擲南方　次用西方鉼　華香及飲食
依前加持法　北方亦復然　爾時持誦者
仰面向上方　誦此明一徧　成最勝加持
大梵作是已　一切苦悉除　如是加持法
釋師子所說　一切諸法中　無有能與比
三界中勝護　彼人無夭死　無老亦無病
寃憎離別苦　若能如理觀　心離於憂惱
及離受蘊苦　琰魔衆供養　琰魔之法王
恭敬而承事　告彼持明者　速往於天趣
由此大明故　地獄盡無餘　則乘妙宮殿
具威至天上　一切人及天　藥叉羅刹衆
悉皆而供養　常當獲此福　是故常受持
金剛手菩薩　祕密藥叉將　帝釋舍脂后
訶利帝母衆　半支迦藥叉　護世大威德
日月及星宿　執曜猛惡者　一切大龍王
諸天并仙衆　阿蘇羅及龍　金翅乾闥婆
緊那摩睺羅　由書帶此明　恒常而隨逐
由依法誦持　獲得大榮盛

爾時世尊說是經已諸大菩薩大聲聞衆及

梵天王一切天龍藥叉阿蘇羅乾闥婆蘖路荼緊那羅摩呼羅伽人非人等皆大歡喜信受奉行

天阿蘇羅藥叉等　來聽法者應至心
擁護佛法使長存　各各勤行世尊教
諸有聽徒來至此　或在地上或居空
常於人世起慈心　日夜自身依法住
願諸世間常安樂　無邊福智益群生
所有罪業並消除　遠離衆苦歸圓寂
恒用戒香塗瑩體　常持定服以資身
菩提妙華徧莊嚴　隨所住處常安樂

普徧光明焰鬘清淨熾盛如意寶印心無能勝大明王大隨求陀羅尼經卷下

音釋

愕逆各切鍔愕驚遽貌　匱求位切乏也　颾悉各切　䵃古猛切麥也　瓷才資切瓦器也　妊汝鴆切孕也　驍堅堯切健也　跳驀跳他弔切躍也驀莫白切越也　疙魚乞切　謫陟革切責罰也

佛說如來不思議祕密大乘經
宋西天三藏朝散大夫試光祿卿傳梵大師法護等奉詔譯

清刻龍藏佛說法變相圖

佛說如來不思議祕密大乘經卷第一 第二同卷

宋西天三藏朝散大夫試光祿卿傳梵大師法護等奉 詔譯

菩薩身密品第一之一

如是我聞一時世尊在王舍城鷲峯山中與大苾芻衆四萬二千人俱菩薩八萬四千皆是已得神通妙智諸大菩薩摩訶薩悉從他方諸佛刹中來此集會已得忍不退轉一生補處獲諸總持及三摩地具無礙辯能善超度無邊佛刹善於十方無邊一切諸佛刹中建立示現以神通智遊戲自在降伏衆魔制諸異論了知一切衆生心意所行復以勝智善別他根解入一切波羅蜜多理教法門具善巧方便到於究竟最上彼岸爲一切佛共所稱讚於無量無邊百千俱胝那庾多劫中積集畢竟菩提道行其心平等如地水火風

緣虚空無邊善修慈觀如理相應所起一切住著障礙悉能超越獲那羅延妙好身相具金剛堅固不壞之身能師子吼宣演法音善於一切大衆會中得勝無畏有大光明映蔽日月已得諸法如其所說三世平等以決定智善說最上甚深法要深入一切緣生法門遠離斷常二種邊見於禪定解脱三摩地三摩鉢底若入若起而悉能知功德智慧名聞十方任持最上正法寶王能使不斷三寶聖種如是等積集無量福智勝行其名曰寶上菩薩月幢菩薩清涼幢菩薩光幢菩薩吉祥光菩薩吉祥峯菩薩吉祥峉菩薩那羅延天菩薩龍喜菩薩龍上菩薩龍授菩薩持妙色菩薩高天菩薩德光王菩薩光明手菩薩常舉手菩薩常下手菩薩寶印手菩薩寶手菩薩普光菩薩星王菩薩金剛手菩薩金剛慧菩薩金剛大慧菩薩金剛步菩薩不動跡步菩薩三界跡步菩薩無邊步菩薩無邊慧菩薩精妙慧菩薩堅固慧菩薩天慧菩薩炎熾慧菩薩最勝慧菩薩增長慧菩薩常慘菩薩常喜菩薩喜根菩薩滅惡趣菩薩除蓋障菩薩自相持無垢光菩薩勇猛精進菩薩慧積菩薩常觀察菩薩觀自在菩薩得大勢菩薩高峯菩薩虚空藏菩薩不瞬菩薩無憛望菩薩寶上菩薩寶思惟菩薩善思惟菩薩善思義菩薩決定義菩薩總持自在王菩薩持地菩薩莊嚴王菩薩刹土莊嚴菩薩寶積菩薩祕峉巖菩薩帝釋天菩薩水天菩薩梵網菩薩明網菩薩天冠菩薩妙臂菩薩妙眼菩薩香象菩薩象中香象菩薩師子幢菩薩成義

慧菩薩海慧菩薩善調御菩薩寂慧菩薩慈氏菩薩妙吉祥童眞菩薩如是等八萬四千諸大菩薩摩訶薩衆及此三千大千世界梵王帝釋護世天等并餘大威德諸天王衆或龍王衆夜叉王衆阿修羅王衆迦樓羅王衆緊那羅王衆摩睺羅伽王衆乾闥婆王衆如是等衆悉來集會所謂阿那婆達多龍王娑伽羅龍王縛嚕拏龍王摩那斯龍王得叉迦龍王金色龍王無邊色龍王蘇尸摩龍王如是等龍王與多百千諸龍眷屬來此集會親近世尊瞻禮聽法復次阿修羅王衆所謂羅睺阿修羅王毗摩質多羅阿修羅王妙臂阿修羅王娑羅阿修羅王多羅阿修羅王淨戒阿修羅王大笑阿修羅王廣腹阿修羅王盡無邊阿修羅王如是等阿修羅王與多百千諸阿修羅眷屬來此集會親近世尊瞻禮聽法爾時摩伽陀國主阿闍世王與宮嬪眷屬來此會中親近世尊瞻禮聽法并餘四衆苾芻苾芻尼優婆塞優婆夷等皆來集會復有地居諸天欲色界天淨居天等諸天子衆亦悉來會親近世尊瞻禮聽法爾時世尊處大會中有無數百千天人大衆恭敬圍繞聽受説法佛告大衆我有正法名普攝諸菩薩摩訶薩最上勝行清淨妙門此能圓滿一切行故謂若菩薩修布施行即能成熟一切有情若諸菩薩修持戒行即得一切勝願圓滿若諸菩薩修忍辱行即得一切相好具足若諸菩薩修精進行即得圓滿一切佛法若諸菩薩修禪定行能令一切調伏其心若諸菩薩修智慧行即能斷除一切煩惱若諸菩薩修

說法行即能成就無礙辯才若諸菩薩修勝福行即能長養一切有情若諸菩薩修妙智行即能成就無礙之智若諸菩薩修奢摩他行即能令彼心業調暢若諸菩薩修妙觀行即能遠離一切分別若諸菩薩修於慈行即得一切心無障礙若諸菩薩修於悲行即得身心俱無懈倦若諸菩薩修於喜行即能遊戲法喜園苑若諸菩薩修於捨行即能斷除違順二法若諸菩薩修聽法行即能斷除一切障累若諸菩薩修出離行即能捐棄一切取著若諸菩薩修住阿蘭若行即得所作善法皆無壞失若諸菩薩修於念行即能獲得諸總持門若諸菩薩修於慧行即獲勝慧善別諸法若諸菩薩修於住行即得一切無能勝心若諸菩薩修趣向行即能隨知一切義趣若諸菩薩修四念處行即能伺察身受心法若諸菩薩修四正斷行即能斷除諸不善法圓滿一切善法若諸菩薩修四神足行即得身心清淨輕安若諸菩薩修五根行即能善知自他根性若諸菩薩修五力行即得不爲一切煩惱之所屈伏若諸菩薩修七覺支行即於諸法如實覺了若諸菩薩修八正道行即能超越一切邪道若諸菩薩修四諦行即能成就無動轉法若諸菩薩修四無礙解行即能斷除一切有情疑惑之心若諸菩薩修歸趣行即得自在之智若諸菩薩修善知識行即能積集一切功德若諸菩薩修意樂行即與一切世間不相違背若諸菩薩修深心行即得一切所向最勝若諸菩薩修相應行即能勤勇救拔出離若諸菩薩修住僧坊

行即得隨所聞法而無壞失若諸菩薩修四攝法行即能攝受一切有情若諸菩薩修攝受正法之行即能不斷三寶聖種若諸菩薩善修回向之行即能嚴淨佛土若諸菩薩修善巧方便之行即能圓滿一切智智世尊如是宣説普攝諸菩薩摩訶薩最上勝行清淨妙門廣大正法當佛世尊説是法時金剛手大秘密主菩薩摩訶薩現威神力侍佛之右是時金剛手菩薩摩訶薩前白佛言希有世尊如來善攝諸菩薩摩訶薩最上勝行清淨妙門廣大正法如我解佛所説義趣如我所得諸菩薩摩訶薩一切勝行皆從福智二行中出當知隨入福智二行何以故諸菩薩修福行故能令一切有情離諸障礙若修智行能爲一切有情善説法要令生喜悦世尊是故諸菩薩摩訶薩福行智行二應和合何以故菩薩修福行故即能圓滿善巧方便波羅蜜多修智行故即能圓滿般若波羅蜜多故此二行即是菩薩二種聖道普攝一切道行菩薩住是道者即能降伏難降伏者諸業魔衆菩薩已能超出諸惡魔道不退轉於阿耨多羅三藐三菩提即此不退轉菩薩能善開明諸佛如來甚深秘密使不隱覆

爾時會中寂慧菩薩摩訶薩前白金剛手大秘密主菩薩摩訶薩言大秘密主汝常近侍諸佛如來汝能樂説如來所有秘密之法願爲發起此非聲聞緣覺所入境界況餘凡夫如是言已時金剛手大秘密主菩薩摩訶薩默然而住爾時寂慧菩薩知是事已前白佛言惟願世尊勅金剛手大秘密主菩薩摩訶

薩為此衆會發明如來秘密之法令諸菩薩摩訶薩衆聞已歡喜廣大積集菩提分法成就如來秘密之法如理而行爾時世尊告金剛手大秘密主菩薩摩訶薩言我今勸請於汝應善為此會大衆宣說菩薩秘密如來秘密眞實之法此會大衆而悉樂聞時金剛手大秘密主菩薩承佛聖旨前白佛言世尊如佛教勑我今宣說菩薩秘密如來秘密眞實之法然此會中若有少能悟入之者皆是世尊威神建立譬如夜中冥暗所覆燈光發明普能照現一切色像今此衆會亦復如是於菩薩秘密如來秘密眞實法中若有聞已少悟入者當知皆是如來威神之所建立爾時金剛手大秘密主菩薩摩訶薩告寂慧菩薩摩訶薩言善男子今此衆會於菩薩秘密如來秘密眞實法中若能聞已不驚怖者斯為甚善時寂慧菩薩摩訶薩普告在會諸大衆言諸仁者如佛所說有其四種不可思議何等為四一者業不可思議二者龍不可思議三者定不可思議四者佛不可思議仁者當知於此四中唯佛如來不可思議最上第一所有諸佛阿耨多羅三藐三菩提法由此四種不可思議共所成立是故汝諸仁者於諸菩薩不可思議法如來不可思議法聞已不驚不怖不生畏怯應生最上廣大喜悅之心是時寂慧菩薩以佛威神加持力故能知此會一切大衆悉於諸佛菩薩秘密法中信樂聽受即時廣大布散天花雨集于膝普伸供養爾時金剛手大秘密主菩薩摩訶薩告寂慧菩薩摩訶薩言汝應諦聽我今具說菩薩

秘密眞實之法寂慧當知今我世尊昔於然燈如來法中居菩薩位從彼佛所得授阿耨多羅三藐三菩提記從是以來我常隨逐釋迦菩薩而是菩薩所有身業曾無異作亦不見有邪曲之相語無異作亦不曾聞虛妄之言心無異作亦不曾聞愛著之失隨其身業現威儀相但爲成熟一切有情不可稱譽由彼菩薩身威儀相無其邊際乃至一切有情諸威儀事悉入菩薩威儀相中而菩薩不假勤力亦無發悟安然而住所謂應以禪定可度者諸有情類即現禪定而爲化度應以鼓樂絃歌可度者即現鼓樂絃歌而爲化度應以童男身可度者即現其身而爲化度應以童女身可度者即現其身而爲化度應以男子身可度者即現其身而爲化度應以女人身可度者即現其身而爲化度應以少年身可度者即現其身而爲化度應以中年身可度者即現其身而爲化度應以老年身可度者即現其身而爲化度應以卑劣身可度者即現其身而爲化度應以屠膾身可度者即現其身而爲化度應以瘖瘂身可度者即現其身而爲化度應以盲聾身可度者即現其身而爲化度應以三惡趣相及人趣身可度者即皆現之而爲化度應以天身可度者即現其身而爲化度應以天龍及夜叉乾闥婆阿修羅迦樓羅緊那羅摩睺羅伽等身可度者即皆現之而爲化度應以帝釋身可度者即現其身而爲化度應以梵王身可度者即現其身而爲化度應以護世身可度者即現其身而爲化度應以轉輪王身可度者即現

其身而爲化度應以苾芻苾芻尼優婆塞優婆夷身可度者即皆現之而爲化度應以聲聞身可度者即現其身而爲化度應以緣覺身可度者即現其身而爲化度應以菩薩身可度者即現其身而爲化度應以如來身可度者即現其身而爲化度非可現者謂除無色

佛説如來不思議秘密大乘經卷第一

佛說如來不思議秘密大乘經卷第二

宋西天三藏朝散大夫試光禄卿傳梵大師法護等奉　詔譯

菩薩身密品第一之二

復次寂慧所有一切有情色相威儀即於菩薩曾無發悟亦無分別以彼菩薩無所分別平等捨心即隨其身現身威儀然菩薩身法爾不動以不動故現起身業雖身離相而亦不壞菩薩身清淨已發現光明普照地獄一切有情令得安樂又復菩薩普爲一切有情不惜身命若諸有情各各來求菩薩身肉而噉食者菩薩悉現其前斷肉授之乃至骨血精髓而悉隨與寂慧當知菩薩隨諸有情須身肉等而悉與者由彼菩薩知身無量即能隨知法界無量無量即無盡身無盡門即是緣生無盡法門菩薩隨所現身但爲成熟一切有情若或有人貪染心者愛著殊妙端嚴色相菩薩即於其前爲現端嚴女人之相隨彼男子染愛之心悉如其意時彼女人以染著故形容枯悴即趣命終根門敗壞臭穢不淨時彼男子以無智故猒惡而去即其女人死滅之身自然出聲爲說法要令彼男子心生開悟不退轉於阿耨多羅三藐三菩提心

復次寂慧菩薩於此三千大千世界現廣大身或寶蓋中或現指端乃至刼火洞然炎熾能以手指而悉覆之而菩薩身都無所壞又復能現身相普爲諸佛世尊作供養事積妙華蓋如須彌量復聚寶華高若山峯悉以供養諸佛如來又復以此三千大千世界爲一大器滿貯香油等須彌山布其燈炷然以燈明廣大熾盛爲諸如來作供養事又復積以

殑伽沙等數量廣大燈明普徧熾盛供養如來又復菩薩以所著衣覆自肢體灌注酥油用然燈明普爲如來作供養事其燈熾盛有大光明廣大照耀殑伽沙等諸佛刹土彼彼有情互相覩見菩薩所現神通化事如是見已無量無數有情悉發阿耨多羅三藐三菩提心其中所有憍慢貢高諸有情類菩薩即現大力那羅延身或金剛手菩薩可畏之相彼等有情見已驚怖即向菩薩折伏其心歸命頂禮求哀聽法又復菩薩於大國城及諸棄屍林中見彼無數百千有情普徧充滿而是菩薩以廣大身現死滅相令彼先墮畜生趣中諸有情類畜報盡者取其菩薩所滅身肉而噉食之食已命終皆得生天由是因故乃至最後入於涅槃是故當知菩薩摩訶薩宿昔願力得清淨已能於長夜酬其宿願作利益事願令有情臨命終時食我身肉得生天界由此因緣乃至最後入於涅槃令諸有情成就所思成就所求成就願力寂慧當知菩薩摩訶薩有如是等殊勝行願我念往昔過去世中此閻浮提周帀四方有八萬四千廣大國城復多百千聚落縣邑百千俱胝那庾多人民居止彼時國城有大災難疫劫起其中人民生種種病謂於身分若生若熱疾狀各異或瘡癤癬癩或風癀痰等大小病者散徧充滿求於千種精妙醫師用以妙藥而悉不能治療彼等一切病苦彼諸人民病無療故無所救護無所歸向震發大聲哀泣而言誰能爲我息除病苦或天龍夜叉乾闥婆等或人非人有能爲我息除病者我當罄捨

一切財寶悉以奉之我即如其敎令荷彼深恩寂慧當知世尊釋迦如來當彼時中爲帝釋天主其名妙眼於其天中以淨天眼過於人眼悉能觀見彼諸人衆受多病苦復以清淨天耳徧聞一切人衆哀泣之聲其見聞已起悲愍心即自思惟我今應爲此諸人民無依止無救護無歸向者作其依止救護歸向作是念已即時帝釋天主於此閻浮提中有一大城名曰善作其去不遠即自變身爲男子相名曰善寂處虛空中普爲開發閻浮提中一切人民說伽陀曰

善作大城此不遠　中有男子名善寂
取彼身肉噉食之　悉能息除一切病
勿應驚怖懷怯懼　隨意歡喜取身肉
此爲妙藥救人民　是中無害無瞋恚

時彼國城聚落縣邑染疾苦者一切人衆聞彼空中伽陀聲已即時俱詣善作大城善寂人所到已各各斷取其肉食之治病雖彼彼取之而身肉無盡是時善寂復爲人衆說伽陀曰

我若當時佛菩提　此眞實法我無盡
由眞寶故我此身　願取其肉亦無盡

是時普徧四方染疾苦者一切人衆於彼善寂人所各各隨意斷取身肉而善寂身安然如故亦無增減續續斷已旋旋復生時彼國城一切人衆食是肉者彼彼所有一切病者皆得除解無病快樂悉無憂惱如是次第閻浮提中一切人衆咸息諸病悉獲輕安是時一切人民男子女人童男童女皆自惟忖彼善寂男子能爲我等息除諸病令我無病身

得輕安我等今時持以何物用爲供養由是多人共集一處同詣善寂人所到已各各合掌恭信異口同音說伽陀曰

汝善依止善救護　汝爲醫王復妙藥
隨汝敎令我病除　我何所作伸供養

是時善寂男子隱所變相還復帝釋之身普爲一切人衆說伽陀曰

金銀財寶及飲食　我悉不爲此等事
但爲救護諸有情　十善業道令圓滿
菩提願行堅固修　爲諸有情利樂因
互相起發慈愛心　生長一切利益事
聞已應發菩提心　復起最上大慈意
普令積集勝妙因　十善業道皆清淨

復次寂慧爾時帝釋天主說伽陀已復彼天宮時閻浮提男子女人童男童女一切人衆莫知其數中無一人墮惡趣者彼彼命終皆於善趣三十三天衆同分生生彼天已帝釋天主即爲說法示教利喜悉令不退轉於阿耨多羅三藐三菩提心其中有情或復遠塵離垢得法眼淨復次寂慧是故當知菩薩身密所作身業得清淨已棄一身命能爲成熟無量無數一切有情畢竟令得阿耨多羅三藐三菩提果復次金剛手大秘密主菩薩摩訶薩告寂慧菩薩摩訶薩言寂慧當知菩薩身者是不破壞堅固眞實不生滅身若諸有情應以有壞之身可化度者即現其身而爲化度若諸有情應以無壞之身可化度者即現其身而爲化度於一切種類悉不破壞火不能燒刀不能斷是身堅固眞實不壞金剛所成是故寂慧菩薩所現身相但爲成熟一

切有情作利樂事而是菩薩無所思惟亦無分别是身是相知身離相故即得法離相亦非身離相與一切法離相有二差别若相即身離相彼相即法離相如是離相能隨入故即自身離相與一切有情身離相二俱平等何以故由自身離相一切有情身離相故即入一切法界離相以法界離相故即入法離相然於其中而實無有少法可得謂以自身眞如即入一切有情身眞如一切有情身眞如即入自身眞如又復自身眞如即入一切法眞如以入一切法眞如故即入一切佛眞如又以自身眞如故即入過去未來現在眞如亦非過去眞如與彼未來現在眞如有所違背所有過去未來現在眞如即是蘊處界眞如即是染淨眞如染淨眞如即是生死涅槃眞如生死涅槃眞如即是無造作眞如無造作眞如即是一切造作眞如善男子所説眞如即是實性實性即是如性是無異性無種類性無生性無諍論性無執取性謂以眞如無法可取故説眞如是無取法由彼眞如無所取故即如是取於諸取中菩薩示現有所取法亦非眞如有取有作以無取故即無諍論無諍論故於諸色中現有所取然彼眞如亦無所動是故以其如實之智伺察如來眞實之身以觀如來身平等故即當伺察自身眞如取要言之審觀一切身非身性畢竟不生知一切身皆是縁生法所成故如是知已乃能悟入彼法身門入是法身門故即成法身非蘊處界身即彼法身廣大增勝如實觀想從是現身爲諸有情作利樂事乃至一

切見聞覺知悉爲有情成利樂事故寂慧當知譬如世間耆婆醫王積集一切勝上之藥精妙和合成女人相妙色端嚴而可樂見如其所應安立施作若來若去行住坐卧分別事相亦非分別非離分別諸有病者若國王大臣若長者居士來詣耆婆醫王妙藥所成女人之所相與和合其和合已一切病苦皆得息除無病輕安而獲快樂寂慧汝且觀是耆婆醫王以善巧智能爲世間息除諸病餘諸醫師無是智力菩薩所有法身增勝亦復如是若能如理眞實觀者而彼一切男子女人童男童女爲貪瞋癡燒然其身若能如實觀法身者即能息除一切煩惱心得輕安身離燒然是故當知菩薩宿昔願力清淨菩薩法身廣大增勝如實而觀即是菩薩身密清淨寂慧當知菩薩法身非飲食力而能成故亦非段食可能資養菩薩了知如是相已即爲悲愍一切有情現受飲食雖有所取而無著相亦非護惜其身故有所取於所取中而彼法身無增無減是故當知菩薩法身不生不滅亦無所起於中示現生滅起作但爲成熟諸有情故滅即無滅亦無造作於一切法應如是知諸有生者即和合義於一切法應如是知又復應知彼一切法生即無生如來身者即是法身即是法食即是法力是法歸趣如來身者即虛空身無等等身三界一切最勝上身一切如來通達身無喻無比清淨無垢無染汚身自性明亮身自性不生身自性無起身離心意識身幻燄水月自性身空無相無願所成身十方最勝如虛空廣大身

一切有情平等身無邊無際身無種類無分別身無毀無異身於住無住得不動身無色自性身無受想行識自性身非地界所成身非水火風界所成身非種非和合種非大種所成身非種類法一切世間無比身非眼所生非耳依止非鼻所知非舌了別非身和合非意所成等身非心所轉非意識所轉亦非無轉亦非隨轉善男子由如是故應當如實觀如來身而是菩薩於如來身住平等性得清淨已行菩薩行乃至三千大千世界或四大洲或閻浮提一切王城聚落郡邑菩薩於一切處普爲現身然於是中亦無所現亦無對礙又復菩薩能於十方現諸魔身於有現中現無對礙於無現中現無對礙由如是故無見無聞無覺無知諸有所見但爲成熟一切有情菩薩於其身念處中亦無增減菩薩雖復知身無常知身是苦知身無我然爲有情示現其身作利樂事菩薩知身法爾寂靜爲有情故起分別身作諸利樂菩薩又復了知因緣能成其身然於彼彼因緣法中如實而觀亦無作者亦無受者又復能觀是身無知如草木瓦礫菩薩身業雖已清淨然爲有情示現其身寂慧當知釋迦菩薩始從然燈佛所發菩提心身語心業皆悉清淨具身業者具有無量無邊功德假使過于殑伽沙數等劫或如來說或我所說菩薩所有身密身業廣大清淨不可窮盡

佛說如來不思議秘密大乘經卷第二

音釋

嬪（毗賓切婦官也）癀（胡光切病也）

佛說如來不思議秘密大乘經卷第三（第四同卷）

宋西天三藏朝散大夫試光祿卿傳梵大師法護等奉　詔譯

菩薩語密品第二

復次金剛手大秘密主菩薩摩訶薩告寂慧菩薩摩訶薩言善男子云何名爲菩薩語密語業清淨寂慧當知隨諸菩薩所起之處即彼菩薩本生隨其菩薩本生即入菩薩音聲所有一切有情音聲語言諸語言道言詞詮曉總集一切往返事相微細伺察苦樂等言悉入菩薩音聲中住都無障礙無著智見一切隨轉乃至蚊蚋蠅蝶微細音聲菩薩悉能詮表令諸有情得聞菩薩音聲之者身心輕安隨彼所聞如是詮表悉從菩薩口門而出此中如是說伽陀曰

隨諸有情無邊際　即彼種類亦無量
於百劫中說無邊　此不思議何能說
我以譬喻如義言　說大士法亦無失
無增無減若虛空　起廣大心而開演

復次寂慧菩薩於其梵王所有一切種類音聲帝釋所有種類音聲護世天王種類音聲天龍夜叉乾闥婆阿修羅迦樓羅緊那羅摩睺羅伽等種類音聲乃至一切有情種類音聲菩薩悉以音聲隨入復次伽陀曰

菩薩梵音歡喜說　超勝梵王彼音聲
所說相應行慈悲　喜捨四法皆和合
帝釋歌詠悅意聲　菩薩音聲能隱覆
隨彼所出妙歌音　如應分別諸法義
緊那羅衆妙音聲　菩薩音聲悉超勝
貪火熾然令息除　如彼所言生愛樂
欲界諸天悅意聲　諸天歌詠聲各異

法義隨順如理宣　令彼一切生歡喜
貪瞋癡慢及憍諂　疑惑等類諸有情
聞其菩薩如義聲　悉能止息貪瞋等
所有色界諸天衆　聞最上人音聲已
一切咸生歡喜心　願求菩提生善趣
摩睺羅伽乾闥婆　龍等諸妙音樂聲
聞功德海所宣言　一切廣大生歡喜
種種方便無邊聲　人中此閻浮提等
隨聞菩薩妙音聲　聞已一切得解脫
地居空居諸天界　菩薩音聲悉隨入
如其種類所入聲　宣說決定眞實法
迦陵頻伽拘枳羅　鵝鴈鸚鵡并鶖鷺
孔雀共命并那羅　吉祥鳥及鴛鴦等
師子虎豹熊羆鹿　象馬犀牛猫犬猪
此等走獸及飛禽　音聲隨入皆歡喜
一切四足及二足　多足無足等有情
菩薩隨入衆音聲　警悟如應生畏愛
三千世界諸有情　上中下品衆差別
三塗及彼人天中　菩薩言音普隨入
是中菩薩無分別　無執無縛無思想
住無散亂等引心　所作隨應現諸相
清淨有情所求願　音聲詮表俱胝刹
過殑伽沙數亦然　是心無持無發悟
三千界中諸魔衆　咸聞菩薩廣大聲
聞已驚怖速歸心　合掌恭敬而頂禮
常好諍論諸有情　增上慢心不歸信
由聞大士清淨言　合掌恭敬而頂禮
聾瘂及彼無舌者　謇吃破壞諸有情
由其菩薩美妙言　即時能聞能言說
煩惱燒然復逼迫　造罪造惡百種具

由聞菩薩善淨言　心得清涼息諸惡
有情若聞無常聲　佛法佛聲即得聞
施戒忍法亦復然　精進定慧悉聞聽
所有一切功德海　多俱胝劫說不盡
音聲無邊智無邊　悉住佛聲而無斷

復次寂慧當知菩薩摩訶薩語言音聲之中無愛著語無猛惡語無癡亂語無染污語無縛解語無高下語無麤澀語無惡戾語無缺漏語無堅硬語無違順語無退失語無隨惡語無相違語無隨染語無不定語無躁動語無貢高語無忿恚語無非時語無雜欲語無隨方喜愛語無思慕語無極緩語無極速語無壞諸根語無壞音聲語無破壞心語無邪曲語無劣弱語無隱覆語無衰朽語無向背語無深險語無不出離語無不慇念語無害他語無自他離間語無出入語無執取語無不清淨語無不如理語無不忍語無雜亂語無誣謗語無非法語無高勝語無卑下語無過時語無時分差失語無虛說語無邪說語無希求利養語無不歸攝語無癡瞶語無凝疑語無不可愛語無訐露語無輕慢語無自分高疆語無他分離散語無自讚功能語無破他功能語無譏誚語無折伏他語無非所作語無所作相違語無破壞秘密語無不防護語無輕慢智者語無毀謗聖賢語無稱美語無讚譽語無顯發他人過失語無如箭射激語無說他非語無不救援語無增上慢所說語無罪業語無不饒益語寂慧當知菩薩所出語言音聲皆是神通智力福行果報之所成立善種隨轉相續不斷凡所言說皆悉

成就菩薩一時或於樹下行住坐卧若有人來詣菩薩所作是問言汝知此樹有幾多葉是時菩薩不觀其樹不數其葉應聲答言此樹具有若干數葉如其菩薩所出之言即彼樹葉更無增減又復有人問殑伽河有幾許沙爲幾百那幾千幾百千幾俱胝幾阿庾多幾你庾多幾矜羯羅幾頻婆羅幾尾播舍幾阿閦婆幾無量幾阿僧祇幾阿哩誐拏幾嚩訶幾龍力幾不可數是時菩薩不觀其河不數其沙應聲答言此河具有若干數沙如其菩薩所出之言即彼河沙更無增減亦同如來智所知數菩薩所言如實無妄不假天龍夜叉乾闥婆阿脩羅迦樓羅緊那羅摩睺羅伽等并聲聞緣覺衆共作證唯佛如來所可證知寂慧如是等緣而悉應知復次寂慧我念過去久遠世中有一仙人名曰妙愛有婆羅門名曰黑相彼時有一尼拘陀大樹其名賢善有多枝葉周帀垂蔭縱廣可及一俱盧舍時妙愛仙人居其樹側以神通力經七日中審細觀矚數其樹葉於後一時彼黑相婆羅門入城乞食經遊至彼樹下飯食已訖即詣妙愛仙人居所到已歡喜互以美言而相慰問多種談論咸生適悅時仙人言大婆羅門汝必應知於人世中可能有人於此尼拘陀大樹審細觀知枝葉數不婆羅門言尊者世亦有人仙人復言爲何人邪婆羅門言即汝尊者應爲我說仙人答言大婆羅門汝爲我說時婆羅門不觀其樹不數其葉應聲即爲說伽陀曰

八千那庾多數量　俱胝復有九十二

六十阿閦婆應知　十六齊等其枝數
又復三十那庾多　九十六數兢羯羅
尾播舍量有十三　此等皆爲彼葉數
其樹所有枝及葉　如前數量無增減
我隨智力如實言　疑者自數應無失
是時妙愛仙人聞是説已深生驚異說伽陀
曰
汝婆羅門神通智　以真實語而善説
賢善尼拘陀樹王　所有枝葉如實知
汝亦不曾觀其樹　而復不曾筭其數
即彼枝葉數難量　能以智心而解入
仙人說伽陀已又復問言大婆羅門如汝所
説爲自智力而能知耶爲諸賢聖助汝説耶
婆羅門答言尊者汝今善聽我以人中之智
如實而説虛空可破斯言無妄復次金剛手
大秘密主菩薩摩訶薩告寂慧菩薩摩訶薩
言汝今當知彼時彼妙愛仙人者即今大智
舍利子是黒相婆羅門者即今世尊釋迦師
子是由如是故菩薩所有語功德海即能安
住真實功德如理法義寂慧此等是名菩薩
語密語業清淨其中若有少解入者我説彼
爲最上慧人
菩薩心密品第三之一
復次金剛手大秘密主菩薩摩訶薩告寂慧
菩薩摩訶薩言云何名爲菩薩心密心業清
淨寂慧當知菩薩諸所作業皆智所作非慢
所作悉是不滅神通妙智以神通智遊戲示
現一切事業神通建立廣大勢力之所成辦
而彼神通智相即能成立一切行相又彼神
通妙慧即能觀見一切諸法又神通智即無

盡相於一切處悉能隨順又神通智即能隨現一切色相於彼彼色而悉遍故又神通智即能隨入彼一切聲於前後際音聲平等故又神通智普能觀察諸有情心以心自性伺察可見故又神通智善能思念無邊劫事以前後際無所斷故又神通智能知一切種類之法悉是解脱智行相故又神通智於漏盡法順時所求於彼時分不過越故又神通智即是出世間聖決擇分故又神通智聲聞緣覺而悉不能徹其源底又神通智即甚深義悉能降伏諸魔外道又神通智能至菩提道場現證一切最上佛法又神通智悉能隨順轉妙法輪又神通智善作調伏諸有情事又神通智得大灌頂於一切法而能自在寂慧此即是爲菩薩心密心業清淨心清淨故彼

即無染潔白明亮離諸煩惱能善調伏善作諸業善入禪定解脱三摩地三摩鉢底亦不畢竟墮於一切盡無生法隨念即生亦復不爲欲界所動不由縛生不由縛滅不由縛起所以者何謂能解脱一切分别解脱一切雜染繫縛解脱顛倒執取依止即彼解脱生即彼解脱滅即彼解脱起雖復有生而無所生如是即能圓具大乘一切佛法然彼佛法若於十方審諦伺求悉無所得亦非無得以一切佛法無得非無得故即能隨得彼一切法一切佛法是故於一切法一切佛法中無法非無法何以故以一切法審諦伺求悉無所得亦非無得若於諸法如實伺求悉無所得非無得時即無有法而可筭數謂一切法已能出過筭數量故若能了知彼一切法平等

性者是中無法亦非無法而可取著此即諸法無著義若或領解是義即大無義若無領解彼即無義亦非無義以現前安立無義可見故若或有慧可了知者即爲障礙彼無礙慧若或於慧無障礙故是即無著若無著即無住若無住即無盡若無盡即無勤亦無墮若無勤墮即無非我若無非我即亦無我若無我即無取若無取即無諍若無諍即無論即彼無論此說是爲沙門之法即沙門法譬若虛空本來平等以虛空平等故非欲界繫非色界繫非無色界繫由如是故於一切處悉無所繫以無繫故無形顯色及諸相狀無色相故即能隨順覺了若能如是隨覺了故即能一切差別分别寂慧菩薩言云何名爲隨順覺了復何名爲差別分别金剛手菩薩言無有少法而可得者此名隨順覺了以覺了故即無差別分别是故法中作此二說寂慧當知此等名爲菩薩心密心業清淨

佛說如來不思議祕密大乘經卷第三

佛說如來不思議秘密大乘經卷第四

宋西天三藏朝散大夫試光祿卿傳梵大師法護等奉　詔譯

菩薩心密品第三之二

復次金剛手大秘密主菩薩摩訶薩告寂慧菩薩摩訶薩言善男子菩薩心密者謂修慈行即知無我若修悲行即無衆生若修喜行即無壽者若修捨行即無有人若修布施行即心調伏若修持戒行即心寂靜若修忍辱行即心無盡相若修精進行即心離相若修禪定行即心安定若修慧行即心無伺察若修四念處行即心無念亦無作意若修四正斷行即心正平等若修四神足行即心無戲論若修信根即心無著若修精進根即心無發悟若修念根即得自然智心若修定根即得平等性智心若修慧根即得無根本心若修五力即得心無屈伏若修七覺支即得慧分別心若修八正道即得無所修心若修奢摩他即得寂止心若修毗鉢舍那即得無所觀心若修四聖諦即得畢竟無了知心若修佛作意即得無作意心若修法作意即得法界平等心若修僧作意即得無住心若修成熟有情行即得本來清淨心若修攝受正法行即得法界無差別心若修嚴淨佛土行即得虛空平等心若修無生法忍行即得無所得心若修不退轉地行即得無轉而轉心若修成就諸相行即得無相心若修莊嚴菩提果即得三界圓滿心若修降伏諸魔行即得普攝一切有情心若修趣向菩提行即得法界自性隨覺了心若修轉法輪行即得無轉非無轉心若修大涅槃行即得隨生死自性

心寂慧當知此等皆是得忍菩薩心秘密法心業清淨若彼菩薩如是清淨已即得一切有情心亦清淨而是菩薩乃能隨入諸有情心即彼一切有情之心皆從大菩提心光明中出譬如虛空於一切處住隨入一切處菩薩心者亦復如是於一切處住隨入於一切處金剛手大秘密主菩薩摩訶薩如是宣說菩薩所有身語心密不思議正法時會中有七萬二千天及人發阿耨多羅三藐三菩提心三萬二千菩薩得無生法忍八萬四千人遠塵離垢得法眼淨八千苾芻不受諸法漏盡意解得心解脫時此三千大千世界六種震動有大光明普徧照耀虛空自然雨衆天華復於空中有百千種殊妙音樂不鼓自鳴其音樂中出如是言若諸有情已得授記位者方乃得聞此金剛手大秘密主菩薩摩訶薩所說正法於中聞已受持讀誦如理修行廣爲他人隨應宣說永不忘失大菩提心當知彼人非少善根而能成就已於廣多佛世尊所深植善本勤修一切最勝福行當爲一切有情作大饒益

震吼音聲菩薩來會品第四

爾時世尊告寂慧菩薩摩訶薩言善男子汝聞空中多種鼓樂妙音聲不寂慧菩薩白佛言世尊我初已聞此是何等殊妙音聲願佛爲說佛言寂慧汝今當知有菩薩摩訶薩名震吼音聲從大雲世界雲音王如來所來此娑婆世界瞻禮於我親近供養及欲聽受金剛手菩薩宣說正法亦復樂見十方來會諸大菩薩摩訶薩衆是彼震吼音聲菩薩隱自

身相住虛空中雨衆妙華鼓勝音樂供養於我其樂音中出如是聲世尊如來於大會中非久宣説廣大正法發是言已即時震吼音聲菩薩摩訶薩從空而下入佛會中頭面禮足右繞七帀住於佛前而白佛言大雲世界雲音王如來問訊世尊少病少惱起居輕利氣力安不彼佛如來又作是説金剛手大秘密主菩薩摩訶薩有大方便善説正法是佛威神之所建立乃能如是通達一切無量佛法爾時世尊告震吼音聲菩薩摩訶薩言善哉善男子汝善來此大衆會中樂聽金剛手大秘密主菩薩摩訶薩宣説如來秘密不思議法汝當於此諦聽諦受

持國輪王先行品第五之一

爾時會中諸菩薩衆咸起是念此金剛手大秘密主菩薩摩訶薩往昔於何佛世尊所親近聽受深種善根復修何等廣大誓願乃能如是具大辯才善説諸法爾時世尊知諸菩薩心疑念已即告寂慧菩薩言善男子我念過去世中經阿僧祇劫復阿僧祇數無量無邊不可思議劫前有劫名善現世界名莊嚴有佛出世號無邊功德寶衆莊嚴王如來應供正徧知明行足善逝世間解無上士調御丈夫天人師佛世尊寂慧當知彼莊嚴世界廣大妙好安隱豐樂人民熾盛地平如掌無諸砂礫荆棘雜穢草木樹林青鬱可愛復有名華輭草覆地青潤妙好如孔雀項右旋喜相有色有香令人適悦下足于地隨減四指舉足還復隨起四指無極寒熱温凉調適輭美清風令人愛樂其地莊嚴如吠瑠璃彼時

人民色相嚴好少貪瞋癡及餘煩惱人有孝愛復具勢力聞説善言能自開曉而彼世尊無邊功德寶衆莊嚴王如來法中有十二那庾多諸聲聞衆三十二俱胝諸菩薩衆彼時人壽三十六俱胝歳於中有人趣命終者寂慧當知而彼善現劫中莊嚴世界處于中四大洲一一四大洲其量廣闊八萬四千由旬每一由旬中有千國城郡邑聚落周帀圍繞彼莊嚴世界中有大國城名極清淨而彼國城分量廣闊北六十四由旬南四十由旬東西亦然有十千園苑而爲嚴飾國城之内復有十千州城縣邑彼極清淨國城之中有大轉輪聖王名曰持國七寶具足爲四大洲主於先佛所深植善根福德威光王中最勝不退轉於阿耨多羅三藐三菩提心寂慧而彼持國轉輪聖王所居國城縱廣正等十六由旬廣大殊妙有七重牆七寶所成其上復有七重樓閣七重寶網垂諸寶鈴牆内周帀有四大園一名衆華二名德喜三名孔雀喜四名時分快樂是諸園中各有大池一名歡喜二名喜上三名香上四名順流其池縱廣半由旬量悉以衆寶砌其堦級閻浮檀金而爲其底金沙布地八功德水充滿其中有寶蓮華彌覆其内鵝鴈鴛鴦衆鳥游泳又彼持國轉輪聖王有其七萬宫嬪婇女皆悉相好端嚴殊妙而爲女寶以用給侍是諸宫嬪皆悉已發阿耨多羅三藐三菩提心王有千子身相端嚴勇猛無畏能伏他軍人各具其二十八種大丈夫相以爲嚴飾深心淨信於阿耨多羅三藐三菩提法寂慧時彼世尊無邊功

德寶衆莊嚴王如來居極清淨大國城中彼持國轉輪聖王與諸大臣婆羅門長者乃至一切人民咸悉恭敬尊重供養其王淨信彼無邊功德寶衆莊嚴王如來及苾芻衆滿一俱胝歲承事供養廣持悦意種種飲食珍妙衣服乃至一切受用等物悉以奉上又諸苾芻衆各以三園用獻遊止寂慧彼轉輪王有諸太子心各清淨曽無放逸親近彼佛勇聞正法不以欲樂而爲染著由不放逸其心寂定聽正法故是諸太子不久之間得五神通即時各各踊身空中猶如鵝王飛騰自在從園至園從此城邑至彼城邑乃至徧遊四大洲界隨行空中説伽陀曰

諸佛出世得何利　總聚人間利復深
仁者聽法淨信心　經百劫中極難得
今此人中仙出世　宣說正法寂靜道
我今近彼善逝尊　由聞法故生善趣
聞正法已破惡趣　聞正法已善趣生
由聞法故煩惱除　心得清涼最上樂
空中說是伽陀時　此大地中六震動
天人空中出妙聲　大雨衆華生悦意
若人得見佛大師　彼功德說不能盡
應當頂禮二足尊　合掌諦誠而恭信
彼佛能知人心意　如其所應爲說法
聞法三十六俱胝　人皆住勝菩提道
復有三百俱胝人　獲得最上淨法眼
一切皆生猒離心　歸佛出家依正教
又四俱胝那庚多　人受淨戒作佛事
聽法供養佛世尊　作已各還於本處

彼諸太子說伽陀已同爲其父持國轉輪聖

王作供養事擇以龍堅妙栴檀香造作樓閣廣大殊麗妙好嚴飾縱廣正等十由旬量四方四隅分量齊等樓觀門徑悉以龍堅妙栴檀香製作圓具如天宮殿其龍堅香半兩價直過於閻浮檀金價而彼樓閣巧施工力妙好嚴成是時持國轉輪聖王欲詣世尊無邊功德寶衆莊嚴王如來所瞻禮親近聽受正法時王諸子并宮嬪眷屬侍從父王即入栴檀大樓閣中其王處于蓮華莊嚴師子座上太子宮嬪臣佐人民咸皆尊重以一切種華鬘塗香上妙衣服寶幢旛蓋微妙音樂廣伸供養復以寶網垂覆樓閣衆共執擎而將前進即時騰踊在虛空中猶如鵝王自在而行前至佛所徐徐以彼樓閣安置地已持國轉輪聖王并太子宮嬪從樓閣中安庠而下前詣佛所頭面著地禮佛雙足并苾芻衆各敬禮已右繞七帀還住佛前合掌諦誠聽受正法時彼世尊無邊功德寶衆莊嚴王如來知彼持國轉輪聖王來佛會中樂欲聽法佛即如應爲說妙法示教利喜佛言大王汝今當知有四種法若如理修行者即能安住大乘趣向勝道所有善法而無壞失何等爲四大王一者信法能向勝道復何名信謂有信故而能隨順諸賢聖種所不應作而悉不作二者尊重能向勝道以尊重故於諸聖者所說妙法而能聽受諦受法故耳無外聽三者無慢能向勝道以無慢故即能於彼一切賢聖恭信頂禮四者精進能向勝道以精進故若身若心悉得輕安所作善法皆能成辦大王此等四法若如理修行者即能安住大乘趣

向勝道

佛說如來不思議秘密大乘經卷第四

音釋

鶖音秋鳥名　熊胡弓切獸名　麞諸良切麋屬　謇吃謇九輦切吃居一切謇吃音難也　瞢莫亘切目不明也　矚朱欲切目視也

佛說如來不思議秘密大乘經卷第五 第六卷同

宋西天三藏朝散大夫試光祿卿傳梵大師法護等奉 詔譯

持國輪王先行品第五之二

復次大王有四種法若圓滿者即能安住大乘成就不放逸行心無流散何等爲四一者戒護諸根二者觀欲過失三者攝受一切作無常想四者於法決定爲勝命根大王如是四法若圓滿者即能安住大乘成就不放逸行心無流散大王有四種法王者修行若具足說名仁王何等爲四一者常不棄捨大菩提心二者以菩提教示他人三者以諸善根迴向菩提四者於佛世尊大威德力若見聞已亦復於彼一切天人聲聞緣覺所有威力生歡喜心然即唯求佛大威力大王如是四法王者修行若具足者說名仁王是故大王應當常修不放逸行信心清淨忻慕正法起樂法欲勤求正法常當遊戲正法園苑不著境界所以者何大王當知欲無猒足彼所足者是謂聖慧又復大王壽量微少命不久停往趣他世罪業可怖由是應知常當親近供養恭敬諸佛如來以此善根應於四處而用迴向何等爲四一者迴向無盡果報二者迴向無盡法門三者迴向無盡妙智四者迴向無盡辯才大王復有四法一者身清淨故能成慧行二者語清淨故能成聞行三者心清淨故能成戒行四者慧清淨故能成智行復有四法一者方便圓滿故能成熟有情二者慧圓滿故能降伏諸魔三者願圓滿故即如說能行四者值遇佛故即得一切佛法圓滿時彼持國轉輪聖王於彼佛所得聞正法示

致利喜生歡喜心適悅慶快持以無價眞珠妙寶及王者所有一切受用悉以獻佛而爲供養乃至盡壽修諸梵行奉持五戒是時王諸宮嬪於彼佛所聞正法已心大適悅踊躍歡喜各以身所著衣莊嚴具覆於佛上乃至盡壽修諸梵行奉持五戒悉發阿耨多羅三藐三菩提心時持國轉輪聖王快得善利增益法財已與諸宮嬪眷屬各各至誠頂禮佛足及苾芻衆亦悉禮敬繞七帀已即時入於大樓閣中踊昇虛空自在而行還極清淨大國城中復次持國轉輪聖王於後一時擇月圓日嚴駕出遊衆華大園而爲翫賞鼓吹清音奏妙歌樂恣其所樂嬉戲遊從是時有二最上宮女一名無毀二名無比同詣歡喜池中清淨澡沐出已衣覆處于蓮華師子之座是二宮女即於座中各有一童子自然化生跏趺而坐童子端嚴色妙無比相好圓具人所樂觀於刹那間即各踊身住於虛空是時空中有賢聖言此二童子一名法思一名法慧故此二名由斯而立彼法思童子於其無毀宮女坐中化生彼法慧童子於其無比宮女坐中化生時二童子在虛空中亦跏趺坐異口同音說伽陀曰

仁者我今得善利　所謂發生菩提心
旣發心已遇世尊　起清淨心而信禮
大海深廣難徹底　生死輪轉無休息
有情廣渡生死流　彼菩提心不捨離
有世界名無毀身　有世尊名時分王
我從彼來求法門　樂見牟尼功德聚
我時各各跏趺坐　分從二母坐中生

我父持國大聖王　故來合掌伸敬禮
願父伺察聽我說　阿庾多劫善得法
乃至圓成大菩提　所得於中不棄捨
一切唯佛出世難　父母難得居法位
法中善友刹那逢　清淨妙寶隨意現
欲及精進不放逸　出家得利具正知
勤修利益心調柔　慚愧多聞具善戒
慈悲調寂爲有情　普令獲得深法忍
精進勤力無著心　成熟攝受諸群品
心離相故得調暢　於其身命不顧惜
思惟正法如救然　願獲諸佛勝功德
父王最上難得者　我所稱讚最上法
我從彼佛刹中來　還歸彼佛本因處
我等已住菩薩位　普能攝受諸善法
刹那獲得五神通　隨念隨觀意能曉

時彼持國轉輪聖王與宮嬪眷屬并二童子智者菩薩以神通力處虛空中同詣世尊無邊功德寶衆莊嚴王如來會中到已各各頂禮佛足一切衆會普伸尊敬是時彼佛觀二童子是眞佛子樂欲聽受菩提道法佛知其意即爲宣說甚深正法佛言善男子當知諸法從緣所生中無主宰亦無作者知內是空外無所行諸法皆空虛假無實於見於作應悉清淨猶如虛空而無所取彼佛世尊如是多種廣爲宣說清淨法時會中有七十六那庾多及三俱胝人得無生法忍是時持國轉輪聖王在佛會中經七晝夜作供養已與其諸子并宮嬪眷屬於刹那間還本所居時彼輪王後於一時獨處栴檀樓閣之中登於蓮華師子之座竊作是念我此千子悉已安住

阿耨多羅三藐三菩提法然於其中何者最先得成阿耨多羅三藐三菩提果我宜設法以驗其事作是念已即勑侍人用以七寶妙巧作瓶如其分量善施作已即命各書千子名字置寶瓶中復以七寶作妙蓮華於其華中安置寶瓶然後於七晝夜廣以微妙香華塗香末香等及鼓吹歌音嚴伸供養瓶中名字是時空中有十千天人助發種種妙供養事如是供養七晝夜已普召宫嬪眷屬及王千子并二童子咸集其前復以賢妙金床安置寶瓶安已即時勑遣侍人於寶瓶中取其名字侍人如命瓶中最先取一名字前奉於王其名乃是清淨慧太子然後次第徧取其名即時於剎那間而此大地六種震動所有宫嬪先各執持諸妙樂器不鼓自鳴出妙歌音寂慧當知彼時清淨慧太子最先瓶中取其名者豈異人乎即是此賢劫中過去俱留孫如來次於瓶中取一名字其名最勝軍太子者即是過去俱那含牟尼如來次於瓶中取一名字其名寂諸根太子者即是過去迦葉如來次於瓶中取一名字其名一切義成太子者寂慧當知即我身是次於瓶中取一名字其名寶帶太子者即當成佛號慈氏如來次於瓶中取一名字其名牛王太子者即當成佛號師子如來次於瓶中取一名字其名電天太子者即當成佛號大幢如來次於瓶中取一名字其名賢王太子者即當成佛號妙華如來次於瓶中取一名字其名淨光吉祥太子者即當成佛號華氏如來次於瓶中取一名字其名蓮華眼太子者即當成佛

號善宿如來次於瓶中取一名字其名無垢光太子者即當成佛號妙眼如來次於瓶中取一名字其名淨池太子者即當成佛號妙臂如來次於瓶中取一名字其名慧王太子者即當成佛號明燄如來次於瓶中取一名字其名善莊嚴太子者即當成佛號明珠如來次於瓶中取一名字其名增長分太子者即當成佛號導師如來次於瓶中取一名字其名淨嚴王太子者即當成佛號持勝功德如來次於瓶中取一名字其名吉祥密太子者即當成佛號勝財如來次於瓶中取一名字其名妙光身太子者即當成佛號智積如來次於瓶中取一名字其名勇健太子者即當成佛號寶積如來次於瓶中取一名字其名寶稱太子者即當成佛號普光明如來寂慧當知如是等廣説彼千子中相繼而取乃至取一名字其名大峯莊嚴太子者即當成佛號無邊功德寶稱如來寂慧唯一名字在寶瓶中最後取之其名無邊慧太子而此太子於千太子中居最小位是時諸兄或輕侮言我等諸兄當成佛時已作佛事已度有情汝於最後當何所作時無邊慧太子説伽陀曰

佛法無邊如虛空　有情及慧亦無盡
行願清淨戒薰修　當聽我説此行願
諸兄壽量若干數　王者衆會數若干
如我壽量總聚之　願當爾許聲聞衆

太子説是伽陀已　空中天人讚善哉
正士意樂淨周圓　利益有情無窮盡

寂慧當知彼時最小無邊慧太子者當得成

佛號樂欲如來於賢劫中最後成佛寂慧所有賢劫中諸佛壽量及聲聞衆彼樂欲如來而悉當得是彼如來善樂欲故是故如來名爲樂欲復次寂慧汝且觀是菩薩摩訶薩善巧方便圓具淨戒無毀大願滿足勝行彼諸太子九百九十九人乃至無邊慧太子如上功德皆悉成就是時彼千太子俱謂二童子菩薩言汝此法思法慧二善男子往昔發何殊勝願力今如是邪法思童子言諸仁者我與汝等皆如金剛手菩薩相續勝行不離一切如來無上秘密不離一切佛法聽受信解法慧童子言今我諸兄具勝願力願我與汝悉證菩提成菩提已我皆勸請轉妙法輪如其願力於彼佛所受菩提記寂慧當知彼時持國轉輪聖王者豈異人乎即是然燈如來應供正等正覺往昔因中居輪王位時彼輪王千太子者即是此賢劫之中千佛如來從俱留孫如來至樂欲如來（古經不譯但云樓至）彼時法思童子於無毀宮女坐中化生者即是金剛手大秘密主菩薩摩訶薩神力所化彼時法慧童子於無比宮女坐中化生者即是尸棄梵王寂慧彼時持國轉輪聖王諸宮嬪者即是今此會中諸菩薩衆彼諸宮嬪爾時得王千子成熟化度而悉不退轉於阿耨多羅三藐三菩提心安住大乘彼諸宮嬪次第當於此賢劫中受菩提記寂慧汝復應觀緣生之法理不相違善根諸因及發心勝行果無壞失今此會中諸菩薩大士皆能增長最勝意樂

佛說如來不思議秘密大乘經卷第五

佛説如來不思議秘密大乘經卷第六

宋西天三藏朝散大夫試光禄卿光梵大師惟淨等奉　詔譯

菩提道品第六

佛告寂慧菩薩言若諸菩薩摩訶薩欲證阿耨多羅三藐三菩提果者當學彼諸大士所行非但以其語言得最勝道要當眞實修行乃得菩提正道此中云何名菩提道謂於一切衆生無諸損害隨起慈心勤修波羅蜜多以四攝法普攝一切修四梵行勤行三十七品菩提道法圓滿六種神通事業以善方便攝化衆生長養一切善根法行此說是名大菩提道復次寂慧菩提道者所謂意樂信重深心清淨正直無諂心平等故行平等法不作諸罪故無諸怖畏彼菩提道增長法故即是布施波羅蜜多彼菩提道向安樂道故即是持戒波羅蜜多彼菩提道無損害故即是忍辱波羅蜜多彼菩提道建立諸法故即是精進波羅蜜多彼菩提道無雜亂故即是禪定波羅蜜多彼菩提道善了知故即是般若波羅蜜多彼菩提道通達出生無礙智故即是大慈彼菩提道無退轉故即是大悲彼菩提道作歡喜故即是大喜彼菩提道隨入眞實故即是大捨彼菩提道去除荊棘故即能遠離貪瞋害疑等染法彼菩提道順安樂法故即心無障礙彼菩提道離險惡故即不著色聲香味觸彼菩提道離邪外法故即善觀蘊處界彼菩提道能降諸魔故即能除去一切煩惱彼菩提道是廣大法故即能遠離聲聞緣覺作意彼菩提道順正法故即能隨順先佛如來應供正等正覺彼菩提道廣能積

集大法寶故即善隨順一切智實彼菩提道常開明故即能顯發無礙智光彼菩提道爲善說者故即得諸善知識共所攝受彼菩提道離高下想故即無違順彼菩提道離塵暗故即無瞋忿疲懈彼菩提道向善趣故即能遠離諸不善法彼菩提道善住安樂方故畢竟趣證大涅槃法寂慧當知此如是等皆是菩薩所行大菩提道若非趣非道者所謂一切聲聞緣覺此中眞實建立菩薩摩訶薩悉令成就阿耨多羅三藐三菩提果

如來身密不思議品第七之一

爾時寂慧菩薩摩訶薩前白金剛手菩薩大秘密主言大秘密爲我略說如來秘密此中云何是爲如來秘密之法金剛手菩薩告寂慧菩薩言善男子諦聽諦聽我今承佛威神爲汝宣說如來秘密有其三種何等爲三一者身密二者語密三者心密云何名爲如來身密寂慧當知所謂如來於無思惟無分別中而能示現諸威儀相善男子若天若人或有見如來坐生尊重者即令彼等見如來坐或有天人樂見行者即令彼等見如來行或有天人樂見住者即令彼等見如來住或有天人樂見臥者即令彼等見如來臥或有天人樂聞說法生尊重者即令彼等見佛說法或有天人樂見寂默者即令彼等見佛寂默或有天人樂禪定者即令彼等見佛在定或有天人樂出定者即令彼等見佛出定或有天人樂見不瞬觀視者即令彼等見佛不瞬觀視或有天人樂神變者即令彼等見佛神變或有天人樂欲觀佛金色相者即令彼等

見金色身或有樂見白銀色者水精色者瑠璃色者瑪瑙色者珊瑚色者琥珀色者赤珠色者白珠色者青黄赤白等諸色者如月色者如日色者如火色者如光聚色者如帝釋色者如梵王色者如雪色者如雌黄色者如朱砂色者如水色者如無憂樹華色者如瞻波迦華色者如蘇摩那華色者如婆師迦華色者如俱毋陀華色者如鉢訥摩華色者如奔拏利迦華色者如衆妙華色者如毗沙門天王色者如持國天王色者如初開蓮華色者如吉祥藏寶色者如摩尼寶色者如帝青寶色者如虚空淨光色者此如是等種種色相乃至無邊功德色相隨喜信樂如來各各皆令彼等悉得見佛諸色相身復次寂慧乃至三千大千世界如殑伽沙數等一切衆生皆得人身彼彼衆生各於如來形顯色相及威儀事隨所思惟信解皆得成辦如一衆生如是信解亦然彼彼一切衆生皆於如來形顯色相及威儀事思惟信解皆得成辦又復衆生心所信解而各差别寂慧以是緣故如來普令一切衆生各隨信解威儀事等心生歡喜隨信解已令諸衆生了知如來威儀事等亦非如來若身若心有所動亂亦無發悟而能善知一切衆生徃昔行業心意差别是故如來隨應普現威儀事等譬如清淨圓鏡置諸方所光照衆色隨安掛處一切影像悉於中現所照平等無增無減而是圓鏡無所思惟亦無分别寂慧如來亦復如是了知一切衆生心意隨所現相悉令歡喜而佛如來無所思惟亦無分别復無發悟此即是名如

來身密復次寂慧如來身者非蘊處界之所成立非業所成非煩惱生不從父母胞胎所生非羯邏藍等大種所生非血肉染汙筋骨聯續出入息等資養所生復次寂慧如來身者即非身也所謂法身如虛空身非色相身離諸戲論無所行身若諸衆生樂見色相而生信重所應度者如來乃現色身諸對礙境若諸衆生樂法離相生信重者於一切處一切種類無對礙境天眼亦復不能觀見寂慧當知一佛會中所有大衆其見各異或有衆生見佛身者或不見者或遠處即見近處不見或近處即見遠處不見或遠處亦不見近處亦不見或專注心見散亂心不見或散亂心見專注心不見或他觀即見自觀不見或自觀即見他觀不見或夢境中見寤已不見或覺寤已見夢中不見或定中見出定不見或出定見定中不見或善相即見不善相不見或不善相見善相不見或發悟心見無發悟心不見或無發悟心見發悟心不見或加行心見無加行心不見或無加行心見加行心不見此如是等及餘無量種相觀如來身彼色界天子身相寂靜所行寂靜善威儀道住等引心善寂善調然目雖動亦復不能觀如來身分量色相何以故如來身者具無量種莊嚴色相與虛空等以其法身所成性故譬如虛空廣大無際如來身相廣大亦然又如虛空徧入一切處一切處通達如來身相亦復如是徧入一切處一切處通達又如虛空離諸戲論如來身相亦復如是離諸戲論又如虛空普能滋養一切衆生如來身相亦

復如是普能滋養一切衆生又如虚空無其種類亦無分別如來身相亦復如是無其種類亦無分別又如虚空隨入一切色相光明如來身相亦復如是隨入一切色相光明又如虚空所有一切色相光明悉住其中如來身相亦復如是一切衆生色相光明住佛身中又如虚空一切藥草樹林悉依止故而得滋長如來身相亦復如是悉能滋長一切衆生所有善根又如虚空非常非無常而不可以語言宣説如來身相亦復如是非常非無常而不可以語言宣説亦復不能觀其頂相復次寂慧我不見有世間一切天人魔梵沙門婆羅門等而能覩見如來應供正等正覺最勝頂相所以者何寂慧當知我念一時世尊如來成道未久在波羅柰國仙人墮處鹿野苑中轉妙法輪是時東方有佛世尊號瞻波迦華色世界名如幻國名調宪彼有菩薩名曰風持來此娑婆世界瞻禮親近世尊釋迦牟尼如來到已頭面頂禮佛足右遶七帀住立佛前爾時風持菩薩承佛威神即作是念今佛世尊身相廣大無量無邊不能觀其頂相我今或可於佛世尊身量邊際求以度量風持菩薩作是念已自見其身長六萬八千由旬見佛身相長八百四十萬由旬復作是念我今或以自所得者遊戲神力而可度量如來身相分量邊際耶作是念已即時菩薩承佛威神以自通力乃往上方過百俱胝殑伽沙數等佛土有世界名大蓮華佛號蓮華吉祥藏王如來現住説法教化衆生菩薩到已審諦觀察不能得見如來頂相亦復不

能度量佛身分量邊際時風持菩薩前詣世尊蓮華吉祥藏王如來所頭面禮足右遶七帀住立佛前白佛言世尊我所來此其遠近耶彼佛告言善男子過百俱胝殑伽沙數等佛國土已到此世界風持菩薩白彼佛言世尊我爲不能觀彼世尊釋迦牟尼如來頂相亦復不能觀彼佛身分量邊際故遠來此而伸請問彼佛答言善男子假使汝今盡其神力極盡上方一切世界經于殑伽沙數等劫亦復不能知彼佛身分量邊際又善男子假使盡諸喻法不能譬喻彼佛如來所有戒定慧解脫解脫知見種種功德若身語心若色若相一切喻法皆不能喻以彼如來超數法故唯除虛空而可喻之所謂如來戒定慧解脫解脫知見悉如虛空故若身語心若色若相此說一切皆如虛空是故應知虛空無量故如來身相亦復無量寂慧彼風持菩薩於彼佛所聞是說已發希有心踊躍歡喜適悅慶快即時頭面禮彼佛足右遶七帀承佛威神於剎那間隱彼佛土還復至此娑婆世界住立世尊釋迦牟尼佛前頂禮佛足右遶三帀合掌諦誠向佛世尊說伽陀曰

一切佛法極廣大　與虛空等無邊際
若人意欲度其邊　彼即自招於損害
我過百俱胝數量　殑伽沙等佛剎土
往一如來剎土中　欲觀如來身分量
我既至彼佛剎已　世界名曰大蓮華
不能觀佛頂相高　亦復不知身分量
化主世尊居彼剎　其名吉祥藏王尊
彼佛知我意所思　發如是言爲我說

若人欲以譬喻法　喻其無邊諸佛法
彼佛不可隨相知　是人返招謗佛罪
唯其一法可爲喻　與諸佛法等無異
所謂周廣太虛空　分量邊際不可得
如其虛空廣大故　佛功德聚亦復然
謂戒定慧解脱門　及彼解脱知見等
如其虛空無分量　佛色相等亦復然
頂相高廣不能觀　與彼虛空界無異
如其虛空廣大故　佛身廣大亦復然
由身廣大量無邊　光明廣大亦如是
由其光明廣大故　語密廣大亦復然
語密廣大量無邊　心密廣大亦如是
由其心密廣大故　佛慈廣大亦復然
佛慈廣大量無邊　佛智廣大亦如是
由其佛智廣大故　佛身廣大亦復然

菩提出生勝福門　廣大無際亦如是
由菩提心所生福　勝相從彼福門生
圓滿虛空界無邊　出生勝上諸功德
所有一切衆生類　普攝一切諸福蘊
一切菩薩亦復然　皆從菩提心所出
所有一切菩薩衆　宣説福蘊極廣大
若能諸持正法門　所獲福聚多於彼
假使諸佛加行智　經俱胝劫共宣揚
護持正法福無邊　畢竟不知其邊際
大菩提心所生福　護持正法福無邊
空解脱門若校量　十六分中不及一
空解脱門此所攝　亦復不離菩提心
護持正法諸福門　一切皆同此中攝
若能了此妙法趣　是即菩薩大名稱
菩提功德獲無邊　此乃是修菩薩行

我今說是伽陀時　俱胝刹土皆震動
有千俱胝衆天人　鼓吹歌音俱胝數
有千俱胝衆生數　悉發廣大菩提心
聞佛如是大威神　風持我今如實說
佛有如是不思議　無量無邊復無上
諸佛普現衆相門　即自然智眞祕密
寂慧當知如是等　說是即名爲如來祕密

佛說如來不思議祕密大乘經卷第六

音釋

瞬　輸閏切目動也　羯邏藍　梵語也此云凝滑　羯　蹇列切　邏　郎佐切　寤　五故切寐覺也

佛說如來不思議祕密大乘經卷第七 第八同卷

宋西天三藏朝散大夫試光祿卿光梵大師惟淨等奉 詔譯

如來身密不思議品第七之二

復次寂慧如來身相一衆會中有得見者有不見者其得見者歡喜瞻仰其不見者黙然懵瞪寂慧當知如來不以叚食資養或有衆生見佛亦受世間食者謂有威力具足修菩提行諸賢聖衆常隨佛後於食器中承受其食是乃衆生見佛如來數數舉食置食器中彼諸賢聖既受食已若有衆生於佛法中所應化度宿種善根業障盡者雖復在在所生不得飲食饑渴羸劣以其宿善力故彼等衆生得佛如來殘食而食食已飽滿心得輕安身肢潤益身心清淨即發阿耨多羅三藐三菩提心若諸衆生墮在地獄餓鬼諸惡趣者即不能發大菩提心以是緣故乃至盡涅槃界寂慧是故當知如來不受世間飲食如來資養所謂法食佛身堅固如那羅延天真實故不壞故金剛所成寂慧如來身者非生熟藏之所成養亦非涕洟雜惡不淨所成如來身者如閻浮檀金無鈌無斷離諸過失如來身者具大威力體堅重故猶如金剛極柔輭故如迦左隣那衣隨所觸身皆獲妙樂寂慧當知一時有諸具大威力天子天女禮敬佛足隨禮敬時手觸佛足觸已即發阿耨多羅三藐三菩提心是故當知如來不從雜染所生復次寂慧世間所有貪行衆生暫見如來身已即於自身生離貪想瞋行衆生暫見如來身已即起慈心癡行衆生暫見如來身已即得智光照耀等分行衆生暫見如來身已

即於已身離諸煩惱慳悋衆生暫見如來身已即能信解捨法破戒衆生暫見如來身已即能信解戒法清淨忿恚心衆生暫見如來身已即得忍法懈怠衆生暫見如來身已即得寂起精進散亂心衆生暫見如來身已即得寂定愚癡衆生暫見如來身已即得勝慧善男子取要而言若諸衆生暫見如來身者一切善法皆不捨離一切不善疑等染法悉得銷除安立善心然佛如來而常安住無分别捨此説是名如來身密復次寂慧又如如來化所化人作諸佛事而佛如來心無加行亦無發悟復無作意佛亦不作是念我能化彼所化人等然所化衆生可應度者若此世界若他世界乃至阿僧祇百千世界一切衆生爲成熟故作諸利益此説是名如來身密復次寂慧如來身放廣大光明具有無數百千種色其光普照十方一切殑伽沙等諸佛刹土廣爲成熟一切衆生而佛如來無所發悟亦無加行復無作意此等是名如來身密身業清淨寂慧當知今此皆是少略宣説如來身密身業清淨若廣説者縱經一劫或過一劫而亦不能得其邊際金剛手菩薩大祕密主説是如來身密不思議法時會中有十千人發阿耨多羅三藐三菩提心八千菩薩獲得忍法爾時會中有諸天人以諸妙華散於佛上及供養金剛手菩薩大祕密主是時世尊舒右金色臂置金剛手菩薩大祕密主頂上作是讚言善哉善哉祕密主汝善宣説如來身密不思議法我悉知之汝所説法我今隨喜

如來語密不思議品第八之一

復次金剛手菩薩大秘密主告寂慧菩薩摩訶薩言復何名爲如來語密語業清淨所謂如來於晝夜中成證阿耨多羅三藐三菩提果於晝夜中入大涅槃然其中間如來未嘗宣說一字亦無詮表何以故以佛如來常在三摩呬多故如來亦無出息入息若尋若伺以無尋伺故所出語言離諸邪妄而佛世尊無尋無伺無所分別無廣分別無說無示復無詮表然諸衆生亦聞如來有所宣說而是如來畢竟在定於一切種及一切時亦以文字而能詮表復無所表若有衆生因以文字生信重者而彼衆生自謂如來爲我說法然佛如來心常安住無分別捨復次寂慧如來亦非脣齒舌喉及其面門出諸音聲有所聞聽如來所出音聲從虛空出但以衆生謂佛如來所有音聲從口門出寂慧當知如來語言具有六十四種殊妙之相何等名爲六十四種一者流澤二者柔軟三者悅意四者可樂五者清淨六者離垢七者明亮八者甘美九者樂聞十者無劣十一者圓具十二者調順十三者無澀十四者無惡十五者善柔十六者悅耳十七者適身十八者心生勇銳十九者心喜二十者悅樂二十一者無熱惱二十二者如教令二十三者善了知二十四者分明二十五者善愛二十六者令生歡喜二十七者使他如教令二十八者令他善了知二十九者如理三十者利益三十一者離重復過失三十二者如獅子音聲三十三者如龍音聲三十四者如雲雷吼聲三十五者如

龍王聲三十六者如緊那羅妙歌聲三十七者如迦陵頻伽聲三十八者如梵王聲三十九者如共命鳥聲四十者如帝釋美妙聲四十一者如振鼓聲四十二者不高四十三者不下四十四者隨入一切音聲四十五者無缺減四十六者無破壞四十七者無染汙四十八者無希取四十九者具足五十者莊嚴五十一者顯示五十二者圓滿一切音聲五十三者諸根適悅五十四者無譏毀五十五者無輕轉五十六者無動搖五十七者隨入一切衆會五十八者諸相具足復次寂慧五十九者如來所出語言普令十方一切世界一切衆生心意歡喜佛亦不作是念我能宣說諸法所謂契經應頌記莂諷誦自說緣起本事本生方廣希法論議譬喻又復祕密先行法說本緣法說昔因法近說多說廣說教示安立分位分別解釋開明如來所說如是等法於彼一切大衆會中若苾芻苾芻尼優婆塞優婆夷衆會若天龍夜叉乾闥婆阿脩羅迦樓羅緊那羅摩睺羅伽等諸衆會佛能各各隨其根性精進分量如其所應爲作法施彼等衆會聞說法時皆謂所說從佛如來口門而出然所說法亦無互相語言重復而諸衆會各隨音聲曉了諸法寂慧此即是名如來語密復次寂慧六十者一切衆生其數無量一切衆生行亦無量如來所說衆生心行略有八萬四千種類但爲根性下劣衆生令其解入如來所說寂慧當知衆生心行無其分量世間所有貪行衆生瞋行衆生癡行衆生等分行衆生彼彼衆生心行差別若佛

如來於一劫中或過一劫乃至如來住世經百千劫隨幾許壽量極壽分限而亦不能說諸衆生心行邊際若佛但說衆生心行無邊際者而諸衆生不能解入返生癡迷是故如來以善方便於諸衆生無量行中略說數有八萬四千又復如來所說諸法隨諸衆生心行差別如其所應皆令開覺寂慧此即是名如來語密復次寂慧六十一者如來語祕密智隨入一切衆生心意然其語言不從如來口門中出但從虛空而出若有衆生謂佛如來所有語言從口門出者彼勿起是見何以故或有衆生見佛語言從烏瑟膩沙相出或從頂出或髮際出或從肩出或從額出或眉間出或毫相中出或從眼出或從耳出或從鼻出或從頰出或口門出或從頸出或從臂出或從手出或從指出或兩脇出或胷前出或背後出或從臍出或陰藏出或從腿出或從膝出或從腨出或從踝出或從足出或從相好中出或從一切毛孔中出如是等衆生知解有異寂慧此即是名如來語密復次寂慧六十二者如來所出語言隨諸衆生種種信解隨諸衆生心意成熟普使隨應而得了知然佛如來常住無分別捨譬如世間假法所成諸音樂器隨彼所作而悉巧妙手不觸近非假人力微風吹動出美妙聲其所出聲皆是先業差別風所吹擊如來語言亦復如是隨諸衆生一切音樂智風吹擊亦非如來勤力所出如來隨順一切衆生先業差別衆生境界如應所說寂慧譬如響聲隨有所表其所出聲非內非外亦非中間如來語言亦

復如是隨其所出但爲表了衆生心意而如來聲非內非外亦非中間又如大海之中有如意珠寶其名圓滿一切意樂懸高幢上自然出聲謂言此珠能滿一切衆生意樂而是珠寶亦無分別如來亦復如是語言妙寶深心清淨懸至大悲幢上隨諸衆生所有意樂如來出妙語言悉令曉了然佛如來常住無分別捨寂慧此即是名如來語密復次寂慧六十三者諸佛如來所有音聲無其分量我不見有世間一切天人魔梵沙門婆羅門等能知如來音聲邊際及分量者何以故我念一時佛在王舍大城鷲峯山中諸菩薩衆而共圍繞宣說音聲輪清淨法門廣爲衆生顯明宣示於後一時以慈氏菩薩摩訶薩加持力故尊者大目乾連即作是念如來音聲淨輪分量幾何遠耶作是念已乃於本坐隱而不現以自神力即往須彌山頂聽佛如來音聲遠近復運神力徧往三千大千世界又過須彌山西復過四大洲界又過鐵圍山大鐵圍山乃至世界邊際還住鐵圍山頂審聽如來音聲分量是聲平等無所增減爾時世尊知其事已即作是念大目乾連意欲度量我之音聲所有分量我於今時宜攝神力于是世尊攝神通已大目乾連承佛威神所加持故以自通力於此世界西之方分過九十九殑伽沙數佛剎土已往一世界名光明幢彼有如來號光明王現住說法教化衆生是時尊者大目乾連到彼土已審聽世尊釋迦牟尼如來音聲分量譬如十肘地方分中此聞彼人所說音聲大目乾連在彼世界聽佛音

聲亦復如是其聲平等無所增減彼光明王如來所有身量高百由旬諸菩薩身高五十由旬是時大目乾連以自神力於彼諸菩薩衆所用鉢中循環而行彼諸菩薩見是相已極生輕笑即白佛言世尊今云何有如沙門相小蟲來此鉢中循行彼佛告言諸善男子汝等不應生輕慢心所以者何今此鉢中行者是彼世尊釋迦牟尼如來上首聲聞弟子於大聲聞衆中神通第一爾時尊者大目乾連前詣光明王如來所頭面禮足右繞七帀住立佛前彼佛告言尊者大目乾連此諸菩薩有所輕笑汝今宜應承彼世尊釋迦牟尼如來應供正等正覺所加持故以自通力現諸神變尊者大目乾連白彼佛言我今如佛教勑跏趺而坐於此寶洲作變化事佛言今正是時尊者大目乾連即時湧身空中高七俱胝多羅樹量作變化事於其坐中化現百千俱胝那庾多眞珠瓔珞廣大莊嚴而彼瓔珞各出百千俱胝光明一一光明門皆生蓮華是諸蓮華臺中皆有世尊釋迦牟尼如來形像安處其上彼如來像皆悉宣說妙音聲輪清淨正法大目乾連白彼佛言世尊我今跏趺而坐於此四大洲一切世界亦能作諸神通變化乃至此小千世界中千世界三千大千世界悉能作諸神通變化彼佛告言今正是時爾時尊者大目乾連如其所應現神變已收攝神力還住佛前時彼諸菩薩衆咸生希有之心前白佛言世尊今此尊者大目乾連其何所爲到此世界彼佛告言諸善男子此大目乾連爲欲度量彼世尊釋迦牟尼

如來聲輪分量故來至此時彼世尊光明王如來告尊者大目乾連言汝自令而往勿復再起是心欲度如來聲輪分量謂以如來清淨音聲無其分量不可度量故假使以汝威勢神力極西方分經于殑伽沙數等劫畢竟不能得彼世尊釋迦牟尼如來音聲妙輪分量邊際以佛如來音聲妙輪無分量故

佛説如來不思議祕密大乘經卷第七

佛說如來不思議祕密大乘經卷第八

宋西天三藏朝散大夫試光祿卿光梵大師惟淨等奉詔譯

如來語密不思議品第八之二

爾時尊者大目乾連禮彼佛足作是白言世尊我今悔罪我今悔罪我於釋迦牟尼如來無量音聲清淨妙輪輙欲度量我斯深罪又復世尊我所來此幾何遠邪彼佛答言大目乾連汝過九十九殑伽沙數等世界已到此剎中大目乾連白言我此所來而極遥遠身力疲懈不能還復本剎土中彼佛告言大目乾連於汝意云何汝勿起是見謂汝以自神力能到此剎何以故但以釋迦牟尼如來加持力故汝能至此汝今欲還本剎土者應向彼佛處伸敬禮大目乾連汝今當知若以汝自通力欲還本土縱經一劫亦不能往或復未至彼土中間而入涅槃大目乾連汝今至此東西南北謂何方分邪大目乾連言我心迷昧不知今時在何方分彼佛告言以是緣故汝今當知若以汝自通力縱經一劫畢竟不能還彼剎土大目乾連言彼世尊釋迦牟尼如來今在何方彼佛告言大目乾連彼世尊釋迦牟尼如來現處東方是時尊者大目乾連即向東方五輪著地至誠敬禮世尊釋迦牟尼如來說伽陀曰

二足聖尊攝受我　人天供養大威德
無邊智具無邊音　我今欲還於本土

寂慧今此王舍城鷲峯山中一切衆會以釋迦牟尼如來威神力故悉聞尊者大目乾連號哭之聲爾時尊者阿難前白佛言世尊今此所聞號哭之聲爲何相邪佛言阿難此是

目乾連苾芻往西方分去此佛刹過九十九殑伽沙數等刹土到光明幢世界世尊光明王如來刹中現在於彼將欲還復此娑婆界故有如是號哭之聲阿難白佛言世尊尊者大目乾連以何緣故到彼世界佛言阿難大目乾連將還此土其事因緣汝自當知爾時鷲峯山中一切衆會合掌恭敬咸白佛言世尊我等樂見彼光明幢世界瞻覩世尊光明王如來及欲見彼諸菩薩衆并尊者大目乾連爾時世尊受勸請已即於眉間放大光明名一切處通達其光普照九十九殑伽沙數等佛刹相續不斷於彼光明幢世界廣大照耀是時此會一切大衆悉得見彼光明幢世界瞻覩世尊光明王如來及見彼諸菩薩及見大目乾連五輪著地向佛作禮發聲號哭

爾時世尊釋迦牟尼如來告尊者大目乾連言汝今宜應隨光所照來復此土爾時尊者大目乾連承佛世尊大光明輪於思念間即時還此娑婆世界住立佛前向佛世尊頭面禮足右繞七帀重復諦誠五輪著地作是白言世尊我今悔罪我今悔罪我於世尊無量音聲清淨妙輪輒欲度量我斯深罪故我遠適他界聽佛音聲旣至彼已所聞佛聲與此無異佛言目乾連如汝所説如來音聲無有分量猶如虛空無其分量復無邊際不可度量若其虛空可度量者如來音聲亦可度量何以故虛空廣大故如來音聲亦復廣大當王舍城中往昔説是大目乾連去來事時有十千人發阿耨多羅三藐三菩提心金剛手菩薩告寂慧菩薩言寂慧當知此即是爲如

來語密復次寂慧六十四者所有一切衆生心心所轉而一衆生心多於彼寂慧菩薩言大祕密主若一衆生心心所轉假使徧滿三千大千世界一切衆生皆居緣覺之地縱經一劫而亦不能思惟稱量校計伺察何況一切衆生金剛手菩薩言寂慧我今告語於汝使汝開覺所有一切衆生心心所轉即彼如來音聲妙輪出種種聲宣說法時令諸衆生咸生歡喜然佛世尊常住無分別捨爾時金剛手菩薩說伽陀曰

三千世界諸衆生　一切皆證緣覺果
縱經一劫盡籌量　一衆生心不能曉
世間所有一衆生　唯佛能知彼心意
隨衆生心雖了知　佛無發悟無分別
乃至一切衆生類　總聚思惟有其三
世尊隨順如所應　淨妙聲輪宣正法
法中自在演妙音　一切聞者咸欣悅
隨所宣說名相生　以諸法名善開示
所有一切衆生類　色相名字及思惟
一毛孔中放光明　如來隨應善分別
所有世尊大慈化　一切毛孔放光明
光明超勝人中尊　音聲輪中宣妙法
假使佛經一劫中　以諸譬喻善宣說
然佛語及音聲輪　畢竟不得其邊際
一切煩惱無色相　所說語言亦無相
由其語言無相因　煩惱無相自息滅
是故語言諸色相　於一切處不可得
以其畢竟無得故　煩惱色相亦如是
由其語言不實故　所說非內亦非外
煩惱不實亦復然　染性非內亦非外

以無少法可得故　佛所説言徧十方
煩惱無得亦復然　是故有所言宣説
一切衆生語言道　上中下品有其三
語言非身亦非心　此中無住非無住
譬如假法成樂具　由風吹擊衆音聲
所出音聲無所從　是中亦無造作者
由其宿昔善淨住　一切衆生意風吹
故佛世尊出妙音　然佛亦無分別想
譬如應聲而對響　音響非内亦非外
人中尊出妙語言　非内非外亦如是
又如珠寶無分別　令諸衆生喜樂生
佛無分別亦復然　一切音聲皆圓滿

復次寂慧當知如來語祕密智隨入一切衆生宣説諸法所有三千大千世界一切衆生種種生處如來隨入一切衆生語言音聲以種種名字安立四諦寂慧如其所説苦苦集苦滅向苦滅道諦

所有地居諸天作如是説

珂吠珂嚩牟黎珂嚩那曳珂嚩度嚕

即是此説苦苦集苦滅向苦滅道諦

彼空居諸天作如是説

多哩帝阿嚩哩帝阿嚩哩多尾誐彌阿嚩哩多伱薩多囉尼

即是此説苦苦集苦滅向苦滅道諦

彼四天王天作如是説

伊尼　彌尼　捺紕　捺羅紕

即是此説苦苦集苦滅向苦滅道諦

彼忉利天作如是説

阿嚩哩多伱　阿西嚩帝　叉野嚩帝　叉野耨誐彌

即是此說苦苦集苦滅向苦滅道諦
彼夜摩天作如是說
輸黎 輸羅西嚩你 輸羅叉曳 輸羅叉
野 婆嚩你
即是此說苦苦集苦滅向苦滅道諦
彼兜率天作如是說
烏珂黎 目珂黎 尾嚩努 散左哩
即是此說苦苦集苦滅向苦滅道諦
彼化樂天作如是說
多囉多 散多囉多 多囉叉野多囉目珂
即是此說苦苦集苦滅向苦滅道諦
彼他化自在天作如是說
訶訶呼 訶訶尾那曳 訶訶尾誐彌 訶
囉你誐彌
即是此說苦苦集苦滅向苦滅道諦
彼魔眾天作如是說
盎誐覽 盎誐囉毋藍盎誐囉播都枲 盎
誐囉你悉帝囉赦
即是此說苦苦集苦滅向苦滅道諦
彼梵眾天作如是說
秫毗 秫毗葛哩 秫毗尾舍那 秫婆嚩
哩多那
即是此說苦苦集苦滅向苦滅道諦
彼梵輔天作如是說
彌訶哩僧訶哩 娑囉尼 娑囉娑囉尼
即是此說苦苦集苦滅向苦滅道諦
彼梵會天作如是說
没囉拏 没囉拏散提 没囉拏没嚕訶拏
没嚕訶努波舍摩
即是此說苦苦集苦滅向苦滅道諦

彼大梵天作如是說
多囉訥哩　多囉左俱哩　多薩布哩俱囉
嚩訶你
即是此說苦苦集苦滅向苦滅道諦
彼少光天作如是說
呬呬　係呬　呼護　訶囉奴散提
即是此說苦苦集苦滅向苦滅道諦
此下合有無量光天光音天說四諦文梵本元闕
彼少淨天作如是說
烏呬多　你嚩呬多　你誐叱多　你誐摩
你
即是此說苦苦集苦滅向苦滅道諦
彼無量淨天作如是說
西嚩你　散西嚩你　刹野西嚩你　阿西
嚩你

即是此說苦苦集苦滅向苦滅道諦
彼徧淨天作如是說
波哩砌祢　波哩砌努捺曳　嚩那俱黎
菩陀尾秫提
即是此說苦苦集苦滅向苦滅道諦
彼廣果天作如是說
阿訖哩多　阿迦囉尼　阿囉拏尾誐帝
迦囉拏你瑟恥
即是此說苦苦集苦滅向苦滅道諦
於第四禪九天之內合有無雲福生無想三天梵本元闕
彼無煩天作如是說
阿耨誐摩那　阿那　誐摩那　阿耨散提
阿耨散提誐摩那
即是此說苦苦集苦滅向苦滅道諦
彼無熱天作如是說

秫提　秫馱嚩帝　秫馱波哩　秫提　秫馱誐摩你

即是此說苦苦集苦滅向苦滅道諦

彼善見天作如是說

鉿摩摩　鉿摩彌　摩那耨誐摩野　摩那耨誐摩

即是此說苦苦集苦滅向苦滅道諦

彼善現天作如是說

目訖底　目訖多嚩底　目訖多母黎　目訖多摩多耨散提

即是此說苦苦集苦滅向苦滅道諦

彼色究竟天作如是說

你瑟恥　阿顛多　你瑟恥　訶羯臘波你阿鉢囉底散提

寂慧當知如是等諸天各各以其隨天語言安立四諦并餘龍衆夜叉衆乾闥婆衆阿脩羅衆迦樓羅衆緊那羅衆摩睺羅伽衆及堅身夜叉衆持鬘夜叉衆等各以彼彼種類語言安立四諦寂慧此閻浮提諸國土中少略而言滿千國土乃至十六大國一切人衆隨彼方處種種語言種種音聲種種心想如來隨入一切語言音聲施設名字所立四諦悉能解了所謂尸迦國人乃至世界邊際所住國人如是等閻浮提中滿千國土一切人衆種種語言種種音聲種種心想施設名字各說四諦如來隨入一切語言音聲悉能解了亦非如來心識語言有所流散寂慧此小千世界中有九十四俱胝那庚多百千種類語言名字各說四諦總攝一切所說言音皆悉同歸一四諦義即是勝義諦即是無生諦即

是如實諦即是不動諦寂慧此即是爲如來語密復次寂慧如來語言而能斷除一切衆生疑惑不決所謂十方無量阿僧祇世界普攝一切衆生以佛智所知而衆生界多於地界寂慧正使一切衆生各各獲得智慧具足與尊者舍利子等無有異以是緣故一切衆生各各皆以如舍利子所等智慧以疑惑事於一劫中或過一劫共相問難思惟稱量伺察而一衆生復勝於一是諸衆生以所疑事互思惟已一時俱來請問世尊時佛世尊於彈指間應問皆答是故世尊隨了一衆生所起心念普攝一切衆生咸以一音悉爲宣說斷諸疑網令諸衆生得斷疑已咸生歡喜寂慧此即是名如來語言普能斷除一切衆生疑惑不決然非如來心及語言有所動轉一切皆是如實所說寂慧當知如是等說皆是如來祕密之語希有之語此即名爲語業清淨金剛手菩薩大祕密主說是如來語祕密時會中有三萬二千衆生發阿耨多羅三藐三菩提心十方一切諸佛刹中所有賢劫諸菩薩衆各各在彼佛世尊所修梵行者是諸菩薩爲供養佛及金剛手菩薩大祕密主故垂諸寶蓋散以妙華是華盤旋來此會中散於佛上及金剛手菩薩之身乃至徧散一切衆會其諸寶蓋旋復空中住佛頂上而諸寶蓋出妙音聲作如是言我等賢劫諸菩薩衆遣此奉用供養世尊及金剛手菩薩大祕密主惟願攝受隨佛如來向所宣說未曾有法一切衆會皆悉聞已各復增勝發希有心即向金剛手菩薩大祕密主䖍伸頂禮極生最

上信重之想咸作是言大祕密主我等今時快得善利獲聞金剛手菩薩宣說如來語密不思議法門若諸衆生聞此所說信解無疑是諸衆生所得人身功不唐棄即爲如來所應化度彼得不退轉於阿耨多羅三藐三菩提爾時世尊普告一切衆會讚言善哉善哉乃謂寂慧菩薩摩訶薩言寂慧當知所有如來眞實之理如來正法如來所行一切世間實難信解而此正法金剛手菩薩大祕密主能善宣說若諸衆生不久當得具是法者即能於此所說正法隨其聞已而生信解生信解已即能受持不驚不怖隨入義趣了眞實性是人當得受阿耨多羅三藐三菩提記當佛如來稱讚金剛手菩薩大祕密主善說法時十方無量阿僧祇世界六種震動有大光明普徧照耀空中自然雨衆妙華鼓吹歌音種種振擊有阿僧祇衆生發菩提心阿僧祇菩薩得隨順忍阿僧祇菩薩得無生法忍阿僧祇菩薩善根成熟故得一生補處時彼大衆會中佛世尊前六萬八千由旬之內地界忽然而悉破裂大水騰涌如惡叉聚高起空中徹于梵界時此一切三千大千世界香華充滿是時佛告寂慧菩薩摩訶薩言寂慧汝今見此水騰涌不寂慧菩薩白佛言我見世尊今此所有是何先相佛言寂慧今此大地忽然破裂水騰涌者非所思念其有受持此正法者彼等衆生亦復如是於正法中解如實理豁然開悟而彼所有一切無明見等諸罪業門悉能開豁無盡法光勝慧辯才所說理教皆能出現乃至金剛手大士善爲衆生

宣說正法令諸衆生心生歡喜寂慧當知今此正法悉是如來不共勝相

佛說如來不思議祕密大乘經卷第八

音釋

懵瞪 懵母總切瞪澄應切懵瞪不明貌 腨 乳兖切腓腸也 踝 户瓦切足骨也 紕 蒲糜切 盎 於浪切 赧 乃版切 [illegible] 牟含切

佛說如來不思議祕密大乘經卷第九 第十同卷

宋西天三藏朝散大夫試光祿卿光梵大師惟淨等奉 詔譯

如來心密不思議品第九

復次金剛手菩薩大祕密主告寂慧菩薩摩訶薩言復何名爲如來心密心業清淨寂慧譬如無色界天衆生生已同以一識而爲所緣住八萬四千劫彼識亦非隨餘識轉盡壽邊際於彼滅已隨業成熟隨處受生如來亦復如是以無住識於晝夜中菩薩成證阿耨多羅三藐三菩提果於晝夜中如來入無餘依大涅槃界於其中間而佛如來無心可轉無心伺察無心不伺察無心知解無心思念無心限量無心積集無心離散無心動亂無心可高無心可下無心防衛無心趣向無心勇悍無心觀矚無心惱害無心流蕩無心寂定無心喜悅無心逼惱無心安處無心徧行無心分別無心差別無心徧計無心在止無心在觀無心隨流於識無自心建立無他心觀察無心依止於眼無心依止耳鼻舌身意無心依止色無心依止聲香味觸法無心住所緣處無心住意處無心住內處無心住外處無心依法行無心依智行無心觀察過去未來現在等法寂慧此是如來心業清淨如來心者無少法可取於諸法中但以無著無礙知見而轉如來自心既清淨已於諸衆生不清淨心亦復不見於彼有見及彼無見無所分別雖有所見而無戲論見無所見是名爲見彼如來智不與肉眼所見相應不與天眼所見相應不與慧眼所見相應不與法眼所見相應不與佛眼所見相應不與天耳所

聞相應不與他心智所知相應不與宿住隨念智所思相應不與神通智所作相應不與有漏智相應於彼一切法所可相應者謂一切法無礙之智然佛如來而無加行亦無發悟復無作意善住如來智光明中觀察一切衆生心行了知一切法若染若淨所有如來十力四無所畏十八不共佛法以如來智悉不捨離然佛如來於是法中而無加行亦無發悟復無作意如來離心意識常住三摩地中亦不捨離一切佛事於一切佛法無礙智中而無所著寂慧譬如如來化如來像彼所化像無心意識無身行語行意行所轉以佛加持力故而能施作一切佛事如來亦復如是與所化像等無異故見一切法皆悉如化故無分別於身語心無所發起而能施作一切佛事然無加行亦無發悟復無作意何以故如來了知一切法相自性如化是故如來自覺悟已爲悲愍故方便開覺一切衆生寂慧當知彼如來智不住有爲不住無爲不住蘊處界不住於內不住於外不住善法不住不善法不住世間不住出世間不住有罪不住無罪不住有漏不住無漏不住過去不住未來不住現在不住擇滅不住非擇滅如是乃至不住於識如來於一切衆生心行意樂之中但以無著無礙知見而轉然無加行亦無發悟復無作意寂慧此即是爲如來心密不思議法是故當知如來常在三摩呬多亦不捨離一切衆生心意表了

稱讚金剛手菩薩大祕密主功德品第十

爾時尊者舍利子前白佛言世尊所有十方

世界賢劫諸菩薩衆現於諸佛世尊所修梵行者彼金剛手菩薩大祕密主於是諸菩薩衆中常隨何等菩薩之後佛言舍利子止止此是不思議行世間天人於菩薩行不生信者返招迷亂若有衆生爲善知識所攝受者即於是中聞已淨信不生驚怖舍利子白佛言我於如來極生淨信惟願世尊爲我宣説佛言舍利子金剛手菩薩大祕密主常隨我後汝能見不舍利子白佛言我以世尊威神力故今方得見亦非宿昔自能知見佛言舍利子如是如是汝今當知彼賢劫中諸菩薩衆而金剛手菩薩大祕密主常隨其後於一切處現金剛手菩薩形相以宿願力及神通力故能如是舍利子乃至三千大千世界所有一切諸衆生類而是金剛手菩薩大祕密主現本形相亦常隨後然於所現加持智力亦未圓滿又舍利子彼金剛手菩薩常隨慈氏菩薩之後汝能見不舍利子白佛言世尊我今初見非昔所見佛言舍利子彼常隨後汝自不見他方世界若諸菩薩若梵王帝釋護世天等常來見彼金剛手菩薩執金剛杵隨慈氏菩薩之後又舍利子或於一時彼賢劫中諸菩薩衆爲慈氏菩薩現俱胝那庾多百千種諸變化事而是金剛手菩薩大祕密主亦隨彼諸菩薩之後助加持故又舍利子乃至如來作變化事時彼金剛手菩薩大祕密主亦隨佛後以願力故助揚聖化舍利子是故當知此如是等皆是金剛手菩薩大祕密主不思議神通加持智力悉具足故

菩薩苦行超勝以受食緣成熟衆生品第十

一爾時寂慧菩薩摩訶薩白金剛手菩薩大祕密主言祕密主汝可樂説菩薩苦行詣菩提場降伏魔軍轉正法輪莊嚴佛土等事我今欲聞願爲開發此如是等希有之事汝現證知金剛手菩薩大祕密主告寂慧菩薩摩訶薩言寂慧當知菩薩苦行等事具有無量功德莊嚴假使住世一劫盡其壽量而亦不能廣分明説我今爲汝略説寂慧菩薩苦行非一種相菩薩但爲降伏諸魔及外道故乃至禁戒諸相或五熱炙身及餘一切威儀事等悉爲降伏諸魔外道令其最勝最上出過於彼所有禁戒修行諸難作事彼諸外道不能作者菩薩一切悉能現作使其超勝寂慧或有衆生見其菩薩一足翹立或見菩薩舉其雙臂或見菩薩向日諦瞻或見菩薩五熱炙身或見菩薩肘步而行或見菩薩竚立不動或見菩薩上起雙足或見菩薩頭頂向下或見菩薩卧於棘上或見菩薩卧牛糞上或見石上跏趺而坐或卧墻上或卧果菰之上或卧椽上或卧土上或著蓑衣或著草衣或著鹿皮衣或以衣覆身或復裸形或隨日而轉或著塚間衣或著樹皮衣或食莠稗或食於根或食於葉或食於華或食於果或食於莖或食於枝或食藕根或六日不食或食穢豆或食穢稻或食蕎麥或食菉豆或食青豆或食於稻或食脂麻或食秔米或但飲水而爲資養或食酥滴或食蜜滴或食乳滴或常不食或魔衆中住或單已坐或一向立寂慧此如是等諸威儀事及餘無量難行苦行菩薩

爲降伏外道故悉能現同彼苦惡相菩薩如是於六年中未嘗壞彼一威儀相示現滿足禁戒修行精進治鍊菩薩所作最勝最上堅固不退如是六年現作諸相亦無餘信解者更互得見所修禁戒所有別外修禁戒者見彼菩薩如是所修皆悉降伏寂慧菩薩於一切處所作所現悉住捨心離諸過失復次寂慧菩薩如是修苦行時有六十四那庾多天人於三乘中善根成熟寂慧當知有諸天人具大信解作善業者彼見菩薩在寶樓閣中安詳而坐入阿塞頗那迦定受定中樂菩薩經六年已從定而起諸天人中有法欲者志求法者爲彼成熟如應說法彼諸天人見是菩薩聞所說法悉無別異所作事業寂慧當知此名菩薩大智積集大悲方便解入不思議甚深理法降伏一切邪魔外道入苦行智清淨法門又復寂慧菩薩於六年中成辦如是所應示現極難行事過六年已往泥連河隨順世間澡沐作淨旣沐身已住於岸側是時有一聚落中女其名善生犂以百牛成乳糜粥淨心捧持詣菩薩所而以上之是時復有六十俱胝天龍夜叉乾闥婆阿修羅迦樓羅緊那羅摩睺羅伽等衆各各辦造上妙飮食持奉菩薩咸作是言惟願菩薩大士受我飮食惟願大士受我飮食寂慧是時菩薩最先受彼善生女人所施乳糜其彼六十俱胝天龍夜叉乾闥婆等所施飮食亦悉受之互不相見各各皆謂菩薩受我所施飮食菩薩受已當證阿耨多羅三藐三菩提果菩薩普爲所施諸衆成熟阿耨多羅三藐三菩提善

根法故寂慧此即是爲菩薩苦行超勝以受
食緣成熟衆生方便勝行

佛說如來不思議祕密大乘經卷第九

佛說如來不思議祕密大乘經卷第十

宋西天三藏朝散大夫試光祿卿光梵大師惟淨等奉　詔譯

菩薩詣菩提場品第十二

爾時菩薩既澡沐已復受飲食身力充實即時往詣大菩提場到已告語善地天子并諸地居天子衆等說伽陀曰

任持大地不動搖　菩薩離愛斷害者
今此樹下證菩提　汝等莊嚴於此地
善哉地居天歡喜　普徧清淨三千界
廣散最上妙香華　徧灑香水皆清淨
所有堅手及持鬘　常憍天等至空居
歡喜瞻仰菩薩尊　散衆妙華伸供養
四護世天并衆會　乃至一切四大洲
徧三千界金網嚴　覆以供養人中勝
三千界中帝釋主　供養菩薩大威德
如廣勝殿天妙嚴　三千界嚴亦如是
夜摩天衆咸欣悅　覆瑠璃網以嚴治
廣三千界寶珍奇　爲人中仙伸供養
兜率天衆咸欣悅　布眞珠網作嚴飾
珠瓔其猶半月形　復散眞珠廣如雨
化樂天王并天衆　閻浮檀金爲寶網
金網寶鐸出妙聲　徧三千界聞皆喜
諸有天中淨妙寶　無邊照耀淨光明
他化自在天所嚴　供養一切義無畏
所有龍及乾闥婆　摩睺羅伽修羅等
各於自宮廣莊嚴　及以妙嚴於欲界

復次寂慧是時大梵天王見是菩薩詣菩提場殊勝相已即告一切梵衆天子言汝諸仁者知是事不今此菩薩摩訶薩於大誓願廣大甲冑而不棄捨復於堅固甲冑無懈退意

能善成辦諸菩薩行修諸波羅蜜多善住彼岸於一切菩薩地中善得自在一切菩薩意樂悉能清淨復善通達一切衆生種種根性深入一切如來祕密分位諸魔業道已悉超越於一切善根得不壞信諸佛威神共所建立普示一切衆生正解脱道爲大導師摧破一切魔外境界三千大千界中一勇猛尊積集法藥爲大醫王覆以解脱繒帛爲大法王放大慧光建大法幢世間八法皆不能染眞實清淨大蓮華生於一切法總持無忘大海出生離諸增損不動不摇如須彌山妙善無垢妙善清淨自淨妙慧大摩尼寶之所出生一切法中而得無礙大梵所生心業調暢具如是等功德菩薩今詣大菩提場欲證阿耨多羅三藐三菩提果降諸魔軍爲令圓滿如來十力四無所畏十八不共佛法普爲一切轉大法輪作獅子吼於諸衆生廣行法施令諸衆生法眼清淨以其正法攝伏一切邪異外論爲欲圓滿往昔誓願爲欲親近諸佛世尊於諸法中得富饒自在汝諸仁者當發勤勇之心於菩薩所親近供養時大梵天王以清淨心復告一切梵衆天子言諸仁者今此菩薩於多百千劫中精修禁戒是即最上清淨大士今詣大菩提場將成正覺汝等宜應於一切三千大千世界廣作殊妙莊嚴等事

爾時大梵天王説伽陀曰

清淨大士戒決定　廣爲人天作利益
人中天俱天中天　詣菩提場大寂默
降伏一切魔軍衆　一切智智眞覺了
一切佛法悉圓明　轉正法輪行利樂

大智一振獅子吼　一切衆生聞皆喜
令開法眼清淨因　人中尊詣菩提樹
邪異外論皆攝伏　往昔誓願悉周圓
正覺事業現今成　人中尊詣菩提樹
善哉和合皆專志　普徧地方作莊嚴
三千大千世界中　普見莊嚴於欲界
如其欲界所嚴事　色界莊嚴亦復然
善哉梵衆清淨心　廣作莊嚴三千界
欲界所現供養事　上界亦現諸供養
徧散最上妙香華　寶嚴衆樂皆吹擊
三千世界諸天衆　見聞欣躍伸敬禮
乃至色究竟天中　各各自宮廣嚴飾
上中復上勝中勝　普現莊嚴衆天宮
天女六十百俱胝　建菩提場金剛座
一切徧灑於香水　復散種種微妙華
徧列衆寶此地方　大菩提場廣嚴好
語不能讚諸功德　此有無量種莊嚴
大士決定戒精修　世間善利大威德
將詣菩提樹王下　降伏魔軍諸惡慧
一切和合聖者行　廣作三千界嚴飾
天人中尊法自在　供養彼得無邊福
梵衆聞彼人中尊　殊妙莊嚴三千界
妙華寶幢作嚴事　變化世界寶所成
俱胝妙蓋化空中　如日月光極嚴麗
娑羅樹華衆最上　化現悉如歡喜園
大仙循道歡喜行　變化莊嚴七車量
寶成金蓮華密覆　七重界道而圍繞
帝釋天主作莊嚴　人天希有昔未見
如忉利天廣勝殿　四大洲嚴亦復然
夜摩兜率化樂天　他化嚴同色究竟

勇發勤力皆迅疾　共嚴最上菩提場
如欲界中勝莊嚴　天龍等衆亦如是
於刹那間皆化現　菩薩於中所行詣
四方天女數俱胝　詣菩提樹衆圍繞
塗香末香衆妙華　一切處灑妙香水
大菩提樹本妙嚴　如忉利天園生樹
所有一切莊嚴事　語不能讚諸功德
那庾多數彼諸天　彼彼莊嚴皆殊妙

復次寂慧菩薩既至菩提場已始下雙足千輻輪相按彼地時即有廣大光明出現是光普照一切地獄傍生餓鬼趣中諸衆生類蒙光照燭所受諸苦暫得停息迦黎迦龍王宮中大光普照爾時迦黎迦龍王見是菩薩光明照已心生歡喜踊躍慶快即時爲彼自宮眷屬及諸龍衆說伽陀曰

如金色光極晃曜　大明照我龍王宮
我蒙光照適其身　亦復心生大歡喜
如我於彼先佛所　昔曾見此瑞光明
而今所覩定無疑　佛大無畏當出世
汝等各持妙香華　塗香末香華鬘等
眞金及彼摩尼珠　以爲瓔珞并上服
復持種種妙樂具　珠寶所嚴衆旛蓋
及寶所成妙髙幢　爲人大師伸供養
所有龍王妙宮殿　廣大莊嚴悉清淨
汝等應生歡喜心　皆同覲詣於佛所

爾時迦黎迦龍王與自宮人眷屬并諸龍衆各持種種上妙香華衣服幢蓋及衆樂具鼓吹歌音上踊空中香水如雲徧灑一切復雨龍華龍眞珠等如是廣以龍王威神龍王通力現諸化事詣菩薩所到已即時與諸眷屬

禮菩薩足鼓妙音樂處伸供養作供養已是
時龍王右繞而住說妙伽陀伸讚歎曰
人中尊放大光明　普照一切佛刹土
刹那惡趣苦皆停　我等龍宮俱照耀
龍衆蒙光照燭已　咸生歡喜作是言
菩薩成佛定無疑　金色光明乃如是
有那庾多龍女衆　恭敬捧持妙香華
及勝衣服妙旛幢　詣菩薩所伸供養
今此地方華蓋等　一切殊妙廣莊嚴
又復藥草諸樹林　低垂悉向菩提樹
江河停流而寂靜　風止搖擊悉安然
菩薩今日證菩提　世間最勝降魔者
梵王帝釋諸光明　日月光等悉映蔽
蒙光照者得清涼　佛出世故咸歡喜
復有諸妙吉祥瓶　右旋宛轉在空中
仙衆龍衆等居空　右旋其狀亦如是
世間若天若人等　各各至誠伸供養
菩薩今日證菩提　爲求慧者開正道
我等今日於佛所　增益威光得善利
我昔供養拘留孫　及迦諾迦大聖主
迦葉最上人中勝　乃至今供釋迦仙
此求菩提大神通　最勝希有昔未見
具德最上人中尊　出大梵音獅子吼
堅求菩提決定心　是心超勝無比等
而彼日月可墮落　須彌山王可破壞
今日不圓十力尊　世間無復有是處
復次寂慧時迦黎迦龍王上首之妃名曰金
光與諸龍女恭敬圍繞持以種種殊妙寶蓋
種種妙衣及天華鬘種種巧嚴眞珠瓔珞種
種上妙摩尼珠寶及彼種種衆妙香瓶奏妙

歌音詣菩薩所到已禮敬散諸寶華而伸供養住菩薩前說伽陀曰

心無動亂無恐畏　無貪無瞋亦無癡
能調難調無染尊　能離諸惡無所著
我今頂禮淨解脫　大仙拔除諸疑箭
以大智光破無明　能度世間諸苦惱
世間無依無救者　菩薩善爲作依救
光明普照三界中　天人歡喜心清淨
空中徧雨衆妙華　及散妙衣廣嚴飾
如是勝相我所知　今日大仙成正覺
勝者勇詣菩提樹　降伏諸魔無染尊
煩惱黑暗網蠲除　證大菩提心寂靜
汝經多俱胝劫中　於先佛所求菩提
難行能行爲世間　今時圓滿勝意樂

復次寂慧爾時菩薩將成正覺有諸賢聖以威神力而爲警發即時有一刈草之人名曰吉祥自然住立菩薩之右持以淨草是草柔輭如孔雀項復如迦左隣那衣色香具足一一右旋時刈草人即持其草詣菩薩前奉上菩薩深發最勝阿耨多羅三藐三菩提心復次寂慧彼時吉祥刈草人者以宿願深固昔發願言願我悉於賢劫之中諸菩薩衆成正覺所大菩提場皆布淨草何以故寂慧我念過去於此賢劫之前九十一劫中有佛出世號毗婆尸如來應供正等正覺明行足善逝世間解無上士調御丈夫天人師佛世尊彼佛法中圓滿一千大菩薩衆修持梵行時彼世尊爲賢劫中諸大菩薩授阿耨多羅三藐三菩提記是時有一長者名曰具慧在大會中聞彼世尊授諸菩薩菩提記已即發阿耨

多羅三藐三菩提心時彼長者發是願言願我於此賢劫諸佛如來菩提場中悉布勝妙獅子之座或施淨草寂慧當知無復疑念彼時具慧長者豈異人乎即是釋迦菩薩成正覺時奉淨草者吉祥刈草之人以是緣故汝今應知彼吉祥刈草之人隨宿願力於諸佛所或施淨草或布妙好獅子之座隨諸衆生信解智力善根成熟其事如是復次寂慧是時菩薩既至菩提樹已彼菩提樹神及十千天女皆悉捧持諸上妙華及塗香等詣菩薩前各以所持諸妙香華用散供養各各頭面禮菩薩足異口同音說伽陀曰

歸命威德大無畏　善寂善調破諸惡
離過勇猛大威光　清淨導師無染者
能救無依諸苦惱　唯一聖尊施諸樂
世間煩惱病能除　爲大醫王普救療
歸命清淨大名稱　天歡喜散華如雨
決定令速證菩提　起大慈心攝一切
往詣樹王登勝座　摧破一切諸魔闇
覺悟寂靜證菩提　亦如先佛所證悟
俱胝劫修清淨行　難作能作利世間
大仙意樂今已圓　安坐樹王成正覺

復次寂慧是時菩薩持以淨草詣菩提場到已即於金剛座上自布其草然後乃向菩提樹王恭敬頂禮右繞七帀菩薩布草之後是時即有八萬四千天子持以八萬四千妙好莊嚴獅子之座奉上菩薩其座高廣嚴好殊麗衆寶莊飾覆以寶網及眞珠網復垂珠瓔而爲交絡妙巧施設無數百千上妙衣服菩薩爾時即現其身各各安處八萬四千獅子

座上彼諸天子互不相見皆謂菩薩在我所施獅子座中菩薩坐已成證阿耨多羅三藐三菩提果是諸天子咸生歡喜清淨之心皆悉不退轉於阿耨多羅三藐三菩提

佛說如來不思議祕密大乘經卷第十

音釋

蓏魯果切草實也　莠云九切稂莠也　稗旁卦切稊稗也　蕎祁堯切麥名　菉盧谷切豆名　𤛓居候切取牛羊乳也

佛說如來不思議祕密大乘經第十一（十二同卷）

宋西天三藏朝散大夫試光祿卿傳梵大師法護等奉 詔譯

降魔品第十三

復次寂慧菩薩安處大菩提場師子座已即放眉間白毫相光普徧照耀是光名曰警照諸魔時此三千大千世界有百俱胝魔衆蒙光照燭各各於自所止宮中身毛悚竪復於自宮心生逼惱其光映蔽魔宮暗冥時彼諸魔乃作是念何因何緣我等宮殿皆悉暗冥豈非釋迦菩薩坐菩提場成證阿耨多羅三藐三菩提果耶彼諸魔衆即時觀見菩薩已坐大菩提場是時諸魔即各隱自所止宮中彼一一魔各有無量無數百千俱胝那庾多夜叉侍衛種種色相種種狀貌種種形體奔馳往復周慞惶怖有種種頭面種種器仗種種旌幢周帀圍繞發大惡聲哮呼號叫恃魔威力起魔業通諸魔首領普徧縱廣二萬由旬魔衆眷屬亦復廣多八萬四千由旬皆以菩薩攝化力故咸悉來至菩提樹下寂慧當知彼諸衆到已即時運魔業力化現種種醜惡容相發起多種不可意聲佷戾兇殘哮吼震擊意欲攝伏毀害菩薩是時會中有未離貪諸衆生類聞惡聲已生大驚怖即趣命終或未終間受多苦惱以菩薩威神力故而彼惡聲久不能息菩薩乃起大悲之心愍其逼惱即為息滅諸有惡聲不令嬈害一切衆生寂慧當知此是菩薩善巧方便最勝境界爾時菩薩聞彼種種極惡聲已不生驚悚何以故菩薩所聞諸聲若美若惡悉如響應復次寂慧彼諸魔衆以諸惡相嬈菩薩時即有守

護大菩提場修菩提行諸賢聖衆以十六種言詞毀呰諸魔謂言惡者汝宜止止勿得固起惡戾之相而生嬈害菩薩大士所以者何今汝諸魔欲壞菩薩而菩薩力最大最勝能壞汝等如羸力人敵大力者又汝諸魔欲勝菩薩而菩薩力能勝汝等如劣弱軍戰大勇者又汝諸魔欲超菩薩而菩薩力能超汝等猶如星宿比月光明又汝諸魔欲破菩薩而菩薩力能破汝等猶如猛風吹其糠粃又汝諸魔欲摧菩薩而菩薩力能摧汝等猶如大樹斷截其根又汝諸魔欲怖菩薩而菩薩力能怖汝等猶如群獸遇大獅子又汝諸魔欲令菩薩處枯涸地而菩薩力能涸汝等猶如炎日涸牛跡水又汝諸魔欲毀菩薩而菩薩力能毀汝等如邊小國戰大國土又汝諸魔欲窺覘菩薩而菩薩力能窺汝等如惡人處脫其殺命又汝諸魔欲亂菩薩而菩薩力能亂汝等猶如賈客廣積珍財爲火所爇又汝諸魔欲令菩薩生大憂惱而菩薩力能令汝等生大憂惱如非法王失其王位又汝諸魔欲於菩薩起恚惡心而菩薩力制汝恚心猶如老鴈折其翅羽又汝諸魔欲殺菩薩而菩薩力制汝殺心如人經遊曠野險難中竭財物又汝諸魔欲令菩薩作奔馳者而菩薩力能令汝等奔怖馳走如涉大海中破船舫又汝諸魔欲令菩薩作萎悴者而菩薩力能令汝等悉皆萎悴如劫火洞然焚燒草木又汝諸魔欲斷菩薩而菩薩力能斷汝等如大金剛斷諸小石寂慧而彼守護大菩提場修菩提行諸賢聖衆以如是等十六種言詞毀呰

諸魔讚歎菩薩然彼諸魔亦未退伏爾時菩薩即以百千俱胝那庾多阿僧祇劫積修妙行謂布施持戒忍辱精進禪定勝慧慈悲喜捨念處正勤神足根力覺道奢摩他毗鉢舍那明智解脱等法極善所作柔輭細妙右金色臂舒置魔頂而復徧身按息捫摩起大悲意慈眼觀視深心解脱一切衆生一切世界諸佛世尊現前作證正念正知菩薩即時以手按地菩薩大士手按地已爾時大地六種震動所謂動徧動等徧動震徧震等徧震吼徧吼等徧吼涌徧涌等徧涌爆徧爆等徧爆擊徧擊等徧擊東涌西没西涌東没南涌北没北涌南没邊涌中没中涌邊没如是等六種震動起十八變周徧大地皆悉動搖於剎那間現諸異相時諸魔衆佷戾兇殘哮吼震擊欲興害者罪業等輩見是相已咸生驚怖又以菩薩威神力故聞空中聲説伽陀曰

應當歸命聖大士　諸仙衆中最上仙

廣施無畏大慈悲　普能救護諸群品

復次寂慧彼諸惡魔聞是聲已於魔衆中有八百萬俱胝那庾多惡夜叉衆偃仆于地俱發聲言救苦救苦大士救我餘諸魔衆咸欲奔走盡其魔力不能前詣爾時菩薩以悲愍故舉身放光由彼光明所照燭故時諸魔衆悉離怖畏即各還復所止宫中寂慧當其菩薩爲諸魔衆現神通時有八百萬俱胝那庾多惡夜叉衆悉發阿耨多羅三藐三菩提心會中復有九百九十萬俱胝那庾多人發阿耨多羅三藐三菩提心八萬四千天子以宿善力故皆得無生法忍

轉法輪品第十四之一

復次寂慧或有天人知彼菩薩降伏魔軍或有天人知彼一切諸惡魔衆不曾來詣菩薩之所或有天人初知菩薩敷吉祥草就菩提座或有天人見釋迦菩薩處于衆寶蓮華莊嚴師子座上或有天人見其菩薩處于地上或見菩薩在阿説佗樹下安詳而坐或見菩薩在波利質多羅樹或俱毗陀羅樹或菩提樹下或見菩薩在衆寶所成菩提樹下或有天人見菩提樹高一多羅樹量或有天人見師子座高一多羅樹量或有天人見菩提樹高七多羅樹量或有天人見師子座高半多羅樹量或見菩提樹乃至高于八萬四千由旬之量或見師子座高四萬二千由旬之量或有天人見彼菩薩降伏魔軍或有天人見一魔軍或有天人見有廣多惡魔軍衆或見菩薩以遊戲神通破魔軍衆或見菩薩處虛空中或見菩薩於虛空中踞師子座或見菩薩菩提樹下安處寶座成證阿耨多羅三藐三菩提果寂慧當知菩薩成就無量最勝清淨境界皆是菩薩處于最上最勝大菩提場具足如是無量功德現諸勝相復次寂慧菩薩安處最勝最上大菩提場降魔軍已即有十方無量阿僧祇世界往昔同修最勝道行諸菩薩衆咸來至此俱發清淨無畏等聲謂吉善聲快樂聲歡喜聲迅速聲捷利聲善哉聲不空聲勇猛聲士夫聲不退轉聲增益聲吉祥聲無熱惱聲大悲愍聲往昔意樂聲功不唐捐聲悦可意聲堅固和合聲大士遊戲聲最勝利益聲刹那相應聲一切智智聲成

等正覺聲彼諸菩薩出如是等清淨聲時又十方世界所來集會最上最勝菩提場中諸菩薩衆復以俱胝那庾多百千美妙言音廣作安慰施設種種殊妙供養復作種種最勝稱讚時彼宿修善行諸菩薩衆并十方世界所來集會勝菩提場諸大菩薩如是安慰供養稱讚而釋迦菩薩雖降魔軍然於魔所無違無順何以故菩薩已離違順法故菩薩能於刹那心中勝慧相應或有所知或有所見或有所得或有所證而彼一切皆得成就復次寂慧如來成道果已即時十方無量阿僧祇世界諸佛如來咸舒右手按菩薩身安慰問言佛子身肢無疲懈耶樂觸行耶以自然智所成證耶無障礙心所成證耶以平等智所成證耶無綺飾行耶被大悲鎧耶令三寶種不斷絶耶於一切法得自在耶寂慧當知彼時善根已成熟者即能親近大菩提場知勝所作所有善根未成熟者不能親近亦復不知復次寂慧如來成道果已七晝夜中審諦思惟眞實法樂而復諦觀大菩提樹目未嘗瞬是時乃有百千天子廣伸供養稱讚頂禮復有百千天女各各虔恭頂禮稱讚是諸天女瞻覩如來勝威儀已悉發阿耨多羅三藐三菩提心復次寂慧如來成道果已有四大天王各持寶鉢來詣佛所而伸供獻四天王者所謂東方持國天王南方增長天王西方廣目天王北方毗沙門天王如是等此四大洲四大天王既至佛所餘復亦然有百俱胝四大洲百俱胝四大天王各持寶鉢咸來佛所亦伸供獻爾時如來受是四百俱胝諸

實鉢已即以神力合成一鉢一一四大天王各起是心如來受我所施之鉢於我鉢中如次受食彼彼咸生最上清淨歡喜之心不退轉於阿耨多羅三藐三菩提復次寂慧如來成道果已有二商主一名怛囉布沙一名嚩梨迦并餘六萬天子咸來佛所最初奉上清淨飲食是商主等皆由宿昔咸發願言願我最初奉上如來清淨飲食願彼如來最初納受我所施已生歡喜心皆得不退轉於阿耨多羅三藐三菩提復次寂慧菩薩初登最勝大菩提場未圓一切智今成道果已覺智周圓然未轉彼廣大法輪廣爲衆生作大利益何以故菩薩從初發心乃至于今坐菩提場成等正覺欲爲衆生作利益故寂慧以是緣故汝今當知隨諸菩薩成菩提果已彼彼亦然皆爲無量衆生作大利益復次寂慧如來成道果已時有梵王名曰尸棄與六百八十萬梵衆天子俱恭敬圍繞隱彼梵界即至佛前頂禮佛足右繞七帀合掌諦誠勸請世尊轉妙法輪作是白言惟願世尊惟願善逝廣爲衆生轉妙法輪會中所有具法器者而能了知佛所說法如彼往昔持國天王子宿發勝願願我於此賢劫之中諸佛如來成道果已皆悉勸請轉妙法輪復次寂慧非唯今此尸棄梵王勸請如來轉妙法輪所以者何尸棄梵王初勸請已復有十俱胝梵王衆十俱胝帝釋天衆十俱胝大菩薩衆亦皆勸請如來轉妙法輪爾時尸棄梵王知佛世尊默然受請即於波羅柰國仙人墮處鹿野苑中爲佛世尊敷設妙好師子之座高四萬二千由

旬殊妙嚴飾勝相具足衆所樂觀安置于地
如其尸棄梵王初設妙好師子座已即時復
有十俱胝大菩薩衆皆爲世尊施設妙好師
子之座殊妙嚴飾勝相具足衆所樂觀

佛説如來不思議祕密大乘經卷第十一

佛說如來不思議祕密大乘經卷第十二

宋西天三藏朝散大夫試光祿卿傳梵大師法護等奉　詔譯

轉法輪品第十四之二

爾時世尊即詣波羅柰國仙人墮處鹿野苑中到已現身各各處于衆師子座是時梵王帝釋諸大菩薩一一各見如來在我所施座中處于座上轉大法輪是彼諸衆咸生清淨歡喜之心皆悉不退轉於阿耨多羅三藐三菩提是時世尊安處最上師子座已即時十方無邊世界皆悉震動有大光明普徧照耀爾時世尊即入無邊境界三摩地入是三摩地已時此三千大千世界普徧大地坦平如掌又此三千大千世界所有衆生若地獄餓鬼畜生人天諸趣一切衆類皆得安樂無一衆生爲貪瞋癡并諸煩惱所嬈害者互起慈心如父母想復次世尊入是無邊境界三摩地時即有十方無量阿僧祇菩薩咸來集會聽受正法是時乃至三千大千世界所有一切具威力者天龍夜叉乾闥婆阿修羅迦樓羅緊那羅摩睺羅伽人非人等咸來佛會聽受正法寂慧當知世尊欲說法時而此三千大千世界普徧他方一切人天廣大之衆皆來集會周帀充滿一毛端量中無空隙皆爲聽受世尊宣說正法爾時世尊知彼一切人天大衆皆集會已即從三摩地安詳而起發大悲心乃以如來清淨慈眼普徧觀察一切衆會轉正法輪若沙門若婆羅門并餘一切皆同一法復次寂慧如來所轉法輪皆爲一切衆生令其心意歡喜故轉復令衆會一切衆生各各了知佛所說法隨佛世尊欲轉法

輪先有十方無量阿僧祇菩薩咸來集會聽受正法即時復有百千俱胝那庾多欲界天子色界天子亦來集會聽受正法爾時世尊作是説言諸仁者眼非常法何以故若以苦言應得度者即聞所説此眼是苦若以無我言應得度者即聞所説此眼無我若以空言應得度者即聞所説此眼是空若以寂靜言應得度者即聞所説此眼寂靜若以離言應得度者即聞所説此眼法離若以無常言應得度者即聞所説此眼無常若以無依止言應得度者即聞所説眼無依止若以如幻言應得度者即聞所説此眼如幻若以如夢言應得度者即聞所説此眼如夢若以如水月言應得度者即聞所説眼如水月若以如影像言應得度者即聞所説眼如影像若以如對響言應得度者即聞所説眼如對響若以空無相無願無作無生無起等言應得度者即聞所説此眼是空無相無願無作無生無起若以緣生言應得度者即聞所説此眼緣生説眼既然耳鼻舌身意亦復如是乃至若以緣生之言應得度者即聞所説意是緣生色聲香味觸法其義亦然或聞空言或聞五藴無常之言或聞十八界無常之言或聞十二處無常之言或聞苦言或聞集言或聞滅言或聞道言或聞四念處言或聞四正斷言或聞四神足言或聞五根言或聞五力言或聞七覺支言或聞八正道言或聞奢摩他言或聞毗鉢舍那言或聞緣生法言或聞聲聞相應法言或聞緣覺相應法言或聞大乘法言復次寂慧如來所轉法輪皆爲一切衆生

令其心意歡喜故轉又復如來所轉法輪廣爲一切衆生作大利益假使有人與舍利子智慧等者意欲籌量解入斯法縱經百劫終不能入何況餘者寂慧當知如來從初作行詣菩提場降伏魔軍以勝莊嚴震師子吼遊戲神通轉大法輪作如是等勝利益時有八萬四千人發阿耨多羅三藐三菩提心無量衆生於三乘中而得成熟

所緣品第十五之一

爾時金剛手菩薩大祕密主白佛言世尊如佛世尊所說法時豈非我於如來所說有違背耶或隨順耶如來所說甚深廣大如來所說甚深祕密一切世間難信難解罔徹源底世尊諸如來心眞實決定我於如來所說深法或有知解皆是如來勝智在我身中此非我有士夫力用佛言祕密主如是如是如汝所說所以者何汝今當知所有如來安立譬喻演說諸法而彼一切衆生皆有如來勝智在於身中何以故祕密主而諸衆生徧一切處隨其如來所說祕密若不容受如來加持之力而能隨順如來法性者無有是處又復於彼如來所說祕密深法若聞若說若有知解皆是如來加持力故復次祕密主如來正語有所說時應知如來法性如實法性眞常又復如來所行如實所行眞常是故如來以正語言說是正法又祕密主所有過去未來現在諸佛世尊以一切世間難信難解阿耨多羅三藐三菩提如是正法宣說引導廣爲開示而彼衆生若於如是難信難解甚深正法聞已即能生信解者當知彼等衆生非於

一佛十佛親近承事當知巳於廣多俱胝那庾多百千佛所親近承事應知彼人是爲正士精修福行又祕密主假使須彌山王或摧墜時尚能有人或以頂肩而爲荷負若彼不種善根衆生能於如是甚深正法一念生起淨信解者無有是處何況受持讀誦如說修行又祕密主若有衆生能於大乘正法之中聞巳信解者當知是人非於一佛親近承事巳於廣多佛所親近承事大乘法中廣修勝行植善根種爾時寂慧菩薩摩訶薩前白佛言世尊如佛世尊說近止法此以何義而名近止此近止者何所從來佛言善男子所說近止者即是近止煩惱增語此近止煩惱即是近止思惟分別徧計增語此近止思惟分別徧計即是近止想作意增語此近止想作意即是近止顛倒增語此近止顛倒即是近止因所緣增語此近止因所緣即是近止無明有愛增語此近止無明有愛即是近止我我所增語此近止我我所即是近止名色增語此近止名色即是近止斷常見增語此近止斷常見即是近止有身見增語寂慧當知若與所緣因見相應即諸煩惱而亦隨轉一切皆從有身見起若能近止有身見者即諸見止息若有身見近止即一切願求亦止若有身見近止即諸煩惱亦止寂慧譬如大樹若斷其根即枝葉莖幹而悉枯悴此有身見亦復如是若近止巳諸煩惱亦止寂慧當知一切衆生始以不能覺了有身見故即諸取煩惱隨逐而生若能覺了有身見者即諸取煩惱不復隨生亦無所害寂慧菩薩白佛言

世尊彼有身見何能覺了佛言寂慧若我人衆生壽者等見而不起者即能覺了彼有身見復次寂慧彼有身見不住於内不住於外於一切處而悉不住以不住故見無所住寂慧此無住智如實覺了彼有身見又復寂慧當知有身見即是空增語若能隨順空智忍者即見無所取此即是爲如實覺了彼有身見又有身見者即是無相無願無作無生無起等見是見無所取此即是爲如實覺了彼有身見復次寂慧當知有身見者即是無身非開非合一切皆是不實分別以其不實所分別故彼即無分別亦不離分别由無分别不離分别故即無所作無障無起以無起故即無所行由無所行故如是此説乃名近止寂慧菩薩言何名近寂佛言寂慧有所緣心

如火熾然若無所緣及無所作即不熾然不熾然法此名近寂又如大火有薪即然無薪即滅所緣心火炎熾亦然若無所緣心火自滅寂慧當知具善巧方便菩薩於般若波羅蜜多清淨所緣法中平等了知善根所緣勝法而不息滅煩惱所緣染法制令不起波羅蜜多勝法常令增進魔業煩惱所緣染法求令斷滅菩提分法清淨所緣不應棄捨聲聞緣覺意樂所緣而不取著一切智心最上所緣不應捨離於空所緣審諦伺察一切衆生大悲所緣深生願樂寂慧當知具善巧方便菩薩於般若波羅蜜多清淨所緣法中而得自在無生所緣思惟決定和合生起所緣亦不猒捨無作所緣而復趣入諸有善根施作所緣悉令開曉無相所緣而善思擇菩提心

所緣求無猒離無願所緣以慧正觀三界所緣不生猒離菩薩以慧方便於其無生一切所緣法中自在而轉若見不淨所緣即於如來清淨身心中住若無常所緣即於生死無疲倦心住若苦所緣即令一切衆生快樂安置涅槃平等心住若無我所緣即於一切衆生大悲心住若貪所緣即於貪行衆生中以淨大藥開明心住若瞋所緣即於瞋行衆生中以慈大藥開明心住若癡所緣即於癡行衆生中以緣生大藥開明心住若等分所緣即於等分行衆生中以無常想大藥開明心住若離貪所緣即於聲聞法中開化心住若離瞋所緣即於緣覺法中開化心住若離癡所緣即於菩薩法中開化心住若色所緣即於獲得如來最上色相心住若聲所緣即於獲得如來妙好音聲心住若香所緣即於獲得如來戒香清淨心住若味所緣即於獲得如來所有味中上味大人勝相清淨心住若觸所緣即於獲得如來所有細軟手足妙觸心住若法所緣即於獲得如來所有一切法中決定心住若施所緣即於獲得如來最上相好心住若戒所緣即於嚴淨佛土心住若忍所緣即於獲得梵音聲相妙金色身清淨心住若精進所緣即於一切衆生救度心住若定所緣即於神通所起妙用心住若慧所緣即於斷一切衆生煩惱諸見相續心住若慈所緣即於一切衆生起無障礙心住若悲所緣即起護持正法心住若喜所緣即起說法歡喜心住若捨所緣即離諸違順成辦一切衆生事業心住若四攝法所緣即起成熟

一切衆生心住

佛說如來不思議祕密大乘經卷第十二

音釋

悚息勇切懼也 粃補委切不成粟也 涸曷各切水竭也 覘蚩占切闚視也 萎邕危切枯也 悴秦醉切憔悴也 仆芳故切僵也 佷戶懇切戾也

佛說如來不思議秘密大乘經卷第十三 第十四同卷

宋西天三藏朝散大夫試光祿卿傳梵大師法護等奉 詔譯

所緣品第十五之二

復次寂慧若諸菩薩爲欲對治慳恪過失所緣法者即起能捨已之所有心住若爲對治破戒過失所緣即起持戒心住若爲對治瞋恚過失所緣即起堅固忍辱心住若爲對治懈怠過失所緣即起精進成辦如來勝力心住若爲對治散亂過失所緣即起獲得如來禪定心住若爲對治染慧過失所緣即起圓滿無礙智心住若爲聲聞作意所緣即起積集大乘心住若爲猒離所緣即起不作諸罪心住若爲惡趣所緣即起剎那所生諸惡趣中救度心住若爲天趣作意所緣即起若成若壞後邊心住若爲人趣作意所緣即起不堅固心住若爲念佛作意所緣即起諸佛攝受心住若爲念法作意所緣即起於法不恪心住若爲念僧作意所緣即起獲得不退轉於法輪心住若爲念捨作意所緣即起一切能捨心住若爲念戒作意所緣即起圓滿求願勝定覺支心住若爲念天作意所緣即起諸天稱讚佛智加持心住若爲身作意所緣即起獲得佛身清淨心住若爲語作意所緣即起獲得諸佛語言清淨心住若爲心作意所緣即起獲得佛平等心清淨心住若爲有爲法所緣即起圓滿如來智心住若爲無爲法所緣即起圓滿佛智心住寂慧當知此如是等或有所緣而諸菩薩無有不於一切智智現前法門中住又諸菩薩於一切所緣法

中皆悉迴向菩提此即是名菩薩善巧方便覺了一切法通達觀察寂慧譬如所有三千大千世界一切大地隨諸所生無有不是一切衆生受用之所彼諸菩薩亦復如是所有一切所緣境界無有不是善巧方便菩薩共所受用菩提道分無不成熟菩提道法又如色法一切皆是四大所造善巧方便菩薩亦復如是或有所緣一切皆以菩提勝相和合相應復次寂慧若有衆生慳悋惡作者菩薩即爲圓滿布施波羅蜜多持戒波羅蜜多若諸衆生起瞋恚行及懈怠者菩薩即爲圓滿忍辱波羅蜜多精進波羅蜜多若諸衆生起散亂心及愚癡行者菩薩即爲圓滿禪定波羅蜜多勝慧波羅蜜多若諸衆生不可悲愍者菩薩於彼無違害心若諸衆生所應饒益者菩薩於彼無隨順心若諸衆生常稱讚者菩薩於彼而無高心若諸衆生不稱讚者菩薩於彼亦無下心若見一切苦惱衆生菩薩即起大悲之心若見一切快樂衆生菩薩即起歡喜之心若見一切麤獷衆生菩薩即起調伏之心若見一切調順衆生菩薩即起慈愛之心若見具有緣力衆生菩薩即起衛護之心若見具有因力衆生菩薩即起攝化之心隨攝化已乃爲教授若見智慧開明衆生菩薩即爲宣說甚深之法若見具演說智衆生菩薩即爲廣大說法若見如理衆生菩薩即爲次第說法若見衆生樂著文句者菩薩即以少略文句而爲說法若見衆生樂以奢摩他爲先導者菩薩即爲宣說毗鉢舍那若見衆生樂以毗鉢舍那爲先導者菩薩即爲

宣說趣入三摩地法若見衆生樂持戒者菩薩先爲宣說不究竟法後復爲說地獄等事若見衆生樂多聞者即爲宣說無疑惑法若見衆生樂三摩地者即爲宣說趣入慧法若見衆生樂曠野住者即爲宣說心寂淨法若見衆生樂修頭陀行者即爲宣說聖慧根法若見鈍根衆生即爲宣說聞隨順法若見堅著貪法衆生即爲宣說不淨之法若見堅著瞋法衆生即爲宣說慈心之法若見堅著癡法衆生即爲宣說緣生之法若見等分行衆生即從中入中廣爲說法所謂不淨法慈心法緣生法若隨順諸法所應度者菩薩即爲宣說增上戒法增上心法增上慧法若見衆生以佛勝相所應度者即爲宣說眞實隨順菩提分法若見輕慢衆生所應度者先爲杜止輕慢之門後爲說法若見衆生相續樂觀菩薩聖相者菩薩即爲常現其身然根未熟者不爲說法若見衆生樂巧說法所應度者即以緣起譬喻解釋說法若見衆生樂甚深法所應度者即爲宣說緣生無我無人無衆生法若有衆生著諸見者爲說空法若見衆生起尋求行者即爲宣說無相之法若見衆生起求願者即爲宣說無願之法若見衆生著諸蘊者即爲宣說如幻之法若見衆生著諸界者即爲宣說善決擇法若見衆生著諸處者即爲宣說如夢之法若見衆生著欲界者即爲宣說逼惱之法若見衆生著色界者即爲宣說諸行苦法若見衆生著無色界者即爲宣說彼一切行無常之法若見衆生樂以苦法所應度者即爲宣說令於聖種生歡

喜法若見衆生樂以樂法所應度者爲說無量禪定之法若見衆生樂天趣法所應度者即爲宣說純一樂法若見衆生樂著諸相所應度者爲說無我無取之法若見衆生樂以聲聞法所應度者即爲教授取證之法若見衆生樂以緣覺法所應度者即爲宣說於事於義少略之法若見衆生樂以初發心菩薩法所應度者即爲宣說深心發起大悲之法若見衆生樂以久修道行菩薩之法所應度者即爲宣說於輪迴中無懈怠法若見衆生樂以不退轉菩薩之法所應度者即爲宣說嚴淨佛土之法若見衆生樂以一生補處菩薩之法所應度者即爲宣說大菩提場莊嚴之法若見衆生樂以佛身所應度者爲說菩薩勝行相續不空之法寂慧當知如是等法皆是具足智慧方便諸大菩薩於彼清淨所緣法中而得自在是故廣說不空之法其所說法爲令一切衆生歡喜故說說是法時會中有十千人發阿耨多羅三藐三菩提心五千菩薩得無生法忍

金剛手菩薩大祕密主授記品第十六之一

爾時會中有諸菩薩咸起是念此金剛手菩薩大祕密主其何久近當得成就阿耨多羅三藐三菩提果邪所居佛土當何名字菩薩成佛復名何等眷屬圓滿其數幾何爾時世尊知諸菩薩心所念已即時微笑法爾諸佛現微笑時必有因緣爾時世尊從其面門放種種色廣大光明所謂青黄赤白紅紫碧緑其衆色光普徧照耀無邊世界乃至梵世其光盤旋還來佛所右繞三帀從佛世尊頂門

而入爾時寂慧菩薩摩訶薩即於佛前合掌虔恭以妙伽陀而伸請問

如金色光妙無垢　寂靜月面體凝然破暗最上日光明　人仙微笑今何爲安處寂定蓮華相　大悲震吼進力增念智功德妙香薫　善逝蓮華笑何爲念如淨器定如油　悲炷然燈破三垢妙慧光明息暗冥　善逝智光笑何爲悲輪光明慧觀察　息除三垢滅諸冥淨開智眼利世間　佛日妙光笑何爲佛知三有世間意　徧照一切天人心大仙慈眼視衆生　今何大仙現微笑

寂慧菩薩說伽陀已爾時世尊即告寂慧菩薩摩訶薩言今此金剛手菩薩大祕密主於此賢劫諸佛如來應供正等正覺所持金剛杵作供養事以利益心守護正法今於我此祕密法中廣大施作普爲無量一切衆生成熟最上菩提善根於此賢劫乃至最後樓至如來法中隱没即於極樂世界阿閦如來佛刹中生而彼世界阿閦如來爲彼諸菩薩宣說祕密一百八印時金剛手菩薩大祕密主聞其所說不假加行解入義趣如理如實隨順所行其後復於無量無數諸如來所親近恭敬尊重供養彼彼佛所皆修梵行護持正法廣爲無量俱胝那庾多百千衆生成熟阿耨多羅三藐三菩提法而後復過殑伽沙數劫中圓滿菩提分法而乃得成阿耨多羅三藐三菩提果號金剛步如來應供正等正覺出現於世明行足善逝世間解無上士調御丈夫天人師佛世尊世界名普淨劫名清淨

寂慧而彼普淨世界金剛步如來刹土之中安隱豐樂嚴淨可觀天人熾盛菩薩廣多七寶具足勝妙莊嚴七寶所謂金銀瑠璃硨磲碼碯珊瑚琥珀及赤珠寶彼世界中周徧盈積可八步量地平如掌柔軟復如迦左隣尼具諸樂觸建妙旛幢寶繩交絡天妙寶華處處垂下最上精妙衆香氛馥空中自然奏諸音樂無諸惡趣及衆險難如兜率天最勝受用又彼世界隨意所思宮殿舍宇園林樓閣飲食衣服衆莊嚴具皆悉具足隨諸所用皆與天人受用無異受諸天人具大信解深信佛智又彼世界亦復不聞聲聞緣覺二乘名字彼佛所說純一清淨大菩薩法又彼金剛步如來廣多百千菩薩眷屬又彼世界不壞律儀不減壽命不破戒行不失正見亦無顛狂聾瘂跛傴謇吃獷惡鬪競鈌減諸根等者一切皆具二十八種天人勝相而爲莊嚴彼佛如來壽八中劫亦無天人中間夭逝寂慧當知彼金剛步如來具如是等及餘無量勝功德事彼佛世尊隨欲說法即放光明彼諸衆生見是光已即知如來宣說妙法若衆生互起思念欲詣佛所瞻仰聽法即以彼佛神通智力所加持故尋至佛所或有以自神力至佛所者即時天人大衆咸來集會時彼世尊踊身空中高百千多羅樹時四大洲悉見如來廣大身相又十方世界悉聞震發顯是如來清淨妙音一切衆生聞者適悅又復如來爲諸菩薩說正法時無一衆生於其如來宣說之法有所違背彼諸衆生皆悉利根開明知解又彼世界而無王者唯佛世尊金剛

步如來最上法王又彼世界一切衆生無我無執復次寂慧又彼金剛步如來於彼刹中諸天人所欲行乞食彼時若天若人即見如來聖像住在其前執持應器彼諸天人見聖像已各欲奉上如來清淨飲食及隨意樂所欲方處座卧之具百味食等皆悉嚴備彼佛知時隨受所施佛受施已即出其舍還復如來所止僧坊諸菩薩衆亦復隨應入三摩地寂慧當知彼佛如來所住世界具如是等及餘無量勝功德事是故名爲普淨世界

佛説如來不思議祕密大乘經卷第十三

佛說如來不思議祕密大乘經卷第十四

宋西天三藏朝散大夫試光祿卿傳梵大師法護等奉 詔譯

金剛手菩薩大祕密主授記品第十六之二

爾時世尊爲金剛手菩薩大祕密主當授記時會中有二萬人發阿耨多羅三藐三菩提心皆願生彼普淨世界金剛步如來刹土之中爾時金剛手菩薩大祕密主聞佛世尊與授記已心生慶快踊躍歡喜即以金剛杵擲虛空中當其戲擲金剛杵時而此三千大千世界六種震動天雨衆華鼓奏音樂復於一切衆會右手自然皆出種種妙色最上華鬘爾時金剛手菩薩大祕密主即於佛前合掌諦誠說伽陀曰

廣博大法王　無盡妙法藏　欲爲利世間
善分別諸法　已於諸法中　捨除恪惜意
隨法依法修　善住我歸命　佛清淨大士
圓滿清淨行　功德王名稱　徧聞於三界
能於三世中　常持無盡智　平等善所行
頂禮無障礙　月光極圓淨　徧淨復清淨
日光極光明　妙光勝光聚　梵音極妙音
淨音深妙響　三寶勝金光　故我今頂禮
常現淨妙身　亦無身繫屬　常說妙語言
離語言分別　雖爲大法師　不生於法想
解脫諸衆生　而無衆生想　世間何所作
能報佛大恩　功德勝利中　唯出家能報
諸聞佛教授　無異法可轉　隨所授法門
眞修如理作

爾時金剛手菩薩大祕密主并餘一切在會大衆各以所持衆妙華鬘散於佛上以佛威神力故所散華鬘即時普徧此三千大千世

界皆現衆妙華鬘莊嚴周帀盈積可八步量

無二無說品第十七

爾時寂慧菩薩摩訶薩前白金剛手菩薩大祕密主言祕密主世尊如來授仁者記耶金剛手言善男子佛授我記如夢自性寂慧言今汝授記有何所得金剛手言無所得故而我得記寂慧言何法無所得金剛手言我人衆生壽者悉無所得彼蘊處界亦無所得乃至若善不善有罪無罪有漏無漏世間出世間有爲無爲若染若淨生死涅槃皆無所得寂慧言若法無所得云何是中有授記乎金剛手言由無所得故即於是中以通達智而乃授記寂慧言智何有二而可觀耶金剛手言若有二可觀即無授記可得然以彼智無二可觀是故諸菩薩於無二智中如是授記寂慧言若智無二可觀者復云何有能記所記耶金剛手言若能記若所記以平等性於無二際中悉無所得寂慧言祕密主無二際中云何有記金剛手言若彼際如是即是無二際即於彼際中故如是授記寂慧言何名爲際復於何處而得授記金剛手言我際處授記衆生際處壽者際處人際處授記寂慧言且我際處復在何處金剛手言我際處者即是如來解脫際處寂慧言如來解脫際處而在何處金剛手言如來解脫際處在無明有愛際處寂慧言無明有愛際處復在何處金剛手言在畢竟無生無起際處寂慧言畢竟無生無起際復在何處金剛手言在無表了處寂慧言若無表了有何開示金剛手言若有開示即非無了寂慧言云何無開示金

剛手言諸有所表悉無開示寂慧言若無開示何有教令金剛手言若有教令即無開示若無開示即無教令寂慧言云何得教令金剛手言雖有表了即無所受寂慧言云何表了而無所受金剛手言若不著文字即無所受寂慧言云何不著文字金剛手言謂隨順義寂慧言此復云何是隨順義金剛手言謂即於義而無所見寂慧言云何於無所見邪金剛手言若義非義悉於是中求不可得寂慧言若於義非義求不可得者即何所求邪金剛手言由於義非義求不可得故即無法可求寂慧言若無法可求者即於一切悉無求邪金剛手言此中無有少法可求何以故以無法可求故法即無法寂慧此中何者名爲法邪金剛手言若法之聲尚不可得是中復何而有法邪善男子如是應知若言法者謂於文字不著不行是說言一切諸法無言無說善男子若有人言有所說者彼即非說以非說故彼即無法亦非如理寂慧言秘密主若爾者豈非如來諸所說法亦非說邪金剛手言寂慧豈非我先曾爲汝說世尊如來不說一字以無說故如來即以神通願力隨衆生意示有所說寂慧言設有說者何過失邪金剛手言有所說者語業過失寂慧言彼語業者復何過失金剛手言文字思惟取著過失寂慧言此復何能離過失邪金剛手言一切法中若有所說若無所說悉無少法而可表了無表了故即離過失又復於已無所開示亦離過失寂慧言其過失者何爲根本金剛手言彼過失者取爲根本寂慧言取執

爲本金剛手言執著爲本寂慧言執著孰爲本金剛手言虛妄分別爲本寂慧言虛妄分別孰爲本金剛手言增上所緣見爲本寂慧言增上所緣見孰爲本金剛手言色聲香味觸法即是增上所緣根本寂慧言云何無所緣金剛手言愛不相續即無所緣寂慧當知如佛所說一切法中若斷於愛即無所緣金剛手菩薩大祕密主說是法時會中有五百苾芻得心解脱二百菩薩得無生法忍

佛說如來不思議祕密大乘經卷第十四

音釋

獷古猛切惡也　跛補火切足偏廢也　傴於語切僂也

佛說如來不思議祕密大乘經卷第十五 第十六同卷

宋西天三藏朝散大夫試光祿卿傳梵大師法護等奉　詔譯

入曠野大城受食品第十八

爾時金剛手菩薩大祕密主滿所思念得授記已安慰其心生大歡喜踊躍慶快前白佛言世尊我今勸請世尊降赴我所居止祕密宮中微伸供養期滿七日并請菩薩聲聞大衆願佛慈悲哀受我請何以故世尊曠野大城中有多夜叉羅剎鳩盤荼必舍左乾闥婆摩睺羅伽等異類衆生悉住於彼令彼等衆得見佛已於長夜中利益安樂息除獷戾恚惡之心復令四大天王諸眷屬等於長夜中獲大利益安隱而住若佛世尊悲愍我故降赴我宮菩薩聲聞隨受微供使令無量諸衆生類增長善根復令我等圓滿意樂佛即默然而受其請爾時金剛手菩薩大祕密主知佛世尊默受請已心生歡喜踊躍慶快即時頭面頂禮佛足右繞七帀速離佛會還復所止曠野大城時金剛手菩薩大祕密主至自宮已乃起思念我今如何施設供養復依何等境界莊嚴而爲嚴飾令欲色界諸天子衆起希有心復令十方世界所來集會大菩薩衆咸生歡喜我亦於佛廣大施作妙供養事作是念已即自記憶往昔一時佛於夜分入三摩地其名寂靜不思議廣大所行我亦隨佛即入是定東方去此過殑伽沙數等佛剎土已到一世界名無邊功德寶莊嚴彼有如來號莊嚴王其佛剎中化主世尊爲十千菩薩授菩提記我於爾時見彼佛剎不可思議

天人莊嚴超勝一切妙莊嚴事我冝依彼無邊功德寶莊嚴世界所莊嚴相而爲嚴飾當爲世尊作供養事爾時金剛手菩薩大祕密主即入大莊嚴王三摩地於是三摩地中如實觀覩彼無邊功德寶莊嚴世界種種殊妙莊嚴等事如其所觀即運神力於此曠野大城中施設莊嚴與彼無異而彼無邊功德寶莊嚴世界者東西南北縱廣正等六十四由旬以青瑠璃而爲其地帝青大寶作其墻界垂珠華瓔衆寶嚴飾閻浮檀金而爲蓮華衆寶枝葉衆寶瓔珞間錯垂布復有無數天妙寶衣復有無數珠瓔嚴飾復有無數殊妙繒綵垂以無數妙寶華鬘燒香塗香衆妙寶瓶亦復無數周帀徧散種種色華人所觀者殊妙悦意若身若心歡喜調暢出現無邊功德寶聚復現無量色相莊嚴又有廣多百千莊嚴妙師子座寶机承足寶繩交絡寶華莊嚴垂眞珠網周帀盈積可八步量又復布設無數天衣空中復有寶網垂覆如是種種妙莊嚴事於餘廣多世界之中昔所未見昔所未聞又復嚴辦百味精珍上妙飲食又復布列百千莊嚴妙師子座安處空中一一師子座空中自然有妙寶蓋各各垂覆殊妙莊嚴衆相具足爾時金剛手菩薩大祕密主於其定中安布如是殊妙勝相施設莊嚴師子座已從定而起過於夜分從定旦時嚴辦最上清淨食已深心清淨將欲供養世尊如來菩薩大衆爾時金剛手菩薩大祕密主又過夜分即告四大天王言諸仁者汝等當知我今請佛并大菩薩諸聲聞衆降我所止祕密宫中

期滿七日微伸供養以佛世尊悲愍我故而受我請汝等各有力能廣多眷屬於七晝夜中勿生放逸勿起亂心亦復且止諸餘作事專一精勤供養於佛乃至此曠野大城所止一切夜叉羅刹必隸多鳩盤荼必舍左乾闥婆摩睺羅伽等并餘所住諸衆生類以我教勑悉告語之衆等應知金剛手菩薩請佛世尊來降於此曠野大城期滿七日作供養事汝等宜應攝諸恚惡發清淨心復起廣大歡喜之意嚴供世尊聽受正法爾時金剛手菩薩大祕密主即告長子金剛軍言賢者汝今宜應以自神力往彼梵界自梵衆天至色究竟天於彼諸天各告語云金剛手菩薩大祕密主請佛世尊來降曠野大城祕密宮中期滿七日作供養事汝等諸天欲見佛者宜速來此是時大祕密主長子金剛軍受父教令即如其命爾時金剛手菩薩大祕密主復告次子妙臂言賢者汝今宜應以自神力往地居天至空居天謂四大王天忉利天夜摩天兜率天化樂天他化自在天於彼諸天各告語云金剛手菩薩大祕密主請佛世尊來降曠野大城祕密宮中期滿七日作供養事汝等諸天欲見佛者宜速來此是時次子妙臂受父教令即如其命爾時於刹那間即有廣多無數百千欲界天子色界天子周帀充滿百千由旬之量填塞空中爾時金剛手菩薩大祕密主又過夜分即爲世尊敷設卧具妙嚴飾已右膝著地合掌諦誠向佛世尊說妙伽陁而伸勸請

善來最勝人中尊　善來人中無上士

人中增勝願降臨　佛大牟尼時已至
善來最勝二足尊　善來二足尊最上
二足尊勝願降臨　佛大牟尼時已至
佛大蓮華淨戒王　精進定水常增長
如蜂採華衆所歸　寂靜蓮華願來降
最初安立四聖諦　以慈悲眼徧觀察
常能震吼無我音　佛大師子願來降
戒爲根本念爲莖　覺支華秀常茂盛
解脫智果已周圓　佛大樹王願來降
妙慧甚深復廣博　湛然定水徧清涼
衆行圓明大導師　佛功德海願來降
大悲所成吉祥體　大慧光明廣莊嚴
蓮華開覺衆所歸　佛日光明願來降
正語震伏諸邪論　解脫藥樹救沉痾
小根群鹿悉開明　佛大山王願來降

爾時世尊受金剛手菩薩大祕密主至誠勸請知時已至即告苾芻衆言汝等宜應著衣持鉢往赴金剛手請期滿七日作供養事善哉行矣今正是時付囑守護僧坊之者今此衆中諸有已得神通之者菩薩聲聞各各隨應以自神力游空而往若復未具神力之者應當隨入如來清淨大圓光中游空而往爾時世尊即於王舍大城鷲峯山中隱身不現菩薩聲聞恭敬圍繞放大光明普徧照耀天人天女導前從後歌詠稱讚奏百千種俱胝那庾多鼓吹音樂震動大地天雨種種殊妙寶華於佛刹中廣現種種佛大威力佛大神通佛大施作佛大變化佛大吉祥佛大勝光佛大威儀佛大游戲等相游空自在往詣於彼曠野大城是時世尊處虛空中猶如鵝王

進止安詳自在時行彼欲色界諸天子衆遥見世尊高處空中猶如鵝王宛轉自在咸生歡喜適悦慶快又如日輪初出清淨可愛如圓滿月瑩潔光明衆星圍繞如帝釋天主天衆圍繞如大梵王梵衆圍繞天衆見已即起清淨希有之心各持種種天妙香華供養於佛所謂天優鉢羅華俱母陀華奔拏利迦華曼陀羅華摩訶曼陀羅華波利質多羅華摩訶波利質多羅華曼殊沙華摩訶曼殊沙華可愛華大可愛華輪大輪華陸生諸華及餘殊妙最勝香華具有百葉或千葉者及焰光華光味華徧香華常香華常開華悦目華此如是等并餘無量勝妙香華徧散佛上又復安立殊妙旛幢奏以百千殊妙音樂爾時世尊現如是等殊妙勝相香華幢蓋鼓奏音樂衆莊嚴事於須臾頃即至曠野大城而先暫適毗沙門天王宫佛及菩薩聲聞大衆從空而下至彼宫中爾時大地普徧震動而復柔輭殊妙可愛亦不嬈惱一切衆生爾時四大天王知佛世尊已至曠野大城之中各從所守方分與諸眷屬持以種種殊妙香華速來佛所時四天王到已頭面頂禮佛足即以所持殊妙香華散以佛上而伸供養合掌諦誠退住一面彼諸眷屬亦各至誠頂禮佛足合掌而住佛即略爲四天王等眷屬衆會宣說法要是時會中即有十千夜叉羅刹龍乾闥婆鳩盤荼等覩佛勝相悉發阿耨多羅三藐三菩提心彼四大天王宫嬪眷屬中有十千天女發阿耨多羅三藐三菩提心爾時金剛手菩薩大秘密主與自眷屬各各持以如無

邊功德莊嚴世界之中殊妙香華塗香末香寶幢旛蓋鼓吹歌音作諸妓樂速詣毗沙門天王宮中佛世尊所到已頭面頂禮佛足右繞七帀即以所持妙香華等諸供養具嚴潔諦誠供養世尊諸眷屬等奏妙音樂嚴奉肅恭歸命頂禮迎導世尊并諸菩薩聲聞大衆入自宮中到已如次請各就座爾時世尊處彼殊妙種種莊嚴獅子之座并諸菩薩聲聞衆亦各就座爾時金剛手菩薩大祕密主即告帝釋梵王護世天等并餘一切諸天子言汝等宜應各務精勤隨喜成辦嚴供世尊當令汝等增長施福爾時諸天子衆見是最勝境界殊妙莊嚴獅子座已生希有心咸作是言此之勝相何力致邪爲佛世尊威神力邪爲金剛手大祕密主威神力邪即聞空中有聲告言諸仁者此是大祕密主威神所致東方去此過殑伽沙數等佛土已有世界名無邊功德寶莊嚴佛號莊嚴王金剛手菩薩大祕密主見彼世界種種殊勝妙莊嚴事以大祕密主威神力故令此宮中同彼世界勝莊嚴相爾時世尊安處勝妙獅子座已即時曠野大城所居一切夜叉羅刹必舍左鳩盤荼乾闥婆摩睺羅伽等衆皆悉來詣佛世尊所頭面著地頂禮佛足合掌虔恭退住一面爾時金剛手菩薩大祕密主即告四大王并餘一切諸衆會言汝等宜應咸來助我同發至誠嚴以清淨殊妙飲食奉上世尊使令汝等獲大利益爾時金剛手菩薩大祕密主即與眷屬衆會自手清潔嚴辦最上百味精珍菩薩深心清淨如來所應供養發最勝心奉上

世尊并諸菩薩聲聞大衆悉令充足飯食事訖而復奉上清淨香水盥手滌器乃於佛前退坐聽法是時曠野大城所居一切夜叉羅刹必舍左等各各諦誠瞻仰世尊合掌虔恭歸命頂禮

佛説如來不思議祕密大乘經卷第十五

佛說如來不思議祕密大乘經卷第十六

宋西天三藏朝散大夫試光祿卿光梵大師惟淨等奉詔譯

護世品第十九

爾時金剛手菩薩大祕密主勸請世尊宣說正法作是白言惟願世尊為未發菩提心衆生隨宜說法令入法理即當發起大菩提心住不退轉又此夜叉羅刹必舍左乾闥婆隱密神摩睺羅伽等諸衆會令彼長夜利益安樂善行相應獲得勝中最勝高顯而不減失諸善法分爾時世尊普告金剛手菩薩大祕密主等諸衆會言諸仁者汝等諦聽極善作意我今宣說為令一切悉入法理諸修善行善男子善女人等普令獲得最勝高顯於善法分而不壞失于是金剛手菩薩大祕密主等諸衆會一心善聽佛告大衆諸仁者若善男子善女人深發阿耨多羅三藐三菩提心已即能具信廣多清淨欲見諸聖樂聞正法善捨無悋手出無盡善樂積集施作福行捨心具足於布施中樂行平等無障礙心無濁染心信有業報離諸分別疑惑猶豫善惡業果而不壞失如是知已於命緣等不應作者而悉不作不殺生不偷盜不邪染不妄言不綺語不兩舌不惡口不貪不瞋不邪見於此十善業道堅持積集於其十種不善業道捨而不作普行淨信與沙門婆羅門及有戒有德者正道法中同修淨行於諸善法多聞勤行深固作意善行相應寂靜調伏常悅愛語攝伏他論修善離惡無高無下無毀無譽隨起正念住等引心閉三有門息滅諸病離諸重擔超越疑惑出離諸有如是知者即於諸

佛及聲聞弟子若沙門若婆羅門善知識所隨其所應親近恭敬承事尊奉彼等善知識所聽受正法示教利喜謂説布施感大富果持戒生天多聞大慧淨觀不亂此行布施即是布施報此行慳悋即是慳悋報此持戒即是持戒報此毀戒即是毀戒報此忍辱即是忍辱報此瞋恚即是瞋恚報此精進即是精進報此懈怠即是懈怠報此禪定即是禪定報此散亂即是散亂報此勝慧即是勝慧報此惡慧即是惡慧報此身善作即是身善作報此身惡作即是身惡作報此語善作即是語善作報此語惡作即是語惡作報此意善作即是意善作報此意惡作即是意惡作報此是善此是不善此應作此不應作此業作已於長夜中得利益安樂善行相應此業作已於長夜中無利苦惱得不善行相應如是等法於善知識所聞其所説示教利喜又復觀察知是法器即爲宣説甚深之法謂空無相無願加行等法復説無生無起無我無人無衆生無壽者甚深緣起之法此法是有此即有得此法是無此即無得此法若有此即是生此法若無此即是滅此是無明緣行行緣識識緣名色名色緣六處六處緣觸觸緣受受緣愛愛緣取取緣有有緣生生緣老死憂悲苦惱如是即一大苦蘊生若法不有此即無得即是滅法謂無明滅即行滅行滅即識滅識滅即名色滅名色滅即六處滅六處滅即觸滅觸滅即受滅受滅即愛滅愛滅即取滅取滅即有滅有滅即生滅生滅即老死憂悲苦惱滅如是即一大苦蘊滅此等諸法

若生若滅於勝義諦中無有少法可得何以故一切法緣生故無主宰無作者無受者因緣故轉然於是中無法可轉亦非無轉亦無異法隨轉和合施設三界但以煩惱業轉故有施設愚迷之者於不實法中觀以爲實智者應知無有少法作者可得以作者不可得故無法可轉亦非無轉如是所說甚深之法若能聞已不生疑惑是人即入一切法無障礙性不著色受想行識不著眼色耳聲鼻香舌味身觸意法眼識乃至意識信一切法自性本空信一切法自性本離諸仁者彼信不退菩薩信是法故即不滅失見佛聞法承事淨衆在在所生常得見佛聽受正法承事淨衆常生有佛世時隨彼生已發起精進勤求善法以精進故於白衣舍無義利事謂妻子男女奴婢眷屬及所作用而悉棄捨及盛年戲樂不生愛著起賢善心願於諸佛世尊清淨教中正信出家得出家已近善知識與善知識同登善道而能獲得諸善意樂聽聞善法隨所聞已眞實修行不以語飾勝慧具足發起精進勤求多聞隨所聞法爲他廣說無所希求所得名聞利養無愛著心以如實語爲他說法隨聞隨住亦然如實爲他說法使聽法者獲得大慈於一切衆生起大悲心於彼多聞而不猒捨於身命緣少欲喜足寂靜圓滿增長善行樂閑寂處隨所聞法審觀其義於諸義理攝而無散不著於文歸趣實義普爲一切天人世間非但爲己勤修勝行廣爲衆生勤求無上最勝之智令他衆生於佛智中得不放逸此復云何名不放逸所謂最

初調攝諸根見眼色等不取於相不著相好諸色境中於味於染如實知故常求出離耳聲鼻香舌味身觸意法亦然智了知已不取於相不著相好於味於染如實知故常求出離此名不放逸復次不放逸者能於自心善調伏已亦復隨應攝護他心煩惱染愛而善息除法愛隨轉欲尋瞋尋害尋止而不行貪瞋癡等諸不善根亦悉不行復能制止身語意業諸不善行不深固作意而亦不起以要言之一切罪不善法皆悉斷除此名不放逸諸仁者此如是等不放逸法菩薩勤行即得淨信而不放逸大祕密主汝等當知信之一法廣多清淨即能當時專求善法若具信補特伽羅於他世中離惡趣怖亦復不墮諸惡作心而常獲得衆聖稱讚復次大祕密主住法行人即能獲得正法善趣常樂見佛安住聖道得大自在得自在已復令他人普皆圓滿自在之法住菩提心得如來智大祕密主若人欲得最勝妙樂應當畢竟善修正行修涅槃法大祕密主今此衆會皆承宿善根力故來集此善修正行於諸善根而不減失云何善根得不減失謂修不放逸行是故若天若人所有善根皆不減失何以故彼不放逸心善護諸境故能離一切貪愛欲染近習法愛即能制止欲瞋害尋復能息除不深固作意諸不善法離貪瞋癡於身語意麤重過失而悉止息乃至一切諸善法分若有減失皆悉不行此名不放逸若人信解不放逸法即能隨順諸精進事以精進不放逸故是人乃能積集修作淨信功德由修淨信及不放逸

精進法故即能修作正念正知以正念正知故即於一切菩提分法而不壞失若具淨信不放逸精進正念正知者即能勤修深固之法大祕密主菩薩若於深固法中得解脱者即於有於無如實能知此中云何是有云何是無謂正修聖解脱法此即是有若不正修聖解脱法此即是無若有業有報此即是有若無業無報此即是無若世俗諦中眼耳鼻舌身意此即是有勝義諦中眼耳鼻舌身意此即是無菩薩於大菩提發起精進即有於大菩提懈怠即無顛倒所起五蘊即有無因所起之法即無色是無常是苦是壞滅法即有色是常是堅牢是相續是不壞滅是安住法即無受想行識是無常是苦是壞滅法即有受想行識是常是堅牢是相續是不壞滅是安住法即無無明緣行即有不實無明行即無行緣識即有不實行識即無識緣名色即有不實識名色即無名色緣六處即有不實名色六處即無六處緣觸即有不實六處觸即無觸緣受即有不實觸受即無受緣愛即有不實受愛即無愛緣取即有不實愛取即無取緣有即有不實取有即無有緣生即有不實生有即無生緣老死憂悲苦惱即有不實生老死憂悲苦惱即無布施得大富即有布施感貧窮即無持戒生天即有持戒墮惡趣即無多聞具大慧即有多聞成染慧即無禪觀不散亂即有禪觀散亂即無不深固作意生起煩惱即有深固作意生起煩惱即無不起增上慢人趣證涅槃即有增上慢人得佛授記即無於一切處通達空即有於內

執我即無以智勤行得解脱即有我慢相應出離者即無又若我人衆生壽者於不實五蘊中求其實法即無復次大祕密主勤行不放逸深固作意菩薩於有於無如實了知世間一切智者許可如實知已雖行於有而不取著雖行於無亦不取著即能通達諸佛世尊所説實義復次大祕密主如來於一切法中總略而説有四法印何等爲四一者諸行無常爲諸沙門婆羅門及長壽天執常語者破常想故二者諸行是苦爲諸天人計樂想者破樂想故三者諸法無我爲彼執我諸外道等破其我想四者涅槃寂靜爲諸增上慢者起尋求行破彼增上慢故此言無常者即是畢竟無有常法增語此言苦者即是遠離願求增語此言無我者即是空相增語涅槃寂靜者即是無相作證增語大祕密主此如是法若諸菩薩深固信解勤行修習即於善法而不減失速能圓滿菩提分法爾時護世四大天王前白佛言世尊我等四王皆名護世當以何法而能護世佛告四大天王言汝諸仁者當修正法行即能護世其正法行者所謂十善何等爲十一者不殺二者於自富樂而生喜足無其分量三者他妻室不起染汙四者不破他衆五者不出惡言六者所言如實七者言無綺飾八者於他富樂無所希望九者止息瞋恚十者正見清淨諸仁者此十善法乃能護世復有八法而能護世何等爲八一者如説能行二者於一切處尊重師長三者順行正道四者心意質直五者心常柔輭六者於一切衆生常起慈心七者不作

諸罪八者集諸善根如是八法乃能護世復有六法而能護世何等爲六一者行慈身業於師尊所及善知識同梵行者乃至一切衆生悉起尊重愛樂意念是爲第一身業和敬二者行慈語業於師尊所及善知識同梵行者乃至一切衆生悉起尊重愛樂意念是爲第二語業和敬三者行慈意業於師尊所及善知識同梵行者乃至一切衆生悉起尊重愛樂意念是爲第三意業和敬四者依法所得一切利養少略乃至鉢中之食與彼知識同梵行者周普均平等同受用又復尊重愛樂意念是爲第四利養和敬五者於戒修法無斷無缺圓具無濁所應受者不生貪取智所稱讚離諸譏毀以如是等淨戒之法與善知識同梵行者共所修持又復尊重愛樂意念是爲第五戒修和敬六者於諸正見出離法中及勝決擇分隨何等法修其正行即當如應與善知識同梵行者共所修作又復尊重愛樂意念是爲第六同見和敬諸仁者此六和法乃能護世復有四法而能護世何等爲四一者不貪以不貪故不墮惡趣二者不瞋以不瞋故不墮惡趣三者不癡以不癡故不墮惡趣四者不怖以不怖故不墮惡趣諸仁者如是四法乃能護世復有二法而能護世何等爲二一者有慚二者有愧具足二法即能護世復有一法而能護世何等爲一謂眞實行以眞實故即能護世又復善語又無諂曲此等一法皆能護世諸仁者如是等法汝等勤行即能護世自能護已復令他人亦能護世

佛說如來不思議祕密大乘經卷第十六

音釋

鬘莫班切

盥古玩切澡手也

佛說如來不思議祕密大乘經卷第十七　㨋

八同卷　宋西天三藏朝散大夫試光祿卿光梵大師惟淨等奉　詔譯

去來品第二十

爾時世尊即作是念我今宜應爲此衆會宣說祕密大明章句令其衆會善根相應大菩提法久住世間作是念已即告金剛手菩薩大祕密主言我昔曾於阿波邏羅龍王宮中及大菩提場初成道時以利益心攝受世間我時宣說大明章句汝能記念耶金剛手菩薩白佛言世尊我能記念佛言祕密主汝今說彼大明章句是時金剛手菩薩大祕密主從座而起前詣佛所胡跪合掌頂禮佛足即說祕密大明章句曰

怛𤚥他(一引)賀虎羅(二引)虎羅嚩帝(三引)虎賀囉拏(四引)薩吳(引)拏(五引)左左左左左(六)你布拏(七引)𩹄怛刹多(八引)刹野刹夜(九引)多(引)刹野薩摩(十引)設末你葛囉(十一引)賀盧(十二)賀盧嚩帝(十三)尸羅嚩帝(十四)緊阿(引)尾設野帝(十五)你薩囉尼(十六引)惹惹(十七)惹惹末帝(十八)阿嚩吒(十九引)你嚩吒(二十引)嚩栗多(二十一合引)奴娑(引)哩尼(二十二引)部(引)多(引)奴塞蜜哩(二十三合)帝(二十四)呼(引)祢嚩多(引)奴塞蜜哩帝(二十五合)呼(引)那(引)誐(引)喃(二十六引)藥乂(引)赦(二十七引)巘馱哩嚩(二十八合引)赦(二十九引)摩呼(引)囉誐(引)赦(三十引)莎悉底(三十一合)哩婆(三十二合)嚩都(引)薩哩嚩(三十三合)薩埵(引)喃(三十四引)尾計嚫都(引)摩訶(引)鉢哩嚩多(三十五合引)三咩他旦(引)馱囉尼(三十六引)誐哩惹(三十七合引)都(引)三毋捺囉(三十八合)尾誐壹帝(三十九)

金剛手菩薩大祕密主說是祕密章句時一切魔宮皆悉振動大地傾搖大海騰涌一切

衆會皆悉戰怖咸詣佛所頂禮求救是時世尊復以一足按地大千世界皆悉動搖時諸衆會俱向佛所作是白言救我世尊救我善逝我等一切驚怖戰掉佛言勿怖勿怖此是諸佛大明章句威神境界能使大地振動大海騰涌日住虛空亦復動搖爾時世尊即爲金剛手菩薩及諸衆會如其所應略說法要是時會中有八萬人發大菩提心有無量人住有學地爾時金剛手菩薩大秘密主長子金剛軍持妙寶網覆於佛上前白佛言世尊菩薩云何能於阿耨多羅三藐三菩提得不退轉佛言善男子菩薩若能具修十法即於阿耨多羅三藐三菩提得不退轉何等爲十一者常行無礙大慈二者常起無倦大悲三者精進辦諸事業四者善修空三摩地五者現前通達勝慧六者於一切處皆善通達七者能以妙智清淨三世八者以無礙方便觀實業報九者雖了知空而植衆德本十者如其所說自性清淨而善入聖道菩薩若具如是十法即於阿耨多羅三藐三菩提得不退轉金剛軍復白佛言世尊菩薩當修何法於佛不思議門聞已安然不生驚怖佛言善男子菩薩當修八法即能於佛不思議門聞已安然不生驚怖何等爲八一者增長勝慧二者增長妙智三者常爲善友之所攝受四者具大信解五者善達如幻無生之法六者信解無常之法七者心行平等猶如虛空八者於諸法中善知障礙所起之相菩薩若具如是八法即能於佛不思議門聞已安然不生驚怖金剛軍復白佛言菩薩當修何法即能

於諸所作而得自在佛言善男子菩薩當修四法即能於諸所作而得自在何等爲四一者善修現前無滅之法具五神通二者善觀勝解脱門具四禪定三者超勝梵世具四梵行四者以方便慧於一切處善修無生菩薩若具如是四法即能於諸佛所作而得自在金剛軍復白佛言菩薩有幾種法門佛言善男子菩薩有四種法門何等爲四一者智門善入一切衆生根性二者慧門能善分別宣説句義三者陀羅尼門善入一切言音總持四者無礙解門能善宣説諸無盡法此爲菩薩四種法門金剛軍復白佛言菩薩有幾種力佛言善男子菩薩有九種力何等爲九一者定力大悲起故二者精進力不退轉故三者多聞力勝慧生故四者信解力圓滿解脱故五者修習力離散亂故六者忍力善護衆生故七者菩提心力降伏諸魔故八者大悲力成熟衆生故九者無生忍力圓滿十力故如是名爲菩薩九力當佛世尊説是法時彼長子金剛軍得無生法忍證是忍已復白佛言惟願世尊威神建立令此正法於金剛手菩薩大祕密主宫中而得久住使彼具法器衆生獲得聞慧光明照燭乃至如來般涅槃後於閻浮提中廣令流布使不隱没爾時世尊受金剛軍勸請已即告金剛手菩薩大祕密主言祕密主汝今宜應宣説我於大菩提場初成道時護諸菩薩降伏攝受諸魔軍衆所有祕密大明章句建立加護令正法眼久住世間攝伏諸魔邪異外法爾時金剛手菩薩大祕密主承佛教勅從座而起偏袒右肩

右膝著地合掌恭敬頂禮世尊說大明曰

怛鞥佗一引虎盧二虎羅三引虎梨四提引哩五訶引哩引底六阿酤引設羅刹曳七左梨八左羅嚩帝九娑引哩十芻哩十一羼引帝末利十二翅彌十三羼引帝葛哩十四刹彌十五設彌十六扇引帝葛哩十七虎呼引十八阿梨十九詰詰哩二十訶哩二十一阿引尾設你二十二囉娑二十三囉娑你二十四惹曳二十五惹野嚩帝二十六體哩二合二十七阿引嚩哩帝合二十八尾嚩哩帝合二十九阿嚩哩多二合你三十梅引底哩二合引部引多引喃引僧誐囉二合呼引三十一彌引三十二捺摩三鉢你三十三帝引蘭拏二合多引囉曳引三十四部引莎焰莎悉帝二合祢尾毗蹫二合三十五那引倪毗蹫二合三十六藥翅毗蹫二合三十七𡄣引馱哩尾二合毗蹫二合三十八藥乂西毗蹫二合三十九摩引奴賒引摩奴試毗藥二合四十莎悉底二合哩娑二合嚩都引薩捺引蘇欠四十一

說是大明時一切山王皆悉振動大地傾搖大海騰涌所有一切邪異外法皆悉攝伏歸正法語善護一切正法寶藏一切天衆互相慶悅說伽陀曰

祕密大明宣說已　能令正法久住世
三千世界悉傾搖　求人中尊願救護
大師善說眞實語　普爲衆會施無畏
威神建立此法門　能令正法久住世

爾時世尊於金剛手菩薩宮中住經七日廣爲無量一切衆生作利益已乃至曠野大城一切情品廣大周徧無不蒙益即離本宮還處空中菩薩聲聞人天恭敬圍繞復有無數百千夜叉羅刹阿脩羅迦樓羅等前後導從

梵王帝釋護世天等布光明網奏妙音樂雨衆異華時諸刹土皆悉振動以佛威德神通勢力加持神變及威儀事譬如鵝王遊戲自在漸次還詣鷲峯山中金剛手菩薩大祕密主以佛威神而隨佛後

佛說如來不思議祕密大乘經卷第十七

佛說如來不思議祕密大乘經卷第十八

宋西天三藏朝散大夫試光祿卿光梵大師 惟淨 等奉 詔譯

勇力菩薩先行品第二十一

爾時世尊與諸菩薩聲聞大衆遊止鷲峯山中於日後分離本住處爲諸大衆隨宜說法時阿闍世王知佛世尊已復山中宫嬪眷屬并王舍城中六萬人衆各持種種上妙香華塗香末香等諸供養出王舍大城詣鷲峯山佛世尊所到已頭面頂禮佛足各住一面時阿闍世王前白佛言世尊我諸所作隨宜安處我子來白父王當知世尊大師於金剛手菩薩宫中赴請已竟今已還復鷲峯山中我乃思念希有世尊佛於一切衆生大悲隨轉於衆生聚中無一衆生如來世尊起猒捨者於曠野大城金剛手宫中赴請受供還復來此廣爲衆生成熟利益世尊彼金剛手菩薩大祕密主甚爲希有具大威力能善宣說如來法律生大歡喜而金剛手者往昔曾於何佛如來應供正等正覺所植種德本乃能成辦如是辯才佛告阿闍世王言大王當知彼不種善根衆生於如是事極難信解而彼決定種善根者乃能於此生其信解大王假使十方如殑伽沙數等諸世界尚能筭數知其邊際彼金剛手菩薩大祕密主於佛世尊所親近供養修諸梵行成就辯才假使諸佛世尊而亦不能筭其邊際以是縁故大王當知昔因縁者我念過去阿僧祇劫復過於前廣大無量不思議劫時有如來應供正等正覺出現世間號曰多聞明行足善逝世間解無上士調御丈夫天人師佛世尊世界名極嚴

劫名無毀時彼世尊爲彼清淨大菩薩衆宣說正法彼佛告言諸善男子汝等當知若有菩薩能發大精進者即於身命而悉棄捨時彼會中有一菩薩名曰勇力前白佛言如是世尊如是善逝如佛所言若有菩薩發精進者即於身命而悉棄捨如我解佛所說義菩薩若生懈怠豈能速證阿耨多羅三藐三菩提果何以故能發精進諸菩薩者於生死中不起猒倦之意而彼菩薩於生死中常當稱讚不樂涅槃但爲成熟諸衆生故世尊菩薩勤行爲利衆生故具精進信解於生死中自得其樂不樂涅槃之樂所以者何菩薩爲利諸衆生故隨其所應諸有施作亦隨所應皆獲其樂若住涅槃而何能作是故諸菩薩於生死境界中自得其樂而即不取涅槃境界

世尊菩薩於生死境界中所得樂者謂即勤行利衆生故而常得見無量諸佛常聞無量清淨正法常能成熟無量衆生菩薩以住生死境界故即能隨入衆生境界而於涅槃境界之中不著捨行菩薩住生死境界者以怖墮於非境界中何以故非境界中不復能作利衆生事不能安住如來境界以不能住如來境界故不能長養一切衆生此中何名非境界邪所謂聲聞緣覺之地若樂住者即棄捨衆生不能成熟何以故聲聞緣覺境界是爲菩薩非境界故以聲聞緣覺怖畏生死若能攝受無量生死者惟除清淨大菩薩爾是故菩薩能於生死境界中住大王當知時彼多聞如來讚勇力菩薩言善哉正士善說此語復善尊重菩薩境界所作諸行而不復墮

非境界中勇力菩薩白彼佛言云何是菩薩自境界邪彼佛答言善男子菩薩自境界者謂能攝受無量生死不生怖畏稱讚菩薩廣大勝行而不樂住聲聞緣覺之地以無礙智和合三界若損若益能善增長一切善根以增益智成衆德本而復能以盡智成就無盡福行雖觀無生而善成辦有生之法雖知無衆生而善成熟一切衆生雖知諸法離性而善攝受正法雖知諸佛國土自性如空而以智嚴淨佛土雖觀諸佛法身無相而善勤求如來所有殊妙相好雖觀諸法本無造作而以妙智於衆德本所作精進雖觀有爲法不實而於諸事業少求少作復能善爲一切衆生隨宜施設雖觀身心離著而以妙智說法無猒雖離憒閙而從禪定所生不著禪味雖復覺了甚深之法而以妙智隨諸衆生種種行轉善說法要雖知無生以智善思普攝三有雖以智觀諸法皆空而善護所得之果雖觀聲聞緣覺境界而善求如來解脫輕安之法雖不猒捨諸菩薩行而常善觀諸佛境界善男子此即是爲彼諸菩薩自境界門復次大王彼時勇力菩薩於彼多聞如來所聞說如是清淨境界法已生希有心白彼佛言希有世尊能善說此諸大菩薩自境界門清淨正法如我解佛所說義即是具善巧方便菩薩入一切法自境界門譬如虛空一切色像境界普照無著一切色像亦無障礙虛空境界亦無障礙具善巧方便菩薩亦復如是現前覺了彼一切法自境界故又如虛空普照一切色像境界而無障礙所有一切毒樹藥

樹棘刺之樹華果香樹彼等一切生長於空然彼虛空無染無淨無違無順具善巧方便菩薩亦復如是從慧出生彼一切法自境界門謂異生法有學法無學法緣覺法菩薩法如來法等何以故彼一切法現所證故又如世間草木藂林而火不能爲其作護何以故火若上騰悉皆燒爇極熾焰故菩薩亦復如是於一切法自境界中慧光發明極炎熾故又如金剛堅固之身火不能燒刀不能斷毒不能中他力不能伏菩薩亦復如是非聲聞習非緣覺習非一切衆生諸煩惱習而能染故菩薩隨諸習染悉以勤行增上慧力咸開曉故又如水清摩尼寶珠而能清彼諸濁水故菩薩亦復如是以勝慧寶普能清淨一切衆生諸煩惱垢又如有藥名曰離毒不與一切惡毒同處而能息除一切毒故菩薩亦復如是具方便慧力故不與一切衆生煩惱及自煩惱而共同處復能止息一切衆生諸煩惱毒此如是等皆是一切法自境界門大王當知彼勇力菩薩說是法時有八千人發阿耨多羅三藐三菩提心二百菩薩得無生法忍大王當知彼時多聞如來法中勇力菩薩者豈異人乎即此會中金剛手菩薩大祕密主是此大士者能於彼時被堅固精進之鎧於多佛所親近恭敬深種善根

阿闍世王問答品第二十二之一

爾時阿闍世王即起是念此金剛手菩薩大祕密主右手所持大金剛杵幾何輕重而祕密主有大力勢能善執持時金剛手菩薩大祕密主知其所念即告阿闍世王言大王當

知此金剛杵亦輕亦重王言以何緣故亦輕亦重金剛手言爲欲調伏憍慢貢高諸衆生故此杵即重爲示無慢正直諸衆生故此杵即輕時金剛手菩薩即以所持大金剛杵置之于地當置地時以神力故三千大千世界六種振動即告阿闍世王言大王汝今宜應以此地中大金剛杵而自舉之時阿闍世王即時以自堅固勇力欲舉其杵竭其力勢不能動摇一毛端量即生希有尊重之心前詣佛所合掌白佛言世尊我昔曾於戰陣之所取被甲大象一手執持舉擲于遠此金剛杵其量微小我今竭自力勢不能動摇況復舉邪以何緣故其事如是佛言大王無自惱心此金剛杵至極重故時阿闍世王即白帝釋天主言憍尸迦今宜舉此地中所置大金剛杵時帝釋天主即時以自勇猛神力欲舉其杵盡竭其力不能動摇即生希有尊重之心前詣佛所而白佛言世尊我若與彼阿脩羅王闘戰之時我力堅勝勇銳無敵右手取彼毗摩質多羅阿脩羅王所有大車量廣七百由旬我時執持如迅風行此金剛杵竭自勢力不能動摇豈非世尊廣大威神所制止邪佛言憍尸迦此亦非我神力所制但爲彼金剛杵至極重故憍尸迦於汝意云何須彌山王至極重邪天主白佛言須彌山王至極重邪喻所不及佛言天主此金剛杵金剛所成重復過彼須彌山王而金剛手菩薩能以此杵擲碎輪圍諸山猶如糠粃以其金剛大力勢故爾時帝釋天主即白尊者大目乾連言佛說尊者於聲聞衆中神通第一願今尊者

舉此地中大金剛杵尊者大目乾連即自思念我若於此人天大衆之前不能舉動此金剛杵豈非於我生慢心邪作是念已運自神力方欲前舉彼金剛杵即時三千大千世界六種振動海水騰涌大地普皆怖畏振擊唯金剛杵不動不搖是時尊者大目乾連前詣佛所頂禮佛足作是白言佛説我於聲聞衆中神通第一具大威神名稱力勢能以四大海水置於掌中亦能轉此三千大千世界猶如有人以一金錢轉於指端又能空中止其日月制彼威光不令轉動又能取彼須彌山王擲過梵世又能調伏難陀烏波難陀二大龍王又能於彼陽焰世界周行乞食此金剛杵其量微小然我亦復不能動搖世尊豈非我今神力減邪佛言大目乾連非汝神力有所減少但爲菩薩威力加持一切聲聞緣覺悉不能動況餘衆生又目乾連假使殑伽沙數諸佛刹中所有須彌山王悉能振動唯金剛杵隨置地方不能動搖目乾連白佛言世尊金剛手菩薩具大力勢而能戲擲此金剛杵誠哉希有佛言大目乾連假使三千大千世界諸須彌山尚能合入一須彌山悉能動搖此金剛杵而不能動爾時尊者大目乾連生希有心前白佛言希有世尊此金剛手菩薩大祕密主具大力勢善能持彼大金剛杵此大祕密主爲即父母所生力邪爲神力邪佛言大目乾連父母所生之力隨所入處皆有分量而諸菩薩神通力者無盡無限我若開示使天人世間咸生迷惑爾時世尊普徧觀察諸衆會已告金剛手菩薩大祕密主言

汝今宜應自當舉其地中所置大金剛杵時金剛手菩薩大祕密主神力振動三千大千世界已即以左手舉取其杵戲擲空中旋繞七帀杵旋空已即時接置安右手中一切衆會生希有心合掌頂禮大祕密主咸作是言希有祕密主能具如是廣大力勢善持最勝大金剛杵普願一切衆生皆悉獲得如是勝力時阿闍世王復白佛言世尊菩薩具修幾法即能獲得如是勝力佛言大王菩薩若修十法獲得勝力何等爲十一者菩薩寧捨身命終不棄捨無上正法二者於一切衆生作謙下想不增慢心三者於彼劣弱衆生起慜念心不生損害四者見饑渴衆生施妙飲食五者見怖畏衆生施其無畏六者見疾病衆生施藥救療七者見貧乏衆生惠令滿足八者見佛塔廟形像塗飾圓淨九者出歡喜言安慰衆生十者見彼負重疲困苦惱衆生爲除重擔菩薩若具足如是十法即能獲得如是最勝之力

佛說如來不思議祕密大乘經卷第十八

音釋

[illegible]寧也切 巘語蹇切 嚂力淡切 咩迷罵切 羼初眼切

佛說如來不思議祕密大乘經卷第十九 第二十同卷

宋西天三藏朝散大夫試光祿卿光梵大師惟淨等奉　詔譯

阿闍世王問答品第二十二之二

復次阿闍世王白佛言世尊菩薩當修幾法獲得自在之法趣向自在佛言大王菩薩當修八法即得自在之法趣向自在何等爲八一者出美善語心意質直二者心常柔輭三者心善愛樂四者心常平正五者無諂六者無誑七者不嫉八者心常調暢菩薩若具如是八法即得自在之法趣向自在阿闍世王復白佛言菩薩當修幾法能於自在中住佛言大王菩薩當修四法能於自在中住何等爲四一者若生人間願爲轉輪聖王值佛出世二者願爲帝釋值佛出世三者願爲娑婆界主大梵天王值佛出世四者願爲豪勝長者值佛出世菩薩若具如是四法能於自在中住阿闍世王白佛言世尊淨信以何爲畢竟佛言大王善知識爲畢竟王言多聞何爲畢竟佛言多聞慧爲畢竟王言布施何爲畢竟佛言大富爲畢竟王言持戒何爲畢竟佛言持戒能生善趣而爲畢竟王言忍辱何爲畢竟佛言忍辱隨護諸生而爲畢竟王言精進何爲畢竟佛言精進善能圓滿一切佛法而爲畢竟王言禪定何爲畢竟佛言禪定近寂爲畢竟王言勝慧何爲畢竟佛言勝慧息諸煩惱而爲畢竟王言聽法何爲畢竟佛言聽法斷諸疑惑而爲畢竟王言問法何爲畢竟佛言問法離諸雜說而爲畢竟王言居處閑寂何爲畢竟佛言居處閑寂得禪定神通

而爲畢竟王言觀想何爲畢竟佛言觀想離
念爲畢竟王言無常聲何爲畢竟佛言無常
聲離諸執著而爲畢竟王言苦聲何爲畢竟
佛言苦聲無取爲畢竟王言無我聲何爲畢
竟佛言無我聲滅我我所而爲畢竟王言寂
靜聲何爲畢竟佛言寂靜聲隨止爲畢竟王
言深固作意何爲畢竟佛言深固作意發起
正見而爲畢竟王言若身心離何爲畢竟佛
言離發起禪定神通而爲畢竟王言聖道何
爲畢竟佛言聖道現前三昧果而爲畢竟王
言信解何爲畢竟佛言信解解脱圓滿而爲
畢竟王言諸佛出世何爲畢竟佛言諸佛出
世成就一切菩提分法而爲畢竟王言如何
是佛出世佛言大王隨發菩提心即是佛出
世王言云何發菩提心佛言所謂大悲出生

王言云何大悲出生佛言謂即發起淨信王
言云何發起淨信佛言若發菩提心即是發
淨信王言當云何發彼菩提心佛言深心不
退轉是發菩提心王言云何是深心不退轉
佛言即是所起大悲王言云何能發大悲佛
言於一切衆生不生猒捨之心即是大悲王
言云何於衆生得不猒捨佛言所謂不著已
樂王言云何是不著已樂佛言謂於三寶常
不捨離王言云何能於三寶不捨離邪佛言
若能除去一切煩惱即於三寶而不捨離爾
時阿闍世王重復肅恭前白佛言希有世尊
希有善逝善説如來清淨法律如來能善施
設學處復能隨順諸佛世尊所説正法不壞
因果遠離斷常隨諸所説成辦事業善惡果
報俱無壞失離諸虚誑如佛所説如是最上

廣大清淨教中誰人敢破復誰問難及生毀謗唯除不種善根諸罪業者世尊我昔不曾深種善根於佛勤孝不能出自血肉報佛深恩願佛今時威力加護令我一切煩惱一切罪業皆悉消滅世尊彼妙吉祥童眞菩薩是善知識長夜利樂爲我息除諸有惡作法光照我我亦不能報彼深恩世尊大慈大善知識能爲我説普盡梵行最上正法

賢王天子品第二十三

爾時寂慧菩薩摩訶薩前白金剛手菩薩大祕密王言如佛世尊化所化事汝祕密主可能隨作諸化事邪金剛手菩薩言今佛現前爲我作證所有殑伽沙數等諸佛如來諸有化事而我亦能隨佛施作所謂種種色相遊戲神通但以宿世深心清淨而爲畢竟爾時寂慧菩薩復白金剛手菩薩大祕密主言我今勸請大祕密主願以神力加持護念令此正法於後時後分後五百歲廣宣流布使彼正法所攝諸大士等得此正法墮於手中金剛手菩薩言善男子諸佛如來於此正法已共加持何以故今此正法即是文字所成而彼文字無生無盡亦不隱沒以其文字及所説義不能隱故如來此説甚深正法亦不能隱所以者何無法可生若法無生即法無滅如是當知如佛所言若佛出生若不出世諸法常住所謂法性法界法住實際清淨法如是故如其所説諸法緣生亦不相違若法緣生不相違故即是正法以正法故即不隱沒如是所説乃名正法寂慧菩薩言祕密主云何能被精進鎧攝護正法金剛手菩薩言若

於一切法不相違即能被精進鎧攝護正法何以故而此正法與一切法不相違故寂慧菩薩言何法是相違金剛手菩薩言文字相違故即法相違而不復與生法相違若彼不相違是爲攝護正法者寂慧菩薩言彼攝護正法有與一切世間相違不金剛手菩薩言有善男子何以故世間衆生取著諸見有執空語者彼即世間相違又謂世間是常樂我淨而世間者是無常是苦無我不淨彼即世間相違又世間衆生順生死流逆正法流彼即世間相違又世間衆生尊現世法護正法者尊他世法彼即世間相違又世間衆生取蘊處界護正法者説一切法無取著故彼即世間相違寂慧當知以是緣故護正法者與彼世間相違寂慧菩薩言大祕密主汝當云何攝護正法金剛手菩薩言如我攝護者謂無我無衆生無法而乃攝護寂慧菩薩言此復云何金剛手菩薩言謂我離故衆生離故法離故我衆生法離故過去離故未來離故現在離故過去未來現在不離故三世離故三世不離故諸佛離故諸佛不離故刹土離故刹土不離故法離故法不離故若能通達如是法者即能攝護正法爾時世尊讚金剛手菩薩大祕密主言善哉善哉大士汝善攝護正法若於一切法無執無取即能攝護正法若於一切法有相戲論無取無集乃至一切分別徧計悉無分別即能攝護正法爾時會中有一天子名曰賢王前白佛言世尊近止近寂是佛所説若如所説者即一切所緣皆悉寂止而無所觀以彼近寂不復和合發

生諸法雖法寂靜徧寂近寂而復住持如來正法亦不棄捨雖復住持然於一切法無所住持亦無棄捨當彼天子說是法時會中有千苾芻得心解脱有千天子得法眼淨爾時寂慧菩薩白賢王天子言云何得是辯才天子答言能斷一切習氣離語言道無所記說勝義諦中無法可取故得辯才寂慧菩薩言天子辯才云何出生天子言無辯才故離辯才故所以者何無辯才者此說即是無和合義離辯才者此說即是離戲論義復次善男子如所說故何有辯才可得若爲他表了識即不轉若自表了識亦無住以如是故乃得辯才若於諸所緣以意表了者又無障礙法性之中而無所住故得辯才又一切法中智無所轉無有少法智可知解故得辯才又無住法中無出無入越諸染法故得辯才又一切法無生而生無滅而滅故得辯才爾時寂慧菩薩白佛言希有世尊此賢王天子具大辯才佛言寂慧此賢王天子從極樂世界阿閦佛刹中而來至此欲聽金剛手菩薩大祕密主宣說如來祕密正法又此天子已得隨入一切法相陀羅尼故於百劫中無所願求自然獲得無礙辯才隨所宣說辯才無礙

總持功德讚說譬喻無盡品第二十四之一

爾時寂慧菩薩白佛言世尊云何名爲隨入一切法相陀羅尼佛言寂慧隨入法相者即是文字無盡隨入之智謂阿字門隨入一切法故又阿字者是即諸法初生後際又阿字者於一切處成辦事業隨起語業無所了知非無了知以阿字門隨入一切法故此說是

名隨入法相陀羅尼門復次寂慧所言隨入者於一切處無有少法如微塵許可出可入無文字故從何所來復從何入中亦何住以其文字中無住故而即無出何方而去又以文字無和合故即無文字而可記説亦非無説無增無減以無文字故無有是法亦無非法而可分别以無文字故無法可生無法可滅無法可成無法可壞寂慧當知如是文字筭數即是心之筭數如心筭數即是一切法筭數如一切法筭數即非筭數何以故法無筭數可得故以無筭數法可筭數故即一切法筭數不可得如是即能隨入法相本來如是隨入無生若入無生亦復無起此即無有少法可入是故諸法無入而入寂慧若能如是入諸筭數即於辯才而不能斷何以故法性無斷故若如是通達即能隨應爲他説法隨有所説現前作證由如是隨入諸法相故即是隨入衆生相以其隨入衆生相故即如所信解善説諸法寂慧得陀羅尼菩薩其心離垢意樂清淨正行潔白其心高勝所行善住妙慧最上而獲神通堅固圓滿不爲魔軍之所破壞降伏外道制諸煩惱解除怨結身有力勢心無疲倦辯才無盡演法無邊善説無際勝智無礙具深妙慧善説深法多聞如海住三摩地如須彌山所有衆會如師子王世法清淨如彼蓮華長養衆生如其大地息煩惱愛猶如大水成熟衆生猶如大火於一切衆生起平等心猶如妙月破煩惱癡暗猶如大日除煩惱怨如勇力者心善調伏猶如大龍高振法音如大雷吼普施法雨如澍大

雨療治衆生諸煩惱病如大醫王作大法王如王自在善護世法如護世天善觀天人如帝釋天主心得自在具增上力猶如梵王無所繫著猶如飛鳥怖諸憒閙猶如猴鹿於一切衆生忍伏諸惡猶如慈母教授藝能開諸學門猶如慈父施諸法寶流注無盡如毗沙門天王得福莊嚴具諸相好人所樂觀見者歡喜具七珍財無貧乏苦攝諸無智稱讃智者具智慧故離諸過失善護諸天善護諸龍及夜乂等說法自在神通無礙了知一切衆生意樂隨入一切衆生根性聽法無猒不求一切名聞利養說法無悋無染著故具戒清淨無怨害故忍力清淨善能成辦諸事業故精進清淨得自在故禪定清淨潔白智故勝慧清淨梵行最上故具四無量善修出世靜慮等持成就無上菩提聖道以具如是諸相功德故當得無上法王灌頂寂慧當知得陀羅尼菩薩尚獲如是無量功德若復如來神力加持諸有事業比得陀羅尼菩薩功德經百千歲稱讃譬喻而不能盡爾時寂慧菩薩白賢王天子言仁者汝今快得善利能善稱讃如來無量無邊功德時賢王天子白寂慧菩薩言善男子勝義諦中無有少法可得稱讃何以故法無有相非形顯色是故功德不可稱讃得其邊際若形顯色中決定有相者即可以言詞宣說稱讃

佛說如來不思議祕密大乘經卷第十九

佛說如來不思議祕密大乘經卷第二十

宋西天三藏朝散大夫試光祿卿光梵大師惟淨等奉　詔譯

總持功德讚說譬喻無盡品第二十四之二

爾時賢王天子白佛言世尊一切法無攝受無我無取無續無斷然以方便隨宜所作諸勤行者以正方便現前得法世尊譬如大水積於地下須假人力勤行施作或開以坑或鑿以井由勤力故方獲其水若無坑井水乃何得勤行方便之者亦復如是以勤力故於一切處勝智通達若無勤力智從何得是故求菩提者常勤方便發起精進即能現前獲得聖法又如世間生盲之人所生色像而不能見衆生煩惱暗蔽亦然於所生法而不能見又如世間有目之人於黑暗中若無明炬即不能見一切色像修天眼者亦復如是若無善知識說法教導不能於法而生信解又如已具淨天眼者不假世間光明所照菩薩亦復如是所作已辦者不假他人而為教導又如世人處胎藏者都無所見亦復不見有所增長發起精進菩薩亦復如是雖修佛法亦不見菩提有所增長又如大雪山王所有諸樹依之而生諸樹必無中有破壞及彼焦枯菩薩亦復如是勤行方便修諸正法依智所生亦不於中破壞減失又如轉輪聖王出於世間七寶隨出所謂輪寶象寶馬寶珠寶女寶主藏神寶主兵神寶等菩薩亦復如是若發菩提心七寶亦隨出所謂布施持戒忍辱精進禪定勝慧方便等又如轉輪聖王統行四大洲界於諸衆生平等愛念而無異想菩薩亦復如是以四攝法普攝衆生而無異

想四攝所謂布施愛語利行同事又如轉輪聖王行王法化一切悉無鬬戰爭訟菩薩亦復如是安居說法悉無一切邪外戰訟又如三千大千世界最初成立大須彌山及彼大海菩薩亦復如是初發菩提心先以深固大悲建立又如世間日光出時先照高山菩薩亦復如是最初發起大智光明令諸衆生發起善根得智光照又如大地受諸種子而彼一切草木藂林依地而生平等滋長得陀羅尼菩薩亦復如是以無著心於一切衆生平等與法而無棄捨爾時世尊讚賢王天子言善哉善哉天子汝今善能譬喻宣說諸菩薩法天子當知假使一切草木藂林名相等聚法聚聲聚及形色聚徧入一切衆生心行普以一切名相分別一切衆生周徧伺察乃至衆生飲食受用悉爲譬喻稱揚讚說彼得陀羅尼菩薩所有功德而不能盡天子彼得陀羅尼菩薩者諸有所說無有少法非佛語者又復一切色相光明聲香味觸法光明無不現前所得辯才不隨他聞而有繫屬不觀他相而有所說於一切處隨其所向通達無盡亦復無邊不以威力徧入一切身無麤重心無所緣能於百千諸佛現前說法無染無著而是菩薩以彼諸佛威神建立故得陀羅尼智慧辯才有所說法無染無著亦無退轉天子當知菩薩有三無著之法何等爲三一者我無著二者衆生無著三者法無著有三種通達清淨何等爲三一者法界清淨二者真如清淨三者實際清淨又有三種通達無盡何等爲三一者法無盡二者文字無盡三者

演說無盡又有三種獲得通達加持之力何等爲三一者辯才加持二者法義加持三者入法加持又有三種成就歡喜何等爲三一者慧歡喜二者智歡喜三者斷疑歡喜又有三種速疾之法何等爲三一者念速疾二者慧速疾三者行速疾當佛說是總持功德讃說譬喻無盡法時會中八百菩薩得入陀羅尼門

囑累正法品第二十五

爾時金剛手菩薩大祕密主白佛言惟願世尊神力加持令此正法於後時後分後五百歲閻浮提中廣宣流布佛言大祕密主我有密護正法祕密大明章句汝能記念不是章句者我昔曾於寶月如來所親所聽聞金剛手菩薩白佛言世尊我亦記念佛言大祕密主汝今宜應爲此衆會密護正法令久住世當說往昔大明章句爾時金剛手菩薩大祕密主合掌頂禮十方一切諸佛即說大明曰

怛𡫸(切身下同)佗(引一)惹野(一)惹野末帝(三)惹野設覩嚕(二合引四)阿梨(五)阿末梨(六)阿盧力帝(七)末彌那末末散提(八)烏諦(九)烏怛末帝(十)烏怛囉尼(十一)阿(引)哩(十二)阿(引)囉摩尼(十三)阿哩怛摩尼(十四)阿牟(引)梨(引十五)牟羅(引)嚩窒帝(引十六)牟(引)邏(引)努誐帝(十七)阿窒(十八)末窒(十九)末窒帝(二十)阿(引)尼(二十一)摩(引)尼(二十二)摩(引)尼帝(引二十三)枯嚕(引二十四)枯嚕(引)散提(二十五)達哩摩(二合引)努誐帝(二十六)達哩摩(二合)怛翅(引二十七)達哩摩(二合)鉢囉(二合)尾(引)尸(引二十八)薩哩(引二十九)薩囉(引)薩哩(引三十)阿毗禰(引三十一)毗那散提(三十二)伊呬(三十三)伊喝你(三十四)伊那努誐彌(引三十五)你誐囉(二合)呬摩(引)

囉引拔引三十六你哩伽二合引怛你底引哩他也三合引喃引三十七牟引喝那引達哩摩二合捺尾二合尸拔引三十八尾馱末那引訖梨二合引舍引喃引三十九烏入嚩二合引羅那引達哩摩二合你引底哩二合引拔引四十阿引聻呂角切乂引達引哩摩二合葛體迦引喃引四十一阿引尾設那引你哩嚩二合引拏寫四十二鉢囉二合誐囉二合呼引冐引提鉢哩左引哩迦引喃引四十三鉢哩三塞佗二合引鉢那引鉢哩沙二合那引四十四迦引夜引努鉢囉二合那引喃四十五達哩摩二合設囉二合嚩尼迦引喃引四十六三滿捘引喝囉怛鍐二合四十七薩藐誐多引喃引四十八阿嚩路引葛喃四十九薩藐葛鉢囉三合帝鉢那喃引五十阿引穆契引娑引嚩怛鍐二合五十一滿怛囉二合鉢那引你摩引鉢囉二合拏閃都引五十二滿怛囉二合散提囉引吽引那烏那

引喝蘭拏五十三倪也二合引那阿㝹引拏多引五十四阿那嚩謇哩二合馳多引祢引舍那引莎娑引嚩怛鍐二合引五十五

金剛手菩薩大祕密主說是祕密大明章句已時此三千大千世界皆悉振動即此三千大千世界一切魔衆各與眷屬同時來詣佛世尊所曲躬合掌俱白佛言世尊若諸法師能從口門出是大明章句者我等諸魔皆往承事恭敬令此大明最勝威力一切天人不能破壞我等常當密作護衛無令一切伺得其便

爾時世尊普徧觀察諸衆會已即說祕密大明章句曰

惹曳訥哩惹二合曳一惹野末帝二設彌三設覩嚕二合引你哩伽二合引怛你四阿牟引梨五

牟引羅鉢哩親你六摩引囉塞引鞑切身尾怛囉二合引薩你七穆吉底二合八穆吉多二合嚩帝九戍引提十阿毗祢十一婆野牟引左你十二婆引嚕引喝尼十三難帝尾捺曳二合十四引尾鞑鉢囉引訖囉二合牟引十五

即說伽陀曰

正法攝伏於他語　以正法語善攝受
以法寶藏常護持　如來所說大明句

復說大明曰

阿彌一末彌二末末親祢三阿哩體二合引四阿哩佗二合你薩多二合引囉尼五

此是呼召四大天王大明章句

復說大明曰

提引哩一提引囉嚩帝二虞引鉢帝二合引三戍引毗引四戍引婆嚩帝引五設彌六

此是呼召帝釋天主大明章句

具慈善順大忍力　爲悲愍故說大明
喜捨二法悉具圓　梵王帝釋咸呼召

復說大明曰

阿囉尼引一嚩囉尼二珂溪三阿牟引梨四牟引羅輸引馱你引五

此是攝伏諸魔大明章句

說伽陀曰

令此祕密大明句　振動降伏一切魔
人中聖主力加持　善說斯經廣流演
如來所說此正法　當知於後末世時
宣說明句密加持　振復還復於今日

時諸魔衆咸來集會說伽陀曰

諸說法師大智者　我等諸魔當密護
令於最後末世時　得此正法墮於手

爾時世尊告金剛手菩薩大祕密主言汝應當知今此正法如來威神已加持故無人能於此正法中有所動轉何以故我念往昔過去世中有佛出世號寶月如來應供正等正覺明行足善逝世間解無上士調御丈夫天人師佛世尊世界名無毀劫亦名無毀彼佛法中有二法師有大威德名稱力勢一名慧上二名諦授彼二法師於寶月如來所聽聞受持此大明章句滿足半劫隨彼如來轉正法輪彼時所有三千大千世界百俱胝魔衆皆令成熟菩提聖法寂慧菩薩前白佛言世尊彼寶月如來爲現住說法爲已涅槃耶佛言寂慧東方去此百萬俱胝佛刹有佛國土其名無毀佛號寶月現住說法彼佛壽量十千劫數其佛刹中有諸魔衆很惡難調彼佛宣說大明章句而悉調伏得調伏已皆於菩提聖法成熟圓滿大祕密主汝今當知我亦曾於寶月如來法中淨修梵行成就菩提聖法彼時慧上法師者即我身是彼時諦授法師者即金剛手菩薩是寂慧當知我於彼時與金剛手菩薩同勤精進心不放逸於彼佛世尊所尊重恭敬廣多供養聽受彼佛宣說祕密大明章句降伏諸魔攝護正法爾時世尊普徧觀察諸衆會已普告衆言汝諸仁者誰當堪任於佛如來入涅槃後以我阿僧祇劫積集菩提勝行最上正法受持衛護不令隱沒爾時會中有一萬二千菩薩爲護法從座而起合掌頂禮向佛世尊說伽陀曰

若人捐棄於身命　所捨不求諸果報

但爲受持佛所宣　最上清淨正法故

復有賢王等五千天子合掌頂禮前白佛言世尊我等咸願受持如來菩提聖法時諸天子說伽陀曰

普爲一切衆生故　發起堅固大悲心
我當受持此法門　最上甚深佛所說

爾時帝釋天主尸棄梵王毗沙門天王說伽陀曰

今此正法如妙藥　能治一切衆生病
我等當來悉護持　願佛知我衆心意

爾時金剛手菩薩大祕密主前白佛言世尊我當受持如來於阿僧祇劫積集無上正等正覺菩提聖法即說伽陀曰

諸法本來無文字　無中假以文字說
聖尊悲愍故敷宣　我當受持而流演

爾時世尊告尸棄梵王言梵王當知菩薩有三種最上供養承事如來以其最上承事供養故獲福無量何等爲三一者發起阿耨多羅三藐三菩提心二者住持諸佛正法三者隨所聞法如實修行大梵如是三種最上供養如來若住一劫乃至劫盡或復壽命無量此供養事所獲福報廣說不能得其邊際所以者何若欲最上供養諸如來者應當修此三種最上廣大清淨法之供養復次大梵若有人於如來所說正法之中而能受持一四句偈者是即護持過去未來現在諸佛世尊菩提聖法何以故諸佛菩提從法出生是故法之供養超出世間財供養事法供養者諸供養中勝中最勝最上第一大梵我念過去光明王族中有一太子名曰具慧忽時一夜於其夢中親所聽聞說二伽陀聞已記念覺

乃惟忖我今得大寶藏即時忽然高振其聲作如是言我今得大寶藏時王及后乃問其故太子即時具陳上事乃爲父母說是二伽陀曰

世間財寶聚還散　王官水火賊盜分
諸佛多聞妙法財　多俱胝劫不壞失
常無放逸甘露法　利衆生發菩提心
深固寂靜心亦然　諸樂根本無所取

大梵彼時太子爲其父母說夢中所聞二伽陀時彼有八千人成熟菩提善根四萬二千衆生悉得生天以是緣故所有多聞清淨法財應當精勤依法修行修正法故即能如應爲他攝受復次大梵有二種法而能多作何等爲二一者於諸衆生不興損害二者勤求多聞而無猒足若有能行此二法者於正法眼而不斷滅大梵汝於賢劫諸如來所勸請說法善護正法而彼賢劫諸佛如來若諸清淨衆生方得值遇出世是故汝今勿應猒捨何以故大梵濁惡時中若能於一晝夜受持正法者獲福多於百千劫中清淨佛刹持正法者是故大梵汝應發起廣大精進於此濁惡時中堅固護持如來正法

爾時世尊告尊者阿難言汝今宜應於此所說如來祕密金剛手品部惹囉陀羅尼門堅固受持於後末世爲他廣說我今以是正法付囑於汝汝於末世時中所有具彼劣信解者不應爲說此正法門使彼癡迷何以故於此正法囦徹源底故若有於正法中得自在者已善成辦諸勝事業是法器者應當爲說此正法門彼得聞已不生驚怖何以故正法

出生故爾時尊者阿難前白佛言世尊我今以佛威神力故受持此法隨其力能流布宣演佛言阿難汝今見此金剛手菩薩大士於佛正法勤力護持不阿難白佛言唯然已見佛言阿難汝今亦然於此正法隨宜攝受堅固護持如應宣說阿難白佛言此經何名我等云何受持佛言阿難是經名曰金剛手品亦名宣說如來祕密亦名不思議佛法亦名無量福聚如是名字汝當受持復次阿難汝今當知若有住菩薩乘人佛眼所觀者能以衆寶廣大充滿諸佛刹中乃至從地積于有頂廣行布施而不望報若復有人不以財利之心如善所作爲他演說此正法者福多於彼此說是名如來祕密無量福聚當佛說此囑累正法品時會中有千俱胝人發阿耨多羅三藐三菩提心九萬六千菩薩獲得忍法八萬四千人得法眼淨千六百苾芻得心解脫千六百苾芻尼亦得心解脫十方無量諸佛刹土皆悉振動百千天人於虚空中鼓奏天樂雨衆妙華伸供養已咸作是言願此正法久住世間於閻浮提廣宣流布佛說此經已金剛手菩薩大祕密主及寂慧等諸菩薩衆賢王等諸天子衆阿闍世王等諸大國王并餘菩薩及阿難等諸大聲聞乃至一切世間天人阿修羅乾闥婆等聞佛所說皆大歡喜信受奉行

佛說如來不思議祕密大乘經卷第二十

音釋

憒古外切煩亂也　窒職日切　鎪忙范切

大乘瑜伽金剛性海曼殊室利千臂千鉢
大教王經
唐三藏沙門大廣智不空奉　詔譯

清刻龍藏佛說法變相圖

大乘瑜伽金剛性海曼殊室利千臂千鉢大教王經序

叙曰大唐開元二十一年歲次癸酉正月一日辰時於薦福寺道場内金剛三藏與僧慧超授大乘瑜伽金剛五頂五智尊千臂千手千鉢千佛釋迦曼殊室利菩薩祕密菩提三摩地法教遂於過後受持法已不離三藏奉事經于八載後至開元二十八年歲次庚辰四月十五日聞奏開元聖上皇於薦福寺御道場内至五月五日奉詔譯經卯時焚燒香火起首翻譯三藏演梵本慧超筆授大乘瑜伽千臂千鉢曼殊室利經法教後到十二月十五日翻譯將訖至天寶一年二月十九日金剛三藏將此經梵本及五天竺阿闍黎書並總分付與梵僧目叉難陀婆伽令送此經

梵本并書將與五印度南天竺師子國本師寶覺阿闍黎經令不迴後於唐大曆九年十月於大興善寺大師大廣智三藏和尚邊更重諮啓決擇大教瑜伽心地祕密法門後則將千鉢曼殊經本至唐建中元年四月十五日到五臺山乾元菩提寺遂將舊翻譯唐言漢音經本在寺至五月五日沙門慧超起首再録寫出一切如來大教王經瑜伽祕密金剛三摩地三密聖教法門述經祕義諸佛出世應物隨形志求者智鏡玄通念之者無幽不入根緣感赴必藉此經登菩提山除去邪執契傳二密得究瑜伽祕要法門窮理微妙身口意業用智修持戒定慧學顯現通達證如來地以信爲首乘般若舟速超彼岸今述曼殊之德靈跡殑伽聖覺無方神力潛運以多塵劫悲願不住菩提一主無二尊見爲菩薩自茲金色世界來其忍土之中於清涼之山導引羣品而即現燈現雲及萬菩薩信生奇特現光現相人身皆發正智爲因利益三世蒼生有趣願到菩提次略舉經都題序目

大乘瑜伽金剛性海總攝一切法金剛五頂五智尊現大聖曼殊室利菩薩顯千臂千手千鉢化千釋迦灌頂曼荼羅一切諸佛修證如來金剛菩提具足一切法入毗盧遮那五金剛界聖智圓通入如來佛心三密三十支金剛智鏡聖道性海故

爾時如來說示經教法本五門演有九品云何法本立爲五門一者無生門二者無動門三者平等門四者淨土門五者解脫門云何經教說有九品一者一切如來金剛祕密根

本聖教品二者諸佛出現證修金剛菩提殊勝品三者十方大菩薩出助證竊聖力品四者一切賢聖入法見道顯教修持品五者祕密歸止觀照法性決擇心地品六者一切菩薩修學如來三摩地聖性潛通加被品七者不思議法界聖道如來眞如法藏自在聖智品八者三賢菩薩入法位次第修行迴向菩提品九者十聖菩薩入地等妙二位修學進入聖道成佛菩提解脫品就此五門之中從第一門云何次第得入無生門一者入阿字觀本寂無生義毗盧遮那如來說根本清淨無生門就此門中演有三品一者先說一切如來金剛祕密根本聖教品二者後演諸佛出現證修金剛菩提殊勝品次說經頌

稽首如來法性身　毗盧遮那清淨體
報化應現等如空　般若無邊得自在
四智神用密加持　慧海無窮徧一切
法界眞如空無相　本在有情體性裏
聖智力入識種中　金剛迅疾同等體
如來法藏囑曼殊　祕密流通無障礙
曼荼灌頂授職位　一切如來摩頂記
瑜伽三密志求成　速達本源登佛地
千臂曼殊蓮華會　金剛等持付一切
五智潛通加被心　出到菩提證實際

大乘瑜伽金剛性海曼殊室利千臂千鉢大教王經卷第一

唐三藏沙門大廣智不空奉　詔譯

如是我聞一時釋迦牟尼如來在摩醯首羅天王宮中於毗楞伽寶摩尼寶殿中如來在百寶摩尼寶座上與共毗盧遮那如來於金剛性海蓮華藏會同說此經與無量大梵天王等并與微塵數一切菩薩摩訶薩衆說毗盧遮那如來法界性海祕密金剛界蓮華臺藏世界海於中有大聖曼殊室利菩薩現金色身身上出千臂千手千鉢鉢中顯現出千釋迦千釋迦復現出千百億化釋迦爾時釋迦牟尼世尊其時在大會衆中於是百寶座上告普賢等十六大士菩薩及一切諸大菩薩摩訶薩諦聽諦聽今說毗盧遮那如來往昔聖力加持令法界有情一切菩薩衆修證曼殊室利祕密金剛心三摩地所有菩薩及一切衆生令得自智入佛知見開示悟入是時毗盧遮那如來則告牟尼世尊及千釋迦千百億化釋迦言吾從往昔修持金剛祕密菩提法教者是大聖曼殊室利菩薩摩訶薩是吾先師吾今以說過去往昔師之因緣吾以爲清淨性號毗盧遮那與一切衆生作菩提根金剛之性吾則爲本源自性性金剛聖智種子故則是時釋迦牟尼如來說此經畢已是往昔毗盧遮那如來清淨心出現大聖曼殊室利千臂菩薩金色身顯現修行加持祕密性海法藏令一切衆生悉皆得入是瑜伽大教王經說出顯演毗盧遮那祕要深密法性經三藐三菩提世尊說此經以爲深妙

之法金剛祕密海藏大乘瑜伽金剛菩薩三摩地經爾時毗盧遮那如來說是大聖曼殊室利祕密三摩地教法者與一切有情衆生從往昔因地之時引發衆生修習成就無上菩提今說曼殊承佛五智尊聖性金剛三十支三密三菩提令一切菩薩及一切衆生修入速疾迅悟玄通證入佛心金剛聖力聖性菩提如來三摩地故已前一切成佛者盡皆修此最上大乘殊勝法教速成佛果菩提也於是世尊次釋說經之根宗本義是時釋迦牟尼如來自說往昔過去微塵數劫等如虛空盡於法界不可說不可說久遠已前世時一切諸佛如來因地之時作菩薩修行五智尊金剛灌頂大曼荼羅三摩地法五頂金剛界總攝一切法金剛菩提三祕密三十支三摩地法教者則爾時毗盧遮那如來付囑曼殊室利令傳授與一切菩薩摩訶薩爲師上首觀照指趣迅疾證入玄通智觀入一切佛心證毗盧遮那法身智身清淨聖智法界海性則是時毗盧遮那如來流出五智菩提一切法殊勝總持一切三摩地根本祕密總有五門攝一切法大乘修多羅同一切佛心三藐三菩提玄通勝義祕密法教云何而行次第依說聖旨趣求修學觀照得入此法門一者牟尼世尊說入阿字觀本寂無生義是毗盧遮那如來說爲往昔釋迦千百億化釋迦成道時此佛因地作菩薩時如來爲與說比阿字觀修入根本清淨無生門二者牟尼世尊說入囉字觀本空離塵義是阿閦如來說爲往昔千百億降伏魔民無畏超勝自在佛

說是佛成道之時此佛因地作菩薩時如來與說此囉字觀修入圓成實相無動門三者牟尼世尊說入跛字觀本眞無染著離垢義是寶生如來說爲往昔千百億降伏貪根普滿常足自在佛說是佛成道之時此佛因地作菩薩時如來與說此跛字觀修入法界眞如平等門四者牟尼世尊說入左字觀本淨妙行義是觀自在王如來說爲往昔千百億降伏瞋根無量壽無忍自在佛說是佛成道時此佛因地作菩薩時如來與說此左字觀修入妙觀理趣淨土門五者牟尼世尊說入曩字觀本空無自性義是不空成就如來說爲往昔千百億降伏癡根難勝慧明自在佛說是佛成道之時此佛因地作菩薩時如來與說此曩字觀修入成就金剛菩提解脫門

爾時說如是五如來法教次第說五佛觀已則是時釋迦牟尼如來說一切諸佛菩提根本五金剛五頂聖智菩提解脫門一切諸佛菩薩賢聖之所入處一切初心菩薩及一切衆生之所修證觀行成佛處一切大梵諸天帝釋四天王等及諸聲聞四部弟子衆善男子善女人等之所修學成就無上正等三藐三菩提處佛告大衆諸大菩薩摩訶薩若有初發意菩薩及一切四部衆善男子善女人等若發菩提心者曼殊室利菩薩當有誓言我有十種諸佛無盡甚深大願所有一切菩薩及一切有情衆生入我願者則是世尊諸佛之子亦是我父母於意云何我有先誓大願依我十種大願者先爲父母兄弟姊妹妻子眷屬得令富貴果報圓滿兄友弟恭慈心

不殺聽學大乘讀誦尊經轉教羣品願至菩提我亦作師僧子弟和尚阿闍黎同學伴侣受我法教學我威儀取我禮節令發勝願迴向大乘學習菩提漸成佛道於是我作他作大臣官長理務世俗一一清正於國忠孝悉共有緣歸向菩提得值三寶令發菩提之心云何名爲無盡十種甚深大願一者大願若有一切衆生所生三界或我作他作隨緣受化四空五淨之主八定四禪之主梵王六欲之主帝釋諸天之主四天四輪之主諸神龍王之主八部鬼神之主守護佛法之主伽藍宮殿之主四大持世之主金剛堅牢之主護國善神之主大國小國之主粟散世王之主統領諸軍主都攝所守主所有水陸四生胎卵濕化九類蠢動一切含靈同生三世願佛知見或未聞我名令願得聞及聞我名於我法中令一切有情盡發菩提迴向大乘修無上道若有衆生以法藥世醫救療諸疾歷數筭計工巧博易世典文筆歌詠讚歎講論戲處導以度人隨類同事接引世俗令發菩提正見正受共我有緣得入佛道二者大願若有衆生毀謗於我瞋恚於我刑害殺我是人於我自他常生怨恨不能得解願共我有緣令發菩提之心三者大願若有衆生愛念我身欲心見我求得於我於我身上於他身上盛行諂曲邪見顛倒及生淨行不淨行諸惡不善願共有緣令發菩提之心四者大願若有衆生輕慢於我疑慮於我枉壓於我誑妄於我毀謗三寶憎嫉賢良欺凌一切常生不善共我有緣令發菩提之心五者大願若有

衆生賤我薄我慙我愧我敬重於我不敬於我妨我不妨我用我不用我取我不取我求我不求我要我不要我從我不從我見我不見我悉願共我有緣令發菩提之心六者大願若有衆生常生殺命作屠兒魁膾畋獵漁捕怨命現前更相殺害無有斷絕世世相報殺心熾盛不生悔過賣肉取財自養性命如此之心者永失人身不相捨離報對如是令發菩提之心若有他人取我財物我與財物或施我財物我施財物所得財物及不得者於我有緣令發菩提之心七者大願若有衆生供養我者我供養他者或我造他造寺舍僧房伽藍佛塔禪房蘭若獨靜之處或我造他造一切功德及造菩薩諸佛形像令他布施修立福祐徧於法界迴向一切諸佛菩提令一切有情同霑此福及有他人自已朋友同伴師長弟子修行苦行節身斷食持戒破戒有行無行和尚阿闍黎教導稱説聽受我教我受他教同行同業共我有緣令發菩提之心八者大願若有衆生廣造諸罪墮於地獄無有出期經無量刧受諸苦惱從地獄出生於五趣先作畜生將命還於前生負物作駝驢猪狗牛羊象馬奴婢僕從償他宿債累刧陪命還他偷盗無有休息我於五道隨形受化常生同世教化於人或作貧窮困苦盲聾瘖瘂最下乞人於一切衆生衆中同類同緣同事同行同業導引得入佛道共我有緣令發菩提之心九者大願若有衆生縱恣身心我慢貢高故於我法中汙垤佛法師長弟子無慙無愧用僧佛錢菩薩財物殺生偷盗

邪行妄語綺語惡口兩舌鬪亂縱恣貪瞋不揀良善劫奪他財拒諱慢人不識善惡廣造十惡一切諸罪死墮阿鼻入諸地獄從地獄出輪還六處入生死海諸趣惡道願共有緣同業同道隨緣化變當以救之令得出離共我有緣發菩提心求無上道十者大願若有衆生當於我法若我有緣若我無緣同我大願則是我身共我無別行四無量心心等虛空廣度有情無有休歇願達菩提登正覺路大聖曼殊以聖性願力不入三界亦不出三界心如虛空常在如來清淨性海眞如藏中安住法界徧在衆生心識體性曼殊室利言我有大願以聖性力加持有情令罪垢消滅得入菩提諸佛聖果則是名菩薩十種大願如是曼殊發廣大願已三千大千世界六種震動天雨曼陀羅華徧滿虛空其時大會諸衆盡見其華同時讚歎曼殊大士聖力自在不可思議不可言說爾時諸大會衆咸皆歡喜信受奉行

是時釋迦牟尼世尊從摩醯首羅天下降閻浮世界在舍衛國中祇園精舍於大道場在大會衆有百億菩薩摩訶薩衆有七十億阿羅漢四果衆有六十億諸大梵王一切諸天衆有五十億帝釋一切三十三天衆又有四十六億四天王衆又有四大轉輪王有三十五萬衆又有修羅龍神八部鬼神夜叉二十萬四千衆又有虛空非虛空曠野諸神鬼有十五萬衆又有山嶽川原池河海樹林草木華果藥草神及有一切地水火風神有百萬億上首衆復有十六大國王幷餘小國主比

丘僧比丘尼優婆塞優婆夷四部弟子等善男子善女人一切衆生有七萬億衆是時釋迦牟尼如來在大會衆中據百寶師子之座入百千金剛三昧放法界金剛寶燄光明皆作金色靡不周徧千百億三千大千世界海世尊復從定而起安庠熈怡微笑是時大會衆中有十六大菩薩摩訶薩曼殊室利菩薩爲於上首從座而起遶佛三帀在佛一面長跪叉手合掌向佛而白世尊如來安庠微顔熈怡在三昧時大衆久未知如來說何因緣演何教法而應廣度一切衆生佛告曼殊室利十六大士菩薩摩訶薩等吾當爲度一切法界無盡衆生等如虛空示過去未來現在世界三千大千一切刹土一切菩薩衆一切聲聞衆一切大梵諸天衆一切龍神八部衆一切諸天鬼神衆一切帝釋三十三天衆四天輪王衆一切四部弟子衆善男子善女人等如來言吾當與大衆等說曼殊室利往昔久遠因地已來共十六大士菩薩摩訶薩從初元首教諸菩薩及一切有情衆生修學如來瑜伽金剛菩提三密門三十支三摩地法教修入證悟諸佛金剛菩提眞如觀門世尊言吾今顯說曼殊等十六大士菩薩摩訶薩往昔因地修持諸佛如來曼荼羅祕密三摩地殊勝金剛菩提三密聖性功德之力擬欲令諸一切菩薩修證入金剛三摩地佛告大會一切菩薩摩訶薩及諸聲聞苾芻衆四部弟子等如曼殊修行一切諸佛如來金剛三摩地法無有比度不可說不可說不可思議如是諸大菩薩衆等言今復世尊說金剛三

摩地無有比量者有幾種法如來言法有十等何者爲十一者假使如世間劫火起時燒三千大千世界經于七日其火洞然猛燄極熾於世界中洞徹無邊如來在中安住金剛三摩地不加功德諸力自在任運清涼坦然安泰平等清淨常樂我淨是故三摩地法甚深奇特善哉善哉無可比校二者如來向洞然猛燄在大火之中住金剛三摩地者經行坐立一切行住無有障礙如來端嚴高顯金色威力之身光明殊特影蔽一切諸惡趣門無有雜穢悉皆清淨是故如來三摩地則有甚希奇特之法三者假使如上世界乃至大洞然之火如來在中入金剛三摩地得閻浮世界廣博嚴淨譬如自在天宮以如來自在力盡得清涼則是世尊住三摩地甚希奇特之法四者三界火然大地通同洞然熾盛如來在中住金剛三摩地時自然得感有流泉浴池名華輭草細滑青翠如迦遮鄰地觸輭清淨氛氳香氣不可有比如來在中安住自在神力甚希奇特之法五者如上大火徹下下火徹上悉皆洞然如來在中住金剛三摩地時自然八功德水清涼浴池沐浴如來何者爲八一者心得快樂如入禪定二者輕安三者輭滑四者澄靈性淨五者無諸穢濁六者清瑩淨徹七者常歡安善八者多歡無患消除煩惱得常樂清淨則是如來聖力甚希奇特之法六者世間大火洞然不休不息如來在中住金剛三摩地坐卧安禪自然快樂和暢輕安如清涼之風來飄佛身譬如清淨之水沐浴身心適性安隱快樂清泰無有譬

喻如人極熱得遇大樹厚蔭涼風吹體悅意安樂三昧聖力無比不可思議盡皆清淨如來聖性甚希奇特之法七者假使大千世界大火洞然如來在中住金剛三摩地自然涌出清涼池沼出大蓮華有無量諸華以爲眷屬其華氛氲香潔無勝光彩映發如大日輪晃耀無比如來在中不可譬喻覩者悅豫歡喜開悟進趣菩提不可說盡則是如來甚希奇特之法八者上有大火下徹閻浮滿中洞然熾燄赫弈如來在中住金剛三摩地自然安坐入于三昧快樂無比量同虛空自然出現有大香園出妙鮮果復有五種殊異之華嗢鉢羅華芬陀利華般頭摩華俱物頭華摩訶曼陀羅華五彩映發香潔鮮明異種殊妙不可稱計見者歡喜自然證得三禪適意悅樂無盡則是如來甚希奇特之法九者假使百千世界大火熾燄極盛無邊如來在中住金剛三摩地坐立行住安禪在定自在神用聖力無比自然現出百千諸佛百千淨土不可思議如來聖性令一切菩薩覩現神力修入寂滅菩提究竟金剛佛地常樂我淨則是如來神通自在甚希奇特之法十者假使無極劫火熾盛猛燄無有休歇燄火洞然如來在中入此金剛三摩地自然如來現出阿耨大池於其池中出大蓮華百寶妙色莊嚴相映暉曜如日世間無譬不可名說其大蓮華徧於三千大千一切法界靡不周徧其華晃耀放大光色等如虛空忽有聲言如來本所有大誓願當令無數諸大菩薩一切衆生悉令證入毗盧遮那真如法藏清淨性海金剛

三摩地速證無上正等菩提則是如來金剛大智甚希奇特之法是故如是世尊說有十種金剛三摩地甚深殊妙之法不可校量不可譬喻於是爾時佛告一切大會諸大菩薩摩訶薩當知如是一切如來異瑞殊勝甚希奇特勝妙之法是一切諸佛如來先世修持金剛三摩地祕密三十支三菩提法教無上果力聖慧大智成就一切諸佛法教阿耨多羅三藐三菩提令一切有情衆生悉皆證悟得成正覺是故如來語曼殊言如是佛金剛三摩地者汝當自爲一切衆生應當說之曼殊室利辭退聖言不敢對如來前自說聖教是時世尊領受曼殊如來自說則告之言曼殊室利汝於往昔當爲法界有情一切衆生令發無上正等菩提之心云何修持如來金剛三摩地者其教甚希奇特不可比喻不可說盡不可校量則爾時世尊重語曼殊室利言汝當與大會之中一切菩薩摩訶薩及一切有情衆生自說本因大願聖行佛刹功德莊嚴諸佛淨土成就一切諸大菩薩得菩提時令諸菩薩從汝聞是甚深妙法殊勝之義曼殊室利重啓如來而白佛言世尊大慈下顧垂愍若許我說我則說之世尊告言吾當許汝是時曼殊室利則對如來前及對大衆前便入于金剛三昧三摩地以無礙天眼徹見十方三千大千世界無量微塵數不可說不可說佛刹世界一切諸佛世尊諸大菩薩摩訶薩一切賢聖如此諸佛菩薩盡皆得是曼殊化度成佛令得阿耨多羅三藐三菩提其時大會諸大菩薩及一切衆生亦得一時

同見曼殊聖德化度顯現一切諸佛是時釋迦牟尼如來則告大衆言非是吾勸發菩提之心皆是曼殊室利菩薩往昔勸發菩提悉令滿足得阿耨多羅三藐三菩提盡皆成佛是時大會衆同聲讃歎言大聖曼殊室利久植德本導引羣生大衆等深敬曼殊不可思議不可譬喻又更其時曼殊室利在大衆中又當稽首重白世尊言我有大願復如來加被於我令更對世尊前不起于座但以化身徧於十方微塵數佛刹世界爲諸有情一切菩薩摩訶薩而爲演說如來大乘瑜伽金剛三密門三摩地教對於大衆我今顯現令一切菩薩摩訶薩及一切有情衆生修入此瑜伽金剛三摩地證無上正等菩提者當來盡願成佛是時曼殊室利菩薩對如來衆會之中現作神通廣度他方羣品法界衆生依說先願真實不虛是故則師子勇猛雷音菩薩則於衆中從坐而起於世尊前作禮長跪叉手合掌向佛而白世尊言曼殊室利當來總願一切菩薩及一切有情衆生得成佛者曼殊室利當來自成佛名何等佛令得一切衆生盡成佛果曼殊室利成佛名何等字復有何名號師子勇猛菩薩則對如來前白曼殊室利仁者汝爲於大衆說當來成佛名號之者於意云何曼殊言語師子菩薩止止不須說我今不敢對於如來自說當來成佛名號曼殊有辭再三不敢自說爾時如來則爲大衆一切菩薩及一切有情衆生則告師子勇猛菩薩言善男子吾今與此大衆說曼殊室利當來經無量劫導引羣生後乃成佛之時

號名普見如來及一切有情衆生當來成佛亦同彼佛名號何以故普見如來自有願力普使十方微塵數有情衆生憶念我名之者則得一切普使得見既得見已不假功力罪垢自然消滅決定則得普當成佛號名普見如來是故一切善男子菩薩摩訶薩誓當深信勿作疑念若無疑念則得十方諸佛悉皆助護手摩其頂修證菩提是時如來告言師子勇猛菩薩若有一切有情衆生不信是語者無有是處則是此人近從地獄而出先世曾作盲聾瘖瘂之身何以故生生世世不得見佛常墮地獄作畜生之身輪迴四趣無有停歇如是之人不可教導亦不中誨是時一切大衆聞如來說普見如來成佛利益一切衆生功德圓滿福力甚多大衆等深生慙愧諦信諦信渴仰信受世尊所說是時曼殊室利菩薩更對大衆前再白世尊言我今本自有願若我在世及滅度之後其有衆生及一切菩薩若稱普見如來名號及念我名者一切重罪及謗方等經悉皆消滅無問一闡提罪者亦皆滅盡總當成佛曼殊所說其實不虛一切大衆咸皆信受又曼殊室利重白佛言今我復有大願若我共一切衆生修菩提時於我刹中若諸菩薩及一切有情衆生生我世中初生之時衣服飲食卧具四事所須之者隨手而出若出得已將此衣服飲食卧具先當供養諸佛如來及諸菩薩然後當自受用爾時曼殊室利自說本願已一切菩薩及一切衆生深生諦信則當信受歸依奉行是故師子勇猛雷音菩薩摩訶薩更再重請

如來世尊說於後世末法之時依何而行云何修習世尊告言師子勇猛吾當爲汝分別解說善男子當來之世閻浮末劫佛法將欲滅盡之時若有一切菩薩及一切有情衆生從初供養將七寶珍物飲食旛蓋種種供養七俱胝恒河沙微塵數十方世界諸佛塔廟舍利形像者經於千劫若有菩薩及一切衆生學曼殊室利菩薩法教行願者行經七步其受福利功德多少不可校量殊特無比勝前菩薩供養七俱胝諸佛塔廟功德百分不及一乃至筭數譬喻所不能及何以故示以如是世尊爲大衆說修學曼殊室利菩薩行願功德極多最勝超越無量無邊所以者何曼殊室利是一切諸佛如來金剛本母所以從曼殊菩薩金剛般若身心生一切諸佛菩薩是故世尊說一切菩薩修行曼殊室利行願功德福力甚多勝前菩薩供養功德何以故供養寶塔者則是名有漏之心如此功德有限有量菩薩若修學曼殊室利行願祕密教者則是修持如來金剛無漏之心無限無量是故則得速超佛地諸佛法身是時釋迦牟尼如來說曼殊室利菩薩摩訶薩往昔修行教諸菩薩及一切衆生修學大願功德聖力聖性殊勝無比其時大衆一切菩薩摩訶薩四部弟子善男子善女人等盡皆歡喜信受奉行次則當說一切諸佛菩薩修證聖智功德法力故是時釋迦牟尼如來在祇園精舍大會道場内告師子勇猛雷音菩薩摩訶薩吾對大衆會中諸菩薩摩訶薩等付囑如上所說過去三世一切諸佛金剛菩提三摩

地教法付與曼殊室利菩薩當與十六大士菩薩爲於上首傳授與一切菩薩摩訶薩及一切有情衆生令證如來聖力加持進修一切如來金剛三密菩提實相法性三摩地經教及修如來聖性觀者師子勇猛言云何名爲實相法性三摩地經教云何名爲如來聖性觀者則師子勇猛及諸菩薩同共稽首如來而白世尊爲我等分別解說我等諸菩薩及遠世來劫一切有情衆生依如來言教進修奉持一切諸佛聖智法性瑜伽金剛祕密三摩地經教及修持如來聖性觀者佛告師子勇猛等說此經是一切諸佛大乘修多羅一切經之根本祕密法性三摩地經教汝當奉持精進修行其時如來與一切大衆及諸菩薩說此修多羅一切經之根本祕密法性經已登時一切世界及閻浮提忽然廣博嚴淨變爲金色空中百寶栴檀之香香風吹樹衆鳥如鳴皆作梵唄之音是時有此瑞相殊勝奇特佛世未有世尊則告師子勇猛等汝當奉持如來說此經教師子勇猛一切大會衆及諸菩薩等深生慚愧不可思議云何奉持修行如說此經爾時世尊則爲師子勇猛等及一切菩薩摩訶薩說此大乘一切諸佛瑜伽祕密金剛三摩地根本經教於此經宗及體都有二門云何說此經宗體有二門一者清淨實相爲宗二者眞如法界爲體云何清淨實相爲宗說經之根宗本有三一者毗盧遮那法身本性清淨出一切法金剛三摩地爲宗二者盧舍那報身出聖性普賢願行力爲宗三者千釋迦化現千百億釋迦顯現

聖慧身流出曼殊室利身作般若母爲宗次第即當説二者云何説此經體如來眞如法界爲體於意云何根本聖體有五一者本源自性清淨聖智金剛聖性爲體二者無動大圓性鏡金剛菩提爲體三者平等性金剛法界爲體四者如性觀察理趣金剛聖力智用爲體五者成就菩提聖性金剛慧劔爲體如上所説若一切菩薩應當志誠修學速證佛地是故如來説宗體已即當云何名徧如來一切聖性之觀菩薩若修如來一切聖性觀者世尊説一切菩薩及一切有情衆生有十種纏縛身心大難障故若能修持聖性觀者先須當識心地體性無明纏縛若應不識即被蔽覆心性聖慧道眼則不能開故其纏縛性者甚能微細障於菩提先當識心十種纏縛身心障蔽大難之者云何則得通達進修無上菩提若菩薩現修觀行者須於大師受法阿闍黎邊決擇十種纏縛身心速達聖性悟入菩提則當修得如來聖智聖性力觀達證菩提金剛解脱如來法身云何名爲十種纏縛一者由性慳嫉常網其心纏縛蔽障令心邪見不得正悟是名纏縛障礙二者由無明影蔽之所障礙慧眼難開妄惑覆翳是名纏縛障礙三者煩惱迷悶貪瞋邪見處處計著不能信正墮愚癡坑深著世網名爲纏縛障礙四者貪愛五欲駛水常流惑障迷心垢重纏縛無明漂沒無有歇期是名纏縛障礙五者味魔死節相續無休邪箭所中盛年夭喪名爲纏縛障礙六者忿恨寃煙之所熏焠於心眼中被所翳障是名纏縛障礙七者貪

欲熾火恒所燒然虎狼之心四向叉撮名爲身心纏縛無明障礙八者飲惡魔酒悶醉蓋心喫過失毒藥惑亂狂走是名纏縛蔽障身心九者五蓋惱害常被遮礙覆正智心難可解脱名爲纏縛不得開悟十者苦海大河六道四生輪迴五趣無能間斷慳貪在心常受饑饉出生入死墮於地獄無有絶期是名纏縛不得解脱是故十種纏縛者蔽覆身心障難修持不得證入菩提佛果如是此教令一切菩薩摩訶薩及諸有情衆生修入如來菩提聖性觀云何證得聖性觀者菩薩志誠修持心地三性三無性除去惑障十纏蔽覆而得解脱如來則當具說修證開通心地總有三義一者三性三無性二者智起即慧用三者心動則心眼見云何名爲三種之義一者於徧計所執性者向淨識性中微覺智起則是慧用徧計所執於慧用照寂則智用寂照證慧用寂滅如何得滅徧計所執若覺智無起相名了證慧用寂靜則滅徧計所執其性清淨如何證依他圓成實性依他起性者心皆依色而起圓成實性者無有所依心性無託諦觀無用心性瑩徹寂靜無動性如瑠璃内外明淨則是名爲見性無動心證寂靜名爲三性三無性菩薩若修證得如來三無性聖性觀者則是除去十種纏縛適然解脱則速達本源自性清淨菩提涅槃故是故如是一切大衆諸大菩薩摩訶薩四部弟子善男子善女人等聞佛所說歡喜踴躍得未曾有信受奉行

大乘瑜伽金剛性海曼殊室利千臂千鉢大

教王經卷第一

音釋

殑伽梵語也此云天堂來河名也殑其陵切 醯馨兮 阿閦梵語也此云無動閦初六切 跛補火切 蠢尺尹切蟲動也 療力照切治也 涅年題切塗也 歆於錦切與歆同 赫弈赫呼格切弈羊益切赫弈明盛也 嗢鉢羅梵語也此云青蓮華嗢烏没切 唄薄邁切梵誦也 悚息勇切怖也 駛爽士切疾也 㶿蒲没切煙起貌 撮麤括切取也

大乘瑜伽金剛性海曼殊室利千臂千鉢大
教王經卷第二

唐三藏沙門大廣智不空奉　詔譯

二者諸佛出現證修金剛菩提殊勝第二品

是時釋迦牟尼如來告曼殊室利菩薩言吾今啓請諸佛如來令聖力加持一切菩薩摩訶薩進修一切如來金剛三密三菩提法三摩地觀令諸菩薩心等虛空性如法界廣度有情無盡衆生又令曼殊室利菩薩摩訶薩與一切菩薩一切衆生作爲導首是故曼殊室利菩薩對世尊大衆菩薩前告言若有一切菩薩及一切有情衆生志求無上菩提修持眞實佛金剛聖性三摩地一切法者一切法即是一切有情心是也爲有情衆生心地法藏有煩惱種性煩惱種性則是菩提性者有情心處本性眞淨空無所得是故有情心是大圓鏡智心處是也菩薩於圓鏡智心作志求用功觀照大圓鏡智心性覺證寂滅即得了悟心鏡瑩淨瑩淨達空即心證平等性智證平等性智者通悟達性本性實空證入空中心心性如如性體地名入如如智則證妙觀察智也得入如如性清淨聖智獲得金剛成所作智者證菩提性成就聖智也是故則名四智菩提玄通觀智入一切佛心金剛三摩地聖智相應則名瑜伽三密門三十支契印加持身密十支三摩地令身根清淨證身體性智聖力加持口密十支三摩地心念觀智清淨則聖力加持意密寂靜十支三摩地則意密地清淨則如性眞淨證性印三昧不空聖智金剛喻定三摩地如來法身成

就如是祕密教者是故令一切諸大菩薩摩訶薩及一切衆生修學教旨入瑜伽一切法修持佛金剛三摩地三密菩提法教入聖性海無邊三昧法界三摩地故其時大衆會諸菩薩衆中唯有大士十六仁大菩薩摩訶薩共曼殊室利菩薩同願同行修證大乘瑜伽金剛三密菩提三摩地餘諸一切十信颰陀婆羅菩薩等聲聞人衆舍利弗等不同曼殊心等虛空性如法界廣度有情自諸菩薩聲聞人等心量小智不廣有限志願下劣過八十億俱胝那庾多百千劫修行菩薩道始滿五波羅密是時曼殊室利共大士十六仁菩薩摩訶薩對於如來大衆前再三重發廣大弘願願我等共十六仁普賢大士菩薩等心同於虛空廣度有情等若虛空界復願一切衆生同我無盡大願我當救之無有休息復有大願願我等諸菩薩及我身心通於法界同太虛空無有障礙智身報身常願現於六道四生胎卵濕化九類有情衆生之前常現此身願見我形適然障滅令一切衆生發菩提心歸向大乘瑜伽祕密修習菩提速超佛地是故師子勇猛菩薩稽首如來而白世尊向者如來所說令曼殊室利與一切菩薩及一切衆生皆爲上首接引修習無上菩提云何修持瑜伽三密門金剛三摩地觀爾時曼殊室利菩薩則爲師子菩薩等十六大士說次第修行如來祕密成就一切金剛菩提觀如何十六大士修行加持菩提觀者云何亦得見聞十六菩薩曼殊普賢等本有金剛殊勝名號祕密菩提行持傳授加被修學一切

菩薩有情衆生盡皆成佛何者本是次第名號云何聞觀十六菩薩殊勝名故如何名大士十六菩薩一者東方第一普賢菩薩摩訶薩名號金剛手爲一切有情稽首毗盧遮那如來加持一切衆生令入一切金剛薩埵三摩地妙堅牢故證修入一切如來清淨法身金剛實性中轉戒定慧解脫解脫知見成金剛法輪利益一切有情衆生令一切菩薩摩訶薩修佛心觀二者不空王菩薩摩訶薩號金剛鉤召自入三昧證入毗盧遮那佛心出一切如來大鉤召印召請一切如來作神通力從金剛大鉤形出現加持一切世界菩薩摩訶薩入微塵數諸佛如來法身菩提令一切菩薩修入菩提眞如觀三者摩羅大菩薩摩訶薩號名金剛弓自入三昧證入毗盧遮那佛心住如來摩羅大清淨業最勝悉地成就金剛菩提箭迅疾速入如來聖性聖力加持一切菩薩身心性智除去諸障入迅疾金剛菩提實性觀四者極喜王大菩薩摩訶薩號名金剛喜波羅自入三昧證入毗盧遮那佛心同爲一體出微塵數歡喜波羅形狀加持一切菩薩入金剛菩提薩埵無我體性智空觀五者南方第一虛空藏大菩薩摩訶薩號名金剛藏王自入三昧證入毗盧遮那佛心金剛藏性出一切如來虛空法界寶藏生金剛妙寶形出微塵數一切諸佛如來三昧光明照耀加持一切菩薩摩訶薩修入金剛菩提輪三摩地法空觀六者大威德光大菩薩摩訶薩號名金剛光明自入三昧證入毗盧遮那佛心出一切如來金剛日輪三昧加

持一切菩薩摩訶薩令修入金剛三密佛三摩地得證日輪菩提一性觀七者寶幢摩尼大菩薩摩訶薩號名金剛幢自入三昧證入毗盧遮那佛心出一切如來金剛祕密法藏聖力加持一切菩薩摩訶薩令入金剛勝幢寶藏三摩地令證一切菩薩入無動地涅槃佛性無心觀八者常喜悅大菩薩摩訶薩號名金剛喜智自入三昧證入毗盧遮那佛心出金剛微笑喜形加持一切菩薩摩訶薩修證入一切如來金剛歡悅實性三摩地令一切菩薩證入悅意性清淨金剛實際觀九者西方第一觀自在王大菩薩摩訶薩號名金剛眼自入三昧已證入毗盧遮那佛心自性清淨身出一切微塵數諸佛如來令一切衆生住三摩地性同爲一體量等法界徧盡虛空生大蓮華金剛實形如空法界從彼金剛蓮華形出生一切如來金剛自性聖智三摩地神境通自在聖力加持一切微塵數佛剎中一切菩薩摩訶薩令入聖性自在神用諸佛慈心淨土觀十者曼殊室利大菩薩摩訶薩號名灌頂王金剛慧自入首楞嚴三昧證入毗盧遮那如來佛心同爲一體自在聖性生微塵數般若波羅蜜慧智出生殑伽河沙金剛慧劒般若形證入一切如來金剛智慧劒同爲一性加持微塵數佛剎世界諸大菩薩摩訶薩修入一切如來金剛三摩地證金剛慧劒揮滅一切衆生煩惱罪障成就一切有情衆生修證無上正等菩提觀十一者妙慧法輪大菩薩摩訶薩號名金剛場自入法性輪三昧證入毗盧遮那佛心法輪性海三

摩地同一切如來金剛聖性一體法輪智法界金剛界三摩地出一切佛剎微塵數諸佛如來加持一切菩薩摩訶薩令入大曼荼羅灌頂證得瑜伽三密三摩地聖性相應同等神通自在聖力修證法性法輪三摩地觀十二者聖意無言大菩薩摩訶薩號名金剛聖語自入一切文字般若無相三昧證入毗盧遮那佛心金剛法性同爲一體出一切如來祕密三摩地念誦狀形出生一切微塵數如來金剛法性身加持一切諸大菩薩摩訶薩令自勤修證三密三摩地入法界佛性法身聖性觀十三者北方第一毗首羯磨大菩薩摩訶薩號名金剛毗首羯磨轉法輪王自入三昧巳證入一切如來毗盧遮那佛心一切清淨摩羅大寂諸佛菩提法藏出生微塵數佛剎世界一切羯磨如來世尊同爲一切諸佛毗盧遮那如來性海眞如法藏生一切金剛薩埵毗首羯磨成就一切菩薩摩訶薩阿耨菩提令諸菩薩當自觀照自性心地修入證得諸佛智鏡金剛瑜伽三密三菩提圓通一切金剛三摩地觀十四者難敵精進力大菩薩摩訶薩號名金剛慈力迅疾灌頂自入金剛智地三昧證入毗盧遮那佛心住如來大金剛祕跡三密性三摩地佛堅牢甲冑性海同爲一體出百千大金剛甲冑形住佛子掌中從金剛甲冑形生一切世界微塵數諸佛國土如來守護一切儀範軌則廣大事業同一切如來神通自在聖力加持一切菩薩摩訶薩得難敵聖力精進道行速證疾入如來金剛甲冑體性三菩提觀十五者摧一切

魔怨大菩薩摩訶薩號名金剛暴怒自入三昧證入毗盧遮那如來佛心同爲一體一性出金剛大牙器仗金剛狀形住佛掌中從彼金剛牙形生一切佛世界微塵數如來金剛身作一切降伏暴怒等爲一切佛神通聖力加持一切菩薩摩訶薩成就金剛牙器仗安立世界中暴怒恐怖摧伏一切天魔及一切自性煩惱魔令一切菩薩得無礙修證如來三摩地令入聖智自性三密迅疾金剛觀十六者金剛拳法界王大菩薩摩訶薩號名堅跡金剛界自入月輪心瑩淨自性智鏡三昧八一切佛心如來金剛薩埵菩提地出一切佛世界微塵數佛土一切如來加持一切菩薩摩訶薩令修證入一切平等性智三摩地證金剛甚深一切法義成就菩提速超入一

切如來毗盧遮那法身智鏡性則見我身同如來形證入金剛界性成就一切如來法智身佛五眼觀則是時十六大士菩薩摩訶薩各各自説觀門諸佛如來金剛悉地成就阿耨多羅三藐三菩提令一切菩薩摩訶薩及一切有情衆生修證入瑜伽三密門三十支三摩地金剛菩提觀已其時閻浮提世界忽然廣博嚴淨現爲金色世界廓清即有微塵數千百億佛刹世界一切諸佛如來同時出現爲作證明總共讃歎曼殊室利爲於上首與普賢等十六大士菩薩摩訶薩願益一切有情衆生疾令修證速得成就阿耨多羅三藐三菩提爾時則是一切如來出現讃歎而作證明諸佛如來同聲共説曼殊室利當爲菩薩上首普賢十六大士等得諸佛唱言歎

深行德善哉善哉曼殊普賢十六大士菩薩能從往昔因地無量劫來發弘大願而度有情心等虚空無有休歇此是十六大士行菩薩行甚深無盡之德如來證明不可校量無有比度殊勝之願不可說不可說不可思議如來說已其時忽然出現六大金剛亦當同聲讃歎曼殊普賢十六大士深德之行而作證明金剛力士言曼殊普賢等不可說皆得無礙辯才證大法忍成就菩提降伏魔怨制諸外道到於如來聖性金剛智地一生補處得陀羅尼金剛聖力實無所畏自在神通證如來法身一切功德一切諸佛之地無盡大智皆悉具足不可思議不可說盡何者守護云何名爲六大力士金剛助護佛法一者大樂二者大笑三者一髻尊四者降三世五者四足尊六者閻曼德六足尊

爾時佛告師子勇猛汝當至信如是六力士大金剛同聲唱言我等六大金剛發大誓願亦當同共曼殊普賢往昔同行同願奉如來教令佛法常當守護勿令天魔諸惡外道惱亂攪擾當願盡於未來之際心等法界常當荷護令一切衆生願到菩提成無上道則是時大會於是菩薩衆中師子勇猛雷音菩薩從座而起長跪合掌而白佛言向來所說微塵諸佛如來從何處所來而作證明佛告師子勇猛菩薩如是十六大士曼殊等往昔因地教導有情令發大乘阿耨多羅三藐三菩提早得成佛亦當出現微塵數一切諸佛往昔有因是故當與曼殊普賢十六菩薩而作證明是時師子勇猛菩薩在大會衆中慇懃

稽首而白世尊言我曾往昔久遠巳前因地之時早於曼殊室利菩薩於袈裟幢世界有佛號袈裟寶幢如來與諸菩薩同共作聲聞中出家何故令得微塵數諸佛出現來作證明我等大會實亦難信是時釋迦牟尼世尊告言則爲大會衆諸大菩薩摩訶薩師子勇猛等說曼殊室利因地往昔諸佛因緣證明成就阿耨菩提亦說曼殊久遠巳前住佛世界作大乘菩薩早巳發無上菩提之心經無量劫漸次修學其時於寶幢如來佛出世時於聲聞衆中出家而作沙門方便接引聲聞之衆令發無上菩提之心歸依大乘漸漸次第當自修學其心廣大等若虛空曼殊大士志誠接引復發大願幽冥靈聖神道與我證明令我誓願成就有情一切衆生次第修學

如來聖性金剛菩提曼殊室利菩薩後經無量賢劫佛剎世世修行乃至佛土劫名淨光其時世界號名須彌德於其世中雖有諸山濁惡五趣諸類雜居然其國土衆寶所成清淨嚴飾無諸穢惡有百億四天下百億世界其中有一四天下佛剎世界號名師子臆世界於其世界中有八十億王城就八十億王城中有一王城名曰自在幢城於其城中有一轉輪聖王號名大威德王其次彼王城北有一菩提道場名曰滿月光明道場於其處所有一守護菩提道場之神號名慈德其時於世界中有一菩薩名曰離垢幢菩薩摩訶薩坐於菩提道場欲成正覺是故其時於此世界中有一大國惡魔徒衆於其衆中有一最大惡魔王名曰金色光與其眷屬無量徒

衆俱來至到菩薩處所皆欲惱亂離垢菩薩
勿遺成道其時之世於自在幢城有一大威
德轉輪聖王以獲得菩薩聖性智力神通自
在化作兵衆其處甚多圍遶菩提道場諸魔
惶怖悉皆奔散其時離垢幢菩薩摩訶薩遂
則得成正覺無上正等菩提爾時菩提道場
神慈德見菩薩成道已慚愧無量歡喜無盡
將何報願無處思量便於彼大威德王邊發
大深願而生子想其時菩提道場神慈德則
便頂禮離垢幢如來足作是願言願我與此
大威德轉輪聖王世世生生同願同行常願
修持金剛菩提聖性佛道接引有情在在處
處於世所生之時乃至成佛願我常與此王
爲所生之毋作是願已其大威德轉輪聖王
於此道場後更增加道場廣行供養嚴加守
護經於無數劫供養道場十那由他微塵數
諸佛如來菩薩摩訶薩等其時曼殊室利向
衆會之中告言諸菩薩摩訶薩於意云何彼
菩提道場神慈德者則我身是也轉輪威德
王者今毗盧遮那如來身是也於是曼殊室
利其時我從往昔於彼威德轉輪聖王邊先
世曾發諸佛深誓廣大弘願則爾時毗盧遮
那於後向十方剎土於一切諸佛法界之中
處處生世行菩薩道發引有情令種善根修
行菩提教化成就阿耨多羅三藐三菩提於
最後身成等正覺出生示現世世成佛號名
毗盧遮那是故曼殊室利菩薩言如是此佛
本意成道願當與我爲子我則常爲其毋發
大願已於後我則常行菩薩道化度有情一
切衆生遂經七十萬億阿僧企耶百千殑伽

沙微塵數劫修行菩提喻令大千世界末成微塵一一塵數作爲衆生盡皆成佛爾時大聖曼殊菩薩後更乃值香雲優鉢羅世界遇衆香雷音王如來出世之時於佛世界作轉輪聖王號曰名虛空王云何得爲虛空王其王往昔因地之時向諸佛如來前發大廣願當度有情願我心等虛空無有休歇伏願諸佛覆護加被虛空幽冥靈聖助我我則於此優鉢羅世界生遂則虛空靈聖證我爲虛空王其王隨心所念應聖有感王當壽命八萬四千劫其王親族中宮婇女王子大臣同心發願常務供養餘無所作常以種種樂具衣服牀卧飲食湯藥房舍堂殿四事供侍諸佛如來一切菩薩經滿八萬四千劫其王是時後乃獨居安坐無侶爲伴作是思惟欲求帝釋梵王耶聲聞緣覺耶虛空王作是念已空中諸天告聲言曰大王止止勿起如是下劣小願之心大王所集福聚甚多無有比量王聞是語我今決定不退無上菩提之心何以故天來告我爾時虛空王則共諸國人民及自眷屬有八十億俱胝那庾多恒河沙徒侶及一切衆生往詣衆香雷音王如來邊同共向佛發廣大深願更相供養諸佛菩薩心等虛空無有窮盡虛空王重發誓言復願徒衆於當來之世歡喜相見導引有情一切衆生同我先願廣開供養總當成佛是故師子勇猛菩薩及諸大衆見如來說曼殊室利往昔因緣之法慚愧無量其時師子勇猛菩薩及一切大會衆等咸斷疑網師子勇猛言我等大衆亦當依隨曼殊室利十六大士菩薩摩

訶薩等同發大願當來接引廣度有情一切蒼生盡皆成佛得阿耨多羅三藐三菩提故

大乘瑜伽金剛性海曼殊室利千臂千鉢大教王經卷第二

音釋

颰蒲活切 羯居謁切 冑直又切兜鍪也 阿僧企梵語也此云無央數 企丘切

大乘瑜伽金剛性海曼殊室利千臂千鉢大教王經卷第三

唐三藏沙門大廣智不空奉　詔譯

爾時如來次說無動門就此五門之中第二門云何次第得入無動門一者入羅字觀本空離塵義阿閦如來說圓成實相無動門就此門中說有二品一者先說十方大菩薩出助證悟聖力第三品二者後演一切賢聖入法見道顯教修持第四品今者就此無動二門中當從第一先說十方大菩薩出助證悟聖力品

是時於祇園精舍大會菩薩摩訶薩大衆之中世尊釋迦牟尼如來告師子勇猛菩薩等於往昔久遠已前世時有師子臆世界之中作滿月光明菩提道場神者名為慈德是曼殊室利身是也於其世中作轉輪聖王者大威德王身是也其時大威德王供養滿月光明道場諸佛菩薩摩訶薩衆經無量劫於此道場菩薩衆會之中有十大士上意菩薩等後與毗盧遮那為十方世界作十方菩薩主教化修持皆經無量微塵數劫承事諸佛世尊為度有情修持如來祕密三摩地觀後乃值於衆香雷音王如來出世爾時十大菩薩上意等摩訶薩在佛道場大會之中更同共虚空轉輪聖王發大誓願向世尊前共十大菩薩言於後末世有佛出時世世我等菩薩當來但有佛出十大士上意菩薩等誓言則當出現來此佛土而作證明聖力加持十大菩薩我有本願所學如來祕密法教殊勝聖性觀門三摩地者我則自當有誓唯願如來

納受我願我則各各自向世尊說其本學觀門唯願如來印可此教我當修行助佛揚化廣度有情一切菩薩是時師子勇猛菩薩及諸一切菩薩等啓如來言而白世尊爲我等菩薩及有當來一切有情衆生與說十大士菩薩觀門瑜伽金剛三密三摩地法教亦同此類我當奉持來世修行廣度羣品是時世尊告十方大菩薩上意等菩薩摩訶薩各各則向師子勇猛菩薩等及大會衆說本自修行觀門學如來修持瑜伽法教當自說之是時次第則有上方妙樂歡喜世界上意菩薩菩提薩埵大摩訶薩埵則有下方金剛界地天世界持世菩薩菩提薩埵大摩訶薩埵則有東方無極日曜世界普明菩薩菩提薩埵大摩訶薩埵次則東南方最勝青色瑠璃世界不思議菩薩菩提薩埵大摩訶薩埵則有南方無垢世界廣意菩薩菩提薩埵大摩訶薩埵則有西南方白色玻瓈世界無邊智菩薩菩提薩埵大摩訶薩埵則有西方無量壽世界無邊音聲吼手菩薩菩提薩埵大摩訶薩埵則有西北方殊妙紅色世界益音菩薩菩提薩埵大摩訶薩埵又有北方不空寶月世界無盡慧眼菩薩菩提薩埵大摩訶薩埵則有東北方金色世界賢護菩薩菩提薩埵大摩訶薩埵等

爾時釋迦牟尼世尊言告師子勇猛等諸大菩薩摩訶薩如來所言如上所說十方大菩薩摩訶薩因地先世俱同一行廣弘大願故修行毗盧遮那本行大願祕密法教亦同修普賢本行願故是故亦同修曼殊室利本大

行願已是時若有一切菩薩摩訶薩求證無上菩提者先當修入一切法如來大慈心觀云何名爲修持證入如來大慈心十種觀門何者爲十云何修入一者入三摩地觀照無邊十方等如虛空心性無礙量等法界是名本性大慈能自護身亦護他身自利利他名爲大慈觀二者入三摩地觀察根本自性本源最勝第一義自性慈心能除斷忿恨瞋恚煩惱根本一切妄想永盡亦無過失是即名爲根本大慈觀三者入三摩地時名爲觀照慈於此大慈心自性性中不見一切衆生得失過患常作一切清淨勝相而悉能知不見三世衆生彼有諸愆犯禁之名是故名爲見性清淨入佛大慈觀四者入三摩地照見心性平等慈能令自身暴惡之性能忍能受亦令他一切有情衆生能忍能受是故名爲心性清淨內外無忍名爲見性平等慈忍性忍力達空不見本性內外諸忍是故名爲入性大慈心觀五者入三摩地時觀心見靜慈得生大慈心故能濟拔諸衆生苦令得安樂趣向菩提菩薩證得寂靜慈者於寂靜不見苦惱能導引蒼生令入淨土得我淨故則是名爲如來大悲寂靜大慈觀六者入三摩地時照見五蘊皆空無所得慈故能自滅貪瞋愚癡諸惡顛倒亦能令他一切衆生除滅內外不善諸惡皆悉遠離諸見誹謗詐僞諂諛憍慢我執不求恭敬名聞利養如是等過一切不造是故名爲無所得大慈心觀七者入三摩地證入聖智三摩地時觀察心性證法性慈以法力慈故得梵釋天龍之所禮敬菩薩

常自觀身嚴持威儀戒網不以爲喜威德自在人所稱讚能防護一切凡愚之心則得自然翻惡作善見者歡喜則是名法性聖智大慈觀八者菩薩入三摩地時澄心證淨證定證聖了見寂靜名爲殊勝寂性慈具此慈力者超過欲界空色二世是名不染三界菩薩若證入寂性慈者能莊嚴報身三十二相八十種好何以故名爲菩薩證得心性寂滅慈是故則名殊勝寂性大慈觀九者菩薩入三摩地時證眞如慈本體無變實性清淨菩薩若修行此慈者則得離一切相證無生三摩地成就一切無上菩提自利利他皆悉圓滿是故名爲眞如大慈觀十者菩薩入三摩地時證得法界慈具是慈者能普覆一切徧含有情總得解脫令證菩提聖力加持無不成就一切菩薩摩訶薩是故名爲法界大慈觀

爾時如上所說十方大士菩薩入一切如來佛心觀者是名一切諸佛十大慈觀教法也

是時則師子勇猛菩薩摩訶薩等重啓如來而白世尊言云何名爲十方大士菩薩如來告師子勇猛如是十方大士菩薩往昔因地同得毗盧遮那如來一切諸佛十大慈心觀是故普賢曼殊菩薩聖性道力加持而相助護神通感應未知此二大士菩薩殊聖道力云何感應則是時釋迦牟尼世尊在大會衆中重告師子勇猛菩薩等如是十方十大士菩薩從往昔因地之時同共得毗盧遮那修大慈十心亦修證普賢行願曼殊聖性道力神通自在聖智運度一切衆生是故感應是時則得一切諸佛助護毗盧遮那聖性感會

爾時衆中一切菩薩摩訶薩一切有情衆生同修行普賢曼殊行願則證入毗盧遮那如來十大慈佛心觀已是時釋迦牟尼又重啓請毗盧遮那如來與大會衆一切菩薩摩訶薩說一切諸佛菩提金剛三密普賢智日曼殊慧劒六足四足尊等金剛陀羅尼普賢大笑大樂一髻降三世等金剛陀羅尼千臂千鉢曼殊陀羅尼金剛慧劒契印如來法輪一切總持祕密菩提三摩地大樂金剛眞言大足金剛眞言曼殊眞言增用加持一切菩薩聖性神用菩提聖智爾時說諸佛如來十大慈已從毗盧遮那佛心流出金剛三密千臂千鉢曼殊大明智光明金剛慧劒陀羅尼用加持一切修學菩薩摩訶薩速證神力聖性菩提心如來則說千臂千鉢曼殊室利菩薩

金剛三摩地祕密根本菩提眞言陀羅尼曰

娜莫三漫多去柅引二合夜勢灑塞頗二合囉拏尾秫馱没地毗喻引二合娜捨你匿徐翼切薩嚩怛他引誐諦毗喻二合囉賀二合毗藥二合三藐糝没第毗藥二合娜謨引曼儒上聲室唎二合曳薩迦攞麽攞迦覽迦引蹯誐哆濟哆細尾麽攞虞拏楞訖哩二合哆也阿麽囉曩囉蘇上聲囉步惹誐尾你也引二合馱囉惹吒引麽矩吒你迦餙哆播娜臂姹引母惹引也娜謨引曼儒上聲具引沙引也摩訶引帽地薩怛嚩二合也尾尾馱引播引也訥蘖底尾娜引囉拏引也怛你也二合他引唵引暴麽抳嚕質囉迦攞引播尾質怛囉二合母糌訖哆二合娜麽楞訖哩二合哆捨哩引囉跛囉麽薩怛嚩二合暮左迦怛他引誐哆達麽句引捨馱嚧鉢囉二合嚩囉達麽引臘馱

尾惹也素囉哆㘕抱盧引跛捺捨迦羯麗合二
商引去聲誐引囉鉢囉合二捨麽迦戍你也合二哆
引娑嚩合二嚕引嚩引弩娑引哩引摩訶引帽
地薩怛嚩合二嚩洛嚩覽娜諾唵引摩訶引播
引捨鉢囉合二娑囉鉢囉合二娑囉阿上聲娑上聲麽
娑麽難上聲哆娑莫糝漫哆跛捺落合二三漫哆
遜落糝漫哆引迦落糝漫哆鉢囉合二娑落娑
囉娑囉係係曼儒上聲嚩囉嚩日囉合二渴誐親
娜親娜頻娜頻娜尾囉惹尾囉惹羯麽引跛
誐麽迦素佉娜娜矩嚕矩嚕度嚕度嚕馱馱
馱馱摩訶引麽訶暮引訶也暮引訶也暴暴
引鼻引麽鼻麽曩引娜曩引娜娑囉娑囉摩
訶薩怛嚩合二慕引左也麽引麽曩引他麽弩
塞哩合二惹哆引播引也褥佉素欠娜娜摩訶
引迦引嚕抳寧吉迦阿曩引勉引憾褥葉姤引

憾娑嚕儒引上聲憾鄔跛訥嚕合二妒憾阿尾尾
訖妒合二憾矩枲引弩引憾娑囉弩達慕引憾
怛梵合二娑誐梵褥葉跢引南引素欠娜娜阿
上聲曩引他南去聲薩曩引他迦囉娑嚕惹引南
引你嚕惹娑迦合二囉鄔跛訥嚕合二哆引南引
薩帽引鉢捺囉合二褥佉捨麽迦尾尾訖哆合二
引南引矩捨攞達摩糝婆上聲囉跛哩布囉以
哆引去聲矩徙引娜引南引尾引哩也合二娜跢
引娑囉拏鼻達弭喃引麽麽毘婆誐鑁曩引
勉引婆嚩捨囉南耨佉你寘引捨麽也薩嚩
訖麗合二捨囉蹔悉弭引阿跛曩引也薩嚩僧
引娑引嚕引跛捺囉合二嚩耨佉引你銘引曩
引捨也矩捨攞達跛哩布囉拏合二銘矩嚕薩
嚩羯麽引嚩囉拏鉢嚩跢引你銘引去聲尾枳
囉摩訶引帽引地薩怛嚩合二細引尾哆尾引

哩也(二合)播(引)囉弭跢(引)喻(引)儼銘(引)僧你喻(引)惹也阿囉拏達磨尾囉(引)誐尾囉惹僧惹訶鉢囉(二合)惹訶(引)馱囉抳(寧音)娑麼佉娑麼惹(引)攞你地㝠(引)嚕娑麼摩訶(引)悄(引)地薩怛嚩(二合)嚩囉娜娑嚩(引二合)訶(引)

千臂千鉢曼殊心根本眞言攝一切法神力陀羅尼曰

曩莫薩嚩怛他(引)蘖帝瓢(毗藥切引)囉訶(二合)瓢(同上)唵俱麽囉嚕比抳(寧音)尾涇嚩(二合)糝婆嚩(二合)阿蘖縒阿(引)蘖縒洛户洛户勃哢(二合)勃哢(引二合)吽吽爾曩職(之切)力曼祖室哩(二合)曳素失唎野哆(引)囉野鉻薩嚩耨契瓢(同上)發吒(半音下同)發吒(去聲)捨麽野捨麽野阿窬哩(二合)妒納婆舞納婆嚩播半㝠(引)曩(引)捨野唵嚩(引)計曳(二合)囉體惹野唵嚩(引)計曳(二合)勢餙娑嚩唵嚩(引)計曳(二合)蹇惹野唵嚩(引)計曳(二合)顊瑟癡咤曳(二合)野唵嚩(引)計曳(二合)麽曩(引)娑唵嚩(引)計曳(二合)娜曩莫唵渴誐薩怛嚩(二合)嚩計曳(二合)吽娑嚩(二合)賀(引)

曼荼羅結界眞言

梵云思(四暗)摩畔馱馱囉尼

唵阿窬嘌(二合)哆(上聲)尾盧(路音)吉你蘖嘌婆(二合)僧洛叉(上聲)抳阿(引)迦哩沙(二合)抳吽吽泮泮吒吒吽吒娑縛(引二合)賀(引)

曼荼羅大灌頂窬言

梵云何毗矖罽迦陀羅尼

唵阿窬嘌(二合)哆嚩囌嚩囉嚩囉鉢囉(二合)嚩囉尾秫悌吽吽泮泮吒吒吽泮吒(上聲)娑嚩(引二合)賀(引)

灌頂結契印眞言

梵云何毗曬罰毋捺囉(二合)陀羅尼
唵毋儜毋儜毋儜嚩(上聲)蹤阿毗(重聲)詵者茗(二合)
薩嘌麼(二合)怛他(引)蘗哆(引)薩嘌麼(二合)尾儜也
(二合引)毗曬罰嘌莽(二合)帶薩嘌麼(二合)怛他蘗哆
(上聲)紇哩(二合)那夜(引)地瑟恥(二合)哆麼日𡁠(二合)娑
嚩(二合引)賀(引)

如是次第如來即說金剛十大慈觀者及陀羅尼已是時世尊如上所說十大慈觀諸佛法教及說陀羅尼者如來具說加持增勝聖力福德令一切菩薩摩訶薩及一切有情衆生修入速證諸佛無上正等菩提是故師子勇猛及一切菩薩我等深信誓當奉持云何名爲十方十大士菩薩上意等同得如來印可法教修行菩薩道則各各對世尊向大會衆前與諸菩薩衆自說修證法教秘密觀門當來亦與一切菩薩同當救度有情一切衆是故云何名爲此祕密金剛十大士法觀是時釋迦牟尼如來次第說上方上意菩薩十大士摩訶薩等世尊令十大士菩薩一一自說觀門而爲開演一者上方妙樂歡喜世界上意大菩薩摩訶薩埵菩提薩埵當自陳說對如來前令當來一切諸菩薩修入菩提性聖智證如來金剛三密三摩地照見自性入無動涅槃無性觀者上意菩薩摩訶薩則入一切如來自在法界三摩地菩薩於自聖智眼觀照意識界處入是涅槃無自性觀法界金剛三摩地上意菩薩自見身中性意生身於一一毛孔中入出神用自在聖力運通深證不思議法界三昧以聖性智知三世一切佛法不可說法可說法佛剎微塵數一切菩

薩摩訶薩修行教導化度蒼生行菩薩行常不休息令一切有情衆生速入涅槃無性觀法界聖力菩提悉地成就菩薩令一切衆生先修證入十種成就金剛菩提三密大法觀云何名爲十種菩提金剛三密大法一者能令證入百千陀羅尼祕法光明成就菩提金剛聖性三密行道大法二者能令證入百千諸根智慧圓滿成就菩提神境通證入百千三昧佛三摩地大法三者能令證入百千神力成就長養百千金剛三昧耶成就聖力菩提圓滿故大法四者能令證入百千虛空門入一切如來三摩聖性地運動成就菩提自在神通遊歷十方入佛淨土見佛報身大法五者能令證入百千佛三摩地門聖性通達具足成就菩提殊勝祕密諸波羅密門入一切性智菩提無礙圓滿大法六者能令證入百千聖智神通修入妙行理趣體性功德積集聖道成就菩薩入一切諸佛法藏大法七者能令證入百千辯才智慧方便演說成就如來聖行菩提深入祕密一切法義大法八者能令證入百千諸佛甚深大慈聖行成就菩提佛行圓滿大法九者能令證入如來百千聖智金剛性道得佛灌頂入法王位成就菩提諸佛智身大明徧照金剛菩提成得法身令得解脫大法十者能令證入百千諸佛解脫地成就菩提獲一切如來達入百千祕密金剛菩提佛性海藏眞如三摩地滿足一切法如來聖性無盡金剛智菩提一切大法是故上意菩薩摩訶薩埵先自能說識之妄想如來聖性二義和合成熟金剛聖智菩提

大法者則是名爲菩薩修學如來聖性解行齊行則能證得自體法界菩提十種大法然後修入證得無動涅槃無性觀云何方便而證入無性觀者菩薩先須當心觀照本性寂靜悟入滅盡定得心識性證見清淨惟清惟淨證見聖性自性如如一道寂淨悟達本源反照見靜惟照惟瑩惟瑩惟淨惟寂惟聖則是名爲菩薩得入無動涅槃無性觀若有一切菩薩依此上意菩薩摩訶薩埵修學此法門者則得速證佛無上正等菩提故上意菩薩摩訶薩爲三世一切法界有情衆生顯說演出諸佛祕密金剛菩薩成就無動涅槃無性觀令未來遠世一切菩薩一切衆生修證速入如來聖智性三摩地無性觀者得佛阿耨多羅三藐三菩提故是時如來則次第而令持世菩薩自說修習觀行門二者下方金剛界地天世界持世菩薩摩訶薩埵菩提薩埵自對如來前則爲見在一切菩薩陳說祕密法亦令當來一切菩薩及一切衆生修入薩婆若海三摩地學諸佛金剛菩提一切祕密甚深法忍波羅密多寶性觀若菩薩依此觀門由行證得如來金剛無邊性海三昧依此三昧得入祕密菩提金剛持地持世海性三摩地從此持世海性金剛願力置金剛界地建立所依金剛海性堅牢法藏相生世界無有障礙等如虛空無差別相皆是本源毗盧遮那如來金剛體性堅固祕法性海中安立萬像大地世界形色相好主宰神通靈應化變一切總依毗盧遮那如來先世大願聖力加持一切菩薩及一切有情修習菩提解

脫聖道成就於此世界一切衆生合同一性助佛成熟自在神力達一切如來三摩地聖智相應令一切有情無不快樂同入菩提悉得圓滿皆是毗盧遮那如來往昔之時於劫海之中有大願力修菩薩行時以四攝法及行八大供養而曾攝受一一諸佛諸大菩薩因地之時所種善根皆已相攝種種方便教化成就令一切菩薩安立一切智慧道一切聖種道一切金剛道一切解脫道是名一切如來菩提海藏大善福利方便成就願海般若波羅蜜多諸佛菩薩往昔因時所行之行具足清淨解脫聖道以能善入諸佛三摩地令其菩薩及一切衆生常見諸佛報身分明了了以勝解力入於如來功德性海得成諸佛菩薩解脫之門遊戲神通合同本願力故

起大悲心誓度有情悉歸諸佛金剛菩提性海圓滿成就故是故如示持世菩薩摩訶薩令諸一切菩薩修入金剛三摩地行甚深法忍住波羅蜜多實性觀云何疾得入此方便而證此觀是時持世菩薩即當自心眼應當觀照入自心性性體法界得見自性心體證於如來金剛聖性洞達法空無邊覺智大寂慧空觀其大智入心心空證空復空心如虛空同於法界了了見性名證自性聖智法體是本心生神用自在清虛一靜法同法性眞如實際若達此性則名本源自性眞實聖智無性是故持世菩薩摩訶薩往昔因地當本大願共毗盧遮那如來令度一切菩薩及一切衆生同入此願諸佛聖性金剛菩提大願修行佛三藐三摩地甚深法忍波羅蜜多住

於清淨法身實性觀者速成正覺無上正等菩提當得阿耨多羅疾當成佛是故釋迦牟尼如來深歎持世菩薩摩訶薩汝曾久遠供養諸佛菩薩今說如來金剛祕密甚深菩提不可思議是時諸大菩薩見如來歎持世菩薩摩訶薩大衆歡喜信受奉行

大乘瑜伽金剛性海曼殊室利千臂千鉢大教王經卷第三

音釋

糝桑感切 蹯符袁切 訥蘡蘡奴結切 膰蒲禾切 菀音問 憾胡紺切 枲想里切 鋑亡敢切 灑所賣切 罽居例切

大乘瑜伽金剛性海曼殊室利千臂千鉢大教王經卷第四

唐三藏沙門大廣智不空奉　詔譯

是時如來令普明菩薩說無盡法藏眞際觀門三者有東方無極日耀世界普明菩薩摩訶薩菩提薩埵對於如來大衆前復爲見在一切諸大菩薩摩訶薩陳說祕密眞如性淨法藏眞際觀亦令當來一切菩薩及一切衆生修入諸佛一切般若波羅蜜海藏三摩地爾時普明菩薩同共一切諸佛說殑伽沙世界十方剎土一切菩薩摩訶薩及一切衆生於世世生生行菩薩道修持功德時不如於此娑訶世界一日一夜修持曼殊菩薩行願功德何以故此人則爲能於閻浮提忍土之中修行忍行曼殊菩薩行願功德是故超過諸佛淨土則得聖力加被速當成佛爾時釋迦牟尼如來告諸菩薩摩訶薩言普明菩薩乃能發廣弘誓願當度有情者是時世尊對大會之衆歎普明菩薩不可思議是以能共諸佛如來說曼殊菩薩行願功德能令一切衆生得爲忍土修行菩薩道是時釋迦牟尼如來則爲一切菩薩及一切有情衆生說毗盧遮那佛金剛三摩地令諸大菩薩修持一切如來金剛三密三摩地故住清淨眞如法藏眞際觀是故普明菩薩承佛如來教命傳授共一切菩薩摩訶薩再向如來前重白世尊言我等菩薩誓當依如來所說修入此三摩地金剛三密三菩提眞際觀門如是普明菩薩等稽首如來言願佛加被則得入於毗盧遮那如來三昧性海法藏法身之中我等

諸菩薩依如來言則入觀門亦同得見自身中平等體性法界虛空示現於我自性法界平等體性中廓周法界自在無礙出入神用無邊性海普皆包納十方三世一切世界法界衆生悉皆顯現復現諸佛三昧大智光明無相性海皆從此三昧出現十方所有諸安立法海悉能含藏一切諸佛智力解脫聖性菩提及諸菩薩智願能令一切國土微塵數佛刹互相隱沒普能容受無邊法界而無障礙成就一切諸佛功德法藏顯示如來諸大願海故及諸菩薩摩訶薩行願一切諸佛法輪流出無盡般若波羅蜜令諸菩薩演説護持使不斷絶則於如此世界之中普明菩薩摩訶薩對世尊前更入于三昧證法界三摩地佛微細無礙聖智得一切如來大明慧佛眼所照普明菩薩聖智力加持入諸佛法界身現一切諸佛國土於此國土復顯出微塵佛刹所有微塵佛刹一一微塵中復有諸佛淨土於佛淨土中有微塵數諸佛一一諸佛前復有普明菩薩摩訶薩住如來前普明則對如來前啓白世尊言復願如來加被於我我則得入此諸佛金剛三摩地是時普明菩薩則證入毗盧遮那如來金剛法藏三摩地令一切菩薩及一切有情衆生同願修持入此性淨眞如法藏三昧眞際觀云何應得修入此觀菩薩則當觀照心地覺用心智惟照心性細細觀覺覺照心體見性無動證覺不動即能常用用觀體智見性清淨性自離念離念無物心等虛空即證聖智如如聖性二俱澄寂空同無體性體虛靜則是名爲菩薩

證入眞如法界性印法藏眞際觀門是故一切諸大菩薩摩訶薩四部弟子善男子善女人聞普明菩薩摩訶薩爲大衆等及當來菩薩說佛眞如法藏眞際觀已咸皆愧仰信受奉行

是時釋迦如來次第令不思議菩薩當爲一切菩薩及當來有情一切衆生自說觀門四者是故如來則令東南方青色瑠璃世界不思議菩提薩埵菩薩摩訶薩則當如來前爲見在一切菩薩自當陳說觀門如來秘密金剛佛眼清淨無邊法界三摩地無漏聖性令一切諸大菩薩證入五眼無障觀亦令當來一切菩薩及一切衆生入求大菩提金剛智薩婆若海是故不思議菩薩摩訶薩言若有一切諸大菩薩摩訶薩及一切有情衆生欲令速入無上菩提者先修此金剛三摩地五眼無障觀云何得修入此觀門先當發菩薩廣弘無盡大願四無量心則得修入此五眼無障觀門證諸佛心三摩般底法界性海三昧入如來無邊等持無邊秘密性無邊金剛智無邊平等慧無邊四智海無邊眞實聖性三摩地菩薩摩訶薩住此金剛三摩地三摩般底者善能曉知一切諸法如來深密明智知諸佛法性自在聖智法界空性無動無轉開示一切無邊法輪無邊功德令諸菩薩入一切諸佛海雲三昧金剛三菩提疾得入如來十種性海三摩地云何名爲十種性海三摩地一者所證入此佛性海三摩地者令自心他心綺言妄語意三業行一切諸罪盡皆消滅悉皆得證性淨眞聖咸覩得見諸佛智

身二者得證入此佛性智海三摩地能使自身他身消滅殺盜婬悔過先罪悉令消滅自能調伏諸見身心得住三昧故三者修證入此佛性海三摩地者能令自口他口消滅四種口過諸罪不善既得滅已能以慧眼照見五陰空故四者修證入諸法性海三摩地能令自意他意消滅三毒一切意業之罪得意地清淨入無生心無動慧智神用自在達諸佛如來法界聖性法門五者修證入此無盡法性功德無邊性海三摩地能令自識他識了別法相入第一義觀照諦察修入菩提聖性佛智悉皆圓滿故六者修證入此神用自在性海三摩地能令自智他智廣行菩薩行示現聖智法力加持一切菩薩開通悟入諸佛菩提性地故七者修證入此諸佛根本金剛智性法海三摩地得見種種因緣差別不同能令善知如來諸法一切義故八者修證入此如來法力智性藏海三摩地能令自慧他慧得悟廣通諸佛智慧入法聖地般若性海達佛聖慧菩提聖道故九者修證入此一切智性法海三摩地者行諸佛甚深菩提行能令自心他心竊入百法明門速令具足一切諸佛智故十者修證入此諸佛本願無邊性海三摩地者令自身他身修入無上正等地悉使成就諸佛聖行如來法身菩提法藏故是時不思議菩薩摩訶薩令一切菩薩及一切有情衆生修入此佛眼清淨無邊法界五眼無障觀云何得入修此觀門者菩薩將自心眼反照見用自心智眼内觀澄寂智眼照見五蘊性空智眼寂靜寂智同體觀見意

淨靜照無見名見內眼觀用心眼智見相應用照寂體心眼無礙智眼明淨名見天眼諦觀識用了別體靜識用智明慧觀照性了見法性名見慧眼諦觀法智所知了見法義無邊聖性能見自性慧體名見法眼觀照寂滅覺了寂靜性同法界法性無體覺即眞淨無覺實際了了見性名見佛眼是故不思議菩薩摩訶薩則自證𠋫入此如來金剛三摩地五眼無障觀令一切諸菩薩及一切有情衆生修入此三摩地五眼聖性無障觀者亦令當來一切菩薩及一切有情衆生修學此觀門速登無上道疾得阿耨多羅三藐三菩提故

是故釋迦牟尼如來次第令廣意菩薩自說觀門五者爾時南方無垢世界廣意菩薩摩訶薩菩提薩埵對如來前我爲現在一切諸大菩薩亦爲當來末世五百劫歲之中菩薩摩訶薩及一切有情衆生是諸四部弟子等比丘比丘尼式乂彌尼沙彌師大比丘僧等陳說一切如來金剛祕密三密三摩地首楞嚴三昧於此三昧是一切三昧王廣意菩薩言我今令一切菩薩及四部弟子等修持入此首楞嚴三昧速超成佛於意云何若有一切菩薩一切衆生四部弟子等廣意菩薩告言若住是世界勿得行於狗法時有比丘常行狗法自稱我是菩薩於意云何譬如有狗前至他家於是他家便作爲主見後來狗心生瞋妒嗥喍號吠內心起想畏來爭食佛教將盡法欲末時有此比丘修行狗法先至他舍作爲主想住施主家悋惜資財爲自已物

見後來比丘慳瞋怒目作物主宰生嫉恚心
種種謗讟説他長短如此比丘親近惡友常
生貪想雖讀經典志求名利不識良善常於
世間詐行精進內懷腐爛顯異惑衆將諸旛
像種種香華行向人家强行供養客行諂曲
意在求財佛言語諸比丘亦不應恃官挾勢
畜積生計假託息利推步盈虛呪術醫藥曆
筭卜筮如出家僧尼之人是佛弟子常當精
進勿行此行無智比丘誑他迷惑非言自墮
亦墮他人是故廣意菩薩摩訶薩重白世尊
言唯願如來印受我願加護於我我當則發
弘誓大願不忍見於來世末劫不善比丘及
一切衆生作斯業行是時釋迦牟尼如來告
言廣意許汝説之爾時廣意菩薩入此三昧
安庠住定起佛大慈當救來世一切衆生師
僧父母比丘比丘尼善男子善女人等令修
此觀廣意菩薩則對如來及諸大衆説令修
入金剛祕密首楞嚴三摩地三昧性海其首
楞嚴三昧者譬如虛空無有內外一切無礙
亦無動摇云何首楞嚴三昧者體有五種名
一者微塵數諸佛三昧同一首楞嚴三昧故
一體金剛三摩地二者百千諸佛金剛三昧
入楞嚴三昧同爲一性故三者師子吼千三
昧同一楞嚴在中一體故四者一切如來一
切波羅蜜多同一金剛般若楞嚴三昧故五
者諸百千祕密聖性菩提三摩地同入首楞
嚴故是名爲一是故諸佛一切神通自在法
性聖智慧海總是首楞嚴金剛三昧王攝所
以者何是故一切有情衆生根本賴耶含藏
之識三世一切法八萬四千塵勞種子無量

無邊智慧法性是首楞嚴菩提種性云何得入諸佛如來菩提種性薩婆若海楞嚴三昧滅除塵勞業力種子如是妄想惡種識性猶如微塵甚深密細幽小微妙能含能藏難可得見如何相捨而得出離廣意菩薩告諸菩薩言若修金剛首楞嚴三昧者則得出離於意云何不假功力諦觀本心玄入心地到於法藏眞如性海當自消滅如何修此楞嚴三昧一切菩薩言云何而自修習是時廣意菩薩言當心照看細細觀性用慧方便智燈照入如毛頭許事一微塵性極微無性即見心定如如不動智性寂靜空無有性是名修入楞嚴三昧眞淨體性體用反照用慧細觀澄心見性本源體淨證性清淨唯靜唯正唯寂唯靜了了見性是名正定楞嚴本靜如此用功不入邪定永到菩提同佛聖性證法身如如得名究竟是故廣意菩薩摩訶薩令一切菩薩及當來有情衆生修入首楞嚴三昧故速證阿耨多羅三藐三菩提

是故釋迦如來次第令無邊智菩薩當爲一切菩薩有情衆生自說觀門六者西南方白色玻瓈世界無邊智菩薩摩訶薩菩提薩埵對如來前稽首世尊而白佛言我爲現在一切菩薩及爲來世劫濁亂世法欲末時一切衆生有情命者我爲陳說如來金剛祕密三密菩提觀令現在一切菩薩及當來有情衆生速疾修入覺證平等性智金剛三摩地現證菩提觀爾時衆中有一覺慧菩薩問無邊智於此觀門有幾種法無邊智答言當有七種秉說修學云何證得有何因緣證菩提心

何者是菩提心於是菩提心者有所得不無邊智菩薩答覺慧菩薩言仁者若菩提心有所得無有是處現在心不可得未來心不可得過去心不可得若離菩提心亦不可得菩提心者不屬因亦不屬緣不可名言似有爲法而可立相非是造作亦非不造作亦不可得見亦不可得知無邊智菩薩告覺慧菩薩言如是菩提無量功德微妙事業無有形相菩提心者不可名心亦不可說名爲無心不可說名爲色亦不可說名爲無色如是菩提菩提功德微妙清淨永不可得一切有情心亦不可得何以故菩提及心同於法界是時覺慧菩薩語無邊智菩薩言菩提及心都無可得者云何修入平等性智三摩地現證菩提觀得無上智正等菩提是時則無邊智菩薩語覺慧菩薩言若有一切菩薩當發如來四無量心如來心者同於法界聖性金剛等若虛空靈聖加被者則得證菩提云何修入於此止觀菩薩諦察當照本心觀貪覺性徧行心起則住法界性空正定入三摩地證心寂靜不動不見入菩提心得名現證菩提心觀又照見瞋心徧行五處於自他人見有情性證法無性不起有相意根正定入三摩地意靜寂性識性不動入菩提心則名現證菩提心觀又照眼識根徧計所執疑妄心生染著諸色住正定心色塵不起眼見色等無相寂靜證聖智心入菩提性則名現證菩提心觀又照鼻識根心著諸香氣染入識智同於性體觀自體性香界識界通爲一體識鼿心起不染香界鼻根清淨證五分香體入三摩

地達菩提心同佛實際則名現證菩提心觀又照見耳根響應聲聽苦樂悲喜心著情性住佛音聲法樂自在聲塵不起三昧正性入三摩地耳識根淨入菩提心是名現證菩提心觀又照見舌識深入味界味根微妙染著性體觀自性心入自佛性證識正定不染塵味舌識界中味性寂靜入菩提心同佛聖性則是名爲現證菩提心觀又照見身根身觸細滑徧證諸識受觸身根心性快樂觸塵微妙染著五慾當觀五慾心識爲主貪愛爲母無明爲父身亦爲根生長邪執是故菩薩應當細照諦觀心性入三摩地見佛海性無受無觸諸根寂靜心無掉舉不造諸惡身恒清淨不染六塵是眞梵行無有所著如是修者入菩提心則名現證菩提心觀是故覺慧菩薩言云何修入疾證菩提無邊智菩薩答言一切菩薩若修七種極難難入祕密金剛現證菩提觀者則當速疾證入此觀若得證入云何而作方便更修心地入是觀門有何次第如何修持若菩薩修證迅成重觀心地當用其心觀心見心心眼見性了了分明見性無見心淨意寂識用性靜寂照靜無見塵滅定俱等身中澄寂證淨不見身根與觸同性是故覺慧菩薩聞無邊智菩薩摩訶薩說是菩提心觀已對如來大衆前踊身虛空高七多羅樹作諸神通踊躍歡喜於此會中諸大菩薩摩訶薩同聲讚言甚希奇特得未曾有是故會中同時得有八萬四千億諸大菩薩摩訶薩修此現證菩提觀門得證無生法忍後當來世一切菩薩一切衆生亦同此願修

是觀門得阿耨多羅三藐三菩提故一切大衆聞見說已信受奉行

是時釋迦牟尼如來次第令無邊音聲吼手菩薩當爲一切菩薩有情衆生應當而演自說觀門七者西方無量壽世界無邊音聲吼手菩薩摩訶薩菩提薩埵對如來前啓白世尊復願如來護念於我我當如來前說一切菩薩令修入一切諸佛祕密金剛菩提三摩地甚深殊特淨土觀亦令當來一切有情衆生修入此觀是時會中諸大菩薩衆對如來前稽白吼手菩薩云何而得修持入此觀門吼手菩薩答言若有菩薩當須如實知見令受心法入心意念則名受法已受得法則是受者心即無念意即無思名心無動於心無動是眞念佛得入淨土眞實殊特淨土之觀是故則名菩薩眞實志誠修入云何修持得入此觀吼手菩薩言若菩薩先當重入如來十種諸佛了覺心地清淨解脱眞如法觀聖智理性法性淨土云何名爲十種法性淨土一者得受法者觀極樂淨土受念法已法本無執受教念者智行無念法智無受即是眞受法本無生法相亦然則是了覺是名淨土二者受得法已若作無相能觀所觀念無思想得證性土無身無受非觀法相發起聖行了覺見性證入淨土三者若受得法觀法無著觀念無處不見光華亦無形像佛體無相猶如虚空無有處所無念三昧亦復如是以此修念是名覺了眞入淨土四者得受法時觀佛毫相等於法界無有色像唯見清淨不見體相同佛法身無有别異淨如瑠璃内外

明徹了覺心性性靜無物是名淨土五者若受得法觀自心地照見心性現佛世界無量淨土諸佛如來一切菩薩及見自身亦在其中覺了分明得入淨土六者受是法已自身他身觀見生死無量劫來輪環六趣受諸苦樂從生死界得出煩惱證自心境蓮華化生見佛報身晃耀明朗猶如千日熾盛無此了覺自身在於佛前入如如觀是名淨土七者受法得已諦觀心性入佛三昧當見自身無明有愛等同體性不相捨離深著纏縛未有出期是故菩薩當發大悲適然清淨住佛三昧得此三昧了見身心根本自性淨如瑠璃瑩徹無障名入淨土八者受得心法當自觀行覺心境界妄取諸見顛倒心生執著我心迷惑邪見障蔽體性不能明了誓當精進爲諸有情勤修淨土惟願如來覆護我者今對世尊則入三昧乃見自性心如水精映徹內外悉皆清淨明性了見諸佛淨剎同我體性無有別異是名覺了自體清淨得入淨土九者當受得法觀照心體唯見自性不見心礙重觀自性深入法體即見起滅生死變易無有能定則當重發大慈大願再觀心性勤加功力其心入定經無量劫不出三昧志願在定常入三昧教化蒼生令證菩提明慧實際覺了心體入於寂靜得名淨土十者受得法教依受教已諦觀心鏡照見心性唯照惟清唯照唯淨徧觀十方廓周法界朗然寂靜無有障礙性如虛空同彼彌陀法身淨土於此淨土發弘誓願當救有情悉令解脫覺了心鏡得入淨國同佛聖性是名淨土如是菩薩

入此淨土云何當來教諸菩薩修入觀門證得法性諸佛淨土是故菩薩先當自心觀本覺體照見心性内心外緣内覺心起即覺外緣但觀内心心寂無始圓照寂滅覺悟無物細觀心性六識俱泯五蘊自空覺證寂靜得心心空滅盡癡定三毒一體覺了同性唯真唯正法身寂定是故無邊音聲吼手菩薩摩訶薩菩提薩埵令一切菩薩當來及一切有情衆生同證入十方一切諸佛阿彌陀觀自在王如來法身聖性淨土觀是時吼手菩薩成就一切諸佛金剛祕密十種淨土令一切菩薩及當來衆生同修觀行入佛三摩地得阿耨多羅三藐三菩提故

是時釋迦如來次第令殊勝益意菩薩摩訶薩當爲一切菩薩有情衆生自説觀門八者西北方紅色摩尼世界殊勝益意菩薩摩訶薩菩提薩埵對大衆會向如來前爲現在一切菩薩當來惡世有佛無佛有情一切衆生陳説如來金剛三摩地自在無礙觀啓白世尊願佛許我惟願如來納受我願世尊則告益意菩薩吾今許之益意菩薩摩訶薩則入三昧從定而起當發諸佛大慈大悲深密大願我爲來世有佛無佛一切諸天有情衆生及諸菩薩生於三世我當救之復願我心等如虚空無有休歇盡未來際同於衆生等類之身盡受無量生死出没作諸同類接引羣品饒益有情令出輪迴四生苦海修入菩提金剛佛地益意菩薩言若違誓願起於五欲貪著之心及慳貪嫉妬怨恨等情者我則誑於十方一切菩薩諸佛如來我願則不成惟

願如來照知我心我當發願從今以後乃至成佛常當護持諸佛大願修行梵行隨順淨戒遠離諸惡過咎不善惡業之愆唯佛證明我等大願惟願世尊慈悲覆護我今復有更發大願願我身相及我名號未聞我名願得聞之若得聞者便知名號及我身相十方普聞法界證知唯願如來與我授記令一切衆生決定成佛益意菩薩復對世尊慇懃重啓諸佛賢聖虛空幽顯我有大願志求如來清淨佛眼神通自在遊歷十方得見諸佛復願於我願我身心證菩提未見我者願令得見若得見已疾證菩提未得見我相好之者願令得見既得見已便證菩提速令解脫未得佛法願令得法未受得法願令受得既受得已心開大悟達證菩提惟願世尊惟願如來

與我印可我徧於十方等如法界四維上下皆能等入諸性海金剛三摩地八聖道力加被於我云何爲八一者復願悉見諸佛如來出興教導有情諸大菩薩一切衆生同我願故二者亦見諸佛如來放大光明照耀千界靡不周徧照觸我身入八聖道證見自身神通自在聖力加持開悟佛道三者亦見自心在佛法界住三摩地安隱快樂四者亦見自身普入聖智住佛聖性速達菩提五者亦見自身普證諸義辯才無礙教導衆生六者亦見自身普入諸地登菩提道漸當成佛七者亦見自身頓悟諸法住如來地八者亦見自身普徧法性住佛法界成佛法身是故名爲證八聖道入自性聖智同一眞如如來法身徧周法界同太虛空等入菩提如如實際是

時益意菩薩摩訶薩我今普爲法界衆生一切菩薩對如來前重演諸佛金剛祕密菩提三摩地無礙法性觀惟願如來印受我教爾時釋迦牟尼世尊如來告言誰當開說吾許演之是時益意菩薩承佛聖旨告一切大衆若有菩薩求菩提時修持無礙法性觀者若能修習先當發願起大悲心依我大願修入此觀云何修學復願指示總當信受依教奉行諸菩薩言如何修入云何觀照益意菩薩答言語諸菩薩當心照用諦觀心性清淨無物用覺證定見性寂靜唯照唯寂唯用唯靜照見心靈虛朗瑩淨廓然明達無有邊際如月在空清徹法界神用聖性等空無礙是故益意菩薩摩訶薩勸發諸菩薩修入如來金剛菩提無礙法性之觀法性無礙觀者法本不生今則無滅菩提不增波羅蜜多不減若菩薩住此法性觀門修學無上正等菩提者速超法界疾證菩提得阿耨多羅三藐三菩提故

是時釋迦如來次第令無盡慧眼菩薩當爲一切菩薩有情衆生自說觀門九者北方不空寶月世界無盡慧眼菩薩摩訶薩菩提薩埵向大衆會中從座而起合掌向佛長跪叉手而白佛言惟願如來納受我願我當說之我則當發如來大願十種聖性心證入祕密金剛解脫法門世尊告言語慧眼菩薩吾當許汝惟聽演說是時無盡慧眼菩薩則入三昧以三昧力慧眼明徹菩薩得見過去未來現在一切諸佛一切菩薩一切諸天一切衆生親對如來自說三昧聖性之力金剛解脫

如來祕法盡皆信受依我大願修集菩提祕
密金剛無二觀門當證金剛解脱是時無盡
慧眼菩薩摩訶薩復願世尊加被於我願我
心性入於聖智同爲一體當證清淨心性淨
者則是如來菩提性也菩提之性體無染汙
亦無色象菩提之性與空俱等菩提之性同
於法界法界性者等同平等平等性者則同
究竟心性寂靜同爲一體是故菩提聖性無
一無二亦無别異如此證者真同法性無入
無出言法性者不執於入不執於出法性無
相如來聖性無出入處法智聖慧明達無障
神用寂滅無相無境云何名爲無相無境不
取眼識名爲無相不觀色塵名爲無境乃至
不隨意識了别名爲無相不觀外緣心無妄
想名爲無境法性本如相境亦靜二相無别
同體一性何以故入佛三昧性同等至菩提
性境等無有異是故菩薩一切衆生勤加修
入十種聖性則得證成祕密金剛菩提無二
法性觀三密解脱門爾時大會衆中是諸菩
薩當自有言云何修習法性觀者當學聖智
十種聖性解脱觀門何者次第如何修入無
盡慧眼大士告諸菩薩摩訶薩言當自於心
諦觀心月處空靜明體性清淨通徹無翳心
同明月朗瑩清虛性如白雪於是如上所説
聖性祕密法性金剛菩提寂靜如何得至達
到菩提速證成佛是故大會諸大菩薩衆同
聲啓白無盡慧眼大士菩薩仁者云何名爲
十種法性祕密聖智無二解脱法性觀門一
者世尊説方便智修入如來金剛功德法性
聖智三摩地證成聖行無二境相金剛菩提

解脱門二者如來嚴淨一切諸佛國土調伏衆生令入菩提究竟出離三界自證聖智金剛三密法性解脱門三者入諸三昧遊歷十方普詣一切如來所修菩提成就無漏一切功德令一切菩薩證入金剛性智解脱門四者安住三摩地令一切菩薩速得進入十聖佛地達般若海聖慧法性證入金剛解脱門五者於三昧中得見諸佛普入法界如來淨土見諸菩薩在如來前受教而聽入金剛身證解脱門六者在於三昧自見如來宣說祕密深妙法義徧諸國土悉皆得聞甚深微妙聖智法教達證菩提不可思議令諸菩薩證入金剛聖性辯才智慧解脱門七者住是三昧見過去未來三世佛剎當見微塵數一切諸佛一切菩薩如來教法是即修入菩提法觀解脱門八者入於三昧一念之中見三千大千世界成劫壞劫成壞之事久遠已來修持聖智成就菩提故於一時一刻一念證金剛定解脱門九者入三昧聖性見一切諸佛三摩地證見自身亦見他身一切菩薩諸根性智心量深淺令同諸佛大悲本願同修梵行行菩薩道更相運度證金剛慧入解脱門十者入三昧定運大悲心令諸有情志誠發行諸佛大願共一切菩薩及諸衆生常修戒定如來聖道學佛威儀修持密行得六神通智慧如海不住涅槃導引羣品令證菩提金剛聖智三密法性解脱觀門是故無盡慧眼菩薩摩訶薩故能顯說法性聖行解脱觀者令一切菩薩一切衆生如說修行願令習學如來聖行聖性三密金剛菩提正智正見如

來祕密法性解脱觀門次第修行令證諸佛一切種智聖力方便如來加持成就菩提速得圓滿是故釋迦牟尼如來深讚無盡慧眼菩薩善哉善哉汝能快說如來一切諸佛金剛祕密法性解脱法門其時大會一切衆中有十六萬億菩薩摩訶薩證法眼淨入佛三摩地同修入此法性解脱觀得證阿耨多羅三藐三菩提故

爾時釋迦牟尼如來次第令賢護菩薩當爲現在一切菩薩及當來有情一切衆生自說觀門十者東北方金色世界賢護菩薩摩訶薩菩提薩埵對大會衆啓白世尊我當來世第四五百年刧濁亂世如來聖教將欲末時所有一切諸大菩薩所有一切有情衆生令修正見令行正教勿行邪命勿行眩惑如是一輩諸惡比丘有癡衆生不信聖教詐作賢良詐現聖相誑惑世間癡暗之人詐明假聖口言我見前世後世生死之事詐解佛法倒說經律迷惑衆人令生信我圖取財物貪著邪見如此之人是魔伴黨破滅正法猶如狂人言義失序不依次第不識好惡猶若猿猴心無定止是故賢護菩薩重白如來稽首世尊不忍觀於當來苦世惡業衆生作如斯幻今則如此正是其時盛行邪諂不依教典是時賢護菩薩我有大願誓當救之惟願如來納受我願是時世尊告言賢護菩薩汝曾久事供養恭敬微塵數刧諸佛如來得深祕密金剛法藏如來護念今正是時汝當演說世尊若許惟願如來加被於我我則敢說爾時釋迦牟尼如來言吾今許說汝當演之是時

賢護菩薩則對大衆世尊如來前不起于座入於三昧名爲如幻三摩地如幻三昧從三昧起則說一切如來無盡不壞金剛福田聖性聖慧自在神通如幻三昧若欲修持聖性聖慧如幻三昧者先當修入十種殊特甚深難勝諸佛聖行然後乃當修得聖性聖慧如幻三昧云何修入十種殊特聖行聖性如幻三昧何者名爲難勝聖行云何名爲甚深聖性潛加八識云何而行修持身心智行俱證十種聖行如幻三昧一者修行達悟菩提心證虛空無意識想自性清淨如如眞靜無相無願心同法性自性本空體性寂靜如幻三昧二者修持得入法位修進菩提知見四諦超入聖地是名殊特如幻三昧聖性聖慧超越二諦一體眞如同於如來智海佛性如幻

三昧三者如說修行入於聖性金剛三摩地不住佛法亦不住菩提不證道果亦不見於罪行八邪道入佛聖行性同一體法身聖性如幻三昧四者修習不捨三業證三脫門入於世諦行菩薩道從是三昧起聲聞心入聲香界不著三世性同眞如如幻三昧五者修持而行空法示現住於聲聞形相威儀盛行非道見行非行於非行中持淨梵行接引衆生能行非相得達菩提入於佛道是名聖行如幻三昧六者修行無相而隨音聲不著聲相入十二緣證聖心量不習二諦緣覺斷妄住煩惱性不入有障盛行有爲不著法相現辟支身作世尊像引歸大乘成就無上阿耨菩提一切迴向是故名爲迴向菩提如幻三昧七者修學常觀無礙智慧辯才說法導引

有情衆生入佛法性徧於一切不染世間入涅槃靜恒住苦海常在禪定不入於定住於三昧不在三摩地名爲如幻三昧八者修行能現有相住於非相而入諸欲不染於行離衆生見執著結縛向世間心住淨常樂出三界心名爲如幻三昧是如幻樂九者修行而現凡夫事不著三界入於邪道不染貪愛住世諦中離癡五蓋入三毒根不住五欲證於空性法滿具足在陰界心智慧如燭證解脫門出離五欲名爲無著如幻三昧十者修學而現愚癡入諸煩惱不壞世法而住涅槃於生死海不犯八難住於三界不得無難如是住者當證無見於五欲法實無所犯不著世諦是則名爲如幻三昧是故賢護菩薩說演如來聖性十法如幻三昧殊特難勝真實聖

行無盡福田者是故若有一切菩薩次第修行如幻三昧者先當證悟諸佛三密聖行無量聖性金剛聖力三摩地然後得證如幻三昧迅疾玄悟入一切諸佛金剛聖性實際三摩地觀云何習學當見是義了了分明如說修行是故一切如來聖行諸法祕密一切三昧者實無可得如幻無定自性真如諸法寂靜證寂體性空無所有是故如來一切諸法皆悉如幻三世衆生悉亦如幻有情無情及諸賢聖皆當如幻何以故爲由於業隨業流轉之所化故佛言我身亦爾一切事相無有定法一切聖化聖如幻化三千大千一切世界假會和合亦皆是幻諸法亦然菩薩比丘皆作如是一切事業共如幻故凡所有法無非是幻因緣假合之所成故是時賢護菩薩

令諸菩薩及諸賢聖修入菩提如來聖行聖性無盡殊特功德不壞金剛聖力福田自在神用如幻三昧智海清淨聖性之觀云何受持云何修入賢護菩薩大士告諸菩薩言及一切衆生先發如來大慈大悲大願大行如幻聖性然後修習無上正等菩提觀門悉地成就若欲修者菩薩先應用慧當心照性見圓鏡智心眼處觀見心體性唯觀唯定唯定唯正聖智圓明唯寂唯靜入自眞如同佛體性達金剛際神用自聖作如是用功證金剛瑜定速得成佛同如來聖是故賢護菩薩摩訶薩令於當來一切菩薩及一切有情衆生同修此教如幻菩提三昧正觀更相運度速超彼岸是時賢護菩薩當發大願已閻浮世界及千國土諸佛淨刹忽然明朗變爲金色六種震動天雨諸華繽紛亂下香氣芬馥滿於法界其時舍衛國中祇園精舍大會道場內六百萬億菩薩摩訶薩得證四聖眼肉眼天眼慧眼法眼神用自在智慧辯才總皆一時當自發弘誓願悉同賢護大士菩薩摩訶薩修此如幻三昧聖性觀門當來同救一切衆生盡皆成佛是時釋迦牟尼世尊及諸佛如來共一切賢聖諸大菩薩摩訶薩衆同聲讚歎賢護菩薩善哉善哉能以眞實無漏慧智說演諸佛如來金剛聖性殊特微妙甚深如幻三昧觀者大衆齊聲唱言賢護菩薩不可說盡不可思議善能演說如來一切祕密教故是時舍衛國大會諸衆一切菩薩一切聲聞一切諸天一切四部弟子善男子善女人一切龍神八部一切鬼神等同聲稱讚歎

未曾有感皆悟解歡喜無盡信受奉行

大乘瑜伽金剛性海曼殊室利千臂千鉢大教王經卷第四

音釋

啀喍（啀五佳切喍仕皆切啀喍大鬪貌）謗讟（讟徒谷切痛怨也）筮（時制切）眩（縈絹切目眩也）繽（紕民切繽紛雜亂貌）

揲蓍也 無常主也

大乘瑜伽金剛性海曼殊室利千臂千鉢大教王經卷第五

唐三藏沙門大廣智不空奉　詔譯

二者後演一切賢聖入法見道顯教修持第四品

是時釋迦牟尼如來在舍衛國中祇園精舍大道場大會衆中有百億菩薩摩訶薩衆五萬億聲聞緣覺衆八萬億比丘比丘尼沙彌式叉四部弟子衆五萬億龍神八部衆八千億鬼神夜叉衆世主四天王及諸轉輪聖王有七萬億衆八千億天帝六欲諸天衆九萬億大梵天王諸天衆四萬億人王世主小王衆三萬億善男子善女人衆爾時釋迦牟尼世尊在大會中踞師子座坐百寶蓮華臺入金剛三摩地放金色三昧光普照一切大千法界他方諸佛國土微塵數佛刹靡不周徧是時他方淨土諸佛世界諸大菩薩同時盡見金色大光明見斯光已驚覺身心而來集會向娑婆世界大道場會為作證明諸大菩薩摩訶薩有百千萬億衆其時菩薩衆會之中有一菩薩名曰普眼稽首頂禮釋迦牟尼如來足而白佛言普賢菩薩今何所在世尊報言普眼普賢菩薩今見在此道場衆會親近我住在吾左邊初無動移是時普眼及諸菩薩復更觀察道場衆會周徧求覓不可得見普眼菩薩而白佛言世尊我等今者猶未能見普賢菩薩其身及於座處佛言如是普眼善男子汝等何故而不得見耶世尊語普眼曰普賢菩薩住於法性之身甚深微妙不可說見是故普賢菩薩獲無邊智慧金剛性

身普賢菩薩在於師子奮迅之定住首楞嚴三昧得無上菩提神通自在同於如來法身清淨證得無礙實際普賢菩薩得住如來十種聖性聖力以得智藏法界爲身一切諸佛如來共所護念爾時普賢菩薩對如來前則現聖性自在神力於一念頃悉能證入微塵佛刹三千大千世界三世諸佛無礙無別智身法身同體一性是故佛言語普眼汝等諸衆不能見爾是時普眼菩薩聞如來説普賢菩薩甚深聖智微妙清淨功德之身普眼菩薩便則對如來前證入十千阿僧祇三昧以三昧力復更徧照觀察渴仰不已欲得願見普賢菩薩普眼乃更重觀亦不能覩其餘一切諸菩薩大衆等倶亦不能得見普賢身形相好是故普眼菩薩從三昧起向如來前白佛言世尊我已入十千阿僧祇三昧求欲願見普賢菩薩而復畢竟不可得見其身相好普賢之行及是身業語業意業坐立行住悉皆求覓都無所見佛言如是如是佛語普眼菩薩譬如幻中種種幻相所幻住處尚不可得見何況普賢菩薩祕密身相體同虛空身亦祕密語亦祕密意亦祕密當知普賢聖力自在不可思議而於法界能入能出能見能現能隱能沒何以故普賢菩薩境界甚深不可比度難思難測惟佛能知無有量已過量舉要言之普賢菩薩以金剛慧三昧普入聖性同一切法性法界於一切世界無所依止普賢知一切衆生身心皆空無去無來性同普賢無有差别無依無作性無動轉至於法界到究竟處譬如虛空虛空之性不可得見

普賢身心亦復如是爾時世尊於大衆中告普賢菩薩摩訶薩汝乃於過去世來久遠值遇諸佛如來微塵數微塵數阿僧祇劫等如虚空供養無數如來菩薩説不可盡是故如來問於普賢汝當應知往昔已前過於無量佛刹世界空劫之中汝曾見聞毗盧遮那如來出世之時遇佛聞法佛説金剛祕密甚深法藏是誰爲首與諸佛如來諸大菩薩緣覺聲聞四部等衆及此會中大菩薩摩訶薩者先世已來是誰爲師作於導首令發菩提之心引化成佛普賢菩薩聞如來語承世尊言即從座起向佛作禮右膝著地合掌恭敬而白佛言世尊我曾往昔過去世時久遠已前未有佛時有曼殊室利大士菩薩出世教化無量微塵數説不可盡一切衆生令發菩提之心修金剛三密三摩地盡當成佛又更爾時曼殊室利其時便於大會衆中當自發誓廣弘大願願我心等虚空徧同法界如太空中法界無盡我則當自盡其志力廣度蒼生無有休歇曼殊室利大士菩薩則向大衆之中發大音聲告言諸仁者誰能與我同願同行能承我願與我爲子紹繼我法我則爲説大乘瑜伽金剛祕密聖性三摩地成等正覺無上菩提廣大因緣令行菩薩道接引有情更相運度得成佛果忽然登時從此衆中出五大仁者大丈夫來向佛前頭面禮敬世尊足已則當其時發大聲言我能依此曼殊室利菩薩能發大願大行廣度衆生心同虚空亦無休歇則當是時曼殊室利菩薩告言大士善男子汝等五仁大丈夫能共吾發行同

願心等虚空法界無盡能發廣弘大願之行救度一切有情衆生得成正覺者汝即眞是吾子吾即與汝五仁之者同其心故廣度蒼生盡未來際五仁大丈夫答言我等五仁總同曼殊願故曼殊室利則爲與五仁者大丈夫安立名字故是時五大仁者依此名號趣入菩提云何名爲五仁者大丈夫安立名號一者名曰毗盧遮那二者名曰阿閦三者名曰寶生四者名曰觀自在王五者名曰不空成就是故五仁者大丈夫立其名號故已其時五仁者便配五方各住一處金剛性海三摩地世界導引有情教化蒼生是故如此又五仁者重啓曼殊室利菩薩告言大士仁者與我說一切諸法及說我心有眞如根本清淨自性二種法者爲有爲無大士仁者曼殊室利答言亦有亦無云何二法亦有亦無則是第一亦有者復有二種之義云何爲二種之義一者我執二者法執執法執我者我執法執二義即於我法之中而能有障有礙則能於有情性徧計所執及一切處則是慧性不能明徹自在用故二者無我執無法執二義若菩薩不執我法二義則於我法之中通達無礙即無徧計所執性則得慧性明徹自在用故第二亦無者復有二種之義云何爲二一者心眞如一者心有根本自性清淨云何一者心眞如爲執眞如作有爲相即自執著我性根本自性垢故不得清淨於一切處有障有礙則生煩惱貪瞋癡故任運繫縛處處生滅我性苦故云何二者心有根本自性清淨爲自性本來寂靜無障無礙則眞如無

爲徧一切處與根本自性清淨性同空故是以性等眞如根本清淨自性同體聖性空故無縛無解畢竟清淨性體寂靜故是故五仁者大丈夫見聞説以無上菩提正眞妙法心大歡喜即起作禮頂戴大士曼殊室利菩薩足又則五仁者更重諮啓大士曼殊室利菩薩大士仁者更亦爲我重説我身之中心性及與大士菩薩曼殊室利并與一切衆生心性妙智等同一性不大士菩薩曼殊室利答言吾與汝五仁者及一切衆生心性等同一體無有别異淨如瑠璃内外明徹無有增減悉同清淨是故善男子汝當諦信吾今與汝五仁者重再實説是故汝等心性智慧及一切衆生與吾無異又大士曼殊室利言語五仁者佛説我心無主身亦無我名曰摩訶金剛般若波羅蜜多爲身心性具足一切法亦等同於如來智身法身何以故身如性相同體無别常住首楞嚴三昧性三摩地性淨清徹是故如來説善男子亦復如是如汝五仁大丈夫便立其名號者則得隨名解脱於意云何一者大丈夫名曰毗盧遮那身心清淨性智菩提得圓滿是二者大丈夫名曰阿閦身心無動性亦無相大圓鏡智菩提圓通是三者大丈夫名曰寶生身心平等性智菩提一静一性是四者大丈夫名曰觀自在王身心清淨妙觀察智聖慧通達金剛菩提是五者大丈夫名曰不空成就身心智量性等虚空形同法界聖性聖慧成所作智自在神通悉地成就一切菩提解脱是爾時如來説言如五仁大丈夫智性須假大士曼殊室利菩

薩金剛般若慧爲身心主成就一切法聖智性能與五仁大丈夫身心成熟慧性圓明法滿成就乃能證得無上正等阿耨多羅三藐三菩提所以曼殊室利大士菩薩能成熟五仁大丈夫五智金剛般若波羅蜜多同一切諸佛五智性金剛菩提故爾時曼殊重啓如來言諸大菩薩摩訶薩身心聖智性同一體亦同聲聞緣覺四部衆等身心淨智性同一體亦同諸天大梵王等身心淨智性同一體亦同龍神八部及一切衆生等身心淨智性同一體智慧清淨無有別異猶如水精内外明曉更無有異本來清淨自性眞如寂靜無爲以無所得是故釋迦如來告大士曼殊室利言善說善解諸佛金剛三摩地法故善哉善哉汝今則是吉祥大丈夫成就一切衆生

無上菩提及一切諸佛菩薩亦證得阿耨多羅三藐三菩提者是時諸大衆等告曼殊室利言由習何教學何法義大士曼殊室利稽首如來言我今常修習大乘瑜伽大教三密三十支祕密金剛三摩地觀及一切諸佛菩薩摩訶薩亦同此教修學成就證得阿耨多羅三藐三菩提大士曼殊室利言若有一切菩薩摩訶薩四部衆等及善男子善女人等於後末世像法之中得遇此瑜伽大教三密門祕密三摩地法者其人福德不可稱量不可稱計筭數譬喻所不能及是人乃於過去世無量佛所種諸善根得遇此教速證無上菩提云何是人得遇此法瑜伽祕密三摩地教大士曼殊室利言於後末世若有菩薩及四部衆等諸善男子善女人能除去我相人

相衆生相壽者相於世能忍忠孝下心則得遇此瑜伽金剛祕密三摩地法教如此人者則能棄捨身命爲求菩提是人先世罪業當爲消滅漸漸修學當得成佛云何衆生不得值遇不得見佛不聞正法若有世間愚癡衆生或有諸罪宿業障深或曾往昔過去世來廣造十惡五逆或曾謗佛或曾謗法或曾謗僧如此衆生則有三種重障則不得遇此諸佛正法三摩地教何者名爲三種重障第一重障者我慢貢高邪見執蔽不能下心賓事一切諸佛菩薩師僧父母學妙深法第二重障者妬賢嫉能自是非他說人長短恃勢貪瞋好求名利不勤懈怠亦不能學得如來正法第三重障者多貪多欲懶墮睡眠昏沉掉舉破戒者多不勤精進如此之人則不識因果不敬師長亦不見良善不護業道是故麤惡之人生生世世難值正法對面不遇大善知識廣造惡業死墮阿鼻及諸地獄如此之人則不得遇此三密正法瑜伽祕密三摩地法教

爾時大會之中有大菩薩摩訶薩衆有大聲聞衆有大諸天衆有大龍神衆有大鬼神衆及諸四部衆善男子善女人等同共啓請如來而白佛言我等衆會復更請如來重說大士曼殊室利往昔修行大乘深法金剛三密三摩地法教神通自在聖德諸力未曾得聞未曾得見我等衆會亦隨大士曼殊室利廣發大願志學大乘瑜伽祕密三密法教是故大衆一時同請世尊如來爲我衆等說曼殊深妙德行聖性殊特其時釋迦牟尼如來在

舍衛國祇園精舍大會之中如來則爲大衆入於金剛三昧從三昧起說如來一世三時法教顯出大士曼殊室利往昔修行三密菩提殊勝聖力神通自在則於是時釋迦牟尼如來告於大衆言吾當爲汝分別廣說如來一世之教三時之法然始得見曼殊室利聖德聖力作大神通證明此教導引羣品悉令歸趣修入大乘瑜伽大教三十支三密金剛三摩地祕密聖性觀是時釋迦牟尼如來即於當世之時說三時之教是故第一時中說有教聲聞律儀初有小乘度五俱輪及一切衆生四聖成就四果人等第二時中如來說空教破執有相有情衆生偏計所執度聲聞弟子四部衆等及一切地前三賢之人修行菩提者令歸空無相不執不著中乘行故是故名爲歸依空教第三時中如來演說不空不有祕密法教破執有執空大乘小乘之中迷惑法教破執有執無破執有者勿令著有破菩薩執無勿令著空所以者何菩薩修證令歸大乘瑜伽大教三密三十支金剛三摩地眞如法藏性海法界聖性觀者無爲無相不有不無名爲不空祕密解脫菩提故是故如來顯說大士曼殊室利菩薩瑜伽大教法性三密聖智三摩地聖性觀者廣度有情一切菩薩摩訶薩聲聞緣覺四部等衆及諸天龍鬼神夜叉衆善男子善女人等悉令迴向大乘修入瑜伽大教三菩提三摩地聖性觀令得速達本源眞如自性本性涅槃無上正等菩提故其時大會菩薩摩訶薩及一切聲聞衆自恣集會解夏時至爾時如來告大士

曼殊室利菩薩言汝於前三月夏安居自恣往請時日龍宮教化往去不來自恣解夏時節將到曼殊不來迦葉心念若後到時不赴法事自恣解夏則當擯出諸大衆迦葉等咸有疑網時至不來大迦葉等心懷作念曼殊觸身不合入衆若後到來必當擯出大迦葉等即白佛言法事時至如來語大迦葉若時將至則當作自恣行於法事維那即於衆中當擊揵椎椎聲絶巳大士曼殊當共椎聲一時齊到所以不闕僧集自恣解夏法事亦斷聲聞衆疑自恣成就是時釋迦牟尼如來見此會中法事將畢其時如來以聖意潛加神力告示令大士曼殊容意聖受曼殊室利知世尊聖意則於自恣衆會之中當現神通聖德之力應時出現丈六紫磨金色之身坐於法界金剛性海百寶蓮臺之座其曼殊身上著於百寶種種瓔珞妙寶天衣項背圓光頂有五髻頭上有七寶佛冠頂戴五佛如來菩薩身上現其大印手二百二十二有千臂千手手中各持吠瑠璃鉢鉢中各各有一化佛千釋迦同時出現爾時釋迦牟尼如來則告之言大迦葉汝應當觀大士曼殊室利菩薩手中吠瑠璃鉢内諦看有何等相大迦葉則從坐而起便於世尊前頭面作禮而去大迦葉則於曼殊室利前頭面禮敬訖便於鉢内觀看及見鉢中有百億三千大千世界百億無色界百億色界百億六欲界有百億須彌山四百億四天下百億南閻浮提百億娑婆世界百億釋迦如來百億千臂千鉢曼殊室利菩薩百億迦葉在曼殊鉢内有百億世界

世界中有百億大迦葉各各向曼殊前請問大乘法義復有百億五頂山金色淨土其中亦見百億曼殊室利有百萬億菩薩衆常自圍繞時乃出現放大光明化度蒼生救攝一切亦乃見百億大迦葉徒衆有大疑網向大聖曼殊室利菩薩邊求哀悔過迦葉徒衆發言我等小乘之人小智小量當有疑網願罪消滅當時大迦葉及聲聞等便於如來前及大士曼殊室利菩薩前登時發誓廣弘大願一依大士曼殊室利菩薩教旨迴向大乘志學瑜伽三密法門三摩地聖性之觀大迦葉衆等爾時則於如來前頭面著地頂禮如來足復願世尊納受我意與我等小乘之人願與發露懺悔疑過大乘授記則於衆會之中其時釋迦如來則與大迦葉衆等懺悔授記令發大乘迦葉等其時發願後已如來告言汝於來世遇值無量無數諸佛如來漸次修學瑜伽三密金剛菩提聖性解脱當成佛果得阿耨多羅三藐三菩提故是時一切菩薩聲聞四部及諸大衆總皆覩見大士曼殊神力自在聖性無礙斷迦葉等一切大疑當學大乘令速超佛地是故迦葉衆等同發大願復願我等世世值遇諸佛世尊修行大乘瑜伽三密漸漸習學當得成佛無上正等阿耨菩提則是時釋迦如來爲大迦葉聲聞徒衆説修大乘十種無犯解脱性戒超出三有聖力自在欲界無定不染欲界在上二界不住四禪亦不依四空修此如來祕密三摩地者在三有界及閻浮提是故菩薩修學之地能持梵行若學金剛祕密三摩地者則得迅疾

玄通佛心超出三世於三摩地不染欲界不住四禪不證四空是名不著三有名爲出世是故大迦葉聲聞諸衆同共稽首釋迦如來唯願世尊今爲我等說大乘三密不犯十重如來持戒教法我等聲聞盡皆迴向修入大乘瑜伽三密金剛菩提如來祕教是時世尊則爲大迦葉衆演說不犯十重大戒汝當諦聽諦聽吾今爲汝分別解說佛告迦葉及小乘之人持於聲聞大戒之者若犯律儀十重過罪一一從身口意業而生其罪於有相之中事上犯失爲不見心心性寂滅自性性淨所以見相執持事上漏失是名小乘犯重過失執法生罪見取分別染著心想不能捨離是故不應生天墮於地獄是名小乘事法漏失毗尼律藏如是大乘菩薩持於十重大戒法者則是不然如菩薩持戒常於大乘心行慈悲喜捨救護一切有情照見心性寂然不起澄心見性畢竟清淨則名眞性無染無著不取不捨是故名爲大乘十重菩薩大戒亦復如是其時大迦葉聲聞衆等見如來說大乘十重大戒之法心生愧仰迴向大乘唯願如來指授名目我等徒衆深生信受當自奉持何者名爲大乘十重清淨禁戒得名不犯不破犯戒眞性寂靜於十重性中云何大乘能犯不犯一者如來一切心法金剛自性本來清淨畢竟寂滅菩薩若於大乘性中能持十重戒者覺心眞淨了見心性無染無著是故菩薩能持十重戒者是則名爲不壞毗尼二者如來一切心法我障自性畢竟不可得本來無染菩薩持重戒者戒性如虛空不見

心性了然寂靜菩薩持重戒時證見心體我性空無是故名爲出過一切諸有相體是則名爲無過毗尼三者如來一切心法煩惱妄想本來清淨菩薩持重戒者於淨識性實無所得於實無所得之心菩薩持戒不見於相不見顛倒不見菩提不見實性名爲最勝實性毗尼四者如來一切心法如如實際於實際中不見持戒不見破戒菩薩持重戒者是則應示當觀心地見實際性心性瑩淨不見戒性亦無持戒雜染諸見是故名爲心性清淨通達聖性眞如毘尼五者如來一切心法菩提聖性無來無去故名如來菩薩應當持重戒者得見如來眞實心性眞實性者等如法界無來無去無爲之相菩薩能持如來淨戒者見佛心性等於虛空無有別異是故名爲如來法身菩提聖性眞實得名不思議毗尼六者如來一切心性淨法本來無住本來無處本來無著菩薩持重戒者於無住之中不見有犯十重之性菩薩持此戒時於無著心性廓周法界徧於一切如淨瑠璃内外明徹則是名爲無自性性淨毗尼七者如來一切心法等如空際離諸相故菩薩能持重戒者於心空際不見能有破戒之相於性戒中證得法眼性淨是則名爲淨諸六識法眼毗尼八者如來一切心法法本不生今則無滅菩薩能持重戒之時於無生性照見持戒心心聖性體寂清淨不生不滅則證佛地速當成就無上菩提是則名爲三世平等毗尼九者如來一切心法則是諸佛眞如實智不見有相一切諸法何以故衆生心性本是眞如

於眞如性中若見持戒是名有相菩薩不能解脱若能不見持戒不執不著一切諸相是則名爲無染解脱清淨毗尼十者如來一切心法畢竟無相離於心想清淨無障菩薩能持十重戒者於戒淨性不見有戒不見無戒得名證離小乘執縛一切戒相是則名爲究竟毗尼是故一切諸佛如來一切菩薩由依止此大乘毗尼持此十種聖性無相十重大戒畢竟清淨離一切相得阿耨多羅三藐三菩提故則是時大迦葉復爲大衆聲聞四果及諸天龍八部鬼神四部弟子善男子善女人對於大會再與大衆復請釋迦牟尼如來爲諸徒衆重開演説往昔大士曼殊室利菩薩因何劫中因何世時而得遇值諸佛世尊開演此教三密法門三十支三摩地觀大教王經是時大迦葉等徒衆而白佛言唯願世尊更爲我等大衆稱説大士曼殊室利菩薩往昔因緣爾時釋迦牟尼如來則告大迦葉大衆言吾當爲汝分别説之曼殊室利菩薩乃於過往殑伽沙微塵數阿僧祇劫久遠已前世時曼殊室利菩薩值遇金剛五頂毗盧遮那五智尊五如來同時出世其時彼會中有一佛名曰不空成就如來又説過去往昔世時於妙幢世界中又有佛出世號名毗盧遮那五智世尊五如來一時出世住於虛空金剛法界説虛空聖性令爲一切有情證入本性涅槃自性相應安立聖智到於彼岸眞如實性又於金剛法界内如是五佛如來同聲共説大乘瑜伽一切如來菩提聖性總攝一切法般若波羅蜜多曼荼羅金剛灌頂大

教瑜伽授法王位金剛祕密三密門三十支三摩地聖性觀曼殊室利菩薩爲於上首教諸菩薩摩訶薩四部衆等及諸一切衆生善男子善女人等其時令諸人衆入此道場修持大乘授瑜伽金剛菩提三密門三十支三摩地聖性觀者得證三菩提金剛聖性大寂三昧冉令菩薩勤行精進觀照心地真如實性證空無相無願法界一性三昧得入百千陀羅尼門百千金剛門百千三昧門百千解脱門悉皆具足當來得佛同成普見如來是故則當彼世之時爾時不空成就如來其時於大會衆中告言大士曼殊室利汝乃過往久遠已來親近世尊供養諸佛盡於虛空等於法界微塵數劫不可説劫佛刹之中見諸佛聞正法印爾時佛語曼殊室利菩薩言善

男子汝當與諸大菩薩摩訶薩四部衆等冉請問毗盧遮那等五智尊金剛五頂五如來説演諸菩薩四部衆等證修心地入一切如來瑜伽金剛菩提三密門三摩地聖性觀云何修持得成就正覺無上菩提是時則曼殊室利菩薩承佛聖智與諸大菩薩四部衆等爲於上首同共啓問毗盧遮那等五智尊五如來共同演説瑜伽祕密金剛法門云何修證諸大菩薩及諸四部衆等修學證入一切法如來大乘瑜伽金剛三摩地聖性觀者是時則毗盧遮那五智尊五如來同聲共説告言語大士曼殊室利菩薩善男子但有一切衆生及大菩薩摩訶薩四部弟子等深信此教瑜伽金剛菩提祕密三摩地法者是人諦受應當棄捨國城妻子不惜身命爲求無上

正等菩提者則得證入此如來瑜伽金剛菩提祕密三摩地聖性觀則得速達本源自性空淨金剛聖性得成佛果無上正等菩提是時釋迦牟尼如來則自說過去往昔大士曼殊室利菩薩同時值遇金剛五頂五智尊五如來出世之時釋迦牟尼如來其時五世尊中示現出世爲佛名曰不空成就如來說大士曼殊室利菩薩授五智尊五如來金剛菩提三密門三摩地教轉授與一切衆生修行菩薩道其行廣大其願無邊出生一切菩薩大願功德無有休息爾時曼殊室利常爲無量百千萬億微塵數世界諸佛如來爲母亦常爲無量百千萬億微塵數那由他菩薩而爲導首說不可盡無上菩提法門與諸菩薩爲師教化成就一切衆生令證三密菩提出於三世大士曼殊菩薩廣度有情心等虛空無有休歇名稱普聞十方世界常於一切微塵微塵殑伽沙數諸佛衆中爲說法師得令一切如來之所讚歎住甚深智能以實見如如法性於空無相一切諸法通達無礙以無所得解脫究竟於是同心普賢菩薩所行諸行悉皆已辦是故爾時釋迦牟尼如來於此大會衆中則當付囑大士曼殊室利菩薩五智尊五如來大乘瑜伽三摩地教令曼殊室利菩薩傳授此教世尊告言汝當爲首紹隆此教瑜伽三密門三摩地觀傳授與諸大菩薩摩訶薩四部衆等善男子善女人若入得此瑜伽三密門三十支金剛菩提三昧三摩地觀者則得速超解脫證無上正等菩提當得成佛爾時釋迦牟尼如來告曼殊室利言

善男子汝當善聽吾當重爲與汝大衆分別解說且待須臾說諸菩薩自當有證如來則說往昔過去世時有佛名爲毗婆尸如來出世之時諸菩薩等學此教法瑜伽祕密如來說已忽然則有千百億世界金色佛剎殑伽沙菩薩出現而作證明是故諸大菩薩等各各自說修持瑜伽金剛三密門三摩地教法證無上菩提則是時諸大菩薩等言得遇值曼殊室利引接於我令發阿耨多羅三藐三菩提心修行瑜伽金剛祕密得成正覺是故一切菩薩衆則當出現共證此瑜伽三密門教其時世界當時有一國大王名曰淨目天子於此國內常行正法理化於人其王當世之時得值遇灌頂大師說此瑜伽三密三摩地教聞此教已遂即便發無上正等菩提之

心登時國大王淨目天子當時國內勑旨天下處處令諸沙門建立此三密門三摩地灌頂授法道場便立道場每年經于百日修念行道其王宮中亦當起造授法道場則阿闍黎教主授法導師當與天王灌頂王當後便修學瑜伽聖教三密菩提金剛聖性盡生不歇乃後應時有感諸佛護念萬國來朝令國界清寧萬姓安樂登時王當受福漸漸於後淨目天子得延年益壽五百餘歲漸次修學得證五波羅密成就四智菩提六根清淨悉皆具足後便得遇諸佛如來世世親近王當供養承事無空過者速當成佛得證菩提是時釋迦如來則於大衆中告大士曼殊室利菩薩言善男子若有諸大菩薩摩訶薩四部衆等發大菩提心不惜軀命當以信根真實

爲求無上菩提者則得入此瑜伽大教金剛三密三十支三摩地祕密聖性觀是故釋迦如來言若有菩薩當建道場者先當揀擇殊勝之處穿深一丈無諸瓦礫骨石炭木及諸惡物堪爲道場者則向大嚴淨之地應當建立方等安置大曼荼羅灌頂授法道場是時釋迦牟尼如來告曼殊室利言善男子世世若有衆生發廣弘大願能造此曼荼羅灌頂授法三摩地道場者其人福德量等法界福如虛空無有盡期不可稱量不可稱計爾時若有國王王子及諸后妃公主宮人婇女等能與建立此清淨大道場者令國土安寧王當長壽妃后延年萬方投化人民安樂風雨順時是故若有大臣能興建此道場者福命長遠常得清吉於國忠孝國安人樂轉轉興泰福不虧損是時佛告曼殊室利諸大菩薩摩訶薩等若有一切衆生遇此瑜伽三密門三摩地教者乃於過去往昔無量微塵數佛刹中曾供養無數諸佛則得遇此如來瑜伽大教三密門三摩地聖性觀及得遇值授法阿闍黎生生世世學此大乘瑜伽教法速當成佛疾證無上正等菩提是故諸大菩薩摩訶薩四部衆等則當志求勤學精進實勿退轉應當諦信諦信發大誓願習學此教是時大衆諸大菩薩摩訶薩及諸聲聞緣覺諸天龍王八部鬼神四部弟子善男子善女人等咸皆歡喜歎未曾有法信受奉行爾時大衆等心皆喜悅更請大士曼殊室利菩薩今對大會如來世尊前再重請說來劫末法世時修何教法曼殊室利言再三辭退對如來前

我不敢自說復願諸人衆同請如來爲大衆等說於後世末劫之時於像法末劫之中爲何教法而廣度衆生及諸菩薩爾時釋迦如來告曼殊室利及諸大衆等吾今當爲演說分別如來在世運度衆生遇著世尊功德無比是名殊特最勝福田佛語曼殊室利善男子如來在日有福之人乃能遇佛如來滅後薄福之人不可得遇是故世尊告曼殊室利言若有一切衆生得如來授正法教者佛有十種威德有畏有敬作希求之心難遭之想如此人者受得教法必證無上正等菩提何以故如來住世一切有情業力最勝與諸衆生及諸菩薩四部衆等授教法者一一皆證菩薩佛地無上菩提四聖道果若是如來滅後薄福之人實難值佛於末法之中若欲受如來大乘正教法者須遇大師授法阿闍黎是名次補佛處紹隆我教修習大乘瑜伽祕密金剛菩提是故則令建立殊勝道場於道場中安立本尊如來形像及諸本尊菩薩形像一似世尊如佛在日授其正法是故阿闍黎於道場內與一切衆生及諸菩薩大乘人者四部衆等如佛在時依法授教入瑜伽三密三十支金剛三摩地祕密菩提聖性觀者是故諸菩薩等及四部弟子比丘比丘尼優婆塞優婆夷善男子善女人若能志誠親受教已切須久乃堅持修習金剛正法如來祕密法藏是故則名如來弟子得受法已勤行精進六時不闕行道念誦則須傳授導引著生一一付囑與深信善解大乘瑜伽三密三十支三摩地觀祕密教法者阿闍黎亦復轉

須接引衆生四部衆等令歸大乘祕密瑜伽三十密門三摩地則令一切衆生速達本源證自性清淨瑜伽祕密金剛菩提一性成道是人疾證阿耨多羅三藐三菩提故是時大會衆等諸大菩薩聲聞緣覺及諸天龍鬼神四部衆等比丘比丘尼優婆塞優婆夷令阿闍黎若與學教人欲授法者先須密授教旨三十觀門其金剛菩提法觀者在瑜伽祕密三摩地如來聖性品中是故一切大衆諸大菩薩一切衆生修學如來聖性觀行祕教者慇懃三請阿闍黎於大曼荼羅清淨道場內准教結印口授祕契三密三十觀門者不應顯露唯當密授若是不依如來言教稱揚顯露者不得聖力潛通佛智加被則被魔蔽障所修聖行不可得道爾時大衆聞佛所說咸皆歡喜大衆渴仰信受奉行

大乘瑜伽金剛性海曼殊室利千臂千鉢大教王經卷第五

音釋

擯 必刃切斥也 揵椎 梵語也此云聲亦云鐘隨有瓦木銅鐵鳴者皆曰揵椎 揵 巨言切 椎 音槌

大乘瑜伽金剛性海曼殊室利千臂千鉢大教王經卷第六

唐三藏沙門大廣智不空奉　詔譯

爾時釋迦如來當與大衆一切諸大菩薩摩訶薩埵次第則說如來金剛聖性平等觀門第三云何次第得入平等門一者入跛字觀本眞無染著離垢義寶生如來說法界眞如平等門就此門中演有二品一者說祕密歸止觀照法性決擇心地第五品已上一品教法於此教法觀照決擇心地品者合於道場內祕授心地法不應於此經顯說合在瑜伽聖性品中別說密授觀門二者後演有一切菩薩修學如來三摩地聖性潛通加被第六品如來次第當且應說潛通加被品是時釋迦牟尼如來在大會道場一切大衆諸天等菩薩摩訶薩四部衆等大梵諸天等龍神八部等善男子善女人等見如來入於眞如實際清淨法界三摩地放聖性三昧金色光照普賢菩薩法界性體身心相好支節身分一一毛孔中皆有不可思議不可說不可說佛刹海藏一一海藏有微塵數諸佛出興于世有諸大菩薩衆所共圍繞諸佛世尊教導蒼生及一切諸大菩薩摩訶薩等又見如來入無依止毗盧遮那清淨法身等如虛空以智慧身現無量身普賢菩薩從如來無量智身出現徧往十方淨土承事諸佛入於諸佛法界出無量無邊不可思議自在神通法性智身住於無量一切智門以智光明善了諸法於諸法中得無所畏隨所演說窮未來際辯才無盡以大智慧開總持門慧眼清徹法眼

無際入深法界達智慧境無有障礙亦無邊際究竟寂静猶若虚空如是諸佛菩薩世界及兜率天宫諸大菩薩摩訶薩亦見普賢菩薩神通自在化現之相亦見彼一切佛淨土一切如來神變神通及諸菩薩如此諸佛菩薩皆與毗盧遮那如來於往昔時同種善根修菩薩道行普賢行願悉已悟入諸佛自在甚深解脱得無差别法性之身等入一切諸佛淨土聖性海藏而依所住皆是如來自在聖力聖性法界神力無邊功德無量不可思議是時釋迦牟尼如來在大會中告諸菩薩摩訶薩四部衆等及諸比丘比丘尼善男子善女人并及一切衆生是故若有菩薩修於身密勤行觀照者往昔普賢發廣大行願入於衆生三密體性證修金剛三密門三十支三摩地觀者於一一支觀中入在衆生根本自性法界心性真如理智奮迅速疾加被安住證悟金剛三摩地是時普賢菩薩本願聖性金剛力智令一切衆生證得菩提解脱門故是時釋迦牟尼世尊告言普賢菩薩汝常在金剛聖性法界諸佛法身不思議甚深祕密三摩地方便法海之中同一切如來聖性功德菩提海藏真如法界所謂有情衆生修行加持速達三密解脱法身證身印三昧祕密三摩地都有幾種門普賢言比來承佛聖旨言教修持三十祕密觀門世尊語普賢如是如爾時釋迦如來自言有三十祕密觀門者且就第一身密十支觀門如來一一分析令修此觀則普賢菩薩與十大士菩薩重當稽首如來言云何有十種金剛聖性祕契

身密十支菩提觀修證聖性三摩地門佛言告語摩訶普賢當與十大士菩薩爲於上首同願修證聖性聖力加被入一切衆生心性身中與諸菩薩當爲上首引接有情悟入菩提云何名爲十種身密契印菩提三摩地觀解脱門一者名普吉祥威力菩薩摩訶薩入毗盧遮那大寂清淨智從清淨智出還入衆生自性三密識智有情心地同如來一切法界聖性諸佛菩提調伏衆生心聖性加持身印令速證得究竟出離生死苦海智身解脱門二者名爲殊勝道場髻王菩薩摩訶薩入佛聖力一一境界悉見諸佛如來性海淨土三昧普詣一切如來諮授所修大乘祕密三摩地功德勝境法界加持入身密三摩地印成就法身無變異故得解脱門三者名大精進金剛臍菩薩摩訶薩入一切如來究竟寂滅三昧令入衆生性身密菩提得安立位一切菩薩地加持身即入三密門金剛三摩地普徧萬行諸大願故證法海如性解脱門四者名青蓮華眼菩薩摩訶薩入一切佛心成正等覺三昧於三昧中普現微塵數法界如來無量妙法加持身印化現法身入衆生性成菩提種無障礙門五者名菩提幢菩薩摩訶薩證入如月瑩明清淨光明普現一切法界以無礙音聲演悟入衆生智性得入三昧演説解釋微細祕密之義加持身印達令徧知法界聖性證見一切諸佛國土悉現清淨不可思議無差別智自在無障解脱門六者名無垢藏菩薩摩訶薩入諸佛智光明如來境界不動不轉眞如智性三昧入一切諸佛

微塵剎土中悉見無邊諸大菩薩盡能加持入於身印達衆生體性迅速疾證成就菩提神通自在境界解脫門七者名爲現一切如來神變摩尼王幢綱垂覆髻菩薩摩訶薩入法界一相無差別慧光明三昧一念聖智加持身印現過去未來見在三世劫數成壞微塵數善惡之事悉皆平等眞如清淨解脫門八者名寂靜光菩薩入如來金剛慧種種加助衆生進分菩提聖道三昧入加持身印令入一切菩薩諸根自性海各入自智三昧境界神力不可說解脫門九者名爲聖智速疾自在王菩薩摩訶薩入無盡法界虛空界大神通法身無相三昧能以加持身印令聖力化現種種智身應現無量聖智入一切衆生性徧於一切諸佛國土現諸佛如來無邊法界性海聖智解脫門十者名爲法海雷音王菩薩摩訶薩入三摩地令得一切菩薩諸地成正覺力入佛解脫三昧顯示一切菩薩修行普賢法門行持願力次第修行本願祕密三摩地觀加持身印入一切菩薩性智菩提三摩地廣大聖行方便願力令一切衆生速證無上菩提解脫門爾時普賢菩薩於如來前廣發大願已入于三昧與十大士菩薩爲於上首誓當行持大願安立菩提同在一切衆生身量佛性之中與眞如性海同爲一體加持一切菩薩摩訶薩入身印增進菩提是故普賢菩薩應時對如來前便入金剛法界性三昧海自於法性身量海中現微塵數佛性世界諸大菩薩及微塵數一切衆生而教道之復現如來在菩提樹下坐師子之座量

等虛空徧周法界金剛法海大寶蓮華如如性海之内當現示相總在普賢菩薩身中法性聖德慧智之中無有障礙殊勝聖力神通自在是時如來讃歎普賢大士菩薩善哉善哉能示現諸佛境界不思議力甚深微妙發無盡廣大行願諸佛功德性海三摩地如來大願故不可思議無有比量金剛聖性海不可說不可說故是時如來告淨德妙光菩薩摩訶薩汝當徧往諸佛法界性海菩提聖德道場諮授一切如來祕密法門口密三摩地教法淨德妙光即與諸十大士菩薩摩訶薩爲於上首發廣大願行普賢行得入一切衆生種性身心性中聖力加持口密證於心地慧辯無礙大智辯才口密眞言印入十支三摩地觀者有幾種門淨德妙光大士菩薩摩訶薩則爲十大士菩薩稽首如來言有一切十方諸佛同聲共說口密眞言印契三摩地觀加持有十種解脱門云何名爲十種法門得證入衆生體性疾得無上正等菩提何者爲十一者名廣演三世一切名字音聲菩薩摩訶薩入三摩地聖力加持口密印契入一切衆生清淨性中證普德最勝燈光焰照三昧得入一念中現無盡法界金剛慧照普勝佛性海三摩地速得成等正覺解脱門二者名說一切衆生菩提音菩薩摩訶薩入三摩地聖智加持口密印契入微塵數總持殊勝三昧得證教化阿僧祇劫微塵數衆生成熟不思議三摩地觀甚深祕密解脱門三者名金剛智威力王菩薩摩訶薩入三摩地聖慧加持口密印契入普光師子王奮迅金剛幢

三昧證得金剛聖性持令修習菩薩勝福莊嚴諸佛淨土出生一切微塵數諸佛國土出殑伽沙諸佛如來成就衆生解脫門四者名一切願海音寶王髻菩薩摩訶薩入三摩地聖性加持口密印契證入普妙寶焰妙光三昧得觀察諸佛神通自在無礙境界清淨法性正見正智無迷惑解脫門五者名智慧幢菩薩摩訶薩入三摩地聖德加持口密印契證入普勝功德海幢三昧得入於一切微塵佛剎蓮華海藏菩薩衆會法界道場中示現不思議神力清淨聖性入一切衆生心令證入如來法性淨土得諸佛慧海解脫門六者名佛種智最勝上行菩薩摩訶薩入三摩地聖道加持口密印契證入普智光三摩地光明照如來佛性聖智身三昧入一切諸大菩薩摩訶薩聖性心地證得自在神力隨逐如來觀照甚深法義入廣大法界藏眞如實性解脫門七者名徧一切法界音菩薩摩訶薩入三摩地聖行加持口密印契證入普見清淨無盡福威德光三昧得普入一切世間出世間自在力出生加持一切諸大菩薩摩訶薩成就普賢大願無邊行門法界虛空解脫門八者名梵音海量菩薩摩訶薩入三摩地聖通加持口密印契證入普門最勝三昧於有相無相二種義一性平等於法界中加被一切菩薩證得一切諸佛如來神境通自性涅槃解脫門九者名說法無盡清淨辯才無礙智菩薩摩訶薩入三摩地聖境神力加持口密印契證入普門字輪無礙智用三昧加被一切菩薩摩訶薩得入一切法門如來祕

藏不可說入一切衆生識性無礙慧皆得悟解辯才無有窮盡解脱門十者名轉法輪音髻菩薩摩訶薩入三摩地聖智言音加持口密印契證入金剛頂三昧加被一切菩薩摩訶薩得入隨順菩提八聖道是諸菩薩所謂行正見聖道遠離一切諸邪見故起正思惟捨妄分別心常隨順一切正智故常行正語離語四過順聖言故常修正業教化衆生令調伏故安住正命頭陀知足威儀聖行審正隨順菩提道行四智聖種入佛知見同如來佛心世間十惡一切過失皆悉永離故起衆生心令正精進勤修一切菩薩苦行入佛十力無罣礙故心常正念悉能憶持一切正語聖智言音除滅世間邪行世間邪命散動心故心常正定得三種意生身善入諸佛菩薩不思議解脱門

是時淨德妙光菩薩摩訶薩大士稽首作禮向如來前入于三昧即普入一切諸佛平等性法界海同於如來虛空聖性普能包納微塵數十方法界三世諸佛一切菩薩摩訶薩同入三昧入於衆生體性加持慧力悉令解脱故是時十方諸如來共歎淨德妙光大士菩薩善哉善哉能善加被聖力性入一切衆生身心清淨智性進分菩提速成佛果故是時世尊告海月光大明慧菩薩摩訶薩汝當爲十大士菩薩摩訶薩爲於上首同令運度一切衆生入毗盧遮那如來體性法界海如來於法界性海中現百寶蓮華臺藏世界其臺座上周徧有千葉一葉一世界爲千世界我化爲千釋迦踞千世界後就一葉世界

復有百億須彌山百億日月四百億四天下百億南閻浮提百億菩薩釋迦座佛在蓮華藏世界寶座上坐寶蓮華爾時釋迦如來共海月光大明慧十大士菩薩同共證入毗盧遮那蓮華海藏法界體性三昧復令千百億世界中微塵微塵數阿僧祇殑伽沙衆生達證眞如法性三摩地佛性海中如來令聖力加被增益一切衆生根本自體聖性聖慧用入三摩地般若聖慧加持速疾證得無上正等菩提是時一切大衆共十大士海月光大明慧菩薩摩訶薩同共稽首世尊如來海月光等菩薩言入佛三摩地體性三昧者一切衆生得入此三摩地觀不佛語海月光大明慧善男子若有一切衆生能棄捨身命深信大乘則於此教門深當信受則得入此金剛

三密觀門教法即是時十大士海月光大明慧菩薩等聖力潛加開悟意密令聖性聖力入一切菩薩摩訶薩意識淨性中速超佛地疾證菩提云何名爲入瑜伽意密印契十支佛三摩地觀解脫門一者名曰現一切大願普智光照如來境菩薩摩訶薩入意密印契證入三摩地觀者令此菩薩摩訶薩廣修福德聖力加持入大圓鏡智明月淨性三昧證得出生大明智入一切諸大菩薩佛地除去煩惱三毒大病悉皆消滅證大智波羅蜜多能教化一切衆生莊嚴一切佛國淨土菩薩淨行善巧慧辯方便解脫門二者名爲法雲意海光無垢藏菩薩摩訶薩入三摩地觀聖德加被速疾增益善進巧便意密印契令聖力性入一切菩薩摩訶薩證入勝慧雲音海

光聖慧法藏三昧得念一念聖性中普入一切衆生體性種智方便般若無礙智性解脱門三者名須彌光覺菩薩摩訶薩入三摩地觀聖力加持意密印契速入一切性寂滅三昧令一切菩薩摩訶薩證入大智光明照啓其心思惟觀察見諸法性得了悟一切言音陀羅尼得受持意密一切大寂解脱門四者名虚空寶藏無礙大慧菩薩摩訶薩入三摩地觀聖性加持意密印契令一切菩薩摩訶薩證迅疾入法界聖智性開敷蓮華三昧海得入一切菩薩疾悟證入諸法如虚空性入如來智日三昧常照其心於一切法無有分别了一切佛智悉皆平等於一切法中自在清淨解脱門五者名離染著覺菩薩摩訶薩入三摩地觀聖道加持意密印契令一切菩薩摩訶薩證清淨性聖智心量疾得如來印契三昧達悟灌頂法性三摩地速達自體眞如本源自性如如解脱門六者名無礙覺菩薩摩訶薩入三摩地觀聖性加持意密印契令一切菩薩摩訶薩證入三密法門令心速疾量等三摩地達悟入一切法界性海三昧入普賢妙行相續現前大願深心圓滿清淨勤求佛道得大智海攝諸衆生運度成佛能行大慈大悲大願解脱門七者名普覺悦意聲菩薩摩訶薩入三摩地觀聖德聖性加持入意密契三摩地令一切菩薩摩訶薩證入聖智迅疾入無生觀門成就福德藏三昧得入一切諸佛境界無障礙慧令一切菩薩普得證一切佛功德海能入諸法實相增進聖性聖智聖慧觀照諸佛法性解脱門八者名

普照三世等覺智菩薩摩訶薩入三摩地觀聖智加持入意密印契心性真如實相迅疾證知一切衆生心意令一切菩薩摩訶薩及一切有情衆生得入菩提心聖行廣大殊勝之願得神通智三昧證入佛界入菩薩界入四聖界入大梵天王界入諸天帝釋界入天龍八部界入四部弟子界入一切衆生九類有情界入爲一體如上所說一切有情賢聖法界諸菩薩等達悟通同一性得證入無障無礙入佛心智慧神用自在解脫門九者名廣大力妙覺大量殊勝菩薩摩訶薩入三摩地觀照聖行加持意密印契令一切菩薩摩訶薩證入金剛智性疾入一性之中其身聖意徧證法界金剛慧焰三昧空無所得普入如來一切法界性海身意等於虛空無依無處速達救攝一切衆生體性本源自性海藏令速超佛地神通聖力疾證菩提解脫門十者名法界光明普覺聖智菩薩摩訶薩入三摩地觀聖慧力加持意密印契令一切菩薩摩訶薩證入真如實相速疾智證一切如來祕密法藏三昧海性得一念中能憶無量劫事於一念中悉知微塵數三世一切諸衆生根量智慧令速入一切陀羅尼門一切三昧門演說無邊諸佛深妙海藏諸法祕密常轉不退清淨法輪令一切菩薩及諸衆生皆證得入諸佛境界聖性智慧光明三摩地入於殊勝聖慧甚深法藏祕密性海三昧解脫門是時海月光大明慧大士菩薩摩訶薩稽首頂禮如來足佛神力故對世尊前入一切諸佛毗盧遮那如來海藏身性三昧普得入於

一切諸佛平等聖性普賢行願於法界中示現一切菩薩摩訶薩眞際法性身相無形狀心同法界量體性等虛空得同如來法身性海五眼顯照一切諸佛大願大行無盡法海功德解脱門爾時釋迦如來讃歎海月光大明慧菩薩摩訶薩善哉善哉普能示現證入毗盧遮那諸佛甚深微妙祕密法藏性海三昧無盡殊勝神通自在入衆生體性令得解脱殊特最不思議故是時釋迦牟尼如來則告大士曼殊室利言善男子若有行人求一切諸佛阿耨多羅三藐三菩提者是故諸菩薩摩訶薩及諸聲聞衆四部弟子等善男子善女人應當入瑜伽三摩地有前方便毗盧遮那五智五頂金剛界道場除滅五蓋十纒障蔽心眼諸惡之罪者此人則令入是道場

行道觀行六時禮懺大方等佛名經不休不歇阿闍黎與三時開決心地疑網行道禮念晝夜六時無有休息者其人入觀七日一食得證曼殊大智普賢行願若有行人被著魔障昏沉纒縛於道場内暫時迷悶休歇魔障蔽心者其人則不成菩提道果更不得入此道場待後別期方應得入世尊慇懃切當告示語諸修學菩薩行人等勿使空過徒遺疲勞其行道行人晝夜六時不眠不睡過三七日者阿闍黎則與日日三時決擇心地得見心性清淨現前則得除去身心之中五蓋十纒煩惱重障則能堪與授法便得入於灌頂大清淨曼荼羅大道場授大乘瑜伽三密門金剛三摩地眞如法性觀然後授法已則不得離阿闍黎何以故是人學道者日日須三

時漸次決擇然得成就金剛三摩地無上正等菩提聖道如來說言是故諸菩薩衆四部弟子比丘比丘尼善男子善女人等末法之代佛教難聞亦難值遇今時見聞早曾多劫修學所修行人一授以後更不得退轉離別阿闍黎當須親近供養如來言語諸菩薩是故應知道場教授有四種義時處相應行相應說法相應其起造道場者當欲建立應須有五重院若是地窄不堪三重亦得安置四門各有四天神王作爲護界其道場中安本尊其壇四角置遏伽香水瓶并置四門香案及置香鑪亦安寶幢旛蓋四門燒然酥香油燈上置道場幔天寶蓋作八葉蓮華其道場内先須日日造新飲食於壇場内供養不絕其供養食入道場人衆僧等并授法教主阿闍黎並不得取食其食與不入道場人食即得是時釋迦如來告曼殊室利言善男子如來祕密之法實難值遇末法之世難遇難聞若有教主阿闍黎不在受法道場内與人妄說如來祕密三摩地觀祕教法藏者此人好求名利諂諛妄說其人說者得四重之罪其聽者生生得盜法罪墮入地獄永不聞正教之法是故四部衆等比丘比丘尼善男子善女人不應妄說如來祕密之教若有一切菩薩四部衆等受得如來祕密妙法已則須常應四時不闕供養行道念誦坐觀常行精勤勿令懈怠是時如來說諸天魔幻惑種種相貌障修學人心眼聖道若有諸菩薩及四部衆等比丘比丘尼善男子善女人學此瑜伽三摩地教法者如是人等常當節食七日一

飡則得無畏不被天魔鬼神得便頻那夜迦入行人身心而作障難或對人目前出現種種相貌及夜夢境界現作佛形或作菩薩諸天梵釋形像或是龍神惡鬼形童男童女形諸天鬼神女形或聞空中異香或聞念陀羅尼或聞念佛念法讚歎音聲或聞歌唱巧妙之聲或聞音樂之聲爾時炳顯重當演説或令行者癡定不動或瞋或喜愛染見取分别執著或得口中美味如蜜或於暗室現明如日或現白光赤光諸惡蟲輩或令人足睡或令人無睡或令人聰明或令人暗鈍如此變異並是天魔鬼神入心與行人而作障道境界因緣令遣行人有進有退不成道果死入魔宫令爲眷屬是故如來説顯切標魔幻變轉動念不得正定亦復入其人心妄作聰辯詐知宿命令見一切幻相前後生死之事善惡諸相魔作幻惑非關正智唯心示變莫取外緣修學行人必不得於夢境界及現眼前取相執著動轉人心恐畏怕怖則被天魔鬼神之所障礙行人正見須常諦觀心性見性最静心性無物是相莫取則無境界妄相因緣是故行人勤行精進實勿退轉懈怠懶惰則得速證無上正等菩提是時釋迦牟尼如來於舍衛國中祇園精舍大道場會中告諸大菩薩摩訶薩一切大梵諸天王帝釋天衆龍神八部修羅鬼神夜叉衆四部弟子比丘比丘尼善男子善女人衆爾時釋迦如來在大衆中入金剛寂智無心定三摩地三昧從三昧起放大慈大悲法性神光徧照三千大千世界大梵諸天王衆菩薩摩訶薩四部衆

等比丘比丘尼及諸天龍修羅鬼神衆及一切衆生等如來告示普令志求無上正等菩提者是故世尊告語諸大菩薩應是修學如來大乘瑜伽祕密金剛三摩地法教行人更須入此道場修入一切佛心金剛大智祕密法門觀如是一切修行菩薩四部衆等比丘比丘尼等先當持鉢乞食於四威儀詳序而行次第乞巳於施主家供養食訖還至本處澡浴清淨復入道場不得懶惰睡眠懈怠不勤斷絶休廢如是菩薩及四部衆等不依此法受師教戒者則不得成無上菩提諸佛道果故是時釋迦牟尼如來在大衆會中告諸菩薩言吾今説諸佛如來瑜伽金剛祕密聖性菩提三摩地法教者如來起大悲智救攝有情令一切菩薩修習聖性金剛菩提法觀

是時一切大衆諸大菩薩四部人衆天龍八部等聞佛所説踊躍歡喜歎如來演不思議教法深生慙愧得未曾有信受奉行

大乘瑜伽金剛性海曼殊室利千臂千鉢大教王經卷第六

大乘瑜伽金剛性海曼殊室利千臂千鉢大教王經卷第七

唐三藏沙門大廣智不空奉　詔譯

爾時釋迦牟尼如來說菩薩修行次位第四云何次第得入淨土門一者入左字觀本淨妙行義觀自在王如來說妙觀理趣淨土門就此門中說有二品一者先演不思議法界聖道如來眞如法藏自在聖智第七品二者後說有三賢菩薩入法位次第修行迴向菩提第八品如來次第先當具說聖智品法義門爾時世尊說一切菩薩修學大乘求無上正等菩提者入四十二位修證三賢十聖地等覺妙覺佛地者菩薩於大乘法中廣發大願行菩薩道修入如來聖行菩提從地前次第而學從此修習凡有二義云何有二一者外凡二者內凡云何名爲外凡所爲菩薩持五戒十善修諸業行學習六波羅蜜散心修持得生天上亦生人間成有爲福受有漏快樂故二者云何內凡所謂菩薩學習菩提無爲無漏福次第修行位中學有三等何者爲三一者下賢二者中賢三者上賢且初下賢菩薩入十信者修學十信行得十住行相扶接引爲信成就故次有中賢菩薩入十住者修學十住行得十迴向相扶接引名爲解行成就故三者上賢菩薩入十迴向者於加行位中修持十迴向學煖頂忍世第一法名爲次第修證成就聖胎漸登聖位進修菩提成就故已下三賢菩薩位純在有漏修學故如來次第說十聖位等妙二地菩薩有四等上中下及最上等云何爲四一者且下等六地

巳下位菩薩修學三窨三摩地者名爲隨相行用修行入定半有漏半無漏入定即無漏出定即有漏故二者次有中等七地位菩薩修學三窨三摩地者名爲無相用修持入定者住於三昧則得分證無漏聖道漸證修行入菩提道次第成就故三者上等八地位菩薩摩訶薩乃至法雲地菩薩修學三窨三摩地者是名無功用定住是三昧得名純無漏道證入金剛性運通無爲自在神力無相無功用任運成就得登佛地進成菩提故四者次有最上殊勝等覺妙覺二位菩薩修入佛地住如來三摩地故得三種意生身證金剛法界聖性三昧與真如同無相無念念一念慧得金剛喻定同佛不壞金剛性入無爲聖智道聖性相應則成無上正等菩提智身法身滿足故名爲如來是故釋迦牟尼如來說一切菩薩及一切衆生修學如來無上菩提者依一切諸佛金剛聖覺智修行得入佛地云何入聖覺智得入佛地菩薩修入聖智者則是覺也覺者佛也覺諸有情聖智相應是名衆生本自覺也覺本心源即名了見煩惱性者是名菩提性也菩提性者則是法身佛也是故世尊言告諸菩薩摩訶薩所有一切衆生求於無上菩提者菩薩常當修持如來一切覺一切覺者是名一覺覺諸情識空寂無生何以故決定本性本無動摇佛言一切境界本自是空一切識識本來空性一切境識本即是空如何言見佛言見即爲妄何以故一切萬有本自於空無生無相本來不有本不自名悉皆空寂一切法相亦復如是一

切衆生身亦如是身尚不乆云何有見佛言本來清淨故是名本覺覺本淨性清徹無處是故名爲法身智身滿足故佛言一切衆生當用覺觀覺本心性體静無生離衆生垢故覺本無寂離涅槃性故覺應諸法於一切法無住動故無動無住如菩提故譬如毗楞伽寶隨色而應同爲一體無有分別如來佛性隨情皆有悉應清淨衆生德感亦復如是菩薩若證心無所住無有出入得同唵摩羅清淨佛識故佛言告語諸菩薩摩訶薩四部弟子比丘比丘尼善男子善女人等修行如來金剛三密祕密聖性菩提者則得迅疾玄入通證如來佛心速得阿耨多羅三藐三菩提故是故如來告諸一切大衆菩薩摩訶薩應當修學是時釋迦牟尼如來從此閻浮提世

界爾乃却往去至彼上界來說往昔在第四禪地中說摩醯首羅天王宫中與無量不可說不可說百千億阿僧祇微塵數諸大菩薩摩訶薩衆及與無量大梵天王并諸梵衆於大會之中爾時釋迦牟尼如來在天王宫於百寶摩尼殿上如來坐百寶蓮華寶座上結跏趺坐入諸佛體性界虚空三昧從三昧起放千百億金剛眞際實性三昧虚空光光照千百億世界微塵數一切諸佛入金剛菩提眞如實際三摩地聖力聖性令一切諸佛出現相助證明於是復照蓮華臺藏世界海百萬億紫金剛光明宫中照見毗盧遮那如來法身智身法界聖性眞如法藏無有内外同其聖智諸佛金剛菩提一性靡不周徧是時則釋迦如來共法性毗盧如來在千百億蓮

華法藏世界金剛光明宮中同在金剛三摩地住聖力性三昧則是故釋迦世尊以聖性神力密啓毗盧遮那如來如來則向後時請為一切菩薩及一切衆生為說修證入佛金剛菩提三摩地故爾時釋迦其時後三昧起慇懃再重請毗盧遮那如來與一切菩薩及一切衆生說佛根本自性智道心地法門則是時毗盧遮那則為釋迦牟尼如來并化千釋迦及大智通菩薩等一切諸菩薩并大梵諸天四部衆等諦聽諦聽吾當為汝重說一切諸佛一切菩薩往昔修持諸佛五聖智證入心地祕密體性三摩地修行不可思議不可說修入金剛菩提佛果爾時牟尼世尊言說毗盧遮那久遠已前初因出世吾於毗盧如來佛邊往昔吾與一切菩薩一切衆生修學觀照同入佛性聖智菩提道達本源自性清淨照用還入毗盧遮那五智佛地心之根源體性根本真如法界藏入金剛不壞性達聖智菩提地速成佛果爾時毗盧遮那佛言則為說如是過去三世一切諸佛一切菩薩大衆汝當善思修行我已百千阿僧祇劫修持是心入佛三摩地祕密金剛三密法藏得成菩提佛果以之為因初捨凡夫成等正覺號吾為毗盧遮那與一切諸佛菩薩立為根本爾時釋迦世尊秉演諸佛甚深大法大義五金剛智在一切有情衆生性於意云何如是一切諸佛一切菩薩與毗盧遮那世尊五智五如來同共修行道引蒼生為一切有情衆生往昔因地修入菩提道一時成佛號名千釋迦及千百億化釋迦毗盧遮那同共住

蓮華臺藏世界海其臺周徧有千葉一葉一世界爲千世界毗盧遮那我今化度以爲千釋迦千世後就一葉世界復有百億須彌山百億日月四百億四天下百億南閻浮提百億菩薩百億釋迦座佛坐百億菩提樹下各各說汝所問菩薩修行菩提薩埵心地法品其餘九百九十九釋迦各各化度現出千百億釋迦亦復如是爾時毗盧遮那佛言千葉上佛是吾金剛聖性法智化身千百億釋迦即是千釋迦化身吾已爲本源名爲毗盧遮那佛身與一切如來菩薩本成眞如實性金剛大智菩提法藏爲本故是時蓮華臺藏金剛座上毗盧遮那如來告言語釋迦牟尼世尊吾與廣荅千釋迦及化千百億釋迦作菩薩時修行心地汝所先問一切金剛聖智菩提聖性種子往昔從因地之時一切菩薩摩訶薩修入成佛從幾劫來我與一切有情衆生開心地法門入金剛慧智菩提道以聖力聖智聖性加持一切修學菩薩一切衆生心地自性聖智速達本源自性清淨法身智身金剛菩提如來佛地得成阿耨多羅三藐三菩提已是故爾時釋迦牟尼如來再問毗盧遮那金剛薩埵心地三密三菩提則釋迦牟尼佛言亦語千百億化釋迦我今重啓毗盧遮那世尊再說一切諸佛根本祕密法藏說一切菩薩教藏說一切聲聞法教律藏說一切大梵諸天行菩薩道智藏說一切衆生心地法門三密菩提佛性自性海藏如是一切菩薩一切有情衆生修行法教者爲何因何緣得入此地四十二菩薩聖位修證入聖地

金剛菩提等覺妙覺地若得當成佛果爲何等相菩薩先當修入金剛五忍如如實際本源自性眞如聖智佛道爾時釋迦牟尼如來即當起發聖意啓陳毗盧如來言若菩薩修學根本金剛菩提聖智性種子令入佛聖性三摩地者於意云何則是時毗盧遮那如來告釋迦牟尼言若有一切菩薩摩訶薩當爲一切有情衆生爲求阿耨多羅三藐三菩提者菩薩修學菩提不惜身命應當棄捨求無上正等菩提先度一切有情衆生速當成佛得菩提者是諸菩提依止如來大願力故成就一切金剛解脱則當同諸佛如來金剛聖地佛菩提故是時則於金剛性海蓮華臺藏法界大會於一切菩薩衆會之中有一大智通菩薩摩訶薩從坐而起稽首合掌今對毗盧遮那如來前更重慇懃發弘誓願願我心等虚空如金剛堅成不退菩提於四十二位次第修行廣度有情虚空若盡度衆生則休虚空不盡我當度衆生亦不能休大智通菩薩發大願已則是時法界蓮華海藏中忽然涌出微塵數殑伽沙諸大菩薩摩訶薩出現作證則是時一切諸大菩薩摩訶薩告言今者爲如來聖性幽通加被我等一時見聞大智通菩薩發廣弘願已皆出能現而作證明是故一切菩薩衆言我等亦當隨喜盡皆共大智通菩薩同其願故心等虚空廣度有情無有休歇是時微塵數一切諸大菩薩摩訶薩則同智通菩薩廣行菩薩道當發大願我等修學盡未來際勤求不退無上菩提者於四十二位法門之中次第修學從堅信忍中

入十發趣心修行一切諸佛祕密三十支觀門三摩地金剛菩提向果爾時標顯初從十信修行次位云何修入十發趣心一者捨心捨一切物及已身國城妻子一切捨二者戒心持菩薩十無盡戒及一切諸佛大乘戒三者忍心於無生忍中於一切法盡忍四者進心修持如來一切善法常行精進五者定心於一切法常住正定六者慧心於一切佛法能行善巧智慧七者願心於一切法起大悲心廣願救度一切有情八者護心於一切佛法中常起菩薩大護法心九者喜心於一切衆生安樂常生喜樂心十者頂心如人頂高貴不見觀心正定於佛法中最爲上勝名觀照頂心則是故名爲菩薩修入十發趣心向果爾時如是體性本源毗盧遮那如來告言

一切諸佛當知菩薩初發心志求堅信從堅信忍行修入十發趣心入堅法忍中行十長養心修學菩提心向果一者慈心慈能與樂二者悲心悲能拔苦三者喜心達性無生菩提智道生喜悅心故四者捨心捨一切有爲諸物及國城已身妻子男女一切捨五者施心施一切有爲身命男女妻子内外心國城田宅盡皆一切施六者好語心與他人已身於内外一切處常與一切人好意好語心故七者益心菩薩自取其惡常愛資益一切衆生利益心故八者同心共一切有情同入無生心同入菩提法是名同法三昧得同心故九者定心得一切如來正見正性正定一切佛智悉由定力三摩地心成就菩提故十者慧心於一切智慧能生一切佛法般若波羅

蜜多是名慧心故是則名爲菩薩修學十長養心向菩提果是故金剛聖智身毗盧遮那如來告言一切諸佛當知如是一切菩薩從堅法忍行中修十長養心入堅修忍中進行十金剛心修學菩提心向果一者深信心於一切諸佛大乘甚深法藏常行大信心永不退轉名爲大深信心故二者念心於念不失一切諸佛正智念大乘甚深妙義戒定慧心是名念心故三者迴向心迴向一切大乘法教如來無上正等金剛菩提名爲迴向大乘心故四者達心達如來聖智理趣達照寂心内外清淨名爲達心故五者直心直正聖道正智心性正無邪曲無妄見諂諛眞空實性名爲直心故六者不退心名爲進求菩提心無有退達性不轉是名不退心故七者大乘心不入二乘亦不入外道諸惡執見則名爲大乘心故八者無相心不入一切有爲諸相不入五塵色像是名無爲無相心故九者慧心於一切諸佛智慧悉皆無礙是名慧心故十者不壞心不壞大乘正見菩提正智佛心名爲不壞大乘心故則是名菩薩次第修學十金剛心向菩提果是時聖性身毗盧遮那如來告言一切諸佛當知菩薩從堅修忍行中修十金剛心入堅聖忍中修向十聖地進入菩提心向果一者體性平等地二者體性善慧地三者體性光明地四者體性爾焰地五者體性慧照地六者體性華光地七者體性滿足地八者體性佛吼地九者體性華嚴地十者體性入佛界地是故則爾時名爲十聖菩薩地修向菩提心向果是時法身體毗

盧遮那如來告言一切諸佛當知菩薩從十金剛心修入堅聖忍中修十聖地入佛如來地修向菩提心佛果一者金剛智定等覺地量法齊等等於如來體性實際眞如一性一切法名等覺聖地二者妙覺地百千億微妙聖智金剛慧力入金剛喻定妙覺地修入此地中成就如來解脱金剛般若波羅蜜多大智身法身滿足故名爲聖性妙覺地是故名爲一切諸佛修入如來金剛菩提妙覺地得成阿耨多羅三藐三菩提故爾時毗盧遮那秉顯五智尊如來同共説一切諸佛如來法身體性平等金剛智般若慧四十二位法藏法門品毗盧遮那言於我同與五如來一切諸佛及一切菩薩摩訶薩從久遠因地往昔先世已來爲菩薩時廣行菩薩道修入菩提佛果之根源如是一切菩薩及一切衆生同修入此十發趣十長養十金剛十地聖道等覺性地妙覺佛地當成佛果無上正等菩提無爲無相大滿清淨常住法身故是故如來説已應當次第而演説之爾時毗盧世尊即當説第八品八者三賢菩薩入法位次第修行迴向菩提第八品

爾時毗盧遮那如來五智尊金剛聖性法海蓮華臺藏世界住清淨金剛智性三摩地摩尼寶性法藏中毗盧遮那如來於此金剛性海三昧三摩地法藏化現千百億釋迦千百億諸大菩薩摩訶薩爾時於此菩薩衆會之中有一菩薩名曰大智通菩薩從千光王三昧起重啓諮陳毗盧遮那世尊所言如來上説略開心地道祕教法門十發趣十長養十

金剛十地名相等覺妙覺佛地其一一義中未可解了唯願說之唯願說之妙極金剛聖性聖力三摩地法性寶藏一切智門一切佛三摩地門一切三昧門一切金剛門一切總持陀羅尼門一切神通自在門一切虛空門一切無爲無相門一切解脫門大智通菩薩請問如來是故菩薩云何修持如何學習證此法門成就菩提故則爾時毗盧遮那如來告言千佛當知一切菩薩大智通菩薩等佛言善男子諦聽諦聽汝所先問云何義者修習觀門入十發趣心十長養心十金剛心十聖地心等妙二位心佛地聖道中從初次第云何修行入此法門得成菩提佛言告語諸大菩薩大智通等吾今與汝分別解說先從堅信忍中修入十發趣心向菩提果爾時毗盧遮那如來便當爲衆秉稱勝義微妙深邃再當重顯標舉證修先入十信觀門從初起首次第修入一者捨心若菩薩於一切捨心行檀度波羅蜜多發廣大行願行菩薩道修持十波羅蜜甚深一切聖行先捨財物一切飲食湯藥常受供養諸佛三寶心無貯積非前非後漸漸修行勝行於後乃爲王主捨國土城邑不爲主宰若破慳貪應當捨棄田宅金銀明珠不作貴寶之心次當則捨男女奴婢車馬妻子已身不以欲愛憶念爲心於一切有爲之相及諸珍寶資財是有諸物一切應捨爾時次第於已身心執持見取我人知見假會合成立名生者造作我見生一切執縛及有十二因緣無合無散無物無捨無受者一切應捨生無爲心無相心作用無生空

觀入心正定除滅十二入十八界五陰六根六塵同一切事爲一合相悉能寂滅得無我無我所空相假成諸法若內一切法若外一切法於世出世諸法實性中不捨不受是故菩薩常當一切捨如空性故是時名爲假會幻化合成觀照性淨現前故捨心入性證空三昧二者戒心若有菩薩能持如來大乘戒者爲一切有情衆生及自己身能持大乘菩薩十無盡戒者如是菩薩則能自己及他一切常能觀見心性戒性如虛空持者爲迷倒菩薩於自根本自性之中清淨眞如不見有戒謂戒性如虛空亦不見他戒菩薩於持戒心性之中戒爲非戒非非戒無受者十善戒無師說法戒及有欺盜乃至一切貪瞋邪見無集者無散者亦無受戒亦無不受戒故於聖道性悉皆清淨持戒道性清淨禁戒行菩薩道常與一切衆生同心同性同行同德常行慈良清直正實正見捨瞋喜等諸善不善皆應喜悅是名持十重大戒正性亦是菩薩持十無盡戒體性制正八倒於一切聖性離照定心性眞靜現前一道清淨故三者忍心得是忍者於一切衆生本源自性中無有忍相名無相慧忍菩薩於忍慧無相性中令其智慧能照心體證體自性得心清淨性淨無物達入一切空名爲空忍若菩薩於一切衆生能行普願行忍名爲一切處忍菩薩於一切處忍中入無生忍常自觀身根本性不生不滅證得無生行忍菩薩行更當爲一切法界有情修持三種大忍若被他謗害不生起念得名耐怨害於一切衆生界行菩薩行

常被他人惱亂障礙不生苦惱安自已心及一切衆生心入清淨性心名爲安受苦忍菩薩於一切境界處行無量願行無量忍心於一一行中諦觀行性能證心性名爲諦察法忍於一切法忍三法忍性之中不見有忍是名菩薩無相行忍次則菩薩於無相行忍性中用觀無相行忍無受者相無起打心無刀杖心無殺害心無瞋恨心皆悉如性無有起相菩薩於心聖性體淨之中無一無二於一諦一照觀一性一相無無無相有無無相非非心相緣無緣相行住坐立動止我人主宰縛解於一切諸法悉皆無相了了分明見性空寂無自性性相如聖道一切空性如是忍相性空不可得故一切菩薩應當志勤修學一切法忍無相聖道四者進心菩薩於四威儀法常行摩訶薩大悲願行爲一切衆生求大乘菩提常行精進自利利他無有空過菩薩於四威儀法中行住坐卧常應觀智心性常於一切時常入法空聖智定照心聖性性淨復空假合假會於心法性照見寂靜登無生山入無爲道而見一切内外之性諸法性空空無所有如有如無於四大性空一切色相亦復如空於外有爲境界一切色相青黃赤白及一切色性同空故菩薩達空而不觀一切色作有爲相菩薩若住四威儀進修菩提無有空過者即證入一切三寶智性眞靜體性常得現前者則得生生值佛見僧見法世世精進學佛威儀常入一切信進聖道名爲無相信言進道空故不見四威儀證無生空無作無用無受無智無慧起空定入世諦

法於二法出入亦無二相心心相續常住空心進順菩提證心見性於二法中無相通達進分根本菩提如如一性相故五者定心菩薩修一切善法皆從一切定力而生一切善得阿耨多羅三藐三菩提菩薩於一切大乘法中修菩提智先當觀行澄心照性令心寂定證性清淨於無爲道性不見有法菩薩若修一切諸佛菩提者皆從定力得滅一切罪而生一切法般若波羅蜜無漏智慧諸佛菩提三摩地法故得入如來寂滅觀證無相性無相慧無量聖行無量智心聖性三昧一切凡夫聖人菩薩摩訶薩無不入此佛性菩提三昧正定是時證得體性聖性相應則是皆由一切體性聖智定力故得見微細我執自性我人主者衆生執著我見作者受者一切執縛中取著不解者見縛體性是障及一切諸相有爲因緣散風動心不得寂靜定力而滅者無有是處是故菩薩摩訶薩諸佛如來令一切衆生修入滅盡寂定空空空八倒無無因緣假靜慧觀空空空照一切幻化假會合成念念中滅受想行識一切三界異熟諸果罪性根本皆由得受力而滅得證心體離相了了見性則滅一切相而生正智得達聖性證入一切諸佛菩提故六者慧心菩薩志求佛法於心地智眼觀照本源根本自性中本來空慧非因非緣亦非無緣亦非有因亦非無因於空慧中道聖力聖性知體名心是體心心名識分別一切諸法假會因緣是一切我人假名主者菩薩於一切衆生廣行慧智令入菩提與道通同趣入佛果諸行因緣

入聖捨凡於一切凡心令盡消滅性得清淨與佛道同若菩薩修有漏福則生諸天若修無漏之業得入菩提無上道果是故菩薩修一切善法證如來聖智者是名體性功用若一切我見者名爲無明縛解功力如此障礙菩薩修學如來金剛三摩地故以金剛聖力加持一切衆生有情煩惱盡皆消滅得證菩提常樂我淨是故一切有情衆生以諸無明煩惱習性爲菩提根本修一切善法是煩惱障慧功用體性則不明故於意云何菩薩若修阿耨菩提者先當證得體性性空聖性智性爲首修不可說修不可說修入一切金剛佛智觀慧入中道一諦其無明障慧開悟淨心得清淨菩薩觀照心性體性之中澄心見淨了了見性即非有相則非無相非非於相非來非去非因非緣非有罪非無罪非非於罪非於眞如非非八倒無生無滅慧光明焰爲照樂虚方便轉變方便善巧神通自在聖力神用以智體性所爲慧用故得達菩提速當成就故七者願心菩薩至誠不退發廣弘大願願心求願心求願心志求大乘菩提無上道果與一切菩薩一切衆生同心同行同願同求是名大願亦名求大以因以緣以行以果菩薩於微塵數劫願求菩提不斷不絶願心連願心連相續百劫成佛滅罪大求成就至求心地求到無生空空空心心願觀照多劫入定聖慧徧照無量心心心見縛志求眞性無明隨滅體性解脱則達無量妙行實求心故達至本源心性成就阿耨菩提無量功德以求爲本菩薩從初發大願求菩提

心時於其中間廣行菩薩道行願滿足佛果便成菩薩於如來藏性中觀一諦中道不見立一切願常入寂靜非有陰界於一切寂性法非沒非出非生非滅非見非非見見非見要假於慧入如如性是名一切諸佛菩薩本源如如自性根本眞如清淨大願一切行名體心性無爲無相本源性體聖行願故八者護心菩薩發廣弘深願於過去未來現在世一切佛法悉當能護不惜身命菩薩更於三世如來前重發廣大願誓行菩薩道聖力淨行悉求大乘如來聖教僧寶法寶佛寶功德莊嚴一切淨土盛行如來三寶佛事者或被天魔外道一切顛倒邪見世魔惡人非謗殺害嬈亂正信蔽障佛法除滅三寶如來正法及一切功德者菩薩誓能不惜身命至誠荷護如來正法過去未來現在一切諸佛功德聖教菩薩亦當爲一切衆生誓求無上菩提者如來則先度成佛何以故爲菩薩心等虛空同諸佛慈悲荷護無盡所以者何菩薩則能與法界衆生同觀道諦入一切正性眞如菩提常在寂靜聖力加持自利利他得滅衆生自性罪報亦得除去我人執著法執見縛一切障礙菩薩則觀照通達入無生心不見一切法證起二諦觀心澄定聖性現前以護根本自性清淨於本淨性中實無得見有相無相亦無所護於無護聖性無作無受已達正性得心慧連心慧連達無生空空空道智聖性菩提皆悉得入觀照入空空空理心假空分分幻化幻化起空入聖智性證如如性如有如無如性法體假空集散不可得不可

護觀一切聖性證一切法當得解脫亦復如是故九者喜心菩薩常住喜樂於一切法界衆生上廣行善道濟拔一切有情衆生常得安樂既濟得已菩薩恒生喜悅心故是名菩薩證成喜悅心已於是得見如來法智性身菩薩爲一切有識衆生令情性相感入佛知見是故以諸如來無爲聖性神通自在有情法中安立世界聖性道力假會合成於一切有爲諸物衆生自業情性相應四大和合有情之識相感成身菩薩既得身已世尊則令菩薩於是身心自性性中澄心入定照寂見性假空觀靜而不入有爲不入無爲證寂滅大樂自性清淨無合無散有受而化有法而變菩薩證慧空智入玄通佛心假法道空入法性平等無相一觀心心行空證多聞辯才慧照心性令一切佛性功德海藏等如虛空證入無相喜智心心性空無念無生而常發性入寂滅定不見有相一切我性喜樂平等體性恒明分分證入常樂我淨則是名爲如來菩提涅槃聖性道故十者頂心菩薩起高顯心救於一切衆生常行慈行修持最上佛智滅我見人見衆生見壽者見菩薩入靜慮定中滅無我輪見疑身滅一切妄相根本煩惱除貪瞋癡等觀照心寂澄定見性名證心頂如頂觀連如頂觀連觀連如頂於心頂法界空性無有因果如如一道清淨最勝上如頂如人心頂最爲高貴非非身見如太虛空不可得見於六十二見五衆生性中亦爾不可有見若菩薩住無漏心證性寂靜不見有心則滅徧計所執性神我主者動轉屈伸一

切相滅菩薩於心三昧眞如性淨中空無所得無捉無縛是人爾時菩薩得證入十空門入内外空無變異空本性空自相空共相空一切法空不可得空無性空自性空無性自性空爾時菩薩常住十空門菩薩即達聖性聖道直心直空無一衆生性虚妄心滅不見緣不見非緣菩薩住頂三昧照寂證滅相分見分入自證分達證自證分得住寂滅心定發根本聖行起道實性菩薩則於我人見縛八倒因緣不二法門無餘滅盡於世出世永不受八難於生死海幻化異熟業果畢竟不受菩薩發大慈大悲心令一切衆生去來坐立修入如來菩提聖道金剛聖性消滅一切罪障除去十惡生十善道入道正性正智正行菩薩通達實性觀照現前永不受生死輪迴六道諸果畢竟不退無上菩提佛種聖性於菩提法中生生世世生住佛家入佛性地得同如來菩提正信正見聖智三摩地故是故如是如來説已諸菩薩衆各各次第修學信受奉行

大乘瑜伽金剛性海曼殊室利千臂千鉢大教王經卷第七

大乘瑜伽金剛性海曼殊室利千臂千鉢大教王經卷第八

唐三藏沙門大廣智不空奉　詔譯

是時毗盧遮那如來在一切法界聖性中現千百億世界海入一切諸佛聖智金剛三摩地百寶蓮華海藏法性三昧世尊從三昧安詳而起坐寶蓮華千光王座毗盧遮那如來告諸一切諸佛一切菩薩當知諦聽諦聽汝先問長養十心者於此大會衆中吾今爲大智通菩薩等請問從是十發趣心修入堅法忍中修行十長養心向菩提果是故如來即當爲說云何十長養心一者慈心菩薩依如來慈於一切有情衆生上不作十惡因緣常觀自性生慈正心行菩薩道當救有情廣引羣品不造惡緣常於無我智中照見我性清淨入聖智法與我淨常樂聖性相應證五蘊空色受想行識空無所得空分分入佛大寂性中無生無住無有生相無有滅相如幻如化如如一相無一無二故菩薩發志大願起大慈心於六道生死海中救度一切衆生速令離苦達至菩提菩薩爲一切有情歷劫導引修行菩薩道不見有苦不見有惱成就菩提如來一切法金剛法輪菩薩當轉法輪樂化度一切衆生令生正信得慈善智入薩婆若海大慈空慧不由魔教證慈樂果入無生道於金剛輪善慈實性中不見惡果亦不見有善果亦不見有我性生死之罪於一切如來聖智法性之中證解行空得無礙聖智性入體性虛空三昧達如來金剛三摩地故如是說已次第而演則當應說之二者悲心菩

薩菩當救拔修行諸佛悲智其悲心者是如來本性自有眞淨大悲如是大悲空性中空空寂空無相無生根本悲緣於空行智性聖道之中自滅一切苦因名爲苦諦滅亦滅他人一切有情苦緣菩薩於一切衆生無量苦因中生大悲智不殺法緣不著我緣故常行不殺不盜不婬而於一切有性衆生不障發菩提心者菩薩諦察於淨心性空見之道觀照本種性於識行中見一切煩惱法如實相本自種性清淨證道智心於六親六惡親惡三品中與上樂慈悲空智相應不見有惡於上惡緣中九品得樂果空常見在前行而自身他身於一切衆生平等一樂一性起大悲三摩地故如是說已次第而演則當應說之三者喜心菩薩修行般若波羅蜜多時勤行一切諸佛菩提道觀佛性中無有悅喜何以故本體清淨於淨性相中照見一切衆生種性體相及自體性證入道智清淨佛性空空空喜心不著我所緣出沒三世自在神用知一切因一切果苦苦集諦一切入盡滅苦因照達佛性空觀照實性成等悅喜同佛菩提菩薩摩訶薩發至誠心令一切有情衆生證菩提喜悅空入如來聖智道情捨惡知識求善知識示我好道令諸有情生佛法家入佛法中常起歡喜得法王位亦令一切衆生入正信正智捨一切諸惡邪見輪迴生死皆六道苦集故證得佛性悅喜三昧故令一切衆生亦同入是法得菩提故如是說已應當次第而演說之四者捨心菩薩發大願行於世世修持行菩薩道廣度有情常當觀身心修

學如來聖智聖慧於實際性中空無所有如大虛空無有一切相亦無捨相亦無造作於無相空法實際性中不見善惡有見無見罪福二中平等一觀照見實際於眞如性中無有我相無有人相亦無我見我所執縛而自他體性都不可得眞如實性亦不可得無諸屬故猶如虛空名爲大空捨相菩薩摩訶薩於多劫修行大捨空相中并自己身及是他身令一切有情衆生志求菩提於眞如空性發廣弘大願行菩薩道誓捨身肉手足男女妻子國城田宅如幻如化如水流燈焰内外諸相一切物大捨名無爲捨名爲相捨菩薩於無爲捨中無滅無生於實際性中不見有捨是名大捨於不捨一切捨等得同聖性菩提菩薩常修眞捨故名爲無相大捨則是如來根本自性菩提性空本無捨相故如是如來說已次第應當而演說之五者施心菩薩求菩提以身施口施意施財施法施教導施如上所說其施有六合爲三種云何爲三一者自發心施二者被他求乞施三者教導施若菩薩自發心施者觀本眞如本來自性無有於施名爲無相施次則菩薩被他求乞施者若菩薩爲一切有情衆生求乞布施者名爲有相施是故次後則當教導施者菩薩發心我當誓度有情供養布施一切衆生無有休息其心無猒等法界令一切衆生志願志求無上正等菩提者是則名爲無爲無漏施若菩薩爲一切有情普能自發心施者名爲相施則於内身外身國城男女妻子田宅一切有爲諸物盡皆布施名得無礙無爲施是

故菩薩達無爲性諦觀如如性中無念財物亦無受者其施如空亦無内外無合無散亦無心行菩薩於自心源觀本自性性不見有施名達理達施是名無願無相施菩薩則常行無相施者常住心源自性淨土現行在前故如是説已應當次第而演説之六者好語心菩薩修習如來善巧體性常生好意眞語實語金剛祕密三摩地語成就佛三密菩提法云何成就如來三密一者令證一切衆生心地祕密得成身密體性菩提愛語三昧最上義諦文字般若菩提成就故二者令修心地祕密證成口密體性菩提修如來一切三藏法教密觀語義諦證口密辯才通達觀照般若菩提金剛大智成就故三者令修心地祕密證成意密體性菩提入諸佛三摩地聖

行實相般若菩提觀照得見一切如來體性金剛眞際實語勝義諦證成實相般若金剛菩提成就故是故爾時則是菩薩於一切有情衆生上修行聖智聖性聖行聖道菩提常行實語言正順一語調和一切智令有情衆生及諸菩薩無瞋恨心亦無鬪諍忿惱之性常於實相般若中諦觀心性證法空智一相實性無因無緣法性清淨菩薩常修樂説入愛語性三昧爲一切衆生起大慈大悲常生愛順一言一語行順佛意亦與一切他人言義好語菩薩以聖智力法語護教導一切有情衆生常行好語正意如如發起善根令入菩提無上道智住佛淨土入金剛三摩地故是時如來説已次第而演説之七者益心菩薩修薩埵行入如來智身三摩地利益安樂

一切有情衆生令以實智體性聖慧廣行智道以聖行力成就聖道無上菩提金剛三昧一切明焰總持法門觀照體性聖七財以資前人得利益故菩薩發大智心廣爲益受一切自他身命得七財聖行福智具足而入利益三昧菩薩修證佛聖性加持一切有情衆生身口意入如來法種性達空寂種性聖行種性證道種性入如來三摩地得三昧已忽然六種動大千世界菩薩則入六道中救度一切有情衆生令得安樂速證菩提而菩薩入於六道同事同法現無量形身色相濟救苦惱衆生不以爲患但益人爲利菩薩常住利益三昧故如是說已次第而演之八者同心菩薩同令衆生入如來眞實體證自性道聖智同體空性三昧入無生法中見無我智同無生性空平等無二同本體性自他源境一切有情諸法同體自性性如如相菩薩於生住異滅中自在神智聖慧力用得證無礙清淨大智常生常住常寂常滅出沒自在通同一性於過去未來世法般若慧相續流轉無數無量劫無盡無斷菩薩重當發起大悲聖行智心大護大救顯現無量無邊變化同體三昧入諸有情形身色心六根等業及入諸六道同於一切事類菩薩以聖行力神用加持一切衆生同空無生性空無物證祕密金剛心神我智用而分身散形常住寂滅起心救護廣度一切衆生令諸有情入同法三昧住如來金剛三摩地故是時如來說已次第而演說之九者定心菩薩常入如來三摩地金剛定聖智體性觀一切自他有情衆生

心心體靜分證寂滅無緣無因於我自體自性性中識界色界空無色界滅盡清淨菩薩以聖性智慧反照心源識色空界了覺心地三界智性而見性不動出没逆順神用自在常入寂靜住十禪支以一念智照見我人主者及心染著徧計所執性若内若外一切衆生自心他心聖智種子本性清淨而無所得無合無散菩薩重觀一切衆生智心體性集成起造而不可得一切有情習氣種子亦復如是若有菩薩一切衆生修證菩提入聖道性者無明煩惱則永滅盡故菩薩起於大願在三昧入出自在示現神通三界運轉一切有情苦惱衆生得度苦海令證如來金剛菩提聖慧大智入諸佛性海三摩地故如是説已應當次第而演説之十者慧心菩薩入如來金剛祕密菩提體性佛三摩地定證慧光三昧海照見一切有情心自他體性貪瞋癡邪見結縛等患如實了知故無決定性何以故煩惱者則是菩提性以煩惱性修進眞如得到菩提是故菩薩於一切有情止教化引發一切衆生自利利他令行如來眞如實性順忍空故於一切法性中非陰非界非入非不入非衆生亦不非衆生非一非二非我人三世因果達實性故菩薩常爲法界衆生修證寂滅菩提入一切法性空聖性觀行達自體性起聖智力徧於一切放金剛慧光照佛體性同如來三昧盡於法界光光一照一焰明明明見一切菩薩及一切有情衆生疾令修入法界慧海實性三摩地速到菩提三昧解脱其慧方便生長養心達一切法性令

心證空空空慧眼證入無生空金剛法界悟入千海眼王三昧百法明門如來祕密金剛三摩地故如是如來說已次第而演說之是時毗盧遮那如來住眞如法界實性海藏中顯現千百億蓮華海藏法性世界出千百億一切諸佛一切菩薩摩訶薩現千光王百寳蓮華寳座毗盧遮那如來在於千光王金剛寳座上坐放紫金剛金色光明徧照微塵數法界海藏悉皆清淨盡爲金色如來告言一切諸佛一切菩薩當知諦聽諦聽汝當先問金剛十心種子吾當爲此大會衆解釋大智通菩薩等請問從是十長養心入堅修忍中說入十金剛心向菩提果菩薩云何修行觀智修入十金剛心何爲十一者信心菩薩至誠修學一切如來大乘修多羅祕密三摩地法教以深智信修念行持一切菩薩密行學諸佛如來金剛祕密菩提教旨廣度有情一切衆生以信爲首修成無上菩提聖德根本正見正受不起外道邪見生死之心諸魔怨恨之行菩薩恒常澄心照性得見根本煩惱計蔽我執諸見名著結有造業畢竟不受證入性空三昧菩薩於無爲法中修入寂靜不見有生住異滅三相離染無無無生無生無住住無住住滅無滅滅菩薩於聖行道性中分證寂滅智無有一切法有爲法相於世諦第一義諦二諦智中證滅盡行行滅則無明滅若菩薩於本心性無爲無相中觀法無有異相性同法性空空色空證入細心心心心細心心心空故名爲深信深入根本性寂滅無體無相和合一性亦無依然主我人神用

三界結縛假會假合假我我所無得無集盡皆總滅一切諸相入如如聖性如此菩薩得名無爲無相信是時如來說是無相信菩薩修證分分得入佛體寂三昧金剛一性聖行一相三摩地故如來說已應當次第而演說之二者念心菩薩志勤精進修學如來大乘一切法三摩地觀照意識心性思念六念思覺常覺乃至一念起心布施而常思施菩薩修一切法第一義諦空無所著無染無縛無執無散菩薩證入寂滅智同共在於生住異滅相中不見有動不見無動不見有到不見無到而於去來諸業受者爲一合相一切諸法諸行道業修成福智菩薩盡以迴向入金剛法界聖性聖智菩薩發願成就一切衆生及自己身入無相慧慧相乘乘乘乘寂滅焰焰照性照寂光光光達無生不起轉易別異空道變前轉後變後轉前變變轉化化化轉變轉轉變變同時同住焰焰光照一相一靜聖性加持一時已變未變變變化化變亦同一時滅盡得分入分證金剛一性心心體性心體離念離念相者等虛空界法界一相無所不徧入如如性體寂金剛三摩地故如是說已應當次第而演說之三者迴向心菩薩修持如來祕密三摩地發弘誓願廣度有情於自深心常行菩提正智自利利他令一切有情衆生同願同行修最上義諦空於實法實智三摩地中觀照空性分分證入實諦聖性善業成就菩提因果相續不絕殊勝聖道名爲最上眞諦於道諦中同合世間假名諸法合會因果我人主者名爲眞諦菩薩於此

苦集二有之諦用當迴向入如來金剛菩提薩婆若海深深深入般若波羅蜜多證成菩提法空智性而無去來幻化異熟諸類受業畢竟永滅不入生死世諦諸業因緣於祕聖性金剛聖地無有我人壽者亦無世間是名深入心性菩提聖智解脫三摩地故如來說如是教已次當應學說而行之四者達心菩薩達佛法性修入金剛菩提祕密三摩地證法性聖智三昧於此三昧聖智實性中達空照性忍順一切聖教諸法證入如來聖智實性一切菩提金剛聖智菩薩於菩提一切聖智法性之中無縛無解證達法界聖行空入無礙聖性達義達辭達教化達三世因果衆生根行同一如如性菩薩起精勤心則觀照聖性神用自在無障無礙不合不散徧覺眞

如實性菩提無實用故用無用用用無名用無相用故用用觀慧入一切空空空照達空名爲聖性通達一切法空空空如如相空不可得成就金剛聖智菩提故爾時如來說已次第當應而演說之五者直心常行直直直者眞如法性無邪曲故菩薩觀照自他心體得見眞如實性無邪性故名爲直照見性不變不異菩薩證入眞如實性三昧者照見生死世諦有見有執取著妄緣神我主宰同一清淨入體性眞如無生智中澄心見淨滅盡無明神我主者空空空理心在有在無名爲達空金剛祕密聖性菩提而不壞聖道金剛種子菩薩於無漏聖性中一觀一照入如來金剛菩提三摩地者而教化一切十方微塵數有情衆生皆悉能轉入薩婆若海證入

聖智道眞性直直直性直性直行於空空空無三界染習神我主者有漏結縛永滅不受故是時名爲直心直性如來金剛祕密聖性聖行三摩地故如是説已次第而演説之六者不退心菩薩發精勤志令自心他心救攝一切有情衆生廣行菩薩道修持苦行習學諸佛聖智法藏祕密三摩地入如來實性三昧金剛眞際三密地得不退心永不入一切凡夫地不作諸惡不起諸見新長養心三業生死之罪亦不復再習苦因相似我人永不入三界異熟業果分分證入金剛菩提三密行空不進不退於第一中道分入祕密聖性解脱門一合行故亦無退轉於是菩提眞際本性性中無一義性無二相故而無一念亦無退屈無轉無動於無爲無相觀入無生空寂照如如金剛慧性相續乘乘心入二諦空一道一淨性智寂滅永不入三世生死於寂靜聖道不見有退亦不見有進則是名爲證佛金剛眞際祕密菩提三摩地故如是説已次當如教而敷演之七者大乘心此菩薩發大志願不學二乘之心而教導羣生性願修行如來殊勝最上第一乘而接引有情菩薩習學大乘祕密金剛心地修行一乘三摩地教導引衆生令入最上殊特如來聖性體寂法界性空三昧分分證入一切諸佛菩提聖行法空心心寂滅名一乘乘一性空智智乘行乘乘乘智心心心任載任用用任一切有情衆生度三界生死大河云何如是三界大河一者欲界煩惱流轉沉没苦海生死大河二者色界修禪見定繫蔽執靜生禪出入

偃滯無究大河三者無色界壽報量盡輪迴六道三有六欲色界四空染著習定諸天靜慮不斷生滅愛定受樂非相大菩薩於三界生死大河之中坐菩提道場最上第一乘任載任用聖智運通趣入佛果故爾時菩薩起大慈心若有一切衆生未達菩提道場者令證一乘三摩地菩提道場故若未得證空智道場者任行任用不名爲大乘第一義故但名爲乘則是菩薩及一切有情衆生先須修行如來最上第一乘行進修菩提道場入金剛三摩地者得度苦海是故名爲如來大乘成就殊勝金剛菩提一乘故如是說巳應當次第而演說之八者無相心菩薩修持如來無相心一切法菩提三摩地者分分證入眞如實性無緣無相三昧於心體性如如實際中澄淨心眼照見貪瞋癡妄想顛倒性一時消滅唯有解脫菩提聖智般若波羅蜜慧性不滅無一無二故三世一切諸法結業異熟生滅諸類盡同無爲得入如如一諦諸佛聖性空無願無相得證如來無生法智空實性三摩地自知得成佛故一切諸佛是我等者一切賢聖是我同學皆同如來一切無生空金剛菩提眞如法性故如是說巳次第應當而說演之九者慧心菩薩而常觀佛聖慧於微塵數劫修持如來金剛菩提祕密三摩地得入聖智如如金剛聖性聖慧通同一境等於眞如無邊法界無量神用一性金剛三摩地於此聖性金剛地中無集無受者無生者無無無生於無生性中無有無明無明滅盡無煩惱性而不縛不解於一切般若波羅蜜

法門一切賢聖是所行道一切菩薩聖所觀法所有菩提一切聖道亦如如性菩薩發願同我體智聖慧自性如是一切諸佛教化方便法智我皆集在一心中同金剛菩提聖性三摩地故一切外道邪見邪論邪定功用幻化一切魔說一切佛說分別數論深義淺義皆入二諦一性清淨無有諸相非一非二非有陰界入無爲無相一道通同證如來金剛慧光明光明照性本性寂靜一境一性金剛三昧入一切法如來聖性三摩地金剛菩提故如是演已應當次第而演說之十者不壞心菩薩於一大阿僧祇微塵數劫修學如來金剛菩提深妙微細祕密聖智三密聖性三摩地者入聖地性隣解脱位入佛境界得道正智明菩提心伏忍順空八魔不壞衆聖摩

頂諸佛勸發入如來摩頂金剛三昧自在神力菩薩則放身光光光照十方諸佛一切淨土諸佛菩薩一切賢聖來證我故我當誓於有情世界於一大阿僧祇劫學佛威儀神通出沒自在動用聖力運行動大千界成熟一切衆生菩提聖性與平等性地同爲一體成金剛慧智無二無一無別無異無入無出而非中觀於聖智道入聖性中以三力故光中現百千億殑伽沙諸佛世界化微塵數無量國土中有如來出世現爲說法教導衆生爾時菩薩發入慈心則證頂三昧登虛空法界菩提地總持祕密聖行滿足心心行空空空慧中道無爲無相一照一淨一切有爲諸相盡皆消滅證入金剛三密菩提三昧門一切行門一切法門一切陀羅尼門菩薩一時成

就亦證得一切如來平等虛空聖性華嚴海藏金剛祕密三摩地故如是世尊演已是故一切菩薩摩訶薩次第修學信受奉行

大乘瑜伽金剛性海曼殊室利千臂千鉢大教王經卷第八

大乘瑜伽金剛性海曼殊室利千臂千鉢大教王經卷第九

唐三藏沙門大廣智不空奉　詔譯

第五云何次第得入解脱門一者入曩字觀本無無自性性義不空成就如來説成就金剛菩提解脱門就此門中説有一品一者十聖菩薩入地等妙二位修學進趣聖道成佛菩提第九品是時毗盧遮那如來在一切諸佛千百億法界清淨海性祕密三摩地如來顯現千百億微塵數蓮華海藏世界一一世界復現千百億微塵數化釋迦佛復出現微塵數化菩薩於海藏世界中復出千光王百寶蓮華座毗盧遮那如來於千光王金剛大寶蓮華臺座座上如來放海印三摩地紫金剛金色光明徧照微塵數法界盡爲金色悉皆清淨如來告言一切諸佛一切菩薩諸佛當知諦聽諦聽今當啓問十聖地何義趣吾今爲此天衆會諸佛及大智通菩薩等先請問從是十金剛心修入堅聖忍中説入十聖地心向菩提果如是説已應當次第而演説之云何修入十聖地一者體性平等地毗盧遮那如來告言千佛諦聽諦聽今先問地者爲一切菩薩修證菩提有何義趣若聖子菩提薩埵摩訶薩埵往因修持毗盧遮那五智眞如法藏金剛祕密三菩提入三密三摩地平等慧體性地眞如法界菩提智是眞實法令自心他心廣行薩埵行教化一切智有情衆生自利利他行菩薩道華光滿足四天果乘用任自在化無方理任化任用神通自在十力十號十八不共行法住佛淨土無量大

願辯才無畏一切法一切輪一切行門菩薩我皆得入生出佛家坐佛性地一切煩惱諸有障礙凡夫因果畢竟不受大樂歡喜菩薩爾時從一佛土入無量佛土從一劫入無量劫不可說法爲可說法及一智知一切智慧觀照一切法逆見一切法順見一切法常入二諦而在第一義中以一智知十地次第一一義理一一事相示現一切有情衆生而令常住心心心中道以一智知一切佛土殊品及佛所說法而身心不變不異以一智知十二因緣十惡種性而常住菩提聖道以一智知見無有二相以一智知入十禪支行三十七道品而於六道示現一切色身出沒自在以一智知十方色色分分了起入一切有情受色果報而心心無縛無有障礙證平等慧空三昧光光照一切佛淨土是故菩薩證無生慧空信信忍空慧常現在前從一地二地乃至佛界地於其中間入諸佛如來一切法門一時而行是故略說出平等地法門功德海藏三摩地菩提行願如海一滴毛頭許事如是說已應次第而說之二者體性善慧地毗盧遮那如來告言若聖子菩提薩埵摩訶薩埵修行毗盧世尊五智法藏金剛菩提三密三摩地者入善慧體性地眞際法界清淨明達自利利他廣行菩薩道救攝有情一切異類有形衆生善根成就令入四聖諦達至菩提菩薩起大願心先所發起聖行修入無爲慈悲喜捨四無量慧一切功德本從薩埵心觀入大空慧方便道智中見諸衆生無非苦諦皆有識心於三惡道刀杖一切苦惱

緣中生識名爲苦諦三苦相者如身初覺從刀杖身色陰二緣中生覺爲行苦緣次意地覺緣身覺苦重所緣得刀杖及身瘡腫等法故覺苦苦苦緣重故苦苦次受行覺二心緣向身色陰壞瘡中生苦覺故名爲壞苦緣是以三覺次第生三心故爲苦苦苦若一切法有心衆生見是三苦起無量苦惱因緣故菩薩發願我於一切苦因緣中入教化導三昧神力現一切色身於六道中作師現化度一切衆生菩薩於如來前廣發大願已證十種辯說佛一切諸法教門所謂衆生苦識苦緣刀杖緣具苦識行身瘡腫發壞內外解中或具不具具二緣中生識識作識作受觸識名爲苦識行二緣故心心緣色心觸觸惱受煩毒時爲苦苦若心緣識初在根覺苦緣名爲苦覺心心作心作受觸時識覺識觸未受煩毒時是明行苦逼窄生覺如斷石火於身心中念念生滅身散壞滅轉變化識入壞識緣緣集集散心苦心惱心受心念心念後緣保著心心不捨是爲壞苦爾時菩薩觀三界一切苦諦復觀無明集無量心作一切業相續相連習因習因名爲集諦菩薩爲菩提心正見正授解脫空空道智心心名爲智道得名道諦盡有果報盡有無漏微妙功德盡有清淨般若深慧菩薩諦觀一照體性妙智寂滅名爲滅諦於一諦慧品具足名根一切菩提慧性證空入觀第一是初善根第二菩薩觀捨捨一切貪著瞋癡等諸行結縛入一切平等空一切大捨空無因無緣而觀諸法實性空際一性一相我觀一切十方地土皆

吾昔身是吾所用故土四大海水是吾所用故水一切劫火是吾昔身所用故火一切風輪是吾所用故氣我今入此地中法身滿足捨吾故身畢竟永不受四大分段不淨之身是名捨品具足第三菩薩次觀所化教導一切有情衆生悉令安樂與人天樂十地果樂離十惡畏樂得妙華三昧樂乃至佛菩提及涅槃如是觀者名爲慈品具足於是菩薩爾時住是地中盡無障礙亦無貪著無瞋無礙菩薩觀入平等體一諦實性眞如法藏入一切聖道本源聖性聖智聖力神通自在遊歷十方一切諸佛法性淨土微塵數佛刹世界一一世界中化現無量法身無量色身現形教化一切有情衆生皆悉安樂速登佛果如來祕教無上菩提於天花光明品中說如是法教是故如來說已應當次第而演說之三者體性光明地毗盧遮那如來告言若聖子菩提薩埵摩訶薩埵修學毗盧遮那如來五佛五智海藏金剛菩提三密三摩地觀者入光明體性地眞際法界三昧於一切聖行法教自利利他廣行菩薩行以三昧力聖性解了智知三世一切諸佛法門十二部經義理法品名句味句重誦記別直語偈不請說律儀戒譬喻佛界昔事方正未曾有談說是法體性名一義別是名味句中說一切有爲法分分受生初入識胎四大增長色心名六住地於根中起實覺未別苦樂名觸識又覺苦樂識名三受連連覺著受苦苦識無窮以欲我見取善惡有識初名生識終名死識是名十品現在苦苦因緣果觀是行相中

道我久已離故菩薩人已修念寂照見無自體性入光明三昧神通自在總持辯才心心行空而十方佛土中現劫化轉轉化百劫千劫於國土中長養神道通達聖性禮敬如來於佛世尊前諮受法言復現於一切六道身一音中說無量法品而救度有情一切衆生各自分分得聞心中所欲之法苦空無常無我一諦之音國土不同身心別化是名妙華光明地中如來略開一毛頭許法如是法品解觀法門金剛千海藏三昧佛三摩地品說菩薩修持菩提祕密深妙法義道如是說已應當次第而演說之四者體性爾焰地毗盧遮那如來告言若聖子菩提薩埵摩訶薩埵修習毗盧世尊五智體性法藏金剛菩提三密三摩地者觀照入爾焰體性地眞如法界以一切法教以聖行教度一切衆生於爾焰眞俗眞諦俗無二故不斷不常即生即住即異即滅一劫一世一時一念有種種異異化異現故因緣中道非一非二非善非惡非凡非聖非佛亦不非佛佛界凡界及一切凡聖二行諸有爲法是故總名爲世諦菩薩摩訶薩神用聖性自在慧力入一切有情衆生本源體性發起善根菩薩從本自性性中却入毗盧遮那如來體眞如法界性證入衆生佛性同爲一體是故名爲同一世諦菩薩觀照行如來聖行聖道聖性諦觀照見體性聖智聖行寂滅聖道之中無一無二證清淨一性入玄通聖定品所謂說佛聖性聖智心行習學初覺定時因信覺思覺靜覺上覺念覺慧覺觀覺猗覺樂覺捨覺是名品品方便智道

心心入定果是入住定中焰焰見性法行空空若起念定入心空定生愛順聖道聖智聖性諸法無相法本不生名無生忍法樂忍住忍證忍寂滅忍由五忍菩薩證入諸佛淨土於光光光華三昧中現無量佛以手摩頂如來以一法音說百千起發聖教而不出於定住定味樂定著定貪定正定一劫百劫千劫多劫中住定於三昧中見佛蓮華會菩提金剛座上如來說百法明門是供養經無量劫如是聽法百劫住定是時菩薩於諸佛光中摩頂發起定品出相進相去向相故不沒不出不退不墮不落住頂三昧諸佛聖性法中得上樂忍永盡無餘菩薩觀照即入一切諸佛淨土修持無量功德品行行道光明入善權方便教化一切衆生能使得見證佛體性常樂我淨是故菩薩生住如此地中教道行化修習法門漸漸深入妙華觀智入三密體性中道一切法三摩地門法品滿足猶如百千金剛上日月晃曜聖性道品如來說演成就百千金剛三昧佛三摩地故菩提智門品已明斯義如是說已應當次第而演說之五者體性慧照地毗盧遮那如來告言若聖子菩提薩埵摩訶薩埵修進毗盧世尊五智寶金剛藏菩提三密三摩地者觀入慧照體性地眞空法界以聖道力一切智法自利利他廣濟有情衆生於如來聖行十種法力觀門達一切菩薩心地令入聖行地一切蒼生速超菩提於十力聖智道品菩薩觀行入地起發一切功德從諸佛法行有十力觀一切智一切慧方便智知善惡二業別行處力品惡

作善善作惡名作業智力品以一切作善欲求果報求好大願於六道現化作善生生修善果名欲力品於此六道善性惡性好性異性分别不同性力品以一切善惡根力一一不同名根力品以邪定凝定正定不定是名定力品以一切因果相乘果乘因乘是惡果至惡果是善果至善果果處乘處力乘因乘果乘聖乘道乘是道力品以五眼知一切法見一切受生故名天眼力品於百劫千劫事一一知宿世世名世力品以一切衆生修菩薩行如來以聖力加持一切煩惱無明生死滅盡名爲解脱力品是故名爲十種觀力品菩薩以自智力知自修因果亦知一切有情衆生因果名爲殊品菩薩聖智分别善惡而以身口意分别任用智力自在以淨國土爲惡國土以惡國土爲妙樂國土能轉善作惡能轉惡作善色爲非色非色爲色轉男爲女轉女爲男轉六道爲非六道轉非六道而作六道乃至一切諸法及地水火風非地水火風一切亦如是是故菩薩以大方便聖智力於一切有情衆生身口意加持以聖性聖力進分菩提無量功德不可校量不可思議非下地一切諸菩薩所不能知覺舉足下足一一聖道是故菩薩摩訶薩觀入大明慧漸漸進道分分達入聖智菩提證百三昧光光光照無量無邊諸佛淨土法界菩薩教化無量有情不可説不可説以一切大智般若波羅蜜法常現在前行故如是説巳應當次第而演説之六者體性華光地毗盧遮那如來告言若聖子菩提薩埵摩訶薩埵修證毗盧世

尊五智菩提智藏金剛三密三摩地者觀照入體性華光地眞淨法界菩薩乘乘如來十種神通聖智法教導引一切蒼生自利利他以無盡願行攝度有情達進菩提成無上道菩薩起問云何於一切世界中以神通明智品中如來教受諸菩薩及指示一切衆生令修菩提是故如來答說此地菩薩觀行入華光體性地以十神通智知種種自在聖力變化以觀天眼明智知三世國土中微塵等一切色分分成六道衆生身一一身微細色成大色分分以智知觀天耳明智知十方三世微塵數六道衆生苦樂音聲非非音非非聲及一切法聲以觀天身明智知一切色色非色非男形非女形以一念中徧知十方三世國土劫量大小國土中微塵數量一切身以觀天他心明智知三世有情衆生心量中所行微塵數麤行細行神用變化盡知以觀天聖智知十方六道中一切衆生心心所念苦樂善惡等事有爲無爲一切諸法盡以得知以觀天人明知十方三世一切國土中一切衆生宿世苦樂壽命因果長命短命生死相續經於百劫千劫一一盡知以觀知以觀天解脫明智知十方三世一切衆生解脫斷除一切微塵數無明重障若多若少從一地修證乃至十地等覺妙覺地滅滅有漏微細煩惱所知有爲一切有相盡令消滅滅盡無餘皆悉寂靜得證如來金剛菩提解脫聖道以觀天定心明智知十方三世國土中衆生心定不定非定有定不定非不定起定方法方便有所攝受入如來三密性金剛三昧證

此三昧三摩地故以觀天覺明智知一切有情衆生微塵數劫修持入地次第已成佛未成佛乃至知三世一切六道衆生心心分分別異受生出没多少亦能具知一切三世諸佛如來盡知所説深妙之法以觀天念明智知前後三世百劫千劫萬劫大小劫中一切有情蒼生有福無福壽命數量久近久遠菩薩發大誓力以觀大願明智知一切衆生小願大願求成菩提願願修學如來一切佛法入賢聖位三十心十地等覺妙覺地其一一心地中所行行願至佛果處若苦若樂若法若非法菩薩發大誓願盡皆入之救拔一切有情當來成佛令一切衆生同其十大願入菩薩百千大願品具足是人菩薩住是地中十通明智知中現無量身口意如來説地品量功德不可説不可説百劫千劫説此地微妙善法聖智不可窮盡爾時毗盧遮那如來略開神通明智知聖地品不可盡不可思議如是聖行觀十二因緣品中如來説一微塵許事如是説已是故應當次第而演説之七者觀照體性滿足地毗盧遮那如來告言若聖子菩提薩埵摩訶薩埵修入毗盧世尊五智眞藏法界金剛祕密三摩地者入是法中於此體性滿足地眞實法界性菩薩觀行以自性智假如來聖智力進修一切有情衆生令入菩提法教聖行修入十八聖仁智品下地一切菩薩所不得共菩薩所證身無漏過口無語罪意無失念離八法於一切諸法常住捨性空常入三密在三昧中是名入地六品足菩薩復從是智生六足智起六門觀行

有三界結縛熏染習氣畢竟不受故欲力具足於一切功德一切法門一切福智所求滿足故是名進心足一切三世事法一切劫中諸相因果及一切衆生有爲之事以一心中一念一時知故名爲念心足是故二諦法六道衆生心法以一智知一切法故名智慧足以一智知從十發趣賢仁乃至十聖地佛地等妙二覺地以一智知一切如來三摩地性無結無習三身清淨名爲解足以如來金剛聖性聖智以一智知見微塵劫數一切衆生三世有情生死流轉善惡因果微塵數顛倒之性我人知見執著妄想煩惱我相染著習氣善不善有漏無漏種子盡成菩提是故名爲知他身解脫足是仁名爲入六滿足菩薩觀照於明智知便起智身現化隨六道衆生心心願行口辯說無量法門品教示現一切有情故隨一切衆生心行體性常住三昧正定而現十方大地震動證華光光體性三摩地故能令一切衆生心心得入大明智具乃見過去一切無量劫中諸佛出世亦令得一切衆生心心無著聖智圓通亦見三世十方一切國土中一切諸佛教導說法令一切衆生心心進修所行以神通聖智道見未來一切劫中一切諸佛出世教導接引一切有情衆生依是如來受教聽法故令證入住是十八聖仁位中證心心聖性入信如來三摩地菩薩重當諦觀照三界微塵等色是我故身是身流轉出没等如三世虛空微塵法界無盡一切衆生是我父母兄弟姊妹而今入此地中證一切功德一切神通一切三昧光明

福力以一切諸佛所行教導乃至八地九地十地等覺妙覺地一切如來諸佛法門品我皆已得入故於微塵微塵數佛國土中示現作佛成道轉法輪神通自在住如來金剛性不生不死常住法界亦當示現入涅槃滅度轉化他方於過去未來今常入於一切微塵數佛國土中教化有情一切衆生一一得成無上正等菩提亦如是是故世尊說已後當如來次第而演說之入者觀照佛吼體性地毗盧遮那如來告言若聖子菩提薩埵大摩訶薩埵修證毗盧世尊五智實際眞藏法界聖性金剛祕地細密微妙三摩地者觀行入體性佛吼地如如實性菩薩得入法王位證體性三昧樂其智如佛名佛吼三摩地故入十品大明智空寂定門常現在前華光音入心三昧其空慧者謂入內空慧門外空慧門有爲空慧門無爲空慧門性空慧門無始空慧門第一義空慧門空空慧門空空復空慧門大空空復空空慧門如是如來十金剛性空慧門下地一切菩薩所不能知是故如此佛吼菩薩入十空平等性金剛聖性慧空門不壞不變虛空體性地菩薩觀照以智知一切聖性聖慧等如虛空不可說不可說神通道智力以念智知一切佛法分分殊妙甚深義理而入無量微塵數佛國土中於一一如來前諮受法藥轉轉教導一切有情令諸菩薩傳法度人與一切衆生而以法藥廣施之是名爲大法師亦得名爲大導師破壞四魔法身化化入佛境界是諸佛數入等覺妙覺成諸佛菩提數入性智身證金剛聖慧法身

成就百千陀羅尼門證百千三昧門入百千金剛門入百千神通門入百千解脫門入百千虛空平等性門入如來不空金剛菩提成就門中而大自在聖智神力一切一念凡行聖行一時入佛金剛菩提聖性如如三摩地盡知一切法深要殊品說諸妙道劫說非劫非劫說劫說道非道非道說道說六道衆生說非六道非六道說衆生非衆生說六道非佛說佛佛說非佛而出入自在神用聖性證毗盧遮那聖智三摩地達入諸佛體性三昧亦如是菩薩觀行以自性聖智用慧反照順照逆照前照後照因照果照空照不空照第一中道照義諦照寂照虛空三摩地照是故菩提聖智三昧唯此入地已上所證一切已下諸地菩薩所不能及是以聖性地金剛菩提不動不搖不入不出不生不滅不沒不盡如是此地法門品有無量無邊殊勝妙理佛言如是法門於微塵數劫說不可盡不可說不可說如來今以演說略開少分祕密聖性金剛微妙功德百千萬億微塵數分說一毛頭許事大乘菩薩羅漢聖行聖道品中已明如是說已應當次第而敷演之九者觀照體性華嚴地毗盧遮那如來告言若聖子菩提薩埵大摩訶薩埵修證毗盧世尊五智聖性道海金剛密跡堅性幽密祕細妙慧三摩地者觀行證入體性華嚴地令一切菩薩得入如來法界佛性同爲一體成就金剛菩提聖智入佛威儀如來金剛三昧自在王正三摩地定入出無時於十方法海三千大千世界中百億日月百億須彌山四百億四天下一

切菩薩修行菩提一時成佛轉大法輪乃至滅度一切佛事成就菩提故菩薩觀照以一心中一念一時示現一切衆生金剛聖力三摩地三密菩提祕性智身法身現形相好妙色身八十種好三十二相自在聖力住佛金剛不壞性地自在三昧照爍虛同如來無量大慈千三昧光明光明相相莊嚴非天非人非世間非六道出一切三世法界外亦如是菩薩摩訶薩而常觀行入六道現無量身現無量口現無量意說無量法門而能轉魔界入佛界轉佛界入魔界復轉外道一切執見入諸佛如來正見轉諸佛見入一切外道見復見佛性轉入衆生性見衆生性轉入佛性其聖智性光光光照慧慧慧照明焰焰照寂聖性不壞金剛功德十力十八不共行法解

脫涅槃無爲無相一道清淨菩薩觀入有情界救攝一切而以一切有情衆生生生作父母兄弟謂其說法盡一切劫而得道乘又現三世一切國土謂一切衆生相視如父恩念如母亦於天魔外道相視如父愛及如母如是菩薩住此地中從生死際起至金剛際以一念心中而能轉入無量衆生界亦現如是事爾時如來於華藏品中略說如海一諦如一微塵許事不可說不可說盡如是說已應當次第而演說之十者觀照體性入佛界地毗盧遮那如來告言若聖子菩提薩埵大摩訶薩埵修證毗盧世尊五聖智華光王三昧海同一聖性金剛三密三摩地微細堅密幽祕般若智者入金剛慧性證千百億三昧入佛界體性金剛三摩地而同一切諸佛如來

金剛般若法性智身法身以佛菩提一切法波羅蜜多成就大摩訶薩證入大慧空空聖地性空復空空聖智慧復空如虛空性平等智菩薩證十號如來金剛眞如法性有十種殊勝功德品具足一切法空同一性一相體性無爲神虛體一法同法性者名爲如來應順四諦二諦盡一切法法界生死輪際法養法身無二故是名應供如來無一有情悉皆感應徧覆一切微塵世界所有衆生修持菩提道如來聖行入正信正智聖解脫智知一切法非有非無亦以聖智知一切衆生根性差別故是名正徧知明明明行修行佛果時具足故名爲明行足善逝者三世佛法法同先佛聖性法佛去時善善來時善善是名善逝是人行佛聖行是名最勝上行聖德足入於世間教化衆生令聖力潛通證成解脫入佛大寂門知一切無明結縛盡皆銷滅更無遺餘是名世間解是人證一切如來聖解最勝一切法上入佛威儀神通形相體同一性如佛無異如佛大人如來大士行處聖德圓備名爲無上士調順法者調一切有情衆生故得法滿具足是名調御丈夫於天人中教導一切衆生諮受法言故是名天人師法本無一妙本無二佛性幽微玄通覺道常樂我淨大滿清淨以一切衆生禮敬尊重是故名爲佛世尊三界一切菩薩一切賢聖一切諸天一切龍神有情世人依如來教法信受奉行得入如來地如是佛地中一切聖人之所入處故名爲佛界地成就等覺妙覺二位地得佛菩提金剛不壞證成阿耨多羅三藐三

菩提故爾時毗盧遮那如來於千百億金剛祕密無邊性海三摩地大華藏世界海坐百寶大蓮華座世尊於座上坐放紫金剛暉曜金色光明如百千日金光上赫弈三昧徧照三千大千世界靡不周徧其光光中無數微塵化釋迦佛無數諸大菩薩摩訶薩皆來集會與共同心悉受記歡喜快樂以如來現智身金色手摩其菩薩頂同見同學同行同道如是一切諸佛一切菩薩異口同音讚歎無二入如來殊勝妙法歡樂不已盡皆適悅又有他方百千億世界中微塵數一切諸佛一切菩薩摩訶薩來期出現而作證明一時雲集請轉法教聖道法輪不可說法可說法佛謂說聖性等如虛空同於法界是故此法有不可說奇妙殊勝法門奇妙殊特三昧三明門有奇妙奇特總持陀羅尼門一切金剛門一切神通門一切虛空平等性門一切解脫門如上此殊勝法門非一切下地諸菩薩摩訶薩所不能知解及一切諸天心識亦不能知唯佛世尊殊勝聖性身口意所知一切法可盡根源不可說不可說法門中如來說諸佛金剛三摩地無量三昧光音天華品中說十無盡無畏聖性與佛道同是故如上佛說十聖地次入等覺地妙覺地一切菩薩摩訶薩次第修學觀照入如來地金剛菩提得成佛果是時諸大菩薩摩訶薩聞世尊說十聖殊勝等妙地已深敬如來信受依行爾時毗盧遮那如來自入百千金剛聖性三昧入百千虛空平等性三摩地門令一切菩薩覲照達入真如實際金剛堅密微妙慧聖性不壞

聖智地證入金剛等覺妙覺地一念頃迅疾入金剛喻定三密菩提性證成妙覺地得金剛聖性定成就法身佛如來果如是一切菩薩摩訶薩修持觀行如來三摩地者盡入此佛金剛菩提三密聖道眞如實性金剛聖智不壞地證成無上正等菩提佛果成就阿耨多羅三藐三菩提故是時毗盧遮那如來告言諸佛當知諦聽諦聽吾今先爲菩薩時修入如來所說金剛祕密菩提三摩地巳佛果之根源如是一切有情衆生修成佛者皆悉修入十發趣十長養十金剛十聖地等覺妙覺地登入無生山證金剛菩提如來解脱聖地道當成佛身同菩提無爲無相大滿常住十方十八不共行法智身法身滿足是故毗盧遮那如來心體根本菩提金剛聖性有大願力與一切有情同生聖性吾今當常住法身在於一切衆生性中住一切菩薩心中同等法界爲身心體性亦爲聖力加持一切菩薩及一切有情蒼生證得常樂我淨涅槃佛性速成無上正等菩提故是故一切諸大菩薩摩訶薩深敬如來説巳各各信受奉行

大乘瑜伽金剛性海曼殊室利千臂千鉢大教王經卷第九

音釋

腫（之隴切）　窄（側格切狹也）　斵（竹角切斫也）　渧（丁歷切與滴同）

大乘瑜伽金剛性海曼殊室利千臂千鉢大教王經卷第十

唐三藏沙門大廣智不空奉　詔譯

爾時釋迦牟尼如來復從摩醯首羅天王宮下至南閻浮提來往說法在舍衛國中祇園精舍大道場會如來在於百寶蓮華臺於寶座上入師子奮迅金剛三昧從三昧起光明徧照千百億微塵世界佛刹淨土一切三世法界有頂非想天一切有情大梵諸天六欲天主帝釋諸天四王大神轉輪四聖王等百億閻浮提粟散國王大臣諸軍統領宰執所守一切人民世尊放大慈光明悉皆普照靡不周徧一切菩薩一切衆生攝入法海令修菩提聖性聖行善法增長災障不侵一切諸罪及一闡提謗方等經盡皆消滅爾時如來從三昧起告諸菩薩大會衆等普賢曼殊二大士爲衆上首及一切菩薩摩訶薩等吾今見於來世諸佛聖教法欲將末劫濁亂時於此世界中鬼神繚亂於意云何今正是時若有國王大臣統領宰執不信佛法不敬師長則令國界善神不歡龍王不喜五穀不熟風雨不時如此不敬佛法之人則不信造福不修道業貪生愛樂不覺不知者則被諸惡鬼神惱亂其心是人則當貪欲熾盛積聚財寶不知猒足是故應知如是人等當自思察火急悔責發菩提心廣造修福當救其身又有世間凡夫之人不敬三寶不信佛法者亦被鬼神惑亂入其人心當作鬪競惱害賢良如此魔人被鬼入心能出異端邪執是非說策密謀破壞良善國王大臣諸軍頭領迷惑心

亂勿令所覺盛行顛倒逆亂之心所以者何是故世人應知切須覺察當發信心造諸福祐是故善男子若欲迴心敬崇修福者法有三種云何爲三一者佛寶二者法寶三者僧寶云何依此三寶如何修持有福無福若供養僧其福百倍若供養法其福千倍若供養佛其福萬倍則是歸依佛法僧三寶無限之福是故應知諸善男子若損僧寶鬼神入心失却人身大臣之位永入地獄無有出期若滅法寶鬼神入心損却福祿受盲聾瘖瘂愚癡之報常墮畜生作駝驢猪狗若除佛寶鬼神入心多淫多欲多瞋少喜心常暗昧被人惑亂失却王位人身難得死墮阿毗不得生天永沉苦海爾時世尊語諸衆生善男子等慇懃告汝吾今不忍見於地獄惡業衆生不信三寶消除福祿廣造諸罪墮於四趣輪迴五道或得人身還造諸罪入於地獄無有出時是故當知善男子等欲得福祿欲得長壽福慶增盛果報圓滿者應當作善莫損僧寶不滅法寶不除佛寶所得王位亦不動搖所作大臣亦不損壞所得人身延年益壽國王大臣統領宰執諸佛加被善神衛護吉慶常樂常得清淨是時世尊告諸菩薩摩訶薩等當來於世混亂之時欲得清吉欲得善福集在身中延命長遠者誓當信敬一切三寶歸依如來供養於佛供養於法供養於僧生生世世常得人身不失王位不失大臣之位不失統領諸軍宰執職位不失福祿延年長壽死得生天受勝快樂不墮地獄不生四趣常得人身遇佛聞法正見正信漸次修學如來

正智聖行滿足速證菩提成聖解脫是時釋迦牟尼如來在舍衛國中祇園精舍大道場處有外道六師尼乾子等九十五種邪見之法外道頭首須颰陀羅將諸徒衆五百餘人投佛出家須颰陀羅啓言世尊我爲年老多時幻惑志求天眼將爲出離如今覺寤乃是邪見不可得值如來正法聖性天眼惟願如來大慈大悲納受我意其時釋迦如來告言善來須颰陀羅受我教者於吾法中當得正見聖性天眼爾時自諸外道尼乾子等共佛諍義外道答世尊言我本教中志求法者則得天眼外道徒衆啓世尊言今者衆中實得天眼世尊報言外道癡人汝常誑惑邪見惡業汝從父母顛倒中生不淨神識心常惑亂何得自言我證天眼如來告言愚人外道今

遇正法諸佛如來如是大師是汝眞大善知識於吾法中得生正見不墮邪網證聖天眼外道何故自言得道我證天眼如來報言尼乾子等汝是迷人譬如有人患其眼根得遇良醫治差眼目便得淨眼得見日月既得見已衆色俱覩緣此正見得福如是是故世尊語言外道若有衆生不具信根不識正法難遇難治若見大善知識故爲是無信邪惑在心對面不識若有衆生實有深信善根之者千里亦通則得遇見大善知識邪惑消滅無有罪障肉眼得淨以得淨眼則證天眼既證天眼則識諸佛遇大善知識正信正見不入邪網是故汝等諸外道輩汝等晝夜執持邪論誑惑世間邪箭入心未能拔出而作異見諂曲邪命於其非法執著作善不可解脫當

墮阿毗無間地獄從地獄中出先作畜生駝驢猪狗將命還他先世供養累劫陪償無有休歇是相當知從畜生没得生人間作其人貧窮下賤盲聾瘖瘂受業如是見者無喜汝作不善先世報力世尊語言外道癡人尼乾子等今生受邪劫劫不正常行邪法自壞已身亦壞他人如此自盲復語餘盲我將汝去總墮深坑智者當知如此二盲於其非路必有墮落遭其辛苦外道盲人亦復如是是故世尊在大衆會告語菩薩一切衆生言如是外道六師尼乾子等九十五種根本邪教不正之法總有六宗云何名爲邪教六宗根部之法一者尼乾子修習自然之法名爲天生本自無因無緣長生不死之法二者毗羅胝子修習著空爲道滅身無體歸死不生再來之法名爲得道三者鳩馱迦旃延修習午日炙身編椽卧棘名爲苦行焚身祭天擬求得道歸空不生之法四者富蘭那迦葉末伽黎修習不淨之行嚴持狗戒猪戒裸形塗灰於糞土中卧不解羞恥若能識羞之者名爲正道是故外道常持不淨狗戒擬求解脱成自得果五者拘賒梨子修習自餓忍飢不食外道口言告人自稱得道不饑不渴是名自餓外道不食之法六者尼健陀若提子等修習邪見求天祠神敬日敬月恭事於火取相取夢夜看境界口云自言求者得道我得天眼見前後生死之事常樂祭祠鬼神意擬求財求錢令神靈祐助意言必得稱遂於邪道中祈求果報如此外道六師徒黨俱行邪教都總不知是邪外道口言自唱我得聖道亦向

他人所說若修我教不久當得聖道之果如此外道之言不可有信是故世尊語此外道如是邪見不正之教實非可信敗壞衆生本性正見外道邪諂强爲道首與人作師實非正覺我稱正覺實非能知出世之道我言能知實非聖見我稱聖見實非能爲衆生之師我言能爲如是外道非但自殃善道福果亦失他人善道生路是故外道實非正師總墮邪道彼師亦墮汝亦隨墮是時如來告諸菩薩摩訶薩一切有情衆生四部衆等諦聽諦聽善思念之吾今爲說當受因果見存有相生長其身舉動施爲皆有習氣是故外道不信如來說有因果先世業緣云何說言當有是相是故應知彼人若從地獄中出來生於人間當有見相智者應知其聲覧破驢騾之

音聲大忽忽吼喚緤急心常少信多饒誑妄不令所信無人親友其人醜陋不敬師長不信佛法不孝不義無慙無愧好行殺生常造諸惡此人短命不得長壽見善不發菩提之心死墮諸趣常沒三塗爾時如來世尊語言外道癡人是相當知從畜生終沒來生人中當有是相其人暗鈍處事多愚少智無力懈怠懶惰多貪多食不揀麤細其性拗捩出語直突此人力壯常當負重常共癡人常爲知友好喜拳脚隨時卧地不避穢汙欲得裸形不羞不恥心常虛詐異言誑語妄說他人諂曲不實取他財物常愛抵債此人見善不能發心不信正法常造不善十惡之罪流浪生死難得人身死沒苦海還墮畜生以此思之須當發覺是故當知外道愚人非汝能知非

愚所測彼人若從餓鬼終沒來生世間當有是相其人黑瘦面無光色頭髮短惡黃赤蒼浪騫鼻怒目眼白直視而常饑渴多思飲食慳貪嫉妒怯怖於官執著邪見迴背說人道他長短貪婬積聚不能割捨布施衆生不樂見善惟愛信邪所見財物其心欲取而常貪盜不知猒足得人少財便生喜悅若貪不得便生妬害如此之人不肯發心信邪倒見諂曲邪命不修善法不敬佛法純信鬼神愛響祭祠如此之人還沒地獄從地獄出却作鬼身輪還生死入於苦海無有歇時是故世尊告語外道汝是邪命愚迷癡人不知因果不識良善如來告言吾向汝道是事難信無量衆相外道邪見不可得知如此之理非愚能測是故當知若從非人修羅之身聞佛少信沒生人間當有是相高心我慢常樂忿怒好行鬬諍挾怨記恨憎嫉起惡諂曲不實純行虛詐抵債謾人身長洪壯眼白圓怒齒踈包露勇猛有力心懷戰陣常好鬬打瞋勵不休兩舌破和間拆良善輕蔑賢士說他長短毀謗好人雖向人間常行不善如此之行死墮地獄無有出時隨業諸趣還生本身阿修羅道佛語外道諦聽諦聽是故當知若從人終還生世間當有是相其人賢直親近善友性常有信有忠有孝若有惡人漫行非謗毀呰其人終不與前人反相報惡何以故此人常爲好惜門望識羞識恥篤厚守信樂好名聞及以稱譽受性工巧敬重智者具慙具愧心性柔輭識知恩蔭有願相報於善知識心順無違有慈有悲孝養父母師僧和尚小心敬

上知人欵急處事有方善能和合常樂信佛好行布施常生供養不耐於債不負他人少許財物好習善事接引於人悉令安樂不令有苦如此之人行如是行死得生天不入地獄還生人間受大快樂不受衆苦生生世世常獲人身是故如來語諸外道及是無智不善惡人亦非愚癡之所見解非凡所測非意校量若有衆生持五戒十善得生天上受勝妙樂從天退沒生於世間爲人端嚴正信正見相好殊妙其人聰慧樂好清淨喜著華鬘熏香塗身常愛鮮潔好釋賢良常樂音聲歌舞讚歎常樂高樓不應在下爲人作首舍笑不瞋有行有德吐言柔美善巧方便出言誠諦盡皆歡喜不傷前人有大智慧常樂好衣嚴身之具此人有善樂欲出家若得爲師精進修持清淨律行學習佛道志求菩提如是之人有智有慧多劫修行難可籌量非心所測非眼所觀此是賢良見生受福若修淨戒不久當得無上正等菩提是時釋迦牟尼如來告諸菩薩四部衆等善男子善女人當知如此外道尼乾子等六師頭首邪見惡法九十五種異見別部都有六宗根本之法六師徒黨尼乾子等拘賒黎子毗盧胝子鳩馱迦旃延富蘭那迦葉末伽黎尼健陀若提子等外道六師都有九千五百徒黨皆執邪教九千外道深著邪見毒箭入心不歸如來聖道正教唯有一人徒黨外道都首衆中第一須颰陀羅將諸外道五百徒衆歸依如來投佛出家而披法服修佛聖道正行正智自諸外道尼乾子若提子等深著邪見不信正教退

坐而去是時如來在大衆中告諸菩薩摩訶薩及諸四部弟子比丘比丘尼優婆塞優婆夷善男子善女人等如此外道實是愚人不善之者宿承過去惡業之因墮於地獄出生邪見是故若是今時不發出露之心必還流浪是時四部弟子善男子善女人等至誠發心歸依如來修持十善受於諸佛祕密正教清淨禁戒不入地獄不作畜生不生餓鬼不生諸趣不生外道邪見之家生生世世得值諸佛聞說正法漸次修學如來聖教聖智聖行成就菩提當來成佛得阿耨多羅三藐三菩提故是時釋迦牟尼如來言吾於過去無量劫來修行如是瑜伽聖智諸佛金剛三摩地法祕密菩提甚深三密如來法教爾時世尊於祇園精舍向大道場衆會之中告諸菩薩摩訶薩衆及諸聲聞大梵天王并諸天梵衆龍神八部四衆弟子諸善男子善女人等吾從往昔於毗盧遮那世尊聽受瑜伽祕密金剛菩提三密三摩地法聖性之教曼殊室利導引於吾及諸菩薩爲於上首今成佛道得阿耨菩提是故世尊釋迦如來告示一切菩薩一切諸天大梵王等一切天龍八部諸神鬼衆一切聲聞四部弟子衆釋迦牟尼言吾從因地徃昔以前向於曼殊室利菩薩初發菩提之心修行三摩地金剛菩提三密之行令得成佛號爲釋迦牟尼如來如是大會諸大菩薩衆一切梵王諸天梵釋等龍王八部四衆人等同共啓請曼殊室利菩薩與汝大衆爲師上首當引大衆總皆成佛吾於當來末世之時亦助曼殊廣化羣品爾時大會

諸菩薩等即依如來教命禮敬曼殊稱爲師首是時曼殊室利菩薩從坐而起稽首如來長跪合掌叉手向佛而白世尊得許於我我則敢依如來指示不敢違越世尊教命惟願世尊加被於我我當敢受佛言許之是故四衆諸大菩薩摩訶薩一切諸天梵釋龍神八部大會諸衆咸皆歡喜總依世尊指授言教當來之世修習菩提總願得值大聖曼殊引接於我惟願大聖曼殊室利菩薩劫劫生生得遇相值與我大會四部衆等作爲導師不相捨離漸次修學證成佛果當來願得阿耨多羅三藐三菩提故是時大衆咸皆信受歎美如來與我衆等指授曼殊得爲導首是我衆會深生慙愧譬喻無比不可校量惟願如來加被衆等是時於此大衆諸菩薩摩訶薩不敢違於世尊指示我等大會一切菩薩一切聲聞一切龍神八部諸衆一切四部弟子善男子善女人等深信此經佛言若有人發菩提心至誠書寫此經受持讀誦見世此生獲得聰明利智辯才無礙福德增盛智慧如海所求稱遂悉皆圓滿何以故諸佛聖智加益行者便能精勤進修如來所說曼殊室利千臂千鉢大教王祕密經至誠修學聖行聖智三密祕契金剛菩提三摩地聖性法教起勝疾成過於阿僧祇殑伽沙微塵數劫向前成佛速證無上正等菩提是故菩薩精進修行如來觀照性寂者成就金剛無漏功德其福甚多不可稱計若筭師筭師弟子不可籌量筭數比喻所不能及惟有如來應證等覺乃可知盡是時於此大道場會有千百億三

千大千佛刹世界中一切微塵數諸佛一切諸大菩薩摩訶薩一切聲聞緣覺一切大梵諸天四禪八定六欲天帝三十三天四大天王轉輪四聖諸龍鬼神二十八部夜叉之衆一切諸四天下閻浮提大國小國粟散大小王等四部弟子比丘比丘尼優婆塞優婆夷善男子善女人等深發慙愧仰如來演說妙法歎未曾有咸皆歡喜信受奉行當來總得成佛速超彼岸證成阿耨多羅三藐三菩提故

大乘瑜伽金剛性海曼殊室利千臂千鉢大教王經卷第十

音釋

繚憐蕭切繚繞也　炙之石切燔炙也　椓竹角切　⿱斯瓦音西尼器破聲　綟郎計切與戾同很戾也　拗捩拗於教切捩力結切拗捩固相違也　裸郎果切赤體也　抵債抵丁禮切當也債則賣切逋財也　蔑莫結切輕易也